MONIKA FELTEN

Die Schattenweberin

Das Erbe der Runen

cbt

DIE AUTORIN

Monika Felten, geboren 1965, gehört zu den erfolgreichsten und renommiertesten deutschen Fantasy-Autorinnen. Ihre hervorragend komponierten Fantasy-Reihen, die »Saga von Thale«, die »Geheimnisvolle Reiterin« und »Das Erbe der Runen«, begeisterten auf Anhieb große Leserschaften. Bereits zwei ihrer Bücher wurden mit dem Deutschen Phantastik Preis ausgezeichnet. Monika Felten lebt mit ihrer Familie in der Holsteinischen Schweiz.

Mehr Informationen unter www.monikafelten.de

Außerdem lieferbar von Monika Felten bei cbt:
Die Nebelsängerin. Das Erbe der Runen (Band 1, 30359)
Die Feuerpriesterin. Das Erbe der Runen (Band 2, 30395)

Monika Felten

Die Schattenweberin

Das Erbe der Runen

cbt

cbt

cbt – C. Bertelsmann Taschenbuch
Der Taschenbuchverlag für Jugendliche
Verlagsgruppe Random House

FSC
Mix
Produktgruppe aus vorbildlich bewirtschafteten Wäldern und anderen kontrollierten Herkünften

Zert.-Nr. SGS-COC-1940
www.fsc.org
© 1996 Forest Stewardship Council

Verlagsgruppe Random House FSC-DEU-0100
Das für dieses Buch verwendete FSC-zertifizierte Papier *München Super* liefert Mochenwangen.

1. Auflage Januar 2009
Von der Autorin überarbeitete Jugendbuch-Ausgabe
Gesetzt nach den Regeln der Rechtschreibreform

www.daserbederrunen.de
Umschlagbild und Innengestaltung: Thorsten Reinecke
Umschlaggestaltung: init.büro für gestaltung, Bielefeld
Karten: Erhard Ringer
Runenberatung und -ornamentik: Caroline Fischer
MI · Herstellung: ReD
Satz: Uhl + Massopust, Aalen
Druck und Bindung: GGP Media GmbH, Pößneck
ISBN: 978-3-570-30396-2
Printed in Germany

www.cbj-verlag.de

Für alle, die meine Träume teilen

Wnutu
Orma-Hereth
NYMATH
Wüste (Nunou)
Wehlfang-Graben
Udnobe
Arnad
Arnad
Steppe
Whelas
Höhle der Seelensteine
Pandarasgebirge
Kardalin-Schlucht
Vaughn
Grinlortal
Festung
Wilderwil
Imlaksee
ELBEN
KATAUREN
Sean Ferll
Thel-Gan
Lemrik
Riff
RAIDEN
ONUR
Sanforan
FATH
Mangipohr
BUCHT VON SANFORAN
N
W
O
S
WUNAND
SCHWARZER OZEAN
nach WYRON

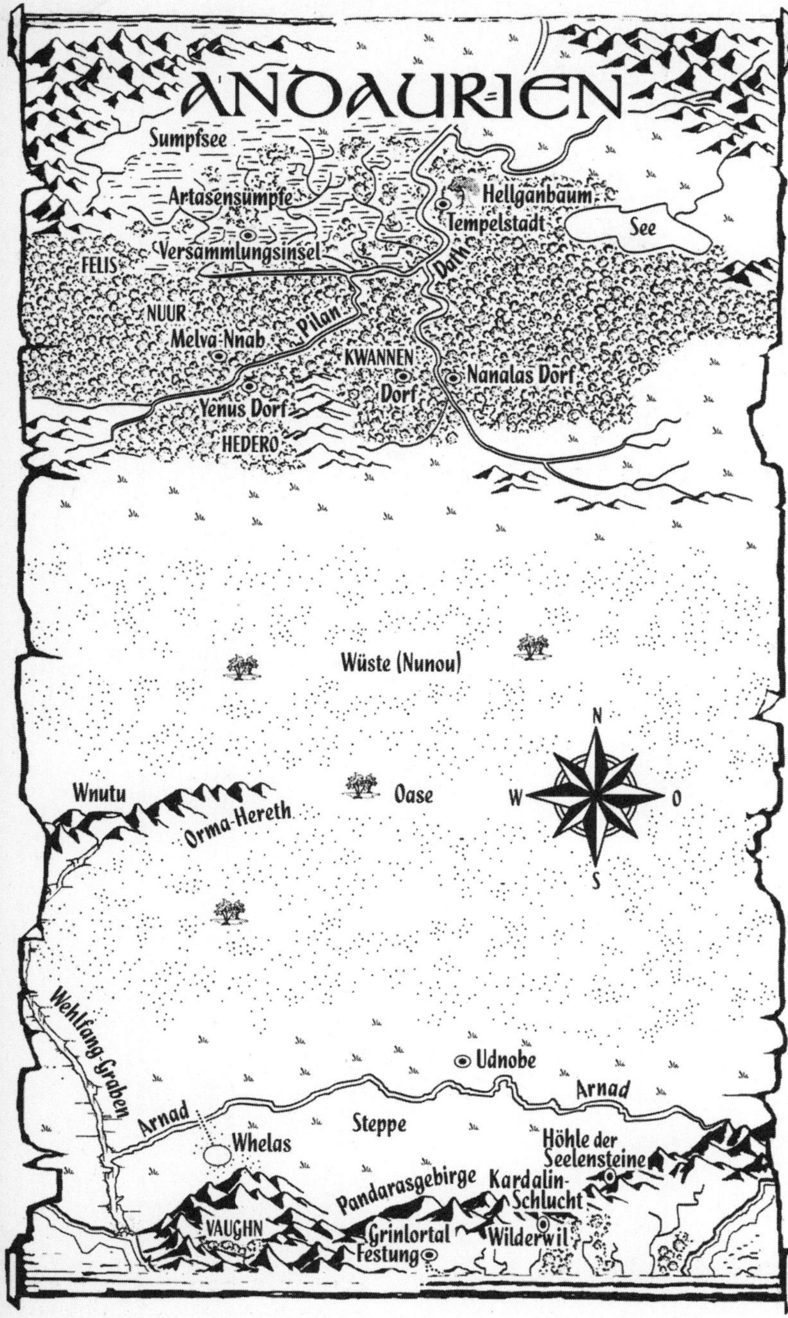

ANDAURIEN
Sumpfsee
Artasensümpfe
Hellganbaum
Tempelstadt
See
Versammlungsinsel
FELIS
Dath
NUUR
Pilan
Melva-Nnab
KWANNEN
Nanalas Dorf
Dorf
Yenus Dorf
HEDERO
Wüste (Nunou)
N
W
O
S
Wnutu
Oase
Orma-Hereth
Wehlfang-Graben
Udnobe
Arnad
Arnad
Steppe
Whelas
Höhle der Seelensteine
Pandarasgebirge
Kardalin-Schlucht
VAUGHN
Grinlortal
Wilderwil
Festung

Solange wir leben, kämpfen wir.
Solange wir kämpfen können, sind wir nicht unterlegen.
Und wenn uns der Tod nicht als Sieger erblickt,
so soll er uns dennoch als Kämpfer finden.
Ehrenkodex der Djakûnreiterinnen

Prolog

»... Es geht die Sage, dem König Sanforan sei in dieser dunklen Zeit nächtens ein geheimnisvolles Katzenwesen aus dem mystischen Walde Andauriens erschienen, um ihm einen letzten Ausweg zu weisen. So erhielt er Kunde von einem Land jenseits der endlosen Wüste und hinter dem großen Gebirge, das ihm als Zufluchtsort verheißen wurde.«

aus: »Die Chronik Nymaths«

Nackte Körper glänzten im Schein der Feuerkörbe. Glühende Kohlen zeichneten die Umrisse dreier Krieger auf die kahlen Felswände der Höhle.

Regungslos standen die Auserwählten da, schwer atmend unter den tönernen Masken mit dem katzenhaften Antlitz des Fruchtbarkeitsgottes Shura. Ihr Blick war starr auf die Felle in der Mitte der Höhle gerichtet, während sie mit jedem Atemzug mehr von dem süßlichen Wohlgeruch einsogen, der die Luft erfüllte.

Draußen, im Dickicht des Waldes, rief ein Nachtara durchdringend und schrill. Dann verstummte er.

Kein Laut war mehr zu hören. Und dennoch ...

Ein Schatten schob sich vor das Mondlicht, das eben noch in den Eingang der verborgenen Höhle gedrungen war.

In den schweren Duft des Elixiers, das in den flachen Tonschalen unter der Hitze der Glut langsam verdampfte, mischte sich – wie von einem Windhauch getragen – der strenge Geruch eines Raubtiers.

Die Auserwählten durchfuhr ein Schauder. Nicht mehr lange, dann würden auch sie erfahren, was es bedeutete, auserwählt zu sein.

Leise und verlockend strich ein Schnurrlaut durch die Höhle.

Sie kam.

Mit geschmeidigen Bewegungen löste sich ein Schatten aus dem Eingang und glitt lautlos in die Höhle hinein. Eine Frau, schlank und anmutig, die gleich einer Katze auf allen vieren auf die Felle zupirschte.

Eine Felis! Ein Wesen, halb Mensch, halb Tier und doch gänzlich anders. Makellos schön, aber unberechenbar und immer noch so gefährlich, wie ihre Schöpfer sie einst geschaffen hatten.

Sie wusste um die Gefahr, die fernab ihrer Heimat auf sie lauerte, und nahm sich die Zeit, die Höhle mit ihren empfindsamen Sinnen zu erkunden, ehe sie sich auf den Fellen niederließ.

Ein letztes Mal wandte sie die feine Nase witternd in Richtung des Eingangs, wohl wissend, dass sie von nun an wehrlos sein würde.

Mit ihren geschlitzten gelben Augen suchte sie den Blick des ersten Kriegers und bannte ihn. Seine Muskeln spannten sich, als er sich ihr näherte und sich ehrfürchtig vor ihr verneigte …

»Ergreift sie!« Der Befehl zerriss die Stille wie ein Donnerschlag.

Das rötliche Zwielicht wich grellem Fackelschein, als mehr als ein Dutzend schwer bewaffneter Krieger die Höhle stürmten. Mit raschen, wohl gezielten Schwertstreichen töteten sie die Männer, ehe diese sich der Bedrohung auch nur bewusst wurden.

Die Felis reagierte instinktiv. Noch ehe sie der Körper des Sterbenden unter sich begrub, schnellte sie hoch, richtete sich auf und wandte sich den Angreifern zu. Die Krieger überragten sie um mehr als Haupteslänge, doch die Katzenfrau zeigte keine Furcht.

»Achtet auf die Augen!« Der warnende Ruf schallte über die Köpfe der Krieger hinweg, die ihr Runkas, Lanzen und Schwerter entgegenstreckten.

Die Katzenfrau fauchte. Sie war eine erfahrene Jägerin und würde sich nicht kampflos ergeben. Die Zähne gebleckt, die geschwärzten Krallen drohend vorgestreckt, wich sie langsam zurück, während sie mit den Augen nach der Spur einer Fluchtmöglichkeit oder einem unvorsichtigen Krieger Ausschau hielt. Doch die Angreifer waren vorbereitet. Die Augen gesenkt, rückten sie Schulter an Schulter immer weiter vor – eine undurchdringliche Wand aus Speeren und Schilden. Ein Käfig, aus dem es kein Entrinnen gab.

Geschmeidig wich die Felis zurück, bis sie mit dem Rücken zur Felswand stand, umzingelt von grimmig dreinblickenden Kriegern, die den tödlichen Ring immer enger zogen.

Ihre Haltung zeugte von ungebrochenem Mut und einer wilden Entschlossenheit, die sie dem Blut der Djakûn verdankte. Doch da war noch etwas. Etwas Neues, Fremdartiges, das sie verwirrte – sie wusste, dass sie in der Falle saß. Und zum ersten Mal in ihrem Leben verspürte die Katzenfrau Furcht.

Sanforan
591 Winter n. A.

In gleichmäßigen Bewegungen führte Duana den Striegel über das dunkle Fell ihrer Stute und lauschte auf den Regen, der prasselnd auf das Schieferdach der Stallungen niederging. Hin und wieder hob sie den Blick und schaute durch das geöffnete Tor auf den Hofplatz hinaus, wo die eisigen Tropfen einen bizarren Tanz auf den Pflastersteinen aufführten, ehe sie sich in den unzähligen Mulden zu großen Pfützen sammelten.

Die junge Wunandamazone seufzte. Der Lenz war schon weit vorangeschritten, aber die Sonne vermochte sich immer noch nicht gegen die eisigen Winde und die Regenwolken zu behaupten. Die Vorboten wärmerer Tage wagten sich nicht aus der Erde hervor und die Büsche und Bäume hielten ihre prallen Knospen noch fest verschlossen.

Es sah ganz so aus, als wolle der Winter ewig andauern. Duana spürte, wie sich ihr Herz bei diesem Gedanken zusammenkrampfte. Wie lange noch?, dachte sie bei sich. Wie lange muss ich noch warten?

Der Winter war für sie eine einzige Qual gewesen. Allein die Gewissheit, dass ihr Kummer mit dem Ende des Winters endlich ein Ende finden würde, gab ihr Hoffnung. Energisch straffte sie sich und scheuchte die düsteren Gedanken fort.

Bald!

Ein dünnes Lächeln huschte über ihr Gesicht, während sie den Striegel sanft über die Kruppe ihrer Stute führte. Bald würde auch sie wieder lachen können. Nach der endlosen Zeit des Wartens erschien es ihr fast wie ein Traum: Wenn die Bäume das erste Grün zeigten, würde für sie ein neues und glückliches Leben beginnen!

Trabender Hufschlag lenkte ihre Aufmerksamkeit auf den Hofplatz. Zwei Reiter parierten ihre Pferde und lenkten sie auf die Stallungen zu.

»Was für ein grässlicher Frühlingstag!«, hörte sie eine weibliche Stimme sagen. Der Klang war Duana wohl vertraut – es war die Stimme der allseits verehrten Nebelsängerin.

»Gibt es denn nicht mal einen Ausritt ohne diesen Regen?« Ajana schwang sich aus dem Sattel und führte ihren Schimmel in den hinteren Trakt des Stalls.

»Worüber beklagst du dich?«

Das war Keelins Stimme!

»Was hast du? Wir sind doch trocken geblieben.« Auch der junge Falkner war abgesessen. »Inahwen hat dich vieles gelehrt«, lobte er, während er seinen nussbraunen Wallach in einen Stand nahe Duanas Stute führte.

»Ja, sie ist eine gute Lehrmeisterin«, antwortete Ajana. »Und es war ein langer Winter.«

»Ja, das ist wohl wahr. Aber er war nicht lang genug«, murmelte Keelin vor sich hin, so leise, dass Ajana es nicht hören konnte. Er gab einen betrübten Laut von sich, fasste sich aber gleich wieder und sagte gut vernehmlich: »Ich bin sicher, dass du noch vieles von ihr lernen könntest, wenn du nur…« Er stutzte. »Duana! Gilians heilige Feder, ich habe dich gar nicht gesehen.« Keelin schenkte der Wunandamazone ein entschuldigendes Lächeln. »Verzeih meinen späten Gruß. Ich war ganz in Gedanken. Was tust du hier?«

Duana errötete. Sie hatte nicht damit gerechnet, dass Keelin sie so direkt ansprechen würde, und bemühte sich, gelassen zu wirken: »Ich wollte ausreiten, aber …« Sie deutete mit einem Kopfnicken auf den Hof hinaus. »Aber das Wetter …« Wie zufällig streifte ihr Blick den des jungen Falkners, und sie spürte, wie ihr erneut die Röte in die Wangen schoss. Hastig bückte sie sich und bürstete mit kurzen Bewegungen die Fesseln ihrer Stute.

»Ja, der Regen ist lästig«, pflichtete ihr Keelin, der ihre Verlegenheit nicht zu bemerken schien, im Plauderton bei. »Ein wenig Sonne und Wärme würde uns wahrlich guttun.« Mit geübten Handgriffen löste er die Schnalle des Bauchgurts, legte den Sattel auf einen Holzbock und versorgte seinen Braunen.

Duana beobachtete ihn verstohlen aus den Augenwinkeln, während sie versuchte, des Gefühlssturms Herr zu werden, den Keelins unerwartetes Auftauchen in ihr ausgelöst hatte. Die unbändige Eifersucht, die schon den ganzen Winter über in ihr schlummerte, focht einen erbitterten Kampf mit den schmerzlichen, mühsam unterdrückten Gefühlen, die sie immer wieder aufs Neue die Nähe des jungen Falkners suchen ließen.

Duana biss sich auf die Lippen. Auf keinen Fall wollte sie jetzt etwas Unbedachtes sagen. Vermutlich war sie die Einzige in ganz Nymath, die der Nebelsängerin nicht in Ehrfurcht und Dankbarkeit begegnete. Schlimmer noch: Sie hasste sie aus tiefster Seele.

Die Fremde war aus dem Nichts in Nymath aufgetaucht, hatte sich Keelin an den Hals geworfen und damit all ihre

Hoffnungen auf eine gemeinsame Zukunft mit dem jungen Falkner zunichtegemacht, der damals wie heute gewiss nichts von ihren tiefen Gefühlen ahnte.

Ajana allein trug die Schuld an ihrer Einsamkeit und ihrem Kummer, und Duana sehnte den Augenblick herbei, da sie Nymath für immer den Rücken kehrte. Dann, dessen war sie gewiss, war die Zeit für einen neuen Anfang gekommen. Sie lächelte versonnen. Dann stand ihrer Liebe zu Keelin nichts mehr im Wege.

Duana richtete sich auf und sah, wie Keelin den Arm sanft um Ajanas Schultern legte, als die beiden den Stall verließen. Der Anblick schmerzte sie und sie wandte sich hastig ab.

Wie lange noch, Emo?, dachte sie bei sich. Wie lange werde ich diese Qual noch erdulden müssen?

»Der Frühling in Nymath kann wunderschön sein – wenn die Sonne scheint und der milde Wind den Duft der blühenden Purkabäume vom Wald bis hierher trägt.« Keelin sah Ajana von der Seite her an und strich ihr eine feuchte Haarsträhne von der Wange, während sie auf das Portal des Haupthauses zugingen. »Und wenn dann im Sommer die Purpurheide blüht …«

»Hör auf, Keelin. Das hat doch keinen Sinn.« Ajana hielt inne und seufzte. »Du weißt, dass ich nicht bleiben kann.« Sie blickte Keelin mit einer Mischung aus Unbehagen, Kummer und Mitgefühl an. »Mach es uns nicht noch schwerer.«

»Ja schon, aber …« Hilflosigkeit und Verzweiflung spiegelten sich auf seinem Gesicht wider. Er wollte noch etwas hinzufügen, aber Ajana legte ihm sanft den Zeigefinger auf die Lippen. »Kein Aber!«, sagte sie bestimmt. »Ich muss zurück. Auch wenn es mir schwerfällt.« Ihre Augen suchten seinen Blick. »Du weißt, wie viel du mir bedeutest«, sagte sie zärtlich, und es klang zugleich wie ein Schwur. »Aber ich habe noch ein anderes Leben. Dort gibt es Menschen, die sich um mich sorgen, denen ich auch viel bedeute – die mich vielleicht sogar für tot halten.« Verzweiflung schwang in ihrer Stimme mit, als sie weitersprach: »Niemand kann mir sagen, wie viel Zeit in meiner Welt vergangen ist, und was ich zu Hause vorfinden werde, wenn ich heimkehre. Ich muss Gewissheit haben. Verstehst du? Ich muss wissen, ob es ihnen gut geht, und sie sollen sehen, dass ich wohlauf bin.«

»Ich versuche ja, es zu verstehen.« Tiefe Traurigkeit flackerte in Keelins Blick. »Ich wünschte nur, ich könnte …« Er sah auf und verstummte.

Ein Junge im grünbraunen Gewand der Ratsboten kam über den Hofplatz auf die beiden zugeeilt. »Ehrwürdige Nebelsängerin, ruhmvoller Falkner«, sprudelte es pflichteifrig aus ihm hervor, während er eine besonders lange und tiefe Verbeugung vollführte. »Die Herrin Inahwen schickt mich, nach Euch zu suchen. Sie lässt Euch ausrichten, dass sie wichtige Neuigkeiten habe, und bittet darum, dass Ihr sie eiligst in ihren Gemächern aufsuchen möget.«

»Danke.« Ajana nickte dem Jungen zu und schenkte ihm ein strahlendes Lächeln. Noch immer hatte sie sich nicht daran gewöhnen können, von allen wie eine Fürstin behandelt zu werden. Und obwohl sie sich hin und wieder dabei ertappte, die Annehmlichkeiten und Vorzüge zu genießen, die ein solches Leben mit sich brachte, war sie doch stets aufs Neue peinlich berührt, wenn sich die Menschen ihr gegenüber scheu und demütig verhielten.

Der Junge starrte sie verzückt an und rührte sich nicht von der Stelle. Erst nach einigen Herzschlägen schien ihm sein ungebührliches Verhalten bewusst zu werden. Errötend drehte er sich um und eilte davon.

»Da siehst du es.« Keelin schmunzelte, wurde dann aber übergangslos wieder ernst und fügte voller Wärme hinzu: »Nicht nur ich – alle hier lieben dich.«

»Sie sehen in mir die Friedensbringerin. Eine Erlöserin mit magischen Fähigkeiten. Sie achten und verehren mich, weil Gaelithils Blut in meinen Adern fließt. Aber lieben …?« Ajana schürzte die Lippen und schüttelte den Kopf. »Dafür kennen sie mich doch viel zu wenig. Im Grunde kennen sie mich gar nicht, nur die Mythen, die um mich gewoben wurden. Wer weiß? Vielleicht ängstigen sie sich sogar vor mir und sind nur deshalb so freundlich, weil sie meinen Zorn fürchten.«

»So darfst du nicht denken!« Keelin ergriff Ajanas kühle Hände. »Du hast Nymath vor dem Untergang bewahrt und uns den Frieden gebracht. Und mehr noch: Dir ist etwas gelungen, was weit über dein Erbe hinausgeht. Du hast Menschen und Uzoma vereint. Kruin sitzt als einer der Abgesandten seines Volkes dem Hohen Rat bei und verhandelt auf Augenhöhe mit den Ratsmitgliedern über die gemeinsame Zukunft beider Völker. Ich bin sicher, dass sie einen Weg für einen dauerhaften Frieden finden werden. All das haben wir allein dir zu verdanken. Noch im vergangenen Herbst wäre es undenkbar gewesen.«

»Das ändert aber nichts daran, dass ich für die Menschen in Nymath immer eine Fremde bleiben werde.« Ajana löste die Hände aus Keelins Griff und sah ihn an. »Ich gehöre nicht hierher!«, sagte sie mit einem Anflug von Trauer in der Stimme. »Auch wenn ich es mir noch so sehr wünschte.« Sie machte ein paar Schritte auf das Haupthaus zu, wandte sich dann aber noch einmal zu Keelin um. »Nun komm«, ermunterte sie ihn. »Inahwen erwartet uns.«

Wenig später standen die beiden vor der schweren Tür aus dunklem Purkaholz, die zu den Gemächern der Elbin führte.

Keelin hob die Hand und klopfte.

»Ajana, Keelin, kommt herein!« Ein Lächeln huschte über Inahwens Gesicht, als sie einen der beiden Türflügel öffnete. »Wo seid ihr gewesen? Ich habe Boten geschickt, aber sie konnten euch nicht finden.«

»Wir sind ausgeritten«, entschuldigte sich Ajana errötend, während sie auf den Kamin zuging. Die Flammen des Feuers sprangen munter knisternd in die Höhe und verbreiteten eine heimelige Wärme, die ihr nach dem unbehaglichen Ausritt mehr als willkommen war.

»Ausgeritten?« Inahwen zog erstaunt eine Augenbraue in die Höhe. »Bei dem Wetter? Das sieht man euch gar nicht an.«

»Wir hatten Schutz.« Keelin warf Inahwen einen vielsagenden Blick zu. »Ihr wart Ajana eine hervorragende Lehrerin.«

»Algiz! Du hast die Schutzrune verwendet, um euch vor dem Regen abzuschirmen.« Inahwen nickte ihr anerkennend zu. »Ich hätte es wissen müssen.«

»Wie Keelin schon sagte, Ihr habt mich viel gelehrt.« Ajana lächelte verschmitzt.

Inahwen nahm das Lob lächelnd entgegen. Dann deutete sie auf die vier gepolsterten, mit moosgrünem Samt bezogenen Sessel, die in einem Halbkreis vor dem Kamin standen, und sagte: »Nehmt Platz. Ich will euch etwas zeigen.«

Die Elbin wartete, bis Keelin und Ajana ihrer Aufforderung nachkamen; dann ließ auch sie sich nieder. Ihr Gesicht war ernst und gab nichts von dem preis, was sie bewegte. Schließlich wandte sie sich um, griff nach einer kleinen hölzernen Schatulle auf dem Beistelltisch und hob den Deckel an. »Wisst ihr, was das ist?« Ajana und Keelin beugten sich nach vorn, um einen Blick hineinwerfen zu können.

Keelin sog die Luft scharf durch die Zähne, sagte aber nichts.

»Das ist … das wird …« Der erwartungsvolle Unterton in Ajanas Stimme war nicht zu überhören. Vorsichtig holte sie mit Daumen und Zeigefinger eine kleine, harte Hülse in Form einer schlanken Pfeilspitze aus der Schatulle hervor. Die Spitze war aufgebrochen und gab den Blick auf etwas Zartes, Grünes im Innern frei.

»… ein Blatt!« Ajana lächelte, als sie begriff, was die wortlose Botschaft bedeutete. Ehrfürchtig hielt sie die jungfräuliche Knospe ins Licht, drehte sie langsam und betrachtete sie von allen Seiten, als sei sie ein Edelstein von unschätzbarem Wert.

»Ein Blatt!«, wiederholte sie und schaute dann zu Inahwen. »Wie lange noch?«

»Zehn Sonnenaufgänge.« Die Elbin lehnte sich entspannt zurück. »Wenn es schnell wärmer wird, vielleicht auch weniger. Ein Falke trug die Knospe am Morgen nach Sanforan. Sie ist ein Zeichen dafür, dass die Kraft des Ulvars' zurückgekehrt ist. Sobald sich die Blätter entfalten, kannst du heimkehren.«

»Oh Inahwen!« Wie einen Schatz barg Ajana die Knospe in ihren Händen.

»Nur zehn Sonnenaufgänge?« Fassungslosigkeit schwang in Keelins Stimme mit, als er die Worte der Elbin wiederholte.

»Ich hätte nicht gedacht, dass es so bald sein würde.« Ajana flüsterte fast.

»Ich auch nicht.« Keelin erhob sich mit versteinerter Miene und verließ den Raum.

»Keelin, warte!« Ajana sprang auf, aber Inahwen hielt sie zurück. »Lass ihn«, sagte sie knapp. »Es ist schwer für ihn zu verstehen, dass eure gemeinsame Zeit sich dem Ende zu neigt.« Sie schüttelte bekümmert den Kopf. »Nach dem langen Winter hatte ich gehofft, dass er die Botschaft gefasster aufnehmen würde.«

»Ich auch.« Ajana machte eine hilflose Geste und ließ sich wieder in den Sessel sinken. »Ich wünschte, ich könnte ihm den Kummer ersparen.«

»Das kannst du – aber dann müsstest du für immer hierbleiben.« Inahwen lächelte milde.

»Das geht nicht, mir bleibt keine Wahl. Ich muss gehen.« Verzweiflung schwang in Ajanas Stimme mit. »Keelin weiß das. Und er versteht es.«

»Sein Geist versteht es. Aber versteht sein Herz es auch?«, gab Inahwen zu bedenken. »Versteht er wirklich, dass du nicht bleiben kannst? Hat er nie versucht, dich umzustimmen?«

»Doch, das hat er«, gab Ajana zu. »Oft sogar. Und ich habe immer wieder versucht, ihm zu erklären, wie gern ich bei ihm bleiben würde.« Verzweiflung schwang in ihrer Stimme mit, als sie weitersprach. »Er bedeutet mir so viel, aber …« Sie stockte und fuhr dann fort: »Meine Eltern, meine Freunde … sie alle sind in großer Sorge um mich. Ich muss zurück, um ihnen die Ungewissheit zu nehmen, auch wenn es ihm das Herz bricht. Ich weiß, es ist ungerecht. Aber ich kann nicht anders.«

»Bist du sicher?«, fragte Inahwen geheimnisvoll. »Du bist eine Nebelsängerin, du besitzt das Amulett, den Schlüssel zu dieser Welt, und du hast vieles gelernt. Wenn du es wirklich willst, und das ist meine feste Überzeugung, wird es dir auch gelingen, hierher zurückzukehren.«

»Ihr meint, ich könnte ihn wiedersehen?« Ajanas düstere Miene hellte sich ein wenig auf, aber die Zweifel waren stärker. »Das Amulett war an die Nebel gebunden und ich habe den Bann gebrochen«, gab sie zu bedenken. »Das magische Band, das Gaelithil einst wob, ist Geschichte. Niemals mehr wird eine Nebelsängerin nach Nymath reisen müssen. Wie könnt Ihr da so sicher sein, dass ich den Weg hierher zurück finde?«

»Du kennst die Macht der Runen und weißt sie zu nutzen«, erklärte Inahwen. »Du warst länger in Nymath als jede andere Nebelsängerin zuvor. Die magischen Nebel sind nicht mehr, das ist richtig, aber die Magie der Runen ist ungebrochen. Du kannst mit ihnen inzwischen so selbstverständlich umgehen wie andere mit Feder und Tintenfass, und sei es auch nur, um dich und Keelin vor dem Regen zu schützen.« Sie maß Ajana mit einem langen, schwer zu deutenden Blick. »Es wird nicht einfach sein, aber ich weiß, du kannst es vollbringen!«

Ajana blieb skeptisch. Bisher hatte sie sich nur vor die Wahl gestellt gesehen, in Nymath zu bleiben oder nach Hause zurückzukehren. Aber jetzt …

»Dann gibt es vielleicht doch eine Zukunft für Keelin und mich«, folgerte sie zaghaft. »Dann wäre es nur eine Trennung auf Zeit, wenn ich Nymath verlasse?« Ihr Herz klopfte heftig, als sie über Inahwens Worte nachdachte. Plötzlich erschien ihr die Zukunft nicht mehr grau und trostlos, sondern voller Hoffnung. »Ich muss mit Keelin sprechen!« Sie wollte aufstehen, aber Inahwen hielt sie zurück.

»Warte! Was du ihm sagen möchtest, will wohl überlegt sein!«, mahnte sie. »Bedenke, es könnten Jahre vergehen, ehe du zurückkehrst. Willst du wirklich von ihm verlangen, dass er all die Zeit auf dich wartet?« Sie schaute Ajana an, und es war, als blicke sie ihr bis auf den Grund der Seele.

»Ja. Nein. Ich weiß nicht.« Ajana blinzelte, verwirrt über die eigenen Gefühle, überlegte kurz und sagte dann: »Verlangen kann ich nichts von ihm. Er muss es für sich selbst entscheiden. Ich denke aber, eine winzige Hoffnung ist immer noch besser als keine.«

»Wohl gesprochen.« Die Elbin nickte. »Vielleicht hilft es Keelin schon zu wissen, dass es kein endgültiger Abschied sein muss. Aber bevor du zu ihm gehst, gibt es noch etwas, das ich dir sagen wollte.« Sie hielt inne, nahm die Schatulle mit der Knospe noch einmal zur Hand und sagte dann: »Morgen tritt der Hohe Rat zusammen, um die Feierlichkeiten deines Abschieds zu veranlassen.«

»Feierlichkeiten?« Ajana versuchte, sich ihr Unbehagen über diese Nachricht nicht anmerken zu lassen, und sagte höflich: »Ich fühle mich sehr geehrt. Aber, im Vertrauen, lieber wäre mir ein Abschied ohne große Feier. Nur mit Euch, Keelin und …«

»Das dachte ich mir schon, aber daraus wird wohl nichts.« Inahwen lächelte verständnisvoll. »Ehe du uns verlässt, wirst du wohl einige Reden und Lobeshymnen über dich ergehen lassen müssen. Die Völker Nymaths lieben und verehren dich. Sie verdanken dir so viel« – ein unterschwelliger Tadel schlich sich in ihre Stimme, als sie fortfuhr –, »und da wäre es wirklich sehr unhöflich, sich wie ein Dieb davonzustehlen.«

»Also gut!« Ajana seufzte und nickte ergeben. »Wann wird das Fest stattfinden?«

»Vermutlich unmittelbar vor deinem Aufbruch zum Ulvars«, meinte Inahwen. »Du hast also noch ausreichend Zeit, um über ein paar passende Worte zum Abschied nachzudenken.«

Die Dunkelheit nahte und breitete ihr samtenes Schattentuch über Nymath. Ein milder Wind, der den Geruch des Frühlings in sich trug, drängte den Regen nach Westen und ließ die Erde schlammig und aufgeweicht zurück. Die Wolkendecke riss auf und gab den Weg frei für das Licht der beiden Monde, die in dieser Nacht rund und voll am Himmel standen.

Der silberne und kupferne Schein spiegelte sich in Abermillionen von Wassertropfen, die der Regen auf den verdorrten Blütenständen der Purpurheide zurückgelassen hatte, und gab ihnen den Anschein, als sei das Land von einem Teppich aus funkelnden Edelsteinen bedeckt.

Die beiden dunklen Gestalten, die sich inmitten der nächtlichen Pracht bewegten, blieben angesichts der Schönheit ungerührt. Ihr Ziel fest im Blick, gingen sie gemessenen Schrittes schweigend den flachen Hügel hinauf, auf dessen Kuppe das bleiche Skelett eines gespaltenen Baumes in den Himmel ragte.

Der Winter hatte die Narben nicht heilen können, die das verheerende Feuer seinem Stamm zugefügt hatte. Immer noch muteten die kahlen Äste wie knochige Finger an, erstarrt in stummem Flehen.

Doch der Baum war nicht tot.

Was von fern kahl und leblos wirkte, offenbarte dem Auge des Betrachters aus der Nähe ein kleines Wunder. An einigen der geschundenen Äste kämpften sich winzige Knospen unter der harten Schicht hervor, die den Baum vor der endgültigen Zerstörung bewahrt hatte. Nicht mehr lange, dann würde das erste grüne Blatt vom Sieg des Lebens über das Verderben künden.

»Ist es recht?« Eine weiße Wolke glitt in der nächtlichen Kälte unter dem Schatten des breitkrempigen Hutes hervor, als der Mann die Frage stellte.

»Das ist nicht von Belang.« Die Stimme seiner Begleiterin wirkte ernst und gefasst. Die fellbesetzte Kapuze des Umhangs verhüllte ihr Gesicht, dennoch schienen ihre Augen in der Dunkelheit für den Bruchteil eines Augenblicks aufzuleuchten, als sie streng hinzufügte: »Wir müssen es tun. Du weißt es.«

»Und dennoch …«, entgegnete er leise, fast so als fürchte er ihren Zorn.

»Was zählt das Schicksal des Einzelnen, wenn es darum geht, eine Welt zu retten?«, fragte sie ihn und fügte unbeirrt hinzu: »Die Knoten der Macht werden neu geknüpft. In Zeiten wie diesen vermag das Fallen eines Blattes genügen, um über Schicksale zu entscheiden.« Sie ging noch ein paar Schritte, hielt dann aber inne und sah ihren Begleiter von der Seite her an. »Wir sind allein, vergiss das nicht«, mahnte sie mit einem beschwörenden Unterton in der Stimme und fügte hinzu: »Wir dürfen das Ziel nicht aus den Augen verlieren. Er darf nicht siegen.«

Der Mann wagte nicht, ihr zu widersprechen. Wie einen unsichtbaren Mantel, der ihm schwer auf den Schultern lastete, trug er sein Unbehagen den Hügel hinauf.

Der Platz vor den Stallungen war dunkel. Drinnen verbreiteten die rußenden Öllampen an den Pfeilern der Stallgasse ein schwaches gelbliches Licht. Duana füllte die Heuraufe mit frischem Stroh und strich ihrer Stute zum Abschied noch einmal sanft über die Nüstern.

Es war spät und sie hatte Hunger.

Bedächtig trat sie vor das Tor, lauschte und spähte in die

Dunkelheit hinaus. Alles schien ruhig. Bis auf zwei Stallburschen, die im hinteren Trakt der Stallungen in lautstarkes Gezänk verfielen, und einer schemenhaften Gestalt, die gerade in einer der schattigen Gassen am Rande des Platzes verschwand, war weit und breit keine Menschenseele unterwegs.

Duana überquerte den Platz mit schnellen Schritten. Zwei Stufen auf einmal nehmend, eilte sie die Treppe zur Eingangstür hinauf. Sie wollte gerade die Hand nach dem Türriegel ausstrecken, als der hölzerne Flügel von innen kraftvoll aufgestoßen wurde.

Duana erschrak, reagierte jedoch blitzschnell. Mit einer geschmeidigen Bewegung wich sie zur Seite aus und verbarg sich hinter einer der beiden dicken Säulen vor dem Portal.

Als sie hinter ihrem Versteck hervorspähte, sah sie einen hoch gewachsenen Mann in der Gewandung der Falkner die Treppe hinuntereilen. Er wirkte aufgebracht und in Gedanken vertieft, während er mit weit ausgreifenden Schritten auf das Falkenhaus zuhielt. Das spärliche Licht, das den Hofplatz erhellte, fiel auf sein dunkles, schulterlanges Haar…

Keelin, es war Keelin! Und er war allein!

Duana schnappte nach Luft. Der Gedanke, dass sie *ihm* fast in die Arme gelaufen wäre, ließ ihr Herz höher schlagen. Insgeheim schalt sie sich eine Närrin, dass sie ihm ausgewichen war. Sie konnte nicht anders, sie musste ihm folgen. Natürlich wusste sie, dass es unvernünftig war, doch was zählte alle Vernunft, wenn sie nur für einen einzigen Augenblick in seiner Nähe sein konnte!

Den ganzen Winter über hatte sie vergebens auf eine solche Gelegenheit gewartet. Keelin und Ajana schienen unzertrennlich. Aber jetzt…

Ehe Duana sich versah, stürmte sie schon die Stufen hinunter. Am Fuß der Treppe hielt sie kurz inne und atmete tief durch, dann folgte sie Keelin lautlos wie ein Schatten zum Falkenhaus.

Gedämpftes Licht, das von Wärme kündete, drang durch die kleinen lukenartigen Fenster nach draußen. Drinnen war nichts zu hören. Offenbar war Keelin auch hier allein.

Geh hinein!

Als wispernde Stimme strich die Verlockung durch Duanas Gedanken. Wie von selbst umfasste ihre Hand den Türkauf.

Zögere nicht! Folge ihm!

Sie spürte das kühle Metall unter ihren Fingern, aber etwas hielt sie zurück. Obwohl sie auf eine Gelegenheit wie diese gewartet hatte, seit sie Keelin im vergangenen Sommer zum ersten Mal begegnet war, fiel es ihr unendlich schwer, ihren Stolz zu überwinden. Sie war eine Wunand und als solche dazu erzogen, sich Männer zu erwählen. Um einen Mann zu buhlen, galt bei den Frauen ihres Blutes als ein Zeichen von Schwäche, und tief in ihrem Innern verachtete sie sich selbst für diese Untugend.

Tu es! Tu es jetzt!

Duanas Finger umklammerten den Türgriff so fest, dass die Knöchel weiß hervortraten. Hin und her gerissen zwischen der Tradition und der Stimme ihres Herzens, zögerte sie, die Tür zu öffnen. Die Umstände hatten sie in eine Lage gebracht, die einer Wunand nicht würdig war. Sie hätte da drinnen und Keelin an ihrer statt hier draußen stehen müssen. Vielleicht wäre es auch so gekommen, doch das Schicksal hatte es anders gewollt und Keelins Leben eine unvorhergesehene Wendung gegeben.

Als Duana von seinen Plänen erfahren hatte, mit dem Heer zum Pass zu ziehen, hatte sie nicht gezögert, sich dem Aufruf anzuschließen. Im Pandarasgebirge, so hatte sie gehofft, würde sich gewiss eine Gelegenheit finden, ihm ihre Liebe zu gestehen. Doch auch dort hatte sich ihre Hoffnung nicht erfüllt.

Duana ballte die Fäuste. Warum nur straften die Götter sie so hart?

Auf dem Weg zum Pass hatte Keelin die Nebelsängerin aus den Händen der Uzoma befreit und sie als Kundschafter später zum Arnad und auf ihrem Weg zu den Orma-Hereth begleitet. Als die beiden nach langer gefahrvoller Reise schließlich als gefeierte Helden an den Pass zurückgekehrt waren, waren sie ein Paar gewesen.

Duana erinnerte sich an die Heimkehr, als sei es gestern gewesen. Der niederschmetternde Anblick verfolgte sie noch jetzt bis in ihre Träume. Immer wieder sah sie die Überlebenden der Gruppe, die Ajana zu den feurigen Bergen begleitet hatten, unter dem Jubel der Krieger durch das große Tor in die Festung einreiten: eine Handvoll erschöpfter und staubiger Gestalten im Fackelschein, voller Stolz auf das, was sie erreicht hatten, und erfüllt von Freude über die glückliche Heimkehr. Auf dem Rücken ihrer Pferde bahnten sie sich einen Weg durch die Menge und schüttelten lächelnd Hunderte von Händen, die sich ihnen entgegenstreckten. Duana selbst stand ganz vorn und fieberte mit geröteten Wangen dem Augenblick entgegen, da Keelin endlich an ihr vorbeiritt. Doch er hatte nur Augen für Ajana, und als er die Nebelsängerin unter dem Jubel der Menge lange und zärtlich küsste, wusste sie, dass er für sie verloren war …

Enttäuscht und gekränkt hatte sie sich damals von Keelin zurückgezogen. Obwohl Frauen ihres Blutes Eifersucht fremd war, litt sie unsägliche Qualen. Mehr als einmal hatte sie gar mit dem Gedanken gespielt, ihrem Leben selbst ein Ende zu bereiten. Um einen Mann zu buhlen, war eine Schwäche – ihn zu lieben, ohne dass er die Gefühle erwiderte, war eine Schande, mit der sie glaubte, nicht weiterleben zu können.

Irgendwann hatte sie dann erfahren, dass Ajana nicht mehr lange in Nymath bleiben würde. Wenn der Ulvars neue Blätter hervorbrachte, so hieß es, würde die Nebelsängerin für immer in ihre Welt zurückkehren. An diesen Gedanken klammerte sie sich nun und baute all ihre Hoffnungen darauf. Bis heute ahnte Keelin nichts von ihren Gefühlen, doch der Zeitpunkt, da er sich von Ajana trennen musste, kam immer näher, und sie hoffte, dass sie ihm durch ihre Liebe den Kummer über die Trennung erleichtern könnte.

Vielleicht hatte das Schicksal eben diesen Abend dazu bestimmt, ihrer Sehnsucht nachzugeben. Vielleicht …

»Verzeih, hast du Keelin gesehen?«

Duana erstarrte. Das flammende Hochgefühl, das sie eben noch verspürt hatte, wich schlagartig einer eisigen Kälte, die auch in ihrem Tonfall mitschwang, als sie sich zu Ajana umwandte. »Nein.«

»Oh. Dann werde ich mal im Falkenhaus nachsehen. Sicher ist er bei Horus.« Ajanas Stimme hatte nichts an Freundlichkeit verloren. Lächelnd kam sie auf Duana zu. »Wolltest du gerade hineingehen?«, fragte sie arglos.

Die Frage kam für Duana so überraschend, dass ihr die Worte fehlten. Ohne zu antworten, machte sie auf dem Absatz kehrt und eilte davon.

»Keelin?« Als Ajana die Tür zum Falkenhaus öffnete, schlug ihr der scharfe, aber vertraute Geruch von Kot und Atzung entgegen. Drinnen war es warm. Leise schloss sie die Tür hinter sich und schaute sich um. Das gedämpfte Licht der Öllampen verbreitete eine heimelige Stimmung, aber es war zu dunkel, als dass sie Einzelheiten hätte erkennen können.

»Keelin?«, fragte sie noch einmal im Flüsterton. Sie wusste, dass die Falkenmeister es nicht gern sahen, wenn späte Besucher die Nachtruhe der Vögel störten. Aber sie wusste auch, dass Keelin sich oft darüber hinwegsetzte. Der Bund zwischen ihm und seinem Falken Horus war so eng, dass es ihm schwerfiel, über einen längeren Zeitraum ohne ihn zu sein. Manchmal verbrachte er sogar die ganze Nacht hier.

Das Falkenhaus, so hatte er ihr einmal anvertraut, war der einzige Ort in der Bastei, an dem er sich wirklich zu Hause fühlte. Ein Ort, der ihm schon in den ersten, oft einsamen Jahren seiner Falknerausbildung Trost und Wärme gespendet hatte – und mit dem er das Gefühl von Heimat verband.

Lautlos schlich Ajana an den Falken vorbei, die dösend auf ihren Blöcken hockten und jede ihrer Bewegungen mit halb geöffneten Augen verfolgten.

»Ajana?«

Ajana erschrak, als sich Keelins Gestalt überraschend aus dem Eingang zur Strohkammer löste. Seine Stimme klang abweisend.

»Keelin, gut, dass ich dich hier finde.« Sie war so aufgeregt, dass sich ihre Worte überschlugen. »Ich muss mit dir reden. Komm, lass uns ...«

»Ich weiß nicht, was es noch zu sagen gäbe«, fiel Keelin ihr unwirsch ins Wort. »Wir haben schon viel zu viel geredet. Den ganzen Winter lang. Und was hat es geändert? – Nichts! Der Ulvars treibt neue Blätter aus und du gehst fort. Es ist vorbei.«

»Das ist nicht wahr«, beharrte Ajana, die es nicht erwarten konnte, Keelin die hoffnungsvolle Nachricht zu überbringen. »Ich habe mit Inahwen gesprochen, und sie hat ...«

»Ich weiß, was sie gesagt hat«, unterbrach Keelin sie erneut. »Dass du bald in deine Welt zurückkehren kannst. Dem gibt es nichts mehr hinzuzufügen.«

Ajana packte ihn am Arm. »Aber es geht doch um die Zukunft – unsere gemeinsame Zukunft.«

»Gemeinsame Zukunft?« Keelin lachte, aber es lag keine Freude darin. Er löste Ajanas Hand von seinem Arm und sagte bestimmt: »Es gibt keine Zukunft für uns. Es hat nie eine gegeben.« Er verstummte, blickte Ajana von der Seite an und sagte dann: »Du kehrst heim und wirst mich vergessen – das ist die Zukunft.« Er machte eine überzogene Verbeugung. »Ich hoffe, Ihr hattet eine angenehme Zeit mit Eurem gefälligen Diener. Aber versteht, dass ich von nun an wieder mein eigenes, unabhängiges Leben führen werde.« Mit diesen Worten wandte er sich Horus zu, als sei das Gespräch für ihn beendet.

»Das ist ungerecht!« Ajana sah ihn fassungslos an und ballte in hilfloser Wut die Fäuste. »Ist es das, was du von mir denkst – nach allem, was wir gemeinsam erlebt und durchlitten haben?«

»Was wir gemeinsam durchlitten haben?« Leise Ironie schwang in Keelins Stimme mit, als er die Worte wiederholte. »Du weißt so gut wie ich, dass wir alle nur das getan haben, was uns bestimmt war. Du hattest eine Aufgabe zu erfüllen, und mein Auftrag war es, dich dabei mit Horus zu unterstützen. Die Aufgabe war eines Falkners angemessen, und wie Bayard, Toralf und die anderen habe ich nicht gezögert, sie anzunehmen. Dabei ging es weniger um dich als vielmehr darum, Nymath vor dem Untergang zu bewahren.«

Alle Farbe wich aus Ajanas Gesicht. Ihre Stimme bebte. »Dann … dann macht es dir in Wahrheit gar nichts aus, dass ich gehe? Du würdest mich nicht vermissen?«

Für den Bruchteil eines Herzschlags huschte ein Schatten über Keelins Gesicht, und Ajana bemerkte, wie er sich auf die Lippen biss, aber der Augenblick war zu kurz, um ihn wirklich zu erfassen. Als Keelin antwortete, war von Unsicherheit nichts mehr zu spüren. »Vermissen?«, fragte er betont lässig. »Warum sollte ich mich damit quälen? Es ändert ja doch nichts.«

»Aber du … du hast immer gesagt, dass … dass …« Ajana war verwirrt. Verzweifelt suchte sie nach den richtigen Worten. Sie war hierhergekommen, um Keelin Hoffnung auf eine baldige Rückkehr zu machen, aber das Gespräch nahm einen ganz anderen Verlauf. Ihre Stimme schwankte, als sie leise hinzufügte: »Und ich dachte, es ist mehr als nur Freundschaft. Ich dachte, wir wären ein Paar.«

»Ein Paar?« Keelin schüttelte abweisend den Kopf. »Welch seltsame Wege das Leben doch manchmal geht. Wir hatten eine schöne Zeit – ja. Aber ein Paar?« Sein Blick begegnete dem ihren und er verstummte. Ajana meinte, in diesem Blick etwas zu erkennen, das tiefer ging als alle seine Worte, einen Anflug von Wehmut, der so gar nicht zu seinem abweisenden und harten Gebaren passen wollte.

Einer plötzlichen Gefühlsregung folgend, hob er die Hand und strich ihr sanft über das blond gelockte Haar, zog sie dann aber so ruckartig fort, als täte er etwas Verbotenes. Die Sanftmut in seinen Zügen wich wieder der kühlen Härte, und er sagte mit fester Stimme: »Es gibt keine Hoffnung auf ein Wiedersehen …«

»Doch … es gibt sie!«, rief Ajana aus. Endlich konnte sie ihm sagen, was sie bewegte. Endlich ihm das mitteilen, was ihr auf der Seele brannte. »Inahwen glaubt fest daran, dass es möglich ist.« Die Worte sprudelten nur so aus ihr hervor. »Sie sagt, wenn ich nur fest daran glaube, werde ich den Weg zurück nach Nymath finden. Ich habe vieles über Runen gelernt und kann sie …«

»Ajana! Das sind doch nur Träume«, fiel Keelin ihr verzweifelt ins Wort. »Damit machst du es mir nicht leichter. Versteh doch: Es war eine schöne Zeit, die wir gemeinsam hatten, aber jetzt ist sie vorbei.« Er senkte den Kopf, holte tief Luft und sagte gefasst: »Sei vernünftig. Von nun an geht jeder von uns seinen eigenen Weg. Es ist vorbei.«

Fassungslos starrte Ajana Keelin an. Wie konnte er nur so kampflos aufgeben? Empfand er am Ende gar nichts für sie? Tränen schossen ihr in die Augen. Sie konnte ihre Enttäuschung nicht länger verbergen. Wie blind tastete sie nach dem Türgriff und floh in die Nacht hinaus.

Krachend fiel die Tür ins Schloss.

Dann war es still.

Wie versteinert stand Keelin da, unfähig, einen klaren Gedanken zu fassen.

Sie war fort.

Der Gedanke raubte ihm den Atem, doch er schürte auch Wut in ihm. Wut über die Ungerechtigkeit des Schicksals, über die Ausweglosigkeit der Lage – vor allem aber über sich selbst und die Leere, die sich in ihm ausbreitete.

Einer Eingebung folgend, ergriff er einen Tonkrug und schleuderte ihn mit voller Wucht zu Boden.

Scherben klirrten, Wasser spritzte. Die Falken schlugen aufgeschreckt mit den Flügeln und gaben schrille Laute von sich. Doch Keelin war viel zu aufgebracht, um es zu bemerken. Als trüge allein der Krug die Schuld an seinem Unglück, trat er mit dem Fuß kraftvoll gegen eine der Scherben. Dann lehnte er sich mit dem Rücken erschöpft an die Wand und sank langsam zu Boden.

Seine Schultern bebten. Er weinte.

Die Wälder der Artasensümpfe in Andaurien
591 Winter nach der großen Schlacht

Yenu rannte. Ihr Atem ging stoßweise. Bei jedem Schritt hatte sie das Gefühl, ein Messer zwischen den Rippen zu spüren. Ihr dröhnte der Kopf.

Ohne auf die Geräusche zu achten, die ihre schnellen Schritte auslösten, hastete sie den schmalen Pfad entlang durch den Wald. Ihre Füße, nur spärlich geschützt von dünnen Ledersandalen, knickten Astwerk und Zweige und fuhren durch das raschelnde Laub am Boden.

Plötzlich stieß ihr Fuß gegen etwas Hartes. Der Aufprall riss ihr die Beine unter dem Leib weg, ein beißender Schmerz schoss durch ihren Körper und sie verlor das Gleichgewicht. Ihr Schrei gellte durch die Nacht, dann versank die Welt in Dunkelheit.

Der Ruf des Nachtaras holte sie in die Wirklichkeit zurück.

Sie spürte die kühle, von Modergeruch schwere Luft des Waldes und zwang sich, ruhig zu atmen, während sie versuchte, die träge Benommenheit abzuschütteln, die der Sturz bei ihr hinterlassen hatte. Blinzelnd schaute sie sich um. Die Umrisse der Bäume verschmolzen mit den nächtlichen Schatten zu einer verschwommenen grauschwarzen Wand, vor der sich nur das Mondlicht, das durch Lücken im dichten Blätterdach auf den Boden fiel, als heller Flecken abhob.

Yenu biss die Zähne zusammen, richtete sich schwankend auf und fluchte leise. Sie musste weiter! Ihr Fuß schmerzte und sie spürte den metallischen Geschmack von Blut im Mund. Feuchtes Laub, Schmutz und Gräser klebten an ihren Händen, ihrer Haut und auch an der sandfarbenen Tunika, die sie nur unzureichend vor der nächtlichen Kälte schützte.

Sie blinzelte erneut, doch das Bild vor ihren Augen blieb unscharf. Panik stieg in ihr auf, und die Furcht, den Rest der Nacht hilflos im Wald herumzuirren, schnürte ihr die Kehle zu.

Mit ausgestreckten Armen tastete sie sich humpelnd voran, bis sie die raue Rinde eines Baumes unter den Fingern spürte. Der stumme Riese gab ihr Halt und das trügerische Gefühl von Sicherheit. Seufzend lehnte sie sich mit dem Rücken an den wuchtigen Stamm, schloss die Augen und versuchte, die aufkommende Verzweiflung zu unterdrücken.

Wilnu!

Ich muss Wilnu finden!

Sie unterdrückte ein Schluchzen und fuhr sich mit den

Händen über das Gesicht. Zwei Nächte schon hatte sie in ihrer Hütte auf die Rückkehr ihres Gefährten gewartet, aber Wilnu war nicht zurückgekommen. Irgendwann hatte sie die quälende Ungewissheit nicht länger ertragen und sich auf den Weg gemacht.

Sie wusste, wo sie ihn finden würde.

Alle wussten es.

Melva-Nnab!

Die verborgene Höhle in den Wäldern war allen Hedero ein Begriff. Doch während es den Frauen streng untersagt war, dorthin zu gehen, war sie für die Krieger ihres Blutes ein heiliger Ort, von dem jene, die ihn betreten hatten, nur mit leuchtenden Augen sprachen.

Yenu fühlte, wie die Wut erneut zum Leben erwachte – jene Wut, die sie in ihrem Herzen trug, seit sie erfahren hatte, dass Wilnu als *Shura-Wna* für eine Felis, eine Katzenfrau, auserwählt worden war.

Sie stieß einen leisen Fluch aus und ballte die Fäuste.

Kein lebendes Wesen in Andaurien war bei den Frauen der Hedero so verhasst wie die Angehörigen der geheimnisvollen Halbmenschenrasse, die ausschließlich weibliche Nachkommen hervorbrachte.

Hatte jemals ein Mann das Lager mit einer Felis geteilt, so zeigte er nach dieser Nacht kaum noch Neigung für die Frauen seines Blutes.

Die Hedero-Frauen fügten sich in ihr Schicksal und nahmen die Demütigung hin. In ihrem Stamm waren sie ohne Rechte und lernten schon früh, sich den Männern zu unterwerfen.

Auch Yenu war so aufgewachsen. Sie kannte die Regeln und hatte sich stets gefügt – bis das Los des Auserwählten auf Wilnu gefallen war.

Yenu liebte ihren Gefährten. Um keinen Preis wollte sie ihn an eine Katzenfrau verlieren. Obwohl es den Frauen der Hedero nicht zustand, Einfluss auf die Entscheidungen ihrer Männer zu nehmen, hatte sie viele Nächte lang versucht, ihn davon abzuhalten. Erst sanft, dann drängend hatte sie ihn angefleht und darum gebettelt, nicht zu gehen – vergeblich.

In einer strengen, unnachgiebigen Art, die sie so von ihm bisher nicht gekannt hatte, hatte Wilnu ihre Einwände fortgewischt und sie mit Kälte und Missachtung gestraft. Dann war er gegangen.

Aber Yenu war nicht wie die Frauen ihres Blutes. Anders als Miya, ihre beste Freundin, die ihr Schicksal teilte und schon seit dem vergangenen Sommer unter den Erniedrigungen ihres Gefährten litt, hatte sie sich keineswegs dem scheinbar Unausweichlichen gefügt. Ein dünnes Lächeln umspielte ihre Lippen, als sie noch einmal das Hochgefühl verspürte, das sie empfunden hatte, als sie den Tempel des Blutgottes aufgesucht hatte. Anders als ihre unterwürfigen Leidensgefährtinnen hatte sie sich nicht in ihr Schicksal gefügt und stattdessen den Jägern den Weg gewiesen. Mit Mut und Entschlossenheit hatte sie dafür gesorgt, dass die Katzenfrauen den Frauen ihres Blutes nie wieder die Männer rauben würden.

Aber Wilnu hätte längst zurück sein müssen …

So schnell wie es gekommen war, schwand das Hochgefühl der inneren Befreiung und wich einer dumpfen Beklemmung, dem Ausdruck ihrer Sorge um den geliebten Gefährten.

Ich muss weiter!

Als Yenu die Augen öffnete, war ihr Blick endlich klar. Die dunklen Stämme der Bäume hoben sich im Mondschein scharf von den Schatten des Unterholzes ab. Nach einigem Suchen fand sie auf den schmalen Pfad zurück, der von ihrem

Dorf in den Wald hinein führte, und machte sich humpelnd wieder auf den Weg.

Der Pfad mündete in einer sandigen Bucht des Pilan, einem Nebenarm des Dath. Anders als der reißende Strom, der die Wälder ihres Volkes von den unergründlichen Schattengefilden der Felis trennte, war der Pilan ein seichtes Gewässer, das die Hedero durch seinen Fischreichtum ernährte.

Hierhin zogen die Männer Morgen für Morgen, um in einem ausgehöhlten Baumstamm auf Fischfang zu gehen, während die Frauen ihnen in respektvollem Abstand folgten und in schweren Tonkrügen Wasser holten.

Yenu hielt kurz inne, um ihr schmerzendes Fußgelenk im Wasser zu kühlen, und ließ den Blick über den dunklen, trägen Fluss streifen, auf dessen Oberfläche kleine Mondlichtfunken tanzten.

Der Pilan wirkte friedlich in dieser Nacht, aber der Schein trog. Ganze Schwärme von gefräßigen Querlas lauerten in dem üppig wachsenden Grün der breiten Uferzone auf ihre Opfer: Menschen oder Tiere, die den Weg durch den Fluss nahmen oder ungewollt hineingerieten. Schon eine leichte Bewegung genügte, um sie aus ihren Verstecken zu locken und das Schicksal des Opfers zu besiegeln.

Sie erinnerte sich noch gut daran, wie ein junger Tarpan ins Wasser gelaufen war. Das gutmütige Packtier war von einer Schlange gebissen worden und außer sich vor Furcht und Schmerz gewesen. Niemand hatte es aufhalten können. Als es bis zum Bauch im Fluss gestanden hatte, hatten sich die gefräßigen Raubfische zu Hunderten auf das arme Tier gestürzt und das Wasser rings um ihr Opfer in eine blutig schäumende Gischt verwandelt, bis nur noch bleiche Knochen am Grund des Flusses von dem grausigen Mahl gezeugt hatten.

Yenu verscheuchte die Erinnerung an den schrecklichen Anblick und lief weiter. Fünfzig Schritte entfernt spannte sich in doppelter Mannshöhe eine schmale Hängebrücke über den Fluss. Ein dickes Seil aus ineinander verflochtenen Ranken war der einzige Weg, ihn zu überqueren. Yenu kletterte hinauf, zögerte jedoch, das schwankende Flechtwerk zu betreten. Es war das erste Mal, dass sie den Pilan zu überqueren versuchte. Nur den Jägern der Hedero und den Auserwählten, so lautete das ungeschriebene Gesetz, war es gestattet, zum jenseitigen Ufer zu gehen. Wer das Gesetz missachtete, wurde unerbittlich bestraft. Doch der Punkt, an dem sie dies von ihrem Vorhaben hätte abhalten können, war längst überschritten. Sie hatte schon viel zu viel Zeit verloren und die Sorge trieb sie voran.

Yenu überquerte die Brücke, ohne auch nur einmal nach unten zu sehen. Als sie das Seil auf der anderen Seite hinabglitt und wieder festen Boden unter den Füßen spürte, beschleunigte sie die Schritte. Ohne auf das dumpfe Pochen zu achten, das im Takt ihres Herzschlags durch den verletzten Knöchel hämmerte, folgte sie dem schmalen Pfad von der Brücke fort in den Wald.

Wenige Schritte vom Fluss entfernt standen die Bäume so dicht, dass das Mondlicht in den mächtigen Kronen nur wenige Schlupflöcher fand. Hier war der Pfad kaum breiter als ihr Fuß. Endlos schlängelte er sich durch das üppig wuchernde Unterholz, sodass sie Mühe hatte, ihm zu folgen. Bald hatte sie nicht nur die Orientierung, sondern auch jegliches Zeitgefühl verloren. Sie wusste nicht, wie weit sie schon in den Dschungel vorgedrungen war oder wie weit sie noch gehen musste und wie weit die Nacht vorangeschritten war.

Die Furcht, vom Weg abzukommen, saß ihr wie ein Djakûn im Nacken, und sie flehte die Götter um Beistand an, dass sie sie leiteten, während sie sich in der Dunkelheit vorsichtig weiter vorantastete.

Der Ruf des Nachtaras begleitete sie. Die melodische Tonfolge hatte sich nicht verändert, doch Yenu konnte sich des Gefühls nicht erwehren, dass er sie verspottete.

Der Vogel schien jetzt ganz nah. Manchmal glaubte sie, seinen Flügelschlag in den Baumkronen zu hören. Bei den Hedero galt er als Unheilsbringer, dennoch empfand Yenu seine Nähe nicht als Bedrohung. Im Dickicht des unbekannten Dschungels hatte seine Gegenwart etwas Tröstliches, und bald schon ertappte sie sich dabei, dass sie auf seinen nächsten Ruf wartete, wie um sich zu vergewissern, dass sie nicht allein war.

»Du törichte Tarpan-Stute«, schalt sie sich selbst und erschrak, weil ihre Worte überraschend laut durch die Stille hallten. Abrupt hielt sie inne und lauschte mit angehaltenem Atem. Das Herz klopfte ihr bis zum Hals, während ihre Hand den Schaft des kurzen Feuersteinmessers umklammerte, das die Frauen der Hedero stets bei sich trugen.

Die Berichte der Männer, die auf der anderen Seite des Flusses jagten, kamen ihr in den Sinn und schürten in ihr die tief verwurzelte Furcht der Hedero vor den nächtlichen Jägern des Dschungels. Sie wäre nicht die Erste ihres Dorfes, die hier einem Djakûn oder einem der anderen blutrünstigen Raubtiere zum Opfer fiele.

Der Nachtara gab einen spöttisch-gackernden Laut von sich.

Geh!, spornte Yenu sich selbst in Gedanken an. Nun mach schon! Beweg dich!

Und endlich löste sich die Starre.

Zögernd setzte sie einen Fuß vor den anderen. Erst langsam und leise, dann immer schneller humpelte sie den Pfad entlang. Jeder Schritt jagte ihr einen heißen Schmerz durch den Körper, aber sie biss die Zähne zusammen und kämpfte sich weiter voran.

Sie wollte fort, nur fort von hier.

Gehetzt blickte sie sich um.

War dort nicht ein leuchtendes Augenpaar, das sie aus dem Dickicht heraus anstarrte? Yenu blinzelte, doch als sie wieder hinschaute, war es verschwunden. Ihr Herz hämmerte wie wild, der verletzte Knöchel schmerzte, aber sie gönnte sich keine Rast. Irgendwo hinter sich glaubte sie den hechelnden Atem eines Djakûn zu hören. Der Gedanke an die schwarzen Raubkatzen schürte die Panik in ihr und trieb sie an, noch schneller zu laufen. Kopflos floh sie durch das Dickicht. Die Äste der Bäume und Sträucher schlugen ihr wie Peitschenhiebe ins Gesicht und zerrissen den dünnen Stoff ihrer Tunika.

Yenu spürte, wie ihre Kräfte schwanden. Ihre Schritte wurden unsicher und immer öfter stolperte sie über Baumwurzeln. Lichtpunkte tanzten wie bunte Sterne vor ihren Augen und ein heftiger Schwindel raubte ihr das Gleichgewicht. Erschöpft taumelte sie noch ein Stück voran, dann verließen sie die Kräfte. Fast wäre sie gestürzt, hätten ihre tastenden Hände nicht im letzten Augenblick die borkige Rinde eines Baumes gefunden. Keuchend lehnte sie sich mit dem Rücken gegen den Stamm, schloss die Augen und wartete, dass sich ihr rasender Herzschlag beruhigte.

Was war sie doch für eine Närrin gewesen zu glauben, dass sie Wilnu so einfach folgen und den Weg zur Melva-Nnab allein und ohne Fackel finden könnte.

Irgendwo knackte ein Zweig, gefolgt von dem feinen Rascheln trockener Blätter.

Ein Djakûn!

Yenu hielt den Atem an, presste sich fest an den Stamm und schaute sich um. Alles in ihr schrie nach Flucht, aber ihre verkrampften Muskeln gehorchten ihr nicht. Die tanzenden Lichtpunkte vor ihren Augen waren verschwunden, doch die Dunkelheit blieb undurchdringlich und gab nichts von dem preis, was sich in ihr verbarg. Verstohlen tastete sie mit einer Hand nach dem Feuersteinmesser, löste mit zitternden Fingern die Schlaufe am Gürtel – und griff ins Leere. Der dumpfe Aufprall, mit dem die Feuersteinklinge im Laub versank, nahm ihr den letzten Funken Hoffnung, sich der drohenden Gefahr erwehren zu können.

Wieder knackten Zweige, diesmal ganz nah. Yenu hörte den hechelnden Atem eines Raubtiers, während die unverkennbaren Ausdünstungen des gefürchteten Jägers ihre Nase streiften.

Wie dumm ich doch war! Yenu wusste, dass diese Erkenntnis zu spät kam. Viel zu spät. Sie hätte die Verbote nicht missachten dürfen. Wie die anderen Frauen hätte sie im Dorf bleiben und geduldig auf die Rückkehr der Männer warten müssen. Aber sie hatte nicht gewartet, sie war gegangen. Seufzend lehnte sie den Kopf an den Stamm und schloss die Augen. Sie hatte einen Fehler gemacht und würde dafür bezahlen. Das Gesetz des Dschungels war unerbittlich – auf alle, die Fehler machten, wartete der Tod.

Das Erste, was Keelin in seinem Unglück bewusst wahrnahm, war ein leichtes Ziehen an der Wange, eine sanfte Berührung seines Geistes und Krallen, die sich durch das Gewebe seines Gewandes in die Haut seiner Schulter bohrten.

Horus!

Er hob den Kopf und wischte die Tränen mit dem Ärmel fort. Der Falke hatte sich auf seiner Schulter niedergelassen und knabberte so zärtlich verspielt an seinen Bartzöpfen, als wolle er ihn trösten.

»Ach, Horus.« Plötzlich schämte Keelin sich, dass er sich hier im Falkenhaus so hatte gehen lassen. Der Raum, in dem die Falken schliefen, war ein Ort der Ruhe, doch er hatte nur seine eigenen Belange im Sinn gehabt und sich nicht annähernd so verhalten, wie es von einem Falkner erwartet wurde. Er hatte den Schlaf der Falken gestört, aber während sich die anderen langsam wieder beruhigt hatten, war es Horus, der immer noch darunter litt.

Keelin spürte, wie gereizt und verwirrt der Falke war. Das kleine Herz schlug ihm so heftig in der Brust, wie Keelin es sonst nur von den Augenblicken der Blutlust kannte, die dem Beuteschlagen vorausging. Jetzt aber war es seine eigene Aufgewühltheit, die sich auf Horus übertrug. Es war seine Schuld, dass der Falke litt.

Beschämt bemühte sich Keelin, gleichmäßiger zu atmen und die heftigen Gefühle, die seine Gedanken begleiteten, zu mäßigen. Der Versuch scheiterte kläglich. Seine Welt, sein ganzes Leben lagen in Scherben. Niemals zuvor hatte er sich so leer und ausgebrannt gefühlt wie in diesem Augenblick.

»Es tut mir leid, Horus«, sagte er mit gedämpfter Stimme, um den gefiederten Gefährten nicht noch mehr zu erschrecken. »Ich wünschte, ich könnte uns diese Pein ersparen. Aber ich habe gerade einen Menschen verloren, der mir sehr viel bedeutet hat.« Er seufzte tief, und als er weitersprach, klang es fast, als rede er mit sich selbst: »Der Ulvars trägt neue Blätter, weißt du? Ajana wird gehen. Bald. Sie hat nie auch nur einen Zweifel daran aufkommen lassen, dass sie heimkehren wird. Ich weiß, dass sie große Sehnsucht nach ihrer Familie hat, aber ich weiß auch, wie schwer es ihr fällt, zu gehen.

Als ich das Blatt des Ulvars' in der Schatulle gesehen habe, wurde mir klar, dass ich sie freigeben muss – auch wenn mir mein Herz etwas anderes sagt.

Ajana ist die Einzige, die mir je etwas bedeutet hat, aber es soll nicht sein, dass sie bei mir bleibt. Ich möchte nicht, dass sie leidet, wenn sie geht – verstehst du? Deshalb habe ich zerstört, was uns verband. Ich hasse mich dafür, dass ich sie so verletzt habe, und wünsche mir nichts sehnlicher, als es ungeschehen zu machen. Aber ich weiß auch, dass ich letzten Endes richtig gehandelt habe. Der Bruch ist endgültig. Sie ist frei.«

Keelin lehnte den Kopf an die Wand, hob das Kinn und schloss die Augen. Das Reden hatte ihm gutgetan. Und es hatte Horus gutgetan. Er fühlte, wie sich der Herzschlag des Falken verlangsamte, spürte das weiche Gefieder an seiner Wange, als Horus den Kopf zärtlich daran rieb, und hatte Teil daran, wie sich die Unruhe in der verstörten Vogelseele legte.

Horus war beruhigt – er war es noch lange nicht.

Es dauerte lange, bis Ajana an diesem Abend Ruhe fand.

Zusammengekauert wie ein verwundetes Tier, lag sie auf ihrem Bett, dachte an Keelin und an das, was er zu ihr gesagt hatte. Sie fühlte sich so einsam und hilflos wie niemals zuvor, aber es gab niemanden, dem sie sich in ihrem Unglück anvertrauen mochte.

Am Ende weinte sie sich in den Schlaf.

In dieser Nacht träumte sie, wie schon so oft, von zu Hause. Diesmal waren es jedoch nicht die Bilder der Vergangenheit, die ihr der Schlaf in Erinnerung rief; es waren neue, verwirrende Bilder. Der Traum warf sie mitten hinein in eine Szene in der Küche ihres Elternhauses …

Ihre Mutter saß am Tisch. Vor ihr stand eine Flasche. Das Glas daneben war halb leer getrunken. Sie hatte den Kopf auf beide Hände gestützt und starrte mit stumpfem Blick auf einen vergilbten Zeitungsartikel. In den Fingern hielt sie eine Zigarette – offensichtlich nicht die erste. Blauer Dunst hing im Raum und der Aschenbecher auf dem Tisch quoll über von Zigarettenkippen.

Was hatte das zu bedeuten?

Ajana war entsetzt. Ihre Mutter schien um Jahre gealtert. Dabei hatte sie nie geraucht, Alkohol nie angerührt. Ihre Kleidung wirkte vernachlässigt, das stets so gepflegte aschblonde Haar hing ihr wirr und ungepflegt ins blasse Gesicht. Es schien, als sei sie in Gedanken weit fort, müde von durchwachten Nächten und verbittert von einem Kummer, für den es keinen Trost zu geben schien.

»Laura?« Ajanas Vater kam in die Küche. Auch er hatte sich verändert. Das lichte dunkle Haar auf der hohen Stirn war von grauen Strähnen durchzogen, das Gesicht von Sorgen gezeichnet. Dennoch wirkte er gefasst. Er ging auf den Tisch zu und legte seiner Frau die Hand sanft auf die Schulter. »Laura?«

Laura Evans rührte sich nicht. Wortlos starrte sie auf die Tür zum Klavierzimmer, als könne sie dort etwas sehen, das ihrem Mann verborgen blieb.

»Laura!« Seine Finger schlossen sich fester um ihre Schulter. »Laura, es ist schon weit nach Mitternacht. Du solltest versuchen, ein wenig zu schlafen.« Ajana sah, wie er ihr eine Packung Tabletten zuschob. »Hier! Nimm eine davon«, ermunterte er sie. »Und geh zu Bett.«

Sie beachtete ihn nicht. Ungerührt zündete sie sich eine neue Zigarette an.

»Du rauchst zu viel!« Mitleid und Resignation schwangen in seiner Stimme mit. »Und du trinkst zu viel.«

»Und wenn schon.« Laura Evans verzog das Gesicht. »Besser Zigaretten als dieses … dieses Giftzeug.« Die Worte kamen ihr nur schleppend über die

Lippen. Mit einer unkontrolliert heftigen Handbewegung fegte sie die Tabletten vom Tisch. »Ihr … ihr habt doch alle … alle keine Ahnung. Du nicht, die … die Kripo nicht und erst recht nicht dieser … dieser Möchtegern-Psy… Psychologe, dem nichts Besseres einfällt, als mir das hier zu verschreiben. Ihr versucht … versucht, mir einzureden, dass alles gut wird, dass sie irgendwann wieder zu … zurück nach … nach Hause kommt, dass sie nicht …« Mit einer fahrigen Handbewegung griff sie nach dem Zeitungsausschnitt, zerknüllte ihn und warf ihn trotzig zu Boden.

»Ihr macht mir alle etwas vor!«, rief sie aus. »Sagt, es … es gäbe noch Hoffnung. Dabei …« Sie schüttelte den Kopf und blickte ihren Mann aus leeren Augen an. »Hoffnung!« Die Art, wie sie das Wort aussprach, ließ keinen Zweifel daran, dass es diese für sie nicht mehr gab. »Habt ihr denn immer noch nicht be… begriffen, dass wir … dass wir sie niemals wiedersehen werden?« Schluchzend barg sie das Gesicht in den Händen. Ihre Schultern bebten. Sie weinte.

Die Verzweiflung ihrer Mutter zerriss Ajana fast das Herz. Am liebsten wäre sie auf sie zugerannt, hätte sie in die Arme geschlossen und ihr gesagt, dass es ihr gut ging und es keinen Grund gab, sich um sie zu sorgen. Aber der Traum zwang sie in die Rolle des stillen Beobachters. Sosehr sie sich auch dagegen wehrte, er hielt sie fest und ließ nicht zu, dass sie eingriff.

Ihr Vater blieb gefasst und versuchte in fast verschwörerischem Ton, ihre Mutter zu beruhigen.

»Es ist für uns alle ein hartes Jahr gewesen«, sagte er mitfühlend. »Aber solange sie nicht gefunden wurde, dürfen wir die Hoffnung nicht aufgeben, Laura.« Es sollte zuversichtlich klingen, doch es hörte sich an, als ob er diesen Satz schon zum hundertsten Mal sagte. »Du nicht, ich nicht und Rowen auch nicht. Wir müssen …« Er stockte und bedachte seine Frau, die blicklos vor sich hin stierte, mit einem kummervollen Blick.

Sie hörte ihm nicht einmal zu.

Kyle Evans seufzte resignierend und murmelte: »Ach, lassen wir das.« Dann machte er sich daran, die Küche zu verlassen.

»Nein! Warte! Mam, Dad! Ich bin hier. Es geht mir gut!« Ajana schrie aus Leibeskräften. Vergeblich. Ihre Eltern hörten es nicht.

Zitternd und mit hämmerndem Herzschlag, fuhr Ajana aus dem Schlaf hoch. Der laute Schrei brannte noch in ihrer Kehle, und der Sturm der Gefühle, die der Traum in ihr entfesselt hatte, toste durch ihren Körper.

Ihre Mutter war depressiv, der Vater verzweifelt… Erschüttert rief sie sich die Bilder des Traums noch einmal in Erinnerung. War es das, was sie zu Hause erwartete? Oder gaukelte ihr der Traum nur etwas vor?

Ajana atmete tief durch.

Das Drama, das sich scheinbar in ihrem Elternhaus abspielte, verdrängte sogar den Kummer über Keelins abweisendes Verhalten aus ihren Gedanken.

»Es war nur ein Traum«, versuchte sie, sich selbst zu beruhigen, und rief sich ins Bewusstsein, was sie einmal über Träume gelesen hatte: *Träume spinnen in Krisensituationen gerne ihre eigenen Geschichten, sodass die Träumenden im Schlaf häufig von Sorgen und verborgenen Ängsten gequält werden, die nichts, aber auch gar nichts mit der Wirklichkeit zu tun haben …*

Eine Krisensituation! Ajana überlegte. In einer Krisensituation steckte sie fürwahr.

Andererseits war es aber auch durchaus möglich, dass ihre Eltern vor lauter Sorge um sie in Panik und Verzweiflung verfielen. Ein Kind zu vermissen, war eine extreme Erfahrung, mit der jeder anders und manche gar nicht fertig wurden.

Ajana verschränkte die Hände hinter dem Kopf, blickte zum Fenster hinüber und wartete darauf, dass sich ihr rasender Herzschlag beruhigte.

Draußen war es dunkel, der Morgen noch fern. Aber an Schlaf war nicht mehr zu denken. Immer wieder tauchten die erschreckenden Bilder des Traums in ihren Gedanken auf. Die Frage, wie viel Wahrheit dahintersteckte, ließ sie nicht zur Ruhe kommen. Am liebsten wäre sie sofort aufgestanden und zum Ulvars geritten, aber die Knospen hatten sich noch nicht entfaltet. Es war zu früh.

Zu früh ... Ajana stutzte. Sie hatte keinen Grund, an Inahwens Worten zu zweifeln, dennoch regte sich in ihr ein leises Misstrauen. Seit sie den verbrannten Baum im Herbst besucht hatte, war sie nicht mehr selbst dorthin geritten. Vertrauensvoll hatte sie den Worten des Hohen Rates Glauben geschenkt, der ihr versichert hatte, dass die Falken im Frühling regelmäßig zum Ulvars fliegen würden, um den rechten Zeitpunkt für ihre Heimkehr herauszufinden.

Inahwen hatte ihr am Abend die erste Knospe gezeigt und von einer baldigen Heimkehr gesprochen. Aber konnte es denn nicht möglich sein, dass auch die anderen Knospen des Ulvars' längst sprossen?

Der Hohe Rat plante ihr zu Ehren ein großes Fest. Wäre es nicht denkbar, dass dessen Vorbereitungen den Zeitpunkt ihrer Heimkehr unnötig hinauszögerten? Vielleicht war das, was Inahwen ihr erzählt hatte, ja nur ein Teil der Wahrheit. Vielleicht musste sie gar nicht mehr so lange warten.

Der Gedanke vertrieb auch den letzten Rest von Müdigkeit. Ajana setzte sich auf und schlug die Decke zurück. Es war, als hätte der Traum sie wach gerüttelt und die Lethargie vertrieben, die sich durch das bequeme Leben in Sanforan bei ihr eingeschlichen hatte. Jetzt erst wurde ihr so richtig bewusst, welches Leid sie ihrer Familie durch ihr rätselhaftes Verschwinden zugefügt hatte. Für jene, die sie zurückgelassen hatte, war ihre Reise nach Nymath ein furchtbares Unglück, ein Mysterium, dessen Lösung noch immer im Dunkeln lag und das das Leben ihrer Eltern und ihres Bruders für immer verändert und vielleicht sogar zerstört hatte.

Plötzlich schämte Ajana sich. Wie hatte sie nur so gedankenlos sein können? Es war nicht gleichgültig, ob sie heute oder morgen nach Hause zurückkehrte. Jede Stunde, jede Minute, die sie früher heimkehren konnte, zählte in Wahrheit.

Mit Schrecken dachte sie daran, wie viele Menschen sich aus Verzweiflung das Leben nahmen. Sie machte sich große Sorgen um ihre Mutter und wagte nicht, den Gedanken zu Ende zu führen. In Windeseile zog sie sich an, schlüpfte in die weichen Reitstiefel, griff nach dem wärmenden Umhang und verließ ihr Zimmer.

Sie musste Gewissheit haben. Jetzt! Sofort! Und dafür gab es nur einen Weg: den Ritt zum Ulvars.

Yenu wagte keinen Versuch zu fliehen. Sie stand mit dem Rücken zum Baum, krallte die Finger in die borkige Rinde und hielt den Atem an.

Im Dickicht vor ihr bewegte sich etwas.

Die raschelnden Laute jagten ihr einen eisigen Schrecken durch den Körper. Zitternd presste sie sich noch fester gegen den Stamm und starrte in die Dunkelheit hinaus.

Dann, so plötzlich, als hätte jemand die Lebensader der Geräusche durchtrennt, war es still.

Zu still.

Niemals hätte sie es für möglich gehalten, dass die Abwesenheit von Geräuschen so vollkommen sein könnte. Sie fühlte, wie sich ihre Lungen zusammenkrampften, und schnappte nach Luft. Fast zum Greifen nah spürte sie eine fremde Wesenheit und glaubte, über das pulsierende Rauschen des Blutes in ihren Ohren hinweg Schritte zu hören.

Ganz nah!

Die Furcht schnürte ihr die Kehle zu.

»Du hättest den Fluss nicht überqueren sollen.« Die Stimme der Fremden war leise, kaum mehr als ein Hauch an ihrem Ohr.

Yenu zuckte zusammen. »Bitte«, flehte sie. »Bitte tut mir nichts.«

»Warum sollte ich dir etwas tun?« Spott schwang in den

Worten der Frau mit. »Du bist eine Hedero. Nicht mehr als eine Randfigur im großen Plan. Abkömmling eines harmlosen und unbedeutenden Völkchens, das im Unterholz herumstreift und nur deshalb noch nicht ausgerottet ist, weil die Katzenfrauen den Samen eurer Krieger schätzen.« Die Fremde gab einen verächtlichen Laut von sich und kam um den Baum herum.

Im schwachen Licht des Silbermondes, das durch die Baumkronen sickerte, war sie nur schemenhaft zu erkennen, doch was Yenu sah, war nicht gerade dazu angetan, ihre Anspannung zu lindern.

Sie besaß die Statur einer Kriegerin und war größer als die meisten Hedero. Die nachtschwarzen Haare waren eng am Kopf zu dünnen Zöpfen geflochten und hingen im Nacken lose herunter. Ein lederner Brustharnisch schützte ihren Oberkörper, auf dem an einer kurzen Kette ein silberner Halbmond schimmerte; ein Lendenschurz, der wie ein kurzer Rock geschnitten war, bedeckte Bauch und Hüften. Um die Unterarme und Waden wanden sich breite Lederriemen. Über den Rücken trug sie einen Köcher mit Pfeilen sowie einen kurzen Bogen und am Gürtel schimmerte der blanke Griff eines Kurzschwerts in einer ledernen Scheide. »Dies ist das Gebiet der Nuur«, sagte sie streng. »Also, was hast du hier zu suchen?«

Eine Nuur! Yenu biss sich auf die Lippen.

Ich singe von jenen, tief im Wald,
die tapfer sich wehren des Blutgotts Gewalt,
die klug sich verbergen vor Rache und Not,
der Häscher sich wehren bis treu in den Tod …

Jedes Kind in Andaurien kannte das verbotene Lied von Arton dem Barden, und mit ihm die Legenden, die sich um das kriegerische Volk der Djakûnreiterinnen rankten. Die Nuur waren ein kleines und sehr stolzes Volk, das im undurchdringlichen Dschungel der Artasensümpfe westlich des Pilan Zuflucht gefunden hatte. Sie waren die letzten Nachkommen der Wunand, einem der vier Stämme, die den Anhängern des einzigen Gottes vor fast sechshundert Wintern in der großen Schlacht unterlegen waren. Die überlebenden Krieger der königstreuen Stämme, zu denen auch die Wunand gehörten, waren damals mit ihren Familien in die Wüste geflohen, wo sie der Überlieferung nach ein schreckliches Ende gefunden hatten.

Wie ihre verschollenen Ahnen waren auch die Nuur ein Amazonenvolk mit wenigen männlichen Nachkommen. Und wie die Wunand hatten auch sie sich nie dem Blutgott unterworfen.

Aus Liebe zu den Djakûn, den mächtigsten Raubkatzen des andaurischen Dschungels, hatten sich die Nuur damals geweigert, ihren Schwestern und den anderen Stämmen in die Wüste zu folgen. Sie hatten um das Leben ihrer edlen Gefährten gefürchtet, die sie wie Haustiere hielten, und sie hatten recht daran getan. Doch für diese Treue zahlten sie einen hohen Preis, denn seither verfolgten sie die Anhänger des Blutgottes gnadenlos. Die wenigen, die der mörderischen Hetzjagd entgingen, suchten Schutz in den undurchdringlichen Wäldern der Artasensümpfe und führten dort ein Leben im Verborgenen.

Niemand vermochte zu sagen, wie viele Nuur noch am Leben waren. Doch die Geschichte ihres Stammes, der Mut und die Entschlossenheit der Djakûnreiterinnen im Kampf gegen die grausamen Priesterinnen des Blutgottes fanden den Weg in die Legenden, die man sich an den Herdfeuern in Andaurien heimlich erzählte. Das mutige Aufbegehren der Nuur machte sie zum Sinnbild des Widerstandes, der sich insgeheim an vielen Orten Andauriens gegen die grausame Knechtschaft der Priesterherrschaft regte und zum Hoffnungsträger für alle geworden war, die im Stillen für die Rückkehr der alten Götter beteten.

Yenu spürte, wie die Anspannung langsam aus ihren Gliedern wich.

Von einer Nuur, so glaubte sie, hatte sie nichts zu befürchten. Dennoch war Vorsicht geboten. Yenu hatte nicht nur die Gesetze ihres eigenen Volkes gebrochen, sie war auch in das Gebiet der Nuur eingedrungen.

»Du hast mir noch nicht geantwortet!« Die barschen Worte ließen Yenu zusammenzucken.

»Ich … ich suche jemanden«, erwiderte sie hastig in der Hoffnung, dass die Fremde sich damit zufriedengeben würde.

Die Amazone schwieg. Ihre Haltung ließ jedoch keinen Zweifel daran, dass sie mehr wissen wollte. »Und wen suchst du?«, hakte sie schließlich nach. »Hast du ihn gefunden?«

»Nein, ich …« Yenu blickte sich unsicher um. »Ich … ich fürchte, ich habe mich verlaufen.«

»Es ist nicht nur einfältig, sondern auch gefährlich, sich des Nachts allein im Dschungel herumzutreiben – vor allem wenn man unbewaffnet ist.« Die Fremde gab Yenu mit der Hand ein Zeichen. »Folge mir, ich werde dich zur Brücke führen.«

»Nein!« Yenu löste sich vom Baumstamm und machte einen Schritt auf die Amazone zu. »Ich kann nicht zurück – jetzt noch nicht.« Sie blickte die Nuur unglücklich an. »Wilnu – mein Gefährte – ist hier.«

»Ist er es, nach dem du suchst?«, wollte die Nuur wissen.

»Ja. Er sollte … er ist …« Noch während sie nach Worten

suchte, erinnerte sich Yenu daran, wie abfällig die Kriegerin von den Auserwählten gesprochen hatte. Verlegen schaute sie zu Boden. Aber die Nuur kannte die Antwort bereits.

»Ein Auserwählter?«, fragte sie.

Yenu nickte stumm. Etwas in dem Tonfall der Fremden ließ sie aufhorchen. Eine Spur von Mitgefühl schwang darin mit, das sie sich nicht erklären konnte. »Habt Ihr die Auserwählten gesehen?«, fragte sie hoffnungsvoll. »Wisst Ihr, wo …?«

»Ja, das habe ich.«

»Oh bitte, dann führt mich zu ihnen!« Einer jähen Anwandlung folgend, ergriff Yenu die Hand der Fremden. »Bitte!«, flehte sie. »Ich habe Wilnu nun schon seit zwei Nächten nicht mehr gesehen und mache mir große Sorgen.«

»Bist du sicher, dass du ihn sehen willst?« Die Art, wie die Amazone ihren Blick erwiderte, beunruhigte Yenu. Etwas Dunkles, Bedrohliches lag darin. Etwas, das sie davon abhalten wollte, ihren Plan in die Tat umzusetzen. Sie zögerte, aber der Wunsch, Wilnu zu finden, war stärker.

»Mehr als alles andere«, sagte sie mit fester Stimme.

Die Nuur wirkte nachdenklich. Dann wandte sie sich um und sagte: »Also gut. Dann folge mir.«

Auf dem Rücken ihres Schimmels jagte Ajana durch die Gassen Sanforans. Ihr Umhang bauschte sich, das Haar wehte offen im Wind. Sie hatte sich nicht die Mühe gemacht, ihr Pferd zu satteln, sondern ihm nur eilig die Trense angelegt, ehe sie aufbrach.

Das Lärmen der Hufe schien, abgesehen vom Donnern der Brandung, die sich an der felsigen Steilküste vor Sanforan brach, das einzige Geräusch in der schlafenden Stadt zu sein. In den Tavernen war es dunkel und still. Nichts regte sich.

Dem einsamen Posten vor dem großen Tor war das Kinn auf die Brust gesunken. Die Runka locker in der Rechten haltend, lehnte der Fath-Rekrut mit dem Rücken gegen den Pfosten und schlief so fest, dass er selbst den Hufschlag, der die Erde erzittern ließ, nicht vernahm.

Als Ajana das Tor passiert hatte, spornte sie ihr Pferd erneut an und flog in schnellem Galopp den breiten Weg entlang, der sich zwischen den Hügeln aus Purpurheide auf den fernen Wald zuschlängelte.

Der Silbermond meinte es gut mit ihr. In seinem Licht war der Weg als helles Band inmitten der dunklen Heide gut zu erkennen. Nicht ein einziges Mal war sie gezwungen, das Tempo zu verlangsamen, während der harte Dreischlag der Hufe den Rhythmus ihres hämmernden Herzens untermalte.

Nach einer Weile erhob auch der rote Kupfermond sein Antlitz über den Wäldern im Osten. Ajana wandte sich um und blickte auf ein entferntes Sanforan, das kaum mehr war als ein dunkler Hügel, der sich im Mondlicht vor dem südlichen Horizont abzeichnete. Sie kam gut voran. Zufrieden richtete sie den Blick wieder nach vorn und gönnte ihrem Pferd eine kurze Verschnaufpause. Die Stute schnaubte und schüttelte die prächtige Mähne. Ihr Atem stieg als weißer Dunst in der kühlen Luft auf und das Fell dampfte vor Schweiß.

Ajana spürte die klamme Kälte der Nacht im Gesicht, aber sie fror nicht. Nie zuvor hatte sie es gewagt, allein im Dunkeln zu reiten, doch jetzt, da sie einmal den Mut gefasst hatte, stellte sie erstaunt fest, dass es nichts gab, wovor sie sich fürchten musste.

Ganz unvermittelt musste sie an ihre Mutter denken, deren resolute und optimistische Art sie im Stillen stets bewundert hatte. »Wo ein Wille ist, ist auch ein Weg«, war ihre Lebenseinstellung, nach der sie auch handelte.

Wo ein Wille ist…

Ajana fasste die Zügel fester, atmete tief durch und ermunterte ihr Pferd zu einem eiligen Galopp. Der Gedanke, dass sie sich regelrecht davonstahl und Keelin ohne Abschied in Sanforan zurückließ, schlich sich wie von selbst in ihr Bewusstsein, aber sie versagte es sich, weiter darüber nachzudenken, und richtete all ihre Aufmerksamkeit auf das Ziel, den Ulvars zu erreichen.

Unter der Führung der Amazone dauerte es nicht lange, bis Yenu die kleine Lichtung entdeckte. Unbeirrt hielt die Nuur auf die Stelle zu, an der silbernes Mondlicht durch das Unterholz schimmerte. Hin und wieder verharrte sie kurz, um dann, kaum dass Yenu zu ihr aufgeschlossen war, mit lautlosen Schritten weiterzueilen.

Yenu bewunderte die sichere und geschmeidige Art, mit der sich die Amazone durch das Unterholz bewegte. Selbst der geschickteste Jäger ihres Stammes mutete dagegen so unbeholfen an wie ein störrischer Tarpan. Angesichts dieser Anmut wurde sie sich ihrer eigenen plumpen Bewegungen schmerzlich bewusst. Kein Wunder, dass die Nuur sie im Dunkeln so schnell gefunden hatte. Der Lärm, den sie selbst jetzt noch verursachte, musste bis weit in den Wald hinein zu hören sein. Beschämt riss sie sich zusammen und versuchte, sich umsichtiger zu bewegen, bis sie den Rand der Lichtung erreichten.

Der sorgfältig gerodete Platz inmitten des Dschungels lag friedlich im Mondlicht. In der feuchten, windstillen Luft hatte sich über den Gräsern und Farnen ein feiner Nebel gebildet, der die Sicht auf die gegenüberliegende Seite wie ein zarter Schleier trübte. Dahinter erkannte Yenu einen schwarzen Flecken, der sich wie ein finsteres Maul in einer schroffen, von Moos und Ranken überwucherten Felswand abzeichnete. Es war die Höhle.

Die heilige Stätte …

Yenu verharrte voller Ehrfurcht, doch der Augenblick der Verehrung währte nur kurz. Sie besann sich auf das, was sie hierher geführt hatte, und schickte sich an, die Lichtung zu betreten. Doch kaum dass sie den ersten Schritt tat, fasste die Amazone sie am Arm und hielt sie zurück. »Warte!«, raunte sie ihr zu und hob warnend die Hand. Das Mondlicht fiel auf ihr dunkles Gesicht, und der Ausdruck, den Yenu darin lesen konnte, schürte das Unbehagen in ihr.

»Warum?«, fragte sie beunruhigt.

Die Nuur antwortete nicht sofort. Sie stand einfach nur da, starrte auf die Lichtung und schien auf etwas zu lauschen. Für wenige Herzschläge kehrte Ruhe ein. Die Stille hatte etwas Bedrohliches. Etwas, das Yenu nicht in Worte fassen konnte, lag in der Luft. Etwas, das ihr Angst machte.

Wenn die Auserwählten noch in der Höhle sind, warum höre ich sie nicht? Der Gedanke kam ihr ganz unvermittelt und schnürte ihr die Kehle zu.

Tot.

Die Antwort flammte wie von selbst in ihren Gedanken auf.

Sie sind tot.

Eine eisige Furcht griff nach Yenu. Ihr Herz raste, und ein heftiger Schwindel zwang sie dazu, an der Fremden Halt zu suchen. »Was ist geschehen?«, presste sie mit heiserer Stimme hervor. »Was werde ich in der Höhle vorfinden?«

»Der Anblick wird dir nicht gefallen«, erwiderte die Nuur knapp. »Bist du sicher, dass du es sehen willst?«

»Sind … sind sie tot?« Yenus Stimme bebte. *Sag, dass es nicht wahr ist,* flehte sie in Gedanken. *Sag, dass ich mich täusche. Sag, dass …*

Die Nuur nickte stumm.

»Nein!« Yenus Aufschrei gellte durch die Nacht. Der schrille Laut schreckte einige Vögel aus dem Schlaf, die sich jäh von ihren Ruheplätzen in den Wipfeln erhoben und kreischend davonflogen. Fassungslos starrte sie die Nuur an. »Das ist nicht wahr!« Entsetzen und Unglauben schwangen in ihrer Stimme mit. »Sag, dass es nicht wahr ist.«

Doch die Amazone schüttelte nur den Kopf. »Ich kam zu spät«, sagte sie mitfühlend. »Ich konnte nichts mehr für sie tun. Sie waren schon …«

Yenu wartete nicht, bis sie den Satz vollendet hatte. Entschlossen löste sie sich von der Amazone und rannte über die Lichtung auf die Höhle zu.

Sie können nicht tot sein! Sie können nicht tot sein! Die Worte begleiteten ihre Schritte, als genüge es, sie ständig zu wiederholen, um aus dem verzweifelten Wunsch Wirklichkeit werden zu lassen. *Das darf nicht sein. Die Priesterinnen haben mir versprochen, dass ihnen nichts geschieht! Sie haben es mir versprochen!*

Im Eingang der Höhle war es so finster, dass man die Hand nicht vor Augen sehen konnte.

Yenu zögerte.

»Du solltest da nicht hineingehen.« Wie aus dem Nichts tauchte die Nuur mit einer Fackel in der Hand neben ihr auf.

»Ich gehe.« Yenu streckte die Hand nach der Fackel aus. »Allein!«

»Nein!« Die Nuur schüttelte den Kopf. »Ich komme mit dir.« Entschlossen ging sie an Yenu vorbei und bedeutete ihr mit einem Handzeichen, ihr in die Höhle zu folgen.

Der Eingang war ein schmaler Tunnel, in dem die beiden Frauen kaum aufrecht gehen konnten. Mit jedem Schritt, den sie weiter in das Dunkel eindrangen, nahm der betörende Duft zu, vermischte sich jedoch gleichzeitig auch mit anderen Gerüchen. Da gab es den Geruch von Moder, der von den feuchten Felswänden herrührte, einen Hauch von erkalteter Asche und …

Yenu erschauerte, als der metallische Geruch von Blut ihre Nase streifte. Das Gefühl nahenden Unheils wurde schier unerträglich. Alles in ihr schrie danach, umzukehren und diesen Ort zu verlassen. Doch als sie nach vorn schaute, sah sie, dass die Amazone die Höhle bereits betreten hatte. Yenu zögerte. Dann nahm sie all ihren Mut zusammen und folgte ihr.

Nur zögernd wich die Nacht der Dämmerung und entließ die Welt aus dem Dunkel, das sie gesponnen hatte. Das einheitliche Schwarz wurde langsam zu einem schweren Grau, in dem sich immer mehr Konturen abzeichneten. Ein einsamer Vogel schmetterte sein Lied so inbrünstig in die morgendliche Stille, als könne er die ersehnten Sonnenstrahlen damit heraufbeschwören, während hoch oben in den Wipfeln der Tannen zwei Lavincis einen lautstarken Streit ausfochten, indem sie sich in halsbrecherischen Sprüngen von Ast zu Ast jagten.

Ajana nahm das alles nur am Rande wahr. Sie war müde, hungrig und ärgerte sich, dass sie nicht daran gedacht hatte, etwas Proviant mitzunehmen.

Wie gut, dass ihre Stute so wunderbar ausdauernd lief. Das Pferd zeigte keine Spur von Müdigkeit und nahm die vielen Hindernisse, die ihnen hier im Wald immer wieder den Weg versperrten, selbst nach dem langen Ritt noch kraftvoll und ohne Mühe. War sie in der Dunkelheit eher verhalten getrabt, preschte sie, kaum dass es heller wurde, so unerschrocken voran, als könne sie den ungeheuren Druck spüren, der auf ihrer Reiterin lastete.

Ajana hob den Blick und spähte voraus. In den acht Monaten, die sie in Sanforan verbracht hatte, war sie nur ein einziges Mal zum Ulvars geritten. Damals hatte der Winter gerade Einzug gehalten und alles in einen dicken Mantel aus Schnee gehüllt. Vage erinnerte sie sich daran, dass der Weg schnurgerade durch den Wald verlief. Aber was, wenn sie sich täuschte? Wenn Keelin, auf dessen Führung sie sich damals verlassen hatte, doch einmal einer Abzweigung gefolgt war?

Keelin! Die Erinnerung an den jungen Falkner lenkte ihre Gedanken wieder auf das Gespräch am vergangenen Abend. In der schlaflosen Nacht hatte sie zu verstehen versucht, wie es dazu hatte kommen können, und sich gefragt, was nur in ihn gefahren war. Doch wie sie es auch drehte und wendete, sie fand keine Erklärung.

Sein Verhalten war für sie so unverständlich, dass sie nichts als Verwirrung spürte. Sie hatte Keelin an ihren Hoffnungen teilhaben lassen wollen, aber er hatte sie nicht einmal ausreden lassen. Es schien fast, als habe er die Trennung bewusst vorangetrieben.

Aber was versprach er sich davon? Ajana wischte eine Träne fort, die eine eisige Spur über ihre Wange zog. Je länger sie darüber nachdachte, desto mehr änderten sich auch ihre Gefühle. Und irgendwann galten die Tränen nicht mehr Keelin, sondern dem Schicksal, das ihre wundervolle Beziehung auf so traurige Weise enden ließ.

Der Anblick eines jungen Nadelbaums, dessen Stamm unter der Last des Schnees im Winter geborsten war und ihr den Weg versperrte, riss Ajana aus ihren Gedanken. Besorgt fragte sie sich, ob ihre Stute noch genügend Kraft besaß, dieses Hindernis zu überspringen.

Schon spürte sie, wie sich die Muskeln des Pferdes spannten und verlagerte ihr Gewicht nach vorn, während sich das Tier mit einem kräftigen Stoß der Hinterbeine in die Lüfte erhob und das Hindernis so spielerisch nahm, als hätte sie diesen Sprung schon hundertfach geübt. Die Landung war weich und federnd. Das Pferd fand übergangslos seinen Rhythmus und galoppierte weiter.

Ajana beruhigte sich nicht so schnell. Voller Sorge blickte sie den Pfad entlang, der sich weit voraus zwischen den Bäumen verlor.

Hatte der Wald denn nie ein Ende? Beim letzten Mal war ihr die Strecke viel kürzer erschienen.

Im Gebüsch raschelte es. Äste knackten, und trockenes Laub knisterte, dann brach eine Burakiherde jäh aus dem immergrünen Unterholz hervor. Nur wenige Meter von Ajana entfernt, setzte ein halbes Dutzend der rotbraunen Tiere in langen, grazilen Sprüngen über den Pfad hinweg. Die Stute zuckte erschrocken zusammen, stemmte die Vorderhufe in den weichen Waldboden und kam zum Stehen.

Vom eigenen Schwung getragen, verlor Ajana den Halt und wurde nach vorn geschleudert. Instinktiv klammerte sie sich an den Hals der Stute und hielt sich mit aller Kraft fest.

Das lange blonde Haar hing ihr wirr ins Gesicht, und die harten Mähnenhaare des Schimmels kitzelten ihre Wange, während das Geräusch der flüchtenden Burakis in der Ferne verklang und wieder Ruhe einkehrte in den morgendlichen Wald.

Zitternd löste Ajana die Umklammerung und schwang sich mit weichen Knien wieder auf den Rücken des Schimmels. Ein kurzes Schnalzen mit der Zunge genügte, da setzte sich die Stute auch schon in Bewegung.

Als die letzten Bäume hinter ihr lagen, parierte Ajana ihr Pferd und sah sich um. Vor ihr erstreckte sich eine weite, in wogende Nebel gehüllte Graslandschaft, deren sanft gewellte Hügel sich wie Inseln aus dem bodennahen Dunst erhoben. Auf einem dieser Hügel, nur ein paar Pfeilschussweiten entfernt, stand der Ulvars.

Ajana gab ihrer Stute das Zeichen zum Galopp. Mit wehender Mähne preschte sie über die Gräser hinweg, die hier im Sommer üppig wucherten. Sie hatte es geschafft. Müdigkeit und Hunger waren vergessen. Schwungvoll glitt sie vom Rücken der Stute, legte ihr die Zügel locker über den Widerrist und zog die Handschuhe aus. »Warte hier!«, raunte sie ihr leise zu. Dann lief sie den Hügel hinauf.

Nach dem langen Ritt durch die eisige Nacht fiel ihr jeder Schritt doppelt schwer. Ihre Hände und Füße waren kalt und die Glieder steif von der angestrengten Haltung. Doch all das erschien Ajana in diesem Augenblick nebensächlich. Mit klopfendem Herzen stapfte sie den Hügel hinauf. Den Blick weit vorausgerichtet, suchte sie an den kahlen, schwarz verkohlten Ästen des Baumriesen nach einem Hinweis auf sprießende Knospen.

Die Morgendämmerung war schon weit vorangeschritten,

und obwohl der Himmel noch immer bedeckt war, gab das Tageslicht bereits Einzelheiten preis. Aber wohin sie auch schaute, nirgends konnte sie eine Knospe entdecken.

Sie sind noch klein, sprach sie sich in Gedanken Mut zu, während sie gleichzeitig versuchte, die aufkommende Besorgnis zu unterdrücken und nicht weiter auf das mulmige Gefühl zu achten, das sich verstohlen wie ein Dieb unter die Freude über den erfolgreichen Ritt mischte. Auch als sie unter die ausladenden Äste trat und sich suchend umschaute, konnte sie nichts erkennen, das ihr Hoffnung machte.

Der Ulvars trug keine Knospen!

Die Erkenntnis traf Ajana mit solcher Wucht, dass sie zunächst keinen klaren Gedanken fassen konnte. Planlos hastete sie um den Stamm herum, strich mit den Händen über die glatte Rinde und suchte verzweifelt nach etwas, das Inahwens Worte bekräftigte, aber vergeblich. Es gab keine Knospen.

Ajana spürte, wie sie zu zittern anfing. Inahwen würde sie gewiss nicht belügen. Warum sollte die Elbin in ihr Hoffnungen wecken, die sich nicht erfüllen konnten? Warum sollte sie …?

Ajana hielt inne und blickte nach oben. Etwa zwei Meter über ihrem Kopf entdeckte sie einen Ast, der anders aussah. Auch er war vom Feuer gezeichnet, aber er wirkte nicht so glatt wie die übrigen. An vielen Stellen konnte sie kleine, runzelige Geschwüre erkennen.

Knospen!

Behände kletterte sie auf die unteren Äste des Ulvars', um den seltsamen Fund näher zu betrachten. Da riss die Wolkendecke auf und ein Sonnenstrahl tauchte den Ulvars in goldenes Licht. Ajana schloss geblendet die Augen. Als sie sie vorsichtig wieder öffnete, erkannte sie, dass sie sich getäuscht hatte.

Nicht nur dieser eine, auch andere Äste trugen auf der Rinde diese seltsamen Geschwüre.

Ajana griff nach einem der runzeligen Auswüchse, brach ihn ab und hielt ihn prüfend ins Sonnenlicht. Er war sehr weich und ungefähr so groß wie eine Haselnuss, hatte aber eine braune, schrumpelige Hülle. Vor allem aber schien er keinerlei Ähnlichkeit mit der Knospe zu haben, die Inahwen ihr gezeigt hatte.

Enttäuscht brach Ajana die Hülle auf – und erstarrte. Unter der dunklen Hülle verborgen lag ein verdorrtes junges Blatt!

... ein verdorrtes junges Blatt!

Endlose Augenblicke verstrichen. Augenblicke, in denen Ajana zu ermessen versuchte, was diese Entdeckung für sie bedeutete. Inahwen hatte nicht gelogen. Der Ulvars hatte tatsächlich ausgetrieben. Doch jetzt ...

»... ist er tot!«

Ajana zuckte zusammen. Die verdorrte Knospe entglitt ihren Fingern und fiel zu Boden. Fast wäre auch sie vom Baum gefallen, doch ein beherzter Griff nach einem Ast konnte dies gerade noch verhindern.

Ihre Stimme bebte, als sie auf die verhüllte Gestalt herabblickte, die wie aus dem Nichts am Fuß des Ulvars' aufgetaucht war, und fragte: »Wer seid Ihr?«

In der einsamen Vergessenheit des grauen Zwielichts, das den Kerker des Bluttempels erfüllte, regte sich etwas. Ein ersticktes Wimmern glitt durch den Raum und brach sich an den feuchten Wänden aus Felsgestein.

Für eine Weile kehrte Ruhe ein, dann war ein scharrendes Geräusch zu hören. Eine pelzige Gestalt lag zusammengekauert auf dem nackten Boden. Ihre Bewegungen waren schwerfällig und steif und wurden zudem durch die Fesseln behindert, mit denen man ihr die Hände und Füße hinter dem Rücken zusammengebunden hatte. Doch sie war eine Kämpferin und würde sich nicht widerstandslos in ihr Schicksal fügen. Der Knebel, der ihr die Luft zum Atmen nahm, war fast zerbissen. Nicht mehr lange, dann würde auch der Rest Opfer ihrer spitzen Zähne werden. Als schließlich die letzte Schicht des Gewebes ihren Anstrengungen nachgab, spie sie die Überreste mit einem zornigen Fauchen auf den Boden.

Der kleine Sieg spornte sie an und sie arbeitete schneller. Obwohl ihre Verletzungen sie peinigten, rieb sie den pelzigen Schädel immer wieder über den rauen Boden, um das Tuch loszuwerden, mit dem man ihr die Augen verbunden hatte.

Und wieder hatte sie Erfolg. Nach schier endlosen Versuchen gab es endlich ihre gelben geschlitzten Augen frei. Mit einem einzigen Blick erfasste sie den Raum, erspürte mit den feinen Sinnen die Wärme großer und kleiner Lebewesen, die sich irgendwo hinter den dicken Mauern befanden, und erreichte im Geiste schließlich die sonnendurchwirkte Oberfläche.

Wie im Traum sah sie den Tempel und die Bäume ringsumher vor ihrem geistigen Auge auftauchen und auch die Vögel, die sich im schützenden grünen Dach versteckten.

Vögel! Mit der Schnelligkeit einer jagenden Katze packte sie das Bewusstsein eines bunt gefiederten Tagaras und unterwarf ihn ihrem Willen, während sie ihm hastig die Bilder eingab, die sie im Geiste gesehen hatte, und ihm befahl, Hilfe zu holen.

Dann ließ sie ihn frei. Das Bild des davonfliegenden Vogels verblasste, während ihr Geist in rasantem Fall in ihren Körper zurückkehrte und sie erschöpft von der ungeheuerlichen Anstrengung in eine tiefe Ohnmacht sank.

»Gebt Acht! Sie hat sich das Tuch von den Augen gerissen!« Der verzerrte Warnruf eines Sterblichen drang nur bruchstückhaft in ihr Bewusstsein. Sie wollte die Augen öffnen, doch der Geruch nach Rauch und die ungeheure Hitze einer Fackel, die vor ihrem Gesicht loderte und ihr das Fell versengte, hielten sie davon ab.

Sie spürte, wie sie angehoben wurde, und hörte den Sterblichen rufen: »Na los! Schafft sie nach oben.« Dann hüllte ein schmerzhafter Schlag auf den Hinterkopf ihr Bewusstsein erneut in Dunkelheit.

Yenu hatte keine Tränen mehr.

Schluchzend hielt sie Wilnus leblosen Körper in den Armen, unfähig zu begreifen, dass die Priesterin sie schamlos ausgenutzt und belogen hatte. »Bei Shuras scharfen Krallen, das habe ich nicht gewollt!« Unablässig strichen ihre Finger zärtlich über das kühle, bleiche Gesicht des jungen Hedero, während sie die Worte wie die Litanei einer Irrsinnigen wiederholte. »Das habe ich nicht gewollt!«

»Die Sonne geht bald auf.« Etwas Drängendes schwang in den Worten der Amazone mit. Die Nuur hatte eine Weile respektvoll vor der Höhle gewartet, um Yenu Zeit zum Abschiednehmen zu geben, nun kam sie zurück. Sie schien es eilig zu haben. »Du musst in dein Dorf gehen und den anderen von dem Vorfall berichten«, sagte sie knapp. »Die drei haben ein Recht auf ein würdiges Begräbnis.«

Yenu antwortete nicht. Ihr stumpfer Blick ruhte auf dem leblosen Körper ihres Gefährten, und ihre Lippen formten nur den einen Satz: »Das habe ich nicht gewollt.«

»Wach auf, Mädchen!« Die Amazone packte sie an der Schulter und rüttelte sie. »Du hast nichts getan, dessen du dich schuldig fühlen müsstest. Sinnlose Selbstvorwürfe werden dir deinen Gefährten auch nicht zurückbringen. Wenn du noch etwas für ihn tun willst, sorge dafür, dass er hier weggebracht wird, ehe die Urwar zurückkommen.«

»Die Aasfresser?« Yenu riss entsetzt die Augen auf. »Wie …?«

»Das Blut.« Die Amazone deutete auf den Boden, wo sich das Blut der Getöteten in geronnenen Pfützen gesammelt hatte. »Was glaubst du denn, wie ich sie gefunden habe? Kerr, mein Djakûn, hat das Blut gerochen und mich hierher geführt. Eine Handvoll Urwar lungerte bereits vor der Höhle herum, wagte sich aber nicht hinein, weil die Witterung der Felis noch zu stark war. Kerr hat sie verjagt und die Höhle bewacht, während ich mich auf den Weg zu deinem Dorf gemacht habe, um euch die Kunde vom Tod der Krieger zu bringen.« Sie verzog angewidert das Gesicht. »Ich habe nur ein einziges Mal miterlebt, wie ein Rudel Urwar über einen Toten herfiel …« Sie verstummte und schaute Yenu an. »Das ist etwas, das ich nicht einmal den verhassten Priesterinnen des Blutgottes wünschen würde.« Sie streckte die Hand aus und bedeutete Yenu aufzustehen. »Komm jetzt«, sagte sie mit einem Blick auf Wilnus Leichnam. »Er hat es verdient, dass man ihm die letzte Ehre erweist.«

»Aber dann wissen sie, dass ich über den Fluss gegangen bin.« Yenu zögerte.

»Nicht wenn du mir jetzt folgst«, erklärte die Nuur. »Ich begleite dich bis zum Fluss. Es ist früh. Noch ist niemand dort. Du kannst sagen, dass du mir am Fluss begegnet bist, und richtest die Nachricht an meiner statt aus.«

»Aber …«

»Kein Aber!«, unterbrach die Nuur Yenus zaghaften Widerspruch in scharfem Ton. »Wenn du noch länger zögerst, wird man dein Vergehen bemerken.« Sie machte eine kurze Pause, und als sie weitersprach, war alle Schärfe aus ihrer Stimme verschwunden. »Mach dir keine Sorgen um die Toten. Kerr und ich werden hier so lange warten, bis die Männer kommen, sie zu bergen.«

Yenu nickte, erhob sich und folgte der Amazone zögernd zum Ausgang der Höhle. Dabei blickte sie sich immer wieder zum Ort des Grauens um. Der Tod hatte den Schmerz in den Gesichtern der Opfer erstarren lassen. Sie waren nicht nur gestorben, sie waren brutal ermordet worden.

… Du hast nichts getan, dessen du dich schuldig fühlen müsstest.

Die Worte der Nuur kamen Yenu wieder in den Sinn. Sie hatten tröstlich klingen sollen, doch das taten sie nicht. Die Amazone konnte es nicht ahnen, aber Yenu wusste: Was hier geschehen war, war ganz allein ihre Schuld.

»Ajana?« Zaghaft klopfte Keelin an die Tür von Ajanas Schlafgemach. Er hatte in dieser Nacht nur wenig geschlafen – viel zu wenig. Lange bevor es draußen hell wurde, war er endgültig aus dem unruhigen Schlummer aufgeschreckt, der ihm die ersehnte Ruhe mit wirren Träumen von Streit und Missverständnissen verleidet hatte.

Er fühlte sich schuldig, denn er wusste, dass er Ajana tief verletzt hatte. Schlimmer noch, er hatte seine Liebe zu ihr verleugnet. Als sie das Falkenhaus überstürzt verlassen hatte, hatte er sie einfach gehen lassen. Ohne ein Wort, ohne eine versöhnliche Geste. Seine feste Überzeugung, ihr den Abschied leichter zu machen, wenn sie nur wütend genug auf ihn war, hatte es ihm verwehrt, dass er einlenkte. Er würde Ajana vermissen – mehr als alles andere. Er vermisste sie jetzt schon.

Dennoch hatte es die ganze Nacht gedauert, bis er seinen Stolz überwunden hatte und bereit war, seine Fehler einzugestehen. Er wusste nicht, ob sie ihm verzeihen würde, hoffte aber, dass sie seine Beweggründe verstand und ihm nicht länger böse war.

»Ajana! Bitte öffne die Tür!« Keelin klopfte etwas heftiger und lauschte. Nichts. Weder ein Rascheln noch Schritte verrieten ihre Gegenwart.

»Ajana, bitte!« Keelin warf einen vorsichtigen Blick über die Schulter, um sich zu vergewissern, dass er immer noch allein war, dann fügte er versöhnlich hinzu. »Ich habe das gestern Abend nicht so gemeint. Wirklich nicht. Bitte, lass uns noch einmal in Ruhe …«

»Die Ehrwürdige ist nicht in ihren Gemächern.«

Keelin fuhr herum und blickte mitten in das sommersprossige Gesicht einer Dienstmagd. Die junge Raidin hielt einen Krug mit frischem Wasser in der Hand, den sie offensichtlich in Ajanas Gemach bringen wollte. »Sie … sie ist nicht dort?«, fragte er verwirrt.

»Nein, ist sie nicht!« Die Raidin schüttelte den Kopf, schob sich an ihm vorbei und öffnete die Tür, ohne anzuklopfen. »Als ich sie bei Sonnenaufgang wecken wollte, fand ich ihre Schlafstatt verlassen vor«, erklärte sie, während sie das Zimmer betrat und den Krug auf den kleinen Waschtisch neben die Keramikschale stellte. »Seltsam, nicht? Dabei schläft sie sonst immer so lange«, plauderte sie unbedarft weiter. »Sie muss es sehr eilig gehabt haben. Die Waschschüssel war unbenutzt und ihre Gewänder lagen unordentlich herum.«

»Wie lange ist sie fort?«, wollte Keelin wissen, den das schlechte Gewissen plagte. Dass Ajana so früh schon allein unterwegs sein sollte, erschien ihm doch sehr bedenklich.

»Woher soll ich das wissen?«, entgegnete die Magd in einem schnippischen Tonfall. »Die Ehrwürdige ist mir keine Rechenschaft schuldig.« Sie blickte Keelin belustigt an, schien dann aber seine Besorgnis ernster zu nehmen und fragte: »Ihr sorgt Euch doch nicht um sie – oder?«

Keelin schwieg. Betroffen blickte er sich im Zimmer um.

Das Bett war gemacht. Die Kleidungsstücke hatte die Magd sorgfältig zusammengefaltet und auf einen Stuhl gelegt. Wie lange mochte Ajana schon fort sein? Wohin war sie gegangen und warum hatte sie keine Nachricht hinterlassen?

»Nun ja«, hörte er die Raidin in seine Gedanken hinein sagen, »ich weiß zwar nicht genau, wann sie fort ist, aber ich denke, dass sie ziemlich früh aufgestanden sein muss. Vielleicht schon in der Nacht.«

»In der Nacht?«, hakte Keelin nach. »Wie kommst du darauf?«

»Nun, ich … ich habe mich natürlich auch gefragt, warum die Ehrwürdige schon in aller Früh das Zimmer verlässt«, erklärte die Magd mit gesenktem Blick. »Ich hab deshalb gefühlt, ob das Bett noch warm ist.« Sie verstummte errötend.

»Und?«, fragte Keelin voller Ungeduld. »War es noch warm?«

»Nein!« Sie schüttelte den Kopf. »Es war kühl. Ganz so, als sei sie schon länger fort. Dabei war es noch nicht einmal richtig hell!«

»Ich danke dir.« Keelin nickte der Raidin zu, drehte sich um und verließ das Zimmer. Sollte die Magd ruhig rätseln, was Ajana so früh aus dem Zimmer getrieben hatte. Er ahnte es und machte sich große Sorgen.

Verstohlen tastete Ajana nach Cyllamdir und ließ die Gestalt am Fuß des Baums nicht aus den Augen. Ihre Finger fanden den verzierten Griff des Elfendolchs und schlossen sich fest darum.

Sie war allein, aber nicht wehrlos. Ihr Gesicht nahm einen

entschlossenen Ausdruck an. Mit Daumen und Zeigefinger löste sie die Schnalle, die den Dolch in der Scheide hielt. Bayard und auch Keelin hatten sie gelehrt, sich zu verteidigen, und sie würde nicht zögern, diese Fähigkeit einzusetzen, um ihr Leben zu schützen.

»Der Dolch kann bleiben, wo er ist.« Langsam hob die Gestalt die Hände und schob die Kapuze zurück.

»Ihr?«, fragte Ajana erstaunt. Obwohl sie die junge Göttin mit den lockigen schwarzen Haaren nur ein einziges Mal gesehen hatte, erkannte sie sie sofort. Schließlich war es noch nicht lange her, da hatte diese ihr das Leben gerettet. Beherzt hatte Asza ihre Seele aus dem Fluss der Seelen gezogen, obwohl sie die Grenze des Totenreichs längst überschritten hatte.

»Verzeiht, dass ich misstrauisch war«, bat Ajana, stieg vom Baum und ordnete mit raschen Bewegungen ihren Umhang, der beim Klettern verrutscht war. Sodann deutete sie eine Verbeugung an. »Ich wollte nicht unhöflich sein, aber ich bin überrascht, Euch hier zu treffen.«

»Ich bin dort, wo meine Aufgabe mich hinführt«, entgegnete Asza mit unbewegter Miene.

Ajana runzelte die Stirn. »Wie meint Ihr das?«

»Ahnst du es nicht?«

»Ist es, weil …« Plötzlich hatte Ajana Sorge, dass sie etwas Verbotenes getan haben könnte. Immerhin war der Ulvars den Elben heilig. »Verzeiht, wenn ich etwas Unrechtes getan habe«, murmelte sie schuldbewusst. »Ich wollte da oben nur etwas nachsehen.«

»Du musst dich nicht entschuldigen.« Ein flüchtiges Lächeln huschte über Aszas Gesicht, als sie Ajanas beschämten Blick bemerkte. Sie bückte sich, hob etwas vom Boden auf und sprach: »Ich komme deswegen.«

»Das … das war eine Knospe«, warf Ajana ein.

»Richtig.« Asza nickte. »Es *war* eine Knospe. Jetzt ist es nicht mehr als eine leblose Hülle.«

»Aber wie ist das möglich?«, fragte Ajana bestürzt. »Erst gestern zeigte Inahwen mir eine gesunde, sprießende Knospe des Ulvars', die ein Falke nach Sanforan getragen hatte.«

»Gestern.« Aszas Tonfall blieb so unergründlich wie das Mienenspiel in ihrem ebenmäßigen Gesicht. »Gestern mag diese Knospe hier auch noch voller Lebenssaft gewesen sein.« Sie ballte die Hand zur Faust, zerdrückte das tote Blatt und ließ es achtlos zu Boden fallen. »Jetzt ist sie tot.«

Tot! Ajana zuckte zusammen, als sei sie geschlagen worden. »Was ist geschehen?«, fragte sie.

Asza antwortete nicht sofort. Gemessenen Schrittes trat sie vor den mächtigen Stamm des Ulvars', legte die Hände flach auf dessen geschundene Rinde, schloss die Augen und verharrte einen Augenblick lang schweigend.

Schließlich löste sie die Berührung und blickte Ajana traurig an. »Ich weiß nicht, was geschehen ist«, sagte sie mitfühlend. »Jedenfalls nicht genau. Ich weiß nur, dass der Ulvars stirbt, und ich habe schon viele Tränen vergossen, weil ich es nicht verhindern kann.«

»Aber … aber er darf nicht sterben!«, stammelte Ajana bestürzt. Sie hatte das Gefühl, den Boden unter den Füßen zu verlieren. Das eben noch feste Erdreich schien unvermittelt zu den Planken eines schwankenden Schiffes geworden zu sein. »Ihr seid eine Göttin«, stieß sie flehend hervor. »Sicher gibt es irgendetwas, das Ihr für ihn tun könnt. Bitte! Der Ulvars ist meine letzte Hoffnung. Wenn er stirbt, kann ich niemals nach Hause zurückkehren.«

Asza schüttelte den Kopf. »Der Verfall ist nicht mehr aufzuhalten«, sagte sie ernst. »Es gibt nichts, das ich noch für ihn tun könnte.« Nicht die kleinste Regung in ihrem Gesicht gab etwas von dem preis, was in ihr vorging. »Du hast mächtige Feinde, Ajana«, fuhr sie schließlich mahnend fort. »Hüte dich davor, sie zu unterschätzen. Du wähnst die Priesterin des Feuers besiegt, doch der Schein trügt. Vhara ist nicht tot. Sie ist nach Andaurien geflohen. Sie hasst dich mehr denn je und trachtet danach, die erlittene Schmach zu rächen. Alles ist in Bewegung, nichts ist sicher, ehe das Übel nicht an der Wurzel gepackt und vernichtet ist.« Ihre Stimme wurde leiser, sie machte einen Schritt auf Ajana zu und sagte: »Sei auf der Hut, Ajana.«

»Vhara ist nicht tot?«, fragte Ajana erschüttert. Der Gedanke, dass Vhara den Sturz in den glutheißen Wehlfang überlebt haben könnte, überstieg ihre Vorstellungskraft. Wie alle in Nymath war auch sie überzeugt gewesen, dass die Priesterin tot sei. »Wie ist das möglich?«, fragte sie.

»Die Priesterin des Feuers hat mächtige Verbündete«, erklärte Asza so leise, als fürchte sie, dass jemand mithören könne. »Sie buhlt mit jenem einen, den ihr den dunklen Gott nennt. Dieser ist kein Geringerer als der Sohn Asnars und der Neffe Callugars. Mit seiner Hilfe gelang es ihr, den Fluten des Wehlfangs unbeschadet zu entkommen.«

»Aber das ist nicht möglich!«, rief Ajana aus. »Ich habe selbst gesehen, wie Maylea sie in den Wehlfang stieß. Ich hörte sie schreien und sah, wie die Flammen ihre Gewänder verzehrten, wie sie ...« Die Erinnerung an den grausigen Anblick überwältigte sie. Erschüttert schloss sie die Augen, atmete tief durch und scheuchte die schrecklichen Bilder fort. Dann fügte sie hinzu: »So etwas kann niemand überleben. Das ist unmöglich.«

»So unmöglich wie es ist, den Ulvars von Andaurien aus zu vernichten, nur um zu verhindern, dass du Nymath verlässt?«, fragte Asza provozierend. »Glaub mir, mein Kind, für ihn und seine Priesterinnen ist nichts unmöglich.« Sie machte eine bedeutungsvolle Pause. »Er will die Herrschaft über Nymath, aber sie will dich!«

»Mich?«, Ajana erblasste. »Warum?«

Asza verzog den Mund zu einem spöttischen Lächeln. »Du besitzt etwas, nach dem es sie verlangt, und du hast die Macht, es zu nutzen.« Aszas Stimme wurde eine Spur schärfer. »Die Priesterin des Feuers will das Amulett. Sie wird alles daransetzen, dich zu finden. Sei auf der Hut, Ajana, und traue niemandem. Alle in deiner Nähe sind in höchster Gefahr.«

Mit schnellen Schritten durchmaß Vhara die langen Gänge in den unterirdischen Gewölben ihres Tempels. Sie war gereizt und ungeduldig, ihre Miene wirkte ernst, die Hände waren zu Fäusten geballt. Ihr langes fließendes Gewand aus feinstem Gewebe bauschte sich, als sie auf eine steinerne Tür zueilte, vor der zwei Posten Stellung bezogen hatten.

»Und? Hat sie schon geredet?«

»Verzeiht, Herrin, aber davon haben wir keine Kunde.« Die beiden Wächter verneigten sich demütig, doch nur einer von ihnen wagte, die Stimme zu erheben. Er deutete ein Kopfnicken an und wies auf die Tür. »Zurzeit ist alles ruhig.«

»Serkses feurige Haare, das dauert mir zu lange.« Ein zornig roter Schimmer flackerte in den Augen der Priesterin auf. »Viel zu lange. Macht den Weg frei!« Mit einer ungehaltenen Geste scheuchte sie die beiden fort.

Die Wachen beeilten sich, der Aufforderung nachzukommen. Hastig traten sie zur Seite, sichtlich erleichtert, dass das Augenmerk der Priesterin nicht mehr auf ihnen ruhte.

Vhara beachtete sie nicht. Mit grimmig entschlossener Miene legte sie die Hand auf das magische Zeichen, eine blutrote Hand in der Mitte der Tür, und wartete.

Wenige Herzschläge lang geschah nichts, dann glitt die Tür mit einem knirschenden Geräusch zur Seite. Vhara wartete nicht, bis sie sich ganz geöffnet hatte. Kaum dass der Spalt breit genug war, schlüpfte sie hindurch.

Der von Fackeln und Kohlebecken nur unzureichend beleuchtete Raum jenseits der Tür war warm und stickig. Dies war nur eines der vielen unterirdischen Gewölbe, in dem die Schergen des Tempels mit grausamem Eifer und allerlei Foltergerätschaften verschlossene Münder öffneten, Verschwörungen aufdeckten und gut gehütete Geheimnisse lüfteten, denn der einzige Gott Andauriens hatte viele Feinde.

Ein abscheulicher Gestank nach Blut, Schweiß und Exkrementen, durchsetzt mit den strengen Ausdünstungen schwitzender Tierleiber und dem beißenden Geruch rußender Kohlebecken, schlug Vhara entgegen, aber sie zeigte keine Regung. Beherrscht trat sie vor den steinernen Altar in der Mitte des Raums und schaute auf die geschundene Gestalt herab, die mit verbundenen Augen darauf gefesselt lag.

»Sieh an, eine mystische, mächtige, unbesiegbare Felis!« Vhara spitzte die Lippen zu einem verächtlichen Lächeln. »Am Ende winselt auch ihr wie räudige Hunde um Gnade.« Mit dem Zeigefinger fuhr sie über eine klaffende Wunde am Hals der Katzenfrau, aus der frisches Blut hervorsickerte. »Und ihr blutet auch wie ganz gewöhnliche Verräter.«

Angewidert wischte sie das Blut am Körper der Katzenfrau ab. Das samtige, schwarz-orange gemusterte Fell der Felis war gezeichnet von verkrustetem Blut und Brandwunden. Ihr Gesicht war geschwollen, drei ihrer Finger waren gebrochen. Aus den Mundwinkeln sickerte Blut. Sie atmete schwach und sie bewegte sich nicht.

»Nennt ihr das etwa eine Folter?«, fuhr Vhara den askarsischen Gehilfen des Schergen ungehalten an, der nahe dem Altar an einem Feuerbecken stand und die Kohlen mit einer glühenden Zange schürte. Wie alle Askaren war er kleinwüchsig und hatte die typische kraftstrotzende Statur seines Blutes. Die grimmigen Gesichtszüge mit den schmalen, tief liegenden Augen trugen dazu bei, den barbarischen Eindruck zu vertiefen, den sein gedrungener Körper und die wulstigen schwarzen Schmucknarben auf seinem kahlen Schädel erweckten.

»Wo ist dein Meister?«, wollte Vhara wissen.

Der Gehilfe gab einen würgenden Laut von sich und schüttelte den Kopf.

»Wo ist er?« Außer sich vor Wut über die Unverfrorenheit, baute sich Vhara vor dem Askaren auf. »Ich habe dich etwas gefragt, und du hast mir zu antworten – sofort!«

Der Gehilfe öffnete den Mund und entblößte seinen zungenlosen Rachen. Dann wandte er sich um, deutete auf eine Tür am anderen Ende des Raums und gab mit einem Nicken zu verstehen, dass sein Meister dort zu finden sei.

»Welch ein elendes, nutzloses Pack!« Vhara schnaubte verächtlich. »Kein Wunder, dass ihr mit der Gefangenen nicht weiterkommt, wenn ihr nur …«

Die Tür, auf die der Gehilfe gezeigt hatte, öffnete sich knarrend.

»Sie ist dem Leben näher als dem Tod.« Eine buckelige

Gestalt in dunkler, bodenlanger Kutte betrat das Gewölbe, schloss die hölzerne Tür sorgfältig hinter sich und schlurfte mit schweren Schritten auf den Altar zu. »Tot nützt sie uns nichts.«

»Das weiß ich selbst. Imhot!« Vhara fuhr herum und starrte den Schergen erbost an. Er war fast einen Kopf kleiner als sie. Das Gesicht mit der markant gebogenen Nase wirkte diabolisch, das schwarze Haar war strähnig und ungepflegt und auf dem Hinterkopf zu einer runden Glatze ausgedünnt. »Seit mehr als zwei Nächten versuchst du nun schon, ihr Wissen zu entlocken«, herrschte Vhara ihn an. »Und was hast du bisher erreicht? – Nichts!«

»Sie ist sehr zäh!« Der Scherge trat vor den Altar, griff nach einer Zange und hob einen handtellergroßen pelzigen Hautlappen auf dem Bauch der Felis in die Höhe. »Das hat bisher noch jeden zum Reden gebracht«, sagte er nicht ohne Anerkennung. »Sie nicht!«

»Katzenfrauen sind von einer besonderen Art«, erwiderte Vhara ungerührt. »Das erfordert eine besondere Behandlung.« Sie blickte den Schergen durchdringend an. »Ich erwarte Erfolge«, zischte sie drohend. »Also, lass dir was einfallen.«

»Aber auch Felis können sterben.« Der Scherge war entweder sehr mutig oder er hatte die Drohung in den Worten der Priesterin nicht gehört. »Sie ist die Erste ihrer Art, die ich verhöre«, sagte er mit einem Schulterzucken. »Zauberwesen oder nicht, es ist immer das Gleiche. Wenn sie tot sind, reden sie nicht mehr!«

»Dann bring sie vorher zum Reden!« Vhara packte den Schergen an den Haaren und bog seinen Kopf so weit nach hinten, dass er sie ansehen musste. Ihre Augen glommen rot. »Bald!«, zischte sie ihm zu. »Sehr bald! Sonst könnte es passieren, dass auch deine Stimme ganz überraschend auf tragische Weise verstummt.«

»Aber was kann ich denn tun?« Verzweiflung schwang in Ajanas Worten mit. »Der Ulvars ist tot. Ich kann nicht zurück, und in dieser Welt gibt es keinen Ort, an dem ich mich vor dem dunklen Gott oder seiner Priesterin verbergen könnte.«

»Nicht so voreilig.« Asza lächelte geheimnisvoll. »Du täuschst dich. Es gibt einen Ort, von dem aus du heimkehren könntest.«

»Wirklich?« Ajana horchte auf. »Wo? Wie kann ich dorthin gelangen?« Die überraschende Nachricht verwirrte sie zutiefst. Hatte sie eben noch mit dem Schicksal gerungen, das sie dazu verdammte, auf ewig in Nymath zu bleiben, schien es plötzlich, als gebe es doch noch einen Funken Hoffnung, ein winziges Schlupfloch, um dem Unausweichlichen zu entgehen und jenen zu entkommen, die sie verfolgten. »Wo ist es?«, fragte sie noch einmal mit bebender Stimme. »Sagt es mir.«

»In Andaurien«, erklärte Asza ruhig.

Ajana keuchte auf. Eine eisige Hand schien ihr Herz zu umklammern, und ein Sturm von Gefühlen fegte die zarte Pflanze der Hoffnung hinfort, die Aszas Worte in ihr hatten aufkeimen lassen. Die junge Göttin aber sprach in ruhigem Tonfall weiter, als hätte sie Ajanas Erschrecken nicht bemerkt.

»Du findest ihn im Dschungel der westlichen Artasensümpfe«, sagte sie in einem Ton, als sei es nur ein Spazierweg dorthin. »Es ist ein Hellganbaum, den die Menschen auch den Götterbaum nennen. Er ist ein mächtiger und alter Baum, dessen Stamm selbst fünf Männer nicht zu umspannen vermögen. Die Krone mutet wie der Hut eines riesigen Pilzes an und ist so gewaltig, dass du mehr als hundert Schritte gehen musst, um seinen Schatten zu durchmessen. König Sanforan weihte den Baum einst Callugar, dem mächtigsten aller Götter, und errichtete an seinem Fuße einen Altar zu seinen Ehren. Dort brachten die Krieger der Onur ihrem Gott Callugar Opfergaben dar und erflehten in Gebeten seinen Beistand, bevor sie in die Schlacht zogen. Einst trug er weiße Blüten, doch seit der Eine mit Blut und Schrecken über Andaurien herrscht, sind sie rot. Es heißt, dass die Blüten erst dann wieder weiß werden, wenn Callugar seinen rechtmäßigen Platz in der Halle der Götter wieder eingenommen hat.«

»In Andaurien?«, wiederholte Ajana, als hätte sie alles andere überhört. »Aber dort …«

»… herrschen der dunkle Gott und Vhara, seine mächtigste Priesterin.« Erneut umspielte ein dünnes Lächeln Aszas Lippen. »Das ist richtig. Aber genau das wird deine Rettung sein.«

»Das … das verstehe ich nicht.« Ajana blickte die junge Göttin verwirrt an.

»Nun, nehmen wir mal einen Sturm«, erklärte Asza so ruhig, als erkläre sie einer Schülerin, warum ein Messer scharf ist. »Seine gewaltigen Winde sind wild und zerstörerisch, doch in seinem Herzen, dort, wo der Ursprung der Kraft liegt, sind sie zahm wie eine Sommerbrise. Wenn Vhara nach dir sucht, so wird sie dies hier, in Nymath, tun. Niemals wird sie dich in Andaurien vermuten, dem Herzstück ihrer Macht, und dort folglich auch nicht nach dir suchen. Bedenke, dass sie den Elbenstab nicht mehr besitzt. Sie ist nun ausschließlich auf die Augen und Ohren ihrer Späher angewiesen, um dich zu finden. Diese aber sind langsam und sie sind nicht unfehlbar. Wenn du erst in Andaurien bist, bist du in Sicherheit.«

»Aber wie sollte mir das gelingen? Die Wüste ist groß. Ohne einen erfahrenen Führer würde ich mich verirren. Ich würde verdursten oder im Treibsand ersticken, ehe ich auch nur die Hälfte des Wegs zurückgelegt hätte.«

»Ja, es ist eine gefährliche Reise«, pflichtete Asza ihr bei. »Aber du kannst es schaffen.« Sie deutete auf den verdorrten Baum. »Der Ulvars ist tot«, sagte sie so nachdrücklich, dass es fast schon ungeduldig klang. »Der Hellgranbaum in Andaurien ist nun für dich der einzige Weg heimzukehren.« Sie maß Ajana mit einem schwer zu deutenden Blick und fügte hinzu: »Und vergiss nicht: Auch deine Freunde sind in großer Gefahr.«

Ajana schwieg nachdenklich. Unschlüssig wanderte ihr Blick von der jungen Göttin zum Ulvars und wieder zurück. Wie viel wollte ihr das Schicksal noch aufbürden? Wie viele Rückschläge vermochte sie noch zu ertragen? Am Abend zuvor hatte sie geglaubt, ihr Abenteuer in Nymath gehe dem Ende entgegen. Doch nun …

Wie eine düstere Vision rief sie sich ihren Traum von zu Hause in Erinnerung, sah ihre Mutter, den Vater …. Wie viel Zeit blieb ihr noch?

»Du sorgst dich um jene, die du zurückgelassen hast.« Asza schien zu spüren, was sie bewegte.

Ajana nickte betrübt. »Ich habe von ihnen geträumt. Es war schrecklich …« In knappen Worten schilderte sie der jungen Göttin, was sie bewegte.

»Die Macht der Träume darf nicht unterschätzt werden«, mahnte Asza, als Ajana geendet hatte. »Oft zeigen sie uns die Vergangenheit oder die Gegenwart, aber manchmal geben sie uns auch Hinweise auf das, was kommen mag.«

Ajana blickte Asza an. Eine Frage brannte ihr auf der Zunge, doch sie fürchtete sich vor der Antwort und zögerte, sie auszusprechen. Schließlich nahm sie sich ein Herz und fragte: »Und welcher Art war dieser Traum?«

»Erkennst du es nicht?« Asza zog eine Augenbraue in die Höhe und wiederholte langsam die Worte, die Ajanas Vater im Traum gesagt hatte: *»Es ist für uns alle ein hartes Jahr gewesen.«* Sie machte eine Pause, um den Worten Gewicht zu verleihen, und fügte dann hinzu: »Die Antwort auf deine Frage liegt in diesen Worten.«

»Ein Jahr!« Ajana spürte, wie ihr Herz schneller schlug. Ihre Miene hellte sich auf. »Er hat gesagt, dass sie schon ein Jahr nach mir suchen«, stieß sie glücklich hervor. »Aber so lange bin ich noch gar nicht fort.«

»Es war die Zukunft, die der Traum dir zeigte.« Asza nickte bedächtig. »Es liegt in deiner Hand zu verhindern, dass es geschieht. Dir bleibt nicht viel Zeit. Vhara wird schon bald erfahren, dass ihr heimtückischer Angriff auf den Ulvars von Erfolg gekrönt war. Es steht zu befürchten, dass sie um die Macht des Hellganbaums weiß. Sie wird voraussehen, dass du versuchen wirst, ihn zu erreichen …«

»Aber wie kann ich ihn finden?«, fragte Ajana verzagt. »Andaurien ist groß. Selbst wenn es mir gelingen sollte, die Wüste zu durchqueren, gibt es doch niemanden, der mich dort führen könnte.«

»Nicht in Nymath, das ist richtig«, stimmte Asza ihr zu. »In Andaurien jedoch kennt auch heute noch ein jeder den heiligen Baum. Ich bin sicher, man wird dir den Weg weisen. Durchquere das Grinlortal und reite immer nach Norden. Der Hellganbaum ist nur zwei Tagesritte vom Rand der Wüste entfernt.«

»Und wann muss ich aufbrechen?« Der Gedanke, dass es für eine Heimkehr noch nicht zu spät war, hatte Ajana gepackt und ließ die möglichen Gefahren der Reise geradezu nebensächlich erscheinen.

»Am besten sofort!« Der drängende Tonfall ließ keinen Zweifel daran, wie ernst es Asza damit war. »Jeder Augenblick, der ungenutzt verstreicht, kann sich nachteilig auf das Gelingen deiner Reise auswirken.«

»Sofort? Aber ich kann jetzt nicht einfach losreiten. Seht mich an. Ich habe weder Vorräte noch Wasser bei mir – nicht mal einen Sattel und auch keine Decke. Ich muss auf jeden Fall nach Sanforan zurückkehren, um die Reise vorzubereiten. Außerdem muss ich den Hohen Rat informieren und um eine Eskorte bitten. Inahwen und Keelin werden mich sicher auch begleiten wollen und …«

»Warte!« Asza hob mahnend die Hand. »Willst du wirklich so viele in Gefahr bringen?«, fragte sie abratend. »Bedenke, dass du ins Herz des Feindeslands reiten musst. Ein einzelner Reiter vermag sich dort geschickt zu verbergen, doch eine Eskorte …« Sie schüttelte den Kopf. »Auch wenn es dir sicherer erscheinen mag, in Begleitung zu reiten, so wäre es doch ein großer Fehler. Die Anhänger des dunklen Gottes würden euch aufspüren und töten, ehe ihr auch nur in die Nähe der Artasensümpfe kämt.«

»Ihr … Ihr meint, ich soll allein reiten?« Ajana wich erschrocken einen Schritt zurück. Die Vorstellung, den weiten und gefährlichen Ritt allein zu bewältigen, machte ihr Angst. »Das schaffe ich nicht«, presste sie entmutigt hervor und beeilte sich zu erklären: »Ich kenne die Wüste nicht, jedenfalls nicht viel davon. Ich würde gewiss sterben, ehe ich die Grenzen Andauriens erreiche.«

»Es spricht nichts dagegen, einen Kundschafter mitzunehmen.« Asza lächelte vielsagend.

»Keelin!« Ajanas Miene hellte sich auf. Wenn Keelin sie begleiten würde, wäre alles viel einfacher. Unter Horus' Führung würden sie die Wüste schnell durchqueren und auch den Hellganbaum alsbald finden können.

Doch dann kamen ihr Zweifel. Am Abend waren sie im Streit auseinandergegangen; sie konnte sich nicht mehr sicher sein, ob er sie begleiten würde.

Plötzlich hatte sie es sehr eilig. Sie musste mit Keelin sprechen. Jetzt und sofort. Die Zeit lief ihr davon, und ehe sie aufbrechen konnte, gab es noch viel zu tun.

»Ich danke Euch«, sagte sie aus ganzem Herzen. »Am Fluss der Seelen habt Ihr mir das Leben gerettet und nun gebt Ihr mir die Hoffnung zurück. Ich weiß gar nicht, wie ich Euch das danken kann.«

Asza lächelte geheimnisvoll, ging aber nicht weiter darauf ein. »Du musst dich beeilen«, sagte sie mit sanftem Drängen. »Die Zeit ist von nun an dein größter Feind – vergiss das nicht. Möge die Magie der Runen dich schützen und dir die Kraft geben, auch diese schwere Prüfung zu bestehen.«

»Keine Sorge, das werde ich nicht vergessen.« Ajana war schon auf dem Weg zu ihrer Stute. In Gedanken ging sie alles durch, was vor dem Aufbruch noch zu tun war. Dutzende mehr oder weniger bedeutsame Dinge gingen ihr durch den Kopf. Und während sie sich auf den Rücken des Pferdes schwang, war sie bereits dabei, das eine oder andere zu verwerfen.

»Ein Altar für Callugar. So, so.« Der Wanderer löste sich aus dem Schatten des Ulvars', trat neben Asza und blickte Ajana nach, die über die Hügel zum fernen Waldrand galoppierte. »Warum hast du ihr nicht die Wahrheit gesagt?«, fragte er vorwurfsvoll.

»Um sie zu ängstigen?« Asza schüttelte den Kopf. »Dann wäre sie niemals gegangen.«

»Um sie zu warnen.« Ein leichter Tadel schwang in der Stimme des Mannes mit. »Sie vertraut dir.«

»Und ich vertraue ihr«, erwiderte Asza ungerührt. »Sie ist unsere letzte Hoffnung; wenn sie versagt, haben wir verloren.«

Ajana war nirgends zu finden. Nicht in ihrem Gemach, nicht bei Inahwen und auch nicht in einem der »Stillen Räume«, jenen Gemächern, in denen die Schreiber des Hohen Rates arbeiteten, und in die sich Ajana hin und wieder zurückzog, um die Chronik Nymaths zu studieren.

Weder die Elbin noch jeder andere, den Keelin nach Ajana fragte, hatten sie an diesem Morgen gesehen. Alle wohlgemeinten Vermutungen über ihren Verbleib brachten ihn bei seiner Suche nicht weiter, ebenso wenig wie der Besuch bei den Heilerinnen.

Mit raschen Schritten eilte er durch die Gänge der Bastei die Treppe hinab und über den Hofplatz auf die Stallungen zu.

Der Morgen war freundlich heraufgezogen. Anders als am Vortag schien die Sonne von einem frühlingsblauen Himmel. Unter der Wärme schwanden auch die letzten Pfützen auf dem Hofplatz schnell dahin. Die Luft war erfüllt vom Rauschen der Brandung und dem Duft des Meeres, den ein frischer Wind von der nahen Küste herantrug, während die Stallburschen, Krieger und Bediensteten der Bastei allerorten geschäftig ihrer Arbeit nachgingen. Sie lachten und scherzten, und es hatte fast den Anschein, als sei die Geißel des Winters nun endgültig von Nymath genommen worden.

Neben dem großen Tor der Stallungen traf Keelin auf Abbas. Der junge Wunand war gerade dabei, sein Pferd für einen Botenritt zu satteln, wie immer allein.

Die Männer vom Blute der Wunand durften keine Waffen führen. Dass sich Abbas eigenmächtig darüber hinweggesetzt hatte, war bei den Wunandamazonen im Heer der Vereinigten Stämme auf wenig Verständnis gestoßen. Obwohl er ihnen an Mut und Geschick in nichts nachstand, mieden sie ihn wie einen Aussätzigen. Mit den Kriegern der Raiden, Onur, Fath und Katauren verhielt es sich ähnlich. Für sie galten die Männer der Wunand durchweg als Schwächlinge, da sie sich von den Frauen bervormunden ließen. Dass Abbas für seinen Mut und seine Verdienste im Kampf gegen die Uzoma eine hohe Auszeichnung erhalten hatte, änderte nichts an ihrem Unverständnis. Oft war er das Ziel von Demütigungen und Spott, und Keelin fragte sich immer wieder, wie sein Freund das hinnehmen konnte.

»Keelin!« Als Abbas ihn sah, ließ er den Huf los, den er gerade gesäubert hatte, und kam ihm entgegen. »Ich dachte, du bist auch ausgeritten.«

»Auch?« Keelin zog verwundert eine Augenbraue in die Höhe. »Wie meinst du das?«

»Nun, Ajanas Pferd ist nicht im Stall«, erklärte Abbas. »Ich dachte, du hättest den Rappen genommen und seiest mit ihr ausgeritten. Ihr reitet doch sonst immer zusammen.«

»Ist es schon lange fort?« Keelin machte ein paar Schritte auf das Tor zu und spähte in die Stallungen.

»So genau kann ich das nicht sagen. Der Stand war schon leer, als ich nach dem Essen hierherkam. Stimmt etwas nicht?«

»Ja… Nein. Ich… habe sie nur gesucht.« Keelin war mit den Gedanken schon ganz woanders. Warum nur war Ajana so früh fortgeritten? Und wohin? »Ich danke dir, mein Freund«, sagte er gedankenverloren und legte Abbas kameradschaftlich die Hand auf die Schulter. Mit den Worten »Wir sehen uns später« drehte er sich um und ging in den Stall.

Drinnen war es ruhig. Nur wenige Pferde waren noch in ihren Ständen. Die meisten waren mit den Patrouillen oder den Botenreitern unterwegs. Das Erste, was Keelin bemerkte, als er zum Stand von Ajanas Stute ging, war, dass die Heuraufe und der Futtertrog noch unberührt waren. Das konnte nur bedeuten, dass Ajana losgeritten war, ehe die Stallburschen in der Früh zum Füttern gekommen waren.

So früh? Keelin stutzte. Dann musste es noch dunkel gewesen sein! Seltsam… Ajana war nur selten allein und schon gar nicht im Dunkeln geritten. Was mochte sie…?

Er hatte den Gedanken noch nicht zu Ende geführt, als er Ajanas Sattel auf einem Bock am Rand der Stallgasse entdeckte. Sie musste es wirklich sehr eilig gehabt haben.

»Keelin?« Eine sanfte Stimme riss ihn aus den Gedanken. Er blickte auf und erkannte Duana, die sich ihm lautlos genähert hatte.

»Duana.« Sein Lächeln wirkte zerstreut, obwohl er die innere Unruhe zu unterdrücken versuchte. »Was führt dich hierher?«

»Ich wollte meinen Braunen holen«, erwiderte Duana. »Wir brechen gleich zum Pass auf.«

»Ein weiter Weg.« Keelin war immer noch nicht ganz bei der Sache. Ajana war schon so lange fort. Wenn ihr nun etwas zugestoßen war?

»Du sorgst dich!«, sagte Duana in seine Überlegungen hinein, als hätte sie seine Gedanken gelesen. »Ich hörte, dass du nach deiner Gefährtin suchst.« Sie deutete auf den leeren Stand. »Ist sie ausgeritten?« Ihr Blick fiel auf den Sattel und ihre Stimme wurde mitfühlend. »Allein und ohne Sattel? Da hatte sie es aber sehr eilig.«

Keelin erwiderte nichts. Was hätte er auch antworten sollen? Er wusste ja selbst nicht mehr, als Duana mit eigenen Augen sehen konnte. Aber sie ließ nicht locker. »Ihr hattet Streit, nicht wahr?«, fragte sie zögernd. Es klang, als koste sie dieser Satz sehr viel Überwindung, und sie fügte schnell hinzu: »Ich habe es gehört, gestern Abend im Falkenhaus. Ich ... ich wollte nicht lauschen. Wirklich nicht. Ich kam nur zufällig vorbei und ...«

»Du musst dich nicht entschuldigen«, unterbrach Keelin sie. »Es war vermutlich nicht zu überhören.« Dann seufzte er und nickte betrübt. »Ja, es ... es gab ein paar Unstimmigkeiten.«

»Das tut mir leid.« Duana trat noch etwas näher an Keelin heran und sagte voller Wärme: »Es ist schlimm, im Streit auseinanderzugehen.« Ihre Stimme wurde immer leiser, fast so als fürchte sie sich vor ihrer eigenen Kühnheit. »Du solltest dich nicht grämen«, riet sie sanft. »Wenn sie dich verlässt, dann hat sie dich auch nicht verdient.«

»Hab Dank für die aufmunternden Worte, Duana.« Keelin lächelte freudlos, straffte sich und sagte: »Aber ich bin in großer Sorge. Ich denke, ich werde Horus nach ihr Ausschau halten lassen.« Er wollte an Duana vorbeigehen, als diese unerwartet einen unbeholfenen Schritt zur Seite machte und strauchelte.

»Vorsicht!« Keelin reagierte unwillkürlich und fing Duana auf.

»Ich danke dir!« Die Wunand schmiegte sich in seine Arme und schenkte ihm ein strahlendes Lächeln. Sanft legte sie ihre Hände auf seine Schultern und ließ zu, dass er ihr aufhalf. Für den Bruchteil eines Herzschlags trafen sich ihre Blicke …

»Keelin?« Die Stimme am Tor erstarb.

Keelin fuhr zusammen und blickte erschrocken auf.

Im Tor stand Ajana. Ihre Wangen glühten, und die Lippen bebten, als sie weitersprach: »Jetzt verstehe ich.« Sie schluckte schwer und rang mit den Tränen.

»Ajana!« Hastig versuchte Keelin, sich aus der missverständlichen Lage zu befreien, und suchte verlegen nach Worten. »Wo warst du? Ich … ich suche dich schon …«

»Tatsächlich?« Ajana holte tief Luft. »Das sieht mir aber nicht danach aus.« Sie schluchzte auf. »Dass du so schnell … Das hätte ich nicht von dir gedacht. Niemals! Du bist so … so!« Die tiefe Enttäuschung verschlug ihr die Sprache. Sie wandte sich um und rannte davon.

»Ajana, warte!« Mit einem Ruck befreite sich Keelin aus Duanas Armen und lief ihr nach. »Du … du verstehst das völlig falsch.«

Doch Ajana wollte nichts mehr hören. Ohne sich noch einmal umzublicken, schwang sie sich auf ihr Pferd und preschte im gestreckten Galopp über den Hof davon.

Ajana blickte sich nicht um.

Blind von Tränen, feuerte sie ihre Stute an, schneller zu laufen. Sie achtete nicht auf die Menschen auf dem Hofplatz und in den Gassen, die erschrocken zur Seite sprangen, und überhörte die zornigen Rufe und Drohgebärden, die man ihr nachsandte.

In ihrer Hast gab sie der Stute den Kopf frei und klammerte sich an der Mähne fest. Ihr Herz klopfte so heftig, dass sie das scharfe Klappern der Hufe auf dem Pflaster kaum hörte.

Fort, nur fort.

Verschwommen sah sie das Stadttor auf sich zukommen. Ein zweispänniger Händlerkarren nahm fast den ganzen freien Raum unter den steinernen Torbogen ein, ein weiterer wartete innerhalb der Stadtmauern darauf, hinausfahren zu können. Der schmale Durchlass reichte gerade dazu, dass die Torwachen zwischen den Fuhrwerken hindurchgehen konnten.

Sie sah, wie der Wachposten warnend die Hände hob, und hörte ihn rufen. Dass die wilden warnenden Gesten des Wächters vor dem Stadttor ihr gelten könnten, drang jedoch nicht bis in ihr Bewusstsein vor. Ohne anzuhalten, jagte sie auf das Tor zu, während in ihrem Kopf die Gedanken kreisten. Nun war ihr klar, warum Keelin nicht zuhören wollte, warum er so kampflos aufgab.

Und ich mache mir nächtelang Gedanken, ob ich Keelin zuliebe nicht doch hierbleiben soll, dachte sie verbittert. Ich überlege hin und her, ob es nicht irgendeine Lösung gibt, die uns beiden gerecht wird, und ob ich nicht irgendwie zu ihm zurückkehren kann – und was macht er? Mir gegenüber spielt er den Enttäuschten, tröstet sich aber längst mit einer anderen, ehe ich Nymath überhaupt verlassen habe.

Die bittere Erkenntnis legte sich wie ein eiserner Ring um ihren Brustkorb und trieb ihr aufs Neue die Tränen in die Augen.

Verschwommen sah sie, wie sich der Wachposten mit einem gewagten Sprung in Sicherheit brachte, und hörte die Pferde vor den Karren erschrocken wiehern. Doch ehe sie auch nur den Hauch eines Schreckens verspüren konnte, trug die Stute sie schon zwischen den beiden Fuhrwerken und unter dem Tor hindurch und preschte auf den fernen Wald zu.

Irgendwann wurde sie langsamer. Das treue Tier war seit dem frühen Morgen scharf galoppiert und hatte kaum noch Kraftreserven. Eine Zeit lang ließ Ajana dem Pferd seinen Willen, dann ergriff sie die Zügel und ritt im Schritt weiter. Sie wusste nicht, wohin sie der Weg führte. Sie hatte kein Ziel. Alles, was sie wusste, war, dass sie nicht nach Sanforan zurückkehren würde.

Nie wieder!

Keelin und Duana! Wieder verspürte Ajana einen Stich, als hätte ihr ein Pfeil die Brust durchbohrt. Kummer flutete in schmerzlichen Wogen durch ihren Körper, ihr Herz hämmerte, und die Kehle schien ihr zu eng zum Atmen. So also fühlte sich Liebeskummer an. Sie schluchzte auf und unterdrückte den Wunsch, den Schmerz einfach hinauszuschreien. Niemals zuvor war sie so gedemütigt, niemals so tief verletzt und niemals so schändlich hintergangen worden.

Wie konnte ich nur glauben, dass Keelin sich besonnen hat, dachte sie enttäuscht. Wie konnte ich nur so dumm sein und annehmen, dass er trotz des Streits noch einmal vernünftig mit mir reden würde? Dass ich ihn bitten könnte, mich auf dem gefährlichen Weg nach Andaurien zu begleiten?

Ich habe mir etwas vorgemacht. Ich gehöre nicht hierher. Selbst wenn ich mich entschieden hätte zu bleiben, wäre ich hier doch immer nur eine Fremde gewesen, dachte sie.

Die bittere Erkenntnis tat weh, furchtbar weh. Doch hinter dem Schmerz regte sich bereits etwas anderes, etwas, das sich zunächst zaghaft, aber dann immer mächtiger aus ihrer verletzten Eitelkeit erhob: Wut!

Unbändige Wut auf Keelin, der sie so schändlich hintergangen hatte. Wut auf Duana, die ein falsches Spiel trieb. Und auch Wut auf sich selbst, dass sie so einfältig gewesen war und niemals auch nur den geringsten Argwohn gehegt hatte. Die Liebe zu Keelin hatte sie blind gemacht für die kleinen Anzeichen der Veränderung, die es gewiss gegeben hatte und die sie nicht hatte wahrnehmen wollen. Nun wurde sie dafür bestraft.

Ajana wischte eine Träne fort.

Grenzenlose Enttäuschung und tiefe Verbitterung breiteten sich in ihr aus und gewannen mehr und mehr die Oberhand über den Trennungsschmerz. Nie wieder würde sie auch nur einen Fuß auf den Boden Sanforans setzen. Niemals wieder auch nur ein Wort mit Keelin sprechen.

Ajana nahm die Zügel wieder fester in die Hand. Je länger sie darüber nachdachte, desto mehr wurde sie sich bewusst, dass es für sie nur eine einzige Heimat gab – dort, wo man sie wirklich liebte und schmerzlich vermisste.

Ihr Gesicht nahm einen entschlossenen Ausdruck an. Andaurien war weit und die Wüste gefährlich, aber sie hatte nichts mehr zu verlieren. Der Ulvars starb. Ihre Liebe und das Leben, das sie hier geführt hatte, lagen in Scherben. Alles, was sie in Nymath hätte halten können, war zerstört. Jetzt gab es nur noch einen Weg, den sie einschlagen konnte: Sie musste zum Hellganbaum.

Dumpfer Trommelschlag hallte durch den andaurischen Dschungel, brach sich an den Wänden aus immergrünem Laub und verlor sich irgendwo im schattigen Dickicht. Der monotone Rhythmus, der den Verstorbenen das Tor zum Reich der Ahnen öffnen sollte, kündete von Schmerz und Kummer. An diesem frühen Nachmittag erklangen drei Trommeln – eine für jeden, der gegangen war.

Die drei Auserwählten lagen auf blumengeschmückten Bahren, der Boden darunter war mit Schilf bedeckt. Sie trugen die zeremonielle Kleidung der Hedero: einen zweifarbigen Rock aus weichem Tarpanleder, reich bestickte Beinschienen und den traditionellen Kopfschmuck aus kurzen roten Tagarafedern. Schultern, Brust und Rücken wurden von einem runden, aufwendig mit kleinen Süßwassermuscheln und Perlen besetzten Kragen bedeckt. Die bloßen Oberarme zierten goldene Armreifen. In den gefalteten Händen hielten sie ihre Speere.

Das Dorf hatte sich versammelt, um von den Kriegern Abschied zu nehmen und ihren Tod zu beklagen. Rings um die Toten hatten die Frauen Feuerschalen aufgestellt. Die Flammen zuckten im Takt der Trommelschläge, deren Dröhnen das Schluchzen der drei Frauen übertönte, die in demütiger Trauerpose zu Füßen der Verstorbenen am Boden kauerten, die Stirn fest auf den Boden gepresst.

Die Trommeln verstummten. Einige Herzschläge lang verhallte der dumpfe Ton im grünen Dickicht, dann war es still.

Die Menge wartete. Wie gebannt starrten die Hedero auf die gebeugte, weißhaarige Gestalt der Mitlan, der Geisterseherin, die mit untergeschlagenen Beinen, gesenktem Haupt und geschlossenen Augen vor den aufgebahrten Toten saß und in tiefe Meditation versunken schien. Sie wandte den Versammelten den Rücken zu. Ihre ganze Aufmerksamkeit galt den verstorbenen Kriegern. Vor ihr auf dem Boden stand eine Schale mit schwelenden Blättern. Der hellgraue Rauch, den die Mitlan in ruhigen gleichmäßigen Zügen einatmete, stieg wie eine Säule in der windstillen Luft auf.

Als der Nachhall der Trommeln verklang, kehrte das Leben in die Glieder der Geisterseherin zurück. Eine magere Hand, auf der dicke Adern hervortraten, glitt unter dem Gewand aus dunklem, grob gesponnenem Tuch hervor, schob die Schale mit den glimmenden Blättern zur Seite und tastete nach dem knorrigen Stab aus Wurzelholz, der neben ihr auf dem Boden lag. Ihre Bewegungen waren schwerfällig und von der Last des Alters gezeichnet. Doch selbst als sie sich auf den Stab stützte und sich ächzend erhob, eilte ihr niemand zu Hilfe.

»Hohe Frau!« Der Stammesfürst der Hedero wagte es als Erster, die Stimme zu erheben. Wie die anderen hatte er außerhalb der Feuerschalen auf das Ende der Zeremonie gewartet und war nun begierig zu erfahren, was die Geisterseherin zu berichten wusste.

Die Mitlan wandte sich ihm zu. Mildes Sonnenlicht fiel auf ihr Gesicht, das so runzelig, zerfurcht und vom Alter gezeichnet war, dass es fast keine Konturen mehr hatte. Die kleinen dunklen Augen wurden von den schweren Lidern beinahe überdeckt und saßen tief in den Höhlen. Die verfilzten Strähnen des schütteren Haares hingen ihr wirr ins Gesicht.

»Haben sie das Tor durchschritten?«, fragte der Stammesfürst ehrfürchtig. Es war eine rituelle Frage, die am Ende jeder Totenzeremonie gestellt wurde, und wie immer warteten die Hedero auch diesmal gebannt auf die Antwort der Geisterseherin.

»Sie haben die Pforte des Lichts durchschritten.« Die Alte nickte bedächtig. »Die Ahnen haben sie in ihren Kreis aufgenommen.« Ein Raunen ging durch die Menge. Die Umstehenden atmeten auf. Die größte Furcht der Hedero war es, dass ihre Seelen auf dem Weg zu den Ahnen in der Zwischenwelt verloren gehen könnten und auf ewig zu einem Dasein in dem grauen Nichts verdammt wären, das all den schwarzen Seelen eine Heimat war, für die es in der Welt jenseits der Pforte des Lichts keinen Platz gab.

»Ich danke Euch, Hohe Frau!« Der Stammesfürst verneigte sich und fuhr fort, wie es der Ritus verlangte: »Die Lebenden werden sich erkenntlich zeigen für den Dienst, den Ihr den Toten erwiesen habt.« Er hob die Hand und winkte einige Mädchen herbei, die in Krügen und Körben die Dankesgaben für die Geisterseherin herbeischafften. Dörrfleisch, Obst und haltbares Gemüse, Nüsse und ein großes Bündel Feuerholz waren der Lohn, den die Mitlan von den Angehörigen der Verstorbenen für ihre Dienste erhielt. Diesmal waren es gleich neun Mädchen, die die Gaben trugen, drei für jeden Toten, den es zu betrauern gab. Sie stellten die Darbringungen außerhalb des Rings aus Feuerschalen auf den Boden, verneigten sich schweigend und verschwanden wieder in der Menge. Es wurde erwartet, dass die Mitlan die Waren begutachtete und annahm, doch die Alte rührte sich nicht.

Statt zu den Körben zu gehen, hob sie die Arme in die Höhe und sagte mit altersbrüchiger Stimme. »Drei junge, kräftige Krieger wurden in der Blüte ihres Lebens aus eurer Mitte gerissen. Drei starke, tapfere Krieger, deren Nachkommen euer Dorf nun nie werden verteidigen können. Ihr trauert um sie und ihr tut recht daran, doch nicht die Trauer allein sollte euch bewegen.« Sie machte eine bedeutungsvolle Pause, ließ die Arme sinken und den Blick langsam über die Gesichter der Umstehenden streifen. »Die Ahnen haben zu mir gesprochen«, verkündete sie mit unheilvoller Stimme. »Sie klagen … oh, sie klagen, und wie euch verlangt es auch sie nach Rache …« Wieder verstummte die Alte, doch diesmal schien es, als sei sie von der Erinnerung so überwältigt, dass ihr die Stimme versagte.

Die Hedero schwiegen ergriffen. Was hier geschah, lag jenseits des Rituals. Niemals zuvor hatte auch nur einer von ihnen erlebt, dass die Ahnen selbst bei einer Totenzeremonie zur Mitlan sprachen, und sie fragten sich, was das zu bedeuten hatte.

»Warum klagen sie?«, wagte der Stammesfürst vorsichtig zu fragen, als deutlich wurde, dass die Alte nicht von sich aus weitersprechen würde.

»Sie beklagen die Opfer.« Die Geisterseherin gab einen Laut von sich, der sich anhörte wie trockenes Laub, das der Wind über Steine weht. Langsam trat sie auf den Stammesfürsten zu und flüsterte: »Sie hätten nicht sterben dürfen. Ihre Zeit war noch nicht gekommen.«

Der Stammesfürst blickte sie ernst an. »Was wollt Ihr damit sagen?«, fragte er vorsichtig.

»Verrat!« Noch flüsterte die Alte, doch schon im nächsten Augenblick gestikulierte sie wild und rief so laut, wie es ihre krächzende Stimme zuließ: »Sie wurden – verraten!«

Entsetztes Gemurmel ertönte. »Verraten«, raunte es in der Menge. »Jemand hat sie verraten.«

»Ja, sie wurden verraten.« Die Stimme der Geisterseherin nahm eine Schärfe an, die keiner ihr zugetraut hätte. »Aber nicht irgendjemand hat sie verraten!« Ihr Blick blieb an den Gefährtinnen der drei Krieger hängen, die immer noch am Boden kauerten. Dann hob sie den hageren Arm und deutete mit ihrem runzeligen Zeigefinger auf Yenu. »Sie!«, stieß sie voller Verachtung hervor. »Sie allein trägt die Schuld an dem Unglück, das über euer Volk gekommen ist, denn sie hat die Krieger an die Priesterin des Blutgottes verraten!«

»Was soll das heißen: Ajana ist weg?« Inahwen, die gerade mit ihrem Bruder das Mittagsmahl einnahm, legte das Besteck zur Seite und schaute Keelin fragend an. »Ist sie ausgeritten?«

»Nein.« Keelin schüttelte den Kopf. Gathorions Nähe machte ihn befangen. Er war sich nicht sicher, ob er offen sprechen konnte, wollte aber keinesfalls unhöflich wirken. Unschlüssig blickte er zunächst den Heerführer und dann Inahwen an und fügte hinzu: »Sie ist schon vor einer ganzen Weile fortgeritten. Allein. Und ich befürchte, dass sie nicht zurückkehren wird.«

»Was verleitet dich zu dieser Annahme?« Inahwen wirkte verwundert, schien jedoch zu spüren, dass etwas nicht stimmte. »Hattet ihr Streit?«

»Nein …« Keelin zögerte. Was er zu sagen hatte, war nicht für die Ohren Dritter bestimmt. Inahwen davon zu berichten, kostete ihn schon genug Überwindung. Verlegen räusperte er sich und fragte: »Verzeiht, aber kann ich Euch allein sprechen? Es ist etwas sehr Persönliches.« Auf seltsame Weise fühlte sich Keelin wieder in seine Kindheit zurückversetzt. Es war wie damals, als er am Geburtstag seiner Mutter tropfnass und stinkend in Arifs Fischhandlung getreten war, um dem Fath zu berichten, was die älteren Jungen ihm angetan hatten. »Es wäre mir lieber, wenn …«

»Ich verstehe.« Inahwen lächelte, stand auf und wandte sich mit den Worten »Entschuldige mich, ich bin gleich wieder da« an ihren Bruder. Gathorion nickte ihr zu und griff nach einer Schriftrolle, die in Reichweite neben den Speisen auf dem großen Tisch lag, um darin zu lesen.

Inahwen bedeutete Keelin, ihr zu folgen. Mit fließend anmutigen Bewegungen, wie sie nur den hoch gewachsenen Elben zu eigen waren, schritt sie auf ihr Schreibzimmer zu, öffnete die Tür und führte Keelin hinein.

Drinnen war es fast dunkel. Nur ein Korb mit leuchtendem Moos, das auch die Vaughn in ihren Wohnhöhlen verwendeten, spendete ein wenig Licht. »Setz dich!« Inahwen deutete auf einen Stuhl, deckte das Leuchtmoos mit einem dunklen Tuch ab und entzündete eine Öllampe.

»Nun?«, fragte sie, während sie sich setzte. »Was ist geschehen? Als ich Ajana das letzte Mal sah, wollte sie zu dir, um dir zu sagen, dass es vielleicht doch einen Weg für sie gibt, nach Nymath zurückzukehren. Das war gestern Abend. Hat sie nicht mit dir darüber gesprochen?«

Keelin blickte die Elbin erstaunt an. Dann war das, was Ajana ihm die ganze Zeit zu erklären versucht hatte, in Wahrheit gar nicht so abwegig? Er war ohnehin schon verunsichert, aber Inahwens Worte irritierten ihn umso mehr. Er spürte, dass sie ihn aufmerksam musterte und geduldig abwartete, bis er zu sprechen bereit war.

»Nein«, sagte er gequält. »Nein, das hat sie nicht.« Er

schluckte schwer. Dann gab er sich einen Ruck und berichtete mit kurzen knappen Worten, was vorgefallen war.

Inahwen lauschte mit ernster Miene und unterbrach ihn nicht ein einziges Mal. »Demnach ist sie in dem Glauben fortgeritten, dass sie sich deiner Gefühle nicht mehr sicher sein konnte«, schloss sie aus seinem Bericht.

»Ja, so ist es.« Keelin schüttelte betrübt den Kopf. »Es war ein Missverständnis«, beteuerte er noch einmal. »Ich wollte es ihr erklären, aber sie hat sich einfach auf ihr Pferd geschwungen und ist davongeritten.«

»Wohin?«

»Ich weiß es nicht!«, gab Keelin zu. »Ich ritt ihr nach, doch als ich das Stadttor erreichte, war es versperrt. Der Posten hielt mich auf, da die Zugpferde eines Händlerkarrens scheuten. Niemand konnte herein oder hinaus. Ich lief dann ins Falkenhaus und trug Horus auf, nach ihr zu suchen«, berichtete Keelin weiter. »Es dauerte nicht lange, bis er sie auf dem Weg nach Lemrik entdeckte.«

»Sie ist auf dem Weg nach Lemrik?« Inahwen runzelte die Stirn – ein Mienenspiel, das bei Elben nur höchst selten zu sehen war. »Das kann nur eines bedeuten: Sie will zum Ulvars.«

»Das war auch mein erster Gedanke«, pflichtete Keelin der Elbin bei. »Sie ist gekränkt und wütend. Vermutlich wird sie versuchen, schon jetzt einen Weg zurück in ihre Heimat zu finden.«

»Aber das ist viel zu früh.« Inahwen erhob sich. »Wir müssen sie aufhalten. Das kann niemals gelingen«, sagte sie bestimmt und fügte hinzu: »Wenn die Kraft des Ulvars' nicht voll entfaltet ist, wird die Runenmagie sie nicht weit genug tragen. Es besteht die Gefahr, dass sie …«

Es klopfte an der Tür und Gathorion trat ein.

»Verzeih, dass ich störe«, sagte er und streckte seiner Schwester die zur Faust geballte Hand entgegen. »Aber das hier solltest du dir unbedingt ansehen. Ein Bote brachte es soeben aus dem Falkenhaus.« Er öffnete die Finger und gab den Blick frei auf etwas Braunes, Schrumpeliges von der Größe einer Pacunuss.

»Bei den Göttern!« Bestürzt blickte Inahwen ihren Bruder an, der wie sie tief betroffen schien.

Keelin erhob sich, um besser sehen zu können. Doch das, was da auf Gathorions Hand lag, gab ihm ein Rätsel auf. »Was ist das?«, fragte er.

Inahwen nahm das schrumpelige Ding vorsichtig zwischen Daumen und Zeigefinger und hielt es hoch. »Das ist, oder besser, war eine Knospe des Ulvars'.« Ihre Stimme war erfüllt von Trauer, ihre Lippen bebten, und für den Bruchteil eines Augenblicks glaubte Keelin, sogar Tränen in ihren Augen zu sehen. Doch schon mit dem nächsten Atemzug hatte die Elbin ihre Fassung wiedergewonnen. »Wir müssen unverzüglich zum Ulvars reiten«, sagte sie, von düsteren Vorahnungen geplagt. »Etwas Furchtbares ist geschehen.«

Die Sonne hatte den Zenit überschritten und wandte sich gen Westen. Ajana genoss die Wärme der Sonnenstrahlen auf ihrem Rücken. Nach dem Regen und der Kälte der vergangenen Tage erschien ihr das milde Wetter fast wie ein Geschenk, und so bedauerte sie es auch, als sie den Wald erreichte und in den Schatten der Bäume eintauchte, der Sonne und Wärme fernhielt.

Sie ritt nun schon seit Stunden auf der breiten Straße, die

zur Festung am Pandarasgebirge und zum Grinlortal führte, und war noch keiner Menschenseele begegnet.

In Zeiten des Krieges war dieser Weg die wichtigste Verbindung von Sanforan über Lemrik zum Pass gewesen. Tief ausgefahrene Wagenspuren und ein von abertausend Hufen aufgewühltes Erdreich kündeten von unzähligen Karren, die ihn bis zur entscheidenden Schlacht im Herbst passiert hatten. Doch seit man die Truppen im Winter vom Pass abgezogen hatte, ritt kaum noch jemand hier entlang.

Die meisten, die der Straße folgten und den Mangipohr auf der Brücke von Thel Gan nahe Lemrik überquerten, waren Händler, Fallensteller oder Boten auf dem Weg zum Pass über das Pandarasgebirge. Nach Kriegsende war die Festung zu einem beliebten Handelsplatz geworden, über den Aileys, die Heermeisterin der Wunand, mit einer Handvoll Amazonen wachte.

Wo noch vor wenigen Monaten die mächtigen Pfeilkatapulte gezimmert worden waren, erstanden nun die Uzoma bei den Händlern der Vereinigten Stämme allerlei nützliche Dinge des täglichen Bedarfs im Tausch gegen wertvolle Rohstoffe, die nur in der fernen Nunou, der großen Wüste, zu finden waren.

Ajana wusste, dass sie zur Festung musste, wenn sie nach Andaurien gelangen wollte. Das Grinlortal war der einzige Weg über das Pandarasgebirge, der mit einem Pferd passiert werden konnte. Außerdem benötigte sie für die Reise dringend Proviant, Wasserschläuche und wärmende Decken, denn die Nächte in der Wüste waren kalt.

Aileys wird gewiss verwundert sein, mich allein dort zu sehen, überlegte sie, schob den Gedanken, was sie ihr erzählen würde, aber beiseite. Bis zum Pass waren es noch knapp zwei Tagesritte und sie hatte andere, weit dringlichere Sorgen.

Seit der Mahlzeit am vergangenen Abend hatte sie nichts mehr gegessen. Ihren Durst hatte sie unterwegs an einem Bach stillen können, aber das quälende Hungergefühl konnte sie damit nicht besänftigen, und auch der Durst war schon bald zurückgekehrt. Ajana richtete sich auf dem Rücken der Stute auf und blickte sich um, konnte aber nirgends eine Wasserstelle entdecken.

Wie gut haben es doch die Falkner, dachte sie verzagt. Sie können die Falken aufsteigen und nach Wasser suchen lassen. Und sie können sie jagen lassen. Auf der Reise zum Arnad und auch auf dem Weg zu den Orma-Hereth war Ajana mehrmals Zeuge davon geworden, wie Horus Keelin eine geschlagene Taube oder ein Kaninchen gebracht und auf diese Weise für eine willkommene Ergänzung der zumeist kargen und kalten Mahlzeiten gesorgt hatte.

Bei dem Gedanken an gebratenes Kaninchen glaubte Ajana den Duft des schmorenden Fleisches zu riechen, was ihren leeren Magen erneut rebellieren ließ. »Was bin ich doch für eine Närrin!«, schalt sie sich selbst. »Ich habe weder Falken noch Bogen, um ein Kaninchen zu erlegen. Und selbst wenn, müsste ich das Fleisch roh essen, weil ich keinen Feuerstein dabeihabe.«

Der Gedanke war zutiefst entmutigend.

Kehr um und bereite die Reise zum Pass vernünftig vor, flüsterte die Stimme der Vernunft in ihr. Aber Ajana gestattete es sich nicht, auch nur einen Gedanken an eine Umkehr zu verschwenden. Niemals wieder würde sie auch nur einen Fuß auf den Boden Sanforans setzen. Zu groß war die Enttäuschung über Keelin, zu tief waren die Wunden, die er ihrer Seele zugefügt hatte. Lieber würde sie frierend und hungernd die eingeschlagene Richtung beibehalten, als Gefahr zu laufen, noch einmal den Anblick des Mannes zu ertragen, der sie so tief verletzt hatte. Am Pass, dessen war sie sich sicher, würde sie alles bekommen, was sie für die Reise nach Andaurien benötigte. Ajana ballte die Fäuste und ließ ihr Pferd antraben.

Sie musste zum Pass und sie würde es schaffen.

Obwohl die Stallburschen die Pferde in Windeseile sattelten, verstrich noch einmal wertvolle Zeit, ehe Inahwen, Gathorion und Keelin zum Aufbruch bereit waren.

Inahwen hatte jeden, der um die Hintergründe ihres plötzlichen Aufbruchs wusste, zu völligem Stillschweigen verpflichtet. Sie wollte unter allen Umständen verhindern, dass sich die Nachricht des sterbenden Ulvars' in Sanforan verbreitete, ehe sie sich selbst ein Bild von der Lage gemacht hatte. Der Gedanke, dass das Symbol der Hoffnung ihres Volkes dem Tode nahe war, war für sie schier unerträglich. Sollte sich herausstellen, dass sich die Botschaft bewahrheitete, wäre das für die Elben in Nymath eine furchtbare Wendung des Schicksals.

Seit Hunderten von Wintern war es der Baum, der ihrem Volk Hoffnung spendete. Sein Lebenswille war es, der sie glauben machte, dass nicht alles verloren war, dass auch sie, die der Sturm einst als Schiffbrüchige an die Küste Nymaths verschlagen hatte, irgendwann ihre Brüder und Schwestern wiedersehen würden.

Schweigsam und gedankenverloren traf Inahwen die letzten Vorbereitungen für den Ritt zum Ulvars.

Auch Keelin wurde von düsteren Gedanken geplagt. Er machte sich bittere Vorwürfe und verfluchte das Schicksal, das Ajana im denkbar unglücklichsten Augenblick in den

Stall geführt hatte. Sobald er sie eingeholt hatte, so sein fester Vorsatz, würde er ihr erklären, warum es zu dem Streit gekommen war, und sie bitten, ihm zu verzeihen.

Wenn ich sie irgendwann eingeholt habe, dachte Keelin niedergeschlagen.

Doch wann würde das sein? Noch in der Nacht? Morgen? Gewiss würde Ajana den Ulvars lange vor ihnen erreichen. Was würde sie tun, wenn sie erkannte, dass der Baum starb? Nach Sanforan zurückkehren, wie Inahwen vermutete? Keelin plagten Zweifel. Ajana war wütend und gekränkt. Ebenso gut war es möglich, dass sie unüberlegt handeln würde.

Niedergeschlagen schwang er sich in den Sattel. Alles, was er tun konnte, war, Horus auch weiterhin nach ihr suchen zu lassen, um sie nicht aus den Augen zu verlieren.

»Bereit?« Gathorions befehlsgewohnte Stimme hallte über den Platz. Auch der Elbenprinz saß schon im Sattel und wartete auf seine Schwester, die noch nicht aufgesessen war. »Wenn wir unser Ziel vor Einbruch der Dunkelheit erreichen wollen, müssen wir uns beeilen«, drängte er.

Inahwen schwang sich aufs Pferd. »Gibt es Neuigkeiten von Horus?«, erkundigte sie sich bei Keelin.

»Ajana ist jetzt im Wald«, erwiderte Keelin und fügte hinzu: »Unter den Bäumen ist sie nur schlecht auszumachen. Horus folgt dem Weg und beobachtet das Hügelland jenseits des Waldes. Wenn sie wirklich zum Ulvars will, wird er sie entdecken, sobald sie den Wald verlässt.«

»Gut! Dann sollten auch wir nicht länger säumen.« Inahwen klopfte ihrem Pferd aufmunternd den Hals und flüsterte ihm etwas zu. Dann ritten sie los.

Ajana hatte Glück.

Die Zeit der Obstreife war längst vorbei, dennoch entdeckte sie auf einer Lichtung im Wald einen wilden Apfelbaum, an dem noch Früchte hingen. Es waren die für Nymath typischen kleinen Äpfel von braungelber Farbe, aber Frost und Regen hatten ihnen arg zugesetzt. Viele waren von Vögeln angefressen und teilweise auch schon faulig, aber Ajana fand dennoch genügend halbwegs essbare Früchte, um den größten Hunger zu stillen. Ihre Stute war weit weniger wählerisch. Genüsslich machte sie sich über alle Äpfel her, die Ajana fallen ließ, und verlangte nach mehr, indem sie ungeduldig mit dem Huf scharrte.

Mit leidlich gefülltem Bauch setzte Ajana den Ritt schließlich fort. Anders als noch in der Nacht zuvor umging sie diesmal die meisten Baumstämme, die den Weg versperrten, indem sie die Stute vorsichtig durch das Unterholz um das Hindernis herumlenkte. Das bewundernswert ausdauernde Tier war nun schon den ganzen Tag in Bewegung und alles andere als ausgeruht. Sie wollte nicht riskieren, dass es sich bei einem Sprung verletzte.

Sie hatte noch nicht einmal die Hälfte des Wegs durch den Wald zurückgelegt, als sie in der Ferne donnernden Hufschlag hörte. Ajana zügelte ihr Pferd und lauschte.

Reiter! Und sie kamen rasch näher.

Ihr Herz raste. Auf keinen Fall wollte sie gesehen werden! Nicht hier, nicht jetzt und schon gar nicht von jemandem, der sie kannte. Hastig sah sie sich nach einem Versteck um. Der Wald ringsumher war kahl und bot kaum Deckung. Sie fluchte leise. Gerade an dieser Stelle gab es nur wenige Nadelbäume. Da entdeckte sie weit im Dickicht eine Gruppe immergrüner Blattgewächse, die geeignet schienen, sie und ihr Pferd vor ungewollten Blicken zu schützen.

Der Hufschlag wurde immer lauter. Zum Überlegen blieb keine Zeit. Mit einer scharfen Wendung lenkte sie die Stute mitten in das Unterholz hinein.

Der Hufschlag kam immer näher. Nur eine Wegbiegung trennte die herannahenden Reiter noch davon, sie zu entdecken. Ajana kämpfte mit den niedrig hängenden Ästen, die sich in ihren Haaren verfingen, während die Stute immer wieder über Wurzelwerk oder dornige Ranken am Boden stolperte.

In ihrer Verzweiflung saß Ajana ab und zerrte die Stute die letzten Meter am Zügel hinter sich her in Deckung. Keinen Augenblick zu früh! Kaum dass das Tier im Schatten der Büsche stand, preschte eine Gruppe von acht Reitern, aus Sanforan kommend, auch schon an ihr vorbei. Die Krieger schienen es sehr eilig zu haben. Den Blick starr geradeaus gerichtet, machte sich keiner von ihnen die Mühe, einen Blick ins Unterholz zu werfen.

Sicher sind sie auf dem Weg zum Pass, überlegte Ajana, die sich daran zu erinnern glaubte, auf dem Hofplatz in Sanforan eine Handvoll Krieger gesehen zu haben, die ihre Pferde sattelten.

Der Gedanke beruhigte sie, dennoch wartete sie, bis der Hufschlag verklang, ehe sie ihr Pferd aus dem Versteck heraus und zurück auf den Weg führte.

Nachdem sie eine weitere Stunde geritten war, erreichte sie den Waldrand. Das Licht schwand rasch und es wurde immer kälter. In der feuchten Luft bildete sich Nebel, der sich in den Mulden zwischen den Hügeln zu einem wogenden weißen Meer sammelte. Der Anblick hatte etwas Trauriges. Er weckte in Ajana ein Gefühl des Abschieds und machte ihr die Einsamkeit bewusst, die sie auf diesem Ritt begleitete.

Kein Wunder, dachte sie bei sich. Ich bin in Nymath ja auch noch nie so lange allein gewesen – so weit entfernt von Sanforan, auf unbekanntem Gebiet und im Dunkeln. Der Gedanke war beängstigend und erinnerte sie schmerzlich an den Augenblick, da sie zum ersten Mal die Sterne über Nymath erblickt hatte, allein, unwissend und wehrlos. Die Bilder des zerstörten Lemrik kamen ihr in den Sinn, die Gefangennahme durch die Uzoma und das, was darauf folgte …

Energisch schob Ajana die Erinnerung an Angst und Folter beiseite und ritt schnell weiter, als könne sie damit auch das beklemmende Gefühl hinter sich lassen, das die schrecklichen Bilder in ihr hervorriefen.

Ihre Hoffnung erfüllte sich nicht. Je mehr das Licht schwand, je höher die Nebel stiegen, desto größer wurde auch ihre Angst.

Auf einem Hügel ließ sie die Stute anhalten und hielt über den Nebel hinweg Ausschau nach etwas, das ihr Mut machen könnte: dem Licht einer menschlichen Behausung, dem Lagerfeuer eines Händlers, der auf dem Weg zum oder vom Pass in der Nähe sein Nachtlager aufgeschlagen hatte … irgendetwas, das ihr die Sicherheit gab, nicht allein zu sein. Aber wohin sie auch blickte, überall sah sie nur Düsternis und wogende Nebel.

Dann hörte sie den Schrei eines Falken.

Horus?

Ob sie nach mir suchen? Der Gedanke kam ihr ganz unvermittelt. Gewiss war ihr Verschwinden in Sanforan längst bemerkt worden und man sorgte sich um sie. Daran, dass man einen Falken schicken könnte, nach ihr zu suchen, hatte sie noch gar nicht gedacht. Sie presste die Lippen zusammen und schalt sich eine Närrin, dass sie es in ihrer Wut versäumt hatte, den Himmel nach den Kundschaftervögeln abzusuchen.

Der Ruf des Falken ließ das Gefühl der Dringlichkeit erneut in ihr aufflammen. Sie würde nicht nach Sanforan zurückkehren, dessen war sie sich sicher, aber sie fühlte sich auch niemandem Rechenschaft schuldig. Sie hatte ihre Aufgabe in Nymath erfüllt, nicht mehr und nicht weniger. Was sie von nun an tat, ging niemanden etwas an.

Wieder schrie der Falke, spitz und pfeifend. Und diesmal schien er ganz nah. Ajana schaute sich um, aber es war schon zu dunkel und zu neblig, um etwas am Himmel zu erkennen.

Vermutlich ist er auf dem Rückweg nach Sanforan, beruhigte sie sich selbst. Sie wusste um die eingeschränkte Sicht der Vögel in der Dunkelheit und auch, dass sie nachts nur selten flogen, aber seltsamerweise beruhigte es sie nicht. Im Gegenteil, der Drang, möglichst schnell eine große Entfernung zu Sanforan zurückzulegen, wurde immer größer.

Die Stute hatte angefangen zu grasen. Ajana zog die Zügel an und schnalzte leise mit der Zunge. Nur unwillig trennte sich das Pferd von den kurzen, saftig grünen Halmen, die unter dem welken Gras hervorschauten. Es schnaubte und schüttelte die weiße Mähne, aber es sträubte sich nicht. Folgsam ließ es sich den Hügel hinabführen, hinein in die wogenden Nebel.

Sie waren den Hang noch nicht einmal zur Hälfte heruntergeritten, als Ajana über den Nebel hinweg einen winzigen hellen Lichtpunkt entdeckte, der weit im Norden aufflackerte.

Ein Feuer?

Der Gedanke an Nahrung und Wärme ließ ihr Herz höherschlagen. Sie war jedoch klug genug, Vorsicht walten zu lassen. Den Feuerschein fest im Blick, lenkte sie die Stute auf den Weg zurück und hielt auf das Lagerfeuer zu. Zwar verschluckte der Nebel in den Niederungen das Licht, von den Anhöhen aus war es jedoch noch gut zu erkennen. Bald wurde ihr klar, dass sich das Lagerfeuer unmittelbar am Wegesrand befinden musste.

Zu gern wäre Ajana sofort dorthin geritten, mahnte sich aber zur Vorsicht. Sie hatte keine Lust, mitten in das Nachtlager jener Krieger hineinzustolpern, vor denen sie sich zuvor verborgen hatte, und wollte auch nicht riskieren, irgendwelchen Reisenden in die Arme zu laufen, von denen sie nicht wusste, wie viele es waren oder welche Absichten sie hegten. Auch in Friedenszeiten, das hatte sie in Sanforan schmerzlich erfahren müssen, lungerte in Nymath noch genügend übles Pack herum, dem man im Dunkeln besser aus dem Weg ging.

Als sie sich dem Feuer bis auf wenige hundert Meter genähert hatte, glitt sie vom Rücken ihres Pferdes und führte es auf dem grasbewachsenen Streifen neben dem Weg am Zügel. Immer wieder hielt sie inne und lauschte auf Stimmen, doch der dichte Nebel schien alle Geräusche zu verschlucken.

Aus Sorge, das Pferd könne sie durch ein Schnauben verraten, band sie die Stute schließlich an einem niedrigen Busch fest. »Sei jetzt ganz still!«, flüsterte sie dem treuen Tier zu, strich ihm sanft über die Nüstern und schlich allein auf das Lagerfeuer zu.

Im flackernden Lichtschein glaubte sie eine Gestalt am Feuer zu erkennen. Sie kehrte ihr den Rücken zu und saß so reglos da, als schliefe sie. Die Konturen waren im Nebel nur schwer zu erkennen. Es sah jedoch ganz so aus, als habe sich der Reisende eine Decke um die Schultern geschlungen.

Ist er wirklich allein? Ajana konnte sich nur schwerlich vorstellen, dass keine Kameraden in der Nähe sein sollten. Vielleicht schlafen sie auf der anderen Seite des Feuers, schloss sie und entschied, noch etwas näher heranzuschleichen, ehe sie eine Entscheidung fällte.

Kaum zwanzig Meter trennten sie noch von dem Lagerfeuer, als Musik ertönte. Sanfte, melancholische Flötenklänge erfüllten die Nebel, rührten Ajanas Herz und hüllten ihr Misstrauen in einen wohlklingenden Mantel. Wo Musik war, wo solch eine wunderbare Musik gespielt wurde, da konnte es keine Gefahr geben.

Gebannt von den wundersamen Klängen, bewegte sie sich langsam auf das Feuer zu. Die herzbewegenden Töne gaben ihr das Gefühl, willkommen zu sein. Lieblich lockend streichelten sie ihre wunde Seele und forderten sie auf, näher zu treten. Für den Bruchteil eines Augenblicks gewann die Vernunft noch einmal die Oberhand, und sie ermahnte sich selbst, nicht so unachtsam zu sein, doch die Melodie war so schön und so traurig zugleich – wie ein Spiegel ihrer Seele. Sie konnte sich dem Zauber nicht entziehen, den die Flötenklänge um sie woben.

Ein Zweig brach knackend unter den Sohlen ihrer Stiefel.

Die Musik verstummte.

»Ich wusste gar nicht, dass ich Zuhörer habe!« Die Gestalt am Feuer sprach, ohne sich umzublicken.

»Entschuldigt.« Ajana rang um Worte. Die Lage war ihr zutiefst unangenehm, und die Angst, den einsamen Reisenden verärgert zu haben, ließ ihr Herz pochen. »Das war wunderschön«, sagte sie aufrichtig und wollte noch etwas hinzufügen, als sich die Gestalt ganz unvermittelt umwandte …

Mit angewinkelten Knien kauerte Yenu an der Wand und starrte in die Dunkelheit. Ihre Augen hatten sich längst an das Dunkel gewöhnt, und dennoch war es ihr unmöglich, die gegenüberliegende Wand der Hütte zu erkennen.

Die fensterlosen Wände schlossen das Licht von Mond und Sternen aus. Sie war allein, obwohl die Welt ringsumher von überbordendem Leben erfüllt war. Anders als das Licht, drangen die vertrauten Geräusche des nächtlichen Dschungels bis in ihr Gefängnis vor – der schrille Schrei des Nachtaras, das Zirpen von Insekten, Scharren und Schnüffeln, Rascheln und Fauchen. Eine unsichtbare, freie Welt, so nah und doch unerreichbar.

Freiheit! Yenu spürte, wie die Verzweiflung erneut nach ihr griff, und kämpfte gegen die aufkommenden Tränen an. Sie hatte alles gewagt und alles verloren. Ihr Leben war verwirkt.

Der Nachtwind trug ihr den Geruch eines Lagerfeuers zu, Gesprächsfetzen, die sie nicht verstand, und Stimmen, die mal laut und erregt, mal leise und besonnen miteinander redeten.

Sie streiten sich, dachte sie verzagt. Nicht darüber, *ob* ich sterben soll, sondern *wie*.

Sie bewegte ihren verkrampften Körper und versuchte, etwas Leben in die kühlen, tauben Hände zurückzubringen, die man ihr auf dem Rücken zusammengebunden hatte, doch sie machte keine Anstalten, sich zu erheben. Die Wand in ihrem Rücken gab ihr Halt und ein Gefühl der Sicherheit, und obwohl sie wusste, dass es trügerisch war, war es doch das Einzige, an das sie sich in ihrem dunklen Gefängnis klammern konnte.

Niemals zuvor hatte sie sich so einsam, so preisgegeben und ungeschützt gefühlt. Die Zukunft, die noch vor ein paar

Sonnenaufgängen voller Möglichkeiten schien, war zu einem dunklen Nichts zusammengeschrumpft, ohne einen Funken Hoffnung und von Angst erfüllt.

Die Zeit tröpfelte dahin.

Die Geräusche des Dschungels wurden leiser und weicher, und Yenu beschlich das Gefühl, dass alles dort draußen mit ihr wartete und sie beobachtete. Welchen Tod würde man für die Verräterin wählen, die es gewagt hatte, das Leben der Krieger und einer Felis aus niederen und selbstsüchtigen Beweggründen aufs Spiel zu setzen?

Würde man sie in den Fluss stoßen und zusehen, wie die Querlas sie zerfleischten, so wie es den Mördern und Verrätern erging?

Oder würde man ihr die Qual ersparen und sie gnädig ertränken, so wie man es mit den Frauen hielt, die das Lager eines anderen Mannes geteilt hatten?

Was immer die Männer am Feuer entschieden, am Ende stand unerbittlich der Tod. Yenu schlug das Herz bis zum Hals; sie hatte Angst.

Als sie erwachte, war es still.

Die Jäger der Nacht hatten ihre Streifzüge beendet, das Rascheln und Schnüffeln waren verstummt. Die Männer am Feuer hatten sich zur Ruhe begeben und auch der Nachtara rief nicht mehr.

Es war jene Ruhe, die vom Ende der Nacht und vom Beginn der Dämmerung kündete, aber es war immer noch stockfinster.

Yenu hielt den Atem an und lauschte. In ihrem Nacken kribbelte es. Sie konnte nichts sehen und nichts hören, und doch wusste sie, dass sie nicht mehr allein war. Was immer sie geweckt hatte, war ganz in der Nähe.

Kamen sie schon, sie zu holen? Aber warum so heimlich?

Vor ihr in der Dunkelheit raschelte es. Das Holz der Treppe, die zur Tür hinaufführte, knarrte leise.

Yenus Blut pulsierte ebenso schnell durch ihren Körper wie ihre Gedanken. Wer immer sich näherte, würde in ihr eine leichte Beute finden. In ihrer Furcht presste sie sich noch fester gegen das harte Holz der Hüttenwand.

Dort, wo sie den Eingang vermutete, war ein leises Scharren zu hören, dann wurde die Tür einen Spalt weit geöffnet. Fahles Mondlicht sickerte hindurch und gab der allgegenwärtigen Schwärze im Raum die Umrisse zurück.

»Yenu?«, fragte eine helle Stimme, und eine schlanke, zierliche Gestalt huschte in den Raum.

»Miya!« Yenu erkannte die Stimme sofort. Miya war einen halben Kopf kleiner und einen Winter jünger als sie und ihre beste Freundin. Einen Winter zuvor hatte sie ihren Gefährten an eine Felis verloren. Sie ertrug den Kummer in tapferem Schweigen und klagte nie, aber Yenu hatte sehr wohl bemerkt, dass ihre Lebensfreude immer weiter schwand. Miyas Schicksal war es auch, das Yenu vor Augen geführt hatte, was es bedeutete, die Gefährtin eines Auserwählten zu sein, und das sie zu der Verzweiflungstat getrieben hatte. Hätte Miya nicht so gelitten, hätte sie vermutlich nie aufbegehrt und den Verrat nicht begangen.

»Heiliges Blut, was tust du hier?«, zischte sie. »Du bringst dich in große Gefahr! Du …«

»Sei still!« Miyas Stimme war ungewohnt scharf. Mit schnellen, lautlosen Schritten durchquerte sie den Raum, kniete neben Yenu nieder und durchtrennte deren Fesseln mit einem raschen Schnitt.

»Miya, du bist von Sinnen!« Yenu rieb sich die schmerzenden Handgelenke, während sie fühlte, wie das Blut prickelnd in ihre Fingerspitzen vordrang. »Du kannst doch nicht …«

»Komm mit!« Miya drehte sich um und huschte zur Tür. »Schnell.« Yenu war zu verwirrt, um nachzudenken. Sie glaubte zu träumen. Niemals hätte sie es für möglich gehalten, dass die Freiheit noch einmal zu ihr zurückkehren könnte. Ebenso absurd wie unglaublich erschien es ihr, dass ausgerechnet Miya, die schüchterne und stille, niemals widersprechende Miya sie aus ihrem Gefängnis retten könnte.

Doch der Wille zu überleben war stärker als jeder Zweifel. Was hatte sie schon zu verlieren? Lautlos folgte sie Miya aus dem Raum und glitt die Treppe hinunter. Den reglosen Körper des Kriegers, der vor der Hütte Wache gehalten hatte, nahm sie nur am Rande wahr. Es galt, Miya nicht aus den Augen zu verlieren. Mit steifen und ungelenken Bewegungen folgte Yenu ihrer Freundin aus dem Dorf hinaus in den Dschungel. Ohne auf den Weg zu achten, floh sie durch das Unterholz, bog Äste und Zweige zur Seite, stolperte über Baumwurzeln und Schlingpflanzen und verdrängte den beißenden Schmerz in ihrem Körper, der schon bald gegen die ungeheure Anstrengung rebellierte.

Der feuchte Waldboden flog unter ihren bloßen Füßen dahin, während sie Miya folgte, die immer tiefer in das Dickicht vordrang. Es hatte ganz den Anschein, als kenne ihre Freundin den Weg, aber jetzt war nicht der richtige Zeitpunkt für Fragen. Eines jedoch wurde Yenu auch ohne Miyas Antwort klar: Dies war kein Traum – sie war frei!

Irgendwann, nach einer Zeit, die Yenu nicht ermessen konnte, hielt Miya schließlich inne. Um Atem ringend, lehnten sich die beiden jungen Frauen mit dem Rücken an einen Baumstamm, hielten die Augen geschlossen und warteten darauf, dass sich ihr rasender Herzschlag beruhigte.

Endlose Augenblicke verstrichen, ehe Yenu es wagte, die Augen zu öffnen und jene Frage zu stellen, die ihr die ganze Zeit schon auf der Zunge brannte: »Warum hast du das getan?«

»Weil du meine Freundin bist«, erwiderte Miya keuchend.

»Ich hatte viele Freundinnen«, entgegnete Yenu, der die Antwort nicht genügte.

»Stimmt, du hattest welche.« Miya blieb ernst. »Jetzt hast du nur noch mich.«

»Aber das ist doch noch lange kein Grund, dein Leben für mich zu wagen!« Verwirrung schwang in Yenus Stimme mit. Bei aller Freude über die gelungene Flucht schämte sie sich dafür, dass sie ihre Freundin in diese Angelegenheit hineingezogen hatte. »Ist dir eigentlich klar, was du getan hast?«, fragte sie mit einem Anflug von Wut. »Du hast getötet. Du kannst nie mehr zurück. Indem du mir geholfen hast, hast du dein ganzes Leben zerstört. Deine Familie, deine Freunde, dein Gefährte …«

»Ich wäre sowieso gegangen.«

Die Kälte in Miyas Stimme ließ Yenu aufhorchen. »Gegangen?«, hakte sie nach, als hätte sie die Worte ihrer Freundin nicht richtig verstanden. »Warum?«

»Das war kein Leben mehr!« Tiefe Bitterkeit sprach aus Miyas Worten. »Ein Mann, der nachts lieber von den Felis träumt, als mit mir das Lager zu teilen. Die spöttischen und mitleidigen Blicke der anderen Frauen. Das Gefühl, nichts mehr wert zu sein, und die Gewissheit, dass mein Schoß nie ein Kind hervorbringen wird …« Miya brach verbittert ab.

»Oh Miya!« Yenu nahm ihre Freundin tröstend in den Arm. »Das … das habe ich nicht gewusst«, sagte sie leise. »Ich habe dich immer dafür bewundert, mit welcher Würde und Gelassenheit du dein Schicksal trägst. Ich hätte nie gedacht, dass du so sehr im Verborgenen darunter leidest.«

»Du hast richtig gehandelt.« Miya wischte eine Träne fort und bemühte sich um eine feste Stimme. »Hätte ich damals den Mut gehabt, ich hätte ähnlich gehandelt. Ich bin sicher, dass du Wilnu und den anderen nicht schaden wolltest. Vermutlich ist irgendetwas schiefgegangen.«

»Schiefgegangen?« Yenu stieß einen ächzenden Laut aus und schüttelte den Kopf. »Oh nein. Das war alles genau geplant. Die Priesterin hat mich nur benutzt, um zu bekommen, wonach es sie verlangte. Natürlich hatte sie mir versprochen, die Krieger zu verschonen, wenn ich ihr verrate, wo die Auserwählten die Felis treffen, aber sie hatte nie vor, sich an ihr Versprechen zu halten. Sie wollte die Felis, alles andere war ihr gleichgültig.« Yenu blickte Miya traurig an. »Ich wollte das nicht«, schwor sie mit bebender Stimme. »Wirklich nicht. Ich habe Wilnu so sehr geliebt und wollte nur …« Die letzten Worte gingen in einem erstickten Schluchzen unter.

»Ich weiß.« Nun war es Miya, die Yenu tröstete. »Und ich verstehe dich. Aber jetzt ist nicht die Zeit, darüber zu sprechen. Wir müssen weiter. Dort hinten«, sie deutete voraus, »habe ich in einer Höhle Nahrung, Kleidung und Waffen für meine Flucht gelagert«, erklärte sie so selbstverständlich, als täte dies jede junge Hederofrau irgendwann einmal. »Es ist nicht viel, und wir müssen es teilen, aber es wird uns helfen, zumindest die ersten Nächte der Flucht zu überstehen, bis wir …« Sie verstummte.

»Bis wir was?«, fragte Yenu, aber Miya blieb ihr die Antwort schuldig.

»Wir müssen weiter«, wiederholte sie noch einmal, löste die Umarmung und machte sich so schnell auf den Weg, als laufe sie nicht nur vor möglichen Verfolgern davon.

Die Dämmerung war rasch heraufgezogen und hatte ihren kühlen Schattenmantel über das Land gebreitet. In den Niederungen hatte sich dichter Nebel gebildet, der auch den Hügel, auf dem der Ulvars stand, wie ein bleiches Meer umschloss.

Obwohl Inahwen, Keelin und Gathorion scharf geritten waren, hatten sie den gespaltenen Baum erst lange nach Einbruch der Dunkelheit erreicht. Doch die Elbin brauchte kein Licht, um Gewissheit zu erlangen. Die Augen geschlossen, die Hände flach auf die glatte Schicht gelegt, die die verbrannte Rinde ersetzte, stand sie vor dem Ulvars und suchte nach dem Lebensfaden des Baumes.

Was sie fand, erschütterte sie zutiefst. Unter der Rinde war nichts als Dunkelheit und eine Kälte, die weit über die Starre hinausging, mit der der Frost die Pflanzen im Winter umfangen hielt. Vorsichtig glitt sie tiefer und tastete sich mit ihren feinen Sinnen in jene Schichten vor, die nach dem verheerenden Feuer noch unversehrt geblieben waren. Auch hier begegnete ihr nur der kalte Atem des Todes.

Noch tiefer glitt sie hinab, vorbei an verdorrten Adern, die das Wasser einst zu den Blättern geführt hatten, und hinein ins Mark des Baumes. Doch wie sehr sie auch suchte und forschte, nirgends fand sie ein Zeichen von Leben. Sie wollte schon aufgeben, als die Sinne ihr ganz unvermittelt eine leise Regung zutrugen. Sie war gezeichnet von Schmerzen und Pein und doch war sie ein Zeichen für Leben.

Tief unten im Wurzelgewebe tobte eine erbitterte Auseinandersetzung. Hier fochten die Kräfte, die den Ulvars so viele hundert Winter hatten unbeschadet überstehen lassen, einen aussichtslosen Kampf gegen jene zerstörerischen Mächte, die einem jeden Lebewesen innewohnten und die, einmal entfesselt, zur endgültigen Vernichtung dessen führten, was sie am Leben hielt. Der Kampf war bereits weit fortgeschritten. Nur wenig war es, das der Ulvars dem Unausweichlichen noch entgegenzusetzen hatte. Inahwen spürte seine Schmerzen, als wären es die eigenen, fühlte, wie er kämpfte, und wusste doch, dass er unterliegen würde. Sie konnte nichts mehr für ihn tun, außer seine Schmerzen zu lindern. So spendete sie ihm einen Großteil ihrer eigenen heilenden Kräfte, bis sie selbst Gefahr lief, der Schwäche zu erliegen, und zog sich dann, erfüllt von Trauer über die eigene Unzulänglichkeit, von dem erlöschenden Lebensfunken zurück.

Ihre Miene war unbewegt, doch ihre Haltung zeugte von Schwäche und großer Traurigkeit, als sie auf Keelin und Gathorion zutrat, die ihr Wirken schweigend beobachtet hatten.

»Die Botschaft des Falken spricht die Wahrheit«, sagte sie mit bebender Stimme. »Der Ulvars stirbt. Die Flamme des Lebens erlischt. Ich spüre, wie er kämpft. Doch er wird diesen Kampf nicht gewinnen.«

»Bei den Göttern!«, entfuhr es Gathorion. »Können wir denn gar nichts für ihn tun?«

»Ich habe ihm gegeben, was ich an Kräften aufbieten konnte. Ich habe seine Schmerzen gelindert und ihm Trost gespendet«, erwiderte Inahwen mit matter Stimme. »Doch das wird das Siechtum nicht aufhalten. Am Ende wird er erliegen.«

»Wem?«, fragte Keelin. »Sind es die Nachwirkungen des Feuers, die ihn töten?«

»Gegen das Feuer vermochte er sich noch zu schützen.« Inahwen schüttelte betrübt den Kopf. »Gegen die Kräfte der Zerstörung, die nun in ihm wüten, ist er machtlos.« Sie blickte auf und schaute die beiden Männer an. In ihren Augen standen Tränen. »Das Gift stammt nicht von Menschenhand. Was hier geschieht, übersteigt die Kräfte Sterblicher bei Weitem. Hier wurde Magie gewoben. Eine fremde, leise Magie mit überaus tödlicher Wirkung, die durch nichts aufgehalten werden kann.« Sie wandte sich um und schaute auf den Ulvars, der düster und traurig hinter ihr aufragte. »Selbst mir fällt es schwer, sie zu beschreiben«, fuhr sie fort. »Es ist, als wenn der Ulvars sich selbst vergiftete. Irgendetwas oder irgendjemand hat ihn dazu bewogen, das Gift selbst hervorzubringen, das ihn nun qualvoll tötet. Er wehrt sich, aber das Gift ist zu mächtig. Noch vor Sonnenaufgang wird der letzte Lebensfunke in ihm erlöschen.«

»Dann ist er wirklich verloren?«, fragte Keelin tief betroffen.

»Nicht nur er, auch die Hoffnung meines Volkes.« Mit Tränen in den Augen wandte sich Inahwen um und machte sich daran, den Hügel hinabzugehen. »Wir reiten zurück«, forderte sie Keelin und Gathorion auf. »Hier können wir nichts mehr ausrichten. Das Einzige, das wir jetzt noch tun können, ist, unserem Volk die schreckliche Kunde zu überbringen.«

»Aber was ist mit Ajana?«, warf Keelin ein. »Sind wir nicht auch aufgebrochen, um sie zu suchen?«

Inahwen blieb stehen und schaute ihn an. »Es ist lange her, da Horus ihre Spur in der Dunkelheit des Waldes verlor«, gab sie zu bedenken. »Wenn sie wirklich zum Ulvars geritten ist, hat sie ihn lange vor uns erreicht. Sie wird gespürt haben, dass hier etwas nicht stimmt. Vermutlich ist sie bereits auf dem Rückweg nach Sanforan.«

»Aber dann hätten wir ihr begegnen müssen!«, hielt Keelin ihr entgegen.

»Hätten wir das?« Trotz der Dunkelheit konnte er sehen, dass die Elbin erstaunt eine Augenbraue hob. »Da wäre ich mir nicht so sicher. Ajana hat viel gelernt, seit sie in Nymath ist. Und sie hatte einen guten Lehrmeister. Wenn sie nicht gesehen werden will, dann wird es ihr auch gelingen.« Sie legte ihre kühle, feingliedrige Hand sanft auf Keelins Schulter und fügte hinzu: »Ich bin sicher, sie schläft bereits tief und fest in ihrem Gemach, wenn wir Sanforan erreichen.«

X

Wolken streiften das Licht des Silbermonds und warfen bizarre Schatten, die wie unheimliche Gestalten über den Boden der Artasensümpfe huschten. Es war Nacht. Die Zeit, da die Träume die Herrschaft über die Geschöpfe des Sumpfes erlangten und die nächtlichen Jäger sich von ihren Schlafplätzen erhoben, um eins zu werden mit den Schatten, die sie umgaben.

Die Luft war warm und erfüllt von den schweren Gerüchen nach Moder und Fäulnis. Es schien, als halte die Welt den Atem an, als rühre sich nichts in der gespenstischen Stille, die den von Schilfgras und knorrigen Bäumen bewachsenen Sumpf ergriffen hatte. Doch der Schein trog.

Suara kannte die Gefahren des nächtlichen Sumpfes, aber sie verspürte keine Furcht. Die junge Nuur saß auf Kerrs Rücken und ließ sich von ihm tragen, während sie die mondbeschienene Wildnis ringsumher nicht aus den Augen ließ. Die große Raubkatze schien den Weg genau zu kennen. Mit traumwandlerischer Sicherheit setzte sie die Pfoten lautlos auf den schmalen Streifen des festen Untergrunds, der die Artasensümpfe wie ein unsichtbarer Weg durchzog. Ein falscher Schritt, eine winzige Unachtsamkeit, und das Ende wäre besiegelt.

Ein dünnes Lächeln huschte über ihr Gesicht, als sie daran dachte, wie viele Knochen schon im schlammigen Untergrund der Sümpfe vor sich hin moderten. Irgendwann hatten es die Häscher des grausamen Gottes aufgegeben, die Frauen ihres Blutes bis in das Herz der Sümpfe zu verfolgen. Doch bis dahin hatten sie der sinnlosen Jagd einen furchtbaren Tribut gezollt.

Die Artasensümpfe waren die letzte Zuflucht der Nuur. Das Gewirr verkümmerter Bäume, deren Äste so fest ineinander verwachsen waren, als versuchten sie, sich gegenseitig Halt zu geben, war der einzige Ort in ganz Andaurien, an dem sie sich noch ungehindert bewegen konnten.

Dessen ungeachtet lauerten auch hier Gefahren, denn die Sümpfe beherbergten unzählige unheilvolle Wesen. Die meisten von ihnen waren nie zu sehen, konnten aber blitzschnell zuschlagen, wenn sich ein ahnungsloses Opfer in ihre Nähe verirrte.

Auch jetzt, tief in der Nacht, entdeckte Suara überall Spuren von Leben: Schlangen, die sich im Mondlicht durch das seichte Wasser am Fuß der knorrigen Baumwurzeln schlängelten, schuppige Echsen, die auf ihren Ruheplätzen wie erstarrt auf die wärmenden Sonnenstrahlen des nächsten Morgens warteten, und kleine pelzige Geschöpfe, die die Zeit des Innehaltens nutzten, um die Wasserflächen hastig zu durchschwimmen. Sie alle waren Teil des großen Spiels vom Leben und Sterben in den Sümpfen, das mit jedem Sonnenaufgang aufs Neue begann.

Am Tag wimmelte es hier von Blut saugenden Insekten, bisweilen so groß wie eine Kinderhand, während sich in der Nacht die Geister der Toten aus den Sümpfen zu erheben schienen, um als dunstige Gespinste zwischen den Bäumen umher zu irren.

Suara atmete tief durch. Niemand würde die Sümpfe freiwillig durchstreifen. Ihr aber tat es gut, wieder hier zu sein.

Sie hob die Hände an die Lippen und stieß einen trällernden Pfiff aus. Er war noch nicht verhallt, als aus der Ferne die Antwort erklang. Nur noch wenige Pfeilschussweiten, dann war sie am Ziel, dann würden auch die anderen erfahren, was sich in der Höhle nahe dem Pilan zugetragen hatte.

Bei dem Gedanken an das, was kommen würde, beschlich Suara ein unheilvolles Gefühl. Sie musste kein Sternendeuter sein, um zu wissen, dass die Kunde, die sie brachte, zu großen Veränderungen führen würde. Zum ersten Mal, seit der Blutgott die Herrschaft in Andaurien an sich gerissen hatte, war es seinen Häschern gelungen, eine Felis gefangen zu nehmen. Die Folgen dieser Tat waren nicht absehbar, doch schien es außer Frage, dass jene, die sich gegen die Herrschaft des Blutgottes verschworen hatten, diese Tat nicht widerstandslos hinnehmen würden.

Im Stillen betete sie darum, dass Kerrs stummer Ruf möglichst viele ihrer Stammesgefährtinnen erreicht hatte.

Die außergewöhnliche Gabe der Djakûn, sich durch das Hervorrufen von Gedankenbildern an einem bestimmten Ort zu versammeln, hatte ihr schon manchen guten Dienst erwiesen, doch nie hatte sie so sehr darauf vertraut wie an diesem Abend.

Den ganzen Tag über hatte Kerr unermüdlich das Bild der von Riedgras und niedrigem Gestrüpp bewachsenen Insel mitten im Sumpf ausgesandt, um jene dorthin zu rufen, denen der geheime Versammlungsplatz der Nuur vertraut war.

Es war eine Insel ohne Hütten und feste Lagerplätze, auf der nur ein paar Feuerstellen davon kündeten, dass sich hier in manchen Nächten bis zu einhundert Amazonen versammelten, um gemeinsam Rat zu halten und Neuigkeiten zu besprechen.

Das war nicht immer so gewesen. Einst hatten die Nuur

wie ihre Schwestern, die Wunand, in kleinen Dörfern am Rand der Artasensümpfe gelebt. Hier hatten die Frauen ihre Töchter und die wenigen Söhne erzogen, während sich die jungen Amazonen der Zucht und Ausbildung der jungen Djakûns gewidmet und sich täglich im Umgang mit den verschiedenen Waffengattungen geübt hatten.

Dann aber war die große Schlacht gekommen, in der das Volk der Nuur nahezu ausgerottet wurde. Die wenigen Überlebenden waren in die Sümpfe geflüchtet. Um sich vor jenen zu schützen, die sie gnadenlos verfolgten, waren sie gezwungen, ihre gewohnte Lebensweise aufzugeben und die Wälder Andauriens fortan auf ihren Djakûn als einsame Nomaden zu durchstreifen.

Suara hatte nie ein anderes Leben kennengelernt. Schon zwei Wochen nach ihrer Geburt hatte ihre Mutter den Schutz der Höhle verlassen, in der sie zur Welt gekommen war, und sie auf ihre ausgedehnten Streifzüge mitgenommen – zunächst auf dem Rücken von Dark, dem kräftigen Djakûnweibchen ihrer Mutter, später, im Alter von zehn Wintern, auf Kerr, der als einziger Nachkomme aus Darks Würfen bei ihnen geblieben war.

Suara hatte den jungen Djakûn nach alter Nuur-Tradition angenommen und ihn unter der Führung ihrer Mutter selbst ausgebildet. Die ersten Winter mit Kerr waren eine glückliche und freie Zeit gewesen, an die Suara gern zurückdachte, die aber ein jähes Ende gefunden hatte, als sie vierzehn Winter gezählt hatte.

Heute war sie überzeugt, dass ihre Mutter den Hinterhalt geahnt haben musste. Warum sonst hatte sie so nachdrücklich darauf bestanden, dass Suara sie auf diesem Ritt nicht begleitete? Warum hatte sie geweint? Und warum hatte sie ihr das Lederband mit dem halben Silbermond, das ihren

Hals zierte, solange Suara sich erinnern konnte, in die Hand gedrückt und sie ermahnt, gut darauf aufzupassen? Damals hatte Suara es nicht verstanden, doch heute wusste sie, dass es dafür nur eine Erklärung gab: Ihre Mutter hatte gespürt, dass sie nicht zurückkehren würde.

Wie von selbst wanderte Suaras Hand zu der kleinen silbernen Mondsichel, die sie an einem dünnen Lederband um den Hals trug. Es war die einzige Erinnerung an ihre Mutter, die ihr geblieben war. Noch heute machte sie sich bittere Vorwürfe, weil sie damals nachgegeben hatte. Das Bild, das sich ihr geboten hatte, als sie den Ort des Grauens auf der Suche nach ihrer Mutter schließlich entdeckt hatte, hatte sich unauslöschlich in ihr Gedächtnis gebrannt und dem Wort Hass eine neue Bedeutung verliehen.

Doch obwohl sie den Tod ihrer Mutter in den vergangenen vier Wintern Dutzende Male gerächt hatte, hatte sie doch nie den Seelenfrieden gefunden, nach dem es sie so sehr verlangte.

Ein trällernder Pfiff riss Suara aus ihren bedrückenden Erinnerungen. Kerr hatte die Insel fast erreicht. Nur wenige Büsche trennten sie noch von der Lichtung. Gleich darauf erkannte sie hinter dem Dickicht den Schein eines Lagerfeuers und hörte leises Stimmengemurmel.

Sie sind gekommen! Suaras Herz machte vor Freude einen Satz.

Dass die Djakûn sich untereinander nur Bilder eines Ortes übermitteln konnten, nicht aber den Grund des Treffens, war ein Mangel, der oft zu Missverständnissen führte. Zwar konnten die Nuur am Verhalten ihres Djakûns erkennen, dass ein Ruf erfolgt war, sie mussten jedoch ohne jede Kenntnis über den Anlass abwägen, ob sie der Versammlung beiwohnen wollten oder nicht.

Suara hob die Hände an den Mund und kündigte ihr Nahen mit dem verabredeten Zeichen an: einem lang gezogenen, an- und abschwellenden Ton, der den Balzruf eines Sumpfhuhns nachahmte.

Als der Ton verhallte, betrat Kerr die Lichtung.

»Ajana?« Mit einer geschmeidigen Bewegung richtete sich die Gestalt am Feuer auf. »Fuginors feurige Glut, was führt Euch hierher, mitten in der Nacht?« Im flackernden Feuerschein war ihr Gesicht nur schwer zu erkennen, doch der Klang der Stimme ließ keinen Zweifel daran, wer Ajana gegenüberstand.

»Abbas?«, fragte sie erstaunt und stieß ein erleichtertes Lachen aus. »Ich hatte schon mit zwielichtigen Gestalten gerechnet.«

»Seid Ihr allein?«, erkundigte sich der junge Wunandkrieger nicht minder überrascht und spähte aufmerksam in die Dunkelheit. »Wo ist Keelin?«

»Er ist nicht hier«, antwortete Ajana eine Spur zu hastig und vermied es, Abbas dabei anzusehen. »Ich bin allein auf dem Weg zum Pass.«

»Zum Pass?« Die Antwort schien bei Abbas noch mehr Fragen aufzuwerfen, aber Ajana lenkte das Gespräch bewusst in eine andere Richtung. »Wie schön, dich hier zu treffen«, sagte sie im Plauderton. »Ist es dir recht, wenn ich mein Nachtlager an deinem Feuer aufschlage?« Sie lächelte. »Es tut gut, jemanden Vertrauten in der Nähe zu wissen.«

»Ob … ob es mir recht ist?« Abbas wirkte noch immer verwirrt. »Aber ja … ja natürlich. Nehmt Platz und wärmt

Euch. Ich … ich versorge gern …« Er stutzte. »Wo ist Euer Pferd?«

»Ich habe es dort hinten angebunden.« Ajana deutete in die Richtung, aus der sie gekommen war. »Ich wollte erst mal nachsehen, wer hier am Feuer sitzt. Warte, ich hole es.« Ajana drehte sich um und war im dichten Nebel verschwunden, noch ehe Abbas etwas erwidern konnte. Es dauerte jedoch nicht lange, bis sie mit ihrem Schimmel am Zügel zurückkehrte.

Wenig später war das Pferd abgehalftert und mit Futter versorgt.

Ajana suchte sich einen Platz am Feuer und kuschelte sich zum Schutz gegen Kälte und Feuchtigkeit in ihren warmen Umhang.

»Habt Ihr keine Decke dabei?«, fragte Abbas verwundert.

»Nein, ich … ich muss sie unterwegs verloren haben.« Noch während Ajana das sagte, spürte sie, wie unglaubwürdig es wirkte. »Ich habe sie wohl nicht richtig festgezurrt.« Ihr Magen knurrte unüberhörbar.

»Und den Proviant?«, fragte Abbas, dem das verräterische Geräusch nicht entgangen sein konnte. »Habt Ihr den etwa auch verloren?«

»Ja … Nein, ich habe zu wenig mitgenommen«, druckste Ajana herum.

»Vielleicht weil Ihr ursprünglich gar nicht vorhattet, zum Pass zu reiten?« Abbas griff in seinen Proviantbeutel und holte einen kleinen runden Brotlaib hervor. Er brach ihn in zwei Hälften und reichte Ajana den einen Teil. »Bitte!«, sagte er höflich. »Ihr könnt es ruhig annehmen. Es ist genug für uns beide da.« Er grinste und klopfte sich mit der freien Hand auf den flachen Bauch. »Ich habe keine Ahnung, woran es liegt«, sagte er schulterzuckend, »aber die Kataurenfrauen auf den Höfen im Norden halten mich anscheinend für fresssüchtig. Jedes Mal wenn ich dorthin komme, stecken sie mir Unmengen Proviant zu, damit ich auf dem Rückweg nach Sanforan nicht verhungere.«

Ajana nahm das Brot gierig entgegen. Sie musste sich zusammenreißen, um nicht wie ein wildes Tier darüber herzufallen. Abbas beschäftigte sich derweil damit, Stöcke in kleine Stücke zu brechen, war jedoch aufmerksam genug zu bemerken, dass sie das Brot trocken herunterschlang.

»Hier.« Ohne nach ihrem Wasserschlauch zu fragen, reichte er ihr den seinen.

»Danke.« Ajana war viel zu durstig, um das Angebot abzulehnen.

Nachdem sie getrunken hatte, gab sie Abbas den Wasserschlauch zurück, schloss fröstelnd ihren Umhang und beobachtete, wie er Holz und trockenes Reisig auf die Feuerstelle legte. Die Flammen stoben knisternd in die Höhe und für einen Augenblick spürte sie eine angenehme Wärme auf ihrem Gesicht.

»Wollt Ihr es mir nicht sagen?« Abbas hatte sich wieder in seine Decke gehüllt und blickte Ajana an.

»Was?« Unsicher, wie viel sie Keelins bestem Freund sagen durfte, zögerte Ajana die Antwort hinaus.

»Warum Ihr allein und ohne jede Ausrüstung auf dem Weg zum Pass seid.«

»Ich hatte Streit mit Keelin«, begann sie zögernd.

»Aber warum?« Abbas klang betroffen.

»Nun …« Ajana rang um Worte. Sie wollte nicht darüber sprechen, doch sie war Abbas zumindest eine kurze Erklärung schuldig. »Keelin hat deutlich gemacht, dass er nicht an eine gemeinsame Zukunft glaubt. So hat er sich für den endgültigen Abschied ausgesprochen und sich Duana zugewendet.«

»Das kann nicht wahr sein!«, entfuhr es Abbas. »Keelin liebt Euch. Er würde nie …«

»Was geschehen ist, ist geschehen«, fiel Ajana dem Wunand schroff ins Wort. »Du wolltest wissen, warum ich allein zum Pass reite, und ich habe es dir erzählt. Ich möchte nicht mehr darüber sprechen.« Umständlich legte sie sich nieder, rollte sich in ihren Mantel und suchte auf dem harten Boden nach einer halbwegs bequemen Lage, indem sie sich Abbas' Sattel unter den Kopf schob. Sie hatte Abbas ganz bewusst nur von ihrem Streit mit Keelin erzählt. Dass der Ulvars im Sterben lag, hatte sie ihm verschwiegen, ebenso ihren Entschluss, zum Hellgranbaum nach Andaurien zu reiten.

Was sie vorhatte, ging Abbas nichts an. Schon morgen würden sich ihre Wege wieder trennen. Sie würde zum Pass reiten und er nach Sanforan zurückkehren. Die Gefahr, dass er Keelin von ihren Plänen erzählte, war zu groß.

»Ihr seid fest entschlossen, zum Pass zu reiten«, stellte Abbas nach einer langen Zeit des Schweigens fest.

»Ja, das bin ich.«

»Mit Eurer Erlaubnis, dann werde ich Euch begleiten!«

»Du willst mich begleiten?« Abbas' Entschluss kam so überraschend, dass Ajana vor Erstaunen auffuhr.

»Ja.«

»Erwartet man dich denn nicht in Sanforan?«

»Nicht so bald«, erwiderte Abbas leichthin. »Aber sie würden mich vermutlich in der Luft zerreißen, wenn sie erführen, dass ich Euch schutzlos zum Pass reiten ließ. Die Ehre gebietet es mir, dass ich Euch begleite.«

»Mir wird schon nichts passieren«, sagte Ajana, die ihre Pläne nicht durchkreuzt wissen wollte. »Wir haben Frieden, mach dir keine Gedanken um mich.«

»Auch in Friedenszeiten lauern unzählige Gefahren auf

arglose junge Reisende, wie Ihr es seid«, wandte Abbas ein. Ajana konnte sein Gesicht nicht sehen, war sich aber sicher, dass er grinste, als er hinzufügte: »Zu verhungern ist nur eine davon.«

»Also gut«, gab Ajana nach. »Aber nur bis zum Pass – einverstanden?«

»Einverstanden.«

Suara war überrascht, als sie erkannte, wie viele Amazonen sich auf dem Versammlungsplatz eingefunden hatten. Mehr als fünfzig Nuur hatten in dieser Nacht den Weg zur Insel gefunden. Sie lagerten am Feuer und warteten darauf zu erfahren, welche Neuigkeiten es gab.

Die Begrüßung ihrer Schwestern war kurz, aber von großer Herzlichkeit geprägt. In diesen dunklen Zeiten wusste man nie, ob es nicht ein Abschied für immer war, wenn man die Insel nach einem Treffen verließ, und so war die Freude umso größer, wenn sich Mütter und Töchter, Schwestern und Freundinnen bei der nächsten Versammlung wieder in die Arme schließen konnten.

Wie alle anderen nahm auch Suara ihren Platz am Feuer ein und wartete. Dem ungeschriebenen Gesetz einer Versammlung folgend, behielt sie die Neuigkeiten zunächst für sich und gab auch nicht preis, dass sie es gewesen war, die die anderen hierher gerufen hatte. Dies war ihr erst dann gestattet, sobald die Erin, die gewählte Anführerin der Nuur, eingetroffen war. Gewöhnlich war sie eine der Ersten, die dem Ruf des Djakûns folgte, doch an diesem Abend schien sie sich Zeit zu lassen. Keine der Anwesenden hatte sie gesehen, und niemand wusste, wo sie sich aufhielt. So blieb Suara nichts anderes übrig, als schweigend zu warten.

Langsam und schleppend schritt die Nacht voran und wandte sich dem Morgen zu. Die Gespräche am Lagerfeuer wurden leiser und verstummten schließlich ganz. Eine Handvoll Amazonen hatten sich schlafen gelegt, andere warteten voller Sorge, und einige wenige wiederum hielten mit ihrem Unmut über das lange Warten nicht hinter dem Berg.

Auch Suara wurde langsam ungeduldig. Hatte der Djakûn der Erin Kerrs Ruf nicht vernommen? War ihr vielleicht etwas zugestoßen?

Niemand wagte, es laut auszusprechen, aber in den Gesichtern der anderen konnte sie erkennen, dass sie mit ihren Befürchtungen nicht alleine stand. Es gab keine Sicherheit für eine Nuur, auch nicht für die Erin. Die Häscher der Priesterinnen lauerten überall.

»Vielleicht gibt es ja gar keinen Anlass für diese Versammlung«, hörte sie eine Nuur auf der anderen Seite des Feuers laut sagen. »Vielleicht wollte sich jemand einen üblen Spaß mit uns erlauben.«

»Ja, die Priesterin des Blutgottes«, warf eine andere Amazone ein. Es sollte ein Scherz sein, aber niemand lachte.

»Devin hat recht!«, griff eine andere Amazone die Worte der beiden auf. »So lange haben wir noch nie auf die Erin gewartet. Wir sind in der Tat schon viel zu lange hier. Wenn ihr meine Meinung hören wollt, sollten wir schleunigst aufbrechen und uns zerstreuen, ehe wir feststellen, dass wir wie die Sumpfhühner in einen Hinterhalt gelockt wurden.«

»Richtig.«

Von allen Seiten erhob sich zustimmendes Gemurmel.

»Wartet!« Suara sprang erschrocken auf. Sie wusste, dass

sie sich erst zu erkennen geben durfte, wenn die Erin eingetroffen war, doch die Lage war kritisch und erforderte ein sofortiges Handeln. »Dies ist kein Hinterhalt«, gab sie freimütig zu. »Mein Djakûn hat den Ruf ausgesandt.«

Die Stille, die sich über die Insel senkte, war fast greifbar. Alle starrten Suara an.

»Du?«

»Warum?«

»Was ist geschehen?« Erst zögernd, dann immer fordernder wurden Stimmen laut.

»Ich … ich habe sehr wichtige Neuigkeiten, die ich euch und der Erin vortragen muss.« Suara verstummte. Sie wollte nicht zu viel sagen, fürchtete aber, das Schweigen nicht mehr lange durchhalten zu können. Auf keinen Fall durften die Amazonen die Insel verlassen, ohne vorher von der Ermordung der Hederokrieger und dem Verrat an der Felis zu erfahren. Wenn es sein musste, auch ohne die Anwesenheit der Erin.

»Willst du es uns nicht verraten?«, fragte die Amazone, die eben noch den sofortigen Aufbruch vorgeschlagen hatte. »Einige von uns hocken hier schon seit Einbuch der Dämmerung untätig herum. Es wäre …«

Ein trällernder Laut ließ sie mitten im Satz verstummen. Einen Wimpernschlag später ertönte der unverkennbare Balzruf eines Sumpfhuhns.

Alle erhoben sich und blickten aufmerksam in die Richtung, wo gerade ein massiger schwarzer Schatten mit leuchtend gelben Augen lautlos auf die Insel zuglitt. Im Mondlicht war die Reiterin nur schemenhaft zu erkennen, doch allein die ungeheure Größe der Raubkatze ließ keinen Zweifel daran, wer da zu ihnen stieß.

»Die Erin kommt«, flüsterte eine Amazone in Suaras Nähe und sprach damit aus, was alle dachten. Schweigend beobachteten die Kriegerinnen, wie sich der Djakûn am Rand des Lichtkegels niederlegte. Seine Reiterin wartete jedoch nicht, bis er die Bewegung vollendet hatte. Mit einem kraftvollen Satz schwang sie sich von seinem Rücken und eilte auf die Wartenden zu. Wie alle Amazonen war sie schlank und hoch gewachsen und hatte die nachtschwarzen, von feinen grauen Strähnen durchwirkten Haare am Kopf zu dünnen Zöpfen geflochten, die im Nacken lose herunterhingen. Der lederne Brustharnisch fehlte ebenso wenig wie der traditionelle Lendenschurz der Djakûnreiterinnen, die ledernen Arm- und Beinschienen, ein Bogen und ein Köcher mit Pfeilen. Man hätte sie für eine gewöhnliche Amazone halten können, wäre da nicht der kunstvoll geschmiedete Reif in Form einer goldenen, sich windenden Schlange gewesen, den sie als Zeichen ihrer gehobenen Stellung am linken Oberarm trug.

»Ich grüße euch!«, sagte sie knapp und ohne sich lange mit einer Vorrede aufzuhalten. »Es scheint mir ein wundersamer Zufall, dass sich so viele von euch hier eingefunden haben, ohne dass auch ich euch einen Ruf sandte. Doch es ist auch eine glückliche Fügung des Schicksals. Kommt ans Feuer! Die Zeit drängt und wir haben Wichtiges zu besprechen.«

»Es tut gut, Euch wohlbehalten zu sehen, Ehrwürdige Erin«, hob eine der Amazonen an. »Wir haben uns große Sorgen ...« Die Erin gab ihr ein Zeichen und sie verstummte.

»Für mein verspätetes Eintreffen gibt es wichtige Gründe«, sagte die Erin ernst, wartete jedoch, bis sich alle rings um das Feuer niedergelassen hatten, ehe sie fortfuhr: »Ich habe keine Kunde davon, wer von euch die anderen hierher gerufen hat und welche Beweggründe er dafür hatte, doch dazu kommen wir später. Nur eines vorweg: Ich bin ihr dafür sehr dankbar. Etwas Schreckliches ist geschehen. Etwas, das nicht ungesühnt bleiben darf.«

Sie weiß es! Der Gedanke kam Suara ganz unvermittelt. Sie unterdrückte den Impuls aufzustehen, um ihr Anliegen vorzutragen, und zwang sich zur Ruhe, um den Worten der Erin zu lauschen. »Ich komme nicht allein«, sagte diese gerade. »Am Morgen wandte sich eine unserer Verbündeten an mich und bat mich um Hilfe.« Sie machte eine bedeutungsvolle Pause und fuhr dann fort: »Ihr alle wisst, dass wir uns noch nie dem Ansinnen jener verschlossen haben, die durch die Willkür des Blutgottes und seiner Priesterinnen in Not gerieten. Diesmal ist etwas sehr Bedeutsames geschehen. Was wir heute Nacht hier entscheiden werden, ist mehr als nur ein Seitenhieb, den wir den Anhängern des Blutgottes zufügen. Mehr als einer der kleinen Überfälle, wie wir sie in den vergangenen Wintern so oft durchgeführt haben. Ich will hier offen sprechen, denn ich fürchte, wenn wir handeln, wie es die Ehre verlangt, könnte das weitreichende Folgen haben, für die wir und unsere Verbündeten noch nicht bereit sind. Aber hört selbst und entscheidet frei!« Sie blickte in die Dunkelheit außerhalb des Feuerscheins, hob die Hand zu einer auffordernden Geste und sagte freundlich: »Komm näher!«

Ein Schatten löste sich aus dem Gebüsch und trat zögernd ins Licht.

Suara hielt verblüfft den Atem an.

Auf der anderen Seite des Feuers stand eine Felis!

Die Nacht war schon weit vorangeschritten und der Morgen nicht mehr fern, als Keelin mit sorgenvoller Miene in den Stall eilte. Der Stand von Ajanas Schimmelstute war mit frischem Stroh gefüllt, Heuraufe und Futtertrog waren unberührt. Keelin fluchte leise. Inahwen hatte sich getäuscht. Ajana war nicht nach Sanforan zurückgekehrt.

Von unheilvollen Gedanken getrieben, machte er sich auf den Weg über den mondbeschienenen Hofplatz zum Haupthaus, um Inahwen zu berichten. Der Gedanke, dass Ajana die Nacht irgendwo dort draußen allein, ohne Waffen und vernünftige Ausrüstung verbrachte, war ihm unerträglich.

Wenn ihr etwas zustieß, war das allein seine Schuld.

Er hatte den Eingang noch nicht erreicht, als er aus den Augenwinkeln eine Bewegung bemerkte. Es war nicht mehr als eine Ahnung, ein Gleiten von Dunkelheit in Schwärze. Doch es genügte, um seine Aufmerksamkeit zu wecken. Er hielt inne und spähte in die Schatten hinein, aber die Bewegung wiederholte sich nicht.

Vielleicht ist es wieder Duana?, dachte er bei sich, verwarf den Gedanken aber gleich wieder. Die Wunand waren ein stolzes Volk. Es war nicht ihre Art, sich feige in den Schatten herumzudrücken.

Dennoch. Irgendetwas oder irgendjemand verbarg sich dort. Obwohl Keelin nichts erkennen konnte, fühlte er den Blick des Wesens auf sich ruhen. Mit einer geschmeidigen Bewegung zog er sein Kurzschwert und machte einen Schritt auf die Schatten zu.

Wer immer sich dort versteckt hielt, musste einen guten Grund dafür haben. Mit blank gezogener Klinge schritt Keelin auf die finstere Ecke zu, in der er die Gestalt vermutete. Sie bewegte sich nicht, aber ein winziges Aufblitzen im Mondlicht verriet ihm, dass sein Verdacht begründet war. Fünf Schritte von der Hauswand entfernt blieb er stehen und streckte das Kurzschwert angriffsbereit vor.

»Komm heraus und zeige dich«, forderte er den Schatten heraus.

»Wenn du etwas näher kommst.« Die Stimme der schattenhaften Gestalt war männlich, tief und wohlklingend.

»Warum sollte ich?«, fragte Keelin kühl.

»Weil ich weiß, wo du findest, wonach du suchst.«

»So?« Keelin versuchte, seine Verwunderung hinter gespieltem Hochmut zu verbergen. »Und was, glaubst du, suche ich?«

»Die Nebelsängerin.«

Ajana! Keelin spürte, wie ihm alle Farbe aus dem Gesicht wich. Gilians heilige Feder, Ajana ist entführt worden!, schoss es ihm durch den Kopf. Sie ist in den Händen von gemeinen Erpressern, die hoffen, durch ein hohes Lösegeld zu Reichtum zu kommen und …

»Deine Sorge ehrt dich, aber sie ist unbegründet«, hörte er den Mann sagen, als habe dieser seine Gedanken gelesen. »Ajana ist weder ein Opfer von Erpressern geworden noch ist sie in den Händen von irgendwelchen anderen Schurken.« Das Scharren von Stiefeln erklang. Keelin wich einen Schritt zurück, als sich die Gestalt aus dem Schatten löste und ins Mondlicht trat.

»Nicht so ängstlich, junger Freund.« Der Mann schien belustigt. »Sagtest du eben nicht, ich solle herauskommen?«

Keelin erwiderte nichts. Er hatte den Mann noch nie gesehen und doch kam er ihm bekannt vor. Der lange dunkle Mantel, der breitkrempige Hut, das graue Haar, die durchsichtige Flasche in der Hand … Das konnte nur der Mann sein, von dem Ajana ihm schon mehrfach erzählt hatte. Der Mann in der schwarzen Gewandung, dem sie erstmals in ihrer Heimat begegnet war und den sie auch am Pass einmal zu sehen geglaubt hatte. Ein Mann, dessen Auftreten ihr stets unheimlich gewesen war und den sie trotzdem immer einen Freund genannt hatte – den Wanderer.

»Ja, so nennt man mich bisweilen!« Wieder schien der Mann seine Gedanken gelesen zu haben. Er gab ein schnarrendes Geräusch von sich, das ein Lachen sein mochte, setzte die Flasche an die Lippen und nahm einen großen Schluck. »Es stimmt, Ajana nennt mich einen Freund. Und auch du solltest wissen, dass ich nicht dein Feind bin«, sagte er und wischte sich mit dem Handrücken den Mund ab.

»Sie nennt Euch einen Freund. Aber seid Ihr das wirklich?« Keelin rümpfte die Nase, als ihm die scharfen Ausdünstungen von Ecolu entgegenschlugen, machte aber keine Anstalten, das Kurzschwert einzustecken. Nach allem, was er von Ajana wusste, war er sich nicht sicher, ob die Waffe dem Wanderer etwas anhaben konnte; aber sie gab ihm ein Gefühl von Sicherheit, auf das er nicht verzichten wollte.

»Das zu beurteilen, ist nicht meine Aufgabe.« Der Wanderer machte eine wegwerfende Handbewegung. »Sie nennt schließlich auch dich einen Freund.« Er machte eine bedeutungsvolle Pause und sagte dann: »Wie auch immer. Jedenfalls solltest du dich beeilen, wenn du sie noch einholen willst.«

»Ihr … Ihr wisst, wo sie ist?« Keelin horchte auf. Für einen Augenblick kam ihm der Gedanke, dass der Wanderer etwas mit Ajanas Verschwinden zu tun haben könnte. Doch er schluckte die bissige Bemerkung, die ihm auf der Zunge lag, herunter und fragte nur: »Wo ist sie?«

»Die Frage ist nicht, wo sie ist, sondern, wohin sie will«, erwiderte der Wanderer gedehnt.

»Also gut, dann erzählt mir, wo ich sie finden kann.« Nur mühsam gelang es Keelin, seine Ungeduld zu mäßigen.

»Wenn du schnell bist, am Pass. Wenn nicht …«, der Wanderer hielt inne und nahm einen weiteren Schluck.

»Wo dann?«, fragte Keelin. Die Ungeduld verlieh seiner

Stimme eine ungewohnte Schärfe, aber der Wanderer schien sich nicht daran zu stören.

»In Andaurien«, antwortete er so trocken, als sei Ajana nur mal eben zum Hafen hinuntergegangen.

»In Andaurien?« Fassungslos senkte Keelin das Kurzschwert. »Gilians heilige Feder, was will sie dort?«

»Ich wollte dir helfen, sie zu finden. Ihre Beweggründe muss sie dir schon selbst erklären.« Der Wanderer berührte mit zwei Fingern die Krempe seines Hutes, neigte leicht das Haupt und sagte. »Wie ich schon sagte, du findest sie am Pass – wenn du schnell bist.« Mit diesen Worten drehte er sich um und verschmolz wieder mit den Schatten.

»Wartet!« Keelin eilte ihm nach, aber als er die Hauswand erreichte, war der Wanderer verschwunden. Nur der scharfe Geruch des Ecolus deutete darauf hin, dass er vor Kurzem dort gewesen war.

»Kommt zurück!« Noch während er die Worte aussprach, wusste er, dass sie vergebens waren. Es war genau so, wie Ajana es ihm geschildert hatte: Der Wanderer war wie aus dem Nichts aufgetaucht und auf ebenso geheimnisvolle Weise wieder verschwunden. Er war fort und würde nicht zurückkehren.

Seine Worte hingegen hatten bei Keelin tiefen Eindruck hinterlassen. Nicht einen Augenblick zweifelte er an der Richtigkeit dessen, was der Wanderer ihm offenbart hatte: Ajana war auf dem Weg zum Pass, weil sie von dort nach Andaurien aufbrechen wollte.

Welch ein Irrsinn! Keelin fluchte laut. Einen Augenblick noch zögerte er, dann fasste er einen Entschluss. Mit großen Schritten eilte er zum Stall, sattelte ein Pferd und machte sich auf den Weg zum Falkenhaus. Horus würde es nicht schätzen, mitten in der Nacht geweckt zu werden, doch diesmal konnte er auf die Befindlichkeiten seines Gefährten keine Rücksicht nehmen. Ajana hatte einen großen Vorsprung und die Zeit drängte.

Für einen Augenblick überlegte er, ob er Inahwen eine Nachricht zukommen lassen musste, entschied dann aber, dass er diese auch noch vom Pass aus würde schicken können. Die Elbin würde am folgenden Tag ohnehin nicht in Sanforan weilen, da sie mit Kruin und einem weiteren Ratsmitglied nach Sean Ferll reiten wollte.

Kurze Zeit später war alles bereit. Keelin hatte ein frisches Pferd gewählt. Der Weg zum Pass war weit und er hatte einen strammen Ritt vor sich. Wenn er Ajana einholen wollte, musste er sich beeilen.

Yenu und Miya hielten sich nicht lange in der Höhle auf. Mit dem ersten Licht der Dämmerung schulterten sie die bereit liegenden Lasten und machten sich wieder auf den Weg

Yenu war erstaunt, wie gut Miya ihre Flucht vorbereitet hatte. Die Ausrüstung war zweckmäßig und mit großer Sorgfalt zusammengestellt: Ein kurzer Bogen mit Pfeilen und Köcher, ein Buschmesser, ein Feuersteinmesser und ein Speer würden es ihnen nicht nur ermöglichen zu jagen, sie würden sich damit auch gegen die Räuber des Dschungels und mögliche Verfolger verteidigen können.

Der gelagerte Proviant bestand ausschließlich aus haltbaren Nahrungsmitteln und war so ausgewählt, dass er unter den feuchtwarmen Bedingungen der Artasensümpfe nicht verdarb.

Zwei ausgehöhlte Kalebassen, deren flaschenförmige Hälse mit einem geflochtenen Tragegurt aus Pflanzenfasern umschlungen waren, würden ihnen als Wassergefäße gute Dienste leisten. Dazu eine gewebte Decke, eine Gürteltasche mit verschiedenen Heilkräutern, die aus einem ausgehöhlten Aststück gefertigt war, und ein Lederbeutel mit geheimnisvollem Inhalt, den Miya sofort an sich nahm und fest an ihren Gürtel knotete.

Yenu war verblüfft. Wie lange mochte Miya ihre Flucht schon geplant haben, um all dies unbemerkt hierherzuschaffen? Wie sehr musste sie unter der Zurückweisung ihres Gefährten leiden, dass sie ein solches Wagnis einging?

Für die Männer der Hedero waren die Frauen ebenso ein Eigentum wie ihr Boot oder die Hütte, in der sie wohnten. Und obwohl Hederomänner im Grunde nicht gewalttätig waren, konnten sie ihre Gefährtinnen demütigen, schlagen und sogar verstoßen, ohne dass jemand ein Wort darüber verlor. Die Frauen hingegen besaßen kaum Rechte. Man verlangte von ihnen, dass sie gehorsam waren, den Männern dienten, viele Kinder gebaren und sich ohne zu klagen in ihr Leben fügten. So war es gewesen, ehe der Blutgott die Herrschaft in Andaurien an sich riss, und so würde es immer sein. Die Erziehung zur Demut gaben die Mütter wie selbstverständlich an ihre Töchter weiter und diese wiederum lehrten sie ihren Töchtern. Wenn eine Frau die Beschränkungen der Hedero-Gemeinschaft nicht ertrug, blieb ihr nur ein Ausweg – der Tod.

Yenu wusste, dass Miyas Mutter diesen Weg gewählt hatte. Mit zerschnittenen Handgelenken hatte man sie eines Morgens am Flussufer gefunden. Ein anderes Mal hatte sich eine Frau vor den Augen der Männer von der Hängebrücke in den Pilan gestürzt, wo die Querlas ihrem Leben ein grausames Ende gesetzt hatten.

Noch nie aber hatte eine Frau aus ihrem Dorf es gewagt zu fliehen. Wohin hätten sie auch gehen sollen?

Das Land westlich des Pilan gehörte den Nuur. Dahinter, so hieß es, begann der geheimnisvolle Wald der Felis.

Durchquerte man den Wald nach Süden, gelangte man nach zwei Tagesmärschen an den Rand der Wüste. Dort lebten räuberische Nomadenstämme, denen allerlei Gräueltaten und Sklavenhandel nachgesagt wurden. Im Norden lag der Tempel des Blutgottes, ein Gebiet, das nicht nur die Hedero mieden. Immer wieder gab es Berichte, dass unvorsichtige Wanderer von den Wächtern des Tempels gefangen genommen wurden. Keiner von ihnen war je wieder lebend gesehen worden.

Über das Land im Osten war bei den Hedero nicht viel bekannt. Der Wald erstreckte sich dort weiter, als je ein Krieger ihres Stammes gereist war, und wurde zudem von Stämmen bewohnt, die ihnen feindlich gesinnt waren.

Umso erstaunter war Yenu, dass Miya genau diese Richtung einschlug. »Warum gehen wir nach Osten?«, fragte sie ihre Freundin, als sie an einem Wasserlauf innehielten, um die Kalebassen mit frischem Quellwasser zu füllen.

»Dorthin werden sie uns nicht folgen.« Miya schien auch den Fluchtweg genau durchdacht zu haben.

»Aber dort leben die Kwannen«, sagte Yenu erschrocken. »Sie hassen unser Volk und werden uns töten, sobald wir in ihr Gebiet eindringen.«

»Das werden sie nicht.« Miya schien sich ihrer Sache ganz sicher zu sein. »Die Kwannen sind nicht mehr unsere Feinde«, sagte sie zuversichtlich. »Ich habe gehört, wie die Männer am Feuer darüber sprachen. Sie haben mit den Kwannen Frieden geschlossen und sich gegenseitig zugesichert, die Stammesgrenzen zu achten.« Sie grinste. »Das heißt, wenn wir das Land der Kwannen erreichen, werden die Männer uns nicht mehr verfolgen. Dann sind wir frei.« Sie verschloss die Kalebasse mit einem Stopfen, richtete sich auf und sagte: »Und jetzt komm. Wir dürfen nicht noch mehr Zeit verlieren.«

Leise und eilig flohen sie durch den Dschungel, bahnten sich unermüdlich einen Weg durch hohe Gräser, Farne und Gestrüpp, tauchten unter Dornenranken hindurch und stiegen über Baumwurzeln hinweg. Sie wussten, dass sie möglichen Verfolgern damit eine leicht zu entdeckende Spur hinterließen. Aber sie hatten nicht die Zeit, diese zu verwischen. Der Morgen schritt rasch voran und ihre Flucht konnte jederzeit entdeckt werden.

Schweigend kämpften sie sich durch das Dickicht. Der Marsch zehrte an ihren Kräften. Hin und wieder hielt Miya inne und hob warnend die Hand, während sie mit angehaltenem Atem darauf lauschte, ob sie verfolgt wurden. Doch immer waren es nur die Geräusche des Dschungels, die sie umgaben, und sie setzten den Weg mit neuer Hoffnung fort.

Je weiter sie sich nach Osten vorankämpften, desto dunkler wurde der Dschungel. Immer öfter tauchten Spinnenweben zwischen dem Geäst auf, manche neu, andere zerrissen. Yenu ekelte sich vor den klebrigen Gespinsten, die ihr wie Silberfäden an der Kleidung und in den Haaren hingen, doch sie klagte nicht und folgte Miya weiter durch das unwegsame Gelände.

Nach einer Zeit, die Yenu wie eine Ewigkeit vorkam, gelangten sie auf eine ausgedehnte Lichtung, die nur von Farnen und Gräsern bewachsen war.

»Wir rasten!« Miya schien ebenso erleichtert wie Yenu, dem Wald und den Spinnenweben zumindest für eine Weile entronnen zu sein. Sie legte ihr Gepäck auf den Boden, sank erschöpft ins feuchte Gras und schloss die Augen. »Weiter als bis hierher bin ich noch nie gegangen«, sagte sie leise, und es klang fast wie eine Entschuldigung.

»So weit?« Yenu konnte ihr Erstaunen nicht verbergen. Miya steckte voller Überraschungen, und ihr kam der Gedanke, die Freundin nie wirklich gekannt zu haben. »Du bist sehr mutig«, sagte sie anerkennend.

»Nein, das bin ich nicht.« Miya seufzte. Sie richtete sich auf und blickte Yenu ernst an. »Willst du die Wahrheit wissen?«, fragte sie und fuhr sogleich fort, ohne eine Antwort abzuwarten. »Ohne dich hätte ich wahrscheinlich nie den Mut gefunden zu gehen. Ich trage mich schon so lange mit dem Gedenken, wünsche es mir mehr als alles andere und war auch schon zweimal an der Höhle, um es endlich zu wagen, aber immer hat mich im letzten Augenblick der Mut verlassen. Dann nahmen sie dich gefangen, und ich wusste, dass es ein Zeichen war.« Ihre Augen leuchteten, als sie weitersprach. »Es ist Schicksal, verstehst du? Allein hätte ich es niemals geschafft, doch deine Not ließ mich meine Ängste vergessen. Es war mir bestimmt, dir bei der Flucht zu helfen, die auch die meine ist. Ich bin fest davon überzeugt, dass wir es schaffen.«

»Aber wo sollen wir hin?«, fragte Yenu verzagt. »Was erwartet uns im Osten?«

»Das lass nur meine Sorge sein«, erwiderte Miya mit geheimnisvollem Lächeln. »Bei den Kwannen, wenn wir sie überhaupt zu Gesicht bekommen, werden wir jedenfalls nicht bleiben. Wir ziehen weiter zu einem sicheren Ort.«

»Es gibt keinen sicheren Ort in Andaurien!«, wandte Yenu ein.

»Doch, den gibt es.« Miya ergriff ihre Hand und schaute ihr tief in die Augen. »Mehr darf ich dir noch nicht verraten«, sagte sie ernst. »Aber ich weiß, was ich tue. Vertraue mir.«

Yenu nickte stumm. Ganz gleich was Miya auch vorhaben mochte, nach allem, was sie für sie getan hatte, vertraute sie ihr mehr als sonst irgendeinem Menschen. Doch ein Blick zum Himmel zeigte ihr, dass der Tag noch jung war.

Sie waren erst einen halben Tag gelaufen.

So wenig! Yenu erschauerte.

Es war nur eine kurze Zeitspanne, die sie von ihrem Heimatdorf trennte. Sie waren noch lange nicht in Sicherheit.

Der Morgen, der über den Artasensümpfen aufzog, wurde hinter den dichten Nebelschleiern nur langsam sichtbar, während die nächtlichen Jäger von ihren Beutezügen heimkehrten und das Leben im Sumpf langsam erwachte.

Für jene, die sich auf der Insel mitten im Sumpf versammelt hatten, war es eine lange Nacht gewesen. Doch jetzt, da der Morgen graute, schienen sie endlich Übereinstimmung über das weitere Vorgehen gefunden zu haben.

Es gab nur wenig, was die Felis den Amazonen von der Gefangennahme ihrer Schwester hatte berichten können. Wie es schien, hatte diese in einem unbeobachteten Augenblick einige Eindrücke des Ortes einfangen können, an dem man sie gefangen hielt, und ihren Schwestern eine Botschaft übermittelt. Die Beschreibung des Ortes war mehr als dürftig, dennoch zweifelte keine der Amazonen daran, dass man die Felis im Tempel des Blutgottes gefangen hielt.

Suaras Bericht über die Umstände der Gefangennahme trug dazu bei, etwas Licht in das Dunkel der Lage zu bringen. Und so wurde man sich schnell einig, dass die Felis aus den Händen der Priesterinnen befreit werden musste.

»Aber wir sind viel zu wenige, um einen offenen Angriff zu wagen«, fasste die Erin alle Überlegungen und Fragen zusammen, die bis zum Morgengrauen vorgetragen wurden. »Selbst mithilfe der Djakûn wären wir der Tempelgarde in einem offenen Schlagabtausch hoffnungslos unterlegen.«

»Dann müssen wir sie eben heimlich befreien«, schlug eine Amazone vor. »Zwei oder drei von uns könnten sich als Überbringer von Opfergaben verkleiden und versuchen, bis zu ihr vorzudringen.«

»Auch das wäre ein großes Wagnis«, gab die Erin zu bedenken. »Wie es aussieht, haben wir jedoch keine andere Wahl.«

Sie blickte sich aufmerksam um und fragte: »Gibt es Freiwillige?«

»Ich werde gehen!«

Suara erhob sich und trat entschlossen vor. »Die Felis sind uns stets treue Verbündete gewesen«, erklärte sie mit fester Stimme. »Mehr noch, sie sind uns Schwestern im Geiste, denn auch sie sind ein sterbendes Volk. Wir müssen alles tun, was in unserer Macht steht, um ihnen zu helfen.«

»Dein Mut ehrt dich, Suara«, sagte die Erin anerkennend. »Doch wie willst du die Felis befreien?«

Suara zuckte mit den Schultern. »Mir wird schon etwas einfallen«, sagte sie leichthin. »Und wenn ich den Wächter verführe, der die Schlüssel zum Kerker hat.« Mit unheilvollem Lächeln wog sie ihr blitzendes Messer in den Händen. »Mit der Tempelgarde habe ich noch eine Rechnung offen.«

»Der Wunsch nach Rache war schon immer ein schlechter Begleiter.« Die Erin maß Suara mit einem langen, schwer zu deutenden Blick. »Du bist entschlossen zu gehen?«, fragte sie schließlich.

»Bei meiner Ehre!« Suara ballte die Hand zur Faust und legte sie nach Art der Amazonen auf die Brust. »Ich werde die Felis befreien.«

»So sei es denn.« Die Erin nickte Suara zu, blickte sich um und richtete das Wort wieder an alle. »Wer begleitet sie?«

Eine Handvoll Nuur erhoben sich und traten vor, doch ehe auch nur eine von ihnen etwas sagen konnte, meldete sich die Felis zu Wort: »Ich gehe mit!«, sagte sie mit einer Stimme, die keine Widerrede duldete, und fügte etwas sanfter hinzu: »Die Gefangene ist meine Schwester.«

Mit kurzen, tippelnden Schritten hastete Imhot durch die langen, lichtdurchfluteten Arkaden des Tempels. Seine Augen tränten von der ungewohnten Helligkeit, und er blinzelte dagegen an, aber die Strahlen der Morgensonne strichen über sein bleiches Gesicht, als wollten sie ihn verhöhnen.

Imhot hasste die Sonne. Seit vielen Wintern hatte er die lichtlosen Gewölbe unter dem Tempel des einzigen Gottes nicht mehr verlassen, in denen er seinem blutigen Handwerk nachging.

Warum auch?

Die Priesterinnen hatten seine Dienste stets zu schätzen gewusst und nach Kräften dafür gesorgt, dass ihm nicht langweilig wurde. Hunderten von Gefangenen hatte er in ihrem Auftrag die Zunge gelöst, um ihnen jene Geheimnisse zu entlocken, nach denen es den Priesterinnen verlangte. Kaum einer hatte die unsäglichen Qualen lebend überstanden, aber selbst darauf war Imhot stolz. Dass es in Andaurien so gut wie keine Aufrührer und Rebellen gab, hatten die Priesterinnen in Wahrheit allein ihm zu verdanken.

»Weiter!« Einer der Krieger, die ihn begleiteten, versetzte ihm mit dem Speerschaft einen Schlag auf den Rücken und trieb ihn an, schneller zu gehen.

Imhot zuckte zusammen, beschleunigte die Schritte aber nur zögernd. Er ahnte, wohin man ihn führte – und er hatte Angst.

Vhara erwartete ihn in der großen kuppelförmigen Halle des Tempels, in dessen Mitte sich die Feuergrube des einzigen Gottes wie ein gieriges schwarzes Maul im Boden auftat.

Feuerkörbe, die in einem großen Kreis um die heilige Stätte aufgestellt waren, verbreiteten ein schauriges Licht. In ihnen glommen neben den Kohlen auch Harze, die einen beißenden Geruch verbreiteten.

Die Hohepriesterin stand am Altar, kaum drei Schritte von der Feuergrube entfernt, und wandte ihm den Rücken zu. Die Hände auf die steinerne, von geronnenem Blut verkrustete Altarplatte gestützt, hatte sie den Kopf in den Nacken gelegt und den Blick auf die gewölbte Decke gerichtet. Sie trug das zeremonielle rote Gewand der Opferpriesterin und hatte die schwarzen Haare im Nacken zu einem kunstvollen Turm aufgesteckt, den funkelnde Ketten in Gold und Silber zierten.

Sie war so atemberaubend schön, dass Imhot alle Furcht für den Bruchteil eines Herzschlags vergaß. Dann aber fiel sein Blick auf den Altar, und er spürte, wie Angst und Entsetzen wieder nach ihm griffen.

Fünf Schritte vom Altar entfernt hielten die Krieger inne, legten Imhot die Hände auf die Schultern und zwangen ihn niederzuknien.

»Herrin! Der Scherge ist da!« Die Krieger verneigten sich ehrfürchtig und verließen den Raum.

»Imhot!« Das durchscheinende rote Gewand der Hohepriesterin raschelte verführerisch, als sie sich umdrehte und auf Imhot zukam. Die funkelnden Ketten in ihren Haaren klirrten leise. Ihre Stimme klang erfreut, ihr Gesicht zeigte ein Lächeln, aber es lag keine Wärme darin.

Demütig presste Imhot die Stirn auf den kühlen Boden. »Herrin.« Seine Stimme glich einem heiseren Krächzen.

»Du weißt, warum du hier bist?«, hörte er Vhara in gespielter Freundlichkeit fragen.

Imhot erschauerte. Freundlichkeit war eine Tugend, die noch keine Hohepriesterin besessen hatte. Der Tonfall schürte seine Furcht und lähmte seine Gedanken.

»Nun?« Eine unheilvolle Schärfe schwang in der kurzen Frage mit. »Du hast mir noch nicht geantwortet!«

»Die … die Tierfrau«, stammelte Imhot, ohne aufzusehen. »Ihr … Ihr wollt sicher wissen, was ich … was ich herausgefunden habe.«

»Guuut.«

Imhot konnte das Gesicht der Priesterin nicht sehen, aber er glaubte, ihr kaltes Lächeln zu spüren.

»Die Sonne ist einmal unter- und einmal wieder aufgegangen, seit ich dich in den Gewölben aufsuchte«, fuhr Vhara fort. »Genug Zeit also, jenes Wissen aus der Felis herauszuholen, das uns zu den anderen führen wird.«

Imhot hörte Stoff rascheln und spürte, dass die Priesterin näher kam. Er zitterte.

»Also?«, hörte er sie fragen. »Was hat sie dir erzählt?«

»Vergebung, Herrin!« Imhots Stimme war nicht mehr als ein Flüstern. Er wusste die Hohepriesterin unmittelbar vor sich und rang um jedes Wort. »Vergebung, aber sie … sie war, sie ist …«

»Was hat sie dir erzählt?« Mit einem jähen Griff packte Vhara ihn bei den Haaren und bog seinen Kopf so weit nach hinten, dass er sie ansehen musste. Die schwarz lackierten Fingernägel bohrten sich in seine Kopfhaut, die Augen glühten so feurig wie Kohlenstücke und das Gesicht war zu einer Maske des Grauens entstellt. »Sag es mir!« verlangte sie mit verzerrter Stimme. »Sofort!«

Imhot ächzte. Er versuchte, sich aus dem Griff der Hohepriesterin zu befreien, aber die Furcht lähmte seine Glieder und er scheiterte schon im Ansatz.

Vhara schien es nicht einmal zu bemerken. Mit eisernem Griff hielt sie ihn an den Haaren gepackt und starrte ihn mit glutroten Augen an. »Rede!«

»N… nichts!« Imhot zitterte. Speichel rann ihm aus den Mundwinkeln und tropfte zu Boden

»Nichts?« Vhara riss ihn an den Haaren so weit in die Höhe, dass er vor ihr kniete. »Blut und Feuer!«, fauchte sie zornig. »Da habe ich dir so viel Zeit gelassen und was tust du?« Sie schnaubte vor Wut. »Nichts!« Mit einer verächtlichen Bewegung schleuderte sie Imhot zu Boden, wo er schwer atmend liegen ließ.

»Sie … sie hat das Bewusstsein bisher noch nicht wiedererlangt!«, presste er mühsam hervor. Nie zuvor hatte er sich dem Tode so nahe gefühlt, niemals zuvor solche Furcht verspürt wie in diesen endlosen Augenblicken. Sie wird mich töten!, dachte er. Sie wird mir die Kehle durchschneiden und mein Blut zu Ehren des Einen ins Feuer geben.

…zu Ehren des Einen…

Das Opferfest!

Imhots Gedanken wurden schlagartig klar.

»Herrin«, hob er noch einmal an, während er wie ein Ertrinkender nach der plötzlichen Eingebung griff, die ihm das Leben retten konnte. »Herrin, bedenkt! Solange die Katzenfrau lebt, ist nichts verloren!« Er sprach sehr schnell, denn er fürchtete, der Zorn der Hohepriesterin könnte ihn treffen, ehe er vorgetragen hatte, was gerade in ihm heranreifte. »Sie ist eine Felis!«, sagte er so nachdrücklich, als erkläre dies alles. »Als magisches Geschöpf kann ihr Geist nicht gebrochen werden. Sie kann nicht gegen das handeln, was ihre Schöpfer ihr einst bestimmten. Sie wird jede Qual erdulden und sterben, aber sie wird ihre Schwestern nicht verraten.«

»Willst du mich belehren?«, fuhr Vhara ihn an. »Ich warne dich. Du bist nicht der Erste, der sich wimmernd in Ausflüchten ergeht, um sein eigenes Versagen zu vertuschen und sein elendes Leben zu retten.«

»Das sind keine Ausflüchte!« Imhot hoffte, die Neugier der Hohepriesterin zu wecken, und wurde etwas mutiger. Auch Vhara musste die Legenden kennen, die sich um die Felis rankten. Ihre unerschütterliche Gabe zu schweigen war nur eine davon.

»Wenn es uns unter der Folter nicht gelingt, ihr den Aufenthaltsort ihrer Schwestern abzuringen, können wir sie immer noch dazu nutzen, ihre Schwestern zu uns zu führen«, schlug er vor. »Nur deshalb verschonte ich ihr Leben und setzte der Folter ein Ende. Sie ist die erste Felis, die lebend gefangen wurde, und kann uns auch dann noch nützlich sein, wenn die Folter versagt. Gebt eine öffentliche Hinrichtung bekannt. Lasst überall verkünden, dass ein Gottesurteil die Schuld der Felis entscheiden soll, und Ihr werdet sehen …«

»Du elender Wurm wagst es, mir Anweisungen zu geben?«, fiel Vhara ihm ins Wort. Ihre Stimme klang noch immer zornig, doch die Glut in ihren Augen erlosch und die dämonische Fratze wich wieder dem makellosen Antlitz hehrer Schönheit. Mit wenigen Schritten war sie an der Tür und rief die Wachen der Tempelgarde herbei.

Imhot hörte sie kommen. Das ist das Ende!, schoss es ihm durch den Kopf, während er sich am Boden zusammenkauerte.

»Schafft ihn mir aus den Augen!« Vharas Stimme schnitt mit der Schärfe eines Schwertes durch den Raum.

Imhot fühlte, wie er bei den Armen gepackt und in die Höhe gezerrt wurde. Er zitterte noch immer, aber er wehrte sich nicht.

»Bringt ihn zurück in das Loch, aus dem er gekrochen ist!«, hörte er sie verächtlich sagen. Die Worte waren eine einzige Demütigung, und doch hatte er das Gefühl, nie etwas

Schöneres gehört zu haben. Er würde leben! Imhot konnte sein Glück kaum fassen.

Wie nie zuvor genoss er die Wärme der Sonnenstrahlen auf dem Gesicht, atmete den Duft der Blumen ein und horchte sogar auf den Gesang der Vögel, als die Krieger der Tempelgarde ihn zurück in die finsteren Gewölbe unter dem Tempel führten.

Vhara blickte dem Schergen mit gemischten Gefühlen nach.

Immer noch war sie erbost, dass er der Felis selbst unter der Folter keinen einzigen Hinweis darauf hatte entlocken können, wo sich die anderen Katzenfrauen verbargen. Andererseits hatte sein jämmerliches Gefasel in ihr einen Plan reifen lassen.

Sie gab es nur ungern zu, aber er hatte recht. Die öffentliche Hinrichtung einer Felis schien in der Tat hervorragend dazu geeignet, andere Katzenfrauen anzulocken und ihnen eine Falle zu stellen.

Sie musste nur Boten aussenden, die die Nachricht des bevorstehenden Ereignisses im Umkreis von zwei Tagesmärschen verkündeten. Die Bewohner Andauriens würden in Scharen zum Tempel pilgern, um die Hinrichtung des mystischen Katzenwesens mit eigenen Augen zu sehen. Die Kunde von dem bevorstehenden Ereignis würde sich wie von selbst in kürzester Zeit bis in den hintersten Winkel Andauriens verbreiten.

Die Nuur und die Felis waren die letzten freien Stämme in Andaurien. Rebellen und Aufwiegler waren sie, die wie ein Dorn in der Haut der Macht dem Ansehen des einzigen Gottes immer wieder Schaden zufügten. Obwohl man ihnen schon seit vielen hundert Wintern nachstellte, war es doch nie gelungen, sie gänzlich zu vernichten.

Mit einer Unverfrorenheit, die ihresgleichen suchte, überfielen sie Spähtrupps, überwältigten Boten und Kundschafter und fingen immer wieder geheime Botschaften ab. Auf diese Weise gelang es ihnen häufig, Gefangene zu befreien oder ihre Verbündeten zu warnen, ehe die Krieger des Tempels sie ergreifen und der gerechten Strafe zuführen konnten.

Vhara schloss das Tor und schritt gedankenverloren durch den Tempel. Sie wusste, dass sie diesmal nicht versagen durfte. Nicht noch einmal.

Nachdem sie in Nymath elendig versagt hatte, hatte ihr Meister sie hierher gesandt, in einen Tempel, dessen Hohepriesterin bei dem Versuch, dem Treiben der Felis und der Nuur endgültig ein Ende zu setzen, kläglich gescheitert war.

Vhara hatte sie nie gesehen, wusste jedoch aus den Berichten jener, die ihr zur Seite gestanden hatten, dass ihr nicht die Gnade einer zweiten Gelegenheit vergönnt gewesen war. Wie schon so vielen Priesterinnen, die vor den Augen des einen Gottes in Ungnade gefallen waren, hatte der Meister ihr die Gunst des Feuers entzogen, während sie in der Feuersäule zu ihm gesprochen hatte, und wie bei so vielen vor ihr war auch ihr Körper unter den glühenden Lohen zu Asche zerfallen.

Vhara wusste gut, dass sie dieses Schicksal schon bald teilen konnte. Nach der Schande der Niederlage in Nymath hing ihr Leben an einem seidenen Faden. Die Vernichtung der Nuur und der Katzenwesen war ihre letzte Gelegenheit, den Meister zu versöhnen, und sie war wild entschlossen, ihn nicht zu enttäuschen. Hier ging es nicht nur um Sieg oder Niederlage – es ging um ihr Leben!

Die Aufgabe, ein paar versprengte Kriegerinnen zu töten, die auf schwarzen Raubkatzen ritten, und dazu noch eine Handvoll Katzenwesen zu fangen, war ihr nach den langen Wintern des Krieges geradezu lächerlich erschienen. Doch wie schon ihre Vorgängerinnen hatte auch sie schnell lernen müssen, dass dieses Vorhaben längst nicht so leicht war, wie es sich anhörte.

Die Artasensümpfe und die dichten Waldgebiete rings um das Sumpfland boten sowohl den Nuur als auch den Felis hervorragenden Unterschlupf und machten eine erfolgreiche Jagd auf die Rebellen und Katzenwesen nahezu unmöglich. Wie ihre Vorgängerinnen hatte auch Vhara viele Monde lang versucht, der Rebellen habhaft zu werden, indem sie Truppen ins Sumpfland schickte. Doch außer schmerzhaften Verlusten an eigenen Kriegern hatte sie nichts erreicht.

Sie wusste, dass ihr die Zeit davonlief, und war entschlossen, jedes Wagnis einzugehen, um ihren eigenen Hals zu retten. Und als hätte das Schicksal sie erhört, hatte es ihr zum rechten Zeitpunkt eine Felis in die Hände gespielt.

Vhara schalt sich eine Närrin. Warum war sie nicht selbst auf den Gedanken gekommen, die Rebellen durch einen geschickt eingefädelten Plan in eine Falle zu locken? Getrieben von dem Verlangen, der Katzenfrau das Wissen so schnell wie möglich zu entreißen, hatte sie die mahnenden Worte der andaurischen Berater einfach hinweggefegt und sich auf jene Methoden verlassen, die ihr bei Uzoma, Elben und Menschen schon so oft gute Dienste geleistet hatten.

Ein großer Fehler, wie sich nun herausstellte.

Aber noch war nichts verloren.

Obwohl sie es sich nur ungern eingestand, war sie Imhot sogar dankbar, dass er das Leben der Katzenfrau verschont und sie auf einen neuen Gedanken gebracht hatte.

Ein Gottesurteil!

Ein dünnes Lächeln umspielte Vharas Mundwinkel, als sie die Möglichkeiten erwog, die sich daraus ergaben. Und während der Plan langsam in ihr reifte, machte sie sich auf den Weg zu den Heilerinnen.

Ajana und Abbas kamen gut voran.

Die Pferde waren ausgeruht und hielten die schnelle Gangart, die Ajana anschlug, mühelos durch.

Die Straße führte fast schnurgerade nach Norden. Links des Wegs erstreckte sich ein riesiges Waldgebiet, dessen Ende sich im feinen Dunst am Horizont verlor. Es war die Heimat der Elben, und obwohl sie keinen Angehörigen des gestrandeten Volkes zu Gesicht bekamen, glaubte Abbas doch einmal zu spüren, dass sie aus dem undurchdringlichen Dickicht des Waldrandes heraus beobachtet wurden.

»Was gibt es am Pass denn so Dringendes, dass Ihr so schnell dorthin müsst?«, fragte Abbas, um die Ursache von Ajanas Eile zu ergründen. Der Nachmittag war schon weit vorangeschritten, und sie gönnten den Pferden eine kleine Verschnaufpause, indem sie absaßen und die Tiere eine Weile im Schritt gehen ließen. »Verzeiht, wenn ich frage, aber ich hörte, dass bereits Vorbereitungen für ein großes Fest anlässlich Eurer Heimkehr getroffen werden. Da wundere ich mich doch sehr, dass Ihr Sanforan verlassen habt.« Abbas hatte zu Ajana aufgeschlossen und blickte sie aufmerksam an.

»Es wird kein Fest geben«, erwiderte Ajana knapp und fügte betrübt hinzu: »Und es wird keine Heimkehr geben. Der Ulvars ist tot!«

»Tot?« Abbas hielt erschüttert inne. »Aber die ehrwürdige Inahwen hat doch selbst verlauten lassen …«

»Ich weiß, was sie gesagt hat«, fiel Ajana ihm ins Wort. »Aber sie täuscht sich. Sie ahnte wohl nicht, welche Macht die Priesterin des dunklen Gottes noch besitzt. Sonst hätte sie den Ulvars besser geschützt. Jetzt ist er tot, zerstört durch einen Zauber, den Vhara selbst über die Grenzen Nymaths hinweg zu weben vermochte.«

»Vhara?« Abbas sah Ajana fassungslos an. »Aber das ist unmöglich! Die Hohepriesterin der Uzoma ist tot. Wir haben es doch selbst gesehen. Sie starb in den Fluten des Wehlfangs, als Maylea sie mit sich riss, um …« Die Bilder der furchtbaren Ereignisse, die sich im feurigen Herzen des Wnutu zugetragen hatten, überwältigten ihn, und er brach erschüttert ab.

»Ich weiß, was du fühlst.« Ajana legte ihm tröstend die Hand auf den Arm. »Maylea war mir eine gute Freundin, und ich werde nie vergessen, was sie für uns getan hat. Auch ich hielt Vhara für tot. Auch ich habe mich täuschen lassen. Vhara scheint auf magische Weise gegen die zerstörerische Kraft des Feuers gefeit zu sein. Sie hat nicht nur den Sturz in den Wehlfang, sondern auch die Gluthitze des flüssigen Feuers unbeschadet überstanden und ist nach Andaurien geflohen.«

»Dann … dann war Mayleas Opfer vergebens?« Abbas' Stimme bebte, als er die furchtbare Bedeutung dessen begriff, was Ajana ihm eröffnete. Sein Blick irrte hilflos umher, während seine Hände die Zügel so fest umklammerten, dass die Knöchel weiß hervortraten. »Das … das ist unmöglich«, presste er, um Fassung ringend, hervor. »Sagt, dass es nicht wahr ist! Niemand, nicht einmal die Hohepriesterin, kann die Glut des Wehlfangs überleben.«

»Und dennoch ist es die Wahrheit.« Ajana nickte betroffen.

»Nein!« Abbas hatte das Gefühl, als bräche die Welt um ihn herum zusammen. Die Umstände hatten stets verhindert, dass er Maylea seine Gefühle gestand, aber er hatte die junge Amazone geliebt – und er tat es noch immer. Der Gedanke, sie irgendwann wiederzusehen, hatte ihn die Folter durch Vhara ertragen und die Zeit als Kurvasa bei den Uzoma überstehen lassen. Doch dann hatten sich die Ereignisse überschlagen, und ein grausames Schicksal hatte sie ihm entrissen, kaum dass er sie wiedergefunden hatte.

Ihr Tod hatte eine tiefe Wunde in sein Herz geschlagen, die immer noch schmerzte.

»Es tut mir leid«, hörte er Ajana in seine Gedanken hinein sagen. »Ich weiß, wie sehr es schmerzt, jene zu verlieren, die man ins Herz geschlossen hat. Auch ich habe Menschen verloren, die mir sehr nahestanden. Und mit dem Tod des Ulvars' gibt es für mich kaum noch Hoffnung, sie jemals wiederzusehen.«

»Reitet Ihr deshalb zum Pass?« Abbas kämpfte innerlich gegen den Kummer an, bemühte sich aber, gefasst zu klingen.

»Ich habe nicht vor, mich dort lange aufzuhalten«, erwiderte Ajana knapp. Wohl schon zum hundertsten Mal, seit sie aufgebrochen waren, hob sie den Blick zum Himmel und schaute sich suchend um.

»Nicht?« Abbas runzelte die Stirn. »Warum reitet Ihr dann dorthin?« Die ganze Sache wurde immer merkwürdiger. Je mehr Antworten Ajana ihm gab, desto mehr Fragen warf sie auf.

Und auch diesmal erhielt er keine Antwort.

Mit den Worten »Es wird bald dunkel, wir müssen uns beeilen« schwang sich Ajana auf ihr Pferd, ließ die Schimmelstute angaloppieren und preschte davon.

H

»Das Fest findet beim nächsten Mondwechsel statt. Wird sie so lange durchhalten?« Dumpf und seltsam verzerrt drang die strenge, befehlsgewohnte Stimme durch die Düsternis, die die Felis umfing.

»Wir tun, was in unserer Macht steht, Herrin. Aber sie hat viel Blut verloren«, lautete die Antwort einer alten Frau aus einer anderen Ecke des Raums.

Irgendwo am Rande ihres Bewusstseins spürte die Katzenfrau, dass der Schmerz nicht mehr so wild und beißend in ihr wütete wie noch beim letzten Mal, als ihre Seele von jenen Gestaden zurückkehrte, in die sie sich geflüchtet hatte, um Folter und Pein ertragen zu können.

»Sagt man nicht, sie hätten sieben Leben?«, fragte eine dritte Frau mit sehr jung anmutender Stimme.

»Wenn dem so ist, hat sie sechs davon bereits verloren.« Die ältere Frau schien nur wenig Hoffnung zu haben, dass sie überlebte.

Die Frau mit der strengen Stimme war näher getreten und zischte drohend: »Ihr bürgt mir mit eurem Leben dafür, dass sie nicht stirbt – beide!«

Die Felis zuckte innerlich zusammen, als sei sie geschlagen worden. Jetzt erkannte sie die Stimme wieder, eine Stimme, die für sie untrennbar mit Folter und unsäglichen Qualen verbunden war. *Sie* war hier.

Die Katzenfrau versuchte, die Augen zu öffnen, doch diese waren immer noch fest mit einem Tuch verbunden. Nichts war in Andaurien so gefürchtet wie der Blick einer Felis, von dem es hieß, sie könne die Welt damit in Schatten hüllen oder Dämonen der Vergangenheit heraufbeschwören, um sich aus einer Gefahr zu befreien.

»Aber Herrin!« Die Todesfurcht der jungen Frau schlug der Felis entgegen, als sei es ihre eigene, doch sie war zu schwach, um sich gegen die heftigen Empfindungen zu wappnen. So blieb ihr nichts anderes übrig, als die Woge über sich hinwegspülen zu lassen.

»Ich bin nur eine einfache Heilerin«, hörte sie die ältere der beiden Frauen mit bebender Stimme sagen. »Meine Mittel sind begrenzt und Wunder vermag ich gewiss nicht zu vollbringen.«

»Dann wird es höchste Zeit, dass du es lernst.« Der beißende Spott in der strengen Stimme jagte der Felis einen eisigen Schauer über den Rücken. Wer immer dort sprach, kannte weder Gnade noch Barmherzigkeit.

Die Katzenfrau hörte Schritte, die sich leise entfernten. Ein Riegel und die Tür knarrten. »Dein Leben und das deiner Novizin liegen von nun an in ihren Händen, so wie das ihre in den euren«, tönte die befehlsgewohnte Stimme aus der Ferne. »Alles, was du für sie tust, wird auch dir helfen zu überleben.« Dann fiel die Tür ins Schloss. Sie war fort.

»Ich will nicht sterben«, wimmerte die Novizin mit dünner Stimme.

Die Heilerin seufzte. »Ich auch nicht.«

Es folgten endlose Augenblicke des Schweigens.

Eine Fliege summte heran, setzte sich auf eine der offenen Wunden und labte sich an dem frischen Blut.

Die Felis zuckte zusammen.

»Sie hat sich bewegt.« Die Katzenfrau spürte einen Windzug über der Wunde, dann war die Fliege fort. »Ist sie wach?«

»Ich hoffe nicht.« Besorgnis schwang in der Stimme der Heilerin mit. »Sie muss viel schlafen, um zu gesunden. Zu dumm, dass ich ihr die Augenbinde nicht abnehmen kann. Die Augen verraten uns viel über den Zustand eines Verletzten. Aber so …« Sie schien etwas zu überlegen und sagte dann: »Genug geredet. Ich brauche Banbuck, frische Tücher und mehr Wolfspfotenkraut. Die Schergen haben ganze Arbeit geleistet, aber ich werde nicht zulassen, dass sie stirbt.«

Die Felis entspannte sich. Die Heilerin und die Novizin waren ihr wohlgesonnen. Sie war am Leben, und wenn sie auch nicht wusste, wie lange noch, so hatte sie doch wertvolle Zeit gewonnen

Das allein zählte.

Der Nachmittag schritt voran und immer noch konnten Yenu und Miya keinen Hinweis auf mögliche Verfolger entdecken. Unterwegs hatte es mehrere Male geregnet. Die Kleidung und die Haare waren völlig durchnässt, und in der stickigen, feuchtwarmen Luft bestand keine Hoffnung, dass sie bald trocknen würden.

Dennoch, sie kamen gut voran, und zum ersten Mal seit ihrer Flucht gestattete sich Yenu einen zögerlichen Gedanken daran, womöglich bald in Sicherheit zu sein.

Erschöpft, aber zuversichtlich folgte sie Miya, die ihnen den Weg durch das Dickicht mit dem Buschmesser frei schlug. Sie wusste nicht, wohin ihre Freundin sie führte, war aber erstaunt, wie zielsicher sich diese den Weg durch den Dschungel bahnte. So eilte sie ihr nach, ohne zu klagen, obwohl es ihr nun immer schwerer fiel, mit Miya Schritt zu halten.

Es dauerte eine ganze Weile, bis sie den Grund dafür erkannte: Sie gingen bergauf. Der Gedanke kam so überraschend, dass Yenu ihn noch einige Herzschläge lang prüfte, ehe sie sich eingestand, dass es stimmte. Es war ein seltsames, ungewohntes Gefühl. Noch nie in ihrem Leben war sie bergauf gegangen. Das Land an den Ufern des Pilan war flach, und die Ebene erstreckte sich in alle Himmelsrichtungen viel weiter, als den Hederofrauen zu gehen gestattet war.

Waren sie wirklich schon so weit gelaufen? Yenus Herz tat vor Freude einen Satz. Der Gedanke an die nahe Freiheit gab ihr neue Hoffnung und sie schritt wieder kräftiger aus.

Die Feuchtigkeit und Hitze des Dschungels nahmen ab, je höher sie kamen. Es war, als stiegen sie langsam aus einem dampfenden Kessel empor.

Der erste kühle Windzug, der ihr Gesicht streifte, ließ Yenu frösteln. Auf einer von niedrigen Pflanzen bewachsenen Lichtung hielt sie inne und wagte einen Blick hinab ins Tal. Zu ihren Füßen erstreckte sich der nebelverhangene Dschungel wie ein dicker dunkelgrüner Teppich bis zum Horizont. Sie versuchte auszumachen, wo der Pilan floss, aber die Kronen der Bäume wuchsen so dicht, dass sie es nicht erkennen konnte. Wohin sie auch blickte, gab es nur Dschungel. Selbst der lang gezogene Bergrücken, den sie bestiegen, war über und über mit Wald bedeckt.

Beim Anblick des langen, gebogenen Hügelkamms beschlich Yenu das absurde Gefühl, die Flanke eines gewaltigen Untiers zu erklimmen, das sich hier vor Tausenden von Wintern zur Ruhe gelegt hatte und im Lauf der Zeit von dem üppigen Grün überwuchert wurde.

»Komm!«, hörte sie Miya von weiter oben rufen. Ihre

Freundin hatte das Ende der Lichtung bereits erreicht und bedeutete ihr winkend, ihr zu folgen. »Du darfst hier nicht stehen bleiben«, mahnte sie. »Auf der Lichtung können wir viel zu leicht gesehen werden.«

»Ich komme schon.« Für einen Augenblick schämte sich Yenu, nicht selbst daran gedacht zu haben. Das Dach der Blätter bot ihnen zwar etwas Schutz, doch einem aufmerksamen Hederospäher würde nicht entgehen, wenn sich auf der Lichtung am Bergrücken etwas bewegte. Eilig schloss sie zu Miya auf und setzte mit ihr den Aufstieg fort.

Es wurde Abend, ehe sie den Kamm des Berges erreichten.

Erschöpft, aber zuversichtlich hielten sie inne und gönnten sich einen Augenblick der Ruhe, um neuen Atem für den Abstieg zu schöpfen. Hoch über ihnen kreisten Vögel, und der Wind blies kräftig, während die tief stehende Sonne durch einen Spalt in den Wolken brach und den stumpfen Farben des Dschungels einen neuen Glanz verlieh.

Die Schönheit des Anblicks konnte jedoch nicht verhindern, dass Yenu auch Enttäuschung verspürte, als sie einen ersten Blick auf das Land östlich des Bergrückens warf. Das Tal auf der anderen Seite unterschied sich kaum vom dem, das sie gerade hinter sich gelassen hatten. Auch dort erstreckte sich der nebelverhangene Dschungel wie ein grüner Teppich fast bis zum Horizont. Einzig der Hang bot an der Ostseite ein wenig Abwechslung. Er war wesentlich steiler und auch lange nicht so bewachsen wie die westliche Seite, die sie gerade erklommen hatten. Yenu war froh, ihn nicht hinaufsteigen zu müssen.

»Sieh!« Miya deutete nach Osten, wo in der Ferne der Rauch von Lagerfeuern über dem Wald aufstieg. »Das müssen Kwannen sein!« Einer plötzlichen Eingebung folgend, schloss sie die Freundin überschwänglich in die Arme. »Freu dich doch!«, sagte sie, als spüre sie Yenus Enttäuschung. »Wir müssen nur noch hinunter, dann haben wir es geschafft.«

Ich komme nach Hause.

Der Gedanke durchfuhr Ajana ganz unvermittelt, als sie im Licht der untergehenden Sonne unter dem steinernen Torbogen der Festung hindurchritt. Die Gebäude aus Felsgestein, die trutzigen Mauern und gepflasterten Straßen, die von Kriegern der unterschiedlichen Stämme bevölkert wurden, die kühle Luft, die von den Bergen herabstrich und den Geruch von Schnee in sich trug – all das war ihr in der kurzen Zeit, die sie hier verbracht hatte, so vertraut geworden, dass sich das Gefühl der Heimkehr fast augenblicklich einstellte.

Mit der Festung am Pandarasgebirge verbanden sie so viele Erinnerungen wie mit keinem anderen Ort in Nymath, schöne wie auch schmerzliche. Hier hatte man sie nach der Befreiung aus der Hand der Uzoma freundlich aufgenommen. Hier hatte sie sich zum ersten Mal wirklich sicher gefühlt, hatte das Geheimnis des Runenamuletts erfahren und Freunde gefunden. Freunde wie Inahwen und Abbas, die ihr auch jetzt noch lieb und teuer waren, und Freunde wie Bayard und Maylea, deren Tod sie noch längst nicht verwunden hatte.

Ein Steinkauz rief in der Ferne. Der pfeifende Laut lenkte ihre Aufmerksamkeit wieder auf das, was vor ihr lag, und sie erkannte mit einem Mal, dass sich doch etwas verändert hatte. Die vielen Uzoma, die sich wie selbstverständlich innerhalb der Festungsmauern bewegten, waren damals noch nicht hier gewesen. Vor acht Monaten hatte das Heer der Uzoma auf der anderen Seite der Festung Stellung bezogen und war wild entschlossen gewesen, die Mauern zu stürmen und jeden Angehörigen der Vereinigten Stämme zu töten.

Der Anblick des friedlichen Miteinanders von Händlern und Handwerkern beider Volksgruppen erfüllte sie mit Stolz, und sie erkannte, dass hier viel mehr noch als in Sanforan der Frieden zwischen den einstigen Todfeinden bereits gelebt wurde.

Dabei war der Beginn alles andere als einfach gewesen. Zu viel Hass auf beiden Seiten hatte Verhandlungen fast unmöglich gemacht. Erst unter der Führung der friedliebenden Vaughn hatten sich der Hohe Rat von Sanforan und einige einflussreiche Stammesfürsten der Uzoma darauf einigen können, in der Festung am Pass eine Handelsstation zu errichten, in der Uzoma und Menschen gleichermaßen Waren untereinander austauschen konnten.

Eine Handvoll geschäftiger Händler aus Sanforan hatte sofort erkannt, dass bei den Uzoma ein ungeheurer Bedarf an Dingen des täglichen Gebrauchs bestand. Ungeachtet aller Gefahren hatten sie sofort damit begonnen, ganze Wagenladungen aus Töpfen, Decken und Werkzeugen an den Pass zu schaffen. Im Gegenzug hatten sie von den Uzoma wertvolle Gewürze und Öle erhalten sowie süße und schmackhafte Früchte, die nur in der Wüste gediehen. Die einträglichen Geschäfte der wenigen Mutigen, die sich als Erste an den Pass gewagt hatten, hatten schon bald weitere Händler angezogen, und obwohl der Winter diesmal besonders hart war, hatte sich die Festung am Pass binnen kürzester Zeit zu einem bei beiden Völkern gleichermaßen beliebten Handelsplatz entwickelt.

»Ehrwürdige Nebelsängerin?«, fragte Abbas in ihre Gedanken hinein. »Was gedenkt Ihr jetzt zu tun?«

»Ich werde versuchen, Wasser, Proviant, Decken und eine Waffe für die Weiterreise zu bekommen«, gab Ajana unumwunden zur Antwort. Sie straffte sich und streckte dem Wunand-Krieger zum Abschied die Hand entgegen. »Ich danke dir, dass du mich so weit begleitet hast«, sagte sie aufrichtig. »Aber hier trennen sich unsere Wege. Leb wohl, Abbas. Ich wünsche dir alles Gute. Wenn du Keelin in Sanforan triffst, sag ihm, dass ich … dass … Ach, vergiss es!«

»Ihr wollt noch weiterreiten?« Abbas starrte Ajana fassungslos an. »In die Berge? Zu den Vaughn? Nach Udnobe? – Oder …« Er hielt kurz inne und fuhr dann fast ehrfürchtig fort: »Zu Eurer Ahnin Gaelithil in die Höhle der Seelensteine?«

»Nichts von alledem.« Ajana schüttelte den Kopf. »Lass es gut sein, Abbas«, sagte sie versöhnlich. »Ich bin dir für deine Gesellschaft wirklich dankbar, aber von nun an werde ich allein weiterreiten.«

»Das kommt nicht infrage.« Abbas lenkte sein Pferd noch dichter an Ajana heran. »Ihr wisst, dass ich Euch ohne zu zögern bis in die feurigen Fluten des Wehlfangs folgen würde, wenn es sein müsste.«

»Das weiß ich.« Ajana nickte ernst. »Aber das hier ist etwas anderes.« Sie wendete ihr Pferd und ließ es ein paar Schritte die Straße hinaufgehen. Abbas dachte indes gar nicht daran zurückzubleiben und folgte ihr.

»Ihr könnt mich nicht daran hindern, Euch zu folgen«, sagte er fast trotzig. »Ich weiß zwar nicht, was Ihr vorhabt, aber ich werde ganz gewiss nicht zulassen, dass Ihr allein reitet – wohin auch immer.«

»Abbas.« Ajana schüttelte den Kopf und seufzte. »Versteh

doch: Ich möchte nicht, dass du dich noch einmal für mich in Gefahr bringst.«

»Ob und wann ich mich in Gefahr bringe, entscheide immer noch ich!« Abbas legte die Hand auf das Heft seiner Feuerpeitsche, um die Worte zu unterstreichen, und fügte hinzu: »Ich würde mein Leben mit Freuden geben, um das Eure zu beschützen.«

»Dann kann ich dich nicht überzeugen, nach Sanforan zurückzukehren?« Abbas' ruhmvolles Gebaren rührte Ajana. Sie lächelte.

»Auf keinen Fall!«

»Auch nicht wenn ich dir verrate, dass ich vorhabe, weit in die Wüste hineinzureiten?«, meinte Ajana und gab ein klein wenig ihres Vorhabens preis.

Ein leichtes Zucken um die Mundwinkel verriet ihr, wie sehr diese Neuigkeit Abbas überraschte. Seine Stimme klang jedoch gefasst, als er antwortete: »Dann noch viel weniger. Die Wüste birgt viele Gefahren. Ich habe von den Uzoma einiges über das Leben dort erfahren. Wenn Euer Ziel in der Nunou liegt, vermag dieses Wissen Euch gute Dienste zu leisten.«

»Das klingt einleuchtend.« Ajana nickte. Sie mochte Abbas. Wäre nicht die Sorge gewesen, dass ihm etwas zustoßen könnte, und die Gewissheit, dass er den Weg zurück allein bestreiten musste, hätte sie sein Angebot mit Freuden angenommen. So aber zögerte sie und wog die widerstreitenden Gefühle sorgfältig gegeneinander ab.

»Wunand können sehr dickköpfig sein«, hörte sie Abbas sagen. »Mit Verlaub. Ihr könnt mir wohl verbieten, Euch zu begleiten, aber nicht verhindern, dass ich Euch dennoch folge.«

»Abbas, du weißt nicht, worauf du dich einlässt«, entgegnete Ajana.

Doch er ließ sich nicht beirren. »Auch wenn die Zukunft im Dunkeln liegt, so ist es doch meine Pflicht, Euch auf dieser Reise zu begleiten«, erklärte er aus tiefster Überzeugung. »Ich wäre wahrlich ein erbärmlicher Krieger, würde ich meine Pflicht missachten.«

»Ich gebe es auf.« Ajana seufzte und rang in gespielter Verzweiflung die Hände. »Dann begleite mich eben noch ein Stück. Du darfst aber niemandem verraten, wohin ich reite – verstanden?«

Abbas nickte ernst.

»Gut.« Ajana straffte sich. »Bevor wir weiterziehen, kannst du mir noch helfen, das eine oder andere zu beschaffen. Je schneller wir wieder aufbrechen, desto besser.«

»Das will ich gern für Euch tun.« Abbas nickte pflichteifrig. »Was soll ich …?«

»Ach, und noch etwas«, unterbrach Ajana ihn. »Dieses Euch und Ihr muten mich etwas seltsam an. Mir wäre es sehr recht, wenn du einfach du zu mir sagen würdest.«

»Ich soll du zu Euch sagen?« Abbas schaute Ajana an, als hätte sie gerade etwas ganz und gar Unmögliches von ihm verlangt.

»Warum nicht?«, entgegnete Ajana verwundert. Sie hatte Abbas noch nie so aufgewühlt gesehen.

»Ihr seid die Nebelsängerin«, erklärte Abbas mit ernster Miene. »Ganz Nymath verehrt Euch. Ich danke Euch für das freundliche Angebot, aber es wäre ein schrecklicher Frevel, würde ich Euch diese Ehrerbietung verweigern.«

»Oh.« Abbas' Worte machten Ajana erst deutlich, in welchen Gewissenskonflikt sie den Wunand mit ihrem Angebot gestürzt hatte. »Entschuldige, ich habe nicht gewusst, dass es so für dich ist«, erklärte sie schnell. »Wenn du dich mit dem Ihr wohler fühlst, ist es mir natürlich auch recht.«

Sie bemerkte den Ausdruck von Erleichterung auf Abbas' Gesicht und wechselte schnell das Thema, indem sie ihm einige Dinge aufzählte, die es zu besorgen galt. Dann nannte sie ihm einen Treffpunkt und machte sich auf den Weg, um nach einem Sattel für sich Ausschau zu halten.

Abbas blickte ihr nach, bis sie zwischen den schmucklosen Felsbauten verschwunden war.

Sie will in die Wüste, dachte er bei sich. Was hat sie nur vor?

Er wünschte, Keelin wäre da. Oder Inahwen. Einer der beiden würde sicher etwas von Ajanas Plänen wissen – oder nicht? Wohlmöglich hatte Ajana auch ihnen nicht erzählt, was sie vorhatte und wohin sie reiten wollte. Vielleicht hatte sie ihnen gegenüber nur gesagt, sie wolle einen Ausritt machen, und nun machte man sich in Sanforan schon große Sorgen um sie.

Abbas wendete das Pferd nach links und ließ es antraben.

Er hatte Ajana versprochen, niemandem etwas über ihre Pläne zu verraten, aber eine leise Stimme flüsterte ihm zu, dass er Inahwen unbedingt eine Botschaft zukommen lassen musste. Die Elbin hatte ein Recht zu erfahren, dass Ajana am Pass war und plante, in die Nunou zu reiten. Was sie vorhatte, lag noch im Dunkeln, doch so würde man in Sanforan zumindest wissen, wo Ajana sich aufhielt und dass es ihr gut ging.

Eilig machte er sich auf den Weg zum Falkenhaus der Festung, um die Botschaft einem Falkner zu übergeben. Die Besorgungen konnte er auch später noch erledigen. Wenn er nur schnell genug war, würde Ajana die Verzögerung nicht einmal bemerken.

Der Weg hinunter ins Tal war für Yenu und Miya fast ebenso beschwerlich wie der Aufstieg auf den Bergrücken. Der Hang fiel steil ab und machte es den beiden Frauen nahezu unmöglich, aufrecht zu gehen. Es war, als stiegen sie in eine Grube hinab. Nur wenige Pflanzen hatten auf dem abschüssigen Gelände Wurzeln geschlagen und so rutschten und schlitterten sie zumeist auf losem Geröll und Felsgestein in die Tiefe.

Bald schon taten Yenu die Füße weh. Sand und Steine fanden ungehindert den Weg in ihre Ledersandalen und stachen ihr bei jedem Schritt schmerzhaft in die Fußsohlen, während sie gleichzeitig verbissen darum kämpfte, das Gleichgewicht zu halten, um den Abhang nicht kopfüber hinunterzustürzen.

Miya erging es nicht viel besser. Immer wieder strauchelte sie und konnte einen Sturz oft erst im letzten Augeblick abfangen.

Es war fast dunkel, als die beiden erschöpft, aber glücklich die Talsohle erreichten. Das letzte Stück war sehr viel flacher und leichter zu beschreiten gewesen, dennoch gönnten sie sich erst dann eine kurze Atempause, als das Dickicht ihnen genügend Sichtschutz bot.

»Wir sollten die Nacht hier verbringen«, schlug Yenu vor. »Wir kennen uns hier nicht aus. Es ist zu gefährlich, im Dunkeln weiterzugehen.«

Aber Miya schüttelte den Kopf. »Wir laufen noch ein paar hundert Schritte«, bestimmte sie. »Hier würden mögliche Verfolger sofort über uns stolpern, wenn sie den Hang hinunterkommen. Die Spur, die wir dort hinterlassen haben, ist nicht zu übersehen.«

»Einverstanden.« Yenu seufzte ergeben. »Aber nur noch die paar Hundert Schritte. Meine Fußsohlen sind so wund, dass ich sie kaum mehr spüre.«

»Keine Sorge.« Obwohl es schon sehr dämmrig war, bemerkte Yenu, dass ihre Freundin lächelte. »Mir geht es nicht viel besser. Trotzdem müssen wir noch ein kleines Stück weitergehen.« Sie erhob sich, schulterte das Gepäck und machte sich auf den Weg.

Yenu wollte es ihr gleichtun und stand auf, da explodierte etwas in den Schatten zu ihrer Linken. Etwas Dunkles schoss daraus hervor und traf sie mit solcher Wucht, dass sie zu Boden geschleudert wurde. Ein beißender Schmerz schoss ihr durch den Arm und sie fühlte Blut an ihrer Hand.

»Miya!« Ihr Schrei zerriss die Stille und übertönte für einen Augenblick selbst das wütende Knurren neben ihrem Ohr.

In wilder Panik schlug sie mit der freien Hand auf den Angreifer ein, doch dieser hielt sie erbarmungslos fest. Zähne und Klauen rissen an ihr, zerfetzten ihr Gewand und gruben sich tief in die ungeschützte Haut ihres Arms. Schreiend wand sie sich am Boden und versuchte, sich von dem zu befreien, was immer sich an ihr festgebissen hatte, während sie die sinnlosen Schläge aufgab und mit der freien Hand nach dem Feuersteinmesser an ihrem Gürtel tastete.

Aber Miya war schneller. Wie aus dem Nichts tauchte sie vor Yenu auf, das Gesicht von Ekel und Grauen verzerrt, das Buschmesser erhoben. Noch ehe Yenu einen klaren Gedanken fassen konnte, senkte sich das Messer herab. Nach einem kurzen Gerangel war es still.

Mein Arm!

Mit hämmerndem Herzschlag unterzog Yenu ihren Körper einer kurzen Kontrolle und hielt erschüttert inne. Wo eben noch ihr linker Arm gewesen war, gab es jetzt nur noch Schmerzen.

»Das sieht nicht gut aus!« Miyas besorgtes Gesicht tauchte

hinter dem blutigen Nebel vor ihren Augen auf. »Gar nicht gut!«

»Mein Arm!« Yenus Stimme war nicht mehr als ein Krächzen. Ihr war übel und das Bild vor ihren Augen verschwamm immer wieder.

»Dein Arm ist noch dran, keine Sorge.« Miya ließ das Buschmesser fallen und kniete sich neben sie, nachdem sie sich mit einem kurzen Seitenblick vergewissert hatte, dass der heimtückische Angreifer auch wirklich tot war. Dann löste sie die Tasche aus Baumrinde von ihrem Gürtel und zog ein paar Heilkräuter daraus hervor. »Es ist eine sehr große Wunde. Ich fürchte, das Wolfspfotenkraut wird nicht genügen, um die Blutung zu stillen.« Sie murmelte die Worte vor sich hin, als spreche sie zu sich selbst, während sie gleichzeitig einen breiten Streifen vom Saum ihrer Tunika riss und, an Yenu gewandt, fortfuhr: »Ich muss den Arm abbinden und dich so schnell wie möglich zu einer Heilerin bringen. Am besten zu den Kwannen.«

»Du willst zu den Kwannen?« Der Gedanke machte Yenu Angst, aber sie war viel zu schwach, um mit Miya darüber zu streiten.

»Wenn es sein muss, schleppe ich dich auch zum Tempel des dunklen Gottes.« Miya grinste, aber der Scherz misslang. »Keine Sorge«, fügte sie rasch hinzu. »Die Kwannen sind nicht mehr unsere Feinde. Ich bin sicher, sie werden uns helfen.«

»Was … was war das?« Yenu richtete ihr Augenmerk wieder auf die Wunde. »Was hat mich angefallen?« Sie versuchte, den Kopf zu heben, doch erst als Miya sie stützte, gelang es ihr, einen Blick auf die blutige formlose Hülle zu werfen, die zerschmettert neben ihr am Boden lag.

»Ein Urwar.« Miya verzog angewidert das Gesicht und

stieß den Kadaver des gefürchteten Aasfressers mit dem Fuß fort. »Wir haben großes Glück, dass er allein war. Vermutlich war es ein hungriges Jungtier.«

Ein Urwar. Yenu erbleichte. Wunden, die von einem Urwar stammten – das lernten schon die Hederokinder –, entzündeten sich innerhalb kürzester Zeit, wenn der faulige Speichel des Urwars in die Wunde gelangte. Der Wundbrand griff rasch auf den ganzen Körper über und brachte ein langes, fiebriges Siechtum mit sich, an dessen Ende meist ein qualvoller Tod stand.

»Hilf mir!« In Todesfurcht packte Yenu Miya am Arm und blickte sie flehend an. »Bitte, hilf mir!«

»Kannst du gehen?« Miyas Stimme war ernst und besonnen.

»Ich … ich weiß nicht.«

»Versuch es. Ich werde dich stützen.« Noch während Miya das sagte, spürte Yenu die Hände der Freundin an der Schulter. »Halte durch!«, sagte sie beschwörend. »Ich führe dich zu den Kwannen. Du wirst sehen, wir sind bald da.«

Suara erwachte, weil Kerr sich regte.

Dunkelheit hing in der Luft und Nebelbänke umwallten die Insel inmitten der Artasensümpfe wie fließende Teiche von Feuchtigkeit.

Vögel und Insekten waren verstummt. Die Nacht hielt Einzug in den Sumpf und verwandelte ihn mit Schatten und Nebeln in ein geisterhaftes Land.

Suara setzte sich auf und blickte sich um. Einsam und verlassen lag die Insel im Licht des Silbermonds, der schon hoch am Himmel stand. Von den knapp hundert Nuur, die sich hier am vergangenen Abend versammelt hatten, waren nur noch drei geblieben: Terka, Oxana und sie selbst. Zusammen mit der Erin hatten sie darüber gesprochen, wie sie die Katzenfrau befreien könnten, während die Schwestern ihres Blutes die Insel verlassen und sich in alle Himmelsrichtungen zerstreut hatten.

Lange hatten sie beraten, aber das Ergebnis stellte Suara nicht zufrieden. Schlimmer noch, es war geradezu niederschmetternd. Sie hatten nichts in der Hand, das ihnen hätte weiterhelfen können, denn keine der Amazonen, die den Tempel des einzigen Gottes jemals betreten hatten, war noch am Leben.

Die wenigen, die es gewagt hatten, das Tempelgelände zu betreten, waren nur allzu bald gefasst worden und hatten ihren Mut mit einem qualvollen Tod bezahlt. Befreiungsversuche durch die Schwestern ihres Blutes waren meist schon im Ansatz an der Wachsamkeit der Tempelgarde gescheitert. Viele Nuur, auch Suaras Mutter, hatten bei einem dieser sinnlosen Unterfangen ihr Leben verloren. Schließlich hatte sich die Erin gezwungen gesehen, den Amazonen jeden Aufenthalt in der Nähe des Tempels zu verbieten, um zu verhindern, dass der Stamm gänzlich ausgerottet wurde.

So kam es, dass kaum jemand etwas über den Tempel und die Gewohnheiten derer sagen konnte, die dort lebten. Was sie wussten, beruhte auf spärlichen und vermutlich hoffnungslos veralteten Überlieferungen sowie auf den Berichten von Reisenden, die den Tempel zum großen Opferfest besucht hatten.

Die Entschlossenheit, die Felis zu retten, war ungebrochen. Doch wie Oxana schon angemerkt hatte, stand zu bezweifeln, dass das allein genügte, um die Katzenfrau zu befreien.

Kerr knurrte leise und Suara scheuchte die trüben Gedanken fort. Die Felis zu befreien, war für sie nicht nur eine Frage der Ehre, es war auch ein willkommener Vorwand für etwas, das schon viele Winter in ihr gärte und von dem sie sich durch nichts abbringen lassen würde – dem Wunsch nach Rache. Die Krieger der Tempelgarde hatten ihre Mutter getötet und dafür würden sie büßen.

Suara stand auf und griff nach den drei Sumpfhühnern, die sie am Nachmittag geschossen hatte. Kerr hatte Hunger. Er sollte nicht warten. Für eine Jagd würde ihm in dieser Nacht keine Zeit bleiben. Sobald auch die anderen ihre Djakûns versorgt hatten, würden sie sich auf den Weg zum Tempel machen.

Während Suara Kerr die drei Sumpfhühner hinwarf, wanderte ihr Blick zu der Katzenfrau, die von sich selbst behauptete, die Schwester der verschleppten Felis zu sein. Mit untergeschlagenen Beinen, die Hände offen auf den Knien ruhend, saß sie immer noch so da wie in dem Augenblick, da Suara sich schlafen gelegt hatte. Das katzenhafte Gesicht war dem Mond zugewandt, die Augen waren geschlossen.

Ob sie schläft? Suara wusste nicht viel über die Felis. Niemand wusste etwas. Vor vielen hundert Jahren, so die Legende, waren sie durch die Wüste gekommen und hatten sich in den Wäldern Andauriens niedergelassen. Woher sie kamen und warum sie den langen Weg durch die Wüste auf sich genommen hatten, darüber war nichts bekannt.

Felis waren durch und durch wundersame Geschöpfe, die zu gleichen Teilen das Aussehen von Mensch und Katze trugen.

Die Gliedmaßen glichen, bis auf den langen Schwanz, denen der Menschen, waren aber wie der ganze Körper von einem seidigen Fell bedeckt. Und obwohl sich die Felis zumeist auf allen vieren fortbewegten, so konnten sie auch mühelos aufrecht gehen.

Der Kopf und die Gesichtszüge hingegen besaßen große Ähnlichkeit mit denen von Katzen: Die kleinen, spitzen Ohren, die Schnurrhaare an der kurzen Nase, die spitzen Reißzähne und vor allem die geschlitzten gelben Augen ließen keinen Zweifel daran aufkommen, welches Tierblut in den Adern der Felis floss.

Auch auf allen anderen Gebieten schien es, als hätten sie nur die besten Eigenschaften der beiden Rassen für sich genommen. Eines jedoch unterschied sie von ihren Vorfahren: Anders als Menschen und Katzen bekamen die Felis nur weibliche Nachkommen, ein Umstand, der sie dazu zwang, sich in der Paarungszeit einen menschlichen Partner zu suchen, um ihr Volk vor dem Aussterben zu bewahren. Meist wählten sie sich dafür einen Krieger der Hedero, doch es gab, wenn auch selten, Berichte von anderen Männern, die das Lager einer Felis geteilt haben wollten.

Vor der großen Schlacht hatte man die Katzenfrauen in Andaurien sehr verehrt. Sie besaßen unglaubliche Kräfte, und es galt als ein gutes Zeichen, wenn eine Katzenfrau in der Nähe eines Dorfes gesehen wurde. Die Felis, so hieß es, konnten tödliche Wunden heilen, darbende Felder fruchtbar machen und Wasser aus versiegten Quellen sprudeln lassen.

Doch die Zeiten, in denen solche Wunder geschahen, waren längst Geschichte. Nach der großen Schlacht wurden die Katzenfrauen gnadenlos verfolgt und waren seither gezwungen, sich wie die Nuur in den Artasensümpfen zu verstecken.

Die Felis trugen keine Waffen, waren aber beileibe nicht wehrlos. Angefangen bei den spitzen Reißzähnen bis hin zu den tödlichen Krallen an Fingern und Füßen, war ihr ganzer

Körper eine einzige Waffe, die sie vollendet beherrschten. Dem Mut, der Ausdauer und der Gewandtheit einer Felis war im Zweikampf niemand gewachsen und ihr Schattenblick war noch immer eine der am meisten gefürchteten Waffen in ganz Andaurien. Es hieß, die Felis könnten mitten am Tag eine ganze Region in Schatten hüllen, um sich aus einer Gefahr zu befreien, denn als Geschöpfe der Nacht sahen sie selbst dann noch hervorragend, wenn es ringsumher tiefdunkel war.

Auch erzählte man sich, dass die Katzenfrauen einen Fremden dazu bewegen konnten, Dinge zu tun, die er niemals aus freien Stücken tun würde.

»Schaue niemals einer Felis in die Augen!« So hatte eine der ersten Lektionen gelautet, die Suara von ihrer Mutter gelernt hatte.

Bei dem Gedanken beschlich Suara ein mulmiges Gefühl, und sie fragte sich, ob sie diese Regel den ganzen weiten Weg zum Tempel würde beherzigen können.

»Du musst dich nicht fürchten.«

Suara zuckte erschrocken zusammen. Die Katzenfrau war aufgestanden und kam auf sie zu. Hastig senkte Suara den Blick. »Ich bin nicht dein Feind«, sagte die Felis mit dem seltsam schnurrenden Akzent ihres Volkes, legte den pelzigen Finger unter Suaras Kinn und hob ihren Kopf sanft an.

Suara zitterte. Hektisch bewegte sie die Augen mal nach rechts und mal nach links, um dem Blick der Felis auszuweichen, doch irgendetwas hielt sie fest, lähmte sie, und schließlich blieb ihr nichts anderes übrig, als der Felis direkt in die Augen zu sehen. »Ich vermag sehr wohl zwischen Freund und Feind zu unterscheiden«, sagte die Katzenfrau. Ihr Mund erlaubte kein Lächeln, aber Suara spürte, dass sie es ernst meinte. Tapfer hielt sie dem Blick stand. »Siehst du.« Die

Felis schnurrte zufrieden und nahm die Hand fort. »Waffengefährtinnen sollten einander nicht fürchten«, fügte sie hinzu und deutete mit einem Kopfnicken auf Oxana und Terka, die den Vorfall mit angehaltenem Atem und blank gezogenen Messern beobachtet hatten. »Das gilt auch für sie.«

»Es … es wird Zeit aufzubrechen«, erwiderte Suara, um dem Gespräch eine andere Richtung zu geben. Sie hatte den Schrecken noch nicht ganz überwunden, dennoch gelang ihr ein respektvolles Lächeln. »Wir haben noch einen weiten Weg vor uns.«

Die aufgehende Sonne ließ den Himmel im Osten in hellem Silber erstrahlen, aber der Glanz schien weit entfernt. Die schroffen Gipfel des Pandarasgebirges erhoben sich wie eine riesige Mauer zwischen der Dämmerung auf der einen und Ajana und Abbas auf der anderen Seite und hüllten das Tal in Schatten, in dem die beiden ihr kurzes Nachtlager aufgeschlagen hatten.

Ajana erwachte als Erste. Sie setzte sich auf und schaute zu Abbas hinüber, der noch fest schlief. Ein flüchtiges Lächeln huschte über ihr Gesicht. Sie wusste, dass Abbas die Nacht gern in der Festung verbracht hätte, aber sie hatte darauf bestanden, sofort weiterzuziehen. Kurz bevor sie die Festung erreicht hatten, hatte sie einen Falken am Himmel gesehen und gefürchtet, dass es Horus gewesen sein könnte.

Getrieben von dem Gefühl der Eile, hatte sie der Heermeisterin Aileys einen kurzen Besuch abgestattet und sie unter einem Vorwand um einen Sattel gebeten, ohne ihr jedoch von ihren Plänen zu erzählen. Gemeinsam mit Abbas hatte sie später die kargen Vorräte ergänzt, fehlende Ausrüstungsgegenstände und Waffen besorgt und sich dann mit den voll bepackten Pferden noch in der Nacht wieder auf den Weg gemacht.

Im Mondschein hatten sie das Grinlortal passiert und waren von dort noch so lange weitergezogen, bis sich die Arnadebene vor ihnen auftat. Im Schatten der letzten Felsen hatten sie dann endlich eine Rast eingelegt, etwas gegessen und sich und den Pferden ein wenig Ruhe gegönnt.

Ajana überlegte, ob sie Abbas wecken sollte.

Der Wunandkrieger hatte sie weiter begleitet, als er es ursprünglich vorgehabt hatte, und schien fest entschlossen, sie nicht allein zu lassen, ganz gleich wohin sie auch reiten würde.

Ajana streckte sich. Es tat gut, nicht allein zu sein, dennoch plagten sie Zweifel. Zu viele waren schon gestorben, um ihr Leben zu schützen. Sie fühlte sich schuldig und spürte, dass sie nicht mehr Verluste würde ertragen können.

Ich darf ihn nicht auch noch in Gefahr bringen, dachte sie bei sich. Aber wenn er sich weiterhin so hartnäckig verhält, werde ich wohl kaum etwas dagegen tun können. Andererseits kennt er die Wüste viel besser als ich und wäre mir eine große Hilfe …

Hin- und hergerissen zwischen dem Bestreben, Abbas vor Unheil zu bewahren, und dem Wunsch, nicht allein zu reiten, richtete sie den Blick nach vorn und ließ ihn über die hügelige Landschaft schweifen. Die Steppe war ruhig und friedlich. Abbas konnte jederzeit gefahrlos nach Hause reiten. Der Gedanke beruhigte sie, und so gönnte sie sich einen Augenblick des Innehaltens, um die wildromantische Schönheit der morgendlichen Steppe zu betrachten.

Nichts rührte sich zwischen den Felsen und Klippen, die

im Halbdunkel wie riesige, bizarre Wesen anmuteten, die aus einem sandigen Ozean hervorstießen. Weit voraus, dort, wo der Schatten der Berge dem Licht der aufgehenden Sonne wich, schien der Boden aus purem Gold zu bestehen. Das Leuchten kündete von einer Wärme, der Ajana nach der eisigen Nacht sehnsüchtig entgegenfieberte. Mit steifen Gliedern erhob sie sich von ihrem Nachtlager und weckte Abbas. Es wurde Zeit, den Ritt fortzusetzen. Die Morgenmahlzeit würden sie später einnehmen, wenn es sonnig war und wärmer.

Ein einsamer, erschöpfter Reiter passierte das große Tor der Festung in ebenjenem Augenblick, da die Sonne ihr Antlitz über die schneebedeckten Gipfel des Pandarasgebirges erhob und die Bastion in goldenes Licht tauchte.

Einen ganzen Tag und eine ganze Nacht war Keelin in nördlicher Richtung über die Ebene und durch die noch winterlichen Wälder geprescht, um die Festung so schnell wie möglich zu erreichen. Nur zweimal hatte er sich und seinem Pferd eine kurze Rast gegönnt, hatte etwas getrunken und die verkrampften Muskeln gelockert.

Als er sein Ziel schließlich erreichte, waren Pferd und Reiter am Ende ihrer Kräfte. Keelin hielt sich nur noch mühsam im Sattel. Zwei Nächte schon hatte er keine Ruhe gefunden und sehnte sich nach einem Platz zum Schlafen.

Zunächst aber galt es, Ajana zu finden.

Die Wache am Tor grüßte freundlich, doch mehr als ein Kopfnicken brachte Keelin nicht zustande. Die Zügel locker in den Händen haltend, lenkte er das Pferd im Schritt die steile gepflasterte Straße hinauf, die zum Innenhof der Festung führte.

Der große Platz, auf dem noch im vergangenen Herbst die Rekruten der Vereinigten Stämme im Umgang mit Schwert und Bogen geschult worden waren, war zu einem großen bunten Markt geworden, auf dem selbst in der Frühe unzählige

Waren von diesseits und jenseits des Pandarasgebirges unter lautstarkem Feilschen die Besitzer wechselten. Lachen und Münzklirren ertönten, irgendwo stimmte ein Barde seine Laute, und ganz in der Nähe gab ein Geschichtenerzähler für eine Handvoll Kinder ein Abenteuer zum Besten, das von seinem heldenhaften Kampf gegen eine Horde Dunkelschleicher handelte.

Keelin nahm das alles nur am Rande wahr. Er fühlte sich so müde, dass er sich kaum noch im Sattel halten konnte. Um sicherzugehen, ob es Horus gut ging, der vorausgeflogen war und sich vermutlich schon seit dem Abend in Sanforan aufhielt, sandte er einen kurzen Gedanken an den Falken. Wie erhofft fand er seinen gefiederten Gefährten satt und dösend im Falkenhaus vor.

»Du hast es gut«, murmelte er leise vor sich hin und löste sich behutsam vom Geist des Falken, um ihn nicht zu stören. Dann saß er ab und führte sein Pferd am Zügel durch das Gedränge auf das niedrige Gebäude aus Felsgestein zu, in dem sich noch immer das Quartier des befehlshabenden Kommandanten befand.

Nachdem er den Wallach in der Nähe eines Wassertrogs angebunden hatte, ging er zur Tür und klopfte, trat aber erst ein, als er von drinnen dazu aufgefordert wurde.

»Keelin!« Aileys, die Kommandantin der Festung, blickte ihn über einen Stapel Pergamentrollen hinweg erfreut an, stand auf und kam auf ihn zu.

»Willkommen!«, begrüßte sie den Falkner und umfasste dessen Unterarme, wie es unter Kriegern üblich war. »Was führt dich hierher?«

»Auch ich freue mich, dich wohlbehalten wiederzusehen«, grüßte Keelin und erwiderte den Händedruck. Ihm gelang sogar ein Lächeln, aber seine Stimme war leise und bleiern.

»Emos zornige Kinder! Du bist ja völlig erschöpft!«, entfuhr es Aileys, der die Schwäche des Falkners nicht entging. Besorgt zog sie einen Stuhl heran und bedeutete Keelin, sich zu setzen. Dann nahm auch sie Platz. »Was führt dich her?«, fragte sie noch einmal. »Es gibt doch wohl keine schlimmen Botschaften aus Sanforan?«

Keelin schüttelte den Kopf. »Nein, nein, die gibt es nicht. Ich bin auf der Suche nach Ajana.« Er blickte die Wunand-Heermeisterin aufmerksam an. »In Sanforan hieß es, sie sei zum Pass geritten. Hast du sie gesehen?« Gespannt wartete er auf die Antwort. Horus hatte Ajana auf ihrem Schimmel vor Einbruch der Dunkelheit auf dem Weg zur Festung reiten sehen. Zusammen mit einem anderen Reiter war sie auf dem Weg nach Norden gewesen, aber es war immer noch gut möglich, dass sie im Schutz der Nacht einen anderen Weg eingeschlagen hatten.

»Ajana?« Aileys wirkte erstaunt. »Ja, sie war hier. Sie kam am Abend zusammen mit Abbas hier an. Ich dachte, du …«

»Abbas?« Keelin horchte auf. Wie kam Abbas dazu, Ajana zur Festung zu begleiten? Mit einem Schlag war er hellwach. Bemüht, sich seine Verwirrung nicht anmerken zu lassen, sagte er eine Spur zu schnell: »Abbas. Ja, richtig. Er wollte sie begleiten. Wo kann ich die beiden finden?«

Aileys schaute den Falkner auf eine Weise an, als komme ihr Keelins Verhalten etwas absonderlich vor, dann sagte sie: »Sie baten mich um einen Sattel, da Ajanas auf dem Weg hierher entzweigegangen ist. Ach, und um Decken baten sie auch. Aber ich fürchte, du wirst sie hier nicht mehr antreffen. Sie sind noch in der Nacht weitergezogen.«

»Weitergezogen?« Keelin erbleichte. Ich bin zu spät, hämmerte es in seinen Gedanken. Zu spät. Endlose Augenblicke verstrichen, in denen er darum rang, die Enttäuschung und

Bestürzung zu verbergen, die die Nachricht bei ihm hervorgerufen hatte. Dann fragte er: »Sagten sie, wohin sie wollten?«

»Darüber habe ich keine Kenntnis.« Aileys schüttelte bedauernd den Kopf. »Die ehrwürdige Nebelsängerin hielt sich sehr bedeckt, was das Ziel ihrer Reise anging. Alles, was ich weiß, ist, dass sie durch das Grinlortal auf die andere Seite der Berge wollten.«

»Gilians heilige Feder!« Keelin fuhr sich mit den Händen über das Gesicht, als spüre er die Müdigkeit plötzlich überdeutlich. Sein Gefühl sagte ihm, dass er Ajana sofort folgen musste, um sie nicht ganz aus den Augen zu verlieren, doch die Stimme der Vernunft mahnte ihn zur Besonnenheit. Die zwei Nächte ohne Schlaf forderten immer nachdrücklicher ihren Tribut und er fühlte sich bereits der Ohnmacht nahe. Auch sein Pferd war bis an die Grenzen der Belastbarkeit geritten. Wenn er den Ritt jetzt fortsetzte, ohne ihm eine Rast zu gönnen, würde es vermutlich schon bald tot unter ihm zusammenbrechen.

»Eines verstehe ich nicht.« Aileys schaute Keelin forschend an. »Warum reitet Ajana mit Abbas, wenn du nicht …«

Es klopfte an der Tür.

»Tretet ein!«, rief Aileys.

Die Tür wurde geöffnet und ein Falkner betrat den Raum. »Heermeisterin!«, sagte er knapp, salutierte respektvoll und überreichte Aileys ein kleines zusammengerolltes Pergament. »Diese Nachricht kam soeben mit einem Falken aus Sean Ferll.«

»Danke!« Aileys entließ den Falkner mit einem Kopfnicken, wartete aber, bis dieser den Raum verlassen hatte, ehe sie das Pergament entrollte und die Botschaft las.

»Emos zornige Kinder«, entfuhr es ihr, nachdem sie die

Botschaft gelesen hatte. Sie blickte auf und hielt Keelin das Pergament hin. »Sie stammt von der ehrwürdigen Inahwen. Ihr Inhalt dürfte für dich von Bedeutung sein.«

»Von Inahwen?« Keelin hob erstaunt die Augenbrauen und nahm das Pergament entgegen. »Sie weiß doch gar nicht, dass ich hier bin.«

»Lies!« Aileys machte eine auffordernde Geste und Keelin las:

Werte Heermeisterin Aileys,

soeben erreicht mich eine Nachricht des Wunand-Kriegers Abbas, der sich offenbar zusammen mit der ehrwürdigen Nebelsängerin am Pass aufgehalten hat. Das erstaunt mich umso mehr, da man in Sanforan in großer Sorge um sie ist.

Wie Abbas mitteilt, hat sie vor, die Festung schon bald zu verlassen, um in die Wüste zu reiten.

Vermutlich ist das längst geschehen.

Er versichert zwar, dass es ihr gut gehe und er an ihrer Seite bleiben werde, um sie zu beschützen. Dessen ungeachtet fürchte ich jedoch, dass sie im Begriff ist, sich unbedacht in ein Wagnis zu stürzen. Nymath hat ihr viel zu verdanken. Wir alle stehen tief in ihrer Schuld. Sie ist Gast in unserem Land. Wir dürfen nicht zulassen, dass ihr ein Leid geschieht.

Auch wenn uns weder ihre Pläne noch ihr Ziel bekannt sind, halte ich es für geboten, einen kleinen Trupp fähiger Krieger zusammenzustellen, die sie auffinden und sie, falls nötig, sicher zu ihrem möglichen Ziel geleiten.

Ich erteile Euch daher den dringenden Befehl, umgehend einen Kundschafter sowie einen oder zwei fähige Krieger zu berufen, die sich für einen möglichen Ritt in die Wüste rüsten.

Des Weiteren sattelt bitte zwei Pferde für mich und meinen Begleiter. Um wertvolle Zeit zu sparen, werden wir unverzüglich aufbrechen und das Pandarasgebirge am Wilderwil zu Fuß überqueren. Erwartet uns vor Sonnenuntergang an der Kardalin-Schlucht, damit wir den Ritt gemeinsam fortsetzen können.

Säumet nicht!
Das Leben der Nebelsängerin ist in Gefahr!
Möge die Macht der Götter Euch leiten und beschützen
Inahwen

»Nun?« Aileys blickte Keelin aufmerksam an.

»Ich bin dabei!« Keelin gab der Heermeisterin das Pergament zurück.

»Nichts anderes hatte ich erwartet.« Aileys schmunzelte. »Einen fähigen Kundschafter kann ich immer gebrauchen.«

»Du willst selbst mitkommen?«, fragte Keelin erstaunt. »Aber die Festung …«

»… kann auch eine Weile ohne mich auskommen.« Aileys winkte gelassen ab. »Ich habe hier einige sehr fähige Kommandanten, die sich gern der Händler mit ihren kindischen Streitereien um verdorbene Waren und falsche Bezahlung annehmen können.« Sie seufzte und hob den Blick in gespielter Verzweiflung zur Decke des Raums. »Wir Wunand sind es nicht gewohnt, in Städten zu leben. Diese Mauern sind für uns auf Dauer erdrückend. Ich habe schon lange auf eine Gelegenheit gewartet, ihnen für eine Weile zu entfliehen.« Sie hielt das Pergament in die Höhe. »Das hier klingt sehr verlockend. Ein Abenteuer ganz nach meinem Geschmack.«

Keelin grinste. Er verstand Aileys' Beweggründe nur zu gut.

»Wann reiten wir los?«, fragte er und gähnte erneut.

»Wenn die Sonne ihren höchsten Stand erreicht«, entschied Aileys. Ihre Stimme war voller Tatendrang. »Am besten, du ruhst dich solange aus und schläfst ein wenig. Ich lasse dein Pferd versorgen und ein frisches für dich aufzäumen. Wenn alles bereit ist, schicke ich jemanden, dich zu wecken.« Sie stand auf und ging zur Tür. »Und jetzt entschuldige mich«, sagte sie augenzwinkernd. »Ich habe viel zu tun.«

Der Morgen war schon weit vorangeschritten, als Suara und ihre Gefährtinnen die erste Rast einlegten. Die Djakûns hatten sie die ganze Nacht hindurch langsam, aber beständig und ohne eine Rast durch den unwegsamen Sumpf getragen und sich die Ruhe wohl verdient.

Suara wählte eine von knorrigen Bäumen bestandene Insel als Lagerplatz aus. Unter den Bäumen, die den Boden mit ihren Pfahlwurzeln zusammenhielten, hatten sich zahlreiche Blattgewächse und große Farne angesiedelt, die eine gute Deckung boten und sie vor neugierigen Blicken zu schützen vermochten.

Sie glitt von Kerrs Rücken, streckte sich ausgiebig und schaute sich um. Obwohl hoch über dem üppigen Blätterdach die Sonne schien, war das Licht am Boden schwach und grau. Verschwommen drang es durch den feinen Nebel, der sich hier nie ganz auflöste, und wurde von der Feuchtigkeit so zerstreut, dass es von überall her zu kommen schien.

Kerr knurrte leise. Ein dumpfer, grollender Laut drang aus seiner Kehle.

»Ich weiß ja, dass du Hunger hast.« Suara löste den kleinen Bogen, den sie zusammen mit den Pfeilen und dem Köcher auf dem Rücken trug, und nahm ihn zur Hand. »Ich werde dir ein paar Sumpfhühner jagen.« Sie strich dem Tier sanft über das glänzende schwarze Fell und spürte, wie er leise schnurrte.

»Ich beeile mich, versprochen«, versicherte sie ihm, erhielt zur Antwort aber nur ein herzhaftes Gähnen, das eine doppelte Reihe spitzer Reißzähne entblößte. Als hätte Kerr ihre Worte nicht gehört, setzte er sich hin und begann mit einer ausgiebigen Fellpflege.

Oxana und Terka waren ebenfalls abgesessen und damit beschäftigt, das Lager zu errichten. Von der Felis hingegen war weit und breit nichts zu sehen. Die ganze Nacht hindurch hatte Suara nach ihr Ausschau gehalten, sie aber immer nur dann zu Gesicht bekommen, wenn sie die Richtung ändern mussten oder es galt, einer Gefahr auszuweichen. Ohne ihre Hilfe, dessen war Suara sich sicher, wären sie längst nicht so schnell vorangekommen.

Ihre Gefährtinnen und auch sie selbst waren erfahrene Kriegerinnen und im Sumpf aufgewachsen, aber der Tempel war nur noch einen Tagesritt entfernt, und das Gebiet, in dem sie sich jetzt befanden, war ihnen unbekannt. Die Felis hingegen schien sich hier bestens auszukennen. Mit traumwandlerischer Sicherheit führte sie die Nuur durch den Sumpf, unsichtbar wie ein Geist, der immer dann wie aus dem Nichts erschien, wenn es erforderlich war.

Suara hob den Bogen in die Höhe und gab Oxana und Terka durch ein Handzeichen zu verstehen, dass sie auf die Jagd gehen wollte.

Die beiden nickten zum Zeichen, dass sie verstanden hatten, und lösten ebenfalls ihre Bogen vom Rücken. Auch sie würden jagen gehen, um ihren Djakûns frisches Fleisch zu besorgen.

Für einen Augenblick überlegte Suara, ob sie sich den beiden anschließen solle, entschied sich dann aber dagegen. Sie war schon immer eine Einzelgängerin gewesen. Auf der Jagd konnte sie die Nähe eines anderen kaum ertragen, aber auch sonst hielt sie sich meist von ihren Stammesgenossinnen fern.

Wie eine Mahnung streifte Kerrs dumpfes Grollen ihre Ohren.

»Ist ja schon gut.« Suara schob die ablenkenden Gedanken beiseite, bedachte den Djakûn mit einem zärtlichen Blick, legte einen Pfeil auf die Bogensehne und machte sich mit geschmeidigen Bewegungen auf den Weg, um eine Mahlzeit für Kerr zu erlegen. Die Landschaft hier unterschied sich kaum von den Sümpfen, die sie bisher durchstreift hatte: eine ebene, morastige Fläche, die von Gräsern, Farnen, niedrigen Strauchgewächsen und knorrigen Bäumen bewachsen war, deren Kronen fest ineinander verflochten waren. Allerdings gab es hier sehr viel mehr und sehr viel größere Wasserflächen als anderswo, und sie musste auf der Hut sein, wohin sie die Füße setzte. Mehr als einmal entpuppte sich der vermeintlich feste Untergrund als eine schwimmende Insel, die unter ihrem Gewicht sofort nachgab und mit gluckernden Lauten im Morast versank.

Die ausgedehnten Wasserflächen mit dem üppigen Pflanzenwachstum waren ein hervorragendes Gebiet für Sumpfhühner, doch wohin Suara auch schaute, nirgends konnte sie auch nur eines der schwimmenden Djakûn-Leckerbissen entdecken.

Seltsam.

Sie lauschte, aber außer den melodischen Gesängen der artenreichen Vogelwelt waren keine Laute zu vernehmen, die auf die Nähe von Sumpfhühnern schließen ließen.

Vielleicht spüren sie die Nähe der Djakûns, überlegte sie und entschied sich, in angemessener Entfernung vom Lagerplatz zu jagen.

Die Auswahl an festen Wegen, die sie einschlagen konnte, war jedoch begrenzt. Immer wieder musste sie kehrtmachen, weil der feste Untergrund an einem morastigen Tümpel endete; oder sie war gezwungen, durch knietiefen Schlamm zu waten, um den Weg nach einigen Schritten auf einem weiteren trockenen Stück fortzusetzen. Doch wohin sie auch kam, von Sumpfhühnern oder anderem Kleinwild fehlte jede Spur.

Nach einer Weile beschloss sie, die Uferzone nach Spuren abzusuchen. Fußspuren, Nester, aufgebrochene Muschelschalen oder Kot – irgendein Hinweis darauf, dass es hier Sumpfhühner gab, musste doch zu finden sein.

Aber wohin sie auch blickte, der Sumpf blieb leblos.

Dann entdeckte sie doch etwas. An einer freien Stelle am Ufer stieß sie auf einen Haufen bleicher, blank genagter Knochen. Neugierig trat sie näher, um die Überreste zu betrachten. Was immer hier lag, hatte zu Lebzeiten vier Beine besessen. Diese waren allerdings kaum noch als solche zu erkennen. Die großen Knochen waren zerschmettert und wie von einer ungeheuren Kraft zermalmt, die kleineren lagen weit verstreut auf dem Boden. Es sah ganz so aus, als hätte jemand oder etwas sie ausgespien.

Ausgespien … Suara überlief es eiskalt, als sie die Bedeutung der stummen Botschaft erkannte. Das konnte nur bedeuten, dass …

Sie hatte den Gedanken noch nicht vollendet, als unmittelbar neben ihr plötzlich Wasser in die Höhe schoss und etwas Großes, Dunkles durch die schlammige Oberfläche brach.

Suara sprang auf und sah ein gewaltiges, weit geöffnetes Maul mit dolchartigen Zähnen auf sich zurasen.

Eine Panzerechse!

Instinktiv warf sie sich zur Seite und fing den drohenden Sturz ab, indem sie sich über die Schulter abrollte. Keinen Augenblick zu früh! Noch in der Bewegung hörte sie, wie sich die Kiefer der Echse mit einem grauenhaft schnappenden Geräusch dort schlossen, wo sie eben noch gestanden hatte.

Keuchend kauerte sie am Boden. Ihr Herz raste, der Kopf brummte und die Knie zitterten, doch die Gefahr war noch nicht vorüber. Die Echse hatte ihre Witterung aufgenommen. Entschlossen, sich die sicher geglaubte Beute nicht entgehen zu lassen, schob sie den massigen Körper langsam aus dem Schlamm und suchte die Umgebung mit ihren feinen Sinnen nach der Beute ab.

Suara hielt den Atem an. Sie wagte nicht, sich zu bewegen. Panzerechsen konnten nicht gut sehen, glichen diesen Mangel jedoch mit einem ausgesprochen guten Gehör und einem höchst empfindlichen Geruchsinn aus. Zudem besaßen sie ein ausgeprägtes Gespür für die Körperwärme, das es ihnen ermöglichte, ihrer Beute aus dem brackigen Wasser des Sumpfes heraus aufzulauern, bis sich diese so weit genähert hatte, dass sie sie mit einem Biss schnappen konnte.

Diese Heimtücke machte Panzerechsen zu einer ständigen Gefahr für Sumpfhühner, doch stellten sie aufgrund ihrer geringen Körpergröße für Menschen eigentlich keine Bedrohung dar.

Geringe Körpergröße …

Fassungslos starrte Suara das Monstrum an, das da langsam ans Ufer kroch. Niemals hätte sie es für möglich gehalten, dass eine Panzerechse zu solch einem Koloss heranwachsen konnte. Das Untier war so lang wie vier Männer, mit Schuppen so groß wie Baumscheiben und so dick und hart, dass kein Schwert sie zu durchdringen vermochte. Das Maul mit den grauenhaft spitzen Zähnen war so riesig, dass die Echse selbst einen Djakûn mühelos mit einem einzigen Biss töten konnte.

Deshalb gibt es hier keine Sumpfhühner!, dachte Suara. Sie lag am Boden, den Blick starr auf die Echse gerichtet. Kaum fünf Schritte trennten sie von dem geifernden Maul und dem geschuppten Leib, der noch immer zu einem Großteil im Wasser verborgen war. Fünf Schritte, die angesichts der ungeheuren Größe der Echse geradezu lächerlich anmuteten.

Sie wusste, dass ihr nicht viel Zeit blieb. Selbst wenn sie sich nicht bewegte und keine Geräusche machte, würde die Echse sie bald an ihrer Körperwärme erkennen und blitzartig zuschlagen.

Sie musste fort, und zwar schnell.

Langsam, fast unmerklich spannte sie die Muskeln und versuchte, eine Haltung einzunehmen, die ihr eine schnelle und überraschende Flucht ermöglichte. Dabei fiel ihr Blick auf den Bogen, der nur eine Armeslänge neben ihr und doch unerreichbar weit entfernt am Boden lag. Wenn sie ihn hier zurückließ, war er verloren und sie der einzigen Waffe beraubt, die ihr einen Angriff aus sicherer Entfernung erlaubte.

Für den Bruchteil eines Augenblicks rang Suara mit sich. Dann entschied sie sich zur Flucht. Mit einer ansatzlosen Bewegung schnellte sie in die Höhe und stürmte blindlings den Weg zurück, den sie gekommen war. Hinter sich hörte sie das Fauchen der Panzerechse und das Platschen von Wasser, als diese ihren massigen Leib mit einem machtvollen Satz gänzlich aus dem Sumpf befreite. Der Boden schwankte unter dem unglaublichen Gewicht der Echse, während sie die Verfolgung mit einer Gewandtheit aufnahm, die ihr träges Gebaren Lügen strafte.

Suara rannte um ihr Leben. Eine Echse dieser Größe konnte nicht ausdauernd laufen, dessen war sie sich sicher, aber die Furcht, damit einen weiteren verhängnisvollen Irrtum zu begehen, saß ihr wie ein Dämon im Nacken und trieb sie voran.

Zweige schlugen ihr ins Gesicht und zerkratzten ihr die

Arme, während sie sich keuchend einen Weg durch das sumpfige Dickicht bahnte. Hinter ihr kam die Panzerechse immer näher. Stampfend, keuchend und tödlich, walzte sie jegliche Hindernisse nieder, um die Suara mühsam einen Bogen machen musste. Ihr Atem ging stoßweise, das Blut pulste wie wild durch die Adern, und ihr war, als könne sie den zischelnden Atem des Untiers bereits im Nacken spüren.

Panik griff nach ihr und machte es ihr unmöglich, einen klaren Gedanken zu fassen. Sie wusste die Echse unmittelbar hinter sich. Der Gedanke an das Monstrum setzte auch ihre letzten Kraftreserven frei. Obwohl sie völlig erschöpft war, beschleunigte sie ihre Schritte noch einmal und setzte die Flucht fort, ohne auf den Weg zu achten oder darüber nachzudenken, wohin sie lief.

Atmen, rennen – rennen, atmen. Der Fluchtinstinkt trieb sie voran. Er verringerte ihr Denken auf den Willen zu überleben und die Hoffnung, dass die Echse die Verfolgung irgendwann aufgeben würde.

Doch dann traf sie ein niedriger Ast mit voller Wucht an der Stirn und setzte ihrer Flucht ein jähes Ende.

Dunkelheit umfing sie, noch während sie zu Boden stürzte, aber sie musste nichts sehen, um zu wissen, was geschehen würde.

Die Schwankungen des Bodens erstarben. Die Echse war ganz nah. Alles in ihr schrie nach Flucht, doch selbst wenn sie es gewollt hätte, sie war wie gelähmt und konnte sich nicht bewegen. Durch den wirbelnden Nebel vor ihren Augen sah sie die Bestie wie einen drohenden Schatten über sich aufragen, das riesige Maul zum tödlichen Biss geöffnet …

Bedrückt stapfte Miya neben der Trage her, die die Krieger eilig für Yenu zusammengezimmert hatten. Von der heiteren Entspanntheit und der Zuversicht, die sie oben auf dem Kamm gespürt hatte, war nichts geblieben. Sie war müde und traurig, und die Sorge um ihre Freundin belastete sie so sehr, dass sie kaum ein Wort sprach.

Das Lagerfeuer, zu dem sie Yenu mit letzter Kraft geschleppt hatte, gehörte einer Gruppe von sechs Kwannen-Kriegern, die auf der Jagd waren.

Da sich der jüngste Friedensschluss der Stammesältesten noch nicht bis in alle Dörfer herumgesprochen hatte, fürchtete Miya, dass die Krieger ihnen feindselig gesinnt sein könnten. Doch bisher hatte sich diese Sorge als unbegründet erwiesen. Die Krieger gaben sich wortkarg, waren aber freundlich und kümmerten sich in einer Weise um Yenu, die sie angenehm überraschte.

Zwei Krieger hatten die Bisswunde sofort ausgewaschen, mit frischem Wolfspfotenkraut bedeckt und neu verbunden, während sich die anderen unverzüglich an die Arbeit gemacht hatten, um eine Trage für Yenu zu bauen.

Kaum dass die Trage fertig gestellt war, hatten die Krieger das Nachtlager abgebrochen und sich auf den Weg in ihr Heimatdorf gemacht, wo sich ein Heiler um Yenu kümmern sollte.

Der Weg war lang und sie marschierten ohne Rast bis zum Morgengrauen. Miya wich nicht von Yenus Seite. Voller Sorge betrachtete sie das bleiche Gesicht ihrer Freundin und griff nach ihrer Hand, um sie zu trösten, wenn sie von Fieberkrämpfen geschüttelt wurde. Diese Krämpfe kamen schlagartig und ohne jede Vorwarnung, verschwanden aber auch ebenso schnell wieder. Zwischen zwei Schüben lag Yenu wie tot auf der Trage, bleich und reglos. Der Anblick war für

Miya fast noch schwerer zu ertragen als die Fieberkrämpfe, denn sie fürchtete ständig, dass sie zu spät kamen, weil Yenu den Kampf bereits verloren hatte.

Halte durch!, flehte sie in Gedanken, während sie voller Sorge nach dem Pulsschlag an Yenus Hand tastete, um sich zu vergewissern, dass sie noch lebte. Halte durch!

Als die Dämmerung nahte, fanden sie eine Ouelle mit frischem Wasser, an der die Krieger Yenus Wunden noch einmal reinigten. Sie gönnten sich jedoch keine Rast und zogen weiter, sobald der Verband erneuert war.

Yenu ging es immer schlechter.

Sie schlief sehr viel unruhiger als noch in der Nacht, ihr Körper war schweißgebadet und die Fieberkrämpfe so heftig, dass die Krieger die Trage absetzen mussten, bis der Anfall vorüber war. Sie hatte hohes Fieber und die Hitze ihres Körpers war deutlich zu spüren.

Miya rang mit den Tränen, während sie beobachtete, wie Yenu mit ihrem kranken Körper kämpfte. Sie hatte ihre Heimat und ihre Familie aufgegeben und wollte nicht auch noch ihre beste Freundin verlieren.

Am schlimmsten war die Hilflosigkeit. Sie hatte Yenu zu den Kriegern geführt. Jetzt konnte sie nur noch warten. Warten und hoffen.

»Wir sind bald da!« Einer der Krieger kam zu ihr und schaute sie mitfühlend an. »Sie ist stark«, sagte er mit einem Blick auf Yenu. »Sie wird es schaffen.«

Miya nickte stumm, wischte die Tränen fort und straffte sich.

Ein anderer Krieger war vorausgeeilt, um den Heiler der Kwannen auf die Ankunft der Schwerverletzten vorzubereiten. Miya nahm es als Zeichen dafür, dass sie ihr Ziel bald erreichen würden – und sie wurde nicht enttäuscht.

Im gleichen Augenblick, da die Sonne das Antlitz über den Horizont schob, entdeckte sie in der Ferne den Rauch vieler Herdfeuer.

Dort hinten lag das Dorf der Kwannen und vielleicht auch die ersehnte Rettung für Yenu.

»Nicht umdrehen!«

Suara erstarrte, als sie die sanfte Berührung einer Hand auf der Schulter spürte. Sie wollte etwas sagen, doch ein wütendes Brüllen lenkte ihre Aufmerksamkeit wieder auf die Panzerechse, die den schuppigen Hals immer wieder wie unter Schmerzen in die Höhe reckte und nach Luft schnappte. Dabei warf sie den massigen Kopf nach rechts und wieder nach links, als sitze ihr ein Dämon im Nacken, den es abzuschütteln galt, und stieß sie immer wieder ein markerschütterndes Brüllen aus, das den Boden erzittern ließ und Schwärme von Vögeln aus den Kronen der Bäume aufscheuchte.

»Sieh mich nicht an!«, hörte sie die vertraute Stimme warnend sagen. Und endlich begriff sie, wer da hinter ihr stand.

Die Felis war gekommen!

Suara tat, wie ihr geheißen. Mit einer Mischung aus Erleichterung und Furcht beobachtete sie den absonderlichen Kampf der Panzerechse, die sich so wild gebärdete, als müsse sie sich gegen ein Dutzend Angreifer gleichzeitig verteidigen. Ihr zuckender Schwanz mähte Büsche und niedrige Sumpfgewächse nieder und knickte die dürren Bäume, als wären sie Spielzeug. Dabei wich sie langsam immer weiter zurück. Aber sosehr sie auch um sich schnappte und den peitschenden Schwanz als Waffe einsetzte, die unsichtbaren Feinde ließen sich nicht abschütteln.

Zu gern hätte Suara gewusst, was die Felis tat, doch die Katzenfrau hatte sie gewarnt. So unterdrückte sie den Wunsch, sich umzudrehen, und beschränkte sich darauf, den bizarren Kampf der Echse zu beobachten, die sich weiter gegen die unsichtbaren Gegner wehrte und immer wieder wie unter großen Schmerzen zusammenzuckte.

Dann war es vorbei. Ein letztes Brüllen ließ den Boden erbeben, als die Echse ihr Heil in der Flucht suchte. Eine kurze Weile erzitterte der Boden noch unter ihren schweren Schritten, dann glitt sie ins trübe Wasser und war nicht mehr zu sehen.

Suara atmete auf und entspannte sich.

»Ich danke dir«, sagte sie, und diesmal hielt die Felis sie nicht zurück, als sie sich umdrehte und fragte: »Wie hast du das gemacht?«

»Ich habe in die Gedanken der Echse geschaut und ein Bild aus frühen Erinnerungen zum Leben erweckt.« Die Katzenfrau sagte das so nüchtern, als sei es nichts Besonderes. »Damals ist sie auch geflohen.«

»Du … du kannst die Gedanken einer Panzerechse lesen?«

»Nicht nur die einer Panzerechse«, sagte die Felis gedehnt. »Hättest du mich angesehen, wärst auch du Opfer deiner Erinnerungen geworden.«

»Aber wie …?« Suara war viel zu verwirrt, um wirklich zu begreifen, was die Felis getan hatte.

»Für jene, die uns einst erschufen, war Wissen die größte Macht«, erklärte die Felis knapp. »Niemand ist sicher vor seinen eigenen Ängsten. Diese aufzuspüren, verleiht Macht selbst über den stärksten Gegner.«

»Ganz ohne Waffen?«, fragte Suara zweifelnd. Sie war in

einer Welt aufgewachsen, in der Stärke und Macht an Körperkraft, Geschicklichkeit und Waffengewalt gemessen wurden. Was die Felis ihr erzählte, klang für sie mehr als befremdlich. Hätte sie nicht mit eigenen Augen gesehen, wie es der Echse ergangen war, sie hätte ihr kein Wort geglaubt.

»Ihr seid wahrlich ein wundersames Volk«, sagte sie bewundernd. »Ich stehe tief in deiner Schuld. Du hast mir das Leben gerettet.«

Die Felis ging nicht weiter darauf ein. Sie griff hinter sich und reichte Suara ihren Bogen.

»Das hast du verloren!«, sagte sie in der knappen, kühlen Art, die Suara nun schon von ihr kannte.

»Mein Bogen!«, rief sie erfreut aus. »Und ich fürchtete schon, die Sumpfhühner für Kerr mit bloßen Händen fangen zu müssen.«

»Sumpfhühner wirst du hier vergeblich suchen«, erwiderte die Felis. »Sie meiden dieses Gebiet.« Mit einem Kopfnicken deutete sie auf die Stelle, an der die Echse verschwunden war. »Zu viele Feinde.«

»Du meinst, sie … sie ist nicht allein?« Der Gedanke, dass sich in den Sümpfen noch mehr solcher Bestien verstecken könnten, jagte Suara einen eisigen Schauer über den Rücken.

»Wäre die Echse hier allein, hätte sie dich nicht angegriffen«, behauptete die Felis.

Suara runzelte die Stirn.

»Du wirst den Grund dafür gleich verstehen.« Die Felis trat in das Unterholz und winkte Suara, ihr zu folgen. »Komm mit mir!«

Es dauerte nicht lange, bis sie einen breiten Damm erreichten, der wie eine Straße durch den Sumpf führte. Das Erste, was Suara auffiel, war die Tatsache, dass der Boden von unzähligen Hufspuren aufgewühlt war. Das Zweite waren die vielen Fliegen. Neben den Mücken waren die Fliegen die zweitgrößte Plage in den Sümpfen, doch hier schien es besonders viele davon zu geben. Überall summte und sirrte es und immer wieder landeten die lästigen Vierflügler auch auf Suaras schweißbedecktem Gesicht.

»Wo kommen die denn alle her?«, fragte sie gereizt, während sie wohl schon zum hundertsten Mal eine Fliege von ihrer Haut verscheuchte.

Die Felis antwortete nicht.

Suara blickte auf und bemerkte, dass die Felis ein paar Schritte entfernt angehalten hatte. Und dann sah sie es: Mitten auf dem Damm lag ein Pferdekadaver.

Suara presste die Hand auf den Mund und trat näher.

»Warum zeigst du mir das?«, presste sie keuchend hervor, während sie gegen die aufkommende Übelkeit ankämpfte.

»Er kam vom Tempel«, erwiderte die Felis auf eine Weise, als erkläre dies alles.

»Er?« Suara hustete und unterdrückte ein Würgen. »Ich sehe hier nur ein Pferd – oder zumindest das, was davon übrig ist.«

»Der Reiter fiel einer Panzerechse zum Opfer«, erklärte die Felis kühl. »Die Spuren sind eindeutig.« Sie bückte sich, als wolle sie einen Klauenabdruck genauer betrachten, und sagte dann: »Aber das ist es nicht, weshalb ich dich hierhergeführt habe.«

»Warum dann?« Ungeduld schwang in Suaras Stimme mit, die es nicht erwarten konnte, diesen Ort wieder zu verlassen.

»Du musst mir helfen, das Pferd anzuheben.«

»Das Pferd anzuheben?« Fassungslos starrte Suara die Felis an. »Warum?«

»Komm und sieh selbst.« Die Katzenfrau machte eine auffordernde Handbewegung.

Suara zögerte, trat dann aber näher. Zuerst konnte sie nicht erkennen, was die Aufmerksamkeit der Felis auf sich zog, aber dann entdeckte auch sie die Tasche aus rotem Leder, die zur Hälfte unter dem Pferdekadaver verborgen war.

»Ein Bote«, stieß sie überrascht hervor.

»Vom Tempel.« Die Felis nickte. »Ich bin sicher …«

»… die Botschaften sind alle noch in der Tasche.« Suara verstand. »Also gut«, sagte sie mit angehaltenem Atem. »Worauf warten wir noch? Lass es uns zu Ende bringen. Auf drei!«

»Eins!«

»Zwei!«

»Jetzt!«

Suara zerrte mit aller Kraft.

»Ich habe sie!« Die Tasche in der Hand, wich die Felis zurück. Suara ließ das Pferd los und floh mit ein paar Sätzen vor den Massen von Fliegen, sie sich sogleich wieder auf das Pferd stürzten.

»Und?«, fragte sie atemlos.

Die Felis reichte ihr schweigend die Tasche. »Ich kann es nicht lesen«, entschuldigte sie sich.

Suara reinigte die Hände mit feuchtem Sumpfgras, ehe sie die Tasche entgegennahm. »Nicht hier!«, sagte sie. »Lass uns ein Stück fortgehen.« Einige Schritte vom Wasser entfernt hielt sie inne, öffnete die Tasche und holte das einzige Pergament hervor, das sich darin befand.

Die ersten Zeilen überflog sie mit unergründlichem Gesichtsausdruck. Plötzlich hellte sich ihre Miene auf. »Wir haben Glück. Deine Schwester ist noch am Leben.«

Die Felis gab einen Laut von sich, der sich wie ein Schnurren anhörte. »Was ist mit ihr?«, fragte sie.

»Nun ja.« Suara zögerte. Dann gab sie sich einen Ruck und sagte: »Die Hohepriesterin lässt verkünden, dass sie deine Schwester anlässlich des großen Opferfestes durch ein Gottesurteil öffentlich hinrichten lassen wird. Sie befiehlt allen Stämmen, zum Tempel zu kommen, um mit eigenen Augen anzusehen, dass auch die Felis sterblich sind.« Sie blickte die Katzenfrau mitfühlend an. »Immerhin ist sie noch am Leben«, versuchte sie unbeholfen zu trösten. »Bis zum Opferfest ist es noch lange hin. Zeit genug, einen guten Plan zu schmieden.«

I

Liebliche Laute schwebten durch die Halle der schlafenden Götter. Laute, die hier schon eine Ewigkeit nicht mehr erklungen waren. Laute, die ein winziges Stück des Lichts und der fröhlichen Gelassenheit zurückbrachten, die hier einst beheimatet gewesen waren.

Jemand sang.

Betörend und rein, aber auch traurig und voller Sehnsucht.

Dem Wanderer war die Stimme wohlvertraut. Die schwebenden Klänge begleiteten ihn, während er durch die große Halle schritt, vorbei an den staubbedeckten Ruhestätten derer, die sich hier vor vielen hundert Wintern zur Ruhe gelegt hatten. Vor Thorns Liegestatt mit den Formen galoppierender Pferde hielt er inne, blies den Staub beiseite und bedachte das graue Gestein mit prüfendem Blick. Auch Emos mit steinernen Blumen verzierter Bank und Asnars Stätte widmete er große Aufmerksamkeit, ehe er sich schließlich Callugar zuwandte, dessen erstarrter Körper neben seinem Weib Tyra ruhte.

»Nun?« Azsa war lautlos herangetreten und betrachtete aufmerksam die feinen Risse, die sich unter dem Staub im Gestein von Callugars Ruhestätte abzeichneten. »Wie sieht es aus?«

»Es geht langsam voran.« Der Wanderer seufzte. »Aber es werden immer mehr. Wie es scheint, tragen die beunruhigenden Neuigkeiten, die Eure Mutter in die fernen Gestade brachte, erste Früchte. Zudem danken die Menschen in Nymath den Göttern für den Frieden. Das Ende des Krieges hat ihren Glauben neu erstarken lassen – auch das ist ein gutes Zeichen.« Er schaute die junge Göttin an und lächelte. »Ihr habt eine wunderschöne Stimme.«

»Danke.« Asza errötete. Nach der langen Zeit, die sie als altes Weib in Nymath gelebt hatte, war sie es nicht mehr gewohnt, Komplimente zu erhalten. »Aber eine schöne Stimme ist leider nicht genug.«

»Habt Ihr etwas erreichen können?« Der Wanderer stand auf und blickte in die Halle, in der einst Callugars prächtiger Sternenstaubbrunnen gestanden hatte.

»Ein wenig. Aber ich bin nicht so stark wie Callugar.« Asza senkte den Blick. »Außerdem muss ich einen Großteil meiner Kraft darauf verwenden, dass unser Wirken unbemerkt bleibt. ER hat uns nicht vergessen – und er war schon einmal hier.«

»Seid unbesorgt.« Der Wanderer ging auf die Überreste dessen zu, was einmal ein magischer Brunnen gewesen war. »Er gründet seine Herrschaft auf Blut, nicht auf den Glauben. So kurz vor dem großen Opferfest ist seine Macht geschwächt. Er wird die Täuschung nicht durchschauen und uns an anderen Orten suchen.«

»Aber jene, die ihre Macht auf den Glauben gründen, sind noch schwächer«, entgegnete Asza düster. »Wir können nur hoffen und beten, dass unser Plan gelingt. Die Figuren sind aufgestellt. Das Spiel hat begonnen.« Sie fuhr mit der flachen Hand beschwörend über den kleinen See, der sich nach mühsamer Arbeit wieder am Grund der flachen Schale aus Sternenstaub gebildet hatte. »Willst du sie sehen?«

»Sehen?« Der Wanderer horchte auf. »Aber ich dachte, du …«

»Ich kann den Brunnen nicht wiederherstellen, das ist richtig«, räumte Asza ein. »Aber wir können ihn nutzen, um zu sehen.«

Erst verschwommen, dann immer klarer erschien auf der Wasserfläche das Bild zweier Reiter, die über die Steppe preschten. »Die Nebelsängerin ist auf dem Weg zum Arnad«, bemerkte Asza sichtlich zufrieden. »Ihr Wille zur Heimkehr macht sie zu einer mächtigen Verbündeten.« Sie löschte das Bild, indem sie mit dem Zeigefinger sanft in das Wasser tippte, und fragte: »Was ist mit dem Falkner?«

»Er folgt ihr.« Der Wanderer wartete, bis sich das Wasser beruhigt hatte. »Kannst du ihn sehen?«

»Warte.« Asza schloss kurz die Augen und fuhr dann erneut mit der Hand über das Wasser.

»Oh, Schatten!« Der Wanderer gab einen ächzenden Laut von sich. »Das kann nicht sein.« Bestürzt schaute er auf die beiden Krieger, die im Galopp durch felsiges Hügelland ritten. »Aus Sanforan ist er allein fortgeritten.«

»Das mag wohl sein, aber jetzt ist er es nicht mehr.« Auch Asza wirkte besorgt. »Es scheint, als hätten wir einige Figuren mehr im Spiel als geplant.« Sie blickte den Wanderer an. »So ist es immer. Wir können sie lenken und leiten. Wir können sie sogar bis zu einem gewissen Grad beeinflussen, aber wir können nicht jeden ihrer Schritte vorhersehen und bestimmen.« Nachdenklich schaute sie auf die Reiter, die zielstrebig nach Osten ritten. »Alles, was wir tun können, ist, sie gut im Auge zu behalten«, sagte sie nachdenklich. »Und hoffen, dass der Plan gelingt.«

Der Ritt von der Festung zur Kardalin-Schlucht ging zügig und ungehindert vonstatten.

Keelin ritt neben Aileys, während Horus weit vorausflog und den Weg erkundete. Die Luft war frisch und kühl, die Sonne des Nachmittags schien warm auf sie herab, und da von den Uzoma keine Gefahr mehr drohte, konnte sich der Falke ganz darauf konzentrieren, den kürzesten Weg zwischen den Hügeln zu suchen.

Keelin hatte in der knappen Zeit bis zum Aufbruch nur wenig Schlaf gefunden, ließ sich seine Müdigkeit aber nicht anmerken. Er wusste, dass sich Ajana immer weiter entfernte, und brannte darauf, ihr endlich folgen zu können.

Trotz der Eile war es schon fast dunkel, als die beiden das Ziel endlich ereichten.

»Ehrwürdige Inahwen!« Aileys saß ab, legte die Hand nach Art der Wunand aufs Herz und grüßte die Elbin, indem sie eine leichte Verbeugung andeutete. »Wir haben Eure Nachricht heute Morgen erhalten und sind so schnell wie möglich gekommen. Ich hoffe, Ihr musstet nicht allzu lange warten.«

»Auch wir sind eben erst eingetroffen«, erklärte Inahwen. »Es war ein glücklicher Zufall, dass Kruin und ich gerade in Sean Ferll weilten, als uns die Botschaft von Abbas mit einem Falken erreichte. Von Sanforan aus wären wir niemals so schnell hierhergekommen.«

»So ist es Kruin, der Euch begleitet«, stellte Keelin erfreut fest. »Wo ist er?« Er reckte den Kopf, um nach dem Stammesfürsten der Uzoma Ausschau zu halten, der ihm auf dem langen und gefahrvollen Weg zu den Orma-Hereth zum Freund geworden war und nun als einer der Abgesandten seines Volkes dem Hohen Rat von Sanforan beisaß.

»Hier.« Kruins weiße Zähne blitzten trotz des schwachen

Lichts, als er lachend hinter den Felsen hervortrat. »Keelin, mein Freund!«, sagte er und legte dem Falkner die Hände nach Art der Krieger auf die Unterarme. »Ich freue mich, dich zu sehen.«

»Die Freude ist ganz auf meiner Seite.« Keelin trat einen Schritt zurück und musterte den Uzoma mit prüfendem Blick. »Ich fürchtete schon, die bösen Zungen könnten recht haben, die behaupten, du wärest den Annehmlichkeiten des Stadtlebens erlegen und hättest der Wüste für immer den Rücken gekehrt.«

»Die bösen Zungen irren sich.« Kruin schüttelte den Kopf. »Ich bin nicht dafür geschaffen, mein Leben unter dem Dach eines Ratssaals zu fristen. Den ganzen Winter über habe ich mich nach der Weite der Wüste gesehnt. Das Angebot, Inahwen zu begleiten, schien mir eine gute Gelegenheit, dem ermüdenden Leben zwischen langweiligen Beratungen und endlosen Verhandlungen für eine Weile zu entkommen.«

»Du solltest dich nicht zu bescheiden geben, Kruin«, mischte sich Inahwen in das Gespräch der beiden ein. »Immerhin hast du in kurzer Zeit vieles für dein Volk erreicht und mit großem Geschick dazu beigetragen, dass der zunächst brüchige Frieden nun auf festen Säulen steht.« Sie nahm den Stab zur Hand, den sie gegen die Felsen gelehnt hatte, und sagte: »Doch genug des Redens. Wir haben eine schwierige Aufgabe vor uns. Wenn wir Ajana einholen wollen, müssen wir uns beeilen.« Sie blickte Keelin an, lächelte und sagte: »Auch ich bin sehr glücklich, dich dabei zu wissen, Keelin. Du hast Ajana schon auf dem Weg zum Arnad begleitet und uns sicher zu den Orma-Hereth geführt. Als ihr bester Freund kannst du uns zudem vielleicht etwas mehr darüber verraten, was in ihr vorgeht. Abbas schrieb, dass Ajana in die

Wüste reiten wolle, und merkte an, dass er nicht den Eindruck habe, dass sie nach Sanforan zurückkehren wolle. Was weißt du darüber?«

»Nicht viel.« Keelin machte eine entschuldigende Geste. »Ihr wisst doch, wir hatten Streit …« Er verstummte und atmete tief durch. Dann sagte er. »Aber ich glaube, ich kenne ihr Ziel.«

»Und? Wo will sie hin?« Kruin blickte ihn aufmerksam an.

Keelin nahm sich die Zeit, den Blick über die Gesichter der Umstehenden streifen zu lassen, und sagte dann: »Nach Andaurien!«

»Nach Andaurien?«, wiederholte Kruin fassungslos. »Warum?«

»Das wüsste ich auch gern.« Keelin machte eine entschuldigende Geste. »Ich habe dafür weder einen Beweis noch hat sie es mir selbst gesagt. Aber alles deutet darauf hin.«

»Es muss ihr sehr wichtig sein, wenn sie die gefährliche Reise durch die Wüste so überstürzt und ohne mit jemandem darüber zu reden beginnt.« Aileys fuhr sich mit der Hand über das Kinn. »Wenn ich jetzt darüber nachdenke, scheint mir ihr Vorhaben doch recht ungeplant zu sein. Als sie zum Pass kam, fehlte es ihr praktisch an allem. Nicht mal einen Sattel hatte sie dabei.«

»Es ist ungeplant«, warf Keelin ein. »Bis vor Kurzem war sie ja noch fest davon überzeugt, bald heimkehren zu können. Sie war schon sehr ungeduldig und freute sich darauf. Aber dann muss sie irgendwie erfahren haben, dass der Ulvars tot ist …« Keelin verstummte. Das Bild, wie Ajana im Tor stand und ihn fassungslos anstarrte, weil er Duana in den Armen hielt, kam ihm noch einmal in den Sinn. Sie hatte nach ihm gerufen. Sie hatte ihn gesucht …

Jetzt erst wurde ihm klar, dass sie ihm zu dem Zeitpunkt etwas hatte sagen wollen. Etwas Wichtiges. Etwas, das vielleicht mit dem Ulvars oder mit dem gefährlichen Ritt nach Andaurien zusammenhing. Eine eisige Hand griff nach seinem Herzen, als er begriff, dass er in jenem Augenblick vermutlich die einzige Gelegenheit verspielt hatte zu erfahren, was Ajana vorhatte.

»Umso wichtiger ist es, dass wir ihr folgen«, hörte er Inahwen sagen. »Die Nunou ist riesig. Sie kennt sich dort nicht aus. Allein in der Wüste ist sie verloren.«

»Inahwen hat recht«, pflichtete Aileys der Elbin bei. »Wir müssen sie finden und von diesem Irrsinn abbringen. Wenn sie Andaurien erreicht, besteht die Gefahr, dass dort alle von uns – und von Nymath – erfahren. Nicht nur ihr Leben und das von Abbas, auch die Sicherheit unseres Landes sind in höchster Gefahr!«

Für Ajana und Abbas verlief der Ritt vom Pandarasgebirge zum Arnad ohne Zwischenfälle. Die Pferde waren ausgeruht und galoppierten ausdauernd. Abgesehen von einer Handelskarawane, die, aus Udnobe kommend, auf dem Weg zum Pass war, begegneten sie keiner Menschenseele und sahen außer ein paar Schlangen und Eidechsen, die es sich auf den sonnenwarmen Felsen bequem gemacht hatten, auch nur wenige Tiere.

Zwei- oder dreimal flogen Raubvögel über sie hinweg. Wie sich jedoch herausstellte, waren keine Falken darunter, und Ajana, die immer noch Sorge hatte, verfolgt zu werden, atmete erleichtert auf.

Als der Silbermond aufging, errichteten sie ihr Lager am Ufer des Arnad. Eingehüllt in Decken, saßen sie an dem kleinen Feuer, das Abbas aus trockenem Treibholz entfacht hatte, verzehrten eine kalte Mahlzeit und blickten auf das Wasser hinaus, wo sich das Licht des Silbermonds in abertausend kleinen Wellen spiegelte.

Einmal glaubte Ajana sogar, einen Fisch aus dem Wasser springen zu sehen. Der Anblick erfüllte sie mit Stolz. Nicht mehr lange, und der Arnad würde wieder voller Leben sein. Mit Fischen und Wasservögeln, mit grünem Ufersaum und Wasserstellen, an denen die Ziegen der Uzoma, die Talpungas und andere Wüstentiere ihren Durst stillen konnten. Das Leben kehrte bereits zurück. Alles war gut.

Zu aufgewühlt, um schlafen zu können, bot sie an, die erste Wache zu übernehmen. Abbas widersprach nicht. Er rollte sich in seiner Decke am Feuer zusammen und war augenblicklich eingeschlafen.

Ajana saß da und starrte in die Dunkelheit hinaus. Über das Knistern des Feuers und das leise Schnauben der Pferde hinweg hörte sie Abbas atmen. Sie war froh, nicht allein zu reisen. Er war nicht Keelin, aber er war ein Freund, und seine Nähe tat ihr gut. Sie hatte geglaubt, darüber hinweg zu sein, aber sie fühlte sich in Nymath noch immer fremd. Es fehlte die Vertrautheit, die sie in ihrer eigenen Welt wie selbstverständlich hingenommen und deshalb auch nie wirklich wahrgenommen hatte. Wie so oft war auch ihr erst durch den Verlust deutlich geworden, was sie besessen hatte …

Sie ließ den Gedanken unvollendet und blickte wieder auf den Fluss hinaus. Auf der anderen Seite lag die Wüste und irgendwo dahinter Andaurien. Sie wusste nicht, wie viele Nächte sie in der Nunou mit all ihren Gefahren verbringen musste. Doch ganz gleich, ob es eine oder zehn waren: Sie fürchtete sich davor.

Mit dem ersten Licht der Dämmerung durchquerten Ajana und Abbas den Arnad an einer Furt und zogen nach Norden, bis die Sonne so hoch stand, dass das Fortkommen zur Qual wurde. Wie schon auf dem Weg zu den Orma-Hereth harrten sie auch diesmal während der Hitze des Tages im spärlichen Schatten einer Sanddüne aus, schliefen ein wenig, aßen und tranken, um weiterzuziehen, kaum dass sich die Sonne dem Horizont zuneigte.

In der kalten Wüstennacht kamen sie gut voran. Die Pferde liefen kraftvoll und die Sterne wiesen ihnen sicher den Weg nach Norden. Sie sahen keinerlei Anzeichen von Leben, bemerkten weder Mensch noch Tier und trafen weder auf Lagaren noch auf Talpungas – sie waren allein und fühlten sich auf bedrückende Weise verloren inmitten dieses trockenen Ozeans aus rotem Sand.

Das Gefühl der Verlorenheit wurde stärker, je weiter sie vorankamen. Ihnen war nur zu bewusst, dass sie sich immer weiter von dem Land entfernten, das ihnen vertraut war, und dass sie sich Schritt für Schritt einer ungewissen Zukunft näherten.

Die Unsicherheit begleitete sie drei Nächte hindurch, dann wurde sie von anderen Sorgen verdrängt. Das Wasser ging zur Neige. Anders als die genügsamen Talpungas, die ihnen bei ihrem letzten Ritt durch die Wüste als Reittiere gedient hatten, schienen die Pferde ständig durstig zu sein. Zwar hatten Ajana und Abbas die Wasserschläuche am Arnad noch einmal prall gefüllt, aber die Pferde schwitzten stark und mussten ständig saufen.

Angesichts des drohenden Wassermangels erschien es ihnen fast wie ein Wunder, als sie im ersten Licht des vierten Morgens am Horizont die Umrisse einer kleinen Oase entdeckten. Es war nicht mehr als ein dunkler Flecken vor dem Hintergrund der Wüste, doch genügte allein der Anblick, um ihnen neuen Mut zu geben und die Pferde noch einmal anzutreiben.

Und wieder hatten sie Glück. Ehe die Hitze unerträglich wurde, ritten sie in den willkommenen Schatten der Palmen, die sich rings um einen kleinen See wie ein Bollwerk der Natur gegen die zerstörerische Kraft der Nunou behaupteten.

Die Pferde witterten das Wasser und waren nicht mehr zu halten. Ein kurzer Galopp brachte sie an das Ufer des Sees, wo sie mit langen Zügen zu saufen begannen. Ajana und Abbas zögerten nicht, saßen ab und taten es ihnen gleich.

Das Wasser war kühl und erfrischend. Nach dem warmen und abgestandenen Vorrat aus den Wasserschläuchen erschien es Ajana geradezu köstlich. Als sie den Durst gestillt hatte, schöpfte sie sich mit den Händen Wasser ins Gesicht, löste das Haarband und tauchte den Kopf vorsichtig in das kühle Nass, um Sand und Staub aus ihren Haaren zu spülen.

Danach füllte sie gemeinsam mit Abbas die leeren Wasserschläuche auf und half ihm, die schwindenden Vorräte durch Früchte zu ergänzen, die an den Bäumen und Sträuchern rings um den See wuchsen, ehe sie sich im Schatten einer Palme auf den Boden setzte, um auszuruhen und etwas zu essen.

Abbas hatte eine Knochenflöte aus seinem Bündel genommen und spielte eine traurige Melodie. Ajana kannte sie nicht, aber sie klang so schön, dass sie den Tönen ergriffen lauschte.

»Das war wunderschön«, sagte sie bewundernd, als Abbas die Flöte beiseitelegte. »Gibt es dazu auch ein Lied?«

»Ja, das gibt es.« Abbas nickte. »Aber es ist ein trauriges Lied. Es erzählt von einer Wunand, die sich dereinst unsterblich in einen Onur verliebte. Doch der Onur verschmähte sie und so nahm sie sich aus Kummer selbst das Leben. Die Frauen in meiner Heimat mögen es sehr. Ich könnte es für Euch singen, fürchte aber, meine Stimme wird Euch nicht erfreuen.« Er schnitt eine Grimasse. »Ich war nie ein guter Sänger.«

»Das macht nichts.« Ajana winkelte die Beine an und schlang die Arme um die Knie. »Ich habe die Traurigkeit auch ohne Worte gespürt.« Sie warf einen sehnsuchtsvollen Blick nach Süden. Irgendwo dort, nur wenige Tagesritte und doch unendlich weit entfernt, war Keelin …

»Vergebt mir!« Erst jetzt schien Abbas bewusst zu werden, welch bittere Erinnerungen er mit dem Lied in Ajana geweckt haben musste. »Bitte vergebt mir«, wiederholte er noch einmal zutiefst beschämt. »Ich … ich hätte es nicht spielen sollen. Ich dummer Esel war ganz in Gedanken. Das Lied erklang in mir, es wollte gespielt werden. Ich habe mir nichts dabei gedacht – wirklich nicht. Doch nun …« Er stutzte und fügte voller Reue hinzu: »Es tut mir leid, wenn ich damit Eure Gefühle verletzt habe.«

»Du musst dich nicht entschuldigen.« Ajana schenkte Abbas ein Lächeln. »Es war wunderschön. Es hat mich berührt, ja, aber diese Gefühle sind mir willkommen.« Sie schluckte schwer und wechselte hastig das Thema: »Es ist schön hier!«, sagte sie im Plauderton. »Ich hoffe nur, dass wir jetzt genügend Wasser und Proviant haben, um bis zur nächsten Oase zu kommen – wenn es denn noch eine gibt.«

»Keine Sorge. Proviant haben wir genug«, meinte Abbas leichthin, aber Ajana durchschaute ihn. Keiner von ihnen wusste, wie lange ihre Reise durch die Wüste dauern würde. Die Oase war ein Glücksfall. Sie hätte keinen Tag später auftauchen dürfen. Es wäre vermessen zu glauben, dass sie wieder so ein Glück haben würden, wenn sich ihre Wasservorräte das nächste Mal dem Ende zuneigten.

»Noch kannst du umkehren!« Ajana schaute Abbas ernst an.

»Wie?« Abbas riss überrascht die Augen auf. »Ihr … Ihr wollt, dass ich zurückgehe?«, fragte er fassungslos. »Dass ich Euch allein durch die Wüste ziehen lasse? Dass ich mich einfach davonmache und Euch …«

»Schscht …« Ajana beugte sich vor und legte Abbas den Finger auf die Lippen: »Hör zu, Abbas. Du begleitest mich nun schon so lange und das finde ich wirklich großartig von dir. Aber heute Nacht sollte ich besser allein weiterreiten. Du bist mein Freund, vielleicht der einzige, den ich noch habe. Ich würde es mir niemals verzeihen, wenn dir in der Wüste etwas zustieße. Deshalb wünsche ich, dass du nach Sanforan zurückkehrst. Dein Schicksal erfüllt sich dort, nicht hier.«

»Mein Schicksal erfüllt sich dort, wo ich es entscheide!«, verkündete Abbas stolz. »Kelda konnte mich nicht zurückhalten, als ich mich dem Heer anschloss, Keelin konnte mich nicht aufhalten, als ich Euch heimlich zur Höhle der Seelensteine folgte, und auch nicht, als ich beschloss, Maylea aus den Händen der Uzoma zu retten. Ich weiß aus tiefstem Herzen, dass ich Euch begleiten muss. Es ist Emos Wille. Warum sonst bin ich Euch mitten in der Nacht begegnet?« Er verstummte und blickte Ajana eindringlich an.

»Ihr braucht mich!«, stellte er selbstbewusst fest. »Ich habe eine Zeit lang bei den Uzoma in der Wüste gelebt und einiges von ihnen gelernt. Mein Wissen mag nicht allumfassend sein, aber es ist besser als gar nichts. Vergebt mir, wenn ich es sage, aber ich kann Eurem Wunsch nicht entsprechen.« Er schüttelte den Kopf. »Ich lasse Euch nicht allein – niemals!«

»Du bist genauso dickköpfig und unvernünftig, wie Kelda es mir geschildert hat.« Ajana schmunzelte und schüttelte den Kopf. Dann hob sie die Hand zum Schwur und sagte feierlich: »Also gut! Dies war der letzte Versuch, dich zur Umkehr zu bewegen. Ich entbinde dich hiermit von jeglicher Verantwortung und stelle es dir frei, nach Sanforan zurückzukehren. Solltest du dennoch bleiben wollen, so ist mir deine Gesellschaft auch weiterhin mehr als willkommen.«

»Ich bleibe.« Abbas' Stimme schwankte nicht. Er griff nach dem Wasserschlauch und nahm einen großen Schluck. Dann sagte er: »Ihr solltet jetzt besser etwas schlafen. Heute Nacht liegt wieder ein langer Ritt vor uns. Seid unbesorgt. Ich übernehme die erste Wache.«

»Danke.« Ajana schaute Abbas an. Ein Sonnenstrahl fiel durch die fächerartigen Blätter der Palmen auf sein Gesicht und zeichnete dort ein Streifenmuster aus Licht und Schatten, das augenblicklich verschwand, als er den Kopf senkte und den Wasserschlauch fortlegte.

»Wecke mich, wenn ich dich ablösen soll«, sagte sie, zog ihr Kleiderbündel als Kopfkissen heran und rollte sich im warmen Sand zusammen, um zu schlafen.

Seit dem Morgen hatte es geregnet. Schwere Tropfen waren auf die Artasensümpfe niedergefallen und hatten den Boden in einen schlammigen Pfuhl verwandelt. Als die Wolken endlich aufbrachen und mit der Sonne auch die Wärme zurückkehrte, kroch Nebel in das Dorf der Kwannen, in dem Yenu und Miya Zuflucht gefunden hatten. Das willkommene Licht floss langsam davon und wich dem grauen Dunst, der sein feuchtes Tuch zwischen den Wohnstätten ausbreitete.

In der Hütte des Heilers war es dunkel und still.

Miya saß an Yenus Lager, die kraftlose Hand der Freundin fest in der ihren. Yenu fieberte noch immer. Sie musste viel trinken, doch mehr als ein paar winzige Schlucke, die kaum ausreichten, die Lippen zu benässen, vermochte Miya ihr nicht einzuflößen.

Längst hatte sie jedes Zeitgefühl verloren. Sie konnte nicht sagen, wie lange sie schon im Haus des Heilers waren oder wie lange sie schon so dasaß. Sie wusste nur, dass sie nicht von Yenus Seite weichen würde, bis das Gift des Urwars ihren Körper zerstörte oder die Macht des Heilers die Geister des nahen Todes vertrieb.

Hin und wieder brachten zwei Mädchen ihr etwas zu essen und einen Krug mit frischem Wasser.

Miya mochte die Mädchen und sie mochte die Kwannen.

Die Kwannen waren den Hedero erstaunlich ähnlich. Zwar waren sie größer, von schlankerer Statur und trugen das schwarze Haar offen, hatten aber wie die Hedero erdfarbene Haut, einen runden Kopf mit flacher Stirn und die typische kleine dreieckige Nase, die allen Sumpfvölkern gemein war.

Die Kwannen liebten Farben. Selbst die Krieger trugen Kleidung aus bunten, dicht gewebten Stoffen und schienen ebenso wie die Frauen eine große Vorliebe für Schmuck zu besitzen. Schon die beiden Mädchen, die ihr das Essen brachten, trugen, obgleich sonst nur mit einem Lendentuch bekleidet, eine Fülle bunter Ketten um den Hals und die Hand- und Fußgelenke. Das Geräusch, mit dem die bunten Holzperlen bei jeder Bewegung aneinanderklirrten, wenn sie die Stufen zum Eingang der Hütte hinaufstiegen, war Miya schon bald vertraut.

Wie die Hütten der Hedero thronten auch die Hütten der Kwannen zum Schutz gegen Überflutungen und allerlei Getier, das im Sumpf lebte, auf Pfählen hoch über dem Boden. Selbst die Sprachen waren sich sehr ähnlich. Miya verstand nicht jedes Wort auf Anhieb, aber es gab doch genügend Gemeinsamkeiten, sodass eine Verständigung problemlos möglich war.

So hatte sie erfahren, dass Yenu dem Tod noch immer sehr nahe war. Der Heiler war sich nicht sicher, ob sie die Auszehrung durch das Fieber überleben würde. Er war alt und sehr erfahren, doch er gab freimütig zu, dass er nicht jeden hatte retten können, der an dem gefürchteten Urwarfieber erkrankt war.

Miya gab die Hoffnung nicht auf. Yenu fieberte noch, wurde aber nicht mehr von Krämpfen geschüttelt und lag nun so ruhig und friedlich auf dem Lager, als schlafe sie.

Als sei sie tot.

Miya verscheuchte den Gedanken, kaum dass er sich in ihr Bewusstsein geschlichen hatte. Doch er war hartnäckig. Wie ein lästiges Insekt kehrte er immer dann zurück, wenn sie ihre schwerkranke Freundin ansah.

Mit dem schwindenden Licht griff auch die Müdigkeit wieder nach Miya. Seit sie Yenu aus ihrem Gefängnis befreit hatte, hatte sie kaum Schlaf gefunden, und ihr erschöpfter Körper forderte immer nachdrücklicher seinen Tribut. Ein ums andere Mal glitt ihr Bewusstsein davon, ohne dass sie es bemerkte. Und wenn sie dann erwachte, fand sie sich meist zusammengesunken über dem Körper ihrer Freundin liegend wieder.

Miya gähnte und versuchte, die aufkommende Müdigkeit zu verscheuchen. Doch der Drang, die Augen zu schließen, wurde in der zunehmenden Dunkelheit fast übermächtig. So gab sie schließlich nach, verschränkte die Arme auf der Kante von Yenus Lager, legte die Stirn darauf und schloss kurz die Augen …

»… wird sie bis dahin gesund sein?«

»Das wissen allein die Götter.«

»Die Götter!« Der Sprecher stieß einen leisen, verächtlichen Laut aus. »Die Götter haben uns schon lange vergessen.«

Flüsternde Stimmen schwebten Miya durch den Dunst zu, den der Schlaf um ihr Bewusstsein gesponnen hatte. Der flackernde Schein einer Lampe drang durch ihre geschlossenen Lider.

Sie war nicht länger allein.

»Und doch sind sie es, in deren Händen das Leben der Hedero liegt. Ich habe alles getan, was in meiner Macht steht.« Es war der Heiler, der dies sagte. Miya wollte aufblicken, aber irgendetwas hielt sie davon ab, den beiden Männern zu offenbaren, dass sie erwacht war.

»Du weißt, was auf dem Spiel steht«, hörte sie den anderen Mann sagen. »Geht sie nicht, muss eine von uns gehen.«

Gehen? Obwohl dem Schlaf noch nicht ganz entronnen, horchte Miya auf. Wer musste gehen? Und wohin? Schlagartig war sie hellwach. Was ging hier vor?

»Sie fiebert noch, und es sind nur mehr wenige Sonnenaufgänge, bis die Gruppe aufbricht«, sagte der Heiler. »Es tut mir leid, aber ich kann dir nichts versprechen.«

»Wenn sie nicht laufen kann, werden wir sie eben zum Tempel tragen.« Eine grimmige Entschlossenheit sprach aus den Worten des anderen Mannes. »Wichtig ist, dass sie überlebt. Ich werde auf keinen Fall zulassen, dass eine unserer Töchter hingegeben wird, wenn nur die Spur einer Hoffnung besteht, dass wir diese wertlosen Hederofrauen an ihrer statt übergeben können.«

Wertlose Hederofrauen … Miya zuckte innerlich zusammen, als sei sie geschlagen worden. Sie musste sich sehr zusammenreißen, um den Anschein des Schlafens aufrechtzuerhalten, doch die Männer waren so in ihr Gespräch vertieft, dass sie es vermutlich nicht einmal bemerkt hätten, wenn sie sich geregt hätte.

… zum Tempel tragen … an ihrer statt übergeben … dass eine unserer Töchter hingegeben wird. Gesprächsfetzen, die sich langsam zu einem erschreckenden Ganzen fügten, wirbelten durch Miyas Gedanken, während sie die Männer weiter belauschte.

»Das Gift ist tief in ihren Körper vorgedrungen«, gab der Heiler gerade zu bedenken. »Wenn sie wach wäre und schlucken könnte, könnte ich es mit einem Aufguss aus Rabdal versuchen. Aber so …«

»Wie auch immer, ich erwarte, dass du ihr Leben rettest«, sagte der andere Mann bestimmt. »Wenn wir mit den Opfergaben aufbrechen, muss sie dabei sein.«

Der Boden knarrte, als er sich umdrehte und sich anschickte, die Hütte zu verlassen.

»Idapon, warte!« Der Heiler eilte ihm nach und nahm das Licht mit sich fort. Miya hörte, wie die beiden die Leiter hinunterstiegen und sich entfernten. Sie wartete noch einige Herzschläge lang, dann setzte sie sich auf und starrte in die Dunkelheit

Opfergaben! War es das, was die Kwannen in ihnen sahen?

… zum Tempel tragen … an ihrer statt übergeben … dass eine unserer Töchter hingegeben wird … Miya hatte das Gefühl, zu Eis zu erstarren. Plötzlich verstand sie, warum die Kwannen sie so freundlich aufgenommen hatten.

Als Keelin erwachte, war der Nachmittag schon weit vorangeschritten. Abrupt setzte er sich auf, als sei er aus einem Albtraum aufgeschreckt, doch nicht ein Traum war es, der ihn geweckt hatte. Es war die Stille.

Obwohl es so heiß war, dass die Luft über dem Boden wie Wasser flimmerte, schien es, als sei die Welt ringsumher zu Eis erstarrt – leblos und tot. Aileys und Kruin lagen nicht weit entfernt im Schatten der Sanddüne und regten sich nicht. Inahwen war wach. Sie saß ein Stück entfernt an der schattigen Flanke der Düne und schien zu spüren, dass etwas nicht stimmte, denn sie gab ihm ein Zeichen, leise zu sein.

Alarmiert wanderte Keelins Hand zum Griff seines Kurzschwerts. Die Finger schlossen sich fest um das warme Metall, während er gegen das grelle Licht der Wüstensonne anblinzelte und sich aufmerksam umschaute.

Er wünschte, Horus wäre da, aber der Falke war weit fortgeflogen, um zu jagen, und Keelin wusste, dass es lange dauern würde, ehe er zurückkehrte.

Neben ihm regte sich Aileys im spärlichen Schatten. Sie war jetzt auch wach. Mit verschlafenem Blick setzte sie sich auf, unterdrückte ein Gähnen und wollte etwas sagen, doch Keelin legte mahnend den Finger auf die Lippen und schüttelte den Kopf.

Aus den Augenwinkeln bemerkte er eine Bewegung und

wandte sich um. Aber es war nur loser Sand, der sich wie ein kleiner Erdrutsch von der sonnenbeschienenen Flanke der Düne löste, die ihnen gegenüberlag.

Davor standen die Pferde, erschöpft von der Hitze und mit hängenden Köpfen. Die Tiere schienen keine Bedrohung zu spüren.

Nur loser Sand … Keelin wollte sich abwenden, aber etwas an dem Gedanken machte ihn stutzig.

»Keelin?« Aileys bewegte sich neben ihm und richtete sich auf. »Was ist los?« Noch während sie das sagte, floss erneut ein Sandstrom die Düne herab.

»Schscht!« Keelin ließ den Sand nicht aus den Augen. Der Strom war breiter geworden und floss nun unablässig, während sich am Fuß der Düne zwei weitere Sandströme gebildet hatten.

Ein kurzer Seitenblick zu den Pferden zeigte Keelin, dass diese noch immer ruhig waren. Dösend warteten sie auf die Kühle des Abends.

Inahwen war das Abrutschen des Sands nicht entgangen. Ihre ganze Haltung zeugte von Anspannung, aber auch sie schien ratlos.

»Keelin, was ist?«, wagte Aileys erneut einen Versuch, Keelin anzusprechen. »Hat Horus etwas entdeckt? Gibt es einen …«

In diesem Augenblick explodierte der Sand der Düne, als bräche ein Sturm daraus hervor. Keelin und Aileys wichen erschrocken zurück. Die Pferde wieherten schrill und flohen, aber ihre Bewegungen litten unter der Hitze. Sie waren viel zu langsam.

Wie aus einem Albtraum entsprungen, schoss eine gewaltige rot geschuppte Echse mitten aus dem Sand hervor und schnappte nach den Pferden. Diese hatten Glück; obwohl der weiche Sand unter ihren Hufen immer wieder nachgab, gelang es ihnen, sich aus der Mulde zu befreien und den Dünenkamm hinaufzupreschen.

Die Echse zögerte nicht. Mit einer spielerisch anmutenden Bewegung wand sie sich gänzlich aus der Düne hervor, grub die klauenbewehrten Krallen tief in den weichen Sand und setzte den Pferden nach, die in alle Himmelsrichtungen davongaloppierten.

Als die Echse den Dünenkamm erreichte, verharrte sie, als hätte sie entschieden, dass sich eine Verfolgung nicht lohnte.

»Wach auf, Kruin, wir müssen hier weg!« Keelin rüttelte den Uzoma an der Schulter. Die Augen fest auf das gewaltige Untier gerichtet, das inmitten der Düne auf Beute gelauert hatte, bewegte er sich langsam rückwärts vom Grund der Mulde fort.

»Was … was ist das?«, hörte Keelin Aileys neben sich murmeln. Nie zuvor hatte er ein solches Entsetzen bei einer Wunand gesehen.

»Ich weiß es nicht.« Keuchend stemmte Keelin sich gegen den Sand, der unter seinen Füßen immer wieder nachgab. Noch wandte die Echse ihnen den Rücken zu und hatte sie nicht bemerkt, aber das konnte sich jeden Augenblick ändern. Und als hätte sie Keelins Gedanken aufgefangen, bewegte sie den rot geschuppten Kopf langsam in ihre Richtung.

»Lauft!« Aileys' gellender Befehl zerriss die Stille.

Die anderen reagierten sofort.

Die Echse auch. Mit einer Gewandtheit, die man ihr wegen ihrer Größe nicht zugetraut hätte, fuhr sie herum, verharrte auf der Stelle und starrte den Flüchtenden nach, als müsse sie erst überlegen, ob es sich um lohnende Beute handelte. Dann rannte sie los.

Die vier liefen so schnell sie konnten, wohlwissend, dass eine Flucht sinnlos war. Die Riesenechse war für die Jagd in der Wüste ausgestattet und kam rasch näher. Zu beiden Seiten des Kopfes hatten sich zwei armlange Fächer aus dünnen Hautlappen entfaltet, die sie noch größer erscheinen ließen und im Licht der tief stehenden Sonne bedrohlich rot leuchteten.

»Wir teilen uns in zwei Gruppen«, hörte Keelin Kruin ausrufen. Zusammen mit dem Uzoma schwenkte er nach links, während Inahwen und Aileys nach rechts liefen.

Das Manöver schien die Echse zu verwirren. Unschlüssig, wem sie folgen sollte, blieb sie stehen und bewegte den Kopf ruckartig von links nach rechts. Endlose Augenblicke verstrichen. Dann entschied sie sich, Inahwen und Aileys zu folgen. Mit wiegendem Laufschritt setzte sie sich in Bewegung und schloss schnell zu den beiden auf.

Darauf hatte Kruin nur gewartet. Kaum dass die Echse die ersten Schritte auf die beiden zumachte, hob er die Arme und stieß laute Rufe aus.

Die Echse blieb unvermittelt stehen. Der Kopf mit den roten Fächern flog herum und die geschlitzten Augen maßen Kruin mit hungrigem Blick. Einen Augenblick lang zögerte sie noch, dann wandte sie sich um, um ihn anzugreifen.

Aileys und Inahwen hatten verstanden, worauf der Uzoma hinauswollte. Kaum dass die Echse ein paar Schritte getan hatte, riefen sie laut, um die Aufmerksamkeit des Untiers auf sich zu ziehen. Mit Erfolg! Wieder stutzte die Echse, und wieder wechselte sie die Richtung des Angriffs, was Kruin und Keelin zum Anlass nahmen, die Aufmerksamkeit ihres Angreifers erneut auf sich zu lenken.

Das Spiel setzten sie noch eine Weile fort. Keiner von ihnen wusste, wie lange es gut gehen würde, aber da sie ihre

Waffen in der Senke hatten zurücklassen müssen, erschien ihnen jeder noch so kleine Zeitgewinn wie ein Sieg.

Keelin nutzte die Zeit, die ihm die anderen verschafften, um Horus zurückzurufen. Er sandte dem Falken ein Gefühl der Dringlichkeit und höchster Gefahr und bemerkte erleichtert, dass dieser dem Ruf sofort folgte. Allerdings war er auf der Suche nach Beute sehr weit geflogen, und Keelin konnte nur hoffen, dass er zurückkehrte, ehe es zu spät war.

Die Sonne berührte fast den Horizont, als die Echse des Verwirrspiels überdrüssig wurde. Eine ganze Weile schon peitschte ihr langer Schwanz zuckend durch den Sand und nun ließ sie sich selbst durch lautes Rufen und hektische Gesten nicht mehr von ihrer gewählten Beute ablenken. Ein wütendes Fauchen kündigte den Angriff an, dann stürmte sie auf Kruin und Keelin zu.

»Lauf!« Kruins gebrüllter Befehl war überflüssig. Keelin und er stürmten in entgegengesetzte Richtungen davon. Die Echse entschied sich für den Falkner. Stampfend und schnaubend rannte sie hinter ihm her. Er hörte die anderen rufen und schreien, wusste aber, dass sie ihm nicht mehr würden helfen können. Die Echse war wild entschlossen, Beute zu machen. Sie würde nicht zögern, ihn zu töten.

Als Suara, Oxana und Terka den Tempel des einzigen Gottes im milden Licht der Nachmittagssonne zum ersten Mal mit eigenen Augen sahen, glaubten sie sich in einem Traum gefangen. Wie auf ein geheimes Kommando hin zügelten sie die Pferde auf der letzten Anhöhe und verharrten in ehrfürchtigem Staunen.

Abseits der Sümpfe, im Herzen des andaurischen Dschungels, erhob sich nicht etwa nur ein Tempel. Es war eine ganze Stadt! Hunderte von strohgedeckten Häusern drängten sich um den riesigen Tempelbezirk, dessen prächtige Gebäude mit Säulen und Ziegeln aus weißem poliertem Kalkstein errichtet waren. Sorgfältig aufgestellt reihten sich die Häuser entlang der Straßen aneinander, die wie die Sonnenstrahlen vom Tempel aus in alle Richtungen führten.

Die unbebauten Flächen dienten als Märkte, auf denen sich Menschen drängten, als Arenen, in denen sich Krieger im Waffengang übten, oder Gärten, in denen Menschen bei der Arbeit zu sehen waren. Die weitaus größte Freifläche lag östlich der Tempelanlage, wo zwischen zwei Straßen kein einziges Bauwerk zu sehen war. Hier erstreckte sich eine gestutzte, keilförmige Grünfläche bis hin zu einem gewaltigen Baum, der seine wuchtige Krone mehr als zwei Pfeilschussweiten vom Tempel entfernt ausbreitete.

Es war eine wundersame und prächtige Stadt, die so gar nichts mit dem Gewirr aus ärmlichen und schmutzigen Hütten gemein hatte, welche die drei von den Völkern der Sümpfe kannten.

Sie hatten ihr Lager einen halben Tagesmarsch vom Tempel des Blutgottes entfernt errichtet. Weitab jeder Straße, an einem Ort, von dem sie hofften, dass man ihn nicht so schnell entdecken würde.

Die vordringlichste Aufgabe war es, sich unbemerkt unter die Menge derer zu mischen, die den Tempel anlässlich des höchsten andaurischen Festes besuchten. Das klang einfach, aber selbst dieser Plan wollte gut vorbereitet sein. Während es für die Felis nahezu ausgeschlossen war, unbemerkt auch nur in die Nähe des Tempels zu kommen, hatten Suara und ihre Begleiterinnen vor, sich als Priesterinnen zu verkleiden oder sich als Überbringer von Opfergaben auszugeben. Dafür hatten sie sich zunächst eine passende Gewandung beschaffen müssen.

Zwei Nächte hindurch hatten sie im Dickicht am Rand der einzigen Straße, die durch die Sümpfe zum Tempel führte, vergeblich auf eine günstige Gelegenheit gewartet.

Am Abend des dritten Tages war ihnen das Schicksal endlich gewogen gewesen und hatte ihnen drei Priesterinnen gesandt, die mit ihren Pferden auf dem Weg zum Tempel waren. Der staubigen Kleidung nach zu urteilen, hatten sie schon einen weiten Weg hinter sich. Sie hatten erschöpft gewirkt und kaum auf die Umgebung geachtet – ein Umstand, der ihnen einen raschen Tod in Form von vergifteten Pfeilen und den Amazonen drei Pferde, die Tuniken und das Gepäck der Priesterinnen beschert hatte.

So ausgerüstet hatten sie die Felis und die Djakûn am Lagerplatz zurückgelassen und sich am Morgen des vierten Tages auf den Weg zum Tempel gemacht.

Nun waren sie am Ziel.

»Emos zornige Kinder«, hörte Suara Oxana neben sich aufkeuchen. »Das ist überwältigend.«

»Wo fangen wir an?«, fragte Terka ratlos angesichts der gewaltigen Ausmaße der Tempelstadt.

»Wir reiten direkt zum großen Tempel«, beharrte Suara. »So wie wir es besprochen haben. Warum sollten wir unsere Pläne ändern, nur weil da ein paar mehr Häuser herumstehen, als wir erwartet haben?« Sie schnalzte mit der Zunge und ließ ihr Pferd antraben. »Kommt mit, wenn wir hier weiter herumstehen und gaffen, werden wir unser Ziel nie erreichen.«

Keelin floh. Sein Atem ging keuchend, die Füße stolperten durch den losen Sand. Er wusste, dass er zu langsam war, wusste, dass es keinen Sinn hatte zu fliehen, und doch rannte er weiter um sein Leben. Der Boden erzitterte unter dem Gewicht der Echse, die Rufe der anderen drangen wie aus weiter Ferne durch das Rauschen in seinen Ohren – und mittendrin hörte er den schrillen Schrei eines Falken.

Horus!

Gegen das Licht der sinkenden Sonne sah er den Falken auf sich zukommen. Seine Furcht und das Entsetzen teilten sich dem Vogel mit, dessen wütender Hass auf die Echse im Gegenzug in dicht aufeinanderfolgenden Wellen durch Keelins Bewusstsein brandete. Die Wut des Falken war so ungeheuerlich, dass sie sogar Keelins eigene Gefühle hinwegzufegen drohte. Er wehrte sich dagegen und versuchte, ruhig zu bleiben, während er Horus gleichzeitig ein Bild der Stelle sandte, an der ihm die Echse verwundbar erschien – die Augen.

Horus verstand. Wie ein Pfeil schoss er über Keelin hinweg, stürzte nieder auf die Echse, krallte sich an den schuppigen Augenwülsten fest und hackte unter heftigem Flügelschlag auf die Augen ein.

Keelin keuchte. Bei aller Erfahrung war es ihm fast unmöglich, das eigene Bewusstsein gegen die ungeheure Fülle von Empfindungen aufrechtzuerhalten, die über den tobenden Falken auf ihn einstürmten: Unbändiger Zorn mischte sich mit dem Gefühl zupackender Krallen, dem heftigen Klatschen der Flügel und dem Geschmack von Blut in seinem Mund, als Horus' scharfer Schnabel die erste Wunde riss.

Die Echse gab ein zorniges Brüllen von sich und warf den Kopf wütend hin und her. Doch Horus ließ sich nicht abschütteln. Seine Krallen und der Schnabel rissen und zerrten weiter an der lederartigen Haut, rasend, wütend und zerstörerisch.

Keelin schloss die Augen und hob die Hände an die Schläfen. Er war jetzt eins mit dem Falken und Horus war eins mit ihm. Sein Herz hämmerte im Takt des Falkenherzens, die Arme waren schlagende Flügel, der Mund ein Schnabel und rot von Blut.

Die Echse strich den Kopf über den Sand, um den Peiniger abzustreifen, aber Horus ließ nicht locker. Nur ein einziges Mal flog er auf, setzte den Angriff aber sogleich an dem anderen Auge fort.

Mit dem Rest seines eigenen Bewusstseins beobachtete Keelin im schwindenden Licht voller Stolz, wie furchtlos der vergleichsweise winzige Falke dem geschuppten Untier zusetzte. Horus hatte keine Aussicht, den Kampf gegen die Echse zu gewinnen, aber Keelin hoffte, dass der Angriff sie in die Flucht trieb.

Die Echse machte keine Anstalten zu fliehen, dennoch änderte sich etwas. Obwohl Horus ihr keine schweren Verletzungen zufügte, wurden ihre Bewegungen immer langsamer, die Abwehr schwächer. Es schien, als falle es ihr immer schwerer, sich gegen die unvermindert heftigen Attacken des Falken zu wehren.

Dann, so plötzlich, dass es fast wie ein Wunder anmutete, bewegte sie sich gar nicht mehr.

Keelin zwang sich, gleichmäßig zu atmen, und sandte Horus einen beschwichtigenden Gedanken, dennoch dauerte es einige Herzschläge lang, bis der Falke von dem regungslosen Tier abließ. Er kam zu Keelin geflogen und setzte sich auf dessen Schulter. Die Flut von Gefühlen aus Wut und Zorn verebbte, und er putzte sein Gefieder so geflissentlich, als sei nichts geschehen.

»Danke«, stieß Keelin atemlos hervor. Wie immer dauerte es bei ihm wesentlich länger, der Gefühle Herr zu werden, die der Kampf des Falken in ihm hervorgerufen hatte. »Danke, mein Freund.«

»Hat … hat Horus die Echse etwa erlegt?« Aileys kam näher und starrte fassungslos auf das leblose Tier. »Einfach so?« Vorsichtig machte sie ein paar Schritte auf den geschuppten Körper zu, als müsse sie sich erst selbst davon überzeugen, dass ihre Augen sie nicht täuschten.

»Sieht so aus, aber er war es nicht!« Kruin grinste breit.

»Nicht? Aber wer dann?«, fragte Aileys.

»Die Nacht!« Das Grinsen des Uzoma wurde noch eine Spur breiter, als er die ratlosen Gesichter der anderen sah.

»Die Nacht?«, wiederholte Keelin. »Wie ist das möglich?«

»Bei diesem Untier ist es nicht anders als bei den kleinen Sandechsen, mit denen die Kinder in Udnobe spielen«, erklärte Kruin. »Wenn die Sonne untergeht und es kalt wird, fallen sie in eine totenähnliche Starre, um dann nach Sonnenaufgang wieder zu erwachen, wenn die Sonne sie lange genug gewärmt hat.«

»Die Kälte lähmt sie«, folgerte Inahwen, die solch ein Verhalten noch bei keinem Tier beobachtet hatte. »Und die Sonnenwärme gibt ihnen das Leben zurück.«

»Und ich habe mich schon gefragt, was das alberne Spielchen vorhin sollte«, warf Aileys ein. »Dachtest du wirklich, wir könnten sie so lange ablenken, bis die Sonne untergeht?«

»Ich hoffte es.« Kruin nickte. »Ich habe vermutet, dass sie sich außer in der Größe nicht von den anderen Wüstenechsen unterscheidet.« Er machte eine entschuldigende Geste. »Leider wollte sie nicht so lange mitspielen, wie ich gehofft hatte.«

»Es ist ja noch mal gut gegangen.« Inahwen lächelte. »Ich

bin froh, dass du uns begleitest«, sagte sie zu Kruin. »Ohne dich wären wir jetzt vermutlich nicht mehr am Leben.« Dann wandte sie sich an Keelin. »Und ohne Horus auch nicht. Er ist sehr tapfer.«

»Wenn das Vieh so bald wieder aufwacht, schlage ich vor, dass wir bis dahin eine möglichst große Stecke zwischen uns und die Echse bringen.« Aileys wirkte besorgt. »Was angesichts der durchgegangenen Pferde gar nicht so leicht werden dürfte.«

»Die Pferde sind gewiss nicht weit gelaufen.« Keelin deutete auf die Düne, an deren Fuß sie gerastet hatten. »Seht nur, zwei sind schon zurückgekommen«, sagte er und fügte mit einem Seitenblick auf Horus hinzu: »Es ist schon fast dunkel, aber ich bin sicher, dass Horus die anderen beiden in dieser eintönigen Landschaft selbst jetzt noch ausfindig machen kann. Er wird sie zu uns zurücktreiben, während wir unsere Sachen aus der Senke holen.«

»Ein gut ausgebildeter Falke ist wahrlich Gold wert.« Aileys lächelte Keelin anerkennend zu. »Ich hoffe nur, dass wir durch die Suche nicht zu viel Zeit verlieren.«

»Auf jeden Fall werden wir Zeit verlieren, wenn wir noch lange hier herumstehen.« Entschlossen wandte Kruin sich um, schritt auf die Senke zu und gab den anderen ein Handzeichen, ihm zu folgen. »Worauf wartet ihr noch?«, rief er ihnen zu. »Lasst uns beginnen.«

Horus erfüllte seine Aufgabe zuverlässig. Wie ein Pfeil schoss er über die Wüste dahin und trieb die versprengten Pferde zurück, indem er so lange vor ihnen herumflatterte, bis sie die gewünschte Richtung einschlugen und zum Lagerplatz zurückliefen.

Als Inahwen, Keelin, Aileys und Kruin ihre Sachen vom Sand gesäubert und die Vorräte verpackt hatten, standen alle Pferde am Rand der Senke bereit, und sie konnten den Weg in nördlicher Richtung fortsetzen.

Der armlange rote Lichtschein, der dem Mondstein in Inahwens Elbenstab entströmte, wies die ganze Nacht hindurch so unerschütterlich gen Norden, wie er es schon in den vergangenen Nächten getan hatte. Niemand konnte sagen, wie weit Ajana und Abbas ihnen voraus waren, aber sie waren auf dem richtigen Weg, und das allein zählte.

Im ersten Licht des Morgens erspähte Horus in der Ferne die schemenhaften Umrisse einer Oase. Der Gedanke an kühlen Schatten und frisches Wasser hob die Stimmung der erschöpften Reiter, und sie gaben den Pferden reichlich zu saufen, damit sie dieses letzte Stück des Wegs trotz der rasch zunehmenden Hitze schnell zurücklegen konnten. Es war der wohl beschwerlichste Teil ihrer Reise, doch die Mühsal wurde belohnt.

Alle atmeten auf, als sie endlich in den willkommenen Schatten der Bäume einritten, die dem unablässigen Drängen der lebensfeindlichen Nunou wie durch ein Wunder trotzten. Die Pferde witterten das nahe Wasser und waren kaum noch zu halten und so ritten sie direkt zu dem kleinen See inmitten der Oase.

»Sieht ganz so aus, als ob Ajana und Abbas die Oase auch gefunden hätten.« Keelin, der sein dürstendes Pferd ans Ufer des Sees geführt hatte, deutete auf die vielen Huf- und Fußspuren auf dem feuchten Boden.

»Sie scheinen nicht damit zu rechnen, dass ihnen jemand folgt«, ergänzte Kruin, der abgesessen war und die Spuren ebenfalls in Augenschein nahm. »Sonst hätten sie sich sicher die Mühe gemacht, die Abdrücke zu verwischen.«

»Wie lange sind sie schon fort?«, wollte Inahwen wissen.

»Noch nicht lange.« Keelin untersuchte die Hufabdrücke eingehend. »Sie sind uns kaum mehr als einen Tagesritt voraus. Wenn wir gleich weiterreiten, könnten wir sie …«

»Gleich weiterreiten?«, rief Aileys aus. »Bist du von Sinnen? Da draußen ist es so heiß wie im Wehlfang.« Sie verschränkte die Arme vor der Brust. »Ich setze keinen Fuß aus diesem wunderbaren Garten, ehe die Sonne untergegangen ist.«

»Aileys hat recht«, pflichtete Inahwen der Wunand bei. »Die Pferde sind erschöpft und wir müssen dringend die Wasservorräte auffüllen.« Sie nickte Keelin zu und sagte: »Ich verstehe deine Ungeduld, aber Ajana und Abbas werden gewiss auch irgendwo rasten, bis die Nacht hereinbricht. Die Gefahr, dass sich ihr Vorsprung weiter vergrößert, besteht also nicht. Deshalb werden wir hier rasten und warten, bis die Sonne untergegangen ist.«

Zur großen Überraschung der drei Nuur schienen die Priesterinnen, deren Gewänder sie trugen, in der Tempelstadt bereits erwartet zu werden. Kaum dass sie in die Straßen einritten, kamen Kinder gelaufen, die sie ehrfürchtig begrüßten und sich demütig anboten, ihnen den Weg durch die Stadt zu den Unterkünften zu zeigen. Zunächst gelang es ihnen, die angebotene Hilfe mit dem Hinweis abzulehnen, dass sie sich auskannten, dann aber trafen sie auf eine Gruppe von Tempelkriegern, die es sich nicht nehmen ließ, die drei Neuankömmlinge zu den vorbereiteten Gästehäusern zu eskortieren.

Die Krieger führten sie zu einem großen Gebäudekomplex nahe dem Tempel, der den Priesterinnen und Novizinnen, die anlässlich des Opferfestes erwartet wurden, als Schlafunterkunft diente. Im Gegensatz zum großen Haupttempel mit seinen polierten Säulen und prachtvollen Verzierungen wirkten die drei flachen Steinhäuser schlicht und schmucklos, ein Eindruck, der sich weiter vertiefte, als die drei mit ihren Habseligkeiten von einer mürrisch wirkenden Priesterin durch die großen, noch menschenleeren Schlafsäle geführt wurden. Die wenigen bunten Wandbehänge täuschten nicht darüber hinweg, dass alles sehr sparsam eingerichtet war. Auf den Böden lagen unzählige Flechtmatten dicht an dicht, ein Zeichen dafür, wie viele Gäste noch erwartet wurden.

Wie sie erfuhren, schliefen die Priesterinnen in dem einen, die Novizinnen in dem anderen Haus. Im dritten Haus gab es einen großen Speisesaal mit hölzernen Tischen und Bänken und eine Zisterne, in der man sich waschen konnte.

Nachdem die Priesterin die drei herumgeführt hatte, hieß sie sie, sich einen Platz im Schlafsaal zu suchen und sich dort einzurichten. Dann entschuldigte sie sich mit knappen Worten und ließ sie allein.

»Emos zornige Kinder!«, entfuhr es Oxana, als sie gegangen war. »Da haben wir uns ja ganz schön was eingebrockt.«

»Schscht! Bist du von Sinnen?«, fuhr Suara ihre Freundin mit gedämpfter Stimme an. »Wenn dich hier jemand so reden hört, ist alles verloren, ehe wir überhaupt begonnen haben.«

»Verzeih!« Oxana schaute betroffen drein. »Das wollte ich nicht. Aber das hier erscheint mir wie ein böser Traum.«

»Das geht nicht gut.« Terka saß am Boden. Sie hatte die

Arme um die Knie geschlungen und schüttelte immer wieder den Kopf. »Das geht nicht gut«, wiederholte sie noch einmal.

»Unsinn. Natürlich geht es gut«, versuchte Suara, die Freundin zu beruhigen. »Wir sind jetzt ganz nah am Geschehen, besser konnte es nicht kommen. Jetzt müssen wir nur noch …«

»Aber wir sind keine Priesterinnen«, fiel Oxana ihr flüsternd ins Wort. »Wir wissen doch nicht mal, warum wir hier sind und was man von uns verlangt. Wir kennen weder die Zeremonien noch die Gebete noch sonst irgendwas von dem, was man von einer Priesterin des Blutgottes erwartet.«

»Wir wissen es nicht, das stimmt – aber es lässt sich herausfinden.« Suara deutete auf die vielen leeren Flechtmatten. »Wie es scheint, sind wir die ersten Gäste. Wenn wir es klug anstellen, können wir alles lernen. Wir beobachten einfach die anderen und verhalten uns genauso wie sie.«

»Einfach?« Oxana schüttelte den Kopf. »Einfach wird das bestimmt nicht.«

»Dennoch ist es nicht unmöglich.« Suara blickte ihre Freundinnen an. »Ich für meinen Teil bin fest entschlossen, das Wagnis einzugehen. Was sagt ihr?«

»Ich kann das nicht.« Terkas Stimme bebte. Sie kauerte noch immer am Boden und ballte die Fäuste, als könne sie sich nur mühsam beherrschen. »Es hat mich unglaubliche Überwindung gekostet, diese Gewänder anzuziehen. Nur um der Sache willen habe ich es getan. Ich konnte ja nicht ahnen, wohin uns das führt. Doch jetzt …« Sie verstummte und schaute die anderen an. »Niemals, nicht einmal zum Schein, werde ich dem Blutgott huldigen, in dessen Namen meine Schwestern ermordet wurden«, sagte sie mit bebender Stimme. »Es tut mir leid, Suara, aber ich kann nicht bleiben. Nicht hier, nicht in diesem Tempel des Todes, dessen Steine auf Blut erbaut wurden. Entscheide du für dich. Ich werde zu meinem Djakûn zurückkehren.«

»Und was ist mit dir?«, richtete Suara das Wort an Oxana.

»Ich bleibe«, erklärte Oxana mit fester Stimme. »Auch ich habe Schwestern an die Krieger des Blutgottes verloren, aber ich habe geschworen, sie zu rächen. Das Schicksal hat mich hierhergeführt, und ich bin sicher, dass dies nur einem Zweck dient: damit sich meine Rache endlich erfüllt.«

»Ich danke dir.« Suara nickte ihrer Freundin zu. Oxana sprach aus, was sie bewegte. Auch sie wollte Rache nehmen für den heimtückischen Mord an ihrer Mutter. Wie Oxana sah sie in dem seltsamen Verlauf ihrer Reise eine Fügung des Schicksals. Und wie Oxana glaubte auch sie, den Sinn darin zu erkennen.

»Dann ist es also entschieden«, sagte sie ohne einen Vorwurf in der Stimme. »Terka reitet zurück und kümmert sich um die Djakûns, bis … wir zurückkehren.« Sie reichte ihrer Freundin die Hand und lächelte. »Richte der Felis aus, dass wir alles tun werden, um ihre Schwester zu retten«, sagte sie und fügte mit einem Anflug von Wehmut in der Stimme hinzu: »Und kraul Kerr hin und wieder mal im Nacken. Das liebt er.«

Ajana und Abbas ritten die ganze Nacht hindurch und ohne Rast, bis in den Morgen hinein. Die Pferde waren ausgeruht, gesättigt und voller Tatendrang und schienen es ebenso eilig zu haben wie ihre Reiter, Sand und Hitze endlich hinter sich zu lassen. In der kühlen Luft unter dem Sternenzelt liefen sie ausdauernd und schnell, und als die Sonne am Morgen aufging, hatte Ajana das Gefühl, eine weitaus größere Strecke zurückgelegt zu haben als in den beiden vorangegangenen Nächten zusammen.

Die Landschaft, die sich ringsherum erstreckte, unterschied sich allerdings kaum von dem Bild, das sich ihnen schon seit Tagen bot. Wohin sie auch blickte, gab es nichts weiter zu sehen als roten Sand.

Als die Sonne zum vierten Mal, nachdem sie die Oase verlassen hatten, den Zenit überschritt, schlich sich eine Veränderung in die eintönige Zeit des Wartens, die Abbas und Ajana im Schatten einer Sanddüne verbrachten. Die Pferde spürten es als Erste. Obwohl ermattet von der sengenden Hitze, wurden sie unruhig. Ihr Schnauben und Stampfen weckte zunächst Ajana aus einem leichten Schlummer und wenig später auch Abbas.

»Was ist los?«, fragte er, während er sich aufrichtete.

»Ich weiß es nicht.« Ajana schaute sich um. Alles schien wie immer. Gleißendes Sonnenlicht, blauer Himmel, roter Sand … und doch war etwas anders.

Auf dem Kamm der Düne löste sich eine kleine Sandwolke. »Der Wind hat etwas zugenommen«, stellte sie auf eine Weise fest, die dem Vorfall keine Bedeutung beimaß.

»Der Wind? Emos zornige Kinder!« Blitzartig war Abbas auf den Beinen und rannte die Düne hinauf. Oben angekommen blieb er wie angewurzelt stehen.

»Was ist?«, rief Ajana ihm zu. »Was siehst du?«

Abbas antwortete nicht. Er stand nur da und starrte wie gebannt nach Norden. Ajana beeilte sich, ihm zu folgen. In der Sonne war es unerträglich heiß. Der lose Sand gab unter ihren Füßen immer wieder nach und machte das Fortkommen doppelt schwer, aber sie kämpfte sich weiter voran. Als sie den Rand der Senke erreichte, hielt sie erschrocken inne. Weit im Norden wurde der Horizont von einer gewaltigen roten Wand verdeckt, in deren Inneren der Sand wie ein monströser Bienenschwarm hin und her wogte.

»Was ist das?« Noch während sie die Worte aussprach, wusste Ajana, dass die Frage überflüssig war. Sie hatte so etwas schon einmal gesehen. Als sie mit Inahwen, Keelin, Abbas und Bayard auf dem Weg zu den Orma-Hereth war, hatte sich ihr ein ähnliches Bild geboten: Es war ein Sandsturm!

Damals war er keines natürlichen Ursprungs gewesen, doch dieser schien nicht minder bedrohlich als das tosende Monstrum, das Vhara geschaffen hatte, um sie zu vernichten.

»Er kommt auf uns zu.« Abbas' Stimme klang besonnen, aber sein Gesicht war von großer Sorge gezeichnet.

»Wie viel Zeit bleibt uns noch?«, wollte Ajana wissen.

»Schwer zu sagen.« Abbas ließ den Sandsturm nicht aus den Augen. »Er zieht sehr schnell.«

»Worauf warten wir dann noch?« Ajana löste sich von dem Furcht einflößenden Anblick und hastete den Abhang hinunter.

»Komm!«, rief sie Abbas zu. »Wir müssen uns wappnen. Schnell!«

Wie sie es von Kruin gelernt hatten, führten sie die Pferde in den Windschatten der Düne, rafften alles Gepäck zusammen und tränkten Tücher mit Wasser, die sie sich vor Mund und Nase banden. Ihre Decken wickelten sie sich zum Schutz gegen den Sand um die Schultern. Sie schafften es gerade noch, hinter den Leibern ihrer Pferde Schutz zu suchen, die sich niedergelegt hatten, da brach der Sturm auch schon mit voller Wucht über sie herein. Von einem Augenblick zum nächsten heulte und pfiff ihnen der Wind wie entfesselt um die Ohren, trieb ihnen Tausende winziger Sandkörner ins Gesicht und fegte alles hinfort, das seinem Wüten nichts entgegenzusetzen hatte.

Es wurde stockfinster – so als hätten die wirbelnden Sandkörner das Licht selbst verschlungen. Für Bruchteile eines Augenblicks war die gleißende Sonne noch als blasse Scheibe hinter dem roten Schleier aus Sand zu erkennen, dann war auch sie verschwunden.

Der heiße Wind saugte Mensch und Tier die letzte Flüssigkeit aus dem Leib und blies den Sand selbst durch die feinsten Nähte ihrer Gewänder. Geduckt kauerten Ajana und Abbas im spärlichen Windschatten der Pferde und beteten darum, dass alles bald ein Ende nähme. Aber die Götter erhörten sie nicht.

Mit entfesselter Urgewalt fegte der Sturm über sie hinweg, umtoste sie und zerrte mit aller Macht an ihnen. Es schien, als sei er fest entschlossen, ihrer Reise hier und jetzt ein Ende zu setzen. Zwei Reiter, verloren und vergessen im ewigen Sand der Nunou.

Die ersten Tage in der Tempelstadt verliefen für Suara und Oxana ruhig und ohne Pflichten. Keiner fragte nach ihnen und keiner verlangte etwas von ihnen. Alle im Tempel fieberten dem großen Ereignis entgegen.

Wie Suara prophezeit hatte, füllten sich die Schlafräume nur zögernd mit Priesterinnen und Novizinnen aus allen Teilen Andauriens. Und tatsächlich gelang es ihnen mühelos, sich durch aufmerksames Beobachten vieles von dem anzueignen, das den Alltag im Tempel bestimmte. Bald konnten sie sich ebenso anmutig zur Begrüßung verneigen wie die Priesterinnen und hatten sich auch den Ablauf der allabendlichen zeremoniellen Reinigung in der Zisterne schnell zu eigen gemacht.

Gemeinsam mit den anderen Frauen nahmen sie die Mahlzeiten im noch spärlich besetzten Speisesaal ein, gingen dann aber unauffällig ihrer eigenen Wege und durchstreiften den Tempelkomplex auf der Suche nach Hinweisen, die ihnen bei der Befreiung der Katzenfrau helfen konnten.

Gleich zu Beginn hatten sie nach dem Kerker Ausschau gehalten, aber schnell feststellen müssen, dass sie diesen nicht betreten konnten. Er befand sich in den Kellergewölben unter dem großen Tempel, den zu betreten Fremden nur auf ausdrücklichen Befehl der Hohepriesterin gestattet war.

Suara ließ sich dadurch jedoch nicht entmutigen. Wie

immer, wenn etwas schwierig oder unlösbar schien, sann sie nach einer Möglichkeit, das Ziel auf andere Weise zu erreichen.

Ein unerschöpflicher Quell für Neuigkeiten, Gerüchte und wertvolle Hinweise war der Markt, der täglich auf einer der großen Freiflächen zwischen den Häusern abgehalten wurde. Mit den vielen neuen Gästen, die die Stadt erreichten, wuchs auch die Zahl der Gerüchte, die sich um das bevorstehende Fest rankten. Besonders das angekündigte Gottesurteil und die Aussicht, eines der mystischen Katzenwesen mit eigenen Augen sehen zu können, sorgten für große Aufregung unter der Bevölkerung.

Eines späten Nachmittags erfuhren Suara und Oxana von einem Händler, dass die Hinrichtung auf der großen Freifläche nahe dem gewaltigen Baum stattfinden sollte, der ihnen schon bei ihrer Ankunft aufgefallen war.

»So ein Gottesurteil ist immer ein besonderes Ereignis«, erklärte ihnen der Händler. »Es wird nur Gefangenen zuteil, deren Tod anderen ein warnendes Beispiel sein soll. Der Ablauf ist immer der gleiche: Der Verurteilte wird in der Mitte des Platzes mit gespreizten Armen und Beinen schwebend in einen Rahmen aus hölzernen Pfosten gebunden. Dabei wird er von einem einzigen Seil gehalten, das über seinem Kopf mit dem Querbalken des Holzgerüsts verbunden ist. Zwanzig Schritte davor steht der Henker, der beste Bogenschütze der Tempelgarde. Auf der anderen Seite, ebenfalls zwanzig Schritte entfernt, steht der Gottesbote mit verbundenen Augen.«

»Ein Gottesbote?« Suara, die dem Händler erzählt hatte, aus einer entlegenen Provinz zu kommen, runzelte die Stirn. »Davon habe ich noch nie gehört.«

»Mir scheint, euer Dorf ist wahrlich abgelegen«, meinte

der Händler und grinste über die offensichtliche Unwissenheit der beiden Priesterinnen. »Nun ja, Gottesurteile sind in den letzten Mondwechseln auch selten worden«, räumte er ein, senkte die Stimme und fügte hinzu. »Seit die neue Hohepriesterin hier das Sagen hat, geht das immer zack-zack.« Er fuhr sich mit dem Finger in eindeutiger Geste über die Kehle.

»Was hat es nun mit diesem Gottesboten auf sich?«, hakte Suara ungeduldig nach.

»Ach ja, der Gottesbote.« Der Händler räusperte sich. »Der ist natürlich auch ein hervorragender Bogenschütze. Aber er stammt aus dem Volk und wird zuvor durch einen Wettkampf ermittelt. Seine Aufgabe ist es, das Seil, das den Verurteilten hält, mit einem einzigen Schuss zu durchtrennen, ehe der Henker das Herz des Opfers mit seinem Pfeil durchbohrt. Wenn ihm das gelingt, erhält er zur Belohnung einen Beutel mit Goldmünzen.«

»Und was geschieht mit dem Verurteilten?«, fragte Suara.

»Der? Der wird von allen Verbrechen freigesprochen und kann gehen. Oder besser gesagt, er könnte gehen.« Der Händler grinste. »Bisher ist nämlich noch niemandem ein solch göttlicher Schuss gelungen. Mit verbundenen Augen haben selbst die besten Bogenschützen des Landes um Längen danebengeschossen, oder, schlimmer noch, sie haben gar selbst den Verurteilten getötet.« Er lachte, als hätte er einen besonders guten Witz erzählt, und fügte hinzu: »Kein Wunder, dass Gottesurteile bei der Bevölkerung sehr beliebt sind, nicht wahr? Um das Schicksal des Verurteilten scheren sich dabei die wenigsten. Aber sie bieten immer noch unterhaltsame Abwechslung und sind zudem eine willkommene Gelegenheit, um bei dem offenen Wettbewerb der Bogenschützen Wetten auf die einzelnen Anwärter abzuschließen.«

»Das scheint mir ein makaberes Schauspiel zu sein«, meinte Oxana später nachdenklich zu Suara, als die beiden über den Markt gingen. »Eine Darbietung für die Massen, dessen blutiger Ausgang nur scheinbar ungewiss ist.«

»Ja, das ist es.« Der Bericht des Händlers hatte Suara nachdenklich gemacht. Nachdem sich ihr erster Plan, die Felis aus dem Kerker zu befreien, als undurchführbar erwiesen hatte, setzte sie ihre größten Hoffnungen darauf, die Katzenfrau vor oder während der Zeremonie aus den Händen der Priesterinnen retten zu können. Ein solches Unterfangen barg jedoch viele Gefahren und wollte gut durchdacht sein.

»Am einfachsten wäre es natürlich, wenn sich eine von uns als Gottesbote anbietet und dieses Seil durchtrennt, an dem die Felis hängt«, überlegte Oxana laut. »Dann könnten wir unbehelligt gehen.«

»Traust du es dir zu, ein Seil auf zwanzig Schritte mit verbundenen Augen zu durchtrennen?«, fragte Suara zweifelnd. »Ohne die Augenbinde wäre ich sofort dabei – aber so?« Sie schüttelte den Kopf und fügte hinzu: »Außerdem, glaubst du wirklich, die Hohepriesterin wird die Felis einfach so gehen lassen wie einen gemeinen Straßenräuber?« Suara schaute ihre Freundin an, beantwortete die Frage aber selbst, ehe diese etwas sagen konnte: »Oh nein. Die Hohepriesterin will nicht nur den Tod der Katzenfrau, sie will einen Mythos zerstören. Die Felis *muss* sterben, und zwar vor den Augen von Tausenden. Nur so kann es der Hohepriesterin gelingen, der Legende über die Unsterblichkeit der Felis und den Mythen, die sich um die Katzenfrauen ranken, endlich ein Ende zu setzen. Glaub mir, diese Hinrichtung ist ein einziges Possenspiel, das mit nichts anderem als dem Tod der Felis enden soll.«

»Du meinst, dieser Gottesbote, von dem der Händler

sprach, ist auch nur ein Scherge der Hohepriesterin?«, fragte Oxana.

»Genau das befürchte ich.« Suara nickte ernst. »Sie werden den Wettkampf natürlich so gestalten, dass es keinem auffällt, aber ich bin überzeugt, dass es bei dieser Hinrichtung zwei Henker geben wird.«

»Dann können wir also gar nichts tun?« Oxana verstummte und trat einen Schritt zur Seite, um einen ärmlich aussehenden Mann vorbeizulassen, der einen Karren mit Geflügelkäfigen vor sich her schob. In den schlichten Körben aus Schilfrohr gackerte und gluckste es. Hinter den Gitterstäben war schwarzes Gefieder mit weißen Punkten zu erkennen.

»Blut und Feuer.« Der charakteristische Ausruf der Priesterinnen kam Oxana inzwischen mühelos über die Lippen. »Das ist wohl schon der zwanzigste Karren mit Sumpfhühnern, den ich heute gesehen habe. Ich möchte wissen, wofür die alle gebraucht werden.«

»Die Stadt füllt sich«, erwiderte Suara achselzuckend. »Von irgendetwas müssen die Menschen ja satt werden.«

»Und das sagt ausgerechnet Ihr!« Ein junger Mann in der schlichten Gewandung eines Bauern blieb stehen und blickte die beiden Amazonen mit unverhohlener Wut an. »Satt werden sollen wir davon, ja?« Er lachte freudlos. »Satt ist ein Wort, das die meisten Menschen in Andaurien kaum noch kennen. Sie leiden, sie hungern, sie sterben, nur damit zu Ehren des einen Gottes genug Blut fließen kann.« Er spie verächtlich auf den Boden. »Was seid Ihr doch für ein verlogenes Pack«, stieß er hasserfüllt hervor. »Spaziert hier herum und spielt die Unwissenden, dabei seid Ihr es, die für das Elend verantwortlich seid.«

»Lass es gut sein, Kaloc!« Ein anderer Mann kam herbeigeeilt und legte seinem Freund beschwichtigend die Hand auf den Arm.

»Was ist nur in dich gefahren?«, zischte er ihm zu. »Du bringst uns noch alle in Gefahr.«

»Lass mich los!« Unwirsch befreite sich Kaloc aus dem Griff des Hinzugeeilten. Dabei verrutschte der Ärmel seines Gewandes und gab für einige Herzschläge den Blick auf das Abbild eines Schwertes frei, das auf seinem Oberarm eintätowiert war. Er bemerkte es und zog den Stoff hastig zurück, aber Suara hatte es bereits gesehen.

»Sei vernünftig, Kaloc.« Sein Freund fasste ihn erneut am Arm, und diesmal wehrte er sich nicht: »Er meint es nicht so, Ehrwürdige«, entschuldigte er sich bei Suara und Oxana. »Er ist zum ersten Mal hier. Verzeiht, wenn er Euch mit seinem Gerede belästigt hat.« Er verneigte sich kurz, legte den Arm um die Schultern seines Kameraden und führte ihn fort.

»Wenn ich bisher noch an der Überzeugungskraft unserer Verkleidung gezweifelt habe, jetzt nicht mehr.« Suara sah den beiden Männern nach. »Aber mir scheint, es gibt hier nicht nur Gäste, die dem nahenden Fest gewogen sind.«

»Einen Gast«, wandte Oxana ein.

»Da wäre ich mir nicht so sicher.« Suara fuhr sich mit der Hand nachdenklich über das Kinn. »Du bringst uns alle in Gefahr«, hatte der Mann gesagt – ein Satz, der sie aufhorchen ließ. Die Nuur wussten sehr wohl, dass die Bevölkerung Andauriens unter der Herrschaft des einzigen Gottes und seinen Priesterinnen litt. Bisher hatte jedoch niemand außer ihnen es gewagt, sich dagegen aufzulehnen. Wirklich niemand? Suara runzelte die Stirn. Der junge Mann hatte ihr in seinem Zorn mehr verraten, als ihm vielleicht lieb war, und sie auf einen Gedanken gebracht. Fortan würden sie den Menschen in der Stadt sehr viel mehr Aufmerksamkeit schenken und darauf achten, ob sich ihr Verdacht bestätigte.

Die Zeit verstrich, aber der Sandsturm schwächte sich nicht ab. Ajana spürte, dass ihr Mundschutz beängstigend schnell trocknete. Sand und Staub fanden in großen Mengen den Weg durch das Gewebe. Immer öfter musste sie husten, was zur Folge hatte, dass sie nur noch mehr der feinen Körner einatmete.

Das Atmen fiel ihr immer schwerer, und sie erinnerte sich an etwas, das Kruin einmal zu ihr gesagt hatte: »*In einem schweren Sandsturm kann man sehr schnell ersticken, wenn man sich kein feuchtes Tuch vor Mund und Nase hält.*« Der Gedanke und die mangelnde Luft schürten Panik in ihr.

Auch ihr Pferd quälte sich. Anders als die Talpungas, die hervorragend an das Leben in der Wüste angepasst waren, konnten Pferde ihre Nüstern nicht gegen Sand und Staub schützen. Die Schimmelstute hatte Angst und wurde immer unruhiger. Wieder und wieder versuchte sie aufzustehen, und Ajana musste ihre ganze verbliebene Kraft aufwenden, um zu verhindern, dass sie blindlings davonlief. Sie begann, die Wüste zu hassen, und ärgerte sich, dass sie sich überhaupt auf dieses Abenteuer eingelassen hatte.

Keelin hatte ihr im Winter die Geschichte der Flucht nach Nymath erzählt. Hunderte waren damals umgekommen. Sie hätte wissen müssen, dass der Ritt durch die Nunou kein Spaziergang werden würde. Zumindest hätte sie die Reise besser vorbereiten sollen. Stattdessen aber hatte sie sich ganz auf ihr Glück, auf Aszas ermunternde Worte und die Macht der Runen verlassen, um …

Die Macht der Runen!

Ajanas Herz schlug heftig. Warum ist mir das nicht schon viel früher eingefallen?, dachte sie. Wenn es mir in Sanforan gelungen ist, Keelin trocken durch den Regen zu führen, dann müsste es mir auch möglich sein, den Sandsturm von uns fernzuhalten.

Sie war sehr überrascht gewesen, als sie zu Beginn des Winters bemerkt hatte, dass das Lied noch immer in ihr war. Gaelithil selbst hatte ihr gesagt, dass sie es nur einmal würde singen können: »Das Lied kann nur ein einziges Mal erklingen«, hatte die Elbenpriesterin in der Höhle der Seelensteine zu ihr gesagt. »Die Worte haben keinen Bestand in deiner Erinnerung. Einmal ausgesprochen sind sie für immer verloren.«

Aber sie waren nicht verloren. Nicht mehr.

Nachdem Ajana die Nebel gewoben hatte, hatte sie sich nicht mehr an das Lied erinnern können, doch mit der Zerstörung der Nebel war es zu ihr zurückgekehrt. Offenbar konnte die Magie des Amuletts nicht zerstört werden. Das Lied würde überdauern, solange das Amulett existierte. Wie es ihm bestimmt war, kehrte es immer wieder zu der Nebelsängerin zurück, der die Macht innewohnte, die Nebel neu entstehen zu lassen. Und so war es auch zu ihr zurückgekommen.

Unter Inahwens kundiger Anleitung war es ihr gelungen, Teile des Liedes zu verwenden, um sich und andere zu schützen, ohne dass das Lied selbst dabei verloren ging. Die Macht der Runen ruhte in ihr und war längst zu einem Bestandteil ihres Selbst geworden, dessen sie sich beliebig bedienen konnte. Sie war immer da, auch hier und jetzt, und Ajana war entschlossen, sie zu nutzen.

Hustend und keuchend, tastete sie unter der Decke nach

dem Amulett, das sie wie selbstverständlich um den Hals trug. Warm und vertraut lag es in ihrer Hand. Der wirbelnde Sand nahm ihr die Sicht, aber sie konnte die Schriftzeichen sicher mit den Fingern ertasten. Mühelos fand ihr Finger den Weg zur ersten Rune. Kaum dass sie diese berührte, entflammte auch schon das vertraute Licht in ihrem Innern, das die Magie einleitete. Es schwoll an und wurde rasch zu einem hellen Schein, während sich die Melodie Gaelithils wie von selbst in ihren Gedanken formte. Aus den Tönen wurden Wörter der uralten Sprache, die Ajana nie selbst gesprochen hatte und die sie dennoch so mühelos verstand, als wäre es ihre eigene. Die Melodie wurde lauter, die Magie fordernder. Ajana fühlte die Macht, die darin verborgen lag. Sie ließ sich von den Klängen tragen, öffnete die Lippen einen winzigen Spalt und sang leise: *»Laston i thross i ngelaidh. Olthon o mellon ne mith …«*

Das Lied entströmte ihr wie von selbst und erschuf vor ihren Augen erneut das Bild des uralten Waldes. Als sie den Wald am Arnad das erste Mal in der Vision gesehen hatte, hatte sie sich gefürchtet. Inzwischen hatte sie jedoch gelernt, den Flug über das dichte Grün und den jähen Absturz bis hinunter zu den Wurzeln der Bäume als ein Teil der Magie anzunehmen. So ließ sie sich auch jetzt von der Melodie führen und spürte, wie die Worte in ihr an Macht gewannen.

Ein heftiger Husten drohte das hehre Gefühl zu zerstören, aber sie riss sich zusammen, während ihre suchenden Finger die zweite Rune ertasteten …

… Die Zeit verschwand in einem Sturm von Empfindungen, der als heißer Wind aus einer bodenlosen Schwärze zu kommen schien und alles hinwegfegte, das ihr den Weg zur Vollendung der Magie erschwerte. Sie wurde eins mit den Elementen und mit der Magie, die in ihr loderte. Eine wohlige Wärme hüllte sie ein, schützend und stärkend, während ihr menschliches Ich zurückwich und ihr uraltes Erbe sich entfaltete.

Sie war bereit.

Ajana spürte, dass ihr Finger zur dritten Rune gleiten wollte, aber sie war auf der Hut. Sicher führte sie ihn über die beiden nächsten Runen hinweg zur fünften Rune, während ihre Lippen bereits die fünfte Strophe des Liedes formten: »*I ven ereb dhartha. Ar istam i, ell randir …*«

Die Macht war nun Bestandteil ihrer selbst. Was immer ihr Ziel war, sie würde es vollbringen. Sie war stark und erfüllt von innerer Harmonie. Voller Zuversicht und Selbstvertrauen berührte sie die sechste und letzte Rune.

Da war es wieder, das Feuer der Macht. Ajana breitete die Arme aus und umfing die Flammen wie einen Freund. Ihre Wildheit war ein Spiegel ihrer Seele, und sie spürte, dass sie kurz davorstand, sich ganz darin zu verlieren. Der Rausch der Magie hatte sie erneut gepackt. Umgeben von einer Welt aus Feuer und Schatten, in der Wahrheiten und Gefühle keinen Bestand mehr hatten, in der die Vergangenheit so nah und die Gegenwart unendlich fern erschien, gab sie sich ganz der Magie hin, ließ sich treiben und erschuf mithilfe der uralten Mächte jenen Zauber, der sie so lange vor den tosenden Naturgewalten schützen würde, bis der Sturm vorübergezogen war.

Das Lied verklang mit einem letzten Ton und mit ihm verblassten auch die Visionen. Sie war frei.

Von einem Hustenanfall geschüttelt, stützte sie sich mit den Händen auf den Boden und schloss erschöpft die Augen, während der Sand ihre Kehle peinigte und der Nachhall der Magie noch als leichtes Kribbeln in ihr pulsierte.

»Was ist geschehen?« Abbas kam auf allen vieren zu ihr.

Auch er hustete. Wie gebannt blickte er auf den Sandsturm, der um sie herum mit unverminderter Heftigkeit tobte, während die Pferde und sie selbst wie unter einer unsichtbaren Zeltplane in Sicherheit waren.

»Ist das Euer Werk?«, fragte er keuchend.

Ajana nickte stumm. Ihr Mund war voller Sand, die Kehle fühlte sich an wie ein Reibeisen und ihre Lunge schmerzte vom ständigen Husten. Aber die Antwort stellte Abbas zufrieden.

»Das … das ist unglaublich«, sagte er staunend. Wie ein Kind, das sich einem kleinen Wunder gegenübersieht, streckte er die Hand aus, um den unsichtbaren Schild zu berühren, der den Sturm fernhielt, traf aber auf keinen Widerstand. Nur ein paar winzige violette Blitze züngelten um seine Finger, als diese durch den magischen Schutzwall glitten und in den Sturm hinaustasteten.

»Unfassbar.« Ruckartig zog er die Hand zurück und betrachtete den Sand, den der Sturm in seiner Handfläche zurückgelassen hatte. »Wie habt Ihr das gemacht?«

»Es ist die Magie der Runen.« Noch immer um Atem ringend, streifte sich Ajana die versandete Decke von den Schultern. »Algiz ist eine mächtige Schutzrune. Es tut mir leid, dass ich nicht früher darauf gekommen bin.«

»Macht Euch deshalb keine Vorwürfe.« Abbas konnte den Blick nicht von dem faszinierenden Schauspiel abwenden, das der wirbelnde Sand ringsumher bot. »Wir haben Schutz, das allein zählt.« Er hockte sich neben Ajana und fragte: »Wie lange wird das halten?«

»So lange, wie der Sturm tobt«, erwiderte Ajana. »Ich habe die Magie an die Kraft des Windes gebunden. Lässt er deutlich nach, wird auch dieser Schutz verschwinden.« Sie bemerkte, dass Abbas nachdenklich die Stirn runzelte, und fügte schnell hinzu: »Natürlich steht es uns frei, jederzeit zu gehen. Du hast selbst gesehen, dass du die Wand mit der Hand mühelos durchdringen kannst.«

»Dann ist es gut.« Abbas schien beruhigt und klopfte sich den Sand von der Kleidung.

Ajana tat es ihm gleich. Obwohl sie sich die Decke um die Schultern geschlungen hatte, war ihr der Sand bis auf die Haut vorgedrungen. Überall kratzte und scheuerte es, und sie sah sich gezwungen, sich einiger entbehrlicher Kleidungsstücke zu entledigen, um die lästigen Körner loszuwerden. Dabei fiel ihr Blick wie zufällig auf das Amulett, das unter den locker geschnürten Lederbändern ihrer Bluse gut zu erkennen war.

Es hatte sich verändert. Ajana stutzte. Vorsichtig holte sie es unter der Bluse hervor, um es genauer zu betrachten. Der Mondstein in der Mitte des Schmuckstücks war nicht mehr weiß, er schimmerte rötlich.

Was mochte das bedeuten? Im ersten Augenblick dachte Ajana, die Veränderung sei eine Folge der Magie, doch dann besann sie sich darauf, dass sie den Zauber zuvor schon zweimal angewendet hatte, ohne dass sich der Stein verändert hatte.

Was also war die Ursache für die rötliche Färbung? Was konnte dies bedeuten? Fieberhaft suchte Ajana nach einer Erklärung.

Neugierig, was es mit dem seltsamen Leuchten auf sich hatte, hielt sie das Amulett in das schattige Dunkel unter der wollenen Decke – und plötzlich kannte sie die Antwort.

Dem Stein entströmte ein dünner roter Lichtstrahl, der geradewegs nach Süden wies, ganz gleich in welche Richtung sie das Amulett drehte und wendete. Er sah genauso aus wie der, den sie schon einmal an dem Amulett bemerkt hatte, damals als sie in den Höhlen unter dem Pandarasgebirge den

Mondstein angerufen hatte, um nach Vhara zu suchen, die zu jenem Zeitpunkt im Besitz des gestohlenen Elbenstabs gewesen war.

Das konnte nur eines bedeuten: Sie wurden verfolgt!

Das Licht wich der Dämmerung. Der Regen ließ nach und es wurde kühler. Die geschäftigen Geräusche rings um die Hütte wurden leiser und kündeten davon, dass sich der Tag dem Ende zuneigte.

Wohl schon zum hundertsten Mal schreckte Miya aus einem ungewollten Schlummer auf. Sie war in großer Sorge um Yenu und wagte es nicht, sich einem erholsamen und tiefen Schlaf hinzugeben. Doch ihr Körper forderte das Recht auf Ruhe nun immer nachdrücklicher ein.

Hastig richtete sie sich auf und blickte zu ihrer Freundin hinüber, weil sie fürchtete, dass sich ihr Zustand wieder verschlechtert haben könnte. Aber Yenu schlief tief und fest. Bleich und kraftlos ruhte sie auf ihrem Lager. Sie lebte, aber sie rührte sich nicht.

Miya hielt den Atem an und lauschte. Draußen war es still geworden. Außer dem sanften Platschen der Wassertropfen, die vom Dach der Hütte auf den feuchten Boden fielen, war nichts zu hören. Alles schien friedlich.

Ein klackendes Geräusch am Eingang der Hütte ließ Miya jäh zusammenfahren. Kamen die Kwannen schon, sie zu holen?

Gehetzt wanderte ihr Blick dorthin, aber die Schatten blieben undurchdringlich.

Wie viel Zeit bleibt uns noch?

Miyas Herz raste vor Furcht. Viermal war die Sonne aufgegangen, seit sie das Gespräch der beiden Kwannen heimlich mitangehört hatte, und sie fragte sich, wie lange man sie noch in dem Glauben der Gastfreundschaft lassen würde. Die beiden Mädchen, die sie täglich besuchten, schienen nichts von dem zu ahnen, was die Krieger planten. Sie waren wie immer sehr höflich und, nachdem sie ihre anfängliche Scheu abgelegt hatten, auch sehr neugierig.

Der Heiler hingegen gab sich wortkarg und vermied es, sie anzusehen, während er Yenus Wunden versorgte. Wäre Miya unwissend gewesen, wäre sie ihm für die Fürsorge unendlich dankbar gewesen. So aber wusste sie, dass er es nur tat, um die Frauen seines Dorfes vor dem Unvermeidlichen zu bewahren, und dafür hasste sie ihn.

Oft schon hatte sie erwogen, sich einfach davonzuschleichen. Die Gelegenheit war günstig. Die Kwannen schienen davon überzeugt, dass sie nicht ohne Yenu gehen würde, und hatten noch keine Wache vor der Hütte des Heilers postiert. Vermutlich wollten sie den Anschein, dass die beiden Hedero ihre Gäste waren, bis zum letzten Augenblick aufrechterhalten, damit Miya keinen Verdacht schöpfte.

Doch dafür war es längst zu spät. Miya spürte das Verrinnen der Zeit und damit der Möglichkeiten zur Flucht wie einen Kettenpanzer, der auf ihr lastete und mit jedem neuen Morgen schwerer wurde. Einmal war sie des Nachts sogar schon aus der Hütte geschlichen, entschlossen, die Flucht allein zu wagen. Bis zu ihrem Ziel, einem abgeschiedenen Flecken Dschungel am Rande der Wüste, war es noch weit. Drei Tagesmärsche oder mehr waren nötig, um endlich auf jene zu treffen, von denen sie hinter vorgehaltener Hand schon viel gehört, die sie aber noch nie mit eigenen Augen gesehen hatte – die Streiter Callugars.

Miya spürte, wie ihr Herz beim Gedanken an jene, die sich dem alten Glauben verschrieben hatten, höherschlug. Was sie Yenu als Grund für ihre Flucht genannt hatte, war wohl richtig, aber dennoch nur ein Vorwand gewesen. Die wahren Gründe lagen ganz woanders. Schon als Kind, nach dem Tod ihrer Mutter, hatte Miya damit angefangen, heimlich zu den alten Göttern zu beten. Einige Winter später hatte sie auf einem Markt eine junge Frau getroffen, die ihre Liebe zu den alten Göttern geteilt und ihr von den Streitern Callugars erzählt hatte. Sie selbst, so hatte sie Miya damals anvertraut, sei auf dem Weg dorthin, um sich den Rebellen, wie die Priesterinnen die Andersgläubigen nannten, anzuschließen.

Von diesem Tag an war es Miyas erklärtes Ziel gewesen, es der Frau gleichzutun. Ihr ganzes Sehnen wurde bestimmt von dem Wunsch, alles hinter sich zu lassen und sich jenen anzuschließen, die ihren Glauben an die alten Götter teilten. Götter, denen Gnade und Barmherzigkeit nicht fremd waren und die ihre Macht aus Gebeten und nicht aus dem Blut der Gläubigen schöpften. Sie hatte jedoch nie den Mut dazu gefunden. Yenus Gefangennahme und deren drohende Hinrichtung waren ihr wie ein Zeichen erschienen, endlich das zu tun, was sie schon so lange geplant hatte, und schließlich hatte sie gehandelt.

Gemeinsam mit Yenu war sie ihrem Ziel schon ein großes Stück nähergekommen, hatte aber gleichzeitig das Gefühl, noch nie so weit davon entfernt gewesen zu sein. Sie glaubte, die Verantwortung für Yenu zu tragen, und brachte es nicht übers Herz, sie im Stich zu lassen. So hatte sie die Zeit lediglich dazu genutzt, die Umgebung der Hütte zu erkunden, und war wieder an das Krankenlager ihrer Freundin zurückgekehrt.

Den Gedanken an eine Flucht hatte sie indes nicht aufgegeben.

Während sie sich den Kwannen gegenüber arglos gab, schmiedete sie im Stillen bereits neue Fluchtpläne.

Yenus Zustand hatte sich ein wenig gebessert. Sie fieberte nicht mehr, wirkte ruhig und entspannt, und obwohl ihr geschwächter Körper sie nicht gänzlich aus den Fängen der Ohnmacht entließ, nahm sie doch wieder Flüssigkeit zu sich.

»Emos zornige Kinder! Warum wachst du denn nicht auf?« Seufzend strich Miya über Yenus bloßen Unterarm und umfasste wie schon so oft ihre kraftlose Hand. »Wir sind in großer Gefahr, hörst du? Wenn du nicht bald aufwachst, können wir nicht mehr fliehen, dann werden sie uns als Blutopfer zum Tempel bringen und uns …« Miya verstummte und starrte auf Yenus Hand, deren Finger sich fast unmerklich bewegten.

»Yenu!«, entfuhr es ihr. »Yenu. Kannst du mich verstehen?«

Wieder bewegten sich die Finger eine Winzigkeit.

»Emo sei gepriesen.« Miya spürte, wie ihr die Tränen kamen. »Und ich fürchtete schon, dich zu verlieren.« Sie presste die Hand der Freundin an ihre Wange und murmelte: »Jetzt wird alles gut. Wir werden es ihnen zeigen, du und ich. Wir Hedero sind kein Schlachtvieh, das sich duldsam zum Tempel führen lässt. Sobald du kräftig genug bist, werden wir fliehen.«

Im Wüten des Sandsturms verlor Ajana jedes Zeitgefühl.

Minuten wurden zu Stunden, die vom Wind hinweggefegt wurden, ohne Spuren zu hinterlassen, während sie unter dem magischen Schild ausharrte und darauf wartete, dass das Toben ein Ende fand.

Als die Nacht hereinbrach und die Luft merklich abkühlte, wurde der Wind endlich schwächer und erstarb schließlich mit feinen Staubwolken, die er in seinen letzten Atemzügen vom Boden aufwirbelte.

Ajana und Abbas erhoben sich mit steifen Gliedern, gönnten sich ein paar Schlucke kostbaren Wassers und ließen die Pferde saufen. Nachdem sie die Tiere und ihre Kleidung, die Decken und die Proviantbeutel notdürftig vom Sand befreit hatten, saßen sie wieder auf und setzten den Ritt in nördlicher Richtung fort.

Sie waren noch nicht lange unterwegs, als Ajana das Amulett verstohlen unter ihrem Gewand hervorholte. Der Lichtstrahl, der dem Mondstein entströmte, war eine Spur kräftiger geworden, ein untrügliches Zeichen dafür, dass ihnen die Verfolger näher gekommen waren. Ihr war klar, dass sie sie nicht würden abschütteln können. Und so blieb ihr nichts anderes übrig, als zu versuchen, den Abstand zu halten und zu hoffen, dass man sie nicht einholte, ehe sie ihr Ziel erreichte.

Ajana ließ das Amulett wieder unter ihr Gewand gleiten und schnalzte mit der Zunge, um ihre Stute zu einer schnelleren Gangart anzutreiben. Im Trab schloss sie zu Abbas auf, der ihr ein Stück voraus war, ritt an ihm vorbei und forderte ihn durch eine Geste auf, ihr zu folgen. Kurz darauf hatte er sie eingeholt und lenkte den Braunen neben ihre Stute.

»Was ist los?«, fragte er. »Warum reitet Ihr so schnell?«

»Weil ich in Andaurien ankommen möchte, ehe ich verdurstet bin«, erwiderte Ajana ausweichend. »Ich kann diesen Sand nicht mehr sehen. Je schneller wir die Wüste hinter uns haben, desto besser.«

»Aber das Wasser!« Abbas schien mit der schnellen Gangart gar nicht einverstanden zu sein. »Die Tiere müssen viel mehr trinken, wenn wir in diesem Tempo weiterreiten, und wir wissen nicht, wie weit es noch ist.«

»Wir sind schon so lange unterwegs, es kann nicht mehr weit sein.« Ajana war nicht bereit einzulenken.

»Bedenke, dass du ins Herz des Feindeslandes reiten musst. Ein einzelner Reiter vermag sich dort geschickt zu verbergen, doch eine Eskorte …«, hatte Asza sie ermahnt. *»Auch wenn es dir sicherer erscheinen mag, in Begleitung zu reiten, so wäre es doch ein großer Fehler. Die Anhänger des dunklen Gottes würden euch aufspüren und töten, ehe ihr auch nur in die Nähe der Artasensümpfe kämt.«*

Um ihren Worten Nachdruck zu verleihen, ließ Ajana ihre Stute ein Stück weit galoppieren und Abbas hinter sich zurückfallen. Sie musste Andaurien erreichen, ehe die anderen sie einholten. Zu viel stand auf dem Spiel. Sie durfte nicht riskieren, dass ihr Plan so kurz vor dem Ziel scheiterte.

Halb verärgert, halb verwundert blickte Abbas Ajana nach.

Was war nur in sie gefahren?

Zu Beginn ihrer Reise war er davon überzeugt gewesen, dass sie ihren Plan aufgeben würde, sobald sie die ersten Härten und Entbehrungen in der Wüste erdulden müsste, denn er hatte vermutet, dass ein Streit mit Keelin, eine große Enttäuschung oder ein schmerzlicher Kummer hinter ihrem absonderlichen Verhalten steckte.

Aber er hatte sich getäuscht.

Je länger die Reise andauerte, desto mehr wurde ihm bewusst, dass sie ein festes Ziel verfolgte. Und wie so viele, die nur ein Ziel vor Augen hatten, schien auch sie die Vernunft diesem Wunsch geopfert zu haben.

Abbas schüttelte den Kopf, seufzte und ließ sein Pferd angaloppieren. Ganz gleich wie sie sich aufführte: Er fühlte sich für sie verantwortlich und war entschlossen, nicht von ihrer Seite zu weichen, bis sie ihr Ziel erreicht hatte.

Die Tür des großen Audienzsaals im Tempel des einzigen Gottes schwang auf. Der Luftzug ließ die Flammen der Öllampen flackern und trug den lieblichen Duft von Wasseraralien in den mit Webteppichen und Wandbehängen prachtvoll ausgestatteten Raum.

Die zehn Männer in schwarzen Kaftanen, die gerade noch beisammengestanden und sich leise unterhalten hatten, wandten sich um und verneigten sich ehrerbietig.

»Ich freue mich, dass ihr meinem Ruf so schnell gefolgt seid.« Vharas Gewand bauschte sich, als sie den Raum betrat und auf ihre Gäste zueilte.

»Man sagte uns, es sei dringend.« Einer der Männer trat vor. Sein Gesicht unter dem kunstvoll gewickelten schwarzen Turban wurde in der Tradition der Ajabani zur Hälfte von einem gleichfarbigen Tuch verdeckt, das nur die Augen freiließ. Noch einmal deutete er durch ein Kopfnicken eine leichte Verbeugung an und sagte: »Die Caudillos der Ajabani erwarten Eure Befehle.«

Ein zufriedenes Lächeln umspielte Vharas Lippen. Sie antwortete jedoch nicht sofort, sondern nahm sich die Zeit, den Blick über die Gesichter der Umstehenden schweifen zu lassen. Ajabani waren skrupellos und ehrgeizig. Männer, die ohne zu fragen töteten. Männer ganz nach ihrem Geschmack. Eine Handvoll dienten ihr bereits als persönliche Leibwächter, doch jene, die sich hier versammelt hatten, waren allesamt Anführer unabhängiger und oft auch rivalisierender Gruppen.

Ajabani bedeutete so viel wie »lautloser Tod«, ein Name, den die Angehörigen der Zunft seit vielen hundert Wintern voller Stolz trugen und der wie kein anderer auf ihre besonderen Dienste zutraf. Sie waren die Ersten, die sich dem einzigen Gott nach der großen Schlacht angeschlossen hatten, und gehörten auch heute noch zu seinen treuesten Anhängern.

»Wie ihr sicher wisst, steht das große Opferfest zu Ehren des Einen unmittelbar bevor«, hob Vhara schließlich an, während sie hoheitsvoll vor den Anführern auf und ab schritt. »Es steht jedoch zu befürchten, dass ein Teil der Bevölkerung diesmal nicht dem alljährlichen Ritus folgen wird. Wie ich hörte, kam es schon bei den vergangenen Festen immer wieder zu Ausschreitungen und Unruhen, die vor allem den Streitern Callugars zugeschrieben werden. Ich fürchte, dass sie das Fest auch diesmal wieder zum Anlass nehmen werden, um Unruhe zu stiften, indem sie das Wort zu Ehren der alten Götter erheben oder versuchen, die Gefangenen zu befreien, deren Blut dem einzigen Gott dargebracht werden soll.« Vhara blieb abrupt stehen und richtete den Blick auf den Sprecher der Ajabani. »Einen solchen Frevel wird es unter meiner Führung nicht geben«, sagte sie mit Nachdruck, blickte den Caudillos nacheinander scharf in die Augen und fuhr fort: »Deshalb habe ich Maßnahmen ergriffen, mögliche Ausschreitungen zu verhindern. Die Tempelgarde kontrolliert sämtliche Händler und Reisenden, die in die Tempelstadt wollen. Aber das ist mir nicht genug. Die Artasensümpfe sind groß und bieten jenen, die Übles im Sinn haben, ausreichend Möglichkeiten, die Stadt abseits der Hauptwege zu erreichen.

Außerdem haben wir diesmal noch ein anderes Problem: die Katzenfrau!

Ihre Hinrichtung soll nicht nur ein Zeichen setzen und den Menschen zeigen, dass auch die mystischen Felis sterblich sind. Ich hege die Hoffnung, damit die anderen Katzenwesen endlich aus ihren Schlupflöchern in den Sümpfen hervorzulocken.

Eure Aufgabe wird es sein, sie unschädlich zu machen, um dem Mythos ein für alle Mal ein Ende zu bereiten.«

»Mit Verlaub, das ist ein hervorragender Plan, aber auch ein großes Wagnis«, wandte der Sprecher der Caudillos ein.

»Höre ich Furcht in deiner Stimme?« Vhara maß den Ajabani mit strengem Blick.

Doch dieser ließ sich nicht einschüchtern. »Nicht Furcht, sondern Besonnenheit«, erwiderte er, ohne den Blick zu senken. »Ihr kennt die Legenden, die sich um die Felis ranken. Sie gelten als unbesiegbar. Sie hier in eine Falle zu locken, ist wahrlich ein guter Plan.« Sein Gesicht zeigte keine Regung, doch der Unmut in seiner Stimme war nicht zu überhören, als er hinzufügte: »Aber es ist gefährlich. Es wäre besser gewesen, wenn Ihr Euch zuvor mit uns beraten hättet, statt diese Entscheidung allein und ohne …«

»Ich berate mich nicht. Ich entscheide!«, herrschte Vhara ihn an. »Ihr habt dem einzigen Gott und damit auch mir als Seiner Hohepriesterin die Treue geschworen, und ich verlange, dass ihr euch meinen Entscheidungen fügt. Ich bin nicht wie meine schwächlichen Vorgängerinnen, die stets gezögert haben. Die Truppen ausschickten, um die Felis aufzuspüren. Truppen, deren bleiche Knochen jetzt in den Sümpfen vor sich hin modern.« Sie gab einen verächtlichen Laut von sich. »Unter meiner Regentschaft wird es kein sinnloses Geplänkel geben. Das Schicksal hat mir eine Felis in die

Hände gespielt, und ich werde nicht zögern, diese einmalige Gelegenheit zu nutzen, um der Legende ein für alle Mal den Garaus zu machen. Ich habe dafür gesorgt, dass die Kunde der Hinrichtung bis tief in die Sümpfe vordringt, und bin überzeugt, dass die Felis kommen werden, um ihre Schwester zu befreien.« In ihren Augen blitzte es gefährlich. »Sie werden kommen«, wiederholte sie noch einmal und fügte hinzu: »Und wir werden sie vernichten.«

In Bruchteilen von Augenblicken verschwand alle Feindseligkeit aus ihrem Gesicht, und sie fügte schmeichelnd hinzu: »Um das zu erreichen, verlasse ich mich ganz auf meine besten, treuesten und zuverlässigsten Streiter – auf die Ajabani.«

Der Sprecher der Caudillos neigte das Haupt.

»Wie lauten Eure Befehle?«, fragte er.

»Ihr werdet euch mit euren Männern unauffällig, und damit meine ich vor allem unauffällig gekleidet, unter die Menge mischen«, befahl Vhara mit einem kritischen Blick auf die schwarzen Kaftane, die die Männer unverkennbar als Ajabani auswiesen. »Von heute an bis zum Ende des Opferfestes werdet ihr in und um die Tempelstadt herum die Augen und Ohren offen halten und mir regelmäßig Bericht erstatten. Jeden Aufrührer und Anhänger der alten Götter beseitigt ihr sofort, aber ohne Aufsehen zu erregen. Habt ihr das verstanden?«

»Wie Ihr befehlt!« Der Sprecher der Caudillos grinste, als sei dies ein Auftrag ganz nach seinem Geschmack. »Was ist mit den Felis?«

»Eine wohl gezielte Muriva dürfte auch eine Felis überraschen«, erklärte Vhara. »Unter der Folter erwies sich die Katzenfrau als ebenso verwundbar und empfänglich für Schmerz wie ein gewöhnlicher Sterblicher. Dennoch ist Vorsicht geboten. Es heißt, die Katzenfrauen besäßen sieben Leben. Geht also ganz sicher, dass sie auch wirklich tot ist, ehe ihr euch einer Felis nähert. Und achtet auf ihre Augen.«

»Das versteht sich von selbst.« Der Caudillo nickte knapp.

»Gut!« Vhara schenkte den Anführern der Ajabani ein gönnerhaftes Lächeln und sagte: »Ich wusste doch, dass ich mich auf euch verlassen kann. Eure Mühe soll reich belohnt werden. Für jeden getöteten Streiter erhaltet ihr von mir eine Goldmünze, für jede Felis einen ganzen Beutel davon.«

Überraschtes Gemurmel wurde laut. Die unglaubliche Höhe der genannten Summe fegte bei den Ajabani augenblicklich alle Bedenken hinfort. Eilig verabschiedeten sie sich, um den Auftrag mit den Mitgliedern ihrer Kaste zu besprechen.

Vhara lächelte zufrieden.

Neid und Missgunst unter den rivalisierenden Gruppen der Ajabani waren schon immer hilfreich gewesen, den Ehrgeiz der einzelnen Gruppen anzustacheln. Niemand hatte gewagt, es auszusprechen, aber sie hatte es in ihren Gesichtern gelesen: Jeder wollte das Gold für sich.

In ihrer Gier würden sie sich an Eifer gegenseitig überbieten, um einer Felis habhaft zu werden. Besser konnte es gar nicht laufen.

Wenn es Krieger gab, die diese Aufgabe meistern konnten, dann die Ajabani.

»Seht nur! Dahinten!« Beim Anbruch des zweiten Morgens, der auf den Sandsturm folgte, zügelte Abbas sein Pferd auf dem Kamm einer Sanddüne und deutete nach Norden. »Andaurien!« Erleichterung spiegelte sich in seinem Blick, als er sich zu Ajana umwandte, die einige Längen hinter ihm ritt.

»Wir haben es geschafft!«

»Wie kommst du darauf?« Ajana parierte ihre Schimmelstute neben Abbas und reckte sich im Sattel, um besser sehen zu können. »Ich kann nichts erkennen.«

»Da ist eine dunkle Linie am Horizont. Bäume, Sträucher, eine flache Hügelkette ... irgendetwas. Aber eines ganz sicher: das Ende der Wüste.«

»Vielleicht ist es nur eine Luftspiegelung.« Ajana blieb skeptisch. Zu lange waren sie schon geritten, zu sehr hatte der Ritt an ihren Kräften gezehrt, und zu leidenschaftlich sehnte sie das Ende des Ritts herbei. Es war gut möglich, dass die Fantasie Abbas etwas vorgaukelte. »Lass uns noch ein Stück weiterreiten«, schlug sie vor. »Vielleicht kann ich es dann besser erkennen.«

»Ihr werdet sehen, dass ich recht habe«, beharrte Abbas fast trotzig, schnalzte mit der Zunge und ritt, ohne ein weiteres Wort zu verlieren, in die flache Senke hinab.

Ajana zögerte, ihm zu folgen. In der Hoffnung, eine Bestätigung für Abbas' Beobachtung zu finden, spähte sie weiter angestrengt nach Norden. Da hörte sie einen gellenden Schrei.

Abbas?

Ein eisiger Schrecken durchfuhr sie. Sie wandte sich um, aber der Wunand war nirgends zu sehen.

»Abbas?« Ajana rief so laut sie konnte, erhielt aber keine Antwort.

Dann entdeckte sie ihn. Die Gewänder von Staub und Sand bedeckt, hockte er am Fuß der Senke. Von seinem Pferd fehlte jede Spur.

»Abbas?« Besorgt lenkte Ajana ihre Stute den Hang hinab. »Wo ist dein Pferd?«

»Bleib zurück!« Abbas' Stimme bebte. Sein Gesicht hatte alle Farbe verloren. »Komm nicht herunter!«, warnte er. »Hier ist alles voller Treibsand.«

»Treibsand?« Erschrocken parierte Ajana ihre Stute. »Wo?«

»Überall!« Abbas deutete auf den scheinbar flachen Boden der Senke. »Ich … ich dummer Esel habe mein Pferd mitten hineingelenkt. Als ich es bemerkte, war es zu spät. Ich konnte gerade noch abspringen.« Er brach ab und fuhr sich mit den Händen über das Gesicht. »Ich … ich konnte nichts tun«, stammelte er sichtlich erschüttert von dem, was geschehen war. »Ich konnte es nicht halten. Es … es versank binnen weniger Augenblicke.«

»So schnell?« Ajana konnte nicht glauben, was sie da hörte. Abbas hatte eben noch neben ihr gestanden. Wie war das möglich? Sie hatte ihn doch nur kurz aus den Augen gelassen! Ajana schwang sich aus dem Sattel und führte ihre Stute am Zügel zurück auf den Kamm der Düne. Dann lief sie zu Abbas, legte ihm tröstend die Hand auf die Schulter und sagte: »Mach dir keine Vorwürfe. Wir hätten beide tot sein können. Ich bin froh, dass dir nichts passiert ist.«

»Ich hätte es wissen müssen!« Abbas starrte geistesabwesend auf die Treibsandfläche. »Ich hätte es wissen müssen.«

»Unsinn!« Ajana fasste ihn an der Schulter und zwang ihn, sie anzusehen. »Niemand konnte das wissen«, sagte sie bestimmt. »Weiter im Westen, auf dem Weg zu den Orma-Hereth, gibt es einige Treibsandfelder, ja. Aber hier doch nicht. Wie hätten wir also wissen sollen …?«

»Der Sandsturm«, fiel Abbas ihr ins Wort. »Bei einem Sandsturm können sich Mulden mit lockerem Flugsand füllen. Es sieht aus wie fester Untergrund, aber es ist eine tödliche Falle. Wer dort hineingerät, ist rettungslos verloren.«

Er schüttelte den Kopf und murmelte: »Ich hätte es wissen müssen.«

»Vorwürfe bringen uns jetzt auch nicht weiter!« Ajana fasste Abbas am Arm und stand auf. »Dein Pferd ist verloren. Ich bin auch traurig, aber es lässt sich nicht ändern. Wir müssen jetzt an uns denken.« Sie hob die Hand und wischte sich den Schweiß von der Stirn. »Komm mit«, forderte sie Abbas auf. »Hier kannst du nichts mehr tun. Wir müssen uns einen schattigen Platz zum Ausruhen suchen, sonst werden wir geröstet.«

»Besser ein schnelles Ende, als elendig verdursten.« Bitternis und Mutlosigkeit schwangen in Abbas' Worten mit.

»Was soll das heißen?«, fuhr Ajana ihn an. »Willst du etwa aufgeben? So kurz vor dem Ziel?«

»Wir haben nicht nur ein Pferd, sondern auch die Hälfte unserer Wasservorräte verloren.« Abbas drehte sich um und schaute Ajana an. »Wisst Ihr, was das bedeutet?«

»Das bedeutet, dass wir von nun an abwechselnd reiten und mit dem Wasser noch sparsamer sein müssen.« Ajana gab sich kämpferisch. »Wir ziehen weiter, hörst du? Wir geben nicht auf. Nicht nachdem wir so lange durch die Wüste geritten sind, und schon gar nicht so dicht vor dem Ziel. Wir haben Wasser verloren, das stimmt. Aber wir haben auch einen Durstigen weniger zu versorgen.« Sie fasste ihn an der Schulter, sah ihn eindringlich an und sagte: »Es war ein Unfall – hörst du? Du hast dir nichts vorzuwerfen. Und nun komm. Wir sind so weit gekommen und werden auch den Rest des Weges noch schaffen.«

Abbas erwiderte nichts. Schweigend maß er Ajana mit einem langen Blick, der deutlich machte, wie sehr er mit sich rang. Sie spürte, dass ihre eindringlichen Worte etwas in ihm berührt hatten, doch die Schande, versagt zu haben, lastete schwer auf ihm. Er ahnte, dass er damit ihrer beider Leben in Gefahr gebracht hatte, und obwohl sie es mit keinem Wort erwähnt hatte, musste auch ihr bewusst sein, dass sie um die drohende Gefahr wusste.

Für eine Weile sah es so aus, als wolle er ihrer Aufforderung keine Folge leisten. Dann stand er auf. Gemeinsam kletterten sie die Düne hinauf und hielten Ausschau nach einem geeigneten Lagerplatz, wo sie den heißen Tag im Schatten verbringen konnten.

Zwei Nächte, nachdem Yenu aus ihrer tiefen Bewusstlosigkeit erwacht war, konnte sie bereits wieder aufrecht sitzen und feste Nahrung zu sich nehmen. Sie war bleich, ihr Körper ausgemergelt, aber sie wurde zusehends kräftiger.

Während Yenu immer fröhlicher und gesprächiger wurde, wurde Miya immer schweigsamer. Wenn sie mit Yenu redete, gab sie sich unbefangen. Sie wusste, dass die anwesenden Kwannen alles mit anhören konnten, und wollte nicht riskieren, dass sie Verdacht schöpften.

Endlich, am Mittag des zweiten Tages, nachdem Yenu erwacht war, glaubte sie, eine gute Gelegenheit gefunden zu haben. Der Heiler war überstürzt zu einer Frau gerufen worden, die ihr erstes Kind gebar und seine Hilfe brauchte. Ohne dass ihn jemand bei der Wache ablöste – Miya war inzwischen davon überzeugt, dass es sich um eine solche handelte –, verließ er die Hütte.

»Yenu!« Ungeduldig fasste Miya Yenu am Arm, die in einen leichten Schlummer geglitten war, und rüttelte sie wach. »Yenu, wach auf!«

»Was ist los?« Yenu schlug die Augen auf und blickte sich verwirrt um. »Warum weckst du mich?«

»Weil wir in großer Gefahr sind«, raunte Miya ihr zu.

»In Gefahr? Aber …« Yenu verstummte, weil Miya ihr den Finger auf die Lippen legte.

»Schscht!«, mahnte sie mit einem raschen Blick zum Eingang der Hütte und sagte dann: »Hör mir jetzt gut zu und unterbrich mich nicht. Ich weiß nicht, wann der Heiler wiederkommt, und muss dir etwas Wichtiges erzählen.« In kurzen und knappen Sätzen berichtete sie Yenu von dem Gespräch, das sie viele Tage zuvor belauscht hatte.

»Wir … wir sollen als Blutopfer der Kwannen zum großen Opferfest gebracht werden?« Fassungslos starrte Yenu Miya an. »Aber alle hier sind so freundlich.«

»Natürlich sind sie das.« Miya lachte bitter. »Du mästest ein Sumpfhuhn doch auch, ehe du es schlachtest, oder?« Ihre Stimme nahm einen entschlossenen Tonfall an. »Wir müssen hier weg, und zwar schnell. Am besten noch heute. Zu viele Nächte sind schon verstrichen. Sie können uns jederzeit holen kommen.« Sie blickte die Freundin eindringlich an und fragte: »Fühlst du dich schon kräftig genug, um zu laufen?«

»Ja, nein … Ich weiß es nicht.« Yenu machte eine hilflose Geste, blickte Miya mit großen Augen an und flüsterte: »Ich will nicht sterben – nicht so!«

»Keine Sorge, wir werden nicht sterben«, beeilte sich Miya zu versichern. Die Furcht in den Augen ihrer Freundin rührte sie. Einen winzigen Augenblick lang zögerte sie noch, dann entschied sie sich, Yenu die ganze Wahrheit über ihre Flucht zu erzählen, in der Hoffnung, dass diese Aussicht auch ihr Mut machte.

»Ich weiß, dass Freunde in der Nähe sind«, begann sie vorsichtig. »Freunde, die uns helfen werden.«

»Freunde?« Yenu verzog geringschätzig das Gesicht. »Ich meine, mich zu erinnern, dass du Ähnliches auch von den Kwannen behauptet hast.«

»Sie haben dir das Leben gerettet, oder nicht?«, zischte Miya Yenu zu. »Ich konnte doch nicht ahnen, dass sie ausersehen wurden, ein Blutopfer zum Tempel zu bringen. Und nun hör mir zu…« Sie verstummte und lauschte, während in der Ferne der Schrei eines Säuglings ertönte.

»Ich bin nicht allein wegen meines Gefährten geflohen«, erklärte sie mit kurzen und knappen Worten. »Ich wollte schon lange fort. Seit vielen Wintern schon will ich mich den Streitern Callugars anschließen, die den alten Göttern huldigen.«

»Du willst zu den Streitern?« Yenu starrte Miya überrascht an. »Aber wie? …Wo…?«

»Still!« Miya hob mahnend die Hand. »Du hast selbst gesehen, dass ich meine Flucht schon lange vorbereitet hatte«, erklärte sie. »Vielleicht wäre ich nie gegangen, aber dann nahmen sie dich gefangen, und plötzlich wusste ich, warum ich so lange gezögert hatte. Es ist mein Schicksal, dich zu retten. Sei unbesorgt, wir haben den größten Teil des Wegs schon hinter uns. Die Streiter Callugars sollen sich hier irgendwo ganz in der Nähe versteckt halten. Wir müssen nur weiter nach Osten ziehen. Nahe der Wüste, jenseits des Stammesgebietes der Kwannen, werden wir sie – oder besser sie uns – finden.«

»Wie kannst du dir da so sicher sein?« Yenu war noch immer nicht überzeugt.

»Ich habe mich erkundigt.« Miya lächelte. Sie wollte noch etwas hinzufügen, verstummte dann aber und lauschte.

Neben der Hütte waren Schritte zu hören.

»Leg dich wieder hin und tu so, als ob du schläfst«, sagte

sie gehetzt. »Schnell. Der Heiler kommt zurück. Aber halte dich bereit. Heute Nacht sehen wir weiter.«

Kaum hatte Yenu sich hingelegt, wurde der Lichtschein, der durch die Tür ins Innere der Hütte fiel, von einem dunklen Schatten verdeckt. Holz knarrte, als jemand die Hütte betrat und langsam auf sie zukam. Miya wusste sofort, dass es nicht der Heiler war. Wie immer, wenn ein Gast in die Hütte des Heilers kam, richtete sie sich auf, um ihn zur Ruhe zu ermahnen. Da bemerkte sie weitere Bewegungen am Eingang.

Er ist nicht allein. Der Gedanke durchzuckte sie wie ein Blitz. Ihr Mund wurde trocken, ihr Herz raste, und ihre Hände zitterten. An Flucht war nicht zu denken. Die Tür war der einzige Weg hinaus. Sie saßen in der Falle.

Zu spät!, schoss es ihr durch den Kopf. Ich habe zu lange gezögert. Wir sind verloren!

Verloren …

Der Gedanke schnürte ihr die Kehle zu. Wie von selbst glitt ihre Hand zum Gürtel, dorthin, wo die Hederofrauen ihr Feuersteinmesser trugen. Aber die lederne Scheide war leer. Schon bei der Ankunft im Dorf der Kwannen hatte man ihr alle Waffen abgenommen. Sie hatte sich nicht dagegen gewehrt und nicht einmal versucht, das Messer zu behalten. Ein Fehler, den sie nun bitter bereute.

»Schafft sie zu den Wagen!«

Noch ehe Miya aufspringen konnte, griffen Hände nach ihr und hielten sie fest. Aufkreischend schlug sie um sich und wand sich wie ein gefangenes Tier, aber sie hatte den kräftigen Männern nichts entgegenzusetzen. Sie hörte Yenu wimmern, als die Männer auch sie ergriffen, und wusste, dass ihre Gegenwehr vergebens war. Niemand würde kommen, ihnen zu helfen. Sie waren allein.

Die Männer zerrten sie ins Freie, hin zu einem Käfig aus

Schilfrohr, der auf einem Karren bereitstand. Mit aller Macht stemmte Miya die Füße gegen den Boden, biss, kratzte und trat, bis ihr ein dumpfer Schlag auf den Hinterkopf die Besinnung raubte. Die Streben des Käfigs verschwammen vor ihren Augen, die aufgebrachten Rufe der Männer klangen seltsam verzerrt und weit entfernt, Schatten griffen nach ihr und hüllten sie ein – und dann spürte sie nichts mehr.

Am Abend des zweiten Tages nach dem Zwischenfall auf dem Marktplatz wurden Suara, Oxana und die anderen Priesterinnen in den großen Speisesaal ihrer Unterkunft gerufen. Die Hohepriesterin Vhara wollte dort persönlich zu ihnen sprechen. Obwohl bisher noch niemand Verdacht geschöpft hatte, wählten die beiden nur einen Platz am Boden im hinteren Teil des Raums. Beide fühlten sich unsicher, vertrauten jedoch darauf, in der Masse der Priesterinnen nicht aufzufallen.

»Ich hätte nicht gedacht, dass so viele ihrem Ruf gefolgt sind«, raunte Oxana ihrer Freundin zu. Erst allmählich hatten die beiden begriffen, dass die Priesterinnen nicht nur als Gäste geladen waren. Jede von ihnen sollte einen Beitrag zum Fest leisten. Welcher Art dieser war, hatten sie sehr bald erkannt. Hunderte Sumpfhühner und andere Tiere ließen keinen Zweifel daran, dass jede Hand, die ein Opfermesser zu führen imstande war, für das blutige Fest gebraucht wurde.

Suara wollte etwas erwidern, als der Tempelkrieger, der am Eingang Wache hielt, einen kupfernen Gong schlug.

Augenblicklich wurde es still. Nur das Rascheln der Gewänder war zu hören, als alle sich demütig verneigten und mit gesenkten Häuptern verharrten, bis die Hohepriesterin ihnen gestattete aufzusehen. Auch Suara verneigte sich, aber nur so weit, dass sie verstohlen einen Blick auf jene werfen konnte, die den Willen des Blutgottes in Andaurien so gnadenlos durchsetzte.

Vhara war wunderschön und hatte ein ebenmäßiges, jugendliches Gesicht. Sie wirkte viel jünger, als Suara sich eine Hohepriesterin vorgestellt hatte, und war überaus prunkvoll gekleidet. Ihr langes Gewand aus fließendem grünen Gewebe war mit goldenen Fäden durchwirkt, die sich zu kunstvollen Mustern vereinten und auf dem bodenlangen Umhang ihre Fortsetzung fanden. Auch der Kopfputz als Zeichen ihrer Macht war mit dem kostbaren Metall besetzt und zudem mit unzähligen prächtigen Tagarafedern geschmückt.

Ihr folgten zwei Novizinnen mit Federfächern, die ihr in dem stickigen Raum Luft zuwedelten und lästige Insekten fernhielten. Hoheitsvoll stieg Vhara auf das Podest, wartete jedoch, bis die Novizinnen neben ihr Aufstellung genommen hatten, ehe sie das Wort an die versammelten Priesterinnen richtete.

»Töchter des Einen«, sprach sie die traditionelle Begrüßung der Priesterinnen. »Im Namen des Meisters, der unser aller Schicksal leitet, sehe ich mit Wohlwollen, dass ihr den Weg hierhergefunden habt, ihn zu ehren und seine Macht zu stärken.« Sie gab dem Krieger ein Zeichen, erneut den Gong zu schlagen und zu verkünden, dass alle aufsehen konnten.

»Ich hätte nie gedacht, dass sie so jung ist«, flüsterte Oxana Suara zu.

»Eine Jugend, die sie sich mit dem Blut Unschuldiger erkauft.« Suaras Hand wanderte wie von selbst zum Opfermesser. Niemals zuvor war sie einer Hohepriesterin und damit der ersehnten Rache so nahe gewesen. Niemals zuvor hatte sie das Feuer des Hasses so sehr gespürt wie in diesem Augenblick.

»Bleib ruhig.«

Sie spürte Oxanas Hand auf ihrem Arm, erwiderte den besorgten Blick der Gefährtin und nickte ihr zu. Oxana hatte recht: Hier war nicht der richtige Ort, um den Tod ihrer Mutter zu rächen. Geduld war die Tugend des erfolgreichen Jägers. Ihre Zeit würde kommen. Bald!

Ein gellender Aufschrei riss sie aus ihren Gedanken.

Vor dem Podest war eine junge Priesterin aufgesprungen. In ihrer Hand blitzte ein Messer.

»Im Namen Callugars!« Die Worte hallten wie ein Schlachtruf durch den Raum. Ehe auch nur einer reagieren konnte, stürzte sie sich auf die Hohepriesterin. Schreie und Warnrufe wurden laut. Unter den Priesterinnen im Raum brach Panik aus. Die Fächer tragenden Novizinnen ergriffen kreischend die Flucht. Vhara hingegen blieb so unerschütterlich stehen, dass es geradezu unheimlich war.

Nach nur wenigen Schritten stand die Attentäterin ihr Auge in Auge gegenüber, das Opfermesser zum tödlichen Stich erhoben. Da sirrte etwas Blitzendes pfeilschnell durch die Luft und bohrte sich in den Hals der falschen Priesterin.

Suara sah, wie sie mitten in der Bewegung erstarrte. Einen Herzschlag lang stand sie mit schreckgeweiteten Augen da, dann knickten ihre Beine ein, und sie sackte kraftlos zu Boden. Das Messer entglitt ihren Händen, während sie zu Füßen der Hohepriesterin zusammensank und reglos liegen blieb.

Mit einem Schlag war es still. Es schien, als halte selbst der Dschungel den Atem an. Die Augen der versammelten Priesterinnen waren starr auf Vhara gerichtet, die selbst jetzt noch so beherrscht wirkte, als sei nichts geschehen. Zu ihren Füßen lag die tote Priesterin mit unnatürlich verrenkten Gliedern, die Augen blicklos ins Leere gerichtet, die dunklen Haare in einer Lache aus frischem Blut, das aus einer klaffenden Wunde am Hals hervorsickerte. Der Tod war ohne jede Vorwarnung zu ihr gekommen, schnell und lautlos. Suara reckte sich und entdeckte eine sternförmige Metallscheibe, die aus dem Hals der Priesterin ragte.

Ein Muriva!

Es gab nur eine Zunft in Andaurien, die so heimtückisch tötete, und es gab nur eine Zunft, die eine solche Waffe verwendete – die Ajabani.

Suara schaute sich um. Sie konnte keinen der gefürchteten Meuchler in der Nähe entdecken, aber der Wurfstern sprach für sich.

Sie waren hier.

»Sie ist eine Streiterin!«, hörte sie vorn am Podest jemanden ausrufen und sah, dass sich zwei Angehörige der Tempelgarde über die leblose Frau beugten. Einer hatte ihren Oberkörper herumgerissen und ihre Schulter entblößt. »Sie trägt das Zeichen des Schwertes!«

»Elendes Geschmeiß!« Vhara machte eine ungeduldige Handbewegung. »Schafft sie fort und untersucht alle hier!«, ordnete sie an. »Niemand verlässt den Raum. Findet mir heraus, wer noch zu ihnen gehört. Ich bin sicher, dass sie nicht allein war.«

Kaum hatte sie das gesagt, sprang eine junge Priesterin auf und versuchte zu fliehen. Die Krieger der Tempelgarde stellten sich ihr in den Weg und packten sie. Doch die falsche Priesterin gab nicht auf. Mit aller Kraft riss sie sich los und floh in eine Ecke des Raums. Den Körper an die Wand gepresst, löste sie die rituelle Opferklinge von ihrem Gürtel und hielt sie fast trotzig in die Höhe.

»Ihr bekommt mich nicht!«, keuchte sie mit irrem Blick, die Klinge fest umklammernd. »Heute mögen wir gescheitert sein. Aber wir geben uns nicht geschlagen.«

»Ergreift sie, ihr Dummköpfe!«, herrschte die Hohepriesterin die Krieger an, aber die Rebellin war schneller. Mit dem Ausruf »Tod dem Tyrannen! Möge Callugar auf ewig herrschen!« rammte sie sich die eigene Waffe tief in den Leib.

Die Stille im Raum war beängstigend. Niemand rührte sich. Selbst die Krieger hatten mitten in der Bewegung innegehalten.

Alle starrten wie gebannt auf die junge Frau, die noch immer aufrecht in der Ecke stand und sich im Todeskampf keuchend krümmte. Dunkles, zähflüssiges Blut quoll aus ihren Mundwinkeln hervor, ihr Atem ging stoßweise. Die Augen weit aufgerissen, verzog sie den Mund mit letzter Kraft zu einem spöttischen Grinsen und flüsterte: »Ihr werdet niemals siegen … Niemals.« Die Worte gingen in ein ersticktes Röcheln über. Dann stürzte sie zu Boden.

»Elende Versager!« Die Hohepriesterin tobte vor Wut. »Wie könnt ihr zulassen, dass sie sich einfach davonstiehlt?« Sie wandte sich um, verließ das Podest und rauschte zur Tür. »Ich erwarte deinen Bericht!«, herrschte sie den Kommandanten der Tempelgarde an. »Untersucht sie! Untersucht sie alle! Aber gründlich! Und wehe dir, wenn auch nur eine Streiterin unter ihnen ist, die entkommt.« Ihr Blick wanderte durch den Raum, so scharf und prüfend, als könne sie jeder einzelnen Priesterin bis auf den Grund der Seele schauen.

Suara senkte hastig den Blick und atmete tief durch. Die vermeintliche Priesterin trug das Zeichen des Schwertes. Der junge Mann auf dem Marktplatz kam Suara wieder in den Sinn. Auch er hatte das Bildnis eines Schwertes auf der Schulter gehabt. Wie von selbst fügte sich ein Teil zum anderen. Die Streiter Callugars waren in der Stadt und auch die Ajabani. Die Lage war weitaus ernster, als sie vermutet hatte. Von nun an durfte ihnen kein Fehler unterlaufen, sonst würden sie nur allzu schnell das Schicksal dieses armen Mädchens teilen.

Ajana und Abbas verbrachten den Tag im Schatten. Voller Zweifel, wie es nun weitergehen sollte, sprachen sie kaum miteinander und hingen ihren eigenen Gedanken nach. Sie aßen und tranken nur wenig und versuchten so gut es ging zu schlafen, um Kräfte zu sparen. Beide wussten, dass einer von ihnen von nun an zu Fuß gehen musste.

Als die Sonne wie ein glühender Feuerball hinter dem Horizont versank und die Wüste in Kälte und Dunkelheit zurückließ, machten sie sich wieder auf den Weg. Ajana ritt, während Abbas neben ihr herstapfte. Der Wunand gab sich große Mühe, den forschen Schritt mitzuhalten, doch der weiche Sand gab unter seinen Füßen nach, und der Marsch zehrte an seinen Kräften.

Ajana entging nicht, dass er ermüdete.

Nachdem sie etwa eine Stunde geritten war, saß sie ab, um Abbas eine Weile reiten zu lassen. Aber der Wunand winkte ab.

»Ihr seid sehr freundlich, aber das kann ich nicht annehmen«, sagte er tief beschämt. »Ihr seid die Nebelsängerin. Es ist nicht recht, dass Ihr zu Fuß geht. Das wäre nicht standesgemäß.«

»Welch ein Unsinn!« Ajana schüttelte den Kopf. »Du bist erschöpft. Da ist es nur vernünftig, wenn wir die Plätze tauschen. Sobald mich die Kräfte verlassen, können wir ja wieder wechseln. Also schwing dich in den Sattel, damit wir weiterkommen.« Sie blickte Abbas an, der noch immer zögerte, und fügte hinzu: »Oder gilt es bei den Wunand etwa als standesgemäß, wenn du neben mir vor Erschöpfung stirbst, während ich gemütlich weiterreite?«

»Nun, ganz so ist es natürlich nicht …«

»Na siehst du«, fiel Ajana ihm ins Wort. »Ich kann mir auch kaum vorstellen, dass ein Volk die Ehre dem Überleben vorzieht. Und nun steig auf oder muss ich dir erst ausdrücklich einen Befehl erteilen?« Sie machte eine Pause, um Atem zu schöpfen. Als sie weitersprach, war ihre Stimme deutlich sanfter: »Du hast mich wie selbstverständlich begleitet und dafür bin ich dir sehr dankbar. Glaubst du wirklich, ich lasse dich einfach im Stich?« Sie schüttelte den Kopf. »Oh nein. Das werde ich nicht. Ich weiß nicht, wie du es siehst, aber für mich bist du weit mehr als irgendein Begleiter. Für mich bist du ein Freund.« Sie verstummte und blickte Abbas an, dann drehte sie sich um und ging ein paar Schritte nach Norden, ehe sie sich noch einmal umwandte und hinzufügte: »So, und jetzt gehe ich zu Fuß weiter.«

Verbissen stapfte Ajana durch den weichen Sand, innerlich aufgewühlt von ihren Worten und den Blick starr geradeaus gerichtet. Warum musste denn immer alles so kompliziert sein? Hatten sie mit dem Mangel an Wasser und Vorräten nicht schon genug Probleme? Wieso konnte Abbas angesichts der bedrohlichen Lage nicht über seinen Schatten springen?

Keelin hätte sich da nicht so stur benommen, dachte sie bei sich. Eine solch unsinnige Ehrerbietung hatte sie bei ihm nie gespürt. Anders als Abbas, für den sie trotz all der Abenteuer, die sie gemeinsam erlebt hatten, immer noch eine Art Heilige zu sein schien, hatte sich Keelin ihr gegenüber nie untertänig verhalten. Im Gegenteil. Mit seiner ruhigen und besonnenen Art hatte er ihr stets das Gefühl von Sicherheit und Stärke gegeben, das sie in den ersten Monaten in Nymath so dringend benötigt hatte. Auf ihn hatte sie sich immer verlassen können.

Aber Keelin ist nicht hier und Abbas ist nicht Keelin.

Der Gedanke brachte sie wieder in die Wirklichkeit zurück und erinnerte sie daran, dass sie sich hier und jetzt den Schwierigkeiten stellen musste, und zwar allein.

So schritt sie weiter voran, immer nach vorn schauend, die Lippen zu einem schmalen Streifen zusammengepresst, während sie darauf wartete, wie Abbas sich entschied.

Eine Weile hörte sie nichts außer dem Knirschen des Sandes unter ihren Füßen, dann drang ihr das Klirren von Zaumzeug an die Ohren, und Abbas tauchte auf dem Rücken ihrer Stute neben ihr auf.

»Verzeiht meine Dickköpfigkeit«, sagte er schuldbewusst. »Manchmal ist es sehr schwer, über den eigenen Schatten zu springen.«

»Ist schon gut.« Ajana lächelte. »Wenn wir das Ziel nicht aus den Augen verlieren, werden wir es auch erreichen«, sagte sie so entschlossen, als genüge allein der feste Vorsatz, um Erfolg zu haben. Dann setzten sie ihren Weg fort.

Für Keelin, Inahwen, Aileys und Kruin verliefen die Tage und Nächte, die auf die Rast in der Oase folgten, in monotoner Eintönigkeit. Gleißendes Sonnenlicht und sengende Hitze wechselten mit samtener Dunkelheit und bitterer Kälte ab und bestimmten mit ihren extremen Gegensätzen, wann geritten und wann gerastet wurde. Die Gespräche verstummten, der Proviant und die Wasservorräte schmolzen dahin, und obwohl Keelin Horus an jedem Abend aufsteigen ließ, konnte er doch nirgends einen Hinweis darauf entdecken, dass sie sich Ajana und Abbas auch nur eine Länge genähert hatten.

Unter anderen Umständen hätten sie die Verfolgung vermutlich längst aufgegeben, doch der Mondstein in Inahwens Elbenstab wies ihnen auch weiterhin unerschütterlich den Weg.

Einmal entdeckte Horus in der Ferne die hoch aufgetürmten Staubwolken eines gewaltigen Sandsturms, der sich ihnen von Norden her näherte. Kruin befürchtete das Schlimmste, aber das Schicksal meinte es gut mit ihnen. Die Nacht brach herein und setzte dem Wüten ein Ende, ehe der Sturm sie erreichte.

Zwei Tage nach dem Sandsturm sank die Stimmung in der Gruppe auf einen neuen Tiefpunkt, als ihnen klar wurde, dass es für eine Umkehr längst zu spät war.

»Emos zornige Kinder. Wenn ich hier jemals lebend herauskomme, schwöre ich, dass ich niemals wieder auch nur einen Fuß auf diesen roten Sand setze.« Aileys hockte sich in den Schatten neben Keelin, der gerade zusah, wie Horus eine erbeutete Schlange kröpfte.

»Dein Falke hat es gut«, meinte sie mit einem Blick auf die blutige Mahlzeit. »Findet selbst in der Wüste noch etwas Essbares.« Sie seufzte, beschattete die Augen mit der Hand und richtete den Blick nach Westen, wo sich die Sonne dem Horizont zuneigte. »Sag ihm, dass er von mir einen fetten Nager zur Belohnung bekommt, wenn er bei seinem Erkundungsflug auch nur die Spur von etwas entdeckt, das uns Hoffnung machen könnte.« Sie seufzte. »In meinen Träumen sehe ich mich schon als bleicher Knochenhaufen in der sengenden Sonne liegen.«

»Wir dürfen die Hoffnung nicht aufgeben.« Keelin blickte die Heermeisterin von der Seite an, behielt seine Gedanken aber für sich. Er hatte noch niemandem verraten, dass Horus am Morgen einen dünnen, dunklen Streifen am Horizont erspäht hatte. Vermutlich war es ein Waldsaum oder eine bewachsene Hügelkette. Doch die Linie war noch zu weit entfernt, und selbst der Falke hatte mit seinen scharfen Augen nichts Genaues ausmachen können, ehe die Gluthitze der Sonne ihn gezwungen hatte, den Erkundungsflug abzubrechen. So hatte sich Keelin entschlossen, den anderen vorerst noch nichts davon zu berichten, um keine falschen Hoffnungen zu wecken.

»Hoffnung!« Aileys schüttelte den Kopf. Sie hob eine Handvoll Sand vom Boden auf, ließ ihn durch die Finger rieseln und murmelte: »Die wird unseren Durst nicht löschen, wenn die Wasserschläuche leer sind.«

Keelin erwiderte nichts. Schweigend wartete er, bis Horus die Mahlzeit beendet hatte. Dann rief er ihn zu sich und hob den behandschuhten Arm, damit der Falke sich darauf setzen konnte. Sein Blick traf den des Falkenmännchens, und er spürte die Bereitschaft des Vogels, seine Befehle zu empfangen.

Achtsam tastete er mit seinen Sinnen nach dem Geist des Falken. Der Nachhall des Blutdurstes, den Horus beim Kröpfen verspürt hatte, schlug ihm wild und ungezähmt entgegen. Aber er war darauf vorbereitet und behielt die Ruhe, die nötig war, um dem Falken wie schon so oft in den vergangenen Tagen das Bild der beiden Reiter einzugeben, nach denen er suchen sollte.

Ein kurzes Blinzeln genügte und Horus erhob sich in die

Lüfte. Keelin spürte den wilden Rausch der Gefühle, der das Aufsteigen stets begleitete, und wie immer flog auch ein Teil von ihm mit Horus. Einen Augenblick lang sah er die Wüste aus schwindelerregender Höhe wie einen endlosen roten Ozean aus erstarrten roten Wellen unter sich liegen. Dann erkannte er sich selbst, die Pferde und die anderen, die, winzigen Lebewesen gleich, im Schatten der Düne kauerten, ehe der Blick des Falken nach Norden wanderte, wo sich in der Ferne erneut der dünne dunkle Streifen am Horizont abzeichnete.

Flieg!

Wie ein Pfeil schoss Horus davon. Das Bild der Gesuchten fest in seinen Instinkten verankert, flog er im schwindenden Sonnenlicht über die Wüste dahin und hielt dabei auf den dunklen Streifen zu, der langsam größer wurde.

Andaurien! Keelins Herz begann, vor Aufregung schneller zu schlagen. Es gab keinen Zweifel. Dort hinten lag das Ende der Wüste.

Kaum hatte er den Gedanken gefasst, als Horus ganz unvermittelt zu kreisen begann. Der Anblick des Waldsaums verschwand und wich den eintönigen Sandgebilden, die der Wind geformt hatte. Die Wellen der Erregung, die den Falken durchströmten, beschleunigten auch Keelins Pulsschlag. Horus hatte etwas entdeckt. Etwas, das seinen Jagdinstinkt weckte. Und dann sah Keelin es auch. Im Schatten einer hohen Düne kauerten zwei Gestalten. Daneben stand ein Pferd.

Ajana und Abbas. Sie lebten!

Horus hatte sie gefunden. Mit einem hundertfach geübten Gedankenbefehl wies er den Falken an, tiefer zu fliegen. Horus reagierte sofort. In majestätischen Kreisen näherte er sich den beiden, die noch tief und fest schliefen.

Gilians heilige Feder!

Keelin erschrak, als er Ajana erblickte. Fast wäre die Verbindung zu Horus unter seinen heftigen Empfindungen abgerissen. Ajana wirkte erschöpft und ausgezehrt, die Wangenknochen zeichneten sich deutlich ab, die Haut war von der Sonne gerötet.

Und ich bin schuld daran …

Keelin gab sich einen Ruck und schob die aufkommenden Schuldgefühle energisch beiseite. Es hatte keinen Sinn, über Vergangenes nachzugrübeln. Jetzt galt es vorauszuschauen. Es sah ganz so aus, als hätten Ajana und Abbas ein Pferd verloren. Das wenige Gepäck ließ zudem darauf schließen, dass sie kaum noch Vorräte besaßen.

Und Andaurien war noch weit …

Keelin sandte Horus einen liebevollen Gedanken und wies ihn an zurückzukehren, damit Ajana und Abbas ihn nicht bemerkten. Dann löste er sich vom Geist des Falken und erhob sich, um den anderen von der Entdeckung zu berichten.

Miya hockte zusammengekauert in einer Ecke des Schilfrohrkäfigs. Sie hatte die Knie angewinkelt, die Arme darum geschlungen und schluchzte wie ein Kind. Yenu beobachtete sie voller Mitgefühl. Sie hört mich nicht, dachte sie bei sich und rief sich in Erinnerung, dass sie schon ein paarmal vergeblich versucht hatte, Miya anzusprechen.

Schuld daran war der Banbuck-Trank, ein berauschendes Getränk, das aus Fasern von Schlingpflanzen gewonnen wurde. Die Heiler der Hedero verwendeten es, um Schmerzen zu lindern, und die Priesterinnen schätzten die Wirkung, um die zur Opferung Auserwählten ruhigzustellen.

So wie Miya … und mich. Yenu spürte, wie ihre Kehle bei dem Gedanken an das, was kommen würde, eng wurde. Sie war sich nicht sicher, wie lange sie schon unterwegs waren, und wusste nicht, wie weit es bis zur Tempelstadt war. Sie wusste nur, dass sie Angst hatte. Furchtbare Angst. Jedes Mal wenn der Karren anhielt, zuckte sie zusammen und rechnete mit dem Ärgsten.

Wäre sie bei Kräften gewesen, hätte sie vermutlich aufbegehrt – so wie Miya. Da sie aber noch mit den Nachwirkungen des Urwargiftes zu kämpfen hatte, kraftlos war und viel schlief, blieb ihr der Banbuck-Rausch erspart.

So galt ihre Aufmerksamkeit in den wachen Minuten entweder Miya oder den Kwannen, die dem von einem Tarpan gezogenen Karren in einer langen Prozession folgten. Es mussten an die hundert sein, und Yenu konnte sich des Gefühls nicht erwehren, dass das ganze Dorf mitgekommen war. Die Frauen trugen schlichte helle Überkleider und knielange Röcke, die von bunt bestickten Gürteln gehalten wurden. Um den Hals wie um die Hand- und Fußgelenke hatten sie Ketten aus bunten Perlen geschlungen, und ihre Haare waren mit bunten Tagarafedern geschmückt. Die Krieger waren unbewaffnet, wie es der Brauch verlangte. Über den weiten weißen Hosen trugen sie bunte Schamtücher, dazu reich bestickte Umhänge in leuchtenden Farben und goldene Oberarmreifen. Die Gewänder vermittelten den Eindruck von Fröhlichkeit, doch das Schweigen, das über den Kwannen lastete, strafte diesen Eindruck Lügen. Wie die meisten Stämme Andauriens folgten auch sie nur unwillig dem Ruf der Priesterinnen, um dem Einen zu huldigen.

Sie haben Angst, schoss es Yenu durch den Kopf. Und sie fragte sich, warum es in Andaurien so weit hatte kommen müssen, dass sich die Menschen gegenseitig zur Schlachtbank führten?

Yenu seufzte. Diese Frage war widersinnig. Ebenso gut konnte sie sich fragen, warum die Sonne an jedem Morgen aufging.

Es war immer so gewesen, und es würde so lange so bleiben, wie der eine Gott über Andaurien herrschte.

Es war weit nach Mitternacht, als Jarmil seine Gruppe lautlos vom Weg hinunter und in das Unterholz führte. Hundert Schritte voraus sah er das Licht der Fackeln und Wachfeuer, die den Lagerplatz der Kwannen spärlich erhellten.

Auf Jarmils Stirn zeigte sich eine steile Falte, die seine Anspannung verriet. Seit die Stämme Andauriens zum Tempel strömten, war ihm noch keine Gruppe dieser Größe begegnet, die unbewaffnet war. Hundert oder mehr Kwannen in Festgewändern, das waren mehr, als er jemals zu hoffen gewagt hatte, und er war entschlossen, sich die Gelegenheit nicht entgehen zu lassen

Während Maimun, der Fährtensucher, seine Gruppe auf der anderen Seite des Weges auf die Kwannen zuführte, folgten Jarmil und seine Leute vorsichtig einem schmalen Pfad durch das Unterholz. Sie achteten auf jeden Ast, hüteten sich vor jedem losen Stein und vermieden jedes Geräusch, das sie hätte verraten können – lautlose Schatten, die durch die Nacht huschten.

Kurze Zeit später erreichten sie die ersten schlafenden Kwannen, doch für einen Angriff war es noch zu früh. Das Lager erstreckte sich eine ganze Pfeilschussweite entlang des

Wegs. Jarmil erkundete die Lage voller Sorge. Er war sich bewusst, dass der erste Schlag darüber entscheiden würde, ob der Überfall ein Erfolg wurde oder nicht. Wenngleich sie bewaffnet waren, waren sie den Kwannen doch zahlenmäßig weit unterlegen. Jeder Schritt musste gut überlegt sein.

In der Mitte des Zuges erkannte er einen Karren mit einem Schilfrohrkäfig, darin zwei schlafende Frauen.

Menschenopfer! Jarmil stieß einen leisen Fluch aus und spie verächtlich auf den Boden. Die Blutgier des verhassten Gottes trieb immer grausamere Blüten. Es wurde höchste Zeit, der Tyrannei durch die Priesterinnen ein Ende zu setzen. Ein rascher Blick über die Schulter zeigte ihm, dass mehr als die Hälfte seiner Streiter bereits Stellung bezogen hatten. Nur noch wenige Schritte, dann konnte er Maimun das vereinbarte Zeichen geben.

Jarmil hielt kurz inne, schloss die Augen und sandte ein kurzes Gebet an Callugar, den Gott der bewegten Macht, des Krieges und des Angriffs.

Wie allen Streitern Callugars war auch Jarmil jede Gewalt zuwider. Aber die Zeiten waren hart, und so mussten sich auch die Anhänger des alten Glaubens dem Unvermeidlichen fügen und mögliche Opfer in Kauf nehmen, um ihre Ziele zu erreichen.

Im Gebüsch jenseits des Wegs ertönte der Ruf eines Tagaras.

Maimun war bereit.

Jarmil erwiderte den Ruf mit dem dumpfen Balzruf der Sumpfhühner. Ein leiser zischender Laut in unmittelbarer Nähe zeigte ihm, dass auch die Blasrohrschützen das Signal vernommen hatten und ihre Pfeile gegen die Wachtposten sandten.

Eins… zwei… Jarmil zählte das Verstreichen der Zeit an

seinen Fingern ab. Die Pfeilspitzen waren mit einem betäubenden Gift bestrichen, das schnell Wirkung zeigte. Bei fünfzehn sollten alle Wachen außer Gefecht sein.

Acht … neun … zehn … Jarmil hatte noch nicht zu Ende gezählt, als der Wachtposten zehn Schritte vor ihm auf dem Weg kraftlos zu Boden sank.

Niemand schien von dem Vorfall Notiz zu nehmen, doch weiter hinten im Lager wurden plötzlich Stimmen laut. Jemand schlug Alarm.

»Vorwärts!« Jarmil brüllte den Befehl in das Dickicht hinaus, zog sein Kurzschwert und stürmte los. Die Streiter folgten ihm, ohne zu zögern. Kaum hatte er den Weg erreicht, hallten auch schon die ersten Geräusche von Zweikämpfen durch den nächtlichen Wald. Gemeinsam mit Maimuns Streitern, die den Weg von der anderen Seite stürmten, gelang es ihnen, die meisten Kwannen noch im Schlaf zu überwältigen und sie mit blank gezogenen Kurzschwertern in der Mitte des Zuges zusammenzutreiben.

Der Sieg wurde schnell und unblutig errungen – fast schon zu leicht, wie Jarmil fand. Am Ende lagen fünfzehn Kwannen-Krieger besinnungslos am Boden, während die Streiter Callugars kein einziges Opfer zu beklagen hatten.

»Kurz und schmerzlos. Ein Überfall ganz nach meinem Geschmack.« Noch immer um Atem ringend, trat Maimun auf Jarmil zu und legte ihm die Hand auf die Schulter. »Gut gemacht.«

Jarmil nickte dem Freund zu, antwortete jedoch nicht. Für ihn war der Kampf noch nicht zu Ende. Die eingekesselten Kwannen fest im Blick, schritt er auf einen seiner Kommandanten zu und fragte: »Sind Kinder darunter?«

»Zehn oder zwölf.« Der Kommandant nickte.

»Schaff sie her.« Es war nicht Jarmils Art, so streng und

herzlos zu sprechen, doch er wusste, dass es von entscheidender Bedeutung für das Gelingen des Plans war, die Kwannen nachhaltig einzuschüchtern.

Nur wenige Herzschläge später standen die Kinder vor ihm. Zitternd, weinend und verängstigt schauten ihn die elf Knaben und Mädchen an.

»Du musst zu ihnen sprechen!« Maimuns Hand legte sich sanft auf seine Schulter. Jarmil nickte, atmete tief durch und richtete das Wort an die Gefangenen.

»Dulder des Tyrannen, hört mir zu: Als gewählter Anführer der Streiter Callugars heiße ich euch als meine Gäste willkommen. Ich weiß, ihr seid auf dem Weg zum Opferfest, doch eure Reise endet hier. Eine Gruppe meiner Getreuen wird euch in eines unserer Lager begleiten, in dem ihr unsere Gäste sein werdet. Solltet ihr nicht dagegen aufbegehren, könnt ihr nach dem Fest unbehelligt wieder in euer Dorf zurückkehren. Bis dahin …«

»Aber die Opfer müssen zum Tempel gebracht werden!« Eines der Stammesoberhäupter trat vor und deutete auf den Käfig, in dem Miya und Yenu gefangen saßen. »Erreicht die Opfergabe den Tempel nicht rechtzeitig, wird mein Dorf hart bestraft.«

»Keine Sorge!« Ein schwer zu deutendes Lächeln umspielte Jarmils Mundwinkel. »Die Opfergabe wird den Tempel pünktlich erreichen.« Er machte eine bedeutungsvolle Pause und fügte höflich hinzu: »Und nun darf ich euch bitten, die Festgewänder abzulegen, damit wir die Opfergabe an eurer statt zum Tempel bringen können.«

»Was ist mit meinem Sohn?«, rief eine Mutter ängstlich aus.

»Die Kinder sind ebenfalls unsere Gäste.« Jarmils Stimme hatte nichts von seiner Freundlichkeit verloren, was seine

Worte angesichts der Lage umso bedrohlicher erscheinen ließ. »Sie werden in ein anderes Lager gebracht und dort das Ende des Festes abwarten. Wenn ihr euch friedlich verhaltet, werdet ihr sie alle gesund wiedersehen. Für jeden versuchten Verrat oder Ausbruch hingegen haben meine Männer den strikten Befehl, eines von ihnen hinzurichten.« Seine Stimme wurde eine Spur schärfer. »Ich rate euch daher dringend davon ab, an dergleichen auch nur zu denken. Meine Streiter haben ihre Befehle und werden nicht zögern, sie auszuführen.« Er machte eine ausladende Handbewegung. »Und jetzt: Zieht euch aus.«

»Wie weit sind sie uns noch voraus?« Inahwen hatte ihr Pferd mit Wasser und Futter versorgt. Sie stapfte durch den weichen Sand und setzte sich neben Keelin, der Horus trotz der sengenden Hitze des Tages hatte aufsteigen lassen und ihn auf seinem Flug begleitete.

»Nicht mehr weit«, antwortete er. »Sie haben eine sehr viel kürzere Strecke zurückgelegt als in den Nächten zuvor und lagern nicht weit von hier. Wenn wir zeitig aufbrechen, können wir sie einholen, ehe sie sich wieder auf den Weg machen.«

»Sie sind erschöpft.« Inahwen nickte bedächtig. »Es grenzt an ein Wunder, dass sie überhaupt so weit gekommen sind. Ich kann ihr Verhalten immer noch nicht gutheißen, dennoch bewundere ich Ajanas Mut und Ausdauer. Es muss etwas sehr Bedeutsames sein, das sie antreibt, sonst hätte sie das Unterfangen längst abgebrochen.«

»Nun, sie ist gekränkt …« Keelin machte eine entschuldigende Geste, aber Inahwen schüttelte den Kopf.

»Das allein kann der Grund nicht sein«, sagte sie bestimmt. »Ihr Menschen mögt nicht immer vernünftig handeln, doch gibt es auch bei euch Grenzen, die ihr nur schwerlich zu überwinden vermögt. Der Kummer mag Ajana aus Sanforan fortgetrieben haben. Doch eine solch gefährliche Reise zu wagen und durchzustehen, erfordert weit mehr als bloß Enttäuschung und Kummer. Ich kann nur vermuten, was Ajana umtreibt, doch die Entschlossenheit, mit der sie vorgeht, spricht dafür, dass sie in Andaurien zu finden hofft, was ihr in Nymath versagt blieb.«

»Ihr glaubt, sie hofft, dort einen Weg in ihre Heimat zu finden?« Keelin schaute die Elbin überrascht an.

»Das wäre eine mögliche Antwort.« Inahwen nickte.

»Aber wie sollte sie davon erfahren haben?« Keelin runzelte die Stirn. »Wer könnte ihr solch eine Hoffnung gemacht haben? Niemand in Nymath hat heute noch Kenntnis von …« Er verstummte und seine Miene verfinsterte sich. »Der dunkle Gott!«, stieß er grimmig hervor. »Er könnte sie mit falschen Versprechungen nach Andaurien gelockt haben.«

»Das ist auch mein Gedanke«, stimmte Inahwen Keelin zu. »Ein falscher Traum, eine verheißungsvolle Vision zur rechten Zeit könnten bei ihr auf fruchtbaren Boden gefallen sein. Kummer und Enttäuschung taten dann ein Übriges, um ihren Entschluss zu festigen.«

»Dann fürchtet Ihr, dass sie in eine Falle reitet?«, spann Keelin den Gedanken weiter. »Dass der dunkle Gott sie nach Andaurien lockt, um ihr das Amulett zu entreißen?«

»Genau das befürchte ich.« Inahwen nickte ernst. »Umso wichtiger ist es, dass wir sie noch in der Nacht einholen.«

In ungläubigem Staunen beobachtete Yenu, was rings um ihr Gefängnis vor sich ging. Kampflärm und Schreie hatten sie in der Nacht geweckt, aber noch ehe sie begriffen hatte, was vor sich ging, war der Kampf auch schon wieder vorüber.

Sie hatte versucht, Miya zu wecken, aber ihre Freundin war von dem Banbuck-Saft noch immer wie betäubt und rührte sich nicht. So hatte Yenu allein den Worten des fremden Kriegers gelauscht, der sich selbst »Anführer der Streiter Callugars« nannte, der Kinder als Geiseln nahm und die Kwannen zwang, ihre Festgewänder abzulegen.

Im ersten Augenblick hatte Yenu geglaubt, er erlaube sich einen üblen Scherz. Dann jedoch hatte sie begriffen, dass mehr dahintersteckte. Der Überfall war bestens vorbereitet. Kaum dass die Angreifer die Kwannen umstellt und die Kinder als Geiseln genommen hatten, stießen weitere Streiter Callugars zu ihnen. Die Nachhut bestand hauptsächlich aus Frauen, die den Kwannen schlichte Tuniken zum Tausch gegen die prächtigen Festgewänder reichten. Während eine kleine Gruppe von Kriegern die weinenden Kinder abführte, eskortierte ein anderer, weitaus größerer und gut bewaffneter Trupp die gefesselten Kwannen wie Gefangene in die andere Richtung.

Zurück blieben an die sechzig Krieger, Männer und Frauen mit dunkler Hautfarbe und schwarzen Haaren, die sich in die bunten Festgewänder kleideten und danach kaum noch von den echten Kwannen zu unterscheiden waren.

Als die Dämmerung den Weg mit fahlem Zwielicht erhellte und die ersten Sonnenstrahlen sich einen Weg durch das dichte Blätterdach bahnten, neigte sich das seltsame Spektakel allmählich dem Ende zu. Ein halbes Dutzend Krieger verstauten die abgelegten Gewänder der Krieger auf den Rücken von vier Tarpanen und zogen mit ihnen von dannen, während die anderen so selbstverständlich das Lager abbrachen, als sei nichts geschehen.

Was haben sie vor? Die Frage brannte Yenu auf den Lippen, aber sie wagte es nicht, jemanden anzusprechen. Die

Furcht, dass man auch mit ihnen nichts Gutes im Sinn hatte, war zu groß.

Yenu erinnerte sich schwach daran, dass Miya von den Streitern Callugars gesprochen hatte und davon, dass sie sich ihnen anschließen wolle. Dessen ungeachtet waren die Streiter für Yenu immer noch ein wüster Haufen von Rebellen, denen sie kein Vertrauen entgegenbrachte.

Als hätten die Krieger Yenus Gedanken gelesen, lösten sich unvermittelt drei Gestalten aus der Menge und kamen auf sie zu. Ängstlich kroch Yenu vom Schilfrohrgitter fort und suchte Zuflucht an der rückwärtigen Wand des Karrens.

Der Anführer der Streiter trat vor den Käfig.

»Habt keine Furcht!«, sagte er mit wohlklingender Stimme. »Wir sind nicht eure Feinde.« Dann nahm er ein Messer zur Hand, durchtrennte die Stricke, die den Käfig verschlossen, mit kurzen, kräftigen Schnitten, öffnete die Tür und bedeutete Yenu herauszukommen.

»Komm, du bist frei!«

Yenu zögerte. Sie war immer noch misstrauisch, entschied aber, dass es klüger sei, der Aufforderung Folge zu leisten. Auf allen vieren kroch sie aus dem Käfig und wehrte sich nicht, als die Krieger ihr hinaushalfen. Doch kaum dass sie festen Boden unter den Füßen hatte, versagten ihr die Beine den Dienst. Zwei Krieger waren sofort zur Stelle, stützten sie und führten sie an den Wegrand, damit sie sich setzen konnte.

»Was ist mit dir?«, fragte einer von ihnen besorgt und deutete auf den Verband an Yenus Arm. »Haben die Kwannen dich verletzt?«

»Nein …« Yenus Stimme war nicht mehr als ein Krächzen. Zu lange hatte sie nicht gesprochen, und zu ausgedörrt war ihre Kehle, als dass sie dieses eine Wort mühelos hervorbringen konnte. Sie schluckte trocken, holte tief Luft und sagte: »Ich bin von einem Urwar gebissen worden.«

»Bei Callugars scharfem Schwert, und dann schleppen dich diese Barbaren zum Tempel?« Ein grimmiger Zug umspielte die Mundwinkel des Anführers. Er drehte sich um und rief: »Bringt Wasser für die Gefangene! Schnell!« Er deutete auf Miya und wandte sich wieder an Yenu: »Was ist mit ihr?«

»Sie haben ihr Banbuck gegeben, weil sie sich gewehrt hat«, erklärte Yenu. »Viel Banbuck.« Jemand reichte ihr einen Krug mit frischem Wasser, den sie dankbar annahm.

»Wir sind Hedero«, fügte sie hinzu, nachdem sie getrunken hatte.

»Diese elenden Feiglinge!« Der Krieger, der neben dem Anführer stand, spie verächtlich auf den Boden. »Jetzt ist es schon so weit, dass sie die Frauen anderer Stämme verschleppen, um ihre eigenen Töchter vor dem Opfertod zu bewahren.«

»Du hast recht, Maimun. Die Not der Menschen treibt furchtbare Blüten.« Der Anführer nickte. »Nimm zwei Krieger und hole die andere Hedero aus dem Käfig. Die Heilerin soll sich ihrer annehmen. Und sag den beiden Freiwilligen, sie sollen sich bereit machen.«

Maimun nickte und eilte davon.

»Was habt Ihr vor?« Endlich wagte Yenu, die Frage zu stellen, die ihr schon so lange auf der Zunge brannte. »Warum der Überfall und diese Verkleidung?«

Der Anführer lächelte vielsagend, hockte sich neben Yenu und senkte die Stimme. »Auch wir sind auf dem Weg zum Tempel«, sagte er geheimnisvoll. »Doch ich fürchte, wir sind dort nicht willkommen. Diese Gewänder sind für uns die einzige Möglichkeit, unbemerkt in die Tempelstadt zu gelangen.«

»Dann wollt auch Ihr dem Einen huldigen?«, fragte Yenu verunsichert.

»Nun, huldigen würde ich es nicht gerade nennen.« Der Anführer grinste und wog das Messer verheißungsvoll in den Händen. »Aber ich hoffe doch sehr, dass er unseren Besuch so schnell nicht vergessen wird.«

Ajana lag im Schatten und starrte auf ihren Wasserschlauch, der schlaff im heißen Wüstensand lag. Der Anblick verschwamm vor ihren Augen. Sie blinzelte, hatte damit aber nur wenig Erfolg. Durst, Hitze, Erschöpfung und Schlafmangel forderten immer nachdrücklicher ihren Tribut und machten aus dem dunklen Lederbeutel ein gestaltloses Etwas auf hellem Grund.

Wasser!

Trinken!

Sie fuhr sich mit der Zunge über die rissigen Lippen. Dann erinnerte sie sich: Die restlichen Schlucke ihres Wassers hatte sie ihrer Stute gegeben, die unsägliche Qualen litt. Der Sand unter dem Sattel hatte das Fell bis auf die Haut durchgescheuert. Der schaumige Schweiß reizte die Wunden, und sie hatte keine Salbe, um die Schmerzen zu lindern.

Ajana sammelte ihre Kräfte, reckte sich und blickte über den Kamm der flachen Düne hinweg nach Norden, wo sich am Horizont undeutlich eine dunkle Linie über dem roten Sand der Nunou abzeichnete. Auch dieser Anblick war verschwommen, und sie war sich nicht sicher, ob sie ihren Augen noch trauen konnte.

War es wirklich Andaurien? Oder eine Illusion, die ihr die gemarterten Sinne vorgaukelten?

Sie ballte die Fäuste. Es muss Andaurien sein, dachte sie. Es muss!

Ajana spürte, wie sich ihr Herz bei dem Gedanken zusammenkrampfte. Andaurien war so nah. So nah und doch so unendlich weit entfernt. Zum ersten Mal kam ihr der Gedanke, dass sie ihr Ziel vielleicht niemals erreichen würde. Nicht mit nur einem Pferd, nicht in diesem Zustand, nicht ohne … Wasser.

Ihr Blick wanderte zu Abbas, der in einen erschöpften Schlaf gesunken war. Neben ihm lag ein noch halb gefüllter Wasserschlauch.

Wasser!

Ajana spürte, wie die Gier in ihr übermächtig wurde. Ihr Atem ging flach und stoßweise, die Hände zitterten. Auf allen vieren kroch sie auf Abbas zu, während sie sich in Gedanken ausmalte, wie es sein würde, das köstliche Nass durch die Kehle rinnen zu lassen.

Mein Wasser!

Gierig streckte sie die Hand nach dem Wasserschlauch aus.

Nein! Ein Rest von Vernunft flammte hinter ihrer Stirn auf und hielt sie zurück. Verzagt setzte sie sich neben Abbas in den Sand und presste sich die Faust in den Mund. Das Wasser gehörte dem Wunand. Auch er dürstete.

»Ich darf es nicht. Ich darf es nicht.« Sie bewegte sich wiegend hin und her, während sie die Worte in einer Art Singsang vor sich hin murmelte, als könne sie damit den Wahnsinn aufhalten, der sie zu überwältigen drohte.

Dieses Wasser war es, das über Leben und Tod entschied. Der Vorrat mochte genügen, damit einer von ihnen … damit *sie* sicher nach Andaurien gelangte.

Ich!

Ich allein!

Mein Wasser!

Meine Rettung!

Ajana atmete heftig.

Es war so leicht, so einfach. Sie musste nur den Schlauch an sich nehmen und ...

Finger weg!

Ajana zuckte zusammen, als sich die Stimme der Vernunft noch einmal über die Gier erhob. Als hätte sie sich verbrannt, riss sie die Hand zurück, die sich wie von selbst auf Abbas' Trinkflasche zubewegt hatte. Schuldbewusst zog sie die Beine an den Körper und schlang die Arme darum, als könne sie sich auf diese Weise vor weiteren Versuchungen schützen.

Wie konnte ich mich nur so gehen lassen?, dachte sie voller Reue und fragte sich, wie weit sie dem Wahnsinn wohl schon verfallen war. Dreimal war sie in der Nacht im Sattel eingeschlafen. Allein Abbas, der immer rechtzeitig zur Stelle gewesen war und sie aufgefangen hatte, war es zu verdanken, dass sie nicht vom Pferd gefallen war.

Und ich denke daran, ihm das Wasser zu stehlen. Ajana verabscheute sich für ihre ehrlosen Instinkte. Dennoch gelang es ihr nicht, die säuselnde Stimme in sich zum Schweigen zu bringen, die ihr auch jetzt noch zuflüsterte, dass sie Andaurien nur allein erreichen konnte.

Lass ihn zurück, wisperte es in ihren Gedanken. *Er ist nicht wichtig ... nicht wichtig ...*

»Nein!« Ajana hielt sich die Ohren zu, aber die Stimme gab keine Ruhe.

Nimm sein Wasser ... Nimm es ... Nimm es!

Ajana schluchzte auf, krallte die Finger in ihre Haare und presste die Lippen fest aufeinander. Sie wollte das nicht denken und schon gar nicht so handeln. Sie wollte doch nur überleben.

Und wenn Abbas ähnlich denkt?

Wie von selbst stahl sich der Gedanke in ihr Bewusstsein und schürte das Misstrauen in ihr. Vielleicht stellte er sich nur schlafend, in der Hoffnung, dass sie irgendwann einschliefe. Ajana hielt den Atem an. Argwöhnisch blickte sie auf den jungen Wunand hinab.

Und wenn er mich bestiehlt? Wenn er das Wasser an sich nimmt und mit dem Pferd nach Andaurien flieht?

Erst vorsichtig, dann fester berührte sie ihn an der Schulter und rüttelte ihn.

Abbas rührte sich nicht, er schlief.

Oder tat er nur so?

Die Sonne stieg immer höher. Die Hitze wurde unerträglich. Abbas lässt mich nicht im Stich. Mit dem letzten Rest ihres Verstands klammerte sich Ajana an diesen Gedanken. Er reitet nicht ohne mich fort. Das würde er niemals tun.

Wenn er erwacht, werden wir das Wasser teilen.

Mit einer enormen Willensanstrengung gelang es ihr, die Gier zu unterdrücken und den Blick von dem Wasserschlauch zu lösen. Ich darf ihn nicht zurücklassen, dachte sie bei sich. Mit der Schuld an seinem Tod könnte ich niemals weiterleben.

Sie streckte sich im Sand aus und atmete tief durch. Um sich abzulenken, holte sie noch einmal das Amulett hervor. Vielleicht hätten wir warten sollen, bis sie uns einholen, überlegte sie, während sie den roten Schein betrachtete, der dem Mondstein entströmte. Doch schon im nächsten Augenblick verwarf sie den Gedanken wieder. Wer immer ihnen folgte, tat dies nur aus dem einen Grund: um sie zur Umkehr zu bewegen. Und umkehren würde sie niemals, ob sie nun Wasser hatte oder nicht.

Ajana blinzelte gegen das Licht der Sonne an und ließ das Amulett wieder unter ihr Gewand gleiten. Es war gut, dass Abbas nichts von den Verfolgern wusste. So konnte sie entscheiden, was sie für richtig hielt, und ersparte sich zermürbende Diskussionen. Eine kurze Weile noch sann sie darüber nach, dann schloss sie die Augen und rollte sich im Schatten zusammen, um ein wenig zu schlafen.

Abbas erwachte, von unerträglichem Durst geplagt. Seine Kehle war wie ausgedörrt, die Lippen trocken und aufgesprungen. Eine sengende Hitze lastete über der Senke, in der er mit Ajana Zuflucht gesucht hatte. Ihm war, als verdampfe in der heißen und trockenen Luft auch die letzte Flüssigkeit aus seinem Körper.

Wasser …

Mit zitternden Fingern tastete er nach dem Wasserschlauch, der neben ihm im Sand lag. Er war noch zur Hälfte gefüllt. Genug, um seinen Durst zu stillen. Mit trockener Zunge fuhr er sich über die rauen Lippen, nahm alle Kraft zusammen und richtete sich auf. Das Wasser im Schlauch schwappte hin und her und gluckerte verlockend.

Trinken …

Hektisch fingerte er an dem Stopfen herum. Er wusste, dass er sparsam sein musste. Aber die Gier nach Wasser war übermächtig. Er musste einen Schluck trinken und wusste zugleich, dass er nicht aufhören würde, ehe er auch den letzten Tropfen aus dem Schlauch gewrungen hatte.

Endlich gab der Stopfen nach.

Abbas stieß einen keuchenden Laut aus und setzte den Schlauch an die Lippen. Da fiel sein Blick auf Ajana. Sie lag neben ihm im Sand, das Gesicht von der Sonne gerötet, die Lippen aufgesprungen. Sie wirkte ausgemergelt und erschöpft, aber ihre Miene zeigte selbst im Schlaf noch einen entschlossenen Gesichtsausdruck.

Ihr eigener Wasserschlauch lag neben der Stute leer und schlaff im Sand. Offenbar hatte sie dem Pferd das restliche Wasser zu trinken gegeben. Abbas konnte es ihr nicht verübeln. Wenn sie Andaurien erreichen wollten, musste die Stute am Leben bleiben. Zu Fuß würden sie es niemals schaffen.

Wir werden es sowieso nicht schaffen.

Die Erkenntnis war so ungeheuerlich, dass sie ihm den Atem raubte. Er hatte das Gefühl, der Boden schwanke, und musste sich abstützen, um das Gleichgewicht zu halten.

Das Wasser wird nicht für uns beide reichen, dachte er erschüttert. Andaurien ist noch einen ganzen Tagesritt entfernt. Gemeinsam werden wir niemals dorthin gelangen.

Abbas ließ den Wasserschlauch sinken. Verzagt irrte sein Blick zwischen Ajana und dem Lederbeutel hin und her.

Wenn er jetzt trank, waren sie beide verloren.

Was sollte er tun?

Abbas biss sich auf die Unterlippe. Er hatte Ajana nur aus einem Grund begleitet: damit sie Andaurien sicher erreichte. Gemeinsam waren sie weit gekommen, hatten Hitze und Kälte, Sandstürme und Einsamkeit geteilt und sich gegenseitig Mut zugesprochen – und jetzt hätte er mit seiner Selbstsucht beinahe alles verdorben. Das war eines Wunand wahrlich nicht würdig.

Die Nebelsängerin musste leben.

Entschlossen drückte er den Stopfen zurück in den Wasserschlauch. Er hatte geschworen, sie mit seinem Leben zu schützen – und er wusste, was er zu tun hatte.

Schwankend kam er auf die Beine, versicherte sich, dass der Wasserschlauch gut verschlossen war, und legte ihn vorsichtig neben Ajana auf den Boden. Einer plötzlichen Gefühlsregung folgend, strich er ihr eine Haarsträhne aus der Stirn und berührte zum Abschied zärtlich ihre Wange.

Ajana lächelte im Schlaf und er zog die Hand fort. Einen Augenblick lang zögerte er noch, weil er fürchtete, sie könne erwachen. Dann löste er das Messer von seinem Gürtel, stand auf und ging.

Die Glut der Sonne traf ihn unerbittlich, als er aus dem Schatten trat und die Düne hinaufstolperte, doch er ertrug es, ohne zu klagen.

Er hatte nicht vor, weit zu gehen.

Ajana spürte, dass sie allein war, noch ehe sie die Augen öffnete. Sie hatte es in Nymath schon öfter erlebt, dass sie die Nähe oder Abwesenheit anderer selbst im Dunkeln fühlen konnte, eine Folge ihres erwachten elbischen Erbes. Niemals zuvor jedoch hatte sie das Alleinsein so stark empfunden wie in diesem Augenblick.

»Abbas?« Ihre Lippen rissen auf und bluteten, als sie seinen Namen rief. Besorgt richtete sie sich zum Sitzen auf und schaute sich um. Die Sonne stand schon tief. Es war immer noch drückend heiß, aber ein leichter Wind kündete von der nahenden Abkühlung.

Ihre Stute stand im Schatten, ließ den Kopf hängen und wartete auf die Kühle der Nacht. Von Abbas fehlte jede Spur.

»Abbas?« Ajana rief lauter, aber niemand antwortete. Abbas war fort. Alarmiert schaute sie nach dem Wasserschlauch und zuckte erschrocken zusammen. Er war nicht mehr dort, wo sie ihn zuletzt gesehen hatte. Da fiel ihr Blick auf etwas Dunkles, das unmittelbar neben ihr im Sand lag. Sie hob es auf und sog die Luft scharf durch die Zähne. Es war der Wasserschlauch und er war immer noch halb gefüllt!

Mit einem Satz war sie auf den Beinen.

»Abbas!« Ihr verzweifelter Ruf gellte durch die Stille. Den Schlauch mit dem kostbaren Wasser fest in der Hand, hetzte sie den schattigen Hang hinauf. Aber wohin sie auch blickte, war nichts als Sand und Dünen. Außer sich vor Sorge, lief sie den Hang an der anderen Seite hinunter, um stolpernd und kriechend den steilen Dünenkamm hinter der Senke zu erklimmen.

»Abbas?« Ihre Stimme war nur mehr ein Krächzen. Kummer und Furcht schnürten ihr die Kehle zu. Sie ahnte, dass etwas Schreckliches geschehen war. Abbas hatte das Wasser zurückgelassen und war verschwunden. Er hatte weder das Pferd noch das kostbare Nass für sich genommen. Das konnte nur eines bedeuten …

Ajana beschattete die Augen mit der Hand und schaute sich um.

Dann sah sie ihn.

Abbas lag regungslos im Sand. Die Augen geschlossen, das Gesicht bleich und leblos.

»Abbas!« Ajana rannte zu ihm und kniete neben ihm nieder. Ihr Atem ging schnell, ihr Herz raste. Was sollte sie nur tun?

Zaghaft fasste sie ihn an der Schulter und rüttelte ihn, aber er rührte sich nicht. Panik stieg in ihr auf.

Wasser, er musste Wasser haben! Hektisch öffnete sie den

Stopfen der Wasserflasche, bettete seinen Kopf auf ihrem Bein und benässte seine Lippen.

»Trink!«, feuerte sie ihn an. »Nun trink doch endlich.« Aber Abbas trank nicht. Das Wasser rann über seine staubigen Wangen und versickerte nutzlos im Sand.

»Bitte! Bitte, trink.« Ajana spürte, wie ihr die Tränen kamen. In ihrer Verzweiflung öffnete sie seine Lippen mit den Fingern und goss ihm das Wasser direkt in den Mund – vergeblich.

Ajana schluchzte auf. Sie musste doch etwas tun können – irgendetwas!

Dann war der Schlauch leer.

Wütend schleuderte sie ihn fort und tastete mit den Fingern nach dem Puls an Abbas' Hals.

Nichts.

Zu spät, wisperte die Stimme in ihr. *Du kommst zu spät.*

Aber Ajana wollte davon nichts wissen. Mit zitternden Fingern öffnete sie sein Gewand, um ihm Luft zu machen – und erstarrte. Es war dunkel verfärbt und glänzte feucht.

Blut!

Angezogen von dem Geruch, näherten sich die ersten Aasfliegen.

»Weg!« Ajana kreischte auf. »Weg mit euch!« Mit hektischen Handbewegungen versuchte sie, die Fliegen zu vertreiben. Doch die beachteten sie nicht und labten sich ungestört an der blutigen Wunde.

»Nein!« In hilfloser Wut hieb Ajana die Faust in den Sand. Sie wagte nicht, das Gewand weiter zu öffnen, und verachtete sich selbst für ihre Schwäche.

Dann sah sie das Messer. Es lag auf dem Boden neben Abbas' halb geöffneter Hand, die Klinge von geronnenem Blut verschmiert.

»Oh, du dummer, dummer Esel!« Ajana schluchzte auf.

Besser ein schnelles Ende, als elendig verdursten.

Die Worte, die Abbas zu ihr gesagt hatte, nachdem er sein Pferd verloren hatte, kamen ihr wieder in den Sinn. Er musste gewusst haben, dass sie Andaurien nicht gemeinsam erreichen konnten. Um sie zu retten, hatte er sein Leben gegeben und für sich das schnelle Ende gewählt. Sie kam zu spät. Kein Wasser dieser Welt würde ihn je ins Leben zurückholen können.

Die Erkenntnis war mehr, als Ajana ertragen konnte. Schluchzend sank sie neben dem Leichnam in den Sand.

Die Sonne ging unter, und die Kälte kam, aber Ajana spürte sie nicht. Wie betäubt saß sie neben dem leblosen Körper, unfähig, eine Entscheidung zu treffen oder den Weg fortzusetzen. Sie saß nur da, starrte auf Abbas' bleiches Gesicht und wünschte, auch sie wäre tot.

Viel früher als in den Tagen zuvor brachen Keelin, Inahwen und die anderen ihr Lager ab und machten sich auf den Weg. Die Sonne stand schon tief, aber es war noch immer drückend heiß. Über dem roten Sand flimmerte die Hitze und wob das trügerische Bild von Wasser in die Luft, das schimmernd die Mulden zwischen den Dünen füllte.

Horus flog voraus, blieb aber immer in Sichtweite, sodass die anderen ihm mühelos folgen konnten. Ajana und Abbas waren nirgends zu sehen, aber bald schon konnten alle mit bloßem Auge die dunkle Linie am Horizont erkennen, die das Ende der Wüste ankündigte. Der Anblick hob die Stimmung, nährte aber auch die Sorge, dass sie Ajana und Abbas nun vielleicht doch nicht mehr rechtzeitig einholen konnten. Inahwen wirkte in sich gekehrt, während Keelin noch angestrengter nach den beiden Ausschau hielt. Dessen ungeachtet äußerte Aileys die Hoffnung, sich schon bald den Sand von der Haut und aus den Haaren waschen zu können, und Kruin schilderte ihr in salbungsvollen Worten, was er alles an schmackhaften Gaumenfreuden zu verzehren gedachte.

Keelin beteiligte sich nicht an dem Gespräch der beiden. Seine Gedanken weilten woanders. Mit einem Teil seines Bewusstseins begleitete er Horus auf der Suche nach Ajana und Abbas. Was er sah, beunruhigte ihn. Die Stelle, an der die beiden noch am Morgen gerastet hatten, war nicht weit entfernt, aber Ajana und Abbas waren nirgends zu sehen. Nur der aufgewühlte Sand kündete davon, dass die beiden dort gewesen sein mussten.

»Was bedrückt dich?« Inahwen schien seine Unruhe zu spüren. Sie lenkte ihr Pferd neben seinen Braunen und blickte ihn fragend an.

»Sie sind weg.« Drei Worte, die alles sagten. »Verdammt!« Keelin fluchte leise. »Ich hätte schwören können, dass wir sie erreichen, bevor sie aufbrechen.«

»Sie werden nicht mehr viel Wasser bei sich haben«, meinte Inahwen. »Sicher war es die Not, die sie zum zeitigen Aufbruch zwang.«

»Dann sind sie in höchster Gefahr.« Es gelang Keelin nicht, den Tonfall tiefer Sorge aus seiner Stimme zu verbannen. Der Gedanke, dass Ajana und Abbas bei dieser Hitze durch die Wüste marschierten, war ihm unerträglich. »Ich werde Horus noch weiter vorausschicken«, sagte er. »Mit nur einem Pferd können sie nicht weit gekommen sein.« Er schloss die Augen und trug seinem Falken auf, weiter nach Norden zu fliegen, um nach den beiden zu suchen. Unverzüglich stieg er höher und ließ den Blick über die Wüste gleiten. Die Bäume im Waldsaum Andauriens waren schon gut zu erkennen, aber von Ajana und Abbas fehlte jede Spur.

Keelin wurde immer ungeduldiger.

Da entdeckte Horus Ajanas Schimmelstute. Das Pferd stand allein in einer Senke und ließ den Kopf hängen.

Horus flog weiter. Andaurien kam näher und immer noch gab es kein Lebenszeichen von den Gesuchten. Wie war das möglich? So weit konnte ein dürstender Mensch doch unmöglich laufen.

Keelin rief den Falken zurück, der den Weg nun von der anderen Seite aus betrachtete. Und endlich hatte er Erfolg: An der Flanke einer gewaltigen Düne, nicht weit von Ajanas Pferd entfernt, entdeckte er zwei Gestalten, die dicht nebeneinander im Sand lagen.

Ajana und Abbas!

Der Anblick schnürte Keelin die Kehle zu. Voller Sorge sandte er Horus den Befehl, näher heranzufliegen, um zu sehen, ob die beiden noch am Leben waren.

Was er sah, brach ihm fast das Herz.

Ajana lag auf dem Bauch, ihr Gesicht wurde von den blonden Haaren verdeckt. Selbst als Horus neben ihr landete, war nicht zu erkennen, ob sie nur schlief oder ob sie …

Er führte den Gedanken nicht zu Ende, denn Horus wandte sich Abbas zu. Der Wunand lag auf dem Rücken. Seine Augen waren geschlossen, der Mund halb geöffnet. Auf dem hellen Gewand zeigte sich ein großer dunkler Fleck, von dem ein Schwarm Aasfliegen aufstieg, als Horus sich näherte.

»Nein!« Keelin keuchte auf. Er hatte schon viele so im Staub liegen sehen und wusste, was es bedeutete.

»Was siehst du?« Inahwen war sofort zur Stelle. Besorgt

legte sie ihm die Hand auf die Schulter. »Hat Horus sie gefunden?«

Keelin nickte matt. Seine Schultern bebten. »Ja«, presste er mühsam hervor, während er versuchte, der aufkommenden Verzweiflung Herr zu werden. »Sie … sie liegen in einer Senke, etwa ein Dutzend Pfeilschussweiten von hier.« Er blickte die Elbin an und schüttelte den Kopf. »Ich fürchte, wir kommen zu spät.«

Ajana spürte, wie etwas an ihr zupfte. Es war ein fernes und unwirkliches Gefühl, aber es war da. Sie blinzelte ins grelle Sonnenlicht und erkannte einen kleinen Schatten, der neben ihr auf dem Boden saß und an einer ihrer Haarsträhnen zog.

»Horus«, flüsterte sie mit rauer Kehle, seufzte und schloss die Augen. Horus war da. Alles war gut.

Die Wüste, die Hitze, die Todesängste … das alles war nur ein böser Traum gewesen. Sie wusste, wo sie war. Sie hatte die magische Nebelwand zerstört und lag am Ufer des Arnad. Sie hörte das Plätschern der Wellen und spürte den feuchten Ufersand an ihrer Wange. Die Gewänder klebten ihr schwer am Körper, die Haare waren nass.

Wasser!

Durst!

Mühsam drehte sie sich um. Ihr Herz begann, heftig zu pochen, als sie das silberne Band des Flusses hinter sich erblickte. Mit letzter Kraft richtete sie sich auf und taumelte auf das kühle, funkelnde Nass zu. Am Ufer fiel sie auf die Knie und schöpfte sich mit beiden Händen gierig das Wasser in den Mund.

Wasser!

Mehr Wasser!

Niemals in ihrem Leben hatte sie einen solchen Durst verspürt. Wie von Sinnen schöpfte sie das Wasser. Aber soviel sie auch schöpfte, sie konnte den Durst nicht löschen.

»Ajana!« Jemand fasste sie an der Schulter und versuchte, sie vom Wasser fortzuziehen. Sie schrie auf und schlug die Hand beiseite. Der Durst war übermächtig.

»Ajana!« Strenge schwang in der Stimme mit, aber das war Ajana gleichgültig. Sie musste trinken, mehr trinken.

»Lass mich!« Ajana versuchte, die Hände abzuschütteln, die sie nun packten und vom Wasser fortzerrten. Sie schlug um sich, biss, kratzte und wand sich. Aber diesmal ließen die Hände nicht locker.

Ein beißender Schmerz auf ihrer Wange ließ das Bild des Arnad wie eine Seifenblase zerplatzen. Von einer Sekunde zur nächsten war das Wasser fort. Was blieb, waren Dunkelheit und Schmerzen, Durst und das ekelhafte Gefühl von Sand und Steinen im Mund.

Ajana hustete und würgte.

»Ja, gut so!«

»Endlich!«

»Sie kommt zu sich!«

»Emo sei Dank.«

Stimmen schwebten durch die Dunkelheit. Vertraute Stimmen, die sie kennen musste und die sie doch nicht einordnen konnte.

»Wach auf, Ajana!« Jemand rüttelte sie sanft an der Schulter.

Ajana blinzelte. Die Sonne blendete sie. Sie hob den Arm und beschattete die Augen. Neben sich erkannte sie vier Gestalten vor dem Hintergrund roter Sanddünen.

Roter Sand – die Wüste … Nur langsam kehrte Ajana in die Wirklichkeit zurück. In eine bittere Wirklichkeit voll grauenhafter Erinnerungen an Hitze und Durst und an den letzten Tropfen Wasser, den sie aus ihrem Wasserschlauch hervorgepresst hatte.

»Abbas?«, flüsterte sie mit rauer Kehle. Sie blinzelte, aber die Sonne verhinderte, dass sie mehr erkennen konnte als nur verschwommene Gestalten.

Jemand setzte ihr einen Wasserschlauch an die Lippen.

»Trink!«

Wasser. Echtes Wasser. Warm und schal, aber so willkommen, dass sie glaubte, nie etwas Köstlicheres getrunken zu haben. Gierig griff sie nach dem Wasserschlauch, schluckte und hustete, würgte und schluckte weiter.

»Genug!« Jemand versuchte, ihr den Schlauch zu entreißen, aber sie klammerte sich daran fest.

»Genug, sage ich!« Mit einem Ruck war der Schlauch fort.

Ajana wollte danach greifen, aber ihre Hände fassten ins Leere.

»Wasser!« Sie schluchzte auf und grub die Hände in den roten Sand.

Ganz unvermittelt kamen die Erinnerungen zurück.

Abbas war tot. Er hatte sein Leben gegeben, damit sie überlebte.

Und sie war schuld daran. Die Erkenntnis hatte nichts von ihrem Grauen verloren.

»Abbas«, presste sie mit tränenerstickter Stimme hervor. Dann fing sie an zu weinen.

»Nicht weinen!« Jemand half ihr auf, sanft und zärtlich, nahm sie tröstend in die Arme, wiegte sie wie ein Kind und wartete geduldig, bis die Tränen versiegten.

»Es ist gut.«

Das Erste, was Ajana sah, als ihr Blick sich klärte, waren zwei dunkelbraune Augen, die sie voller Wärme anschauten. Wie damals, als sie nach dem Feuer in Lemrik erwachte.

»Keelin?« Sie konnte nicht glauben, was sie sah. Sie hatte damit gerechnet, dass Inahwen ihr folgte. Nicht im Traum hätte sie es für möglich gehalten, dass auch Keelin dabei war. Zitternd hob sie die Hand und berührte die Wange des Falkners, während sie bangend darauf wartete, dass auch er sich, wie zuvor der Arnad, einfach in Luft auflöste.

Aber Keelins Antlitz verschwand nicht. Nicht als sie sanft über seinen Kinnbart strich, und auch nicht, als er zärtlich ihre Hand ergriff.

»Ich bin da.« Worte, so schlicht und doch so wertvoll, dass es Ajana die Sprache verschlug. Die Trauer um Abbas rückte für einen Augenblick in den Hintergrund, während alle Enttäuschung und alle Wut, die sie jemals auf Keelin empfunden hatte, zu einem winzigen Etwas zusammenschrumpften, das sie aus ihrem Herzen verbannte. Er war da, das allein zählte, und sie klammerte sich an ihn, als hätte es den Streit und die hässliche Szene am Stall nie gegeben.

Jarmil lenkte den Trupp der verkleideten Streiter nach Norden. Der Marsch führte sie aus dem sumpfigen Dschungel hinaus in ein flaches, dicht bewaldetes Hügelland. Der Weg wurde breiter und sonniger, das Land ringsumher trockener, und die lästigen Insekten, die die feuchtwarmen Gefilde liebten, blieben hinter ihnen zurück.

Yenu bekam von alledem kaum etwas mit. Sie war erschöpft und vermochte sich nur mit größter Mühe auf dem Rücken des Tarpans zu halten, den Jarmil ihr gegeben hatte.

Nachdem Miya den Banbuck-Rausch beim höchsten Sonnenstand endgültig überwunden hatte, hatte der Anführer der Streiter Callugars es den beiden Hedero freigestellt, sie in die Tempelstadt zu begleiten oder ihrer eigenen Wege zu gehen.

»Dies ist nicht euer Kampf«, hatte er ohne einen Vorwurf in der Stimme zu ihnen gesagt und hinzugefügt: »Ihr habt genug gelitten. Ihr seid frei.«

Miya, die schon so lange davon träumte, sich den Streitern anzuschließen, hatte das Angebot entschieden abgelehnt. Sie war stolz und glücklich, nun endlich gemeinsam mit den anderen gegen die Unterdrücker kämpfen zu können.

Yenu hatte zunächst gezögert. Sie war keine Kriegerin und fürchtete sich vor dem, was sie in der Tempelstadt erwarten mochte. Aber dann hatte sie erfahren, dass die Streiter planten, eine Felis zu befreien, die als Höhepunkt des Festes durch ein Gottesurteil hingerichtet werden sollte … jene Felis, die sie verraten hatte.

Die Nachricht hatte ihr die Entscheidung abgenommen. Zu dem Hass auf die Priesterin, die sie so schändlich betrogen hatte und Wilnu, ihren geliebten Gefährten, hatte meucheln lassen, mischten sich nun auch Schuldgefühle. Dass die Felis hingerichtet wurde, war ihre Schuld. Sie allein trug die Verantwortung dafür, wenn der Mythos der unbesiegbaren Katzenwesen für immer zerstört wurde – ein Makel, der sie ihr ganzes Leben lang verfolgen würde.

Beseelt von dem Wunsch, das angerichtete Unheil und die Fehler der Vergangenheit zumindest ein wenig wiedergutzumachen, hatte sie sich entschlossen, bei den Streitern zu bleiben. Jarmil hatte ihre Entscheidung akzeptiert. Wie selbstverständlich hatte er ihr ein Messer gereicht und ihr einen Tarpan besorgt, auf dem sie reiten konnte.

Der Marsch hatte am frühen Nachmittag begonnen und zog sich bis zum Abend hin. Yenu spürte, dass ihre Kräfte rasch schwanden, aber sie klagte nicht und hielt sich tapfer auf dem Rücken des Tarpans. Als die Nacht hereinbrach und Jarmil endlich das Zeichen für die Rast gab, brach sie zusammen und schlief auf der Stelle ein, noch ehe Miya ihr ein Lager bereiten konnte.

Sie schlief sehr unruhig. Immer wieder schreckte sie aus wirren Albträumen auf. Mal kniete sie vor einem blutigen Opferstein, während neben ihr eine Priesterin stand, die das Gesicht einer Felis trug. Dann wieder erwachte sie aus Träumen, die sich um ihre Flucht drehten und in denen sie um ihr Leben rannte, gehetzt von einem namenlosen Grauen, das sie zwar hinter sich spüren, aber nicht sehen konnte. Jedes

Mal dauerte es lange, bis sie sich bewusst wurde, dass sie nur geträumt hatte, und noch länger, bis sie wieder einschlief, nur um in die Fänge des nächsten Albtraums zu geraten.

In ihrem letzten Traum durchlebte sie noch einmal den Augenblick, da sie Wilnu tot in der Höhle fand, mit all dem Grauen, das sie damals empfunden hatte.

Der entsetzliche Anblick brachte sie in die Wirklichkeit zurück. Schlagartig war sie wach, setzte sich auf und sah sich um. Über den Wipfeln der Bäume dämmerte es bereits. Die Feuer waren erloschen. Nebel hing zwischen den Bäumen, die Luft war kühl und feucht. Es war still, so still, dass sie ihren eigenen Herzschlag hören konnte.

Yenu ließ den Blick über die Gestalten der schlafenden Rebellen schweifen, die sich zu beiden Seiten des Wegs niedergelegt hatten. Etwas abseits stand einsam ein Posten, ein verschwommener Schatten im Nebel.

Yenu fröstelte und wickelte die Decke enger um ihre Schultern. Es war seltsam, als Einzige wach zu sein, aber es war immer noch besser, als erneut einen Albtraum zu durchleben. Sie beschloss zu warten, bis auch die anderen erwachten, starrte in die Nebel und beobachtete, wie das erste Grau des Morgens langsam an Helligkeit gewann. Ihr Leben hatte innerhalb kürzester Zeit eine geradezu unglaubliche Wandlung erfahren. Sie war zum Tode verurteilt worden und geflohen, hatte dem Tod durch Urwargift getrotzt und war dem Schicksal des Menschenopfers entgangen.

Und nun bin ich auf dem Weg in die Tempelstadt, um an der Seite der Rebellen zu kämpfen. Yenu lächelte versonnen. *Welch seltsame Wege das Leben doch manchmal ging.*

Ein leises Rascheln irgendwo im Dickicht hinter ihr ließ sie aufhorchen. Aufmerksam wandte sie den Kopf und lauschte. Da war es wieder: Zweige knackten und Blätter raschelten unter huschenden Schritten. Jemand näherte sich. Yenu hielt den Atem an und starrte in das Dickicht.

Am Himmel trieb die aufgehende Sonne gerade die letzten Reste der Dunkelheit davon, doch hier am Waldboden hielt sich noch immer zäher Nebel. Es war schwer, etwas zu erkennen. Doch dann sah sie es: einen Schatten, der sich geduckt und nahezu lautlos durch das Unterholz bewegte.

Ein Angreifer! Instinktiv wanderte Yenus Hand zu dem Messer, das Jarmil ihr gegeben hatte. Ihr Gesicht nahm einen entschlossenen Ausdruck an. Wer immer sich heimlich näherte, konnte kein Freund sein.

Ajana schlief eine Nacht und einen ganzen Tag hindurch. Keelin, Inahwen und Kruin in der Nähe zu wissen, schenkte ihr zum ersten Mal auf dieser Reise das Gefühl, in Sicherheit zu sein, und so gab sie sich ganz der Erschöpfung hin, die nun, nachdem sie fast verdurstet war, übermächtig von ihr Besitz ergriff. Sie bekam nicht mit, wie die anderen von Abbas Abschied nahmen und seinen Leichnam im Wüstensand bestatteten. Sie bemerkte nichts von Keelins Verzweiflung, der bei aller Freude über das Wiedersehen mit ihr doch schmerzlich um den geliebten Freund trauerte und nicht mehr von ihrer Seite wich, aus Furcht, sie auch noch zu verlieren.

Nur selten erwachte sie aus ihren Träumen, die sie zurück zu den Ereignissen glücklicherer Tage führten, wo Hunger, Durst und Tod keine Rolle spielten und die erfüllt waren von Geborgenheit und Liebe. Noch einmal erlebte sie Keelins ersten Kuss im Tal der Vaughn, beobachtete ihn, wie er mit

Horus eins wurde, und ritt an seiner Seite auf der Steilküste nahe Sanforan, während sich tief unter ihnen die Wellen des schwarzen Ozeans donnernd an den Klippen brachen.

Wann immer sie die Augen aufschlug, fürchtete sie, Keelins Gegenwart hier in der Wüste nur geträumt zu haben, und suchte nach ihm. Aber immer fand sie ihn an ihrer Seite, spürte, wie er tröstend ihre Hand ergriff, und ließ sich auf den sanften Wogen des Schlafs erneut davontragen.

Irgendwann wich die Erschöpfung einer bleiernen Müdigkeit, und als der Abend nahte, fühlte sie sich wieder so weit bei Kräften, dass es ihr schwerfiel, noch einmal einzuschlafen. Sie sehnte sich danach, mit Keelin zu sprechen, und wünschte sich verzweifelt, den Weg fortsetzen zu können. Aber sie wusste auch, dass sie dies nun nicht mehr allein zu entscheiden hatte. Inahwen und die anderen würden Erklärungen von ihr verlangen – Erklärungen, die sie noch nicht bereit war zu geben. Sie würden sie ermahnen, vernünftig zu sein, und versuchen, sie zur Umkehr zu bewegen. Vielleicht würden sie auch Druck auf sie ausüben oder, schlimmer noch, sie zur Umkehr zwingen.

Ajana wusste, dass sie für eine solche Auseinandersetzung noch nicht bereit war. Sosehr sie sich auch darüber freute, dass Keelin ihr gefolgt war und sich zu ihr bekannte, eine Umkehr kam für sie nicht infrage. Abbas hatte sein Leben gegeben, damit sie ihr Ziel erreichte. Nichts und niemand würden sie jetzt noch davon abbringen, nach Andaurien zu reiten. So blieb sie ruhig liegen, hielt die Augen geschlossen und stellte sich schlafend, während die anderen mit dem schwindenden Licht allmählich munter wurden. Es dauerte nicht lange, da kam Inahwen, sie zu wecken. Doch die befürchteten Fragen und Vorwürfe blieben aus.

»Fühlst du dich schon kräftig genug, um allein zu reiten?«,

fragte sie freundlich und fügte hinzu: »Wir haben nur noch wenig Wasser und müssen weiterziehen. Horus wird vorausfliegen und in Andaurien nach einem Bach oder See Ausschau halten, an dem wir unsere Wasservorräte auffüllen können.«

»Dann reiten wir nach Andaurien?« Ajanas Miene hellte sich auf.

»Zunächst einmal, ja.« Die Miene der Elbin blieb unergründlich. »Sobald wir Wasser gefunden haben, wird Horus uns zu einem sicheren Lagerplatz führen. Dort werden wir rasten und in Ruhe darüber beraten, was geschehen ist und geschehen soll.«

Ajana war enttäuscht, aber sie nahm sich zurück. Ohne ein Wort über ihre Pläne zu verlieren, packte sie die wenigen Habseligkeiten zusammen, die ihr geblieben waren, und ritt mit den anderen nach Norden, auf den fernen Waldrand zu.

Ihrer Stute ging es inzwischen viel besser. Inahwen hatte die wunden Stellen unter dem Sattel mit einer lindernden Salbe bestrichen und dem halb verdursteten Pferd einen Teil des Wasservorrats zukommen lassen, bevor sie es mit Futter versorgt hatte. Die Stute wirkte noch immer erschöpft und ausgezehrt, aber sie hielt sich tapfer und fiel nicht zurück, als sich die Gruppe in Bewegung setzte.

Die Elbin ritt auf diesem letzten Stück des Wegs an der Spitze, gefolgt von Aileys und Kruin, während Keelin und Ajana den Schluss bildeten. Keelin war immer noch traurig. Er behandelte Ajana höflich und zuvorkommend, aber doch anders als in dem Augenblick, da er sie tags zuvor in die Arme geschlossen hatte. Die unsichtbare Mauer, die der nahende Abschied und die unselige Begegnung mit Duana zwischen ihnen errichtet hatten, war jetzt wieder deutlich zu spüren. Dessen ungeachtet versuchte er, mit Ajana zu reden, doch sie gab sich so einsilbig und verschlossen, dass er es schon bald wieder aufgab.

Ajana entging nicht, wie sehr er sich um sie bemühte, aber sie war innerlich viel zu aufgewühlt, um darauf einzugehen. Von all denen, die ihr Leben um ihretwillen geopfert hatten, hatte sie Abbas' Tod am meisten getroffen. Die Schuldgefühle waren unerträglich. Im Nachhinein wünschte sie, Inahwen hätte schon während der Rast das Gespräch mit ihr gesucht, und sie ärgerte sich, dass sie sich schlafend gestellt hatte.

Was ist nur los?, grübelte sie. Warum fragt mich niemand, wie Abbas gestorben ist? Wieso will niemand wissen, warum ich fortgeritten bin und was ich in Andaurien vorhabe?

»Warum kehrt ihr nicht um?«, richtete sie die nächste Frage laut an Keelin. »Ihr habt mich gefunden und mir das Leben gerettet. Aber deshalb seid ihr doch nicht verpflichtet, mich zu begleiten.«

»Wir begleiten dich nicht nur um deinetwillen.« Keelin deutete auf den leeren Wasserschlauch an seinem Sattel. »Wir haben kaum noch Wasser und müssen nach Andaurien, denn sonst würden wir den Weg zurück niemals schaffen.«

»Oh.« Ajana schämte sich, dass sie sich für so wichtig gehalten hatte. Schließlich hatte Inahwen zuvor schon verlauten lassen, dass sie dringend frisches Wasser brauchten.

Eine Weile schwiegen beide.

»Keelin, ich …« – »Ajana, du …«

Beide verstummten und schauten sich an, weil sie zur gleichen Zeit zu sprechen begonnen hatten. Es war Keelin, der den Satz zuerst beendete: »Ich wollte dir sagen, dass es mir leidtut«, sagte er aufrichtig. »Ich wollte dir den Abschied leichter machen. Es war nie meine Absicht, dich zu verletzen.«

»Ich weiß!« Ajana schenkte Keelin ein versöhnliches Lächeln. Sie war sich dessen längst nicht so sicher, wie ihre Worte ihn glauben machen sollten, aber was geschehen war, gehörte der Vergangenheit an. Auf dem langen Weg durch die Wüste hatte sie viel Zeit zum Nachdenken gehabt und eingesehen, dass auch sie Fehler gemacht hatte. Die Wut, die sie in Sanforan empfunden hatte, war verraucht, der Kummer verflogen. Keelin war da, und mehr denn je wurde ihr bewusst, wie viel er ihr bedeutete.

Yenu ließ das Dickicht nicht aus den Augen. Es schien, als sei der Angreifer allein, aber sie wollte keinen Fehler machen. So stellte sie sich schlafend, während die Gestalt verstohlen auf den Weg hinaustrat.

Es war ein Mann, nicht viel größer als sie selbst und von Kopf bis Fuß in ein schlichtes bäuerliches Gewand gekleidet. Die Gesichtszüge waren in dem spärlichen Licht nicht zu sehen, aber Yenu entging nicht, dass auch er ein Messer in der Hand hielt. Er verharrte und ließ den Blick über die Schlafenden schweifen. Haltung und Bewegungen ließen darauf schließen, dass er nach etwas oder jemandem suchte. Dann schien er es gefunden zu haben. Achtsam setzte er sich in Bewegung und schlich an Yenu vorbei.

Darauf hatte die junge Frau nur gewartet. Mit einem Satz war sie auf den Beinen, schlug dem überraschten Angreifer kräftig auf den Oberarm, sodass das Messer aus seiner Hand glitt, und legte ihm die eigene Klinge an die Kehle.

»Kein Wort!«, zischte sie und drängte ihn vor sich her auf Jarmils Lagerplatz zu. »Und die Hände hoch!«

Der Mann wehrte sich nicht. Die Hände erhoben, schritt er vor Yenu her. »Du machst einen Fehler«, raunte er ihr zu.

Aber sie verstärkte nur den Druck auf seine Kehle und flüsterte: »Du hast einen Fehler gemacht.«

Kurz darauf erreichten sie Jarmil und Maimun.

In den Wipfeln der Bäume ließ ein Tagara seine Morgenlaute erschallen. Der durchdringende Ruf weckte nun auch die anderen. Aus den Augenwinkeln bemerkte Yenu, dass sich die Ersten bereits verschlafen regten.

»Stehen bleiben«, befahl sie. Der Fremde gehorchte sofort.

»Jarmil!« Yenu betete darum, dass der Anführer sie hörte. »Jarmil, wach auf!«

»Ja, wach endlich auf, Jarmil, und sag deiner übereifrigen Streiterin, dass ich nichts Böses im Sinn habe.« Ärger schwang in der Stimme des Fremden mit. Die Worte machten Yenu stutzig. So benahm sich doch kein Angreifer! Vielleicht war es aber auch nur eine List, um sie …

»Kaloc?« Jarmil regte sich. Dem Schlaf noch nicht ganz entronnen, öffnete er blinzelnd die Augen und schaute auf. »Kaloc!« Augenblicklich war er hellwach, warf die Decke beiseite und stand auf. »Bei Callugars scharfem Schwert, was ist geschehen?«

»Er hat sich angeschlichen«, beeilte sich Yenu mit fester Stimme zu erklären. Dass Jarmil den Namen des Fremden kannte, verwirrte sie, aber noch nahm sie die Klinge nicht fort. »Er trug ein Messer.«

Jarmil erhob sich und kam auf sie zu. »Das hast du gut gemacht!«, lobte er, während er Yenu sanft, aber bestimmt das Messer aus der Hand nahm und Kaloc aus der bedrohlichen Lage befreite. »Aber es ist nicht nötig. Er ist einer von uns.«

Yenu schaute Jarmil an. Die ganze Sache war ihr furchtbar peinlich. Sie fühlte sich wie ein Kind, das gerade eine große Dummheit begangen hatte. »Aber warum hat er sich dann …?«

»… angeschlichen?« Kaloc rieb sich mit der Hand den schmerzenden Hals. »Bei den Göttern, wenn du wüsstest, was in der Tempelstadt los ist, würdest du das gewiss nicht fragen.«

»Yenu hat nur ihre Pflicht getan.« Jarmil nickte Yenu billigend zu. »Sie kann nicht wissen, wer du bist.« Seine Stimme wurde ernst. »Aber genug davon. Kommt, setzt euch«, lud er die beiden ein und sagte dann, an Kaloc gewandt: »Ich brenne darauf, deinen Bericht zu hören.«

»Gern.« Kaloc grinste schief, deutete eine Verbeugung an, als wolle er sich bei Yenu für die freundliche Begrüßung bedanken, und kam der Aufforderung nach.

»Verzeiht!« Yenu setzte sich und senkte beschämt den Blick. »Ich wusste nicht …«

»Du brauchst dich nicht zu entschuldigen«, erwiderte Jarmil milde. »Wer sich anschleicht, muss mit einer solchen Begrüßung rechnen.« Er grinste. »Auch wenn er einer unserer besten Späher ist.«

»Sie hätte wenigstens nach der Losung fragen können.« Kaloc betastete noch immer seinen Hals, den ein dünner Schnitt zierte.

»Sie kennt die Losung nicht. Sie ist neu bei uns.« Jarmil deutete auf den Käfig. »Sie und ihre Freundin sollten dem Einen geopfert werden. Wir haben sie befreit.« Damit war das Thema für Jarmil erledigt. »Aber sag, wie ist es euch ergangen?«, fragte er mit unverhohlener Neugier.

»Schlecht!«

Selbst Yenu, die die Hintergründe nicht kannte, spürte die tiefe Resignation, die in diesem einen Wort lag.

»Ranee und Sadira sind tot«, berichtete Kaloc weiter.

»Verdammt!« Jarmil ballte die Fäuste. »Wie konnte das geschehen? Sie waren doch als Priesterinnen verkleidet.«

»Ranee hat versucht, die Hohepriesterin zu ermorden.«

»Sie hat was?« Fassungslos starrte Jarmil Kaloc an. »Bei den Göttern. Wie ist es dazu gekommen?«

»Es geschah auf einer Zusammenkunft, bei der die Hohepriesterin selbst zu den angereisten Priesterinnen sprechen wollte«, hob Kaloc an. »Offenbar hat Ranee dabei die Nerven verloren. Du weißt, wie sehr sie von Rachegedanken erfüllt war, nachdem man ihre einzige Tochter dem Einen geopfert hatte. Es war schließlich kein Geheimnis, dass sie nur deshalb in die Tempelstadt gehen wollte. Gut möglich, dass sie von Anfang an vorhatte, selbst Rache zu nehmen.«

»Hatte sie wenigstens Erfolg?«, warf Yenu ein, die den Heldenmut der unbekannten Frau bewunderte.

Kaloc schüttelte den Kopf. »Der Muriva eines Ajabani setzte ihrem Leben ein Ende, ehe sie ihren Plan ausführen konnte.«

»Und Sadira?«, fragte Jarmil besorgt.

»Verhielt sich gemäß des Kodexes und setzte ihrem Leben selbst ein Ende, um die gemeinsame Sache nicht zu verraten.« Ein Anflug von Trauer huschte über Kaloc' Gesicht, und für den Bruchteil eines Augenblicks wurde deutlich, dass er für die Getötete mehr als nur Freundschaft empfunden hatte.

»Das … das tut mir leid.« Jarmil legte dem Späher mitfühlend die Hand auf den Arm. Für eine Weile herrschte betretenes Schweigen, dann räusperte sich Maimun, der dem Gespräch bisher stumm gelauscht hatte, und ergriff das Wort: »Demnach wissen sie also, dass wir in der Stadt sind?«

»Schlimmer noch. Sie suchen ganz gezielt nach uns.«

Kaloc hatte sich wieder gefangen und fuhr in seinem Bericht fort: »In der ganzen Stadt streifen Ajabani in der Verkleidung einfacher Händler und Bauern umher, die nach Verdächtigen suchen. Fünf meiner Männer sind bereits spurlos verschwunden. Die Straßen in die Stadt hinein werden von den Kriegern der Tempelgarde überwacht. Sie suchen nach dem Schwert, dem Zeichen Callugars. Wer immer das Zeichen trägt, wird abgeführt. Jeder, der in die Stadt will, muss seine Arme entblößen.« Er machte eine Pause, um Atem zu schöpfen, und sagte dann: »Meine Männer und ich sind schon seit Tagen unterwegs, um unsere Leute zu warnen und sie auf geheimen Pfaden in die Stadt zu führen.«

»Das klingt nicht gut.« Jarmil runzelte die Stirn und nickte bedächtig. »Ich danke dir, mein Freund«, sagte er schließlich. »Ich habe hier mindestens drei Dutzend Streiter, die das Zeichen Callugars tragen. Nicht auszudenken, was geschehen wäre, wenn wir der Tempelgarde ahnungslos in die Arme gelaufen wären.«

»Aber was sollen wir tun?«, fragte Maimun. »Wir können sie doch nicht zurückschicken. Das würde einer Niederlage gleichkommen.«

»Es gibt auch noch andere Wege in die Stadt als diese Straße«, erwiderte Kaloc. »Alle, die das Zeichen Callugars tragen, müssen es durch den Wald versuchen. Die anderen können die Straßen ungehindert passieren.«

»Du hast recht, wir müssen uns trennen.« Jarmil nickte zustimmend und fragte: »Wie viele kannst du auf einmal gefahrlos in die Stadt bringen?«

»Fünf in einer Nacht. Vielleicht auch sechs.«

»Sechs«, entschied Jarmil. »Uns bleiben nur noch wenige Nächte bis zum Tag des Festes. Die anderen nehmen die Straße und geben sich als die Abordnung der Kwannen aus.«

Er wandte sich an Maimun. »Sag allen, sie sollen sich am Käfig versammeln. Es gibt wichtige Neuigkeiten.«

Als der Morgen graute, ließen Ajana, Keelin, Inahwen, Kruin und Aileys die Wüste endlich hinter sich und ritten in eine von dürren Bäumen und spärlichem Gras bewachsene Ebene ein.

Nach den endlosen Tagen und Nächten voller Strapazen und Entbehrungen wirkte der Anblick des ersten Grüns so berauschend, dass sie keine Müdigkeit mehr verspürten. Der ferne Saum des Waldes lockte, und sie konnten es nicht erwarten, endlich in den Schatten der Bäume einzureiten.

Die Pferde hingegen hatten es nicht so eilig. Sie waren hungrig und blieben immer wieder stehen, um zu fressen.

Als die Sonne höher stieg, entdeckte Horus nicht weit entfernt einen Flusslauf, der sich, von Osten kommend, durch die Ebene schlängelte. Die Aussicht auf frisches, kühles Wasser tat ein Übriges, die Stimmung zu heben, und die fünf spornten ihre Pferde zu einem letzten Galopp an.

Am Fluss angekommen, gab es kein Halten mehr. Alle saßen ab, liefen die letzten Schritte zu Fuß und tauchten die verschwitzten Gesichter lachend ins Wasser, während die Pferde zum Fluss trabten und zu saufen begannen.

Ajana fühlte sich wie von einer schweren Last befreit. Sie trank, bis sie glaubte, nicht einen Schluck mehr herunterzubringen, und schöpfte sich das Wasser immer wieder mit den Händen ins Gesicht. Zum Schluss watete sie sogar in den Fluss hinaus, um sich den Sand und Staub aus den Haaren zu waschen.

Das Wasser war angenehm warm. Für einen Augenblick kam ihr der Gedanke, wie herrlich es wäre, ganz hineinzuspringen, aber ein Ruf von Aileys hielt sie zurück.

»Komm zurück, Ajana!«, rief die Wunand ihr vom Ufer aus zu. »Ins Wasser zu gehen, kann sehr gefährlich sein.«

»Gefährlich?« Ajana richtete sich auf und blickte Aileys von der Seite her an, während sie die Haare mit den Händen umfasste und das Wasser auswrang. »Warum?«

»Wir kennen die Gewässer Andauriens nicht«, erwiderte Aileys. Ungeduld schwang in ihrer Stimme mit. »Aber in meinem Volk gibt es viele Geschichten, die von der Zeit in Andaurien berichten. Komm heraus, dann erzähle ich dir mehr davon.« Sie unterstrich die Worte mit einer auffordernden Handbewegung.

»Also gut.« Ajana nickte, kam der Aufforderung aber nur unwillig nach. Es war so herrlich, das Wasser auf der Haut zu spüren, und der Fluss wirkte so friedlich, dass sie die Reaktion der Wunand doch ein wenig überzogen fand. Andererseits war Aileys eine ruhige und besonnene Heermeisterin. Wenn sie sich derart besorgt gab, musste es einen guten Grund dafür geben.

»Was soll denn in dem Fluss so Gefährliches leben, dass man nicht hineingehen darf?«, erkundigte sie sich bei der Heermeisterin, während sie wieder in ihre Stiefel schlüpfte.

»Querlas!«

»Querlas?« Ajana runzelte die Stirn. Das Wort sagte ihr nichts.

»Blutrünstige Fische, die ihren Opfern in wenigen Augenblicken das Fleisch bis auf die Knochen abnagen«, erklärte Aileys mit finsterer Miene. »Sie lauern zwischen den Wasserpflanzen am Ufer auf ihre Beute und können Blut im Wasser über eine Pfeilschussweite hinweg ausmachen. Eine kleine Verletzung genügt, um Hunderte von ihnen anzulocken.«

»Das wusste ich nicht.« Voller Unbehagen ließ Ajana den Blick über die friedliche Wasseroberfläche streifen. Das Bild einer Kuh, die im Wasser von Piranhas angefallen wurde, tauchte wie von selbst in ihren Gedanken auf. Es war ein Bild aus einer anderen Welt, aus einem anderen Leben und auch dort nur ein kurzer Ausschnitt in einem Dokumentarfilm gewesen. Aber der Anblick war so entsetzlich gewesen, dass er sich unauslöschlich in ihre Erinnerung gebrannt hatte.

Querlas. Ajana erschauerte, als sie begriff, wie leichtsinnig sie gewesen war.

»Danke«, sagte sie, an Aileys gewandt. »Danke, dass du mich gewarnt hast.«

»Es gibt hier weit mehr Gefahren als nur Raubfische.« Inahwen hatte das Gespräch der beiden mit angehört und war näher getreten. »Dieser Ort ist nicht sicher«, mahnte sie. »Wir müssen weiter.«

Ihr Ritt führte sie am Ufer des unbekannten Flusses entlang nach Norden auf das dichte Waldgebiet zu. Nicht weit vom Waldrand entfernt hatte Horus eine Lichtung entdeckt, die für eine Rast geeignet schien. Jetzt da sie getrunken hatten, machte sich allmählich auch die Erschöpfung bemerkbar. Sie waren die ganze Nacht hindurch ohne Rast geritten und sehnten sich nach Ruhe.

Während die Sonne immer höher stieg, überquerten sie den Fluss bei einer Furt. Ajana fühlte sich dabei sehr unbehaglich. Furchtsam starrte sie in das flache, klare Wasser, weil sie fürchtete, von Querlas angegriffen zu werden. Erst als alle das andere Ufer erreicht hatten, atmete sie auf.

Auf ihrem Weg sahen sie hin und wieder Wild, das äsend

durch die Steppe wanderte oder an den Fluss zog. Doch obwohl der Tag schon weit vorangeschritten war, entdeckten sie nirgendwo einen Hinweis darauf, dass sich auch Menschen in der Nähe befanden.

»Ziemlich einsam hier.« Kruin sprach aus, was alle dachten.

»Wäre es dir lieber, aus dem Hinterhalt mit Pfeilen beschossen zu werden?«, entgegnete Aileys, die den nahen Waldrand nicht aus den Augen ließ. Sie wirkte angespannt und nervös, ganz so als rechne sie jeden Augenblick damit, angegriffen zu werden.

Ajana fragte sich, welche Legenden aus Andaurien die Wunand-Heermeisterin noch kennen mochte, verzichtete aber darauf, ihr diese Frage zu stellen.

»Das Land unserer Ahnen«, hörte sie Keelin neben sich murmeln. Seit sie die Wüste hinter sich gelassen hatten, war er ausgesprochen schweigsam gewesen. »Gilian sei gepriesen, dass ich das erleben darf.«

»Du wartest besser mit dem Preisen, bis wir in Sicherheit sind«, meinte Aileys grimmig und deutete nach Westen. »Wir werden beobachtet.«

»Sie sind fast am Ziel.« Ein zufriedenes Lächeln umspielte Aszas Mundwinkel, als sie sich von Callugars Brunnen löste und durch die Halle der schlafenden Götter auf den Wanderer zuging. »Sie sind zu fünft, aber sie können es schaffen. Vieles ist in Bewegung in Andaurien dieser Tage.«

Der Wanderer stand vor Thorns Ruhestätte. Seine Hände ruhten auf den prächtigen Leibern der Pferde, die die Bank des Gottes schmückten. Er hielt die Augen geschlossen, doch als er Asza kommen hörte, blickte er auf.

»Nicht nur in Andaurien«, sagte er.

»Was fühlst du?« Asza trat näher und legte die schlanken Finger auf den grauen Stein.

»Wut.« Das Gesicht des Wanderers war wie immer in Schatten gehüllt, aber Asza spürte die Zuversicht, die aus diesem einen Wort sprach, auch ohne ihn anzusehen.

»Sie wissen nun, was geschehen ist, seit sie Andaurien den Rücken kehrten«, sagte der Wanderer. »Und sie verurteilen es.«

»Dann kommen sie zurück?« Aszas Miene hellte sich auf.

Doch der Wanderer schüttelte den Kopf. »Sie wollen, aber sie können nicht«, sagte er. »Zu wenige sind es, die noch an sie glauben. Die Freigläubigen in Nymath und die Streiter Callugars sind zu schwach. Ihre Gebete allein vermögen die Tore nicht zu öffnen, die die Alten einst hinter sich schlossen.«

»Umso mehr liegt die Verantwortung jetzt bei uns.« Asza hob die Hand nachdenklich ans Kinn. »Es gilt, die Gunst der Stunde zu nutzen, aber wir haben nicht mehr viel Zeit. Das erste Blut wurde bereits vergossen. Seine Macht gewinnt wieder an Stärke.«

»Aber wie soll uns das gelingen?« Zweifel schwangen in den Worten des Wanderers mit. »Es sind zu wenige, die gegen ihn aufbegehren. Wir haben nicht mehr viel Zeit, und unsere Hoffnung, dass die Alten ihnen beistehen, erfüllt sich nicht.«

»Manchmal ist es gar nicht sinnvoll, mit dem Kopf durch die Wand zu wollen«, erwiderte Asza geheimnisvoll. »Viel wichtiger ist es, mit den Augen eine Tür zu finden.«

Der Wanderer blickte sie schweigend an, dann seufzte er und sagte: »Wenn es denn eine solche gibt.«

Am Morgen der sechsten Nacht vor dem Opferfest nutzten Suara und Oxana einen Botengang, um auf dem Rückweg den Platz zu erkunden, auf dem das Gottesurteil vollstreckt werden sollte.

Es war ein grauer und trüber Morgen, wie er im Dschungel häufig vorkam. Schon als es dämmerte, hatte die Sonne ihr Antlitz hinter dichten Wolken verborgen. Bald darauf hatte es zu regnen begonnen. Nun ging der Regen wie ein grauer Vorhang nieder, weichte den Boden auf und ließ die Welt ringsumher im Dunst versinken.

Als sie den freien Platz erreichten, in dessen Mitte der Götterbaum sein gewaltiges Blätterdach über das kurz geschorene Grün breitete, war der Regen noch einmal stärker geworden.

Die Flammen in den Öllampen, die die Krieger der Tempelgarde jeden Abend rings um den Platz entzündeten, knisterten und rauchten, während die Regentropfen in der Hitze des Feuers verdampften.

»Wo werden sie das Gerüst wohl aufbauen?« Suara war stehen geblieben und blickte nachdenklich über das weitläufige Grün.

»Können wir uns nicht irgendwo unterstellen?« Oxana schlang die Arme fröstelnd um den Oberkörper. Die Haare hingen ihr nass und schwer ins Gesicht, das Gewand war völlig durchweicht. Sehnsüchtig schaute sie zum Götterbaum hinüber.

»Ich weiß nicht, ob das erlaubt ist.« Suara blickte sich aufmerksam in alle Richtungen um. Sie waren allein. Bei dem Regen wagte sich offenbar niemand ins Freie.

»Also gut, komm mit«, sagte sie nach kurzem Zögern, gab Oxana einen Wink und lief auf den Baum zu. Unter dem Dach der Blätter war der Boden noch trocken. Suara und Oxana atmeten auf. Sie waren durchnässt bis auf die Haut, aber immerhin dem strömenden Regen entkommen.

»Die Hohepriesterin wird die Zeremonie gewiss von dem steinernen Podest am Ende des Platzes aus beobachten«, meinte Suara nachdenklich, während sie die Umgebung des Baums musterte. »Wenn sich zwei Bogenschützen gegenüberstehen, muss das Gerüst also in der Mitte zwischen dem Baum und dem Podest aufgebaut werden.« Sie grinste. »Jedenfalls so weit von dem Podest entfernt, dass die Hohepriesterin nicht von einem verirrten Pfeil getroffen werden kann.«

»Dann wird der Henker sicher hier am Baum stehen und der Gottesbote vor dem Podest.« Oxana hatte ihre Haare ausgewrungen und widmete sich wieder dem eigentlichen Grund ihres Erkundungsgangs. »Sie werden sicher kein Wagnis eingehen.«

»In diesem Fall ist es sowieso keines«, meinte Suara. »Diesmal wird auf jeder Seite ein Henker stehen.«

»Wie wollen wir die Felis dann befreien?«, flüsterte Oxana voller Unbehagen. »Der Platz ist riesig und wir sind nur zu zweit. Alles wird voller Menschen sein, die sich an den Absperrungen drängen, um einen guten Blick auf das Schauspiel zu haben.« Sie schüttelte betrübt den Kopf. »Ich glaube nicht, dass wir …«

»Oh Schatten. Da kommt jemand.« Beunruhigt schaute Suara in Richtung der Tempelstadt, wo hinter den Regenschnüren verschwommen sechs Gestalten zu sehen waren. Kurz entschlossen fasste sie Oxana am Arm und raunte ihr zu: »Schnell, wir verstecken uns hinter dem Stamm.«

Der Stamm des Götterbaums war so gewaltig, dass fünf Männer dahinter Platz gefunden hätten. Für Suara und Oxana war es dennoch nur ein dürftiges Versteck, denn die sechs auf dem Platz hatten das gleiche Ziel. Schon bald traten sie unter das schützende Dach des Baums.

»Bei den Göttern, was für ein Regen«, hörte Suara einen wohlbeleibten Mann fluchen. Zustimmendes Gemurmel wurde laut.

»Ich weiß nicht, was es daran zu verurteilen gibt«, ergriff ein anderer das Wort. »Ohne den Regen wären wir niemals unbemerkt so weit gekommen. Ab morgen werden hier Tag und Nacht Krieger der Tempelgarde patrouillieren, dann haben wir keine Gelegenheit mehr, uns hier umzusehen. Wir sollten Callugar danken, dass er uns diesen Regen geschickt hat.«

»Das tue ich, wenn ich wieder trocken bin«, knurrte der Dicke. »Jetzt lasst uns endlich zur Sache kommen.«

… wir sollten Callugar danken. Suara horchte auf. Die Männer mussten zu den Streitern Callugars gehören. Vorsichtig wagte sie sich einen Schritt weiter um den Stamm herum, um nichts von dem zu verpassen, was die Männer besprachen.

»Sayid, du mischst dich mit deinen Männern unter die Schaulustigen auf der rechten Seite. Jarmil wird die linke Seite nehmen«, hörte sie den Anführer der Gruppe sagen.

»Wenn er denn rechtzeitig ankommt«, warf der Dicke skeptisch ein. »Noch ist er nicht da.«

»Er wird kommen.« Der scharfe Tonfall des Anführers duldete keinen Widerspruch.

»Kaloc wird sich mit neun weiteren Streitern als Krieger der Tempelgarde verkleiden und nahe dem Podest der Hohepriesterin Aufstellung nehmen«, fuhr der Anführer fort. »Wir warten, bis das Gottesurteil beginnt. Dann …«

Oxana nieste.

Suara wirbelte herum, aber es war schon zu spät. Als sie sich umdrehte, stand einer der Rebellen unmittelbar hinter ihr und packte sie am Arm. In seiner Hand blitzte eine Klinge.

»Bei Callugars scharfem Schwert!«, entfuhr es ihm. »Wen haben wir denn da?«

Aileys wies nach Westen, wo in der Steppe ein kleiner Trupp zu sehen war, vielleicht ein halbes Dutzend Männer mit dunkler Hautfarbe und heller Kleidung.

»Es könnten Wunand sein.« Kruin reckte sich, um besser sehen zu können. »Sollten wir nicht hinreiten und sie …«

»Es ist besser, wenn hier niemand etwas von uns erfährt«, fiel Inahwen ihm ins Wort. »Je schneller wir den schützenden

Wald erreichen, desto besser.« Kruin murmelte etwas Unverständliches, widersprach aber nicht. Er schaute sich noch einmal um, aber die Männer waren bereits verschwunden.

Kurz darauf ritten sie in das schattige Grün des Dschungels ein.

Anders als die Steppe war der Wald voller Leben. Es war, als hätten sie mit den ersten Bäumen das Tor zu einer anderen Welt voller Leben und froher Farben durchschritten.

Voller Ehrfurcht blickte Ajana auf die riesigen fremdartigen Bäume, die wie eine grüne Wand vor ihr aufragten. Hoch waren sie, mit dicken Stämmen und tief gefurchter, von grünen Ranken überwucherter Rinde, die sie entfernt an die gewaltigen Mammutbäume in Amerika erinnerten. Die Fülle der Sinneseindrücke, der Überfluss an Farben und Düften und der vielstimmige Chor der schillernden Vögel hoch oben in den Bäumen waren so berauschend, dass es nicht nur Ajana die Sprache verschlug. So setzten sie ihren Weg in ehrfürchtigem Schweigen fort, bis sie die Lichtung erreichten, die Horus für ein Lager ausgewählt hatte.

Der Platz war hervorragend gewählt. Ein schmaler Wasserlauf speiste einen kleinen Teich, und das dichte Unterholz ringsumher gab ihnen das Gefühl, vor neugierigen Blicken geschützt zu sein.

Sie saßen ab, befreiten die Pferde von den Sätteln und ließen sie auf der Lichtung grasen. Kruin entdeckte einen Baum voll reifer, süßer Früchte, die Ajana ein wenig an Birnen erinnerten, aber wie Pfirsiche schmeckten.

»Ich denke, jetzt ist es an der Zeit, dass du uns einige Fragen beantwortest«, richtete Inahwen das Wort schließlich an Ajana, als alle gegessen hatten.

»Ich weiß.« Ajana nickte.

»Warum bist du fortgeritten?«, fragte Inahwen geradeheraus.

Ajana blickte schweigend von einem zum anderen.

»Der Ulvars ist tot«, begann sie zögernd. »Ich erfuhr es an dem Tag, als ich allein von Sanforan aufbrach, um die Knospen des gespaltenen Baums mit eigenen Augen zu sehen …« Zunächst stockend, dann immer fließender erzählte Ajana den anderen, wie es ihr ergangen war. Sie berichtete von ihrem Treffen mit Asza am Ulvars und was sie dort erfahren hatte. Ihren Plan, Keelin um Hilfe zu bitten, ließ sie ebenso wenig aus wie ihre Enttäuschung und Wut, als sie Keelin und Duana im Stall gesehen hatte.

Dann sprach sie von dem Treffen mit Abbas und ihrer Reise zur Festung und betonte dabei immer wieder, dass der Wunand jederzeit hätte umkehren können. Den Sandsturm und das zu schildern, was auf ihn folgte, kostete sie viel Kraft. Aber sie wollte nichts auslassen und berichtete auch von diesem Teil der Reise so ausführlich, wie es ihr möglich war, bis zu dem Zeitpunkt, da Horus sie gefunden hatte.

»Dann war es nicht unser Streit, der dich den Entschluss fassen ließ, Nymath zu verlassen?«, fragte Keelin, nachdem Ajana geendet hatte. Wie die anderen auch, hatte er ihren Worten schweigend gelauscht und sie nicht ein einziges Mal unterbrochen.

»Nein, es war nicht der Streit.« Ajana dachte an Abbas und wurde traurig. »Aber ohne die harten Worte wäre sicher vieles anders gekommen.« Sie verstummte, blickte ihn an und sagte dann: »Es war, wie ich sagte: Als ich in den Stall kam, wollte ich dich bitten, mich zu begleiten.«

Keelin senkte den Blick und schwieg betroffen.

»Ich habe großes Verständnis für deinen Wunsch heimzukehren«, ergriff Inahwen das Wort. »In einer verzweifelten

Lage, wie du sie erleben musstest, ist es nur selbstverständlich, nach einem Halm zu greifen, und sei er auch noch so klein, wenn er nur Rettung verheißt. Die Frage ist jedoch, ob du der Fremden und diesem geheimnisvollen Wanderer auch trauen kannst, die dir den Weg nach Andaurien wiesen.«

»Die beiden haben mir geholfen, seit ich in Nymath bin.« Ajana war empört. Wie konnte Inahwen an der Aufrichtigkeit der beiden zweifeln? »Die junge Göttin hat mir das Leben gerettet, als ich in die Nebel ging. Der Wanderer hat Maylea gerettet, als sie auf der Flucht vor den Uzoma zu verdursten drohte, und …«

»Er hat mir verraten, wohin Ajana reitet, damit ich ihr folgen kann«, beendete Keelin den Satz für sie.

»Du … du hast ihn gesehen?« Überrascht sah Ajana zu Keelin. »Und er hat dir verraten, was ich vorhabe?«

»Nein, das hat er nicht«, korrigierte Keelin. »Er nannte mir nur dein Ziel.«

»Aber warum?«, erkundigte sich Kruin. »Wenn die beiden wirklich Abgesandte der alten Götter sind, warum sollten sie sich dann so sehr um das Schicksal eines einzelnen Menschen bemühen?«

»Weil auch sie Ziele verfolgen.« Inahwens Miene gab nichts von ihren Gedanken preis, aber das Misstrauen, das in ihren Worten mitschwang, war nicht zu überhören. »Ich kenne ihre Pläne nicht und wage nicht, darüber zu urteilen, ob sie gut oder schlecht sind. Doch sollten wir nie vergessen, dass wir für die Götter nicht mehr sind als Figuren in einem großen Spiel. Sie hielten es für wichtig, dass Ajana Andaurien erreicht, und sorgten dafür, dass rechtzeitig Hilfe zur Stelle war.

Ajana scheint in ihren Plänen eine wichtige Rolle zu spielen, und sie tun alles, damit sie nicht verloren geht.«

»Das klingt, als hättest du mächtige Beschützer.« Kruin nickte Ajana zu.

»Solange sie ihnen von Nutzen ist, mag das zutreffen.« Inahwen blieb skeptisch. »Dennoch sollte uns Abbas' Schicksal ein warnendes Beispiel sein. Die Wege der Götter sind unergründlich. Ihr Bestreben erschließt sich uns im Allgemeinen nicht.«

»Die Pläne der Götter sind mir gleich«, ergriff Ajana wieder das Wort. »Ich werde zu diesem Baum reiten und selbst herausfinden, ob sie mir die Wahrheit gesagt haben.« Sie blickte die anderen entschlossen an. »Ich bin es Abbas schuldig.«

»Wenn dieser Baum überhaupt existiert«, gab Inahwen zu bedenken. »Niemand von uns kann sagen, ob …«

»Es gibt ihn.« Es war das erste Mal, dass Aileys in dieser Runde die Stimme erhob, doch dafür tat sie es umso nachdrücklicher. »Eine Legende der Wunand erzählt von einem Götterbaum, auf den Ajanas Beschreibung zutrifft. Er soll noch heute um die verlorenen Götter trauern und rote statt weiße Blüten tragen. Der Legende nach sollen die Stämme Andauriens an der Farbe seiner Blüten erkennen können, wenn die alten Götter zurückgekehrt sind.«

»Erzählt die Legende auch, wo wir ihn finden können?«, fragte Kruin.

»Im Dschungel am Rande des Sumpfes.«

»Das kann hier sein oder auch viele Tagesritte entfernt«, warf Keelin ein. »Ich habe Horus Ausschau halten lassen. Dieser Wald ist so riesig, dass er das Ende nicht ausmachen konnte.«

»Dann hilft uns das nicht weiter.« Kruin seufzte.

Für eine Weile herrschte Schweigen.

»Ich spüre, dass ihr alle bereit seid, Ajana zu helfen«, sagte

Inahwen schließlich in die Stille hinein. Doch ehe wir uns Gedanken darüber machen, wo der Baum zu finden ist, sollten wir über die nächsten Schritte beraten und gut abwägen, welches Wagnis wir dabei eingehen.«

… dass ihr alle bereit seid, Ajana zu helfen. Ajanas Herz machte vor Freude einen Satz. Sie hatte sich getäuscht. Inahwen wollte sie nicht umstimmen. Sie wollte ihr helfen – alle wollten es.

»Priesterinnen!« Der Anführer der Rebellengruppe spie das Wort aus, als bezeichne es Abschaum. Er verschränkte die Arme vor der Brust, legte die Hand ans Kinn und bedachte Suara und Oxana mit einem langen, schwer zu deutenden Blick. Dann machte er eine knappe Handbewegung und befahl: »Tötet sie!«

Suara fühlte, wie sie zurückgerissen wurde. Ein Arm legte sich von hinten um ihre Kehle und schnürte ihr die Luft ab, während sie aus den Augenwinkeln eine blitzende Klinge näher kommen sah. Für Panik war keine Zeit. Noch ehe der Angreifer die Bewegung zu Ende führte, neigte sie sich leicht nach vorn und rammte ihm den Fuß zwischen die Beine.

Die Luft entwich seinen Lungen mit einem zischenden Laut, während er gleichzeitig die Umklammerung lockerte. Ein Fehler, den Suara sofort für sich nutzte. Mit geübtem Griff packte sie den Arm, der das Messer führte, und warf den Angreifer so gekonnt über die Schulter, dass er wie ein nasser Sack vor ihr zu Boden krachte. Das Messer entglitt seinen Händen, rutschte ins Gras und fand wie von selbst den Weg in Suaras Hand.

»Emos zornige Kinder!« Keuchend vor Anstrengung, streckte Suara den Rebellen das Messer entgegen. »Na los! Wer von euch will der Nächste sein?«

Drei der Rebellen zogen ihre Messer und wollten sich auf sie stürzen, aber der Anführer hielt sie zurück.

»Wartet!«

»Worauf? Dass sie sich davonmachen und uns verraten?« Der Dicke spie verächtlich auf den Boden. »Lasst sie uns töten, sag ich. Jetzt.« Er gab einen knurrenden Laut von sich und machte einen Schritt auf Suara zu.

»Wir sind keine Priesterinnen.« Suara ließ den Dicken nicht aus den Augen.

»Das würde ich auch behaupten, wenn ich in deiner Lage wäre.« Der Dicke grinste hämisch. »Dumm nur, dass du ganz und gar wie eine aussiehst.«

»Komm mir nicht zu nahe!« Suara wich zurück. »Wir kämpfen auf derselben Seite. Ich habe nichts davon, dich zu verletzen.«

»Dann bekenne, wer du wirklich bist!« Der Anführer rief ihr die Frage zu, verzichtete jedoch darauf, den Dicken zurückzuhalten.

»Das werde ich«, gab Suara zur Antwort. »Aber nur, wenn er sein Messer einsteckt.«

»Also gut.« Der Anführer nickte. »Orban! Tu, was sie sagt.«

»Sie werden uns verraten!« Orban zögerte.

»Wir verraten niemanden, du Narr«, fuhr Suara ihn an. »Wir haben wahrlich genug damit zu tun, selbst unerkannt zu bleiben. Da werden wir die Häscher des Blutgottes gewiss nicht noch zusätzlich auf uns aufmerksam machen.«

»Da ist was dran.« Der Anführer trat lockeren Schrittes auf die beiden zu. »Du bist eine Nuur«, stellte er fest.

»Und du bist … ihr alle seid Streiter Callugars«, erwiderte Suara, ohne auf seine Bemerkung einzugehen.

»Gut beobachtet – oder soll ich besser sagen: belauscht?« Der Anführer grinste.

»Dann wäre das ja geklärt.« Suara lächelte knapp, ließ aber den Dicken nicht aus den Augen. »Kann er jetzt endlich das Messer einstecken, damit wir reden können?«

Der Anführer gab Orban ein Zeichen. Dieser knurrte unwillig und zögerte, ließ das Messer dann aber sinken.

»Du willst reden?« Der Anführer verschränkte die Arme vor der Brust und baute sich vor Suara auf. »Nur zu. Ich höre.«

»Ihr und wir«, Suara deutete zuerst auf Oxana und dann auf sich selbst. »Wir alle sind nicht zufällig hier. Vermutlich haben wir sogar dieselben Ziele. Wäre es da nicht vernünftig, wenn wir zusammenarbeiten würden, statt uns gegenseitig die Köpfe einzuschlagen?«

»Das klingt fürwahr vernünftig.« Der Anführer nickte. »Die Sache hat nur einen Haken.«

»Und welchen?«

»Ich bin nicht befugt, solche Dinge zu entscheiden.«

»Und wer ist befugt?«, wollte Suara wissen.

»Das kann ich dir nicht sagen.«

»Dann kannst du mir vielleicht sagen, wo ich einen Befugten finden kann?« Allmählich wurde Suara ärgerlich.

»Nein. Aber du kannst mir sagen, wo sie dich finden können, wenn sie dich sehen wollen«, erwiderte der Anführer ungerührt. »Die Stadt ist voller Gefahren, wir müssen vorsichtig sein.«

»Also gut.« Suara seufzte. »Dann machen wir eben einen Treffpunkt aus.«

Horus hatte aus der Luft ein Dorf erspäht; es lag auf einer großen Freifläche in der Nähe eines Flusses. Die kleinen, fensterlosen Hütten waren auf Pfählen in halber Mannshöhe über dem Boden errichtet. Die Wände bestanden aus ineinander verflochtenen Ranken, die Dächer aus großen, zähen Blättern von Farnen, die über einem spitz zulaufenden Gerüst aus langen Ästen lagen. Es waren nur wenige Hütten, vielleicht fünfzehn an der Zahl, aber es gab kein anderes Dorf in der Nähe, und so beschlossen die fünf, die Bewohner nach dem Götterbaum zu fragen.

Die ersten Dorfbewohner, denen sie begegneten, waren Kinder mit primitiven Angelruten. Es waren zwei Jungen und ein Mädchen mit schwarzen Haaren und dunkler Hautfarbe, die nur dürftig mit einem Schamtuch bekleidet waren. Das Mädchen war noch sehr klein. Um den Kopf hatte es ein Tuch zu einer Art Turban geschlungen, auf dem es mit großem Geschick einen Korb mit Fischen balancierte. Als es die Fremden entdeckte, stieß es einen spitzen Schrei aus, ließ den Korb fallen und rannte mit den Jungen zurück ins Dorf.

Wenig später sahen sich Ajana und ihre Gefährten gut zwanzig Kriegern gegenüber, die ihnen mit Speeren den Weg versperrten. Furcht spiegelte sich auf den Gesichtern der Männer, aber auch eine wilde Entschlossenheit, ihre Hütten gegen die Fremden zu verteidigen.

Aileys ließ ihren Braunen ein paar Schritte vortreten.

»Wir kommen in Freundschaft«, sagte sie im typischen Tonfall der Wunand. Niemand antwortete ihr. Aileys wartete, ob jemand das Wort ergriff, dann fragte sie: »Gibt es jemanden unter euch, der meine Sprache spricht?«

Schweigen.

Ajana sah, wie ein ergrauter Krieger einem Jüngeren etwas

zuflüsterte. Dieser wandte sich um und eilte davon. Der Alte stützte sich auf seinen Speer und trat vor. Er war kleinwüchsig und von kräftiger Statur. Sein Gesicht war rund, mit einer flachen Nase und eng zusammenstehenden Augen. Wie die anderen Männer seines Stamms trug er ein Lendentuch aus gefärbtem Leder und bunte Ketten aus Holzperlen um den Hals. Sein ergrautes Haar zierte ein federgeschmücktes Stirnband.

»Nanala schpricht«, formulierte er holprig eine Antwort. »Lami mahlo se.«

»Was hat er gesagt?« Kruin, der neben Ajana saß, beugte sich zu ihr herüber und runzelte die Stirn. »Ich traue denen nicht.«

»Ich glaube, der Junge holt jemanden, der unsere Sprache spricht«, flüsterte Ajana ihm zu.

Wenig später kam der Krieger zurück, eine junge Frau am Arm mit sich zerrend. Sie war einen halben Kopf kleiner als der Krieger, hatte lange schwarze Haare und trug eine helle, aus Pflanzenfasern gewebte Tunika.

»Nanala!« Der Alte deutete auf die Frau und entblößte grinsend eine Reihe lückenhafter Zähne.

Die Menge der Speerträger teilte sich, um die Frau durchzulassen, die sich nur widerstrebend dem Willen der Männer fügte. Ihr Blick irrte furchtsam über die Reiter und blieb dann an Aileys hängen, die sogleich aus dem Sattel stieg, um auf Augenhöhe mit der Frau zu sprechen.

»Nanala?« Aileys bemühte sich um einen freundlichen Tonfall.

Die Fremde nickte.

»Ich bin Aileys, Sprecherin der ehrwürdigen Inahwen und ihrer Begleiter.« Aileys deutete zunächst auf sich, dann auf Inahwen und die anderen. »Wir kommen in Freundschaft.«

Nanala nickte erneut und übersetzte die Worte hastig in ihre eigene Sprache. Verhaltenes Gemurmel wurde laut, dann stellte der Älteste wieder eine Frage.

»Tiktu will wissen, woher ihr kommt und was ihr hier wollt.« Es war nicht zu überhören, dass Nanala die Sprache lange nicht gesprochen hatte.

»Sag ihm, wir kommen von weit her. Wir sind auf der Suche nach einem Baum, der auch der Götterbaum genannt wird«, erwiderte Aileys. »Habt ihr davon gehört?«

Ajana entging nicht, dass Nanala bei dem Namen des Baums erschrocken zusammenzuckte. Aber die junge Frau fing sich schnell, nickte und gab die Frage weiter.

»Tiktu weiß, dass es in der Tempelstadt einen mächtigen Baum gibt, der einst diesen Namen trug«, übersetzte sie die Worte des Alten. »Er fragt, ob ihr auf dem Weg zum großen Opferfest seid?«

Aileys wandte sich Inahwen zu, unsicher, was sie darauf antworten sollte. Die Elbin richtete sich im Sattel auf und straffte sich. Sie hatte ihr Gesicht bisher unter der Kapuze ihres Umhangs verborgen. Nun streifte sie die Kapuze hoheitsvoll ab und nickte Aileys zu.

Ein erstauntes Raunen ging durch die Menge der Krieger, als sie Inahwens blasses Gesicht erblickten. Nahezu gleichzeitig ließen sie die Speere fallen, sanken demütig auf die Knie und pressten die Stirn auf den Boden. Nanala sog die Luft scharf durch die Zähne und verneigte sich ebenfalls.

»Vergebt mir, ehrwürdige Priesterin«, stammelte sie betroffen. »Verzeiht. Ich … ich wusste ja nicht, dass Ihr … verzeiht mir.«

Aileys runzelte die Stirn und warf Inahwen einen verwirrten Blick zu, doch die schüttelte nur den Kopf und forderte sie durch eine bedächtige Geste auf weiterzusprechen, als sei nichts geschehen.

»Ja, wir … wir sind auf dem Weg zum Fest«, erwiderte Aileys, wieder an Nanala gewandt. »Aber wir haben uns verirrt. Meine Herrin wäre euch sehr dankbar, wenn ihr uns den Weg weisen würdet.«

Nanalas Blick huschte ängstlich von Aileys zu Inahwen und wieder zurück, dann gab sie die Worte an den Alten weiter, der sich so demütig verneigte, dass er selbst beim Sprechen nicht aufzusehen wagte.

»Tiktu bittet die ehrwürdige Priesterin um Vergebung«, übersetzte Nanala seine Antwort. »Er ist zutiefst beschämt, Euch nicht sofort erkannt und stattdessen bedroht zu haben, und will gern alles tun, damit Ihr das große Opferfest noch rechtzeitig erreicht. Dazu müsst Ihr dem Fluss stromabwärts bis zum Dath folgen und dann noch einen Sonnenwechsel auf dem großen Strom nach Norden fahren. Den Götterbaum findet Ihr im Herzen der Tempelstadt am Rande der Artasensümpfe.«

»Das klingt, als müssten wir ein Boot nehmen«, warf Keelin ein. »Frag sie nach einem Weg, den auch die Pferde gehen können.«

»Gibt es keinen Weg, auf dem wir zu Pferde dorthin kommen?«, erkundigte sich Aileys.

»Nicht von hier!« Nanala schüttelte den Kopf. »Hier führen nur wenige Pfade durch den Dschungel und das Sumpfland. Ihr müsstet gewaltige Umwege in Kauf nehmen. Das Opferfest zu Ehren des Einen wäre zu Ende, ehe Ihr die Tempelstadt erreicht.«

Noch ehe Aileys antworten konnte, sagte Tiktu etwas in der eigentümlichen Sprache der Eingeborenen.

»Es wäre Tiktu eine große Ehre, der ehrwürdigen Priesterin

zu helfen«, übersetzte Nanala mit gesenktem Blick. »Er würde sich glücklich schätzen, ihr für die Reise zur Tempelstadt zwei von unseren Booten zu überlassen. Die Pferde können hierbleiben. Wir werden gut für sie sorgen, bis Ihr zurückkommt.«

»Ja, das kann ich mir vorstellen«, flüsterte Kruin Keelin zu. »Ich wette, er verkauft sie für ein paar bunte Holzperlen, ehe wir die erste Flussbiegung hinter uns gelassen haben.«

Aileys warf dem Uzoma einen tadelnden Blick zu. »Das ist sehr freundlich, aber wir reiten lieber«, lehnte sie das Angebot ab.

»Mit Booten erreicht Ihr die Tempelstadt in zwei Sonnenwechseln. Mit den Tieren seid Ihr viermal so lange unterwegs«, gab Nanala zu bedenken. »Dann ist das Fest schon fast vorbei.«

»Dann sag Tiktu, das Angebot ist sehr freundlich«, meinte Aileys höflich. »Wir werden darüber beraten.«

Sie wusste nicht, wie lange sie schon so dalag, wusste nicht, ob irgendwo hinter der Dunkelheit Tag oder Nacht herrschte, und vermochte nicht zu ermessen, wie lange sie noch unbehelligt bleiben würde.

Wären ihre feinen Sinne nicht gewesen, die alles aufmerksam wahrnahmen, die Felis hätte längst jegliche Orientierung verloren.

Sie hatte Schmerzen, furchtbare Schmerzen, und so flüchtete sich ihre gemarterte Seele immer wieder in die Welt des Halbschlafs und der Träume, wo es für ihre Qualen keinen Raum gab. Die Träume führten sie weit zurück in jene Zeit, da Whelas eine blühende, wenngleich schon dem Untergang geweihte Stadt war, wo die Felis jenem Einen vom Volk der Gorneth ergeben gedient hatten, der sie geschaffen hatte.

Eine Tür knarrte.

Die Ohren der Felis zuckten. Augenblicklich war sie hellwach. Sie lauschte. Schon am Geräusch der sich öffnenden Tür erkannte sie, dass die Heilerinnen zurückkamen.

Die Felis atmete auf. Die beiden Frauen sorgten gut für sie. Die Salben, mit denen sie die Wunden der Folter zu lindern versuchten, hatten rasch Wirkung gezeigt. Die vorsichtige Art und Weise, mit der sie ihre Arbeit verrichteten, ließ keinen Zweifel daran, dass sie sich fürchteten. Aber da war noch mehr. Mit ihren feinen Sinnen nahm die Katzenfrau hinter der Furcht auch ein tiefes Mitgefühl wahr, das beide wohlverborgen für sie hegten.

Die Erschütterungen im Boden zeigten ihr, dass die Heilerinnen an ihr Lager traten. Die Felis biss die Zähne in Erwartung neuerlichen Schmerzes zusammen. Sie wusste, was kommen würde. Jeden Tag – zumindest vermutete sie, dass es jeden Tag war – vollzogen die Heilerinnen das gleiche Ritual: Sie entfernten die Verbände, um die Verletzungen zu begutachten.

»Nun, wie sieht es aus?« Wie immer war es die Ältere, die die Frage stellte.

»Die kleineren Schnitte sind schon fast verheilt.« Aufrichtiges Erstaunen schwang in den Worten der Jüngeren mit. »Es ist unglaublich, wie schnell die Wunden sich schließen. Ein Mensch wäre längst daran gestorben.«

»Ja, die Felis ist zäh«, sagte die Ältere. »Wir können von Glück sagen, dass es so ist. Unser Leben hängt davon ab, dass sie …«

Wieder wurde die Tür geöffnet und eine bösartige Aura flutete in den Raum.

Die Felis überlief es eiskalt. Sie hatte diese Aura schon oft gespürt und gelernt, sie zu fürchten. Es war die Aura eines Menschen, dessen Handeln von Hass und Machtgier bestimmt wurde, so dunkel und böse, wie die Felis nie zuvor etwas empfunden hatte – die Aura der Hohepriesterin.

»Nun, wie sieht es aus?«, hörte sie die Hohepriesterin fragen. Ihre Stimme war wohlklingend, aber streng und befehlsgewohnt.

»Sie wird durchkommen.« Tiefe Demut schwang in den Worten der älteren Heilerin mit und eine Furcht, die sehr viel tiefer saß als die Furcht vor der Felis.

»Gut, sehr gut.« Das erdrückende Gefühl der Bosheit nahm der Felis fast den Atem, als die Hohepriesterin an ihr Lager trat und sich über sie beugte.

»Du bist nicht unsterblich!«, raunte die Hohepriesterin ihr zu. »Nur noch wenige Nächte, dann werde ich dem Mythos deines Volkes ein für alle Mal ein Ende bereiten. Tausende werden sehen, wie du stirbst, und erkennen, dass niemand dem Einen ungestraft die Stirn bietet.«

Die Felis fauchte und wand sich in ihren Fesseln. Doch der Versuch, sich zu befreien, scheiterte kläglich.

»Wunderbar. Ich wusste, dass du mich verstehst«, spottete die Hohepriesterin. »Aber die Gegenwehr wird dir nichts nützen. Du wirst sterben.« Sie trat ein paar Schritte zurück, drehte sich dann aber noch einmal um und sagte: »Ach, und mach dir keine Hoffnungen. Auch die Schwestern deines Blutes werden nicht verhindern können, dass du stirbst. Wir sind vorbereitet.« Ihre Stimme wurde streng, als sie sich wieder an die Heilerinnen wandte. »Ich will, dass sie den Weg über den Platz auf eigenen Beinen zurücklegt«, verlangte sie, und es klang wie ein Befehl. »Sie muss stark und stolz wirken. Auf keinen Fall darf es so aussehen, als ob wir sie schon vorher halb tot gefoltert hätten.«

»Wir werden tun, was in unserer Macht steht, Herrin.« Wieder war es die Ältere, die unterwürfig antwortete. Die Jüngere brachte vor Angst kein Wort heraus.

Die Hohepriesterin verließ den Raum und nahm die Aura des Schreckens mit sich fort. Nur noch wenige Nächte, hatte sie gesagt. Die Worte sollten die Furcht der Felis weiter schüren, doch das taten sie nicht. Wenige Nächte waren mehr, als sie zu hoffen gewagt hatte. In wenigen Nächten konnte viel geschehen.

Auch die Heilerinnen entspannten sich. Schweigend nahmen sie ihre Arbeit wieder auf und wechselten die Verbände – ein Vorgang, der der Felis inzwischen wohlvertraut war. Dem Schmerz, der das Lösen der Verbände begleitete, folgte eine angenehme Kühle, als die Frauen erneut lindernde Salben auf die Wunden auftrugen.

Diesmal jedoch spürte die Felis noch etwas anderes, das ihre Lebensgeister weckte und ihr neue Hoffnung gab. Es war die sanft vertraute Berührung ihres Geistes, auf die sie schon so lange gewartet hatte, jene ureigene stumme Art, in der die Felis sich untereinander zu verständigen pflegten. Das Gefühl spendete ihr Trost, machte ihr Mut und ließ ihr Herz höherschlagen. Es war eine wortlose Botschaft voller Hoffnung, die ihr sagte: »Wir sind da!«

Die Beratung verlief hitzig.

Ajana war von der Aussicht, ein Boot nehmen zu können, geradezu begeistert, aber Kruin weigerte sich beharrlich, das Angebot anzunehmen. Er konnte sich nicht vorstellen, dass die Dorfbewohner Inahwen wirklich für eine Priesterin hielten, und vermutete dahinter eine List, die nur darauf abzielte, in den Besitz ihrer Pferde zu kommen.

»Habt ihr nicht bemerkt, wie sie die Pferde angestarrt haben?«, machte er seinem Misstrauen Luft. »*Versorgen*. Ha! Ich bin sicher, dass wir kein einziges der Tiere wiedersehen, wenn wir sie diesen Wilden anvertrauen.«

»Aber wir können sie nicht mitnehmen«, wandte Aileys ein. »Das Angebot, mit einem Boot zum Götterbaum zu reisen, ist nicht zu verachten.«

»Wenn der Alte die Wahrheit sagt.« Kruin schnaubte verächtlich. »Wer weiß schon, wohin der Fluss wirklich führt.«

»Das kann Horus leicht herausfinden«, bot Keelin an.

»Ein guter Vorschlag.« Inahwen lächelte Keelin dankbar zu. »Aber der Tag ist schon weit vorangeschritten und wir müssen eine schnelle Entscheidung treffen. Horus müsste unverzüglich aufbrechen.«

»Er ist bereit.« Keelin hob den Arm und rief Horus zu sich, der sich gleich darauf als dunkler Schatten aus den Bäumen löste und auf seinem Falknerhandschuh landete. Keelin strich ihm zur Begrüßung sanft über das weiche Brustgefieder und ging ein paar Schritte fort, um ihm den Auftrag in Ruhe zu übermitteln.

Ein schriller Pfiff ließ verlauten, dass Horus verstanden hatte. Eilends erhob er sich in die Lüfte und flog davon, während Keelin sich mit dem Rücken an einen Baum lehnte, die Augen schloss und ihn auf seinem Flug begleitete.

»Na, da bin ich gespannt.« Kruin blickte dem Falken nach, bis er hinter den Baumkronen verschwand.

»Mal angenommen es stimmt, was der Alte sagt, und Horus entdeckt die Stadt tatsächlich am angegebenen Ort. Meint ihr wirklich, es ist klug, dorthin zu reisen, wenn gerade ein Fest stattfindet?«, fragte Aileys. »Es werden sicher viele Menschen dort sein. Sollten wir nicht besser warten, bis das Fest zu Ende ist und die Menge sich zerstreut hat?«

»Auf keinen Fall!« Inahwen schüttelte energisch den Kopf. »Dass die Dorfbewohner mich für eine Priesterin halten, die zu diesem Fest reisen will, ist ebenso ein Glücksfall für uns wie das Fest selbst. In der Menge der Besucher, die gewiss in Scharen in die Tempelstadt strömen, würden wir nicht auffallen und könnten unbemerkt zum Götterbaum gelangen. Wenn Horus die Tempelstadt findet, sollten wir das Angebot des Alten annehmen.«

»Auf die Gefahr hin, dass wir dann keine Pferde mehr für den Rückweg haben«, murmelte Kruin gerade so laut vor sich hin, dass jeder es hören konnte.

»Dein Misstrauen in Ehren«, wandte sich Inahwen direkt an den Uzoma. »Aber wir dürfen nicht vorschnell urteilen. Wir sollten warten, bis …« Sie verstummte, weil Nanala schüchtern näher getreten war.

»Tiktu lädt die Priesterin und ihr Gefolge ein, bei ihm zu

Gast zu sein«, sagte Nanala höflich. »Es wäre ihm eine Ehre, Euch aufzuwarten, bis eine Entscheidung getroffen ist.«

Inahwen beugte sich zu Aileys und flüsterte der Heermeisterin etwas ins Ohr.

»Das ist sehr freundlich«, sagte Aileys daraufhin zu Nanala. »Wir würden gern die Boote sehen.«

Nanala gab es an den Alten weiter, der pflichteifrig aufsprang und ihnen durch heftiges Winken bedeutete, ihm zu folgen. Ein knapper Befehl in der Sprache der Dorfbewohner scheuchte auch die anderen Krieger auf, die in der ehrfürchtigen Haltung wie erstarrt schienen.

»Keelin?« Ajana berührte den Falkner sanft am Arm. »Komm mit, wir müssen ihnen folgen«, drängte sie im Flüsterton.

»Was ist los?« Keelin öffnete die Augen. Es war, als käme er von weit her, und Ajana erkannte, dass er in Gedanken ganz bei Horus geweilt hatte.

»Verzeih, dass ich dich störe«, sagte sie leise, während sie ihm die Zügel seines Pferdes reichte. »Aber sie wollen uns die Boote zeigen. Du musst mitkommen.«

Die Boote erwiesen sich als schmucklose ausgehöhlte Baumstämme, die nicht mehr als drei Insassen aufnehmen konnten.

Ajana musste unwillkürlich daran denken, was Aileys ihr über die Querlas erzählt hatte, und plötzlich erschien ihr der Gedanke, den letzten Teil der Reise in einem solchen Einbaum zurückzulegen, gar nicht mehr verlockend.

»Blut und Feuer!«, entfuhr es Kruin. »Die Götter mögen mich dafür strafen, aber ich werde niemals auch nur einen Fuß in eines dieser .... dieser Dinger setzen.« Er schüttelte den Kopf und trat einige Schritte vom Ufer zurück, um seine

Worte zu unterstreichen. »Schon meine Vorfahren hatten großen Respekt vor dem Wasser und mieden es, wo es nur ging. Solltet ihr den Weg tatsächlich auf dem Fluss fortsetzen wollen, werde ich euch nicht begleiten.« Er warf dem Stammesältesten einen finsteren Blick zu und murmelte: »Ich bleibe lieber hier und bewache die Pferde, bis ihr zurückkommt.«

Im Schutz der Dunkelheit liefen Suara und Oxana durch die menschenleeren Straßen der Tempelstadt. Der Regen war in ein feines Nieseln übergegangen. Das Licht des Silbermondes kämpfte sich nur mühsam durch die dünnen Wolken.

Immer wieder hielten die beiden inne und warfen vorsichtige Blicke in die dunklen Gassen und um die Häuserecken, um sich zu vergewissern, dass ihnen niemand folgte. Wie morgens am Götterbaum verabredet, waren sie auf dem Weg zu einem geheimen Treffen mit den Streitern Callugars. Der vereinbarte Treffpunkt sollte ein Brunnen nahe dem großen Marktplatz sein.

»Hältst du es wirklich für klug, dass wir uns dort sehen lassen?«, fragte Oxana ihre Freundin. Anders als Suara hielt sie es für ein Wagnis, die Rebellen zu unterstützen, und hatte immer wieder versucht, Suara umzustimmen.

»Wir haben ihnen noch nicht zugesagt«, erwiderte Suara gelassen. »Aber wir sind nur zu zweit, vergiss das nicht, und wir wussten nicht, worauf wir uns einlassen, als wir aufbrachen. Jetzt sind wir schlauer. Wie hätten wir auch ahnen können, dass …« Suara brach ab und sprach im Flüsterton weiter. »… dass die Felis so streng bewacht wird? Du weißt so gut wie ich, dass wir keine Möglichkeit haben, sie vor dem Gottesurteil zu befreien. Wir können also jede Hilfe gebrauchen und sollten dankbar sein, dass uns die Männer helfen wollen.«

»Ich halte es dennoch für einen Fehler«, beharrte Oxana. »Je mehr von uns wissen, desto größer ist die Gefahr, dass wir verraten oder erkannt werden. Wir sollten …«

»… zunächst einmal hören, was sie uns zu sagen haben.« Suara blieb stehen und sah Oxana mit festem Blick an. »Vor allem aber sollten wir hier nicht so offen sprechen. Die Straßen mögen leer erscheinen, aber oftmals haben selbst die Wände Ohren. Man weiß nie, ob sich hinter der nächsten Ecke nicht ein Lauscher verbirgt.« Sie lächelte versöhnlich und fuhr dann fort: »Ich spüre, dass etwas Großes geschehen wird. Die vielen hundert Männer und Frauen sind gewiss nicht hierhergekommen, um dem Einen zu huldigen. Die Streiter planen etwas, und ich möchte herausfinden, was sie vorhaben. Nur deshalb habe ich diesem Treffen zugestimmt.«

»Nun gut.« Oxana nickte und schaute sich um. »Wie weit ist es wohl noch?«

»Wir sind gleich da.« Suara bog in eine Gasse ein, die zu dem Marktplatz führte. »Halte die Augen offen«, mahnte sie ihre Freundin. »Wir mögen die gleichen Feinde haben wie die Streiter, aber das macht uns noch lange nicht zu ihren Freunden.«

Als sie wenig später aus der Gasse auf den leeren Marktplatz hinaustraten, brach der Mond endgültig durch die Wolken. Er tauchte die hellen Häuser ringsum in ein silbernes Licht und beleuchtete einen Brunnen, der einsam in der Mitte stand.

»Was jetzt?«, flüsterte Oxana.

»Lass uns zum Brunnen gehen.« Diesmal gab Suara sich keine Mühe, leise zu sprechen. »Ich bin durstig.«

Seite an Seite überquerten sie den Platz. Am Brunnen angekommen, ließen sie den schweren Holzkübel in den Schacht hinunter, zogen ihn mit frischem Wasser gefüllt wieder hinauf und formten die Hände zu Schalen, um daraus zu trinken. Als sie aufblickten, sahen sie eine junge Frau, die sich mit einer Kalebasse in der Hand dem Brunnen näherte.

»Es ist ein schöner Abend, um Sumpfhühner zu jagen«, sagte sie scheinbar zusammenhangslos und gab damit das vereinbarte Zeichen.

»Ich finde, gebraten schmecken sie immer noch am besten«, erwiderte Suara, wie sie es am Morgen mit den Männern abgesprochen hatte.

»Ich kann euch ein gutes Wirtshaus zeigen. Die Sumpfhühner dort sind die besten in der ganzen Tempelstadt.« Die Frau tauchte die Kalebasse in den Kübel und füllte sie mit Wasser.

»Folgt mir.« Sie lächelte und verließ den Platz mit schnellen Schritten. Suara blickte sich noch einmal aufmerksam um, dann bedeutete sie Oxana, ihr zu folgen.

Zu ihrer Überraschung führte die Fremde sie tatsächlich zu einem Wirtshaus. Wie alle mit Stroh gedeckten Gebäude in der Tempelstadt war es aus hellen Lehmziegeln erbaut. Der gut besuchten Schankstube schloss sich ein kleinerer Wirtschaftsraum an, der Küche und Lagerraum zugleich war.

Als Suara und Oxana in ihren Priesterinnengewändern eintraten, lief ein Raunen durch den Raum. Alle starrten sie an, einige trunken, andere neugierig und wieder andere mit unverhohlener Feindseligkeit.

Stille kehrte ein.

Suara fühlte sich unbehaglich. Es kostete sie große Mühe, sich in der herablassenden Art zu verhalten, mit der die Priesterinnen dem einfachen Volk begegneten.

Die junge Frau stellte die Kalebasse auf den Schanktisch und rief lautstark nach dem Wirt, worauf ein rundlicher Askare mit tätowiertem Schädel und schäbiger Tunika aus dem kleinen Raum herbeigeeilt kam.

»Die Priesterinnen hier sind auf der Suche nach gebratenen Sumpfhühnern und gutem Wein für das Festmahl im Tempel«, erklärte sie ihm knapp.

»So, so.« Der Askare beäugte die beiden Nuur misstrauisch und ließ sich mit der Antwort Zeit.

»Nun denn, kommt mit«, sagte er schließlich und winkte ihnen, ihm zu folgen. »Ich will sehen, was ich für Euch tun kann.«

Suara und Oxana begleiteten ihn in den kleineren Raum, in dem ein Herdfeuer brannte und allerlei Kessel, Töpfe und Tonschalen mit Speiseresten auf Säuberung warteten. Der Askare wandte sich um, warf noch einen kurzen Blick in die Schankstube, dann schloss er die Tür und damit neugierige Blicke aus.

»Ihr werdet bereits erwartet«, raunte er Suara und Oxana zu, während er zu einer Luke im Boden ging und die hölzerne Klappe unter protestierendem Quietschen der Scharniere anhob.

Dahinter führte eine schmale Leiter in einen düsteren Vorratsraum hinab. Suara trat vor die Luke, zögerte jedoch, der Aufforderung des Askaren nachzukommen, der sie mittels Handzeichen einlud hinabzusteigen. Der Gedanke, dort unten eingesperrt zu sein, bis die Tempelgarde sie holen kam, ließ sie erschauern.

»Wer sagt mir, dass ich dir trauen kann?«, fragte sie.

»Du traust mir nicht?«

»Warum sollte ich? Dein Volk genießt den zweifelhaften Ruf, dem Einen treu ergeben zu sein.«

»Diesen Ruf genießen die Priesterinnen ebenso«, entgegnete der Wirt mit spöttischem Lächeln.

»Also gut. Aber du gehst vor.« Suara blieb vorsichtig.

Der Wirt zuckte mit den Schultern, nahm eine Öllampe von der Wand und stieg die Stufen hinab.

»Nun kommt schon, ich habe nicht ewig Zeit«, forderte er die beiden Frauen auf.

Suara tauschte einen raschen Blick mit Oxana, die zustimmend nickte. Dann folgten sie dem Askaren in den Keller. Überall standen Körbe, Säcke und Fässer, sodass sie sich nur mühsam vortasten konnten. Suara warf dem Wirt einen fragenden Blick zu, der ein Fass zur Seite schob und eine kleine Luke öffnete, die sich darunter verbarg.

»Der Gang ist kaum zehn Schritte lang«, sagte er und leuchtete mit der Öllampe in den Schacht. »Am Ende werdet ihr jene finden, die ihr sucht.«

»Du kommst nicht mit?«, fragte Suara.

»Das würde auffallen.« Der Askare schüttelte den Kopf. Er bemerkte Suaras Zögern und deutete auf die Tür. »Wenn ihr leise seid, könnt ihr sie reden hören«, sagte er. »Am Ende des Gangs ist eine weitere Tür. Klopft dreimal kurz und zweimal lang. Das ist das vereinbarte Zeichen. Dann wird euch geöffnet.«

Suara beugte sich vor und lauschte in den engen Gang hinein. Und wirklich: In der Ferne hörte sie gedämpfte Stimmen.

»Also gut.« Suara nickte. »Fuginor möge dich auf ewig in seinen Feuern brennen lassen, wenn das eine Falle ist«, zischte sie ihm drohend zu.

»Das kann mir gleich sein, solange mich Emo in ihren Gärten lustwandeln lässt, wenn es keine ist«, erwiderte er mit breitem Grinsen.

Suara ging nicht weiter darauf ein. Gefolgt von Oxana, kroch sie auf allen vieren in den Schacht hinein. Der Wirt wartete noch, bis sie die Hälfte des Wegs zurückgelegt hatten, dann fiel der Lukendeckel hinter ihnen ins Schloss, und sie hockten im Dunkeln.

Suara fluchte leise. Doch als sich ihre Augen an die Dunkelheit gewöhnt hatten, erkannte sie nicht weit entfernt einen zarten Lichtstreifen.

Zumindest ist es keine Falle, dachte sie und atmete auf. Und während sie langsam auf das Licht zukroch, fragte sie sich, was sie hinter der Tür wohl erwarten mochte.

Die Nacht war bereits hereingebrochen, als Yenu und Miya zusammen mit den dreißig noch verbliebenen Streitern endlich die Straßensperre erreichten, die Kaloc erwähnt hatte. Sie waren nur sehr langsam vorangekommen. Immer wieder hatten sie anhalten müssen, weil sich einer der Karren festgefahren hatte. Schuld daran war der Regen. Den ganzen Tag über war er in Strömen über dem Dschungel niedergegangen, hatte die Pfade aufgeweicht und in Morast verwandelt.

Alle waren schmutzig und durchnässt und sehnten sich nach einer trockenen Unterkunft für die Nacht.

Furchtsam blickte Yenu auf die Straßensperre, die die Krieger der Tempelgarde mitten im Dschungel errichtet hatten. Ohne Jarmil, der den Trupp wie so viele andere hatte verlassen müssen, weil er das Zeichen Callugars auf der Schulter trug, fühlte sie sich schutzlos und den Kriegern der Tempelgarde auf unbestimmte Weise preisgegeben. Sie vertraute sich Miya an, aber die lachte nur.

»Sei unbesorgt«, raunte sie Yenu zu. »Maimun ist umsichtig und klug. Er wird uns unbeschadet in die Stadt führen.« Yenu schwieg. Sie war nicht wirklich beruhigt und konnte nur hoffen, dass Miya recht behielt. Ängstlich beobachtete sie, wie Maimun mit den Wachen verhandelte, während die Nacht allmählich Einzug in den Dschungel hielt.

Zu beiden Seiten des Wegs hatten die Posten Fackeln aufgestellt, die ein unstetes Licht verbreiteten. Sie knisterten und rauschten, wenn die schweren Wassertropfen von den Bäumen auf sie herabfielen, erloschen aber nicht. Für eine Zeit, die Yenu wie eine Ewigkeit vorkam, waren es die einzigen Geräusche, die neben dem steten Plätschern des Regens zu hören waren. Dann endlich gab Maimun ihnen das Zeichen, näher zu treten.

Yenu atmete auf. Es schien, als sollte Miya recht behalten.

Zunächst jedoch mussten sie sich in zwei Reihen aufstellen und ihre Schultern entblößen. Ein Krieger ging mit der Fackel in der Hand von einem zum anderen und prüfte, ob jemand das Zeichen des Schwertes trug. Als er damit fertig war, meldete er seinem Kommandanten: »Kein Streiter Calugars unter den Kwannen.«

Der Wachhabende nickte: »Lasst sie passieren.«

Yenu atmete auf und entspannte sich, da löste sich eine dunkle Gestalt aus den Schatten, trat auf den Weg und hob Einhalt gebietend die Hand.

»Halt!« Es war ein Mann, hoch gewachsen und ganz in Dunkel gekleidet. Auf dem Kopf trug er einen schwarzen Turban, dessen Tuch auch das Gesicht verhüllte und nur die Augen freiließ.

»Ein Ajabani«, hörte sie einen jungen Streiter neben sich murmeln. Die Worte jagten ihr einen eisigen Schrecken durch die Glieder. Noch nie war sie einem der gefürchteten Meuchelmörder begegnet. Aber die Berichte über die Gräueltaten der Ajabani waren selbst bis in das entlegene Dorf der Hedero vorgedrungen.

»Die Kwannen passieren erst, wenn die Wagen nach Waffen durchsucht wurden«, ordnete der Ajabani mit scharfer Stimme an.

»Das ist nicht nötig«, erklärte Maimun. Selbstbewusst trat er vor und versperrte den Kriegern den Weg. »Ich habe es dem Wachhabenden bereits erklärt. Auf den Karren befinden sich Opfergaben und Präsente für den Einen und seine Priesterinnen.«

»Opfergaben und Präsente?« Der Ajabani ging zum erstbesten Karren, nahm einen Korb mit Früchten zur Hand und kippte diese auf den Boden. »Das glaube ich dir erst, wenn ich es mit eigenen Augen gesehen habe – Korb für Korb, Kiste für Kiste.« Er gab den Kriegern einen Wink. »Worauf wartet ihr? Fangt endlich an!«

Maimun trat schützend von den Wagen und breitete die Arme aus, wie ein Händler, der um seine Waren fürchtet. »Ich flehe Euch an, verschont die Opfergaben«, rief er aus. »Ihr wisst, welche Strafen den erwarten, der seinen Tribut nicht abliefert.«

Die Krieger zögerten, der Ajabani jedoch nicht. Wie von Geisterhand fand ein Krummdolch den Weg in seine Hand. Drohend baute er sich vor Maimun auf, hielt ihm den Dolch an die Kehle und sagte: »Und das erwartet dich, wenn du uns weiter behinderst. Also gib den Weg frei.«

Yenu erstarrte, als Maimun widerstrebend zur Seite wich. Sie wusste, dass in den unteren Fässern und Körben Waffen versteckt waren, die von den Streitern in der Tempelstadt schon sehnlichst erwartet wurden. Im Stillen betete sie zu allen Göttern, die sie kannte, dass die Krieger diese Körbe verschonen würden. Mit weichen Knien, die Hände zu Fäusten geballt, beobachtete sie, wie zwei Wachtposten auf den Karren stiegen, im Fackelschein Fässer und Kisten öffneten und alles gründlich durchsuchten.

»Wenn ich sage ›Lauf!‹, dann läufst du – verstanden?«, raunte Miya ihr zu. »Sieh dich nicht um. Lauf, so schnell du kannst!«

»Und du?« Yenu blickte die Freundin erschrocken an.

»Kümmere dich nicht um mich.« Miya ließ die Krieger auf dem Karren nicht aus den Augen, während sie sprach. Ihre ganze Haltung zeugte von Anspannung, und Yenu bemerkte, dass ihre Hand immer wieder zu dem kleinen Dolch wanderte, den jeder der Streiter unter dem Gewand trug.

»Willst du kämpfen?«, flüsterte sie Miya zu. Aber diese blieb ihr die Antwort schuldig. Auf dem Karren wurden Rufe laut. Etwas Dunkles flog durch die Luft und zersplitterte krachend am Boden.

Eine Kiste!

»Nun, was haben wir denn da?« Die Arme in die Hüften gestemmt, trat der Ajabani vor die blitzenden Klingen, die aus der zerschmetterten Kiste hervorschauten. »Opfergaben und Präsente für den Einen und seine Priesterinnen?« Er gab den Kriegern ein Zeichen, deutete auf die Streiter und rief: »Tötet sie!«

»Im Namen Callugars!« Maimun hatte den Dolch gezogen und stürmte vor. Die anderen taten es ihm gleich. Ein Schlachtruf aus Dutzenden von Kehlen hallte durch den Wald, während die Streiter Callugars nur mit ihren Dolchen bewaffnet auf die Wachen einstürmten.

»Lauf!« Auch Miya hatte ihre Klinge gezogen.

Aber Yenu lief nicht. Wie gelähmt starrte sie auf die Streiter, die sich todesmutig in den Pfeilhagel stürzten, den die Wachen ihnen entgegenschickten. Sie waren den Kriegern der Tempelgarde zahlenmäßig weit überlegen; da ihnen jedoch die Waffen fehlten, wurden sie zu einer leichten Beute. Yenu sah, wie drei Männer und eine Frau schon beim ersten Ansturm tödlich von Pfeilen getroffen zusammenbrachen, während der Ajabani mit blitzendem Krummsäbel blutige Ernte unter den Rebellen hielt.

»Lauf!« Miya versetzte Yenu einen Stoß. »Jetzt lauf schon oder willst du hier sterben?«

»Miya, ich ...«

»Verschwinde endlich!« Miya hob den Dolch. »Du sollst weglaufen. Bei den Göttern, warum hörst du nicht?«, herrschte sie Yenu an. »Versuche, die Stadt zu erreichen, und berichte Jarmil, was ...« Sie verstummte mitten im Satz und riss erschrocken die Augen auf. Für einen endlosen Augenblick schien sie wie erstarrt.

»Miya? Was ist los?« Yenu machte einen Schritt auf die Freundin zu.

»Lauf ...« Miyas Stimme war über den Lärm des Kampfes hinweg kaum zu verstehen. Blut quoll aus ihrem Mundwinkel.

»Miya!« Yenu schlug die Hände vor den Mund und wich ein paar Schritte zurück, unfähig, irgendetwas zu tun. Mit schreckgeweiteten Augen beobachtete sie, wie der Dolch Miyas Hand entglitt, wie ihr Körper erschlaffte und sie einem gefällten Baum gleich zu Boden stürzte. Zwei Pfeile ragten aus ihrem Rücken, das helle Gewand war von Blut getränkt.

Yenu schrie auf. Da zischte ein Pfeil knapp an ihrem Ohr vorbei.

Lauf so schnell du kannst, hörte sie Miya in Gedanken noch einmal sagen. *Kümmere dich nicht um mich.*

Yenu schaute sich panisch um. Wohin soll ich laufen?, dachte sie. Wohin? Sie fühlte sich wie betäubt und konnte keinen klaren Gedanken fassen.

Auf der Straße kämpfte Maimun noch immer wie ein Berserker gegen drei Krieger der Tempelgarde. Irgendwie hatte er ein Kurzschwert aus einer der Kisten an sich reißen können. Seine Kampfesschreie hallten durch die Nacht, während er die Klinge wie im Rausch gegen seine Widersacher richtete. Fünf weitere Rebellen lieferten sich ebenfalls einen erbitterten Kampf mit den Kriegern der Tempelgarde. Alle anderen lagen reglos am Boden. Aus den Augenwinkeln sah Yenu, wie eine Frau von einer Lanze durchbohrt wurde.

Hastig wandte sie sich ab. Das war kein Kampf, das war ein grauenhaftes Massaker. Ein gnadenloses Gemetzel, dessen Bilder sich unauslöschlich in ihr Bewusstsein brannten. Dann entdeckte sie den Ajabani. Er stand etwas abseits und beobachtete das Geschehen so gelassen, als wäre es nichts weiter als ein unterhaltsames Schauspiel.

Abgrundtiefer Hass stieg in Yenu auf, als sie ihn so überheblich und siegesbewusst dastehen sah, und für einen Augenblick vergaß sie alle Vorsicht.

Ohne lange nachzudenken, hob sie Miyas Dolch auf, trat auf den Weg hinaus und schleuderte die Klinge mit einem wütenden Kampfschrei auf den Ajabani. Messerwerfen zählte nicht zu ihren Stärken, aber Kummer und Wut weckten in ihr ungeahnte Kräfte. Ein Gefühl des Triumphs beflügelte sie, als sie sah, wie sich das Messer in den Arm des verhassten Gegners bohrte. Doch die Freude über den gelungenen Angriff währte nicht lange.

Als sei das Messer nichts weiter als ein lästiges Insekt, fasste der Ajabani es am Heft und zog es sich aus dem Arm, während er sich langsam und ohne Hast zu ihr umdrehte.

Yenu wurde starr vor Entsetzen.

Das ist kein Mensch, schoss es ihr durch den Kopf. Das kann kein Mensch sein. Für den Bruchteil eines Herzschlags begegnete ihr Blick dem des Ajabani, und was sie darin fand, ließ ihr Blut zu Eis gefrieren: Sie sah ihren Tod.

Lauf weg! Plötzlich erinnerte sie sich wieder daran, was Miya zu ihr gesagt hatte – und diesmal zögerte sie nicht. Die Todesfurcht verlieh ihr ungeahnte Kräfte, als sie sich umdrehte und blindlings in den Dschungel hineinstürmte, in der Hoffnung, das Einzige retten zu können, das ihr noch geblieben war – ihr Leben.

Dreimal kurz, zweimal lang.

Suaras Hand zitterte, als sie gegen die Holztür am Ende des Gangs klopfte.

Die Gespräche hinter der Tür verstummten.

Es dauerte nicht lange, da hörte sie, wie ein Riegel zurückgeschoben wurde. Dann öffnete sich die Tür.

Das Erste, was sie sah, waren die blitzenden Klingen von sechs Kurzschwertern, die auf die Tür gerichtet waren. Die vier Männer und zwei Frauen dahinter waren ihr fremd, aber es waren keine Angehörigen der Tempelgarde.

Der Raum selbst war mit einem Blick zu erfassen. Flackernde Kerzenflammen warfen tiefe Schatten auf die rissigen Lehmziegelwände. Abgesehen von einem Tisch, vor dem einfache Holzbänke standen, und einem gewebten Wandbehang mit gleichmäßigem Muster war er leer.

»Ist das hier die übliche Art der Streiter, ihre Freunde zu begrüßen?«, fragte Suara leicht gereizt.

»Ihr seid die Nuur!« Einer der Männer senkte das Schwert und trat vor, um die beiden Frauen zu begrüßen. Die anderen taten es ihm gleich. »Entschuldigt die unhöfliche Begrüßung, aber wir müssen vorsichtig sein. Rogan kündigte an, dass ihr kommen würdet. Ihr seid willkommen.«

»Rogan?« Suara runzelte die Stirn.

»Der Streiter, dem ihr am Morgen beim Götterbaum begegnet seid«, erklärte der Fremde.

»Er nannte seinen Namen nicht«, erwiderte Suara von oben herab. »Eine Unsitte, die mir hier weit verbreitet scheint.«

»Verzeiht.« Der Mann deutete lachend eine Verbeugung an. »Man ruft mich Kiral«, stellte er sich vor. »Ich bin der gewählte Anführer aller Streitergruppen. Das sind Gaard und Fotio vom Blute der Tarsen, Chiara und Samir vom Blute der Hedero und Letifa von Blute der Askaren.«

»Ich bin Suara vom Blute der Nuur«, nannte Suara ihren Namen. »Und das ist Oxana, meine Schwester im Blute. Wir sind in die Tempelstadt gekommen, um die Hinrichtung der Felis zu verhindern. Rogan deutete an, dass ihr ähnliche Ziele verfolgt. Daher sind wir auf seine Einladung hin zu euch gestoßen, um mehr über eure Pläne zu erfahren und euch unsere Hilfe anzubieten.«

»Rogan erzählte davon. Ich gebe jedoch zu, dass es mir schwerfiel, ihm zu glauben.« Kiral zog eine Augenbraue in die Höhe. »Ihr wollt die Felis also wirklich befreien? Allein?«

»Die Felis baten mein Volk um Hilfe«, erklärte Suara mit nicht zu überhörendem Stolz. »Die Ehre meines Blutes und die Freundschaft zwischen unseren Völkern gebietet es, ihrem Ersuchen nachzugehen. Allerdings wussten wir damals noch nichts von der bevorstehenden Hinrichtung und den Hürden, die es dadurch zu überwinden gilt.«

»Mit anderen Worten, ihr wisst nicht, ob und wie ihr das gegebene Versprechen einhalten könnt?«, folgerte Kiral mit leicht belustigtem Unterton.

»Wir haben einen Plan.« Suara gab sich selbstbewusst.

Kiral maß sie mit einem prüfenden Blick und sagte dann: »Wie auch immer, ich denke, wir haben viel zu besprechen. Setzt euch zu uns.« Er deutete auf den Tisch und die Bänke. »Rogan wird später mit weiteren Streitern und hoffentlich erfreulichen Neuigkeiten zu uns stoßen.«

Die Monde leuchteten hell in dieser Nacht. Rund und voll standen der Silbermond und der Kupfermond nebeneinander, so dicht wie nur selten. Ajana und die anderen hatten sich in der Nähe des Feuers zur Ruhe gelegt. Sie wähnten sich in Sicherheit und hatten zum ersten Mal auf eine Wache verzichtet.

Bei Einbruch der Dunkelheit hatte Horus den Flusslauf und auch die Tempelstadt ausgemacht, so wie es der Stammesälteste gesagt hatte. Damit waren auch die letzten Zweifel ausgeräumt.

Bei Sonnenaufgang wollten sich Inahwen, Aileys, Keelin und Ajana nun mit den Booten auf den Weg zum Götterbaum machen, während Kruin, wie er es angekündigt hatte, im Dorf zurückblieb, um über die Pferde zu wachen.

Ajana konnte nicht einschlafen. Sie fühlte sich dem Ziel so nah wie noch nie und dachte immer wieder daran, wie es wohl sein würde, wenn sie wieder nach Hause käme.

Mit geöffneten Augen lag sie auf ihrem Lager nahe dem

Feuer und schaute zu den beiden Monden empor, die ihr inzwischen so vertraut waren wie der Trabant ihrer eigenen Welt.

Die Hirschkuh und ihr Kitz, dessen Vater, der goldene Hirsch, symbolisch für die Sonne stand. Der Gedanke führte sie zurück zu jenem friedlichen Abend in der Bergen, als Maylea ihr die Mondlegende der Wunand erzählt hatte… damals als alles begonnen hatte.

Ajana spürte, wie ihr das Herz schwer wurde. Schmerzlich wurde ihr bewusst, dass sie bei aller Freude über die baldige Heimkehr nun auch Abschied nehmen musste. Nicht nur von Keelin, auch von ihren anderen Freunden und von einer Welt, die sie, obwohl so anders als ihre eigene, längst ins Herz geschlossen hatte.

Hoch über ihr zog ein Vogel dahin. Sein schriller Ruf hallte durch die Nacht.

Sie sah ihm nach, bis er vor dem samtenen Dunkelblau nicht mehr zu erkennen war, dann wandte sie sich den Sternen zu. Im Norden entdeckte sie fünf strahlende Sterne, die eine senkrechte Linie bildeten. Rechts und links davon leuchteten zwei weitere sehr helle Sterne.

»Das Schwert der Könige!«, hörte sie Keelin neben sich flüstern. »Die Onur halten es für ein gutes Zeichen, es am Vorabend einer Schlacht am Himmel zu sehen. Man sagt, Rionach, der erste König der Onur, habe sein Schwert nach seinem Tod als Zeichen der Macht für alle künftigen Herrschergenerationen am Himmel hinterlassen, um ihnen in dunklen Zeiten Mut und Zuversicht zu schenken.«

»Das ist eine schöne Legende.« Ajana wandte sich Keelin zu und lächelte. Sie hatte nicht damit gerechnet, dass er noch wach war, und freute sich über seine Gegenwart. »Mut und Zuversicht sind genau das Richtige für mich. Gibt es noch andere wichtige Sternbilder in Nymath?«, fragte sie leise.

»Aber ja, viele sogar. Siehst du den roten Stern dort?« Keelin deutete auf einen funkelnden Stern im Osten. »Zusammen mit dem roten Sternennebel ringsumher bildet er Emos Feuerblüte. Vor vielen tausend Wintern, so erzählt die Legende, soll Emo den Gott Fuginor einmal sehr verärgert haben. Um ihn zu besänftigen, schenkte sie ihm die schönste Blüte aus ihrem Garten, doch Fuginor nahm ihre Entschuldigung nicht an. Im Zorn ließ er die Blüte in Flammen aufgehen und verstreute die glühenden Funken über den Himmel.«

»Haben sie sich wieder vertragen?«, fragte Ajana. »Tausende Winter sind eine lange Zeit.«

»O ja, das haben sie.« Keelins Stimme nahm einen weichen Tonfall an. Er streckte die Hand aus und strich mit den Fingern sanft über Ajanas bloßen Unterarm. »Die Legende berichtet von einer feurigen Liebesnacht, die ihre Versöhnung krönte.«

Ajana erbebte. Er war das erste Mal, dass Keelin sie nach dem Streit berührte, und ihr wurde bewusst, wie sehr sie sich danach gesehnt hatte. »Kennst … kennst du noch andere Legenden zu den Sternen?«, fragte sie hastig, um sich ihre Gefühle nicht anmerken zu lassen.

»Thorns heilige Rösser stehen im Westen, aber sie werden von dem Baum dort verdeckt«, erwiderte Keelin, ohne mit den Zärtlichkeiten innezuhalten. »Es ist das schönste und größte Sternbild Nymaths.«

»Ich würde es gern sehen.« Ajana ergriff Keelins Hand und hielt sie fest. »Zeigst du es mir?«

»Gern.« Keelin erhob sich und half ihr auf.

Wie Diebe in der Nacht schlichen sie an jenen vorbei, die

in Decken gehüllt rings um das Feuer schliefen, huschten zwischen den Hütten hindurch und ließen schließlich auch den Baum hinter sich, der ihnen die Sicht auf das Sternbild versperrte.

Dahinter lag eine Wiese.

Ajana sah Keelin von der Seite her an. Ihr war, als hätte es den Streit nie gegeben. Und doch hatte sich etwas verändert. Etwas, das neu war, beängstigend schön und so aufregend, dass es ihr fast den Atem raubte.

Mitten auf der Wiese blieb Keelin stehen, legte den Arm um ihre Schultern und deutete zum Himmel hinauf. »Siehst du die vier großen Sterne dort oben?«, fragte er und stutzte, weil sie ihm die Antwort schuldig blieb. »Was ist mit dir?« Verwundert schaute er sie an.

Ajana rang nach Luft. Ihre Wangen glühten. »Keelin.« Das Wort entfloh ihr wie ein erstickter Hilferuf. Sie hatte das Gefühl zu ertrinken. Wie oft hatte er sie schon so in seinen Armen gehalten, wie oft war sie ihm schon so nah gewesen – und dennoch … Niemals zuvor war es so gewesen wie in diesem kostbaren Augenblick. Die Sehnsucht schien überall zu sein, in den Ästen des Baums, im Gras, in der Luft, ja selbst in den Sternen. So mächtig, so erdrückend, dass sie glaubte, es nicht länger ertragen zu können.

»Keelin. Es … es tut mir leid«, presste sie atemlos hervor. In ihren Augen standen Tränen.

»Nicht doch. Nicht du.« Keelin schüttelte heftig den Kopf. Seine Hände kühlten ihre Wangen. »Ich allein bin schuld an dem, was geschehen ist«, sagte er. »Ich habe dich verletzt, obwohl ich doch stets nur das Beste für dich will. Ich hatte Sorge, dass du hier in Nymath nicht glücklich werden würdest, und dachte, der Abschied würde dir leichter fallen, wenn ich mich von dir trenne. O Ajana, es tut mir so leid. Verzeih …«

»Schscht…!« Ajana legt ihm sanft den Finger auf die Lippen. »Nicht jetzt. Nicht hier!«, hauchte sie. Sie spürte den unbändigen Zug des Lichts in ihrem Innern, den Fluss des Lebens, rauschend und wild – Fuginors Feuer, verlangend und verzehrend… Und in seinen Augen erkannte sie, dass auch er es fühlte.

Diese Nacht gehörte ihnen. Ihnen ganz allein.

Im verborgenen Treffpunkt der Streiter Callugars herrschte zuversichtliche Stimmung.

Nachdem Suara ausführlich beschrieben hatte, wie die Felis in die Hände der Priesterinnen gelangt war, hatte auch der Letzte der Anwesenden sein Misstrauen abgelegt und sich dafür ausgesprochen, die beiden falschen Priesterinnen in ihre Pläne einzuweihen.

Alle waren sich einig, dass es ein glücklicher Zufall war, der die Nuur mit den Streitern zusammengeführt hatte. Letifa war sogar der festen Überzeugung, dass die Götter selbst das scheinbar zufällige Zusammentreffen veranlasst hatten.

Offenbar waren die beiden Frauen, die versucht hatten, Vhara zu töten, die einzigen Streiterinnen unter den Priesterinnen gewesen.

Ihr Tod bedeutete für alle einen herben Rückschlag. Doch mit Suara und Oxana eröffnete sich ihnen nun eine neue Gelegenheit, Antworten auf die drängenden Fragen zu erhalten, die für den bevorstehenden Aufstand von Bedeutung waren.

Gaard und Samir überschütteten die beiden sogleich mit Fragen zum Ablauf der Festlichkeiten, die der Hinrichtung vorangingen. Doch ehe diese darauf antworten konnten, hob Kiral Einhalt gebietend die Hand.

»Gemach, gemach, meine Freunde«, sagte er. »Die Nuur

haben uns offen und ehrlich Rede und Antwort gestanden und uns zudem einige bedeutsame Neuigkeiten zukommen lassen. Ich bin überzeugt, dass wir ihnen vertrauen können. Bevor sie sich jedoch entscheiden, ob sie uns helfen wollen, haben sie ebenso das Recht zu erfahren, wofür wir kämpfen und was wir planen.«

Zustimmendes Gemurmel erfüllte den Raum.

Kiral beugte sich über den Tisch und begann seinen Bericht mit einer Frage an Suara und Oxana: »Was glaubt ihr, wie viele Streiter und Getreue des alten Glaubens sich hier in der Tempelstadt befinden?«

»Fünfhundert?« Suara zuckte mit den Schultern. »Es tut mir leid, aber ich kann das unmöglich einschätzen.«

Kiral blickte Oxana fragend an, aber diese schüttelte nur den Kopf.

»Fünfhundert, glaubst du?«, richtete er das Wort wieder an Suara. »Das ist falsch. Es sind Tausende. Jeder Dritte, der dir hier in den Gassen begegnet, ist einer von uns.«

»Jeder Dritte?« Suara pfiff anerkennend durch die Zähne. »Das ist unglaublich. Ich hätte nie gedacht, dass ihr in den Stämmen einen solchen Zuspruch erfahrt.«

»Niemand weiß davon. Und das ist auch gut so.« Ein diebisches Grinsen umspielte Kirals Mundwinkel. »Niemand ahnt, welch ein Heer im Verborgenen bereit steht, die Tyrannen zu stürzen. Ein einziges Wort genügt, und ein Sturm der Verwüstung, wie ihn das Land noch nie gesehen hat, wird über die Tempelstadt hereinbrechen. Und nicht nur hier. Wenn wir siegreich sind, wird sich der Aufstand wie ein Lauffeuer über das ganze Land ausbreiten. Die schwarzen Altäre werden zerstört und die Priesterinnen und ihre Brut getötet werden, wenn sie ihrem Glauben nicht abschwören, auf dass die Alten Götter wieder heimkehren können.« Aus Kirals

Worten sprach eine Leidenschaft, wie Suara sie nur selten bei einem Mann erlebt hatte. Es war offensichtlich, wie sehr es ihm danach verlangte, endlich losschlagen zu können, und sie spürte, wie sie davon mitgerissen wurde.

»Wir haben viel gelernt, seit der letzte Aufstand von der Tempelgarde blutig niedergeschlagen wurde«, hörte sie Kiral in ihre Gedanken hineinsagen. Seine Stimme war nun wieder weich und wohlklingend. »Seitdem hat sich immer nur ein kleiner Teil von uns in vereinzelten Scharmützeln gegen die Herrschaft der Priesterinnen aufgelehnt«, fuhr er fort. »Es waren gerade so viele, dass sie uns nicht vergessen konnten, aber dennoch immer das Gefühl hatten, dass ihnen von unserer Seite keine echte Gefahr droht.«

»Derweil haben wir im ganzen Land heimlich Verbündete angeworben«, ergänzte Gaard grinsend Kirals Ausführungen. »Das war nicht allzu schwer. Die Menschen haben es satt, tagaus, tagein in Todesfurcht zu leben. Sie wollen nicht länger tatenlos zusehen, wie man ihnen ihre Kinder entreißt, um sie dem Einen zu opfern. Nach Hunderten von Wintern ist auch dem Letzten endlich klar geworden, dass König Sanforan dereinst die Wahrheit sprach, als er verkünden ließ, dass der Eine Gott kein anderes als nur sein eigenes Wohl im Sinn habe. Es hat lange gedauert, bis das Volk begriff, welch hinterhältiger Täuschung unsere Ahnen damals anheimfielen, aber es ist noch nicht zu spät, und jetzt sind sie bereit, für ihre Freiheit zu kämpfen.«

»Aber das Volk fürchtet sich vor der Macht des Blutgottes«, wandte Suara ein, die sich nicht vorstellen konnte, dass wirklich so viele den Mut hatten, gegen die Priesterinnen aufzubegehren. »Seit der großen Schlacht hat es kaum noch Aufstände gegeben. Die wenigen, die es wagten, die Stimme gegen den Blutgott und seine Priesterinnen zu erheben, zahlten dafür mit ihrem Leben. Andaurien ist ausgeblutet. Es gibt keine Krieger mehr. Die Menschen hier sind demütig und schwach. Ihr Handeln ist von Furcht bestimmt. Sie ducken sich lieber, als aufzubegehren.«

»Sie haben Angst«, nahm Kiral die Bemerkung auf. »Das ist wahr. Aber schwach sind sie nicht. Wenn die Verzweiflung groß genug ist, kann auch Angst die Massen nicht mehr zurückhalten.« Er ballte die Fäuste. »Wenn du eine Schlange töten willst, musst du ihr den Kopf abschlagen«, erklärte er leidenschaftlich. »Welcher Augenblick wäre dafür besser geeignet als dieses Opferfest, zu dem alle Hohepriesterinnen des Landes erwartet werden?« Er machte eine Pause, um Atem zu schöpfen, und fuhr dann fort: »Es war unglaublich schwer, unsere zahlreichen Getreuen die langen Mondwechsel bis zum großen Opferfest ruhig zu halten. All die jungen Hitzköpfe, die am liebsten sofort losschlagen würden. Väter und Mütter, denen allein der Gedanke an Rache und Vergeltung noch Trost spendet… Geduld ist nicht jedermanns Stärke. Aber wir haben es geschafft. Auch wenn die Hohepriesterin nun durch das unüberlegte Handeln einer einzelnen Streiterin vorgewarnt ist und in der ganzen Tempelstadt nach uns suchen lässt, so kennt sie doch nicht das wahre Ausmaß der Bedrohung.« Kiral grinste siegessicher. »Dieses wird sie erst am Tag der Hinrichtung zu spüren bekommen – und dann wird es zu spät sein.«

»Sprichst du von der Priesterin, die versucht hat, Vhara zu töten?«, fragte Suara. »Und von jener, die sich selbst richtete, um die anderen nicht zu verraten?«

»Wir hatten die beiden heimlich bei den Priesterinnen untergebracht.« Kiral nickte, schüttelte dann aber betrübt den Kopf. »Ich fürchte, sie waren noch zu jung und unerfahren für diese Aufgabe.«

»Sie waren sehr mutig«, sagte Suara. »Das ehrt sie.«

»Ja, das …«

Es klopfte.

Dreimal kurz, zweimal lang.

Fotio zog das Kurzschwert, ging zur Tür und öffnete. Ein Schwall frischer Luft flutete in den stickigen Raum, gefolgt von einem Jungen, der kaum mehr als zehn Winter zählen mochte. Er war nass, verdreckt und völlig außer Atem.

»Jarmils Trupp ist von den Tempelkriegern entdeckt worden«, stieß er, nach Luft ringend, hervor. »Sie haben die Waffen gefunden. Es gab einen Kampf … Keiner hat überlebt.«

»Blut und Feuer!« Kiral ballte die Fäuste. »Keiner?«

Der Junge schüttelte den Kopf.

»Verdammt.« Kiral ließ die Faust auf die Tischplatte krachen. »Die tapferen Streiter werden uns fehlen. Und hier in der Stadt werden rund zweihundert Getreue ohne Waffen sein. Eine Lücke, die kaum noch zu schließen sein wird.« Er verstummte und wandte sich nach einem Augenblick des Schweigens wieder dem Jungen zu.

»Ich danke dir«, lobte er. Bemüht, sich seine Bestürzung nicht anmerken zu lassen, warf er dem Jungen eine Silbermünze zu und hielt ein Kupferstück zwischen Daumen und Zeigefinger in die Höhe. »Sag mir, sind Kaloc und Jarmil unter den Toten?«

»Es war dunkel, Herr«, erwiderte der Junge ehrlich. »Von meinem Versteck aus zählte ich neunundzwanzig Tote. Die Gesichter konnte ich nicht erkennen.«

»Schon gut.« Kiral warf dem Jungen die Kupfermünze zu. »Du bist ein guter Kundschafter, Jem. Und wenn du auch schlimme Kunde bringst, so ist die bittere Gewissheit immer noch besser als eine Hoffnung, die sich nie erfüllt.«

»Für Callugar.« Der Junge schlug die geballte Faust nach

Art der Streiter auf die Brust, deutete ein Kopfnicken an und schlüpfte wieder hinaus. Fotio schloss Tür und Riegel und kehrte an den Tisch zurück. Aber noch ehe jemand etwas sagen konnte, klopfte es erneut.

Dreimal kurz, zweimal lang.

Im ersten Augenblick dachte Suara, der Junge käme zurück. Dann erkannte sie, dass die Klopfzeichen von einer Tür auf der anderen Seite des kleinen Raums kamen.

»Das ist Rogan.« Obwohl er sich dessen sicher schien, ging Fotio wieder mit gezücktem Kurzschwert zur Tür.

»Du kannst das Schwert einstecken«, tönte es aus dem Tunnel, noch während er die Tür öffnete. Gleich darauf betraten drei Männer den Raum und klopften sich hustend den Staub aus den Gewändern. Den Ersten erkannte Suara als den Mann, dem sie am Götterbaum begegnet waren, die anderen sah sie zum ersten Mal. Kiral hingegen standen Freude und Überraschung ins Gesicht geschrieben.

»Jarmil, Kaloc!«, rief er aus und begrüßte die beiden mit einer überschwänglichen Umarmung. »Den Göttern sei Dank, ihr lebt!«

»Sollten wir nicht?« Jarmil grinste. »Kaloc ist ein hervorragender …« Binnen eines Augenblicks gefror sein Lachen und alle Farbe wich aus seinem Gesicht. »Die anderen!«, stieß er hervor. »Was weißt du von ihnen?«

»Jarmil, mein Freund, ich habe schlimme Kunde.« Kiral legte ihm mitfühlend den Arm um die Schultern, führte ihn zum Tisch und schenkte ihm Wein in einen Pokal. »Soeben erreichte uns die Nachricht, dass dein Trupp von der Tempelgarde entdeckt wurde. Sie haben die Waffen gefunden. Niemand hat überlebt.«

Jarmil starrte Kiral fassungslos an.

»Das … das ist nicht wahr«, keuchte er. »Wir haben die

Waffen gut versteckt …« Und dann begann er zu erzählen, was vorgefallen war, ehe die Gruppe sich getrennt hatte.

»Es waren gute Streiter … tapfere Männer und Frauen.« Jarmil schüttelte den Kopf, als er den Bericht beendet hatte.

»Ich hätte sie nicht allein lassen dürfen«, sagte er schließlich. »Was bin ich für ein lausiger Anführer! Stehle mich feige durch den Wald und lasse die anderen im Stich.« Er griff nach seinem Messer und zog es aus der Scheide. Die Klinge zeigte Spuren von geronnenem Blut, ein Zeichen dafür, dass auch er nicht kampflos in die Tempelstadt gelangt war.

»Welch eine Schande. Dafür gibt es nur einen …«

»Sei vernünftig, Jarmil.« Kiral legte beschwichtigend die Hand auf die Klinge. »Dich trifft keine Schuld. Und es hilft uns nicht, noch einen weiteren Getreuen zu verlieren. Es ist ein tragischer Verlust, ohne Zweifel. Doch Verluste gibt es in jedem Krieg. Davon dürfen wir uns nicht entmutigen lassen. Wenn wir verzagen, haben wir bereits verloren.«

»Es waren viele gute Freunde von mir darunter«, sagte Jarmil tonlos.

»Wir alle hier haben schon gute Freunde verloren – Mütter, Brüder, Kinder.« Kiral nahm Jarmil das Messer aus der Hand und legte es auf den Tisch. »Spar dir deine Kräfte für den Feind auf«, sagte er. »Der Tag der Rache ist nah.«

»Und es ist längst nicht so aussichtslos, wie es vielleicht erscheinen mag.« Es war das erste Mal, dass Rogan sich zu Wort meldete. Alle starrten ihn an.

»Sie sind da!«, sagte er so knapp, als erkläre dies alles. »Sie sind wirklich gekommen.«

»Alle?« Hoffnung blitzte in Kirals Augen auf. »Wirklich alle?«

»Alle!« Rogan nickte.

»Wer?« Suara war zu neugierig, um zu schweigen. »Wer ist gekommen?«

»Die Felis …« Kiral wirkte wie ausgewechselt. Es schien, als wären Hoffnung und Siegeswille mit einem Schlag zurückgekehrt. »… und die Nuur.« Er nickte Suara zu. »Sie alle sind unserem Ruf gefolgt, um sich uns anzuschließen.«

»Aber davon weiß ich nichts.« Suara war nun völlig verwirrt. Warum schickte die Erin Oxana und sie in die Tempelstadt, wenn sie doch längst mit den Streitern im Bunde war?

»Es ist gut möglich, dass sich unsere Botschaft mit eurem Aufbruch überschnitten hat«, warf Gaard ein. »Der Gedanke, die Nuur und die Felis um Hilfe zu bitten, kam uns erst kürzlich. Offen gesagt hatten wir nicht viel Hoffnung, dass sie sich uns anschließen würden. Es scheint jedoch, als habe die geplante Hinrichtung vieles verändert.«

»Die Felis brennen darauf, Rache zu nehmen und ihre Schwester zu befreien«, erklärte Rogan. »Sie verbergen sich in den Wäldern rings um die Tempelstadt. Die Nuur kamen erst heute Nachmittag an. Sie waren es auch, die unseren Spähern die Nachricht der Felis überbrachten. Möge Callugar schützend die Hand über sie halten und dafür sorgen, dass man sie nicht entdeckt.«

»Hast du das gehört, Suara?« Oxana fasste ihre Freundin am Arm. Sie strahlte über das ganze Gesicht. »Unsere Schwestern sind gekommen, um zu kämpfen. Und die Felis auch. Ist das nicht wunderbar?«

»Ja, das ist es.« Suara konnte kaum sprechen, so ergriffen war sie. Sie spürte, dass hier etwas Großes geschah. Etwas, das alle Kämpfe, die seit der großen Schlacht geschlagen wurden, in den Schatten stellen würde.

Andaurien würde frei sein. Der Gedanke war so ungeheuerlich, dass er ihr den Atem nahm. Sie schaute auf, sah Kiral feierlich an und sagte: »Lass uns wissen, was wir tun sollen. Wir werden euch helfen.«

Das Leben im Wald erwachte. Das feuchte Laub fing an zu dampfen. Dünne Nebelschleier bildeten sich über dem Fluss und krochen zwischen den Pfählen hindurch, auf denen die Häuser thronten. Ein Tagara schickte seinen melodischen Sonnengruß in den Wald hinaus und irgendwo im fernen Dickicht der Baumkronen ertönte wie zur Antwort die Stimme eines weiteren.

Rings um das erloschene Feuer regten sich die anderen.

Voller Wärme dachte Keelin zurück an die vergangene Nacht. Doch das Hochgefühl, das er empfunden hatte, stellte sich nicht mehr ein, denn an diesem Morgen wusste er mehr denn je, dass er Ajana verlieren würde.

»Ich komme zurück!« Als hätte Ajana seine Gedanken gelesen, wandte sie sich ihm zu. In ihren Augen standen Tränen, und er erkannte, dass auch sie an die wunderbaren Gefühle zurückdachte, die sie miteinander geteilt hatten.

»Ich komme zurück – irgendwie«, beteuerte sie noch einmal, und es klang wie ein Schwur. »Aber ehe ich hier mit dir leben kann, muss ich Klarheit haben. Die Ungewissheit würde mich ewig quälen.«

»Ich weiß.« Keelin bemühte sich, gefasst zu klingen. Er hob die Hand, strich ihr eine blonde Strähne aus der Stirn und sagte: »Ich werde auf dich warten.« Gern hätte er noch etwas hinzugefügt, aber Kruin war aufgestanden und kam auf sie zu.

»Der Augenblick des Abschieds naht«, sagte der Uzoma mit einem ungewohnten Anflug von Schwermut in der Stimme zu Ajana. »Da ich nicht mit Euch komme, trennen sich unsere Wege hier. Doch ehe alle im Aufbruch sind, möchte ich nicht versäumen, Euch für den Rest der Reise alles erdenklich Gute zu wünschen. Mögen Eure Götter schützend die Hand über Euch halten und Euch leiten, damit Ihr findet, wonach Euer Herz sich sehnt.«

»Danke.« Ajana stand auf. Für einen Augenblick hatte Keelin das Gefühl, sie wolle den Stammesfürsten umarmen, so wie es in ihrer Welt üblich war. Doch sie besann sich und nickte Kruin zu. »Ich habe dir viel zu verdanken«, sagte sie aufrichtig. »Ich hoffe, du kommst gesund nach Nymath zurück.«

»Keine Sorge.« Kruin lächelte. »Ich habe schon Schlimmeres überstanden.« Er suchte nach Worten – unsicher, wie er fortfahren sollte, dann sagte er: »Ich wähne mich stolz und glücklich, Euch gekannt zu haben. Sowohl die Reise zum Wnutu als auch diese werden in die Legenden der Uzoma eingehen.«

»Ein schöner Gedanke, schon zu Lebzeiten eine Legende zu sein.« Ajana lächelte und reichte dem Stammesfürsten die Hand. »Pass gut auf die Pferde auf«, sagte sie. »Und danke für alles.«

Wenig später waren die Boote bereit. Der Stammesälteste hatte die beiden größten Einbäume für die Reise ausgewählt und sie mit Vorräten beladen lassen.

Auf Inahwens Bitte hin hatte er Ajana, Aileys, Keelin und ihr selbst neue Gewänder im Tausch gegen die staubige und von der langen Reise unansehnlich gewordene Kleidung gegeben. Die weit geschnittenen und locker gewebten Tuniken aus hellen Pflanzenfasern trugen sich ungewohnt. Doch jedem war klar, dass die Kleidung aus Nymath viel zu auffällig gewesen wäre.

Ajana sammelte ihre Habseligkeiten ein und setzte sich vor Keelin in eines der beiden Boote. Inahwen und Aileys stiegen in das andere.

»Habt Dank für eure Hilfe«, hörte sie Aileys zu Nanala sagen, die im Gegenzug den untertänig vorgetragenen Wünschen des Ältesten für eine erfolgreiche Reise Ausdruck verlieh. Kruin winkte ihnen zum Abschied zu, dann stießen drei kräftige Krieger die Boote mit Schwung vom Ufer fort und in die Mitte des Flusses. Die Strömung nahm sie auf, trug sie mit sich fort, und bald schon blieb das Dorf hinter einer Flussbiegung zurück.

»Dreißig tote Streiter?« Aufgebracht schritt Vhara vor dem Kommandanten des Straßenpostens und dem Ajabani auf und ab. Ihr Gesicht war zorngerötet. »Dreißig? Und nicht einer blieb am Leben?«

»So ist es.« Der Kommandant zuckte zusammen, als er Vharas Blick auf sich spürte.

»Narren, Tölpel, Dummköpfe!« Außer sich vor Wut, fuchtelte Vhara mit den Händen in der Luft herum. »Blut und Feuer! Womit habe ich das verdient?«

Ihr Blick traf den des Ajabani mit der Schärfe eines Schwertes.

»Und du?«, fuhr sie ihn an. »Ist dir nicht einmal der Gedanke gekommen, dass ein Überlebender von unschätzbarem Wert für uns hätte sein können?«

»Ich habe den Befehl, alle Streiter zu töten.« Der Ajabani hielt dem Blick der Hohepriesterin gelassen stand. »Dafür werde ich bezahlt.«

»Befehl, Befehl«, kreischte Vhara. »Oh ja, versteck du dich nur hinter deinen Befehlen. Damit machst du es dir ja so leicht. Zweihundert Waffen. Macht euch das nicht stutzig? Nein, natürlich nicht. Es ist ja allgemein bekannt, dass jeder Rebell mit sieben Waffen gleichzeitig kämpft.« Sie schnaubte verächtlich. »Wenn sie versuchen, fast zweihundert Dolche, Messer und Schwerter in die Stadt zu schmuggeln, wird es dort gewiss auch jemanden geben, der Verwendung dafür hat. Blut und Feuer! Und diesen jemanden gilt es zu finden. Die Folter hätte so manche Zunge lösen können. Aber nein, ihr musstet ja alle töten, die uns etwas hätten preisgeben können.«

»Herrin, wir …«, hob der Kommandant vorsichtig an.

»Schweig!«, herrschte Vhara ihn an. »Ich will nichts mehr hören. Geht mir aus den Augen. Beide! Sonst komme ich noch in Versuchung, euer nutzloses Blut dem Einen zu opfern.«

Der Kommandant erbleichte. Doch der Ajabani zeigte keine Furcht. »Und was ist mit meinem Lohn?«, fragte er ruhig.

»Lohn?« Vhara fuhr herum. In ihren Augen glomm ein unheilvoller roter Schimmer. »Du erdreistest dich tatsächlich, einen Lohn für das einzufordern, was du angerichtet hast?«

»Ich habe dreißig Streiter getötet. Mir stehen dreißig Goldmünzen zu.«

»So, glaubst du? Ich werde dir zeigen, was dir zusteht!«

Blitzschnell wanderte Vharas Hand zum Gürtel und griff nach dem verzierten Zeremoniendolch. Doch der Ajabani war schneller. Ehe Vhara den Dolch werfen konnte, sirrte seine Muriva schon durch die Luft.

Vhara zuckte nicht einmal mit der Wimper. Ohne dass es mit dem bloßen Auge zu erkennen war, schnellte ihre Hand abwehrend in die Höhe. Sie zischte einen kurzen Befehl und der Wurfstern verharrte mitten in der Bewegung. Nur eine Armeslänge von ihr entfernt blieb er mitten in der Luft stehen.

Der Ajabani keuchte überrascht auf.

»Du wagst es, eine Waffe gegen mich zu richten?« Vharas Stimme war gefährlich ruhig. Als sei der messerscharfe Stern nichts weiter als ein Spielzeug, das ein Kind ihr zugeworfen hatte, nahm sie ihn in die Hand, betrachtete ihn prüfend und schleuderte ihn dann ohne eine Vorwarnung blitzartig wieder auf den Ajabani.

Zum Ausweichen blieb keine Zeit.

Mit einem dumpfen Ton bohrte sich der Wurfstern in den Hals des Meuchelmörders.

Die Augen vor Entsetzen und Überraschung weit aufgerissen, stand er da und öffnete den Mund, brachte jedoch keinen Ton heraus. Wenige Herzschläge lang stand er noch aufrecht. Dann brach er zusammen.

»Das steht dir zu!« Die Hohepriesterin bedachte den Ajabani mit einem spöttischen Lächeln und fügte hinzu: »Ich hasse Versager.«

»Und nun zu dir!« Mit einer herrischen Geste wandte sie sich dem Kommandanten zu, der erschrocken zurückwich. »Ich will, dass du allen von dem Vorfall an der Straßensperre berichtest. Ab sofort werden die Posten und Patrouillen in der Stadt verdoppelt, nein, verdreifacht. Sie sollen Augen und Ohren offen halten. Es steht zu befürchten, dass sich weit mehr Streiter in der Stadt aufhalten, als wir bisher angenommen haben. Und sag ihnen: Ich will sie lebend – hast du verstanden?«

Der Kommandant nickte stumm.

»Gut. Dann verschwinde.« Vhara unterstrich die Worte mit einer ungeduldigen Handbewegung, rief ihn dann aber noch einmal zurück. »Und schick ein paar von deinen Männern her«, befahl sie mit einem verächtlichen Seitenblick auf den Ajabani. »Sag ihnen, sie sollen diesen Unrat hier beseitigen.«

Als die Tür klappernd hinter dem Kommandanten ins Schloss fiel, ließ sich Vhara erschöpft in einen der Korbstühle sinken, die im Raum für Gäste bereitstanden. Den Blick starr auf den Toten gerichtet, saß sie dort, den Kopf gesenkt, die Arme kraftlos auf den Lehnen ruhend.

Sie hatte einen Fehler gemacht, denn sie hatte einen Ajabani getötet. Einen Angehörigen der gefürchteten Meuchler, die dem Einen wie kaum ein anderer Stamm treu ergeben waren.

Er war ein Versager, ohne Zweifel. Und unverschämt dazu.

Doch würden die anderen Ajabani das ebenso sehen?

Was würden die Caudillos zu dem Vorfall sagen?

Vhara seufzte, und für einen Augenblick schien es, als breche ihr wahres Alter unter dem Antlitz jugendlicher Schönheit durch. Sie hatte wahrlich andere Sorgen, als sich mit einer Handvoll erzürnter Caudillos zu streiten.

Die Streiter Callugars waren in der Stadt, die Felis würden kommen, um ihre Schwester zu befreien, und niemand vermochte zu sagen, was noch im Volk gärte. Sie war unbedingt auf die Hilfe der Ajabani angewiesen, wollte sie gewährleisten, dass das Opferfest in seinem Ablauf nicht gestört wurde.

Die Hinrichtung der Felis war der Triumph, den sie mehr

als alles andere ersehnte, um nach all den Niederlagen endlich zu beweisen, dass sie zu Recht die Würde einer Hohepriesterin trug.

Sie wusste, dass sie nicht noch einmal versagen durfte.

Die Tür wurde geöffnet. Vier Krieger der Tempelgarde traten ein, verneigten sich ehrfürchtig, hoben den Leichnam auf und trugen ihn fort.

Zurück blieb ein glänzender Fleck auf dem Boden, an dem sich eine Handvoll golden schillernder Fliegen gütlich tat.

Gold!

Beim Anblick der Fliegen kam Vhara der rettende Gedanke. Sie würde den Ajabani das Leben dieses Versagers in Gold aufwiegen. Gold hatte schon so manches ungeschehen gemacht, und sie war sicher, dass die Caudillos in ihrer Gier auch den Tod eines ihrer Männer dafür vergessen würden.

Die Boote fuhren mit der Strömung flussabwärts, ein sanftes Gleiten auf grünem, stillem Wasser. Nur selten mussten die vier den Kurs korrigieren, um nicht das Uferdickicht mit seinen Schilfen und Baumwurzeln zu streifen.

Ajana konnte den Blick nicht vom Dschungel abwenden.

Der Wald war voller Leben und die Luft erfüllt vom Gesang der Vögel. Schlangen und Eidechsen durchschwammen das Wasser, und immer wieder scheuchten sie im Vorbeifahren Wild auf, das seinen Durst am Ufer löschte.

Je weiter sie kamen, desto mehr traten die Ufer zurück. Der Fluss verbreiterte sich stetig und immer öfter spürten sie die Wärme der Sonnenstrahlen auf der Haut.

Ajana schloss die Augen und atmete tief durch. Die lieblichen Düfte, das friedliche Gleiten des Bootes und die überwältigende Kulisse des Dschungels weckten in ihr ein Gefühl des Friedens und der Geborgenheit, das sie lange vermisst hatte. Es war das erste Mal seit ihrem überstürzten Aufbruch aus Sanforan, dass sie sich wohl fühlte.

Das erste Mal? – Nein!

Ajana lächelte versonnen. Wie von selbst wanderten ihre Gedanken zurück zur vergangenen Nacht und eine heiße Woge des Glücks durchströmte sie. Diese wunderbare Nacht unter den Sternen Nymaths konnte ihr niemand mehr nehmen. Und wenn der Abschied auch näher rückte, so wusste sie doch, dass sie die Erinnerung daran – diese einmalige und unendlich kostbare Erinnerung – immer in ihrem Herzen tragen würde.

Am Abend erreichten sie den Nebenarm, von dem der Stammesälteste gesprochen hatte. Horus kehrte zurück. Da es bereits dunkel wurde, beschlossen sie, die Nacht in einer seichten Bucht am Ufer zu verbringen.

Doch keiner von ihnen fand erholsamen Schlaf. Die Geräusche des nächtlichen Dschungels klangen unheimlich und fremd. Immer wieder gellten Todesschreie durch die Nacht und ließen die Fantasie nicht zur Ruhe kommen. Knackende Zweige und das Rascheln von Blättern in unmittelbarer Nähe schürten die schwelende Unruhe, und ein Tumult im nahen Wasser rief ihnen Aileys' grausigen Bericht über die fleischfressenden Querlas in Erinnerung.

Alle waren froh, die Reise am frühen Morgen endlich fortsetzen zu können. Kraftvoll paddelten sie gegen die Strömung an, die sie mit aller Macht stromabwärts zu drängen versuchte. Und als sei das nicht genug, schien sich auch das Wetter gegen sie verschworen zu haben. Sie waren noch nicht weit gekommen, als ein heftiger Regen einsetzte, der so urplötzlich auf das Land niederging, als wären Hunderte von Schleusen gleichzeitig geöffnet worden. Mit bloßen Händen schöpften sie das Wasser aus den Booten. Regen und Strömung machten den letzten Abschnitt der Reise zu einem kräftezehrenden Unterfangen.

Diesmal legten sie häufiger eine Rast ein, um sich zu erholen, die schmerzenden Muskeln zu entlasten und die Blasen an den Händen zu behandeln, ehe sie den Kampf gegen den Strom und das Unwetter erneut aufnahmen. Die Zeit maß sich an dem monotonen Rhythmus des Paddels, das ins Wasser eintauchte.

Wäre Horus nicht gewesen, wären sie in der einsetzenden Dämmerung an der seichten Bucht vorbeigefahren, in der bereits unzählige Boote am Ufer lagen.

Sie waren am Ziel.

Inahwen wählte einen Platz am äußeren Rand der Bucht, wo sie die Boote weit auf den Uferstreifen ziehen konnten. Der Boden war schlammig und aufgewühlt. Überall standen tiefe Pfützen, und die feuchtwarme Luft lastete drückend über dem Land, obwohl es noch immer heftig regnete.

Ajana war bis auf die Knochen durchnässt und nahm das unangenehm matschige Gefühl des aufgeweichten Erdreichs unter ihren bloßen Füßen kaum noch wahr. Sie war froh, endlich angekommen zu sein, und schulterte ihr Gepäck in der Hoffnung, bald einen trockenen Unterschlupf zu finden.

Vom Fluss aus führte ein ausgetretener Weg auf einen flachen Hügel hinauf. Aileys wollte vorangehen, aber Keelin hielt sie zurück.

»Warte!« Besorgnis schwang in seiner Stimme mit.

»Was ist los?« Die Wunand schaute den Falkner fragend an.

»Zweihundert Schritte hinter dem Hügel stehen Wachen.« Keelin sprach sehr leise.

»Wie viele sind es?«, wollte Inahwen wissen.

»Drei oder vier«, gab Keelin zur Antwort. »Vielleicht auch mehr. Bei dem Regen kann Horus das nur schwer ausmachen.«

»Was hat das zu bedeuten?«, fragte Aileys.

»Es ist ein großes Fest«, sagte Inahwen. »Vermutlich kontrollieren sie alle, die in die Tempelstadt wollen.« Sie zog ein langes buntes Tuch aus ihrem Bündel hervor und schlang es sich so um den Kopf, dass weder Haare noch Ohren zu sehen waren.

»Du solltest es mir gleichtun«, forderte sie Ajana auf. »Die Haarfarbe der Menschen hier ist dunkel. Dein blondes Haar würde nur Aufsehen erregen.«

Ajana nickte. Mit Inahwens Hilfe gelang es ihr, einen halbwegs ansehnlichen Turban um ihre nassen Haare zu schlingen. Dann gingen sie gemeinsam den Hang hinauf – und erblickten zum ersten Mal mit eigenen Augen die Tempelstadt.

Niemand sagte ein Wort. Sie standen nur da und betrachteten staunend das Wunder, das sich ihren Augen jenseits des Hügels bot. Der Anblick übertraf trotz des schlechten Wetters ihre kühnsten Erwartungen. Hinter dem grauen Regenvorhang erhob sich eine prächtige Stadt. Hunderte, wenn nicht Tausende mit Stroh gedeckter Hütten aus hellen Lehmziegeln drängten sich um weitläufige Paläste und Tempel, deren polierter weißer Stein im Regen glänzte. Die Gebäude kündeten von hoher Baukunst, nicht vergleichbar mit dem Gewirr armseliger Hütten, das Ajana insgeheim erwartet hatte.

»Wenn ich es nicht mit eigenen Augen sähe, ich würde

es nicht glauben«, flüsterte sie Aileys zu. »Hast du dir das so vorgestellt?«

»Von so einer gewaltigen Stadt berichtet die Überlieferung nichts.« Die Wunand-Heermeisterin schüttelte den Kopf. »Sie muss in der Zeit nach der Flucht entstanden sein.«

»Vermutlich haben die neuen Herrscher die alte Kultstätte um den Götterbaum dazu genutzt, den neuen Glauben zu festigen«, meinte Inahwen. »So etwas geschieht häufig in Zeiten des Wandels.«

»Ihr meint, sie haben den Baum gefällt?« Ajana erbleichte.

»Oh nein.« Inahwen schüttelte den Kopf. »Ich bin sicher, er ist noch da. Ich fürchte nur, um ihn zu erreichen, werden wir mitten ins Herz der Stadt vorstoßen müssen.«

»In meiner Welt nennen wir es ›in die Höhle des Löwen gehen‹.« Die Worte hatten locker klingen sollen, doch noch während Ajana sie aussprach, überkam sie ein unheilvolles Gefühl. Stärker als zuvor bei Abbas, den sie auch vor Unheil hatte schützen wollen, spürte sie, dass etwas Schreckliches geschehen würde. Etwas, das all die furchtbaren Opfer, die ihr Aufenthalt in Nymath bereits gefordert hatte, in den Schatten stellen würde.

»Was ist mit dir?«, fragte Keelin besorgt.

»Ihr müsst umkehren.« Ajana kämpfte mit der Trockenheit, die sich in ihrer Kehle bemerkbar machte. »Ihr dürft mich nicht weiter begleiten. Es ist zu gefährlich.«

»Beruhige dich, Ajana!« Inahwen legte ihr tröstend die Hand auf den Arm. »Du hast viel durchgemacht und einen großen Verlust erlitten«, sagte sie sanft. »Die Sorge um uns ehrt dich. Doch waren wir uns der Gefahr von Anfang an bewusst.«

»Aber da unten in der Stadt …«

»Ist die Höhle des Löwen.« Inahwen lächelte wissend, als sie Ajanas Worte wiederholte. »Auch ich spüre die Gefahr«, fuhr sie fort. »Es ist das elbische Blut in uns, das uns zur Vorsicht mahnt. Es lässt uns die Aura des Bösen spüren, die die Tempel wie ein unsichtbarer Mantel umgibt; geboren aus dem Blut und den Tränen von Hunderten unschuldigen Opfern, denen das Leben im Namen des Blutgottes entrissen wurde.

Wir werden gewarnt, du und ich. Nun ist es an uns, einen Vorteil aus diesem Wissen zu ziehen und es zu nutzen, um unser Ziel zu erreichen.« Sie verstummte, schaute Ajana an, die immer noch sehr aufgewühlt war, und fügte schließlich hinzu: »Um die Gefahr zu wissen, ist der Vorteil des Jägers. Sei unbesorgt. Uns wird nichts geschehen.«

Am Morgen, nachdem Ajana und ihre Begleiter die Tempelstadt erreicht hatten, fand auf dem großen Platz vor dem Tempel ein außergewöhnlicher Wettkampf statt. Es galt, den Gottesboten für die Hinrichtung der Felis zu ermitteln. Wie immer hatte das hohe Preisgeld zahlreiche Bogenschützen angelockt, die an diesem Nachmittag um die Ehre streiten wollten.

Schon früh am Morgen strömten die Menschen in Scharen zum Tempel, um sich die rivalisierenden Bogenschützen anzusehen, die dort ihre Künste zur Schau stellten. Die Krieger der Tempelgarde hatten hierzu eine ganze Reihe geflochtener Zielscheiben aufgestellt. Ringsherum drängten sich die Schaulustigen, die jeden gelungenen Schuss lautstark bejubelten und in schallendes Gelächter ausbrachen, wenn ein Pfeil danebenging. Überall wurden Wetten abgeschlossen, und die allgemeine Anspannung, die dem Gottesurteil am nächsten Tag vorauseilte, fand einen vorläufigen Höhepunkt.

»Was ist da los?« Ajana deutete auf die dicht gedrängte Menge vor ihnen. Die vier hatten die Wachen am Fluss unbehelligt passiert und die Nacht zusammen mit Hunderten von Fremden in einer überfüllten, aber halbwegs trockenen Halle verbracht.

»Das soll uns nicht kümmern«, erwiderte Inahwen leise.

»Solange den Menschen dort etwas geboten wird, fallen wir nicht auf. Kommt, lasst uns einen weiten Bogen schlagen. Das ist sicherer, als sich mitten hindurchzuzwängen.« Sie schwenkte nach rechts, um die Menge zu umgehen. Ajana und Aileys folgten ihr, aber Keelin blieb stehen.

»Keelin?« Ajana ging zu ihm. »Was ist mit dir?«

»Da ist ein Falke.« Keelin starrte noch immer auf einen Punkt irgendwo jenseits der Menschenmenge.

»Wo?« Ajana reckte sich, konnte aber nichts erkennen.

»Dahinten, in einem Käfig.« Keelin sah sie nicht an. »Ein Weibchen. Es hat große Angst.«

»Wie kannst du das wissen?« Ajana runzelte die Stirn. »Du bist doch keinen Bund mit dem Tier eingegangen.«

»Ich weiß, was ich fühle.« Keelin blieb unbeirrt. »Das Falkenweibchen wurde erst vor Kurzem gefangen. Es hat zwei hilflose Junge in der Horstmulde sitzen und ist außer sich vor Sorge und Furcht.« Er verstummte und schaute noch einmal auf die versammelte Menge.

»Wo bleibt ihr denn?« Inahwen war mit Aileys zurückgekommen.

»Dort hinten ist ein Falkenweibchen in Gefangenschaft.« Eine wilde Entschlossenheit, die Ajana von Keelin bisher nicht kannte, lag in seinem Blick, als er die Elbin anschaute. »Ich muss es befreien.«

»Das ist nicht möglich.« Inahwen schüttelte energisch den Kopf. »Wenn du hier Aufsehen erregst, läufst du Gefahr, uns alle zu verraten.«

»Ich verstehe Eure Bedenken, aber die Sorgen sind unbegründet.« Keelin war sich seiner Sache ganz sicher. »Dort hinten findet ein Bogenschützenwettbewerb statt. Das Falkenweibchen ist der Preis für den besten Schützen.«

»Und woher weißt du das?«, wollte Ajana wissen.

»Ich sehe es.« Keelin deutete nach oben, wo Horus über der Menge kreiste.

»Das kommt nicht infrage!« Inahwen blieb hart. »Auch wenn es ein Wettbewerb ist. Wir dürfen kein Aufsehen erregen.«

»Dann haltet euch im Hintergrund.« Keelins Tonfall war ungewohnt scharf. »Wir kennen uns nicht. Wenn etwas fehlläuft, sucht ihr den Götterbaum ohne mich. Wenn ich erfolgreich bin, setzen wir den Weg gemeinsam fort. Auf keinen Fall aber kann ich zulassen, dass dieser Falke sein Leben in Gefangenschaft fristet oder gar ein noch schlimmeres Schicksal erleidet.« Er schob sich an Aileys vorbei auf die Menge zu. »Ich muss ihm helfen.«

»Keelin!« Die Wunand-Heermeisterin hielt ihn zurück. »Wir haben so viel gemeinsam durchgestanden und große Verluste erlitten, um so weit zu kommen. Willst du das wirklich alles aufs Spiel setzen – nur wegen eines Vogels?«

»Nur wegen eines Vogels?« Keelin sah sie erbost an. »So etwas kann wahrlich nur eine … eine … wie du sagen.« Das Wort Wunand verkniff er sich gerade noch rechtzeitig, weil er sich bewusst war, dass auch andere es hören konnten. »Die Angehörigen meines Blutes haben ihr Leben diesen wunderbaren Geschöpfen verschrieben. Unser Ehrenkodex besagt, dass das Leben eines jeden Falken zu schützen ist, auch wenn wir uns selbst dafür in Gefahr bringen.« Er schaute die drei Frauen nacheinander an, und als er weitersprach, klang seine Stimme sanfter: »Ich kann nicht gegen meine Ehre handeln«, beteuerte er. »Ich muss dem Falken helfen. Es nicht zu tun, würde nicht nur ihren, sondern auch den Tod ihrer Jungen bedeuten. Das könnte ich mir niemals verzeihen.« Er seufzte, schüttelte den Kopf und sagte dann: »Ich will euch nicht in Gefahr bringen: Darum bitte ich euch, zieht ohne mich weiter.«

»Nein.« Ajana ergriff Keelins Hand. Der Gedanke, sich hier und jetzt von ihm zu trennen, so überstürzt und ohne ein Wort des Abschieds, war ihr unerträglich. »Tu, was du tun musst. Ich warte hier auf dich.« Sie blickte Keelin an und sah ihn lächeln.

»Ich verstehe, was dich bindet.« Inahwen nickte bedächtig. »Auch mein Volk ist an einen Kodex gebunden.« Sie schwieg und wirkte nachdenklich. »Also gut. Ich halte dich nicht auf. Und da Ajana es wünscht, werden wir alle hier auf dich warten«, sagte sie schließlich und blickte ihn scharf an. »Aber vergiss nicht, wenn etwas fehlläuft, kennen wir uns nicht. Dann werden wir ohne dich zum Götterbaum gehen.«

»So sei es.« Keelin nickte der Elbin zu und küsste Ajana zum Abschied auf die Wange. Dann wandte er sich um und verschwand in der Menge.

Keelin hatte große Mühe, sich durch die Menge der Schaulustigen zu drängen. Das Turnier der Bogenschützen hatte bereits begonnen. Niemand war bereit, auch nur einen Schritt von seinem mühsam erkämpften Platz zu weichen, um ihn passieren zu lassen. Unzählige Schimpfworte wurden ihm hinterhergerufen, die meisten davon in Sprachen, die er nicht verstand. Die drohenden Gesten und Seitenhiebe hingegen, die die Worte begleiteten, waren eindeutig.

Endlich hatte er sich durchgekämpft und die Absperrung erreicht. Die Bogenschützen hatten sich in vier Gruppen aufgeteilt und sich vor je einer Zielscheibe aufgestellt. Zwei Krieger der Tempelgarde hielten während des Wettkampfs Pfeil und Bogen bereit, die sie an die Schützen weiterreichten, wenn sie an der Reihe waren. Auf einem Tisch in der Mitte standen für alle gut sichtbar die Käfige mit den Siegestrophäen. Ein Sumpfhuhn für den Drittplatzierten, ein Kaninchen für den Zweiten und das Falkenweibchen für den Sieger.

Keelin spürte einen schmerzhaften Stich, als er sah, in welch engen Käfig man das arme Tier gepfercht hatte. Es hatte nicht einmal Platz, um die Flügel auszubreiten. Vermutlich waren bereits etliche Federn abgebrochen. Keelin biss die Zähne zusammen, schluckte die aufkommende Wut herunter und schickte sich an, sich bei den Bogenschützen einzureihen.

»Halt!« Ein Krieger der Tempelgarde stellte sich ihm in den Weg, als er die Absperrungen passierte. »Wohin willst du?«

»Ich will schießen«, sagte Keelin in einer bewusst dümmlich anmutenden Sprache, um seinen Akzent zu verbergen, und deutete auf die Bogenschützen.

»Da bist du aber spät dran.«

»Es … es war voll.« Keelin machte eine ausladende Geste in Richtung der Menge. »Kam nicht durch.«

»Ja, ja, schon gut«, knurrte der Tempelkrieger übellaunig. »Stell dich irgendwo mit an.«

»Habt Dank.« Keelin verbeugte sich in gespielter Demut und eilte davon. Die Bogenschützen in der Reihe sahen sich erstaunt um, als sie ihn bemerkten. Einige verzogen missbilligend das Gesicht, andere taten ihren Unmut über das verspätete Eintreffen eines weiteren Konkurrenten lautstark kund.

»He du!« Der Krieger, der den Bogen hielt, winkte ihn zu sich. »Willst du auch schießen?«

Keelin nickte.

»Gut. Die anderen haben schon dreimal geschossen. Du bist jetzt dran.« Er drückte Keelin den Bogen in die Hand und sagte: »Es gibt drei Durchgänge. Die besten acht Schützen treten dann noch einmal gegeneinander an. Dem Ersten gebührt die Ehre des Gottesboten. Er bekommt den Falken. Verstanden?«

Keelin nickte noch einmal.

Der Krieger reichte ihm drei Pfeile und deutete auf die Strohscheibe mit den farbigen Ringen. »Dann los.«

Jemand gab Keelin einen Stoß, der ihn auf die Zielscheibe zustolpern ließ. Gelächter ertönte, aber Keelin achtete nicht darauf. Seine Aufmerksamkeit galt dem Bogen. Es war eine einfach gearbeitete Waffe aus biegsamem Holz – nicht zu vergleichen mit den aufwendigen Armbrüsten der Raiden in Nymath. Aber er besaß eine gute Spannung und war zudem sehr leicht. Die Pfeile waren lang und gerade und mit bunten Federn am Ende des Schafts versehen.

Keelin blinzelte und maß den Abstand zur Zielscheibe. Zwanzig Schritte mochten es wohl sein. Eine gute Weite für den Bogen.

»Na, mach schon!«, rief einer der Bogenschützen hinter ihm ungeduldig. »Wir haben nicht ewig Zeit.« Wieder ertönte Gelächter, aber auch zustimmende Rufe.

Keelin legte den ersten Pfeil auf die Sehne und hielt den Atem an, während er das Ziel mit den Augen anvisierte. Außen war ein breiter roter Ring, es folgte ein schmalerer weißer und dann ein ebenso breiter gelber Ring. In der Mitte, etwa so groß wie ein Apfel, prangte ein schwarzer Punkt.

Sirrend verließ der Pfeil die Sehne und bohrte sich in das schwarze Feld. Ein Raunen lief durch die Menge. Das Gelächter verstummte. Auch der zweite Pfeil traf ins Schwarze. Den dritten schoss Keelin absichtlich in das gelbe Feld, um nicht zu viel Aufsehen zu erregen. Es genügte, unter die besten acht zu kommen, und es gab noch zwei Durchgänge.

Keelin reichte dem Krieger den Bogen und ging an den anderen Bogenschützen vorbei, um sich bei den Wartenden einzureihen. Er achtete nicht auf die bösen Blicke seiner Mitstreiter und überhörte die hässlichen Worte, die sie ihm zuraunten. Der Wettkampf hatte begonnen, und er würde sein Bestes geben, um das Falkenweibchen zu befreien.

»Ich bin für den Großen mit den dunklen Haaren.«

Ajana wandte sich um und schaute die beiden Mädchen an, die neben ihr auf dem leeren Marktkarren standen und wie sie das Duell der Bogenschützen über die Köpfe der anderen hinweg beobachteten.

»Ich auch. Er sieht gut aus.« Die Mädchen kicherten.

Obwohl Ajana wusste, dass die beiden über Keelin sprachen, überhörte sie die Bemerkung. Er hatte den Ausscheidungswettkampf bestanden und maß sein Können nun mit sieben weiteren Bogenschützen an einer weitaus kleineren Zielscheibe.

»Der Wettkampf wird nicht nach Schönheit entschieden.« Ein Mann drehte sich zu den Mädchen um. »Ich habe zehn Kupferstücke auf den Askaren gesetzt. Er ist der Beste. Er wird gewinnen.«

»Er ist hässlich«, erwiderte eines der Mädchen naserümpfend.

Ajana musste nicht lange suchen, um zu erkennen, von wem diesmal die Rede war. Unmittelbar neben Keelin stand ein gedrungener Mann mit tätowiertem Schädel. Als Einziger der Verbliebenen trug er Kleidung aus ungegerbtem Leder sowie Arm- und Beinschienen, was ihm ein barbarisches Aussehen verlieh.

»Wie ein Gottesbote sieht der nicht aus.« Die Mädchen kicherten wieder. Sie sagten noch etwas, aber die Worte gingen im Jubel der Menge unter, als der Askare zum dritten Mal ins Schwarze der kleinen Zielscheibe traf.

Keelin war als Letzter an der Reihe. Ajana reckte sich, um besser sehen zu können. Und wirklich: Auch Keelins Pfeile trafen ins Schwarze. Diesmal jubelten nur wenige. Die Mädchen neben Ajana kümmerte das nicht. Sie schrien vor Begeisterung auf, was ihnen böse Blicke von allen Seiten einbrachte. Offenbar hatten viele der Anwesenden Wetten abgeschlossen – jedoch nicht auf Keelin.

Die sechs unterlegenen Bogenschützen verließen den Platz.

»Was geschieht jetzt?«, fragte eines der Mädchen den Mann vor ihnen.

»Es gibt ein Stechen«, erklärte dieser. »Die beiden Männer waren gleich gut. Nun müssen sie ihr Geschick mit verbundenen Augen beweisen. Immerhin wird der Gottesbote morgen auch mit verbundenen Augen schießen müssen.«

Morgen auch … Ajana spürte, wie das Gefühl drohenden Unheils wieder in ihr aufstieg. Wie schon am Fluss begann ihr Herz zu rasen und ein Zittern erfasste sie. Am liebsten wäre sie zu Keelin gelaufen, um ihn zu warnen, aber wohin sie auch blickte, überall standen die Menschen so dicht, dass sie ihn niemals rechtzeitig würde erreichen können.

»Was … was ist denn morgen?«, fragte sie die Mädchen. Selbst für die wenigen Worte musste sie all ihre Kraft aufwenden, um ruhig zu bleiben.

»Das weißt du nicht?« Die Mädchen schauten sie verwundert an. »Morgen wird das Gottesurteil über die Katzenfrau gesprochen. Der beste Bogenschütze dieses Turniers wird der Gottesbote sein.«

»Gottesbote?« Ajana wusste, dass sie ein großes Wagnis einging, wenn sie mit den Mädchen sprach, aber das war ihr gleichgültig. Sie musste wissen, was es mit dem Turnier auf sich hatte. »Heißt das, er soll sie töten?«

»Nein.« Die Mädchen lachten.

»Du weißt aber auch gar nichts«, sagte eine der beiden. »Der Gottesbote soll sie nicht töten. Er darf ihr das Leben retten – wenn es ihm gelingt.« Sie grinste breit.

Der lang gezogene Ton einer Muscheltrompete schallte über den Platz und lenkte die Aufmerksamkeit der Menge wieder auf die beiden Bogenschützen. Ein Krieger hatte dem Askaren die Augen verbunden, der gelassen einen Pfeil auf die Sehne legte und unter dem Jubel der Menge den mittleren weißen Ring der kleinen Zielscheibe traf.

»Was für ein Schuss«, hörte Ajana den Mann vor sich ausrufen. »Das kann niemand übertreffen.«

Ajana wünschte, er hätte recht. Aber Keelin war nicht nur ein guter Bogenschütze.

Ajana war die Einzige, die den Falken bemerkte, der sich dem Turnierplatz mit lautlosem Flügelschlag näherte, auf einer Standarte unmittelbar hinter Keelin landete und das Geschehen scheinbar gelassen beobachtete.

Horus!

Mit scharfem Blick fixierte der Falke das Ziel und gab die Bilder an Keelin weiter, der den Bogen gespannt hatte.

Auf dem Platz war es totenstill. Da löste sich der Pfeil sirrend von der Sehne. Ajana sah ihn fliegen und fühlte, wie sich ihr Herz zusammenkrampfte. Jetzt gab es kein Zurück mehr.

Seufzend schloss sie die Augen. Sie musste nicht hinsehen,

um zu wissen, dass Keelin mitten ins Schwarze getroffen hatte. Die fassungslose Stille, die auf den Schuss folgte, verriet alles.

Für Bruchteile eines Herzschlags schien die Zeit still zu stehen, dann brach ein Tumult aus. Jubelrufe mischten sich mit den wütenden Beschimpfungen derer, die auf hohe Wettgewinne gehofft hatten und sich hintergangen fühlten. Alle schrien wild durcheinander. Das Wort »Betrug« wurde immer lauter gerufen und es flogen sogar Gegenstände auf den Turnierplatz.

Die Krieger der Tempelgarde hatten alle Mühe, die aufgebrachte Menge zurückzuhalten. Selbst als der Klang der Muscheltrompete das Ende des Turniers verkündete, beruhigte sie sich nur widerwillig.

Ajana sah, wie die Sieger aus den Händen einer Priesterin ihre Preise erhielten, und vernahm, wie diese Keelin mit salbungsvollen Worten als den erwählten Gottesboten ausrief, ehe sie ihn mit zwei Kriegern zum Tempel begleitete, wo er sich, wie sie verkündete, in Ruhe auf seine Aufgabe vorbereiten würde.

Keelin wirkte überrascht, erhob aber keine Einwände. Was hätte er auch tun sollen? Er hatte sich dem Turnier gestellt und musste das Spiel nun bis zum Ende mitspielen.

»Ajana, was geschieht dort?« Inahwen und Aileys waren an den Karren getreten. Sie hatten weiter hinten gewartet und nichts von dem mitbekommen, was auf dem Turnierplatz vor sich ging.

»Keelin hat gewonnen«, gab Ajana trocken zur Antwort. »Er ist jetzt der Gottesbote.« Irgendwo über der Menge, die sich langsam zerstreute, sah sie einen Falken aufsteigen, zu dem sich nun ein weiterer gesellte.

Horus und das Falkenweibchen.

Keelin hatte sein Ziel erreicht. Das Falkenweibchen war frei. Aber um welchen Preis?

»Ein Gottesbote?« Inahwen runzelte die Stirn. »Was hat das zu bedeuten? Warum kommt er nicht zurück?«

»Er wird die Nacht im Tempel verbringen.« Ajana versuchte, sich ihre Unruhe nicht anmerken zu lassen, als sie vom Karren stieg und der Elbin gegenübertrat. »Mir scheint, das war kein gewöhnlicher Wettbewerb, denn der Sieger wird morgen bei einer Hinrichtung eine wichtige Rolle spielen«, erklärte sie und schilderte Inahwen und Aileys, was sie von den Mädchen erfahren hatte.

»Dann müssen wir eben ohne ihn zum Götterbaum gehen«, sagte Aileys, als sie geendet hatte. »So war es vereinbart. Kommt, wir haben hier schon viel zu viel Zeit verloren.«

»Ich … ich kann nicht.« Ajana schaute Inahwen Hilfe suchend an. »Versteht mich bitte nicht falsch. Ich will noch immer dorthin, aber ich … ich kann es nicht. Nicht so.«

»Du weißt, dass Keelin es so gewollt hat«, gab Inahwen zu bedenken.

»Ja, ich weiß«, Ajana seufzte. »Aber ich …« Sie rang hilflos die Hände. »Ich gehe nicht, ohne ihm Lebewohl gesagt zu haben«, sprach sie schließlich und fügte fast trotzig hinzu: »Wir sind am Ziel. Auf eine Nacht mehr oder weniger kommt es doch nicht an.«

»Eine Nacht vermag viel zu ändern.« Der Blick, mit dem Inahwen sie bedachte, ließ Ajana erröten. Was wusste die Elbin?

Aber Inahwen sprach gleich weiter. »Ich halte deinen Wunsch nicht für klug«, sagte sie geradeheraus. »Aber dies ist dein Weg. Du entscheidest. Wenn du auf ihn warten möchtest, werden wir es tun.«

»Habe ich es dir nicht gesagt? Diesmal werden sie nicht zulassen, dass ein gewöhnlicher Bogenschütze die Ehre der Gottesboten erwirbt.« Suara schaute sich auf dem verlassenen Turnierplatz um. »Dieser Wettkampf war ein einziges Possenspiel.«

»Wie kannst du dir da so sicher sein?«, wollte Oxana wissen.

»Hast du es nicht bemerkt?«, fragte Suara. »Dieser Kerl, der gewonnen hat, wirkte in der Tunika so falsch wie ein Djakûn im Federkleid eines Sumpfhuhns. Ich möchte wetten, dass er ein anderer ist als der, für den er sich ausgibt. Oder hast du außer den Askaren schon einmal jemand so schießen gesehen?«

Oxana schüttelte den Kopf.

»Eben. So schießen sonst nur die Krieger der Tempelgarde.« Suara nickte bedächtig. »Ich wusste es«, beteuerte sie noch einmal. »Ich wollte nur ganz sicher sein. Und jetzt lass uns gehen. Der Gottesbote ist erwählt. Die große Versammlung vor dem Fest wird bald beginnen und ich möchte nichts davon versäumen.«

Nach dem Anschlag auf die Hohepriesterin fand die Versammlung nicht wie sonst im Speisesaal des Priesterinnenhauses statt, sondern im Sprechersaal des Haupttempels. Der zweistöckige Palast galt als Zentrum der Macht in Andaurien.

Als Suara und Oxana das prächtige Portal durchschritten, schlugen ihnen die Stimmen von mehr als hundert Priesterinnen entgegen, die sich bereits im Empfangssaal eingefunden hatten.

Das gesamte Erdgeschoss war ein riesiger Saal, der in der Länge fast zweihundert Schritte maß und dessen hohe Decke von marmornen Säulen getragen wurde. An einer Seite führte er auf einen sich weithin erstreckenden Hof hinaus. Dort gab es Teiche mit Seerosen, die von blühenden Stauden umgeben waren, und prächtige Bäume von bizarren Formen.

Die Wände im Innern des Saales waren geschmückt mit kunstvoll gewebten Wandbehängen und Fresken. In die Deckenbalken aus rötlichem Holz waren kunstvolle, spiral- und wellenförmige Muster im Wechsel mit Vogel- und Djakûnmotiven geschnitzt.

Am Ende des Saals standen auf einem Podest drei thronähnliche Stühle aus geflochtenem Schilfrohr: für die Hohepriesterin ein großer, der mit Djakûnfell und Tagarafedern geschmückt war, und zwei kleinere für die Sprecher der Ehrwürdigen.

Für die Priesterinnen lagen gewebte Teppiche auf dem Boden bereit, von denen die meisten schon besetzt waren.

Suara und Oxana suchten sich wie immer einen unauffälligen Platz in den hinteren Reihen. Sie wollten unerkannt bleiben. In dieser letzten und wichtigsten Zusammenkunft aller Priesterinnen würde endlich der genaue Ablauf der zweitägigen Feierlichkeiten zu Ehren des einzigen Gottes bekannt gegeben werden: wichtige Einzelheiten, die auch für die Streiter Callugars von großer Bedeutung waren.

Ihre Geduld wurde auf eine harte Probe gestellt. Nachdem noch einige Nachzügler den Saal betreten hatten, schlossen die Krieger der Tempelgarde die Tore, und es kehrte Ruhe ein.

Alle warteten gespannt. Als sich nichts tat, baute sich langsam wieder Unruhe auf. Die Frauen tuschelten miteinander, andere lachten oder ereiferten sich über etwas. Nur wenige bemerkten, dass die ehrwürdigen Sprecher den Saal betraten. Erst als einer von ihnen in die Hände klatschte, kehrte Ruhe ein.

»Die ehrwürdige Hohepriesterin lässt sich entschuldigen«, verkündete einer der Sprecher kühl. »Sie wird später hinzukommen, um euch die Aufgaben persönlich zuzuteilen. So ist es an mir, den Ablauf des morgigen Festes zu verkünden.«

Zum ersten Mal, seit er den Turnierplatz verlassen hatte, war Keelin allein. Vor ihm auf dem Tisch standen köstliche Speisen, doch obwohl er hungrig war, aß er nur wenig davon. Zu sehr war er damit beschäftigt, darüber nachzudenken, was ihm an diesem Nachmittag widerfahren war.

Die Liebe zu den Falken hatte ihn in eine überaus heikle Lage gebracht, dennoch war er sich sicher, dass er immer wieder so handeln würde.

Das Falkenweibchen war frei, das allein zählte, und obwohl er kaum eine Vorstellung davon hatte, was von einem »Gottesboten« verlangt wurde, war er sicher, auch diese Herausforderung meistern zu können – vor allem wenn sie sich weiterhin so angenehm gestaltete wie bisher.

Nach seiner Ankunft im Tempel hatten ihm Dienerinnen ein Bad mit duftenden Ölen bereitet, ihn gesalbt und in neue, prachtvolle Gewänder gekleidet. Auch eine farbig bestickte Tunika, die bis über die Knie reichte, bestickte Armschienen und ein ebensolches Stirnband mit kurzen bunten Federn hatte er erhalten, dazu einen ärmellosen roten Umhang, wie ihn nur hochgestellte Persönlichkeiten trugen, und goldene Oberarmreifen, die ihm zwei Dienerinnen angelegt hatten.

Schließlich war die Priesterin gekommen, die ihn auch in den Tempel geführt hatte, und hatte die Dienerinnen verscheucht. Durch einen prächtigen Garten mit üppigen Blumen und stillen Teichen waren sie in einen anderen Teil des Palastes gelangt. Hier hatte man ihm in einem prunkvoll eingerichteten Schlafgemach ein üppiges Mahl aus gebratenen Sumpfhühnern, duftendem Brot und allerlei Früchten gereicht und ihn sodann allein gelassen.

Es klopfte und die Priesterin kehrte zurück.

»Die Hohepriesterin Vhara wünscht, dich zu sehen«, sagte sie mit ihrer sanften Stimme.

Vhara? Ein eisiger Schrecken durchfuhr Keelin.

Das geht nicht, dachte er. Das ist unmöglich!

Hinter seiner Stirn überschlugen sich die Gedanken. Ajana hatte irgendwann einmal erzählt, dass Vhara angeblich noch am Leben sei, aber er hatte es nicht geglaubt. Schließlich hatte er sie mit eigenen Augen in den feurigen Fluten des Wehlfangs verbrennen sehen. Kein Sterblicher konnte das überleben.

Und wenn sie keine Sterbliche ist?, wisperte es in seinen Gedanken.

Gilian stehe mir bei!, sandte Keelin ein stummes Gebet an den Gott der Lüfte. Wenn sie es ist, bin ich verloren.

»Nun?« Eine leichte Ungeduld schwang in der Stimme der Priesterin mit. »Bist du bereit?«

»Ja. Das heißt: nein«, stammelte Keelin und fuhr sich mit der Hand über den Bart, wie er es manchmal tat, wenn er in Bedrängnis geriet. Aus dem einst sorgfältig gestutzten Bart war längst ein Vollbart geworden. Weder auf dem Ritt durch die Wüste noch auf dem Weg zur Tempelstadt hatte er Zeit gefunden, ihn zu schneiden. Nur die Zöpfe erinnerten noch an die typische Barttracht der Raiden.

Genau so muss ich am Wnutu ausgesehen haben, als wir Vhara am Wehlfang gegenübertraten, schoss es ihm durch den Kopf. Sie wird mich sofort erkennen.

»Komm, bitte«, drängte die Priesterin. »Die ehrwürdige Herrin wird leicht ungeduldig. Du musst mir jetzt folgen.«

»Das werde ich – gleich.« Keelin erhob sich. »Gebt mir ein Messer«, forderte er entschlossen.

»Ein Messer?«, fragte die Priesterin verdutzt. »Aber das …«

»Es ist nicht das, was du vielleicht denkst«, beeilte sich Keelin zu erklären und strich mit der Hand über den Bart. »Ich möchte der Ehrwürdigen nur nicht so barbarisch gegenübertreten und würde mich zuvor gern rasieren.«

»Ich verstehe.« Die Erleichterung war der Priesterin deutlich anzusehen. »Warte hier, ich hole dir ein Messer.«

»Du kannst verschwinden!« Mit gebieterischer Geste bedeutete Vhara der Priesterin, die Keelin in ihren Audienzsaal begleitet hatte, sich zu entfernen. Sie machte sich nicht die

Mühe, sich von dem wuchtigen, mit Djakûnfellen ausgelegten und mit Tausenden von Tagarafedern geschmückten Thronsitz zu erheben, sondern wartete geduldig, bis Keelin sich vor ihr verbeugte.

»Du bist also der Gottesbote«, begann sie im Plauderton. »Von welchem Stamm?«

Keelin zögerte. Er war nicht darauf vorbereitet, dass ihn gleich die erste Frage in Bedrängnis bringen würde, und versuchte, sich in Erinnerung zu rufen, von welchen andaurischen Stämmen er gehört hatte.

»Kwannen«, stieß er schließlich hervor.

»Dafür musstest du aber ziemlich lange überlegen.« Vhara hob eine Augenbraue und sah ihn scharf an. Keelin hatte das Gefühl, sie könne ihm bis auf den Grund seiner Seele blicken.

»Ich … ich … Verzeiht, ich bin sehr aufgeregt.«

»Das solltest du auch.« Vhara verzog das Gesicht zu einem spöttischen Lächeln. »Wer sehr aufgeregt ist, schießt bekanntlich nicht besonders gut. Und wer nicht gut schießt, verfehlt das Ziel.«

»Wie … wie meint Ihr das?«, wagte Keelin zu fragen.

»Nun stell dich nicht dümmer, als du bist!«, herrschte Vhara ihn an. »Glaubst du etwa, du bekommst das alles hier geschenkt?« Sie stieß einen kurzen bellenden Laut aus. »Oh nein, das glaubst du nicht wirklich, oder? Ich habe gehört, welch unglaublicher Schuss dir mit verbundenen Augen gelungen ist. Gesetzt den Fall, dass es kein Zufall war, sage ich es dir noch einmal ganz deutlich: Ich erwarte von dir, dass du morgen beim Gottesurteil danebenschießt. Verstanden? Es ist mir gleich, ob du die Felis tötest oder irgendeinen dieser gaffenden Bastarde, die die Hinrichtung mit ansehen wollen. Es ist mir sogar gleich, ob du einen Krieger der Tempelgarde tötest, wenn du nur das Seil verfehlst, das die Felis hält. Hast du mich verstanden?«

»Nicht ganz.« Keelin bemühte sich um einen festen Tonfall. »Was geschieht, wenn ich das Seil treffe?«

»Bist du wirklich so einfältig oder tust du nur so?« Vhara war außer sich. »Wenn du das Seil triffst, wird die Felis am Leben bleiben, so lautet das Gesetz. Aber du bist dann ein toter Mann.«

Keelin nickte schweigend. Er hatte verstanden. Das also war es, was man von einem Gottesboten erwartete.

»Es ist keine Schande, das Ziel zu verfehlen«, hörte er Vhara nun einlenkend sagen. »Bisher hat noch nie ein Gottesbote das Seil getroffen. Bei dir scheint es mir jedoch angebracht, dich daran zu erinnern, dass niemandem hier – niemandem, verstehst du? – daran gelegen ist, dass die Katzenfrau am Leben bleibt.«

»Ich habe verstanden.« Keelin gab sich einsichtig. Je schneller Vhara glaubte, dass er sich ihrer Forderung beugen würde, desto schneller konnte er auch wieder gehen. Mit einer unbewussten Bewegung strich er sich über das ungewohnt glatt rasierte Kinn.

»Nun gut.« Vhara schien zufrieden. »Es ist doch immer wieder schön zu sehen, wie sehr ihr Sterblichen euer eigenes Leben zu schätzen wisst. Ich verlasse mich auf dich. Und vergiss nicht: Die Pfeile meiner Krieger werden auf dich gerichtet sein.«

Keelin nickte und deutete eine leichte Verbeugung an.

»Gut. Ich hatte auch nichts anderes erwartet.« Vhara machte eine wedelnde Handbewegung. »Und nun verschwinde. Ich habe nicht ewig Zeit.«

»Ehrwürdige.« Keelin verabschiedete sich mit einem Kopfnicken, wandte sich um und ging zur Tür.

»Warte!« Die Stimme der Hohepriesterin schnitt wie ein Schwertstreich durch die Stille. Keelin hörte, wie sie sich erhob und ihm eiligen Schrittes folgte.

»Sieh mich an!« Vhara stand nun unmittelbar hinter ihm.

Langsam drehte sich Keelin um.

»Du kommst mir irgendwie bekannt vor.« Sie maß ihn mit prüfendem Blick. »Diese Augen, dieser Blick … Sag mir, sind wir uns schon einmal irgendwo begegnet?«

»Ich sah Euch schon häufig aus der Ferne«, erwiderte Keelin. Die Worte kamen ihm so glatt über die Lippen, dass es ihn selbst überraschte.

»So, so. Von Weitem also.« Vhara schritt um ihn herum und begutachtete ihn wie ein Tarpanhändler die Paarhufer auf dem Viehmarkt. »Ich weiß, ich habe dich schon einmal gesehen«, murmelte sie mehr zu sich selbst. »Aber wo? Wo nur?«

Keelin spürte, dass Vhara kurz davorstand, das Geheimnis zu lüften, und hielt den Atem an. Er wollte gerade etwas erwidern, da klopfte es.

Ein Diener trat ein und verneigte sich demütig.

»Ehrwürdige, die Priesterinnen harren Eurer schon seit geraumer Zeit«, erinnerte er sie.

»Ja, ja, ich weiß! Kann ich hier denn nicht einen Gedanken zu Ende führen, ohne gestört zu werden?« Vhara fuhr sich gereizt mit der Hand über die Augen. »Also gut, sag ihnen, ich komme.« Sie scheuchte den Diener mit einer ungeduldigen Handbewegung fort und legte Keelin die Hand auf die Schulter. »Und du«, säuselte sie ihm ins Ohr, »tust morgen genau das, was ich dir gesagt habe.«

Die Schankstube, der Vorratsraum, ja sogar der askarische Wirt, all das war Suara schon fast vertraut, als sie zum zweiten Mal innerhalb kurzer Zeit das Wirtshaus betrat, von dem der unterirdische Gang zum geheimen Treffpunkt der Streiter führte.

Der Wirt erwartete sie bereits. Wie zuvor begleitete er sie unter einem Vorwand zunächst in die Küche und dann in den Kellerraum.

»Wo ist Eure Mitstreiterin?«, erkundigte er sich, während er ihr die Tür zu dem Geheimgang öffnete.

»Sie fühlt sich nicht wohl«, gab Suara ausweichend Antwort. Das entsprach nicht der Wahrheit, aber der Wirt gab sich mit der Antwort zufrieden.

Es war die Vorsicht, die Oxana davon abgehalten hatte, sie zu begleiten. Wenn Suara bis zur Mitte der Nacht nicht zurückgekehrt war, würde Oxana versuchen, die Streiter auf einem anderen Weg zu erreichen, und ihnen die Botschaft überbringen.

Suara schlüpfte in den engen Gang und hielt ohne zu zögern auf die Tür am anderen Ende zu.

Dreimal kurz, zweimal lang.

Kaum hatte sie das vereinbarte Zeichen gegeben, wurde ihr auch schon geöffnet. Diesmal war es Gaard, der mit gezücktem Messer vor der Tür stand. Als er Suara erkannte, steckte er es sofort ein und half ihr auf.

»Willkommen!«, sagte er aufrichtig erfreut. »Wir haben dich schon erwartet. Alle hier brennen darauf zu hören, was du heute erfahren hast.« Er wandte sich um und deutete in den Raum hinein, der mit einem Dutzend Rebellen fast zum Bersten gefüllt war. Suara erkannte Kiral und Jarmil, Fotio und Karloc. Sie war überrascht, so viele Streiter hier anzutreffen, und begrüßte sie mit einem leichten Kopfnicken.

»Das ist Suara vom Blute der Nuur«, stellte Kiral sie den anderen vor. »Die Götter haben sie gerade rechtzeitig mit uns zusammengeführt, damit sie die Lücke füllt, die der Tod von Ranee und Sadira gerissen hat. Wie ihr alle wisst, fand heute eine große Versammlung anlässlich des Opferfestes statt. Suara war dort und wird uns sicher einige wertvolle Hinweise zum morgigen Ablauf geben können.« Er nickte Suara zu, schenkte ihr ein aufmunterndes Lächeln und bedeutete ihr, neben ihm Platz zu nehmen. Dann fügte er hinzu: »Nun bin ich, wie alle hier, sehr gespannt, was du zu berichten hast.«

Suara setzte sich an den Tisch und kam sofort zur Sache. »Heute Nachmittag erfuhren wir, wie das Fest in den kommenden beiden Tagen ablaufen wird. Die Abfolge der Opferungen, Tänze und Gebete ist sehr genau festgelegt. Den Auftakt bildet ein Morgenopfer von fünfhundert Sumpfhühnern. Danach wird es eine Gebetszeremonie an der Freitreppe des Haupttempels geben, in der die Herzen und das Blut aller geopferten Sumpfhühner dem Einen übergeben werden. Dreißig Krieger werden die Gefäße mit den Opfergaben in das Heiligtum tragen, wo die Hohepriesterin selbst die erloschene Blutflamme zu neuem Leben erwecken wird. Die Opferungen am Götterbaum werden mit der Hinrichtung der Felis eingeleitet, die für die Mitte des Nachmittags angesetzt ist.«

»Dann müssen wir davor zuschlagen!«, warf einer der Rebellen ein. Zustimmendes Gemurmel wurde laut. Doch Kiral gebot allen durch ein Handzeichen zu schweigen.

»Der Hinrichtung folgt zunächst die Opferung der Gefangenen.« Suara schluckte, als sie an das grausame Ritual dachte, das auch unzählige Rebellen erwartete, die den Kriegern der Tempelgarde in die Hände gefallen waren. Kopfüber an einem Galgen hängend, würde man ihnen die Kehle durchschneiden, damit auch der letzte Tropfen ihres Blutes dem Einen dargebracht werden konnte.

»Die Hinrichtungen sollen diesmal bis spät in die Nacht andauern«, berichtete sie. »Offenbar gibt es in diesem Jahr besonders viele Gefangene.«

»Das ist auch kein Wunder.« Kaloc nickte grimmig. »Die Tempelgarde hat in den letzten Tagen nahezu jeden verhaftet, der sich auffällig verhielt. Ich möchte nicht wissen, wie viele Unschuldige in den Kerkern auf ihr Ende warten.«

»Um Mitternacht wird die Hohepriesterin das Blutfeuer mit dem Blut der Gefangenen weiter entfachen.« Suara machte eine Pause und sagte dann: »Bei Sonnenaufgang werden dann die freiwilligen Opfer ihr Herz unter den Händen der Hohepriesterin dem Einen hingeben.« Suara erschauerte bei dem Gedanken an die vielen jungen Mädchen, die dabei auf grausame Weise den Tod finden würden. »Ihr Blut und ihre Herzen werden dem Einen die Rückkehr in den Tempel ermöglichen, wo er zur letzten Stunde des Tages, als Höhepunkt des Festes, die geweihten siebenten Kinder für immer an sich binden wird.«

»Bei Callugars scharfem Schwert, das werden wir zu verhindern wissen.« Jarmil hatte die Hände zu Fäusten geballt. »Diesmal wird er die siebenten Kinder nicht bekommen. Sie nicht und auch nicht die Jungfrauen, diese *freiwilligen Opfer*, die dem Volk unter Zwang abgepresst wurden. Vor allem aber werden wir nicht zulassen, dass die unschuldigen Männer und Frauen ihr Leben lassen, die als Gefangene in den Kerkern auf ihre Hinrichtung warten. Deshalb gibt es nur eine Möglichkeit, bei der wir losschlagen können: bei der Hinrichtung der Felis.«

Als Ajana erwachte, war es noch dunkel.

Sie hatte die Nacht mit Inahwen und Aileys in der stickigen und überfüllten Unterkunft verbracht, welche die Krieger der Tempelgarde ihnen zugewiesen hatten, in einer großen, schmucklosen Halle mit einfachen Mauerausbrüchen als Fenster.

Wie schon in der vergangenen Nacht hatte sie auch in dieser nur wenig Schlaf gefunden. Die Enge, das vielstimmige Schnarchen und die allgemeine Unruhe, die auch von draußen hereindrang, waren ihr unerträglich, und die Sorge um Keelin tat ein Übriges, um sie wach zu halten.

Inahwen und Aileys hatten sie am Vortag wiederholt gedrängt, zum Götterbaum zu gehen und zu beenden, was sie begonnen hatten. Aber die Sorge um Keelin war zu groß. Ajana dachte nur an ihn und sah sich außerstande, die Magie der Runen anzurufen. So hatten sie den Rest des Tages damit zugebracht, mehr über die Aufgabe des Gottesboten und über Keelins Schicksal herauszufinden.

Was sie erfahren hatten, machte Ajana Mut. Offenbar spielte Keelin nur kurz eine wichtige Rolle bei dem für den Nachmittag angesetzten Gottesurteil. Danach würde sie ihn wiedersehen.

Sie stand auf und trat vor die Tür, von wo aus das violette Licht der Morgendämmerung über der Tempelstadt zu sehen war. Auf den Straßen waren trotz der frühen Stunde schon erstaunlich viele Menschen unterwegs. Die meisten eilten dem großen Tempel entgegen. Ajana sah Männer mit Kübeln voll schwelender Glut für die Kohlebecken des Tempels, Frauen mit Brot, Früchten und Wein für das Morgenmahl der Priesterinnen, aber auch Krieger der Tempelgarde, die durch die Stadt patrouillierten.

Als sich die ersten Sonnenstrahlen über die Wipfel der

Bäume erhoben, wurden sie von dumpfem Trommelschlag begrüßt. Wenig später vernahm Ajana über den Dächern den Schall der Muscheltrompeten.

»Sie bringen dem Einen die ersten Opfer dar.« Eine junge Frau drängte sich an ihr vorbei ins Freie und huschte davon, ohne eine Antwort abzuwarten.

Die ersten Opfer … Ajana erschauerte. Was mochte das bedeuten? Die völlige Fremdheit dieser Stadt beeindruckte sie. Verglichen mit der Tempelstadt, war Sanforan nicht mehr als ein schäbiges Dorf. Hier gab es weder knatternde Wagenräder auf hartem Steinpflaster noch lag der Gestank von Exkrementen und Abfall in der Luft. Das Leben schien still und geordnet zu verlaufen, aber selbst Ajana spürte die Furcht, die wie ein unsichtbares Bahrtuch über allem lag. Niemand wagte es offen auszusprechen, doch in den Augen der Menschen war die Furcht allgegenwärtig. Und mehr noch. Eine gespannte Erwartung schien die Menschen in der Stadt erfasst zu haben.

»Es ist, als warteten sie auf etwas.« Ohne dass Ajana es bemerkt hatte, war Inahwen neben sie getreten.

»Könnt Ihr meine Gedanken lesen?« Ajana sah sie erstaunt an. Es war nicht das erste Mal, dass sie dieses Gefühl beschlich. Sie hatte Inahwen aber noch nie darauf angesprochen.

»Du bist von meinem Blut. Wir sind uns sehr ähnlich.« Inahwen lächelte wissend. »Deine Gedanken sind mir verborgen. Doch ich spüre, was du fühlst, und sehe in deinem Gesicht, dass auch dich dieselben Fragen quälen.« Sie senkte die Stimme und sprach so leise, dass nur Ajana es verstehen konnte. »Diese Stadt ist wie ein Vulkan vor dem Ausbruch. Etwas wird geschehen, und zwar sehr bald. Sieh in die Gesichter der Menschen und du wirst verstehen. Sie alle tragen Masken, hinter denen sie ihre wahren Gefühle verbergen. Sie sind furchtsam, ohne Frage. Aber hinter der Furcht verbergen sich Zorn, Wut und Hass, die, einmal entfesselt, großes Unheil anrichten können.

Schon seit unserer Ankunft spüre ich die Beben, die dem Unvermeidlichen vorauseilen. Heute sind sie stärker als gestern, und mit jeder Stunde, die verstreicht, schwellen sie weiter an. War die Bedrohung gestern noch fern, ist sie heute wie die Wolkenwand eines Unwetters, die sich dunkel und unheilvoll am Horizont auftürmt und langsam näher schiebt, um dann mit Urgewalt über das Land hereinzubrechen.«

»Das klingt, als befürchtet Ihr einen Aufstand«, flüsterte Ajana der Elbin zu.

»Ich spüre nur die Stimmungen, die diese Stadt erfüllen; wohin das alles führt, vermag ich nicht zu sagen.« Inahwen seufzte ergeben. »Der Sturm wird bald losbrechen, daran besteht kein Zweifel, und ich bete darum, dass wir bereits fort sind, wenn es so weit ist.«

»Ich werde auf Keelin warten!« Ajana blieb unbeirrt.

»Ich weiß.« Inahwen nickte bedächtig. »Es ist unvernünftig und gefährlich, aber ich habe nichts anderes erwartet.« Sie lächelte Ajana zu. »Gegen die Kraft der Liebe war die Vernunft schon immer machtlos.«

»Asza, kommt her! Eilt Euch!«

Niemals zuvor hatte die junge Göttin den Wanderer so aufgewühlt gesehen. Er, der stets besonnen und ruhig wirkte, kam mit schnellen Schritten zu ihr an den Brunnen und bedeutete ihr, ihm zu folgen.

»Kommt schnell.«

»Was gibt es?« Asza, die das rege Treiben um den Götterbaum aufmerksam beobachtete, blickte erstaunt auf.

»Callugar!«, stieß der Wanderer hervor. »Es tut sich etwas. Seht selbst.«

Asza folgte ihm quer durch die Halle zur größten der Ruhebänke, wo sich Callugar, der mächtige Schicksalslenker, Seite an Seite mit Tyra, seinem Weib, zur Ruhe gelegt hatte.

Dort angekommen hielt sie überrascht inne.

»Ihre Gebete werden erhört!«, sagte sie und berührte voller Ehrfurcht den wuchtigen Beidhänder, den Callugars behandschuhte Fäuste auch im Schlaf umklammert hielten. Die Klinge war kühl und glatt. Kein Stein trübte mehr den Glanz der ehernen Waffe, das Zeichen der Macht. Auch die Kettenringe der Handschuhe blitzten schon unter der grauen Hülle hervor. Und der Prozess setzte sich weiter fort. Unter Aszas staunenden Blicken löste sich Ring für Ring langsam aus der Jahrhunderte währenden Starre.

»Wie lange noch?« Ihre Stimme bebte vor Aufregung, als sie den Wanderer ansah.

»Zwei Tage, vielleicht auch nur einer.« Nachdenklich neigte er das Haupt. »Es kommt darauf an, wie viele Gebete ihn noch erreichen.«

»Das dauert zu lange.« Asza stieß einen leisen Fluch aus. »Dabei beten sie zu ihm wie niemals zuvor. All die tapferen Krieger, die der Rebellion entgegenfiebern und um Beistand bitten, all die armen Seelen, die auf ihre Hinrichtung warten und auf Rettung hoffen, und all jene, die in den Dörfern um den geplanten Aufstand wissen und bangen Herzens der Entscheidung harren … Sie alle beten zu Callugar und flehen ihn um Hilfe an. Ihr Rufen bleibt nicht ungehört und doch wird er zu spät kommen.«

»Was können wir tun?«, fragte der Wanderer ratlos.

»Nichts!« Asza schüttelte betrübt den Kopf. »In diesem Fall sind auch uns die Hände gebunden. Auch wir können nur hoffen und warten.«

In dem kleinen Kellerraum der Streiter herrschte gespannte Ruhe.

Die ganze Nacht hindurch hatten die Anführer der einzelnen Rebellengruppen beisammengesessen und versucht, einen Schlachtplan für den kommenden Tag zu entwickeln.

Suaras Bericht hatte ihnen dabei wertvolle Hinweise gegeben. Sie wussten nun, was wann und wo geschehen würde, und konnten sich ein ungefähres Bild davon machen, wie die Tempelgarde auf dem Platz vor dem Götterbaum Aufstellung nehmen würde. Eine nicht einzuschätzende Gefahr ging dabei von den Ajabani aus, die sich, dessen waren sich alle sicher, unter die Zuschauer mischen würden. Doch dieses Wagnis mussten die Streiter in Kauf nehmen.

Niemals wieder würden vor Ablauf eines Jahres so viele Menschen zusammenkommen, würden so viele Priesterinnen zugegen sein und das ganze Aufgebot der Tempelgarde vereint auf einem Platz stehen.

»Hat noch jemand eine Frage?«, richtete Kiral das Wort abschließend an die Versammelten. Er war müde und erschöpft, doch das tat seiner Entschlossenheit keinen Abbruch.

Verneinendes Gemurmel wurde laut.

»Gut, dann sollten wir jetzt aufbrechen und die Pläne mit unseren Getreuen besprechen. Sagt ihnen, sie sollen warten, bis Suara und Oxana ihre Pfeile abgeschossen haben. Wenn der Bogenschütze getroffen zusammenbricht, greifen wir an.«

Er erhob sich und blickte die anderen mit einer Mischung aus Trauer und Stolz an.

Welchen dieser tapferen Männer werde ich am Ende des Tages wiedersehen?, dachte er wehmütig, drängte die aufkommende Besorgnis aber sofort zurück. Solche Gedanken waren kurz vor der entscheidenden Schlacht nicht angebracht.

»Möge Callugar schützend die Hand über euch halten«, sagte er zum Abschied. »Mögen eure Pfeile die Diener des Blutgottes treffen und jene verschonen, die reinen Herzens sind. Mögen eure Schwerter blutige Rache nehmen für all das, was sie uns angetan haben. Mögen eure Herzen frei sein von Furcht und mögen unsere Gebete erhört werden.«

»Im Namen Callugars«, kam die Antwort aus aller Munde, und mehr als ein Dutzend Fäuste reckten sich zum Zeichen des Sieges in die Höhe. Ein paar letzte Worte wurden gewechselt und so mancher Händedruck, so manche Umarmung zwischen Freunden getauscht. Dann verließen die Anführer das Kellergewölbe, um ihren Streitern die Pläne zu erläutern.

»Was ist mit dir?« Jarmil, der als Vorletzter im Gewölbe geblieben war, schaute Kiral fragend an. Der gewählte Anführer der Streiter hatte sich auf einen Stuhl gesetzt und starrte in die Flamme einer Kerze.

»Ich denke an die vielen tapferen Männer und Frauen, die heute ihr Leben lassen müssen«, seufzte Kiral betrübt. »Dir muss ich nichts vormachen, mein Freund«, sagte er, von plötzlicher Schwermut ergriffen. »Du kennst mich wie kein anderer hier. Gemeinsam haben wir die ersten Sumpfhühner gejagt und unseren ersten Tarpan zugeritten. Wie du habe auch ich meine Familie an die Häscher des Blutgottes verloren und mich mit dir den Streitern angeschlossen. Du weißt, dass ich mich lange gesträubt habe, die Streiter anzuführen, weil ich das Töten verachte …«

»Niemand könnte die Aufgabe besser als du erfüllen«, fiel Jarmil ihm ins Wort. »Alle hier lieben und verehren dich wie einen Vater und folgen dir aufs Wort.«

»Ich weiß.« Kiral lächelte dünn. »Das ist es ja, was mich betrübt. Sie lieben mich wie einen Vater und ich liebe sie wie meine Kinder.« Er fuhr sich mit den Händen müde über das Gesicht. »Und doch habe ich gerade die Hälfte von ihnen in den Tod geschickt.«

Je weiter sich die Sonne dem Zenit näherte, desto schneller schlugen die Trommeln und beschleunigten den Puls von Tausenden von Herzen.

Schon früh am Morgen hatten sich die ersten Menschen auf dem großen Platz vor dem Götterbaum versammelt, wo die Tempelgarde Dutzende von Galgen für die Hinrichtung der Gefangenen aufgestellt und das hölzerne Gerüst für das Gottesurteil errichtet hatte. Inzwischen waren es so viele Schaulustige, dass die Krieger Mühe hatten, den Platz für die hundert Tänzerinnen freizuhalten, die sich zum rhythmischen Takt der Trommelschläge bewegten.

Ta-ta-tam, ta-ta-tam, ta-ta-tam …

Die Trommler standen mit gespreizten Beinen hinter den großen, mit Leder bespannten Bodentrommeln. Die Bewegungen ihrer Hände verschwammen unter dem schnellen Rhythmus, während sie den Takt noch einmal steigerten, um den Tänzerinnen das Blut in ekstatischen Strömen durch die Adern zu jagen.

Suara tat, als sehe sie den Tanzenden zu, beobachtete insgeheim aber die Menge der Umstehenden. Hin und wieder entdeckte sie ein bekanntes Gesicht. Die meisten jedoch waren ihr fremd.

Wer war Freund und wer Feind? Wer wissend, wer ahnungslos? Beim Anblick der ungeheuren Menschenmasse, die sich hier versammelt hatte, überkamen sie zum ersten Mal Zweifel. Kirals Plan war gut durchdacht und schien Erfolg versprechend. Aber hatte der Anführer der Streiter wirklich mit einer solchen Menschenansammlung gerechnet? War er fähig, diese Massen zu lenken, wenn es zur Auseinandersetzung kam? Konnte er ihnen Einhalt gebieten, wenn der Hass ihnen die Sinne raubte?

Die Anzahl der versammelten Rebellen, so hatte Kiral gesagt, würde die Zahl der Krieger um ein Vielfaches übersteigen. Insoweit schien der Angriff kein Wagnis zu sein. Doch womit sollten sie kämpfen?

Die winzigen Messer und Dolche, die die Rebellen heimlich mit sich führten, erschienen angesichts der mit Schwertern und Pfeilen schwer bewaffneten Krieger geradezu lächerlich. Suara wagte zu bezweifeln, dass dieser schwerwiegende Nachteil allein durch Mut und Entschlossenheit wettgemacht werden konnte.

Und dann waren da noch die Ajabani. Kiral hatte Sorge, dass sich die gefürchteten Meuchler heimlich unter das Volk mischen würden, bereit zuzuschlagen, sobald sie die ersten Anzeichen einer Revolte bemerkten.

Ta-ta-tam, ta-ta-tam, ta-ta-tam …

Die Tänzerinnen wirbelten umher.

Verstohlen tastete Suara in der Tasche ihrer Tunika nach dem kurzen Blasrohr, das Jarmil ihr gegeben hatte. Sie hätte sich ein längeres gewünscht, aber die Gefahr, dass die Krieger der Tempelgarde es entdeckten, war zu groß. Wie alle Rebellen musste auch sie mit weniger auskommen, als ihr lieb war.

Als eine der Ersten waren Oxana und sie unmittelbar nach der Opferung der Sumpfhühner zum Götterbaum geeilt, um einen Platz in der vordersten Reihe zu bekommen. Sie hatten sich nicht einmal die Zeit genommen, die Hände zu reinigen, die nun braun und unansehnlich vom Blut der getöteten Vögel waren. Aber die Eile hatte sich gelohnt. Suara war es gelungen, sich einen Platz zwanzig Schritte hinter dem Gerüst für das Gottesurteil zu sichern, nahe dem Platz, der dem Gottesboten zustand. Oxana stand vierzig Schritte entfernt, auf der Höhe, wo später auch der Scharfrichter stehen würde.

Die Trommler beendeten den Tanz der Frauen mit einem Donnerschlag. Er war noch nicht verhallt, als der Klang von Muscheltrompeten über den Platz schallte und die Ankunft der Priesterinnen verkündete.

Suara spürte, wie sich die Anspannung in ihr weiter steigerte. Nicht mehr lange, dann würde die Felis auf den Platz geführt werden. Mit zitternden Fingern ertastete sie noch einmal das Blasrohr. Der Pfeil war bereits eingelegt. Einmal abgeschossen, würde er den anderen das Zeichen zum Angriff geben. Sie durfte das Ziel nicht verfehlen, denn sie hatte nur einen Versuch.

Unter dem Klang von Muscheltrompeten, Schlangenhauttrommeln, tönernen Flöten und silbernen Schellen hielten Vhara und die anderen Hohepriesterinnen aus den sieben Tempelstädten Andauriens Einzug auf dem festlich geschmückten Platz vor dem Götterbaum.

Krieger mit den Standarten der sieben Tempelstädte führten den eindrucksvollen Zug an. Ihnen folgten vier Priesterinnen mit tönernen Becken, in denen edle Harze glommen, die einen würzigen Wohlgeruch verbreiteten.

Die Diener der Unterwelt, drei ganz in schwarze Federn gewandete Männer mit bleichen Totenschädelmasken, gingen dichtauf mit eigentümlich tänzelnden Bewegungen. Dem Ritual folgend, würden sie später zwischen den Verurteilten umherspringen und wahllos das nächste Opfer bestimmen.

Dahinter kamen, eskortiert von sechs Caudillos, die Hohepriesterinnen. Sie boten ein farbenprächtiges Bild, das von Macht und Reichtum kündete. Alle trugen das zeremonielle Gewand des höchsten Festes: einen orangefarbenen, mit goldenen Fäden durchwirkten ärmellosen Umhang über einem hellen Untergewand, der vor der Brust von einer goldenen Spange gehalten wurde. Auf dem Kopf thronte ein prächtiger, fächerartiger Kopfschmuck, der aus den langen hellgrünen Schwanzfedern Hunderter Tagaras gearbeitet war. Dienerinnen mit bunten Federfächern wedelten ihnen Luft zu. Hinter ihnen gingen gut zwei Dutzend Priesterinnen niederen Ranges ohne Kopfputz, aber dennoch festlich gekleidet.

Den Abschluss bildeten wie immer die Siebenten – verängstigte Mädchen, keines älter als vierzehn Jahre, bekleidet mit der Turona, dem kunstvoll bestickten Opfergewand des siebenten Kindes. Am Ende des zweitägigen Festes würden sie dem neu erstarkten Gott gegenübertreten und ihr Leben in seine Hände legen. Ihr Schicksal war ungewiss. Manche wurden zu Priesterinnen erhoben, andere sah man nie wieder. Nicht zuletzt deshalb wurden sie zu beiden Seiten von Kriegern der Tempelgarde eskortiert, denn immer wieder kam es vor, dass eines der Mädchen zu fliehen versuchte.

Die Priesterinnen und ihr Gefolge strebten zur Empore am Ende des Platzes. Während die Hohepriesterinnen auf den wuchtigen Korbstühlen Platz nahmen, stellten sich die Caudillos mit vor der Brust verschränkten Armen am Fuß der

Empore auf. Die Bannerträger bezogen ihre Plätze am äußersten Rand der Empore, und die Dienerinnen traten neben die Stühle, wo sie sich redlich mühten, mit dem Fächer lästige Insekten von ihren Herrinnen fernzuhalten. Alle anderen nahmen auf dem hinteren Teil der Empore Platz, wo kostbare Teppiche für sie bereitlagen.

Die Trommeln, Schellen und Flöten verstummten. Die Musikanten an den Muscheltrompeten ließen noch eine letzte Fanfare ertönen, die das Volk zur Ruhe mahnte. Dann wurde es still. Alle Blicke waren auf die Hohepriesterin gerichtet, die sich dem Volk nur selten zeigte und der es dennoch in nur wenigen Mondwechseln gelungen war, die Menschen in Furcht erstarren zu lassen, wenn nur ihr Name genannt wurde.

Vhara rührte sich nicht.

In majestätischer Pose thronte sie auf ihrem mit Tagarafedern kunstvoll geschmückten Korbstuhl, ließ den Blick hoheitsvoll über die Menge schweifen und genoss das Gefühl der Macht, das sie in solchen Augenblicken stets erfüllte.

Sie spürte die Blicke der Menschen auf sich ruhen und sah den Hass in ihren Augen. Sie fühlte, wie sie sich wanden, wie sie innerlich aufbegehrten, um dann doch furchtsam die Augen zu senken, wenn ihr Blick den ihren kreuzte.

Es war ein Augenblick, den sie immer wieder aufs Neue auskostete, ein stummes Innehalten, das deutlich machte, dass jene da unten nicht mehr waren als niederes Gewürm. Zu schwach, um aufzubegehren, aber durchaus nützlich, wenn es darum ging, die Macht ihres Meisters durch Blutopfer zu festigen.

Vhara fühlte, wie die Anspannung stieg, während die Menschen darauf warteten, dass sie zu ihnen sprach. Doch erst als die Stille unerträglich wurde, erhob sie sich langsam und trat gemessenen Schrittes vor.

»Volk von Andaurien«, sagte sie mit tragender, wohlklingender Stimme. »Die Zeit des Bangens und des Wartens hat ein Ende, denn heute wird der Eine, den wir lieben und verehren, neu erstarken. Er, der seine Hand zu eurem Wohl über Andaurien breitet, der eure Felder nährt, euch den Regen schenkt und euch vor Hunger und Darben schützt. Er, der zu eurem Wohl Dürren und Überschwemmungen abwendet und den Mächten der großen Wüste Einhalt gebietet, sodass sie nicht weiter in unser fruchtbares Land vordringen können. Ihm zu huldigen, haben wir uns heute hier versammelt, auf dass er ein weiteres Jahr für das Heil Andauriens und unser aller Wohl wirken möge.«

Sie machte eine Pause und schaute sich um. Jedes Wort ihrer Ansprache war genau festgelegt, ebenso wie die Reaktionen der Menschen, die auf die Rede zu folgen hatten.

Nach dem jahrhundertealten Verlauf hätten die Menschen jetzt jubeln und ihre Freude über die baldige Rückkehr des Einen kundtun müssen.

Aber nichts geschah.

Vhara sah, wie der ehrwürdige Sprecher zu ihrer Linken immer wieder die Arme in die Höhe riss, um die Massen zum Jubeln zu bewegen.

Aber niemand leistete ihm Folge.

Das Schweigen, das ihr entgegenschlug, war beängstigend. Wie konnte dieses Gewürm es wagen, ihr den Jubel zu versagen? Was ging hier vor? Mit einem raschen Blick vergewisserte Vhara sich, dass die Krieger der Tempelgarde vollzählig aufmarschiert waren. Die vielen Hundert gut ausgebildeter und schwer bewaffneter Männer an ihren Posten zu sehen, war beruhigend. Und die Gewissheit, dass die Menschen dort unten keine Waffen mit sich führen konnten, milderte das dumpfe Gefühl der Bedrohung, das in dem Schweigen mitschwang.

Was soll schon geschehen?, dachte sie bei sich. Selbst wenn sie einen Aufstand wagen sollten, wäre es nicht das erste Mal, dass er blutig niedergeschlagen würde. Diese Narren ahnten nicht, dass sich fast einhundert Ajabani unter ihnen befanden, die jeden Versuch einer Revolte schon im Keim ersticken würden.

Ein siegessicheres Lächeln umspielte Vharas Mundwinkel, als sie den Blick noch einmal über die dicht gedrängte Menge streifen ließ. Angesichts der vielen Tausend Leute, die gekommen waren, um die Felis sterben zu sehen, vergaß sie fast ihren Ärger darüber, dass die Ajabani keine weitere Felis hatten gefangen nehmen können. Offenbar waren die Katzenfrauen nicht auf ihre geschickte Täuschung hereingefallen. Weder die Tempelgarde noch die Ajabani hatten Anzeichen dafür entdeckt, dass sie in der Nähe waren, um ihre Schwester zu befreien. Wie es schien, war es mit dem Zusammenhalt unter den Felis auch nicht weit her.

»Das Blut und die Herzen der Tieropfer wurden dem heiligen Feuer nach Sonnenaufgang übergeben«, fuhr sie schließlich so unbeirrt fort, wie sie es auch vor einer jubelnden Menge getan hätte. »Die Flamme brennt wieder. Nun gilt es, die Macht des minderwertigen Blutes mit dem Wertvollsten zu vereinen, das wir dem Einen demütig darbieten können – dem Blut seiner Kinder.« Auch an dieser Stelle hätte Jubel aufbranden müssen, doch Vhara ahnte bereits, dass er ausbleiben würde, und sprach sofort weiter: »Bevor jedoch die Opferungen beginnen, wird von Gotteshand das Urteil über jene gefällt, die als unsterblich gilt. Sie und ihre Schwestern haben sich dem Einen von Anfang an widersetzt. Sie haben Verrat begangen, indem sie König Sanforan vor der großen Schlacht zur Flucht rieten und seitdem immer wieder gegen den Willen des einzigen Gottes Andauriens wirken.« Vhara gab einer Gruppe von Kriegern ein Zeichen und befahl: »Schafft die Felis herbei!«

Die Ankündigung der Hinrichtung brach das Schweigen der Massen. Stimmen wurden laut und ein aufgeregtes Gemurmel erhob sich wie das Summen eines Bienenschwarms über dem Platz. Es lag keine Zustimmung darin, doch auch damit hatte Vhara bereits gerechnet. Sollten sie ihrem Unmut ruhig Luft machen, aufhalten konnten sie die Hinrichtung nicht …

… und auch nicht das, was danach folgen würde. Ein siegesgewisses Lächeln umspielte Vharas Mundwinkel. Der Mythos, den sie an diesem Abend zerstören würde, war nur der Auftakt zu einem vernichtenden Feldzug, an dessen Ende es für die Bewohner Andauriens keinen einzigen Hoffnungsträger mehr geben würde.

Die Beine der Felis trugen sie nicht mehr.

Zu lange war sie gefesselt gewesen, zu sehr hatten die Lederriemen ihr das Blut abgeschnürt, zu dürftig waren die Wunden der Folter verheilt. Sie war so geschwächt, dass sie nicht einmal versuchte, sich zu wehren, als man sie aus dem Verlies zerrte und zu einem Karren schleppte, der sich sogleich in Bewegung setzte.

Statt der Augenbinde hatte man ihr einen dicht gewebten Sack über den Kopf gezogen und ihn so eng um den Hals geschnürt, dass sie kaum Luft bekam.

Sehen konnte sie nichts, aber hören, riechen, fühlen …

Nach der endlosen Zeit in der stickigen Kammer kam ihr die Luft im Freien trotz des muffigen Sacks wie ein Geschenk vor. Sie spürte die Wärme der Sonnenstrahlen auf ihrem Fell und hörte den vertrauten Gesang der Vögel. Ihre tastenden Sinne berührten die Aura von zehn Kriegern, die sie bewachten. Andere Menschen schienen nicht in der Nähe zu sein.

Seltsam. Die Felis war sicher, noch in der Tempelstadt zu sein, an einem Ort, der erfüllt sein müsste von Hunderten sterblicher Seelen.

Sie lauschte und tastete in die Stille hinein, fand aber nichts.

Kein Lachen, kein Reden … nichts, das auf die Nähe anderer schließen ließ. Die Stadt wirkte wie ausgestorben.

Schwester?

Wie ein Wispern strich der Ruf durch ihre Gedanken, und was sie bisher nur geahnt hatte, wurde zur Gewissheit.

Sie sind hier!

Die Felis spürte, wie ihr Herz vor Freude schneller schlug. Hastig sandte sie einen Gedanken aus, der den anderen verriet, dass sie noch am Leben war.

Zur Antwort erreichte sie ein tröstender Gedanke.

Halte aus, schien er zu sagen. *Verzage nicht. Wir …*

Die Botschaft riss unvermittelt ab, als der Karren um eine scharfe Wegbiegung fuhr und ihr Lärm aus Tausenden von Kehlen entgegenschlug.

Die Felis erstarrte.

Hass und Wut, Schmährufe und die mühsam unterdrückte Gier zu töten brandeten ihr wie eine düstere Woge entgegen. Die Hinrichtung! Schlagartig wurde ihr klar, warum die Stadt so verlassen wirkte.

Sie waren hier. Alle.

Und alle würden sie sterben sehen.

Der grelle Ton der Muscheltrompeten schmerzte Ajana in den Ohren. Sie verzog das Gesicht zu einer Grimasse und schaute sich zu Aileys und Inahwen um, die hinter ihr standen. Den beiden schien es ähnlich zu ergehen.

Mit dem steten Strom der Menschen, die noch immer aus allen Teilen der Stadt zum Götterbaum strebten, waren sie am späten Vormittag hier angekommen und hatten die große Freifläche zu ihrer Überraschung schon gut gefüllt vorgefunden. Da Ajana nahe bei Keelin sein wollte, hatten sie sich einen Platz in der Nähe des Holzgerüstes gesucht, das in der Mitte des langen und schmalen Platzes für das Gottesurteil errichtet worden war. Obwohl die Menschen gerade hier schon dicht gedrängt standen, war es ihnen gelungen, sich bis in die vordere Reihe vorzukämpfen und ihren Platz dort zu behaupten.

Inzwischen waren so viele Menschen zugegen, dass Ajana sich fragte, wo sie alle hergekommen sein mochten. Es herrschte eine Stimmung wie beim Wagenrennen in einer römischen Arena, und die halb nackten Tänzerinnen, die sich ekstatisch zum Klang der großen Trommel bewegt hatten, hatten ein Übriges getan, um die gespannte Stimmung noch weiter anzuheizen.

Die Muscheltrompeten verstummten.

Stille kehrte ein.

Alle Köpfe wandten sich nach rechts, wo die Priesterinnen auf einer festlich geschmückten Empore Platz genommen hatten. Eine von ihnen erhob sich und richtete die Stimme an das Volk: »Volk von Andaurien …«

»Das ist Vhara!«, flüsterte Inahwen Ajana zu. »Es ist, wie Asza gesagt hat. Sie lebt!«

Jetzt erkannte auch Ajana die Stimme. Es war dieselbe, die sie schon einmal gehört hatte, damals als sie mit Inahwen,

Bayard, Keelin und den anderen zum Wnutu geritten war, um die Hohepriesterin des dunklen Gottes endgültig aus Nymath zu vertreiben. Vhara lebte. Asza hatte die Wahrheit gesagt.

»Keelin!« Ajana hob die Hände vor den Mund, als sie erkannte, was das zu bedeuten hatte. »Oh Inahwen, hoffentlich ist sie Keelin nicht begegnet«, flüsterte sie der Elbin zu. »Sie wird ihn gewiss wiedererkannt haben.«

»Das war auch mein erster Gedanke.« Inahwen machte ein betroffenes Gesicht. »Aber es ist zu spät. Wir können nichts mehr für ihn tun.«

Ein Raunen lief durch die Menge. Die Menschen riefen und schrien, drängelten und schubsten und reckten und streckten sich, um besser sehen zu können. Allein den Kriegern der Tempelgarde, die die Menge mit ihren Speeren zurückhielten, war es zu verdanken, dass nicht alle auf die einzige noch freie Fläche hinausstürmten.

»Was geschieht dort?« Aileys, die fast einen Kopf kleiner war als Ajana, versuchte vergeblich, etwas zu erkennen.

»Es sind Krieger angekommen. Sie führen einen Karren mit sich, auf dem eine gefesselte Gestalt sitzt.«

»Ich sehe eine Frau«, ergänzte Inahwen, die von allen die besten Augen hatte. »Aber eine sehr seltsame. Ihr Körper ist ganz von Fell bedeckt, und sie hat einen langen Schwanz, fast wie eine Katze. Ihr Kopf ist verhüllt.«

»Eine Felis!« Aileys keuchte auf. »Emo sei uns gnädig, sie wollen eine Katzenfrau hinrichten.«

»Eine Katzenfrau?«, fragte Ajana, die den Namen Felis noch nie gehört hatte.

Aileys sagte etwas, aber die Menschen schrien jetzt so laut, dass Ajana sie erst verstehen konnte, als sie sich zu Aileys hinabbeugte.

»Die Felis waren es, die einst König Sanforan rieten, durch die Wüste nach Nymath zu fliehen«, erklärte ihr die Wunand. »Es heißt, dass sie vor langer Zeit von dem alten Volk der versunkenen Stadt Whelas durch Magie geschaffen wurden und unsterblich sind.«

»Aber sie soll doch getötet werden?« Erschauernd sah Ajana zu dem Holzgestell hinüber, wo die Krieger gerade dabei waren, die widerstrebende Felis in den hölzernen Rahmen zu spannen.

»Das wundert mich auch«, hörte sie Aileys sagen. »Es scheint, als würden die Felis in Andaurien noch immer verehrt. Ich vermute, dass die Hohepriesterin mit der Hinrichtung ein Zeichen setzen will, um den Mythos der Unsterblichkeit ein für alle Mal auszulöschen.« Die Wunand deutete auf die Menge ringsumher. »Hör doch nur, wie zornig die Menschen sind.«

Ajana lauschte. Der vielstimmige Chor ringsumher war zu einem ohrenbetäubenden Lärm angeschwollen, aus dem nur selten ein Ruf klar zu vernehmen war. Fäuste wurde drohend in die Höhe gereckt. In den Gesichtern der Menschen spiegelte sich Wut.

»Nieder mit der Priesterschaft!« Der junge Mann unmittelbar neben Ajana hatte lange geschwiegen, doch nun fiel auch er mit in den Chor ein. »Die Felis muss leben!«

Und endlich verstand Ajana, was Aileys meinte.

»Die Schmährufe gelten gar nicht der Felis, sondern den Priesterinnen«, sagte sie erstaunt. »Alle hier sind wütend und zornig, aber offenbar auch hilflos in ihrer Wut.« Ihr Blick wanderte wieder zur Felis, die nun mit gespreizten Armen und Beinen im Rahmen hing. Dabei fiel ihr auf, dass die Katzenfrau noch immer den Sack über dem Kopf trug.

»Warum haben die Krieger den Sack nicht fortgenommen?«, fragte sie Aileys, die ein wenig über die seltsamen Wesen zu wissen schien.

»Weil sie sich vor ihr fürchten«, erklärte Aileys. »Und das wohl zu Recht. Es heißt, die Felis besäßen einen Zauber, mit dem sie ihre Gegner in Schatten hüllen können. Nicht wirklich, aber durch einen Blick in die Augen. Sie sind dann für einige Zeit blind und stellen keine Gefahr mehr dar. In der Legende heißt es: Blicke einer Katzenfrau niemals in die Augen.«

Die Krieger hatten ihre Arbeit getan und traten vom Gerüst zurück. Ihr Anführer hob die Hand zum Zeichen, dass alles bereit war. Gleich darauf schmetterten die Muscheltrompeten erneut über den Platz und diesmal brandete echter Jubel auf.

»Da ist Keelin!« Inahwen deutete in Richtung der Empore, an deren rechter Seite zwei Gestalten den Platz betreten hatten. Einer war ein Krieger der Tempelgarde, der mit zielsicherem Schritt über den Platz ging, der andere war – Ajana musste zweimal hinsehen, um ihn zu erkennen – tatsächlich Keelin.

»Er … er trägt keinen Bart mehr«, rief sie aus.

»Er ist ein kluger Falkner.« Inahwen wirkte erleichtert. »In den Gewändern und ohne Bart wird Vhara ihn gewiss nicht erkannt haben.«

»Dann wird alles gut.« Ajana atmete auf. Keelin war wohlauf. Nun würde es nicht mehr lange dauern, bis sie ihn wieder in die Arme schließen konnte.

Der Jubel der Menge begleitete Keelin auf dem Weg über die Freifläche, vorbei an den Galgen, an denen man später die Gefangenen kopfüber aufhängen würde, und den Abertausend Menschen, die sich zu beiden Seiten der Freifläche drängten, bis hin zu dem wuchtigen Gerüst, in dem die Felis mit gespreizten Armen und Beinen hing.

Eine Felis. Schon der Name weckte tiefe Ehrfurcht in Keelin. Wie alle Angehörigen der Vereinigten Stämme empfand auch er eine große Dankbarkeit gegenüber den geheimnisvollen Katzenwesen, denen die Angehörigen der Fünf Stämme ihr Leben verdankten.

Ich erwarte von dir, dass du morgen beim Gottesurteil danebenschießt.

Vharas Worte kamen ihm in den Sinn, und er spürte, wie die Verzweiflung erneut nach ihm griff. Die ganze Nacht schon hatte er sich den Kopf darüber zerbrochen, ob es einen Weg gab, Vharas Befehl zu umgehen und die Felis dennoch zu retten. Aber wie er es auch drehte und wendete, die Lage schien aussichtslos.

»Rette sie!«

»Du schaffst es!«

»Freiheit für die Felis!«

Die Zurufe, die aus der Menge bis zu ihm vordrangen, machten deutlich, dass die Menschen große Hoffnungen in ihn setzten. Niemand hier wollte die Felis sterben sehen – niemand außer Vhara und den Priesterinnen.

Keelin atmete tief durch. Angesichts der vielen Krieger, die, mit Bogen, Speeren und Schwertern bewaffnet, den Rand der Freifläche säumten, erschien es ihm nahezu unmöglich, die Felis zu retten, ohne selbst getötet zu werden. Die Worte der Hohepriesterin waren eindeutig. Wenn er das Seil traf, war sein Leben verwirkt.

Der Krieger der Tempelgarde, der die Felis töten sollte,

blieb bei der ersten Standarte stehen und nahm den Bogen zur Hand. Noch vierzig Schritte. Keelin zählte mit, während er an dem Gerüst vorbei zum vorbestimmten Platz des Gottesboten schritt. Aus den Augenwinkeln sah er Horus am Himmel kreisen. Der Falke wusste genau, was zu tun war. Wie schon beim Turnier am Vortag würde er auch diesmal wieder Keelins Augen ersetzen – ganz gleich welches Ziel er anvisierte.

»Keelin!« Der verhaltene Ruf aus der Menge ließ Keelin herumfahren. Die Stimme war nicht lauter als die anderen Rufe und ging im allgemeinen Lärmen fast unter, berührte ihn aber dennoch auf wundersame Weise.

Ajana!

Keelins Herz machte vor Freude einen Satz, als er sie nur ein paar Schritte entfernt inmitten der Menschen entdeckte. Sie hatte auf ihn gewartet. Jetzt war sie hier. Ganz nah – und plötzlich wusste er, was er zu tun hatte.

Kurz begegneten sich ihre Blicke und er lächelte ihr zu. Dann nahm er seinen Bogen und den einzigen Pfeil zur Hand, den er zur Verfügung hatte, und gab das Zeichen, dass er bereit war.

Die Trommeln ertönten.

Auf dem Platz wurde es still. Eine gespannte Erwartung lag in der Luft, die sich unter dem rhythmischen Trommelklang weiter steigerte. Keelin stand ganz ruhig, während ihm die Augen mit einem Tuch verbunden wurden. In Gedanken war er bereits bei Horus. Horus hatte auf der Querstange der Standarte Platz genommen, die den Standort des Gottesboten markierte. Niemand beachtete ihn. Mit den Augen des Falken sah Keelin, was ihm sonst verborgen geblieben wäre. Die angespannten Gesichter der Umstehenden, die gefesselte Felis, den Krieger der Tempelgarde, der vierzig Schritte entfernt auf seinen Einsatz wartete.

Mit geübter Ruhe nahm er den Bogen in die Hand, legte den Pfeil auf die Sehne und sandte Horus in Gedanken ein Zeichen. Gehorsam richtete der Falke den Blick geradeaus.

Keelin ließ sich Zeit …

Er hatte nur den einen Schuss und der durfte das Ziel nicht verfehlen.

Mit zusammengekniffenen Augen beobachtete Suara, wie dem Gottesboten die Augen verbunden wurden. Ihre Hand umklammerte das Blasrohr so fest, dass die Knöchel weiß hervortraten. Unbemerkt hatte sie es aus der Tasche genommen, hielt es aber so versteckt, dass es nicht zu erkennen war. Der rechte Augenblick war noch nicht gekommen. Wie Oxana würde auch sie erst dann schießen, wenn der Gottesbote das Ziel anvisierte und alle Blicke auf ihn gerichtet waren.

Sie hörte, wie die Umstehenden den Auserwählten anfeuerten und ihm zuriefen, dass er die Felis retten möge. Sie hörte es und wusste doch, dass sich die Hoffnung der Menschen nicht erfüllen würde. Niemandem außer ihr war klar, dass alles hier genau geplant war. Niemand ahnte, dass auch der Gottesbote von den Priesterinnen eingesetzt war, um die Felis zu töten.

Ein entschlossenes Lächeln umspielte ihre Lippen. Sie wusste es besser und sie würde es verhindern.

Endlich legte der Gottesbote den Pfeil auf die Sehne und spannte den Bogen.

Auf dem Platz herrschte Totenstille.

Jetzt!

Suara zögerte nicht. In einer ansatzlosen Bewegung hob

sie das Blasrohr an die Lippen, blies kräftig hinein und ließ es noch im selben Augenblick zu Boden fallen.

Sirrend verließ der Pfeil des Gottesboten die Sehne. Nur Bruchteile eines Herzschlags später keuchte er auf und griff sich an den Hals.

»Achtung! Sie hat ein Blasrohr.« Ein Warnruf zerriss jäh die angespannte Stille. Wie von selbst fand das Messer den Weg in Suaras Hand, bereit, sich zu verteidigen. Dann bemerkte sie den Irrtum. Sie war gar nicht gemeint.

Vierzig Schritte entfernt wurde Oxana von einem Tempelkrieger aus der Menge gezerrt und zu Boden geworfen. Ihr helles Gewand war von Blut getränkt. Der Krieger zögerte nicht. Kaum dass Oxana vor ihm am Boden lag, stieß er ihr den Speer mitten in die Brust.

Suara stand wie erstarrt, sie wollte zu ihrer Freundin laufen, doch in der Menge war kein Durchkommen.

Aus den Augenwinkeln sah sie noch, wie der Gottesbote, geschwächt vom Gift des Pfeils, zu Boden sank, während der Henker auf der anderen Seite vom Pfeil des Gottesboten tödlich getroffen wurde. Dann ging alles sehr schnell.

»Für Callugar!« Der dröhnende Schlachtruf der Rebellen erhob sich ringsumher wie ein Sturm über der Menge. Dolche wurden gezückt und Messer zur Hand genommen, als die Rebellen wie ein Mann vorstürmten. Ihr Mut übertrug sich auch auf die überraschte Menge; ihr Beispiel gab dem Hass und der Wut der Unterdrückten ein Ziel und ließ selbst jene, die keine Waffe hatten, mit bloßen Fäusten den Kampf aufnehmen. Die Tempelkrieger, die die Menge zurückhalten sollten, gerieten arg in Bedrängnis und waren schon bald in heftige Zweikämpfe verwickelt.

»Keelin!«

Erschüttert musste Ajana mit ansehen, wie Keelin taumelnd zu Boden ging. Sie hörte weder den Kampfschrei der Rebellen, noch bekam sie etwas davon mit, was um sie herum geschah. Sie hatte nur Augen für Keelin, der reglos am Boden lag. Ohne auf die Zweikämpfe zu achten, die ringsumher entbrannten, stürmte sie durch die Menge auf ihn zu und sank neben ihm auf die Knie.

Er hatte die Augen geschlossen. Sein Gesicht war bleich und der Atem ging stoßweise. Auf seiner Stirn glänzten Schweißperlen.

»Wir müssen ihn hier wegschaffen. Schnell!« Wie aus dem Nichts tauchten Aileys und Inahwen an ihrer Seite auf. Die Wunandamazone hatte einem sterbenden Tempelkrieger das Schwert entrissen. Geschickt parierte sie die vereinzelten Attacken, die sich aus dem Gewühl gegen sie richteten, während Inahwen den Elbenstab wie eine Waffe einsetzte, um die Kämpfenden von Ajana und Keelin fernzuhalten.

Ajana war verzweifelt. Überall wurde erbittert gekämpft und Keelin wurde immer schwächer.

»Das Amulett«, rief Inahwen ihr zu. »Du musst Algiz anrufen, so wie du es schon für Abbas im Sandsturm getan hast. Dann können sie uns nichts anhaben. Spute dich, lange können Aileys und ich euch nicht mehr schützen.«

Algiz! Mit zitternden Fingern holte Ajana das Amulett unter ihrer Tunika hervor und berührte die erste Rune.

Komm schon! Voller Ungeduld wartete sie darauf, dass das Licht in ihr entflammte.

Nichts geschah.

Bitte!, flehte sie in Gedanken. Bitte, lass mich nicht im Stich.

Ein schwerer Körper fiel gegen ihren Rücken und blieb

reglos am Boden liegen. Fast wäre auch sie gestürzt, konnte sich aber geschickt abfangen und legte den Finger erneut auf die Rune.

Bitte, bitte!

»Du musst dich entspannen!«, rief Inahwen ihr zu. »Nur in der Ruhe kannst du die Kraft finden, die die Magie erweckt.«

Entspannen. Fast hätte Ajana in ihrer Verzweiflung laut aufgelacht. Wie sollte sie sich entspannen, wenn überall gekämpft und gestorben wurde? Wie sollte sie Ruhe finden, wenn sie fast verrückt wurde vor Sorge um Keelin?

Ich muss es schaffen!

Sie atmete tief durch und berührte die Rune ein drittes Mal – und endlich sah sie das Licht, das die Magie einleitete. Es schwoll an und wurde rasch zu einem hellen Schein, während sich die Melodie Gaelithils wie von selbst in ihren Gedanken formte, um ihr den ersehnten Schutz zu gewähren.

»Blut und Feuer! Was hat das zu bedeuten?« Fassungslos starrte Vhara auf die entfesselten Massen, die sich unweit der Empore einen gnadenlosen Kampf mit den Kriegern der Tempelgarde lieferten.

Die Befehlshaber der Truppen hatten schnell reagiert. Immer mehr Krieger strömten auf den Platz. Eine doppelte Reihe schützte die Empore mit den Priesterinnen, während die anderen ihren bedrängten Kameraden zu Hilfe eilten. Sie waren gut ausgebildet und hervorragend bewaffnet, dennoch taten sie sich schwer, dem Hass der aufgebrachten Menge Einhalt zu gebieten. Für jeden Krieger, der fiel, starben Dutzende der Rebellen. Doch ihre Zahl war schier übermächtig und die Lücken wurden im Handumdrehen wieder geschlossen. Wo immer ein Krieger fiel, waren die Streiter schon heran, entrissen ihnen die Waffen und setzten diese augenblicklich gegen die Tempelgarde ein.

Ein Pfeil sirrte unmittelbar an Vharas Kopf vorbei und bohrte sich in die Lehne ihres Korbstuhls, ein weiterer traf eine andere Hohepriesterin am Arm. Die Frauen erhoben sich und suchten Schutz im hinteren Teil der Empore, die Dienerinnen mit den Fächern ergriffen schreiend die Flucht.

»Verdammt, worauf wartet ihr noch?«, herrschte Vhara die Caudillos der Ajabani an, die immer noch mit verschränkten Armen vor der Empore standen. »Kommt herauf und schützt unsere Gäste.«

»Warum?« Einer der Caudillos drehte sich gelassen zu ihr um. Seine Augen blitzten spöttisch.

»Warum?« Vharas Stimme überschlug sich fast, so wütend war sie. »Weil ihr mir zu dienen habt. Weil es eure Pflicht ist.«

»Da irrt Ihr Euch.« Die Stimme des Ajabani war schneidend. »Ajabani sind niemandem zum Dienst verpflichtet. Schon gar nicht, wenn uns der versprochene Lohn vorenthalten und einer unserer Brüder getötet wird.«

»Ich habe euch sein Leben in Gold aufgewogen«, herrschte Vhara ihn an.

»Das Leben eines Ajabani ist unbezahlbar«, erwiderte der Caudillo gelassen. »Ajabani sind keine Söldner, die sich kaufen lassen. Wir dienen nur uns selbst.«

»Du wagst es, dich mir zu widersetzen?« Vhara hob drohend die Hand. »Ich befehle dir, sofort …«

»Befehlt Ihr nur. Es wird Euch keiner mehr folgen.« Der

Caudillo gab den anderen ein Zeichen und wandte sich ab. »Kommt, wir gehen zu den anderen.«

»Zu den anderen?«, kreischte Vhara. Wieder zischte ein Pfeil nur knapp an ihr vorbei, und ein Aufschrei von den hinteren Plätzen der Empore zeigte, dass er ein Ziel gefunden hatte. »Die anderen sind hier!« Sie deutete auf das Schlachtgetümmel.

»Da wäre ich mir an Eurer Stelle nicht so sicher.« Der Caudillo deutete eine spöttische Verbeugung an und fügte hinzu: »Möget Ihr in einer verlustreichen Schlacht unterliegen.«

»Was sagst du da?« Vhara schnappte nach Luft. »Bleibt stehen! Ich befehle es euch!«

Aber keiner hörte auf sie. Die sechs Ajabani verließen den Platz so seelenruhig, als gingen sie das allgegenwärtige Töten und Sterben nichts an. Nur der Letzte wandte sich noch einmal um und sagte, an Vhara gewandt: »Übrigens, die Felis lagern nahe dem Waldrand. Wir beobachten sie schon seit ein paar Tagen.« Dann war auch er nicht mehr zu sehen.

Die Felis!

Vhara starrte dem Ajabani nach. Sie hätte wütend sein müssen, enttäuscht und voller Hass auf jene, die sie so schändlich verraten hatten. Aber sie war es nicht.

Sie war ganz ruhig. Gefährlich ruhig. So ruhig, wie sie nur selten wurde, nämlich dann, wenn ein tödlicher Plan in ihr heranreifte.

Sie würde die Ajabani töten. Alle! Aber nicht sofort. Diesen schändlichen Verrat würden sie mit jeder Faser ihres Körpers bereuen. Jeder Einzelne von ihnen würde dafür tausend Tode sterben und tausendmal winselnd um ein schnelles Ende flehen, das sie ihnen nicht gewähren würde.

Niemals zuvor hatte es jemand gewagt, sie so zu demütigen.

Diese hinterhältigen Verräter hatten sie in dem Glauben gelassen, dass sich die Ajabani wie geplant unter das Volk mischen würden, bereit, jeden Aufstand im Keim zu ersticken. Doch außer den sechs Caudillos, die ihre schändliche Rolle bis zum Schluss vollendet gespielt hatten, war kein einziger Ajabani gekommen. Und was noch schwerer wog: Man hatte ihr wissentlich verschwiegen, dass die Felis in der Nähe der Tempelstadt waren, um zu verhindern, dass sie sich darauf vorbereiten konnte.

Man hatte sie verraten, und sie würde nicht eher ruhen, bis das Herz des letzten Ajabani im Kohlebecken schmorte. Schon morgen würde die Jagd beginnen. Eine Jagd, bei der es keine Gnade geben würde.

Vhara ließ den Blick über den Platz schweifen, und was sie sah, gab Anlass zur Hoffung. Die Krieger der Tempelgarde schlugen sich tapfer und konnten bereits erste Erfolge verzeichnen. Immer noch kamen neue Truppen hinzu, die sich ohne zu fragen in den Kampf stürzten. Sie waren den Streitern Callugars zahlenmäßig längst ebenbürtig und rafften die oft nur mit bloßen Händen kämpfenden Rebellen wie niederes Viehzeug dahin.

Vhara sah ein junges Mädchen unter den Schwertstreichen eines Kriegers zu Boden gehen und einen dicken Burschen mit einem Messer in der Hand, der, drei Pfeile im Rücken, bis fast vor die Empore taumelte, wo der Speer eines Kriegers seinem Leben ein Ende setzte. Sie spürte den Hass der Menschen, die Verzweiflung, die sie antrieb, und …

Vhara hielt den Atem an. Ganz in der Nähe erspürte sie eine fremde magische Kraft, die für einen kurzen Augenblick anschwoll und erlosch, um nur wenig später mächtig und kraftvoll über den Kämpfenden aufzusteigen.

Magie? Vhara stutzte. Im ersten Augenblick glaubte sie,

die Felis hätten bereits in das Geschehen eingegriffen, aber dann erkannte sie den Irrtum. Es war nicht die Magie der Felis, die sie spürte. Es war etwas anderes. Etwas, das ihr vertraut war. Etwas, das ein heißes Verlangen in ihr weckte und sie alles andere vergessen ließ.

Sie war hier!

Vhara spürte, wie sie zu zittern begann.

Noch während sie die Empore hinabhastete, riss sie sich den Kopfputz und den prachtvollen Umhang vom Leib, bis sie nur noch in dem schlichten Untergewand dastand. Der Aufstand, die anderen Priesterinnen, der Verrat der Ajabani, ja, selbst die Felis, waren ihr plötzlich gleichgültig. In ihrem Kopf gab es nur noch einen Gedanken: Die Macht der Runen hatte den Weg nach Andaurien gefunden und diesmal würde sie ihr nicht entkommen.

»Es sind zu viele, das schaffen wir nicht!« Verzweiflung schwang in Kaloc' Stimme mit. Zusammen mit Jarmil und einigen anderen Streitern hatte er sich einer schier erdrückenden Übermacht von Tempelkriegern zu erwehren, die von allen Seiten auf sie eindrangen und den Kreis immer enger um sie zogen.

»Wir dürfen nicht aufgeben!« Jarmil keuchte, Schweiß rann ihm über die Stirn. Er hatte ein Schwert erbeutet und parierte geschickt einen Speerstoß. »Haltet durch. Die Nuur können nicht mehr weit sein.«

»Wenn sie nicht bald kommen, ist es zu spät.« Kaloc tänzelte einen Schritt zur Seite, als der Krieger neben ihm von einem Pfeil tödlich getroffen zusammenbrach. »Callugar stehe uns bei«, entfuhr es ihm. »Wenn das so weitergeht, werden wir nicht mehr lange standhalten.«

»Kämpft!« Jarmil verstärkte seine Anstrengungen noch einmal. Obwohl er am Ende seiner Kräfte war, hieb er unermüdlich auf die Tempelkrieger ein und gab den anderen ein Beispiel. Kaloc sprang ihm zu Hilfe – und wirklich: Wie durch ein Wunder gelang es ihnen, eine Bresche in den erdrückenden Ring aus Tempelkriegern zu schlagen und der tödlichen Falle zu entkommen.

Mehr als ein kurzer Augenblick des Aufatmens war ihnen jedoch nicht vergönnt. Auch außerhalb des Kessels wüteten erbitterte Kämpfe. Tote und Verwundete lagen zu Hunderten auf der Erde. Jarmil erhaschte einen Blick auf die Felis, die vor dem Gerüst am Boden lag. Die Fesseln hatte man ihr gelöst, aber sie trug noch immer den Sack über dem Kopf. Offenbar hatte es niemand gewagt, ihn zu entfernen. Sie musste sehr schwach sein, denn sie bewegte sich kaum. Die Streiter hatten einen dichten Ring um sie gebildet und verteidigten sie mit ihrem Leben, aber sie wurden immer heftiger bedrängt.

»Komm!« Jarmil packte Kaloc am Arm. »Zur Felis!«, rief er ihm zu und zerrte ihn die ersten Schritte mit sich in Richtung des Holzgerüsts. Er wusste nicht, ob die Felis ihnen helfen konnte, aber er betete im Stillen darum und war entschlossen, es zu versuchen.

Am Ende des Platzes marschierten weitere Einheiten der Tempelgarde auf.

So viele! Jarmil fühlte, wie die Verzweiflung ihn zu überwältigen drohte. Hatten sie sich wirklich so sehr getäuscht? Oder hatte man ihnen absichtlich falsche Zahlen über die Truppenstärke der Tempelgarde zukommen lassen? Ajabani waren noch keine zu sehen, doch die ungeheure Menge an Tempelkriegern, die hier in kürzester Zeit zusammengezogen wurden, ließ darauf schließen, dass die Priesterinnen auf einen Aufstand vorbereitet waren.

»Unsere Getreuen sterben immer schneller!« Auch Kaloc hatte die Lage erfasst. »Wenn die Nuur und die Felis nicht bald …«

»Sie werden kommen!« Jarmil blieb unerschütterlich. Es stand schlecht um seine Leute, aber noch war die Schlacht nicht verloren. Mit wenigen Schritten erreichte er die Felis, kniete neben ihr nieder und machte sich daran, das Band zu öffnen, das den Sack über ihrem Kopf am Hals verschloss.

»Kannst du mich verstehen?«, fragte er.

Der Schwanz der Felis zuckte.

Jarmil nahm es als Antwort. »Du musst uns helfen«, flehte er sie an. »Du musst deine Magie gegen die Tempelkrieger einsetzen, sonst sind wir verloren.«

Der Schwanz zuckte erneut.

»Gut. Ich nehme jetzt den Sack fort.« Jarmil zog an dem Stoff und blickte beiseite.

Hilf … mir! Die Worte erreichten sein Bewusstsein, ohne dass jemand gesprochen hatte. *Hilf … mir auf!*

Jarmil verstand. Ohne zu zögern, hob er die Felis auf, legte ihren Arm so um seine Schultern, dass sie stehen konnte, und winkte Kaloc herbei, damit auch er sie stützte.

»Die Felis!« Ein Aufschrei lief durch die Menge, als die Ersten die Katzenfrau erblickten.

»Die Tempelkrieger sind in der Überzahl«, raunte Jarmil der Felis zu. »Hilf uns.«

Die Felis antwortete nicht. Aber sie schien ihn verstanden zu haben. Jarmil spürte ein leichtes Vibrieren, das den Körper der Katzenfrau erfasste. Sie versteifte sich und aus ihrer Kehle drang ein leises Knurren. Was genau sie tat, blieb Jarmil verborgen. Das Ergebnis jedoch war überwältigend.

Dutzende Tempelkrieger vor ihnen schrien nahezu gleichzeitig auf, ließen die Waffen fallen und schlugen die Hände vors Gesicht. Einige sanken zu Boden, andere irrten mit ausgestreckten Armen wie blind umher. Die Rebellen zögerten nicht. Die wenigen Augenblicke der Blindheit genügten ihnen, um den verhassten Tempelkriegern endgültig den Garaus zu machen.

Jubel brandete auf, doch er war nur von kurzer Dauer. Als der letzte wehrlose Krieger getötet war, verließen auch die

Felis die Kräfte. Wie eine Fadenpuppe, deren Schnüre durchtrennt wurden, erschlaffte sie.

»Wir müssen sie an einen sicheren Ort bringen!«, rief Kaloc Jarmil zu. »Schnell!«

Einen sicheren Ort! Jarmil lachte innerlich auf. Wo sollten sie einen solchen finden? Im Umkreis von mehreren hundert Schritten wurde erbittert gekämpft. Selbst auf der Empore lieferten sich die Kämpfer schon heftige Zweikämpfe. Offenbar hatten sich die Hohepriesterinnen von dort zurückgezogen. Von den Ajabani fehlte immer noch jede Spur.

Jarmil seufzte. Einen sicheren Ort gab es nicht.

»Die Nuur! Die Nuur kommen!« Eine Frau stieß einen Jubelschrei aus und deutete auf den fernen Waldrand, wo sich eine Reihe dunkler Gestalten aus den Schatten lösten.

Djakûns!

Jarmil spürte, wie sich der Ring der Verzweiflung löste, der sich um seine Brust gelegt hatte. Wenn jetzt noch …

Nahe der Empore erklangen Schreie, die selbst das Schlachtgetümmel übertönten.

»Sie sind da!« Kaloc strahlte über das ganze Gesicht. »Sie sind wirklich gekommen!«

Jarmil reckte sich und erkannte eine Gruppe von fünf Felis, die die Empore erklommen hatten. Mit starrem Blick aus ihren gelben Katzenaugen fixierten sie die Kämpfenden und woben ihre machtvollen magischen Schatten unter den Kriegern der Tempelgarde. Den meisten erging es nicht besser als zuvor ihren Kameraden. Dunkelheit legte sich über ihre Augen und machte sie blind.

Die Rebellen zögerten nicht, diesen Vorteil für sich zu nutzen.

Binnen weniger Herzschläge wurde aus der verloren geglaubten Schlacht ein blutiges Gemetzel. Wut, Hass und

Rachegelüste, aufgestaut in Jahrhunderten der Knechtschaft, Verzweiflung und Tyrannei, entluden sich in einem barbarischen Blutrausch, der selbst vor den Priesterinnen nicht haltmachte, die in Richtung des Haupttempels zu fliehen versuchten.

Die entfesselte Menge kannte keine Gnade. Wie von Sinnen hackten und hieben sie selbst auf jene ein, die schon verwundet am Boden lagen. Schreie gellten über den Platz und Ströme von Blut färbten das Erdreich rot.

»Wir siegen!« Kaloc' Augen leuchteten vor Begeisterung. »Sieh nur, wir siegen, Jarmil.«

»Ja, wir siegen«, erwiderte Jarmil tonlos. »Aber bei den Göttern, um welchen Preis?«

»Ein Giftpfeil« Mit spitzen Fingern löste Inahwen eine kleine gefiederte Kaktusspitze von Keelins Hals, deren Widerhaken sich in der Haut verfangen hatten.

Mit der Kraft der Runenmagie war es ihnen gelungen, Keelin unbehelligt aus dem Schlachtengetümmel herauszutragen und an einem sicheren Platz auf der anderen Seite des Götterbaums ins weiche Gras zu betten. Sein Gesicht war kreidebleich, der Körper schwach.

»Gift?«, rief Ajana erschrocken aus. »Aber wer …?«

»Vermutlich dieselben, die auch diesen Aufstand geplant haben«, beantwortete Inahwen ihr die Frage, noch bevor sie diese aussprechen konnte.

»Aber er hat doch niemandem etwas getan!« Ajana war außer sich. »Er hat den Henker getötet. Das bedeutet, dass er der Katzenfrau helfen wollte.«

»Das haben sie wohl nicht verstanden.« Inahwen seufzte. »Es bringt uns nicht weiter, darüber nachzusinnen, wie es dazu kam«, sagte sie mit ernster Miene. »Wir müssen ihm helfen.«

»Aber wie?« Ajana blickte die Elbin mit großen Augen an. »Wie viel Zeit bleibt uns noch?« Inahwen antwortete nicht sofort. Sie kniete nieder, legte die Hand auf Keelins schweißnasse Stirn und schloss die Augen.

»Er kämpft!«, sagte sie mit so angespannter Stimme, als sei sie selbst Teil dieses Kampfes. »Er will leben.«

»Was können wir tun?« Ajanas Stimme bebte. Sie kämpfte mit den Tränen.

»Ich kann ihm geben, was ich an Kräften besitze«, erwiderte Inahwen. »Es wird ihm helfen, gegen das Gift anzukämpfen, wenn seine Kraft schwindet. Ob es genügt, das Gift aufzuhalten, vermag ich nicht zu sagen.«

»Bitte!« Ajana rang in stummer Verzweiflung die Hände. »Bitte versucht es. Er darf nicht sterben.«

»Ja, versucht es, Inahwen«, meldete sich nun auch Aileys zu Wort. »Ajana wird den Schutz der Runen aufrechterhalten, so lange es nötig ist. Ihr könnt ungestört wirken.«

»Ja, das werde ich.« Ajana nickte ernst. Das Runenamulett lag warm und vertraut in ihrer Hand. Solange sie Algiz anrief, konnte nichts die schützende Hülle durchbrechen, die sie um sich und ihre Gefährten gewoben hatte.

»Ich werde für ihn tun, was in meiner Macht steht.« Inahwen nickte und reichte Ajana den Elbenstab. Die freie Hand legte sie auf Keelins Stirn, die andere auf sein Herz. Noch einmal atmete sie durch. Dann schloss sie die Augen und versank in tiefer Trance.

Hin und her gerissen zwischen Hoffen und Bangen, beobachtete Ajana Inahwens stummes Wirken und betete im Stillen darum, dass ihr Erfolg beschieden sein möge.

Über ihr in den Zweigen des Götterbaums raschelte es.

Horus war gekommen und beäugte mit kummervollem Blick, was Inahwen tat. Immer wieder versuchte er, zu Keelin zu gelangen, aber die Runenmagie machte keinen Unterschied zwischen Freund und Feind, und so gelang es ihm nicht, die magische Hülle zu durchbrechen.

»Ach, Horus!« Auch Aileys hatte den Falken bemerkt. »Du kannst jetzt nicht zu ihm.«

»Vielleicht ist es ein Fehler, ihm den Weg zu Keelin zu versperren«, überlegte Ajana laut. Sie fühlte sich sterbenselend und war bereit, jede Hilfe anzunehmen, und sei sie noch so gering. Horus war Keelin näher als jeder andere von ihnen – vielleicht konnte er ihm helfen.

»Was tut Ihr da?« Entsetzt beobachtete Aileys, wie Ajana die Finger vom Amulett löste, um den Fluss der Magie zu unterbrechen. »Das dürft Ihr nicht. Wir haben Inahwen versprochen …«

»Keine Sorge, es ist nur ganz kurz«, beeilte sich Ajana zu erklären. »Gerade so lange, dass Horus hindurchfliegen kann. Danach errichte ich die schützende Hülle wieder.«

Der Blick, mit dem Aileys sie musterte, war voller Unbehagen. »Ihr glaubt, dass Horus ihm helfen kann?«, fragte sie.

»Ich weiß es nicht, aber ich hoffe es.« Unsicherheit schwang in Ajanas Stimme mit. »Wenn er stirbt, würde ich es mir nie verzeihen, es nicht wenigstens versucht zu haben.«

»Ich verstehe.« Aileys nickte.

Unter den Kämpfenden brach Jubel aus, aber Ajana achtete nicht darauf. Stück für Stück öffnete sie den schützenden Ring der Magie und hoffte gleichzeitig, dass Horus es spüren würde.

Komm!, lockte sie ihn in Gedanken. Komm, der Weg ist frei!

Der Falke zögerte. Zu oft schon war er an der magischen Hülle gescheitert und traute sich offenbar nicht, es noch einmal zu versuchen.

Komm!

Endlich stieß Horus sich von dem Ast ab und landete neben Keelin auf der Erde. Aller Augen waren nun auf ihn gerichtet. Er hatte den Falkner fast erreicht, als Inahwen plötzlich aufkeuchte und besinnungslos zusammenbrach.

»Inahwen!« Ajana wollte ihr zu Hilfe eilen, aber eine schneidende Stimme hielt sie zurück.

»Wie zuvorkommend von dir, dass du diese lästige Magie aufgehoben hast.«

Ajana zuckte zusammen, fuhr herum – und blickte auf eine Reihe blitzender Speerspitzen, die die Krieger der Tempelgarde auf sie richteten. Dahinter stand …

»Vhara!«

»Ich hätte nicht gedacht, dass du mich noch erkennst, nach so langer Zeit.« Die Hohepriesterin lächelte spöttisch. »Ich gebe zu, ich war nicht ganz so aufmerksam.« Sie deutete auf Keelin. »Ich wusste, dass ich ihn irgendwo schon einmal gesehen hatte, aber hier in Andaurien hätte ich ihn – und dich – nie vermutet.«

»Nicht?« Ajana spürte, wie die Wut als heiße Woge in ihr aufstieg. Sie stand kurz davor, alles zu verlieren, und gab sich kämpferisch. »Spiel nicht die Unschuldige«, herrschte sie Vhara an. »Du hast mich doch selbst hierhergelockt! Du hast den Ulvars vernichtet, damit ich zum Götterbaum komme, weil du wusstest, dass er der einzige Ort ist, an dem ich noch in meine Welt zurückkehren kann.«

»So? Ist er das? Wie aufschlussreich.« Die Hohepriesterin zog erstaunt eine Augenbraue in die Höhe. »Es ehrt mich, dass du mir den Tod des heiligen Baums der Elben zuschreibst, aber ich muss dich leider enttäuschen. Damit habe ich nichts zu tun.«

»Nicht?« Etwas im Tonfall der Hohepriesterin machte Ajana stutzig. Kann es sein, dass sie die Wahrheit gesagt hat?, überlegte sie, und eine leise Stimme flüsterte ihr zu, dass sie gerade eine große Dummheit begangen hatte, wenn dem so war.

»Nein. Aber ich danke demjenigen, der es vollbracht hat, denn er hat mir damit nicht nur das Amulett, sondern auch Gaelithils Elbenstab zugespielt.« Sie streckte fordernd die Hand aus und sagte befehlend: »Gib sie mir. Beide!«

»Niemals!« Ajana schüttelte den Kopf. Sie war verwirrt, versuchte aber, es sich nicht anmerken zu lassen. Wenn Vhara den Ulvars nicht getötet hatte, wer dann? Und warum? Sie presste das Amulett und den Stab schützend an sich, wich einen Schritt zurück und sagte: »Ohne das Amulett kann ich nicht heimkehren.«

»Die Nuur kommen!« Ein Aufschrei aus weiter Ferne gellte über den Platz und löste erneut Jubelstürme unter den Rebellen aus, aber selbst das hatte für Ajana in diesem Augenblick keine Bedeutung.

»Das Amulett gehört der Nebelsängerin.« Das Kurzschwert drohend erhoben, schob Aileys sich schützend zwischen Ajana und Vhara. »Du bekommst es nicht.«

»Mach dich nicht lächerlich, Wunandmetze«, spottete Vhara. »Ich habe stets bekommen, was ich wollte.« Sie verstummte und warf einen abschätzenden Blick in die mächtige Baumkrone. »Aber ich bin kein Unmensch. Ich werde ihr den Abschied etwas leichter machen.« Lächelnd hob sie die Hände und murmelte leise ein paar Worte. Es dauerte nicht lange, da züngelten aus ihren Fingerspitzen leuchtende Silberfäden, die in das Blattwerk hinaufschossen und knisternd die Blätter umschlangen. Eines der Blätter löste sich und fiel vor Ajana zu Boden, während sich der Verfall in der Baumkrone wie von Geisterhand fortsetzte.

Aileys bückte sich und hob das Blatt auf. Er war braun und verdorrt.

»Kein Götterbaum, keine Heimkehr«, sinnierte Vhara boshaft. »Der Baum stirbt. Das Amulett ist nutzlos. Du kannst es mir also getrost übergeben!«

Ein Krieger der Tempelgarde stieß einen pfeifenden Laut aus und stürzte, einen Pfeil zwischen den Rippen, zu Boden.

»Jetzt zier dich nicht so!« Plötzlich hatte Vhara es sehr eilig. »Oder soll ich es mir mit Gewalt holen?«

»Aber …« Ajanas Blick irrte Hilfe suchend umher. Furcht schnürte ihr die Kehle zu. Unfähig, das Ungeheuerliche zu begreifen, starrte sie in die Baumkrone hinauf, von der nun mehr und mehr verdorrte Blätter herabfielen.

»Also gut. Du hast es nicht anders gewollt!« Vharas Stimme hatte an Schärfe gewonnen. Auf ein Zeichen von ihr wurde Aileys von hinten angegriffen und brutal niedergeschlagen.

Starr vor Entsetzen, sah Ajana sie zu Boden gehen.

Über dem Kampfplatz erhoben sich grauenhafte Schreie.

»Närrisches Kind. Ich habe nicht ewig Zeit!« Vhara wirkte gehetzt. »Machen wir es kurz: Ergreift sie.« Wieder gab sie den Kriegern ein Zeichen, die sich sogleich auf Ajana stürzten und sie festhielten. Einer entriss ihr den Elbenstab und reichte ihn an Vhara weiter, ein anderer wollte das Amulett packen, zog die Hand aber sogleich mit einem Aufschrei zurück, als hätte er sich verbrannt.

»Blut und Feuer!«, rief er aus und presste die Hand an sich. »Was ist das für eine Bosheit?«

»Darum kümmere ich mich später. Zum Tempel! Schnell!«,

befahl Vhara über den weiter anschwellenden Kampflärm hinweg. »Und achtet mir darauf, dass sie am Leben bleibt. Ich brauche sie noch!«

Jedem Schritt, den Ajana von den Kriegern mitgeschleift wurde, begegnete sie mit heftiger Gegenwehr. Sie trat, biss und kratzte, erntete dafür von den Männern aber nicht mehr als ein höhnisches Grinsen. So gab sie die sinnlosen Angriffe schließlich auf und verwendete ihre Kräfte darauf, sich aus dem Griff der Peiniger zu winden und ihre Verzweiflung in die Dämmerung hinauszuschreien.

Doch was sie auch tat, es blieb vergebens. Niemand kümmerte sich um sie, niemand kam, um ihr zu helfen. Ihre Schreie verhallten ungehört, denn Vhara wählte einen Weg abseits des Kampfgetümmels.

Auf den Treppenstufen, die zum Eingang des großen Tempels hinaufführten, geriet Ajana ins Stolpern. Aber die Krieger kannten keine Gnade und zerrten sie weiter, durch dunkle Gänge und Flure hin zu einem Ort im Herzen des Tempels – dorthin, wo das heilige Feuer brannte, dessen Flammen von Blut genährt wurden. Vor der Tür hielten sie inne und versetzten ihr einen kräftigen Stoß, der sie mehrere Schritte in die heilige Halle hineinstolpern ließ, ehe sie zu Boden stürzte.

Keuchend blieb sie auf den kalten Steinplatten liegen. Ihre Knie schmerzten, die trockene Kehle brannte und vor ihren Augen tanzten Sterne.

»Und nun, mein hübsches Kind, wirst du mir das Amulett freiwillig übergeben und mir zeigen, wie die Magie der

Runen erweckt wird.« Unheilvoll erhob sich Vharas Stimme über das Knistern der Flammen hinweg, die aus einer Mulde des geschwärzten Steinbodens in der Mitte des Gewölbes emporzüngelten.

»Niemals.« Es kostete Ajana viel Kraft, die nötige Entschlossenheit in dieses eine Wort zu legen. Sie hatte alles verloren, Keelin, ihre Heimat, ihre Freunde … alles. Das Einzige, was ihr geblieben war, war das Amulett – ihr Erbe, das Geschenk ihrer Ahnen –, und sie war entschlossen, darum zu kämpfen.

»Niemals«, presste sie noch einmal nachdrücklich hervor.

Vhara kam näher und baute sich drohend vor ihr auf. Für endlose Augenblicke blieb das Knistern der Flammen das einzige Geräusch im Raum.

»Das ist nicht besonders klug von dir«, sagte sie einschüchternd, wandte sich um und richtete das Wort an die Krieger vor der Tür: »Schafft mir Imhot herbei!«, befahl sie scharf. »Sofort!«

Es dauerte nicht lange, bis draußen eilig tippelnde Schritte zu hören waren. Gleich darauf betrat ein gedrungener Mann in dunkler Kutte das Heiligtum. Er war fast einen Kopf kleiner als Vhara, mit schwarzen, strähnigen Haaren, die am Hinterkopf schütter waren. Über der buckligen Schulter trug er einen schäbigen Sack.

»Ihr verlangt nach mir, Herrin?«, sagte er, stellte den Sack ab und verneigte sich demütig.

»Sie besitzt etwas, das ich haben muss.« Vhara deutete auf Ajana, die immer noch am Boden kauerte. »Aber sie weigert sich, es mir zu überlassen. Bring sie dazu, es mir zu geben – freiwillig.«

Imhot grinste.

»Wie Ihr befehlt.« Er öffnete den Sack, holte zwei Schnüre heraus und winkte zwei Krieger herbei, die Ajana damit fesselten. Imhot huschte derweil zu einem der Kohlebecken, die zu beiden Seiten der Tür standen, und legte klirrend etwas in die Glut. Dann kehrte er zu Ajana zurück.

»Ich würde dir raten nachzugeben«, sagte er auf eine Weise, als bereite ihm das, was er gleich würde tun müssen, großen Kummer. »Es würde dir schmerzvolle Folter ersparen.«

»Nein!«

Imhots Miene verhärtete sich. »Nun, dann hast du es nicht anders gewollt.«

Ajana sog die Luft scharf ein, als sie sah, wie er eine glühende Speerspitze aus dem Kohlebecken zog und damit auf sie zukam.

»Willst du dich nicht doch noch umstimmen lassen?«, fragte er.

»Lieber sterbe ich.« Der Geruch des Metalls streifte Ajanas Nase. »Das Amulett gehört mir.« Sie sah die glühende Speerspitze näher kommen, spürte die Hitze und biss die Zähne zusammen.

Imhot zögerte kurz, als wolle er ihr noch eine letzte Gelegenheit geben, ihren Entschluss zu überdenken. Dann presste er das glühende Eisen auf ihren Arm.

Ajana schrie. Ihr Körper schien zu explodieren. Der ungeheure Schmerz zerrte an ihren Sinnen, ihr Herz raste, und der Geruch nach verbranntem Fleisch raubte ihr den Atem. Dann wurde es dunkel.

»Ajana?«

Etwas regte sich in der Dunkelheit, die sie umfangen hielt.

»Ajana!«

Sie konnte nicht antworten, doch wer immer da zu ihr sprach, schien zu spüren, dass sie ihn hörte.

»Gib es ihr!«, flüsterte die Stimme ihr zu. »Gib ihr das Amulett.«

Nein! Ajana zuckte erschrocken zusammen. Sie hatte schon so viel verloren. Das Amulett würde sie niemals hergeben.

»Wenn du es nicht tust, wirst du sterben.« Aus der Dunkelheit formte sich die anmutige Gestalt einer Elbin.

Inahwen?

Gaelithil?

Ajana versuchte, mehr zu erkennen, aber das Bild war zu verschwommen.

»Vertraue mir!«, wisperte es von allen Seiten. »Gib ihr das Amulett und unterweise sie, den Schutzzauber für sich zu nutzen. Was immer sie von dir verlangt, unterweise sie in Algiz. Dann wird …«

»Du elender Dummkopf!«

Mit einem Ruck war die Dunkelheit fort und die Schmerzen kehrten zurück. Ajana wimmerte.

»Willst du sie umbringen?« Vhara riss Imhot den glühenden Speer aus der Hand. »Ich brauche sie lebend! Geht das nicht in deinen Schädel? Lebend!«

»Ja, Herrin.« Imhot duckte sich, als sei er geschlagen worden.

»Dann los!« Vhara gab ihm den Speer zurück. »Versuch es noch einmal.«

»Bitte nicht!«, flehte Ajana. Sie hatte furchtbare Angst. Der Schmerz in ihrem Arm wütete wie ein wildes Tier, und der Gedanke, solche Qualen noch einmal erleiden zu müssen, war ihr unerträglich. »Ich gebe Euch das Amulett.«

»Seht Ihr!« Imhot strahlte. »Es hat gewirkt.«

Vhara bedachte ihn mit einem abfälligen Blick: »Nimm ihr die Fesseln ab und verschwinde!«, sagte sie kühl.

Ungeduldig schritt sie vor Ajana auf und ab, während Imhot die Fesseln löste, den Sack aufhob und geduckt aus der Halle huschte.

Ajana streifte die Kette mit dem Amulett über den Kopf.

Einen kurzen Augenblick zögerte sie noch, unsicher, ob sie wirklich das Richtige tat, dann reichte sie es Vhara, die es kaum abwarten konnte, es in Händen zu halten.

»Endlich!« Die Hohepriesterin hielt es so zum Licht der Flammen, dass es blitzte und funkelte. »Endlich ist es mein!« Doch der Augenblick der Begeisterung währte nicht lange. Sogleich hatte sie sich wieder im Griff, trat mit einer herrischen Geste auf Ajana zu und fragte: »Was muss ich tun?«

»Wonach verlangt es Euch?« Ajana rang um Fassung. Die Wunde am Arm brannte wie Feuer, doch mehr noch als die körperliche Qual schmerzte es sie, das Amulett in den Händen der Hohepriesterin zu sehen.

Tief in sich glaubte sie wieder, die Stimme der Elbin zu hören: *Vertrau mir.*

»Zeige mir, wie ich die Macht des Feuers ohne Opferblut erwecken kann«, forderte Vhara. »Das Amulett ist meine letzte Hoffnung, die Rebellen zu vernichten. Sobald der wahre Herrscher nach Andaurien zurückgekehrt ist, werden die Verräter vernichtet werden.«

Ajana zögerte. Sie war sich nicht sicher, ob sie der inneren Stimme trauen konnte. Und wenn es nur eine List war? Wenn Vhara ihr die Vision gesandt hatte?

»Nun mach schon.« Mit wenigen Schritten war die Hohepriesterin bei ihr, bückte sich und packte Ajana so hart am Kinn, dass die grün lackierten Fingernägel ihr in die Wange schnitten. »Sag – es – mir!«

Ajana keuchte auf.

»Berührt Dagaz mit dem Finger«, gab sie Vhara zögernd das Geheimnis preis. »Schließt die Augen und lauscht meinem Gesang. Wenn ich es sage, geht weiter zu Algiz, dann zu Wunjo und zu Gebo.«

»Wenn das eine List ist, werde ich dich töten!« Vhara

blickte Ajana scharf an und legte den Finger auf die erste Rune, während Ajana mit dünner Stimme die Magie der Runen anrief.

Algiz, Wunjo, Gebo …

Die Reihenfolge war ihr wohlbekannt. Sie vertraute auf die Stimme der Elbin und sang das Lied so unbeirrt wie zuvor schon im Sandsturm und am Götterbaum. Das Lied verklang, und mit ihm verblasste auch die letzte Vision, die die Melodie begleitete.

»War das alles?« Vhara blickte sie misstrauisch an.

»Ich habe getan, was Ihr verlangtet!« Die Antwort kam Ajana nur schleppend über die Lippen. Sie war erschöpft. Die Magie der Runen anzurufen, hatte ihr die letzten Kräfte geraubt, und sie kämpfte gegen das Gefühl der Ohnmacht an, das sie zu überwältigen drohte.

»Nun gut.« Ein drohender Unterton schwang in Vharas Stimme mit. Das Amulett in der Hand, trat sie an den Rand der Feuergrube. Das Licht der Flammen, die nun wie von einem Wind gepeitscht mannshoch aus dem Boden schlugen, warf tanzende Schatten auf ihr Gesicht. Nach einem kurzen Augenblick des Zögerns kreuzte sie die Hände vor der Brust und trat mitten in die Flammen hinein, bereit, die rituellen Worte der Anrufung zu sprechen.

Doch dazu kam es nicht.

Ein gellender Schrei zerriss die Stille in der Halle.

Ajana blickte auf und sah, wie Vharas Haare Feuer fingen. Die Hohepriesterin kreischte und schlug wie wild um sich, um die Flammen zu ersticken, die nun auch an ihren Gewändern züngelten, doch vergeblich. Gierig verzehrten sie das Gewebe, leckten an ihrer nackten Haut und hüllten sie schließlich in ein grelles Flammenkleid. Was sie auch tat, es blieb vergebens. Das Feuer war wie ein Käfig, aus dem es kein Entrinnen gab.

Ihre Schreie riefen die Krieger der Tempelgarde in die Halle. Im ersten Augenblick sah es so aus, als wollten sie der Hohepriesterin zu Hilfe eilen. Doch das änderte sich schlagartig, als sie die aussichtslose Lage erkannten. So standen sie nur da und beobachteten Vharas Todeskampf mit gleichmütiger Miene. Keiner von ihnen rührte auch nur einen Finger, um ihr zu helfen.

Von Entsetzen gepackt, kauerte Ajana am Boden, kniff die Augen zusammen und presste sich die Hände auf die Ohren. Niemals zuvor hatte sie etwas Schrecklicheres gesehen, und sie ahnte, dass sie das grauenhafte Bild niemals würde vergessen können.

Ein letztes, lang gezogenes Kreischen gellte durch den Raum.

Dann war es still.

Ajana sah auf. Die Flammen waren zur Größe eines Lagerfeuers zusammengesunken. Von Vhara fehlte jede Spur.

Es war vorbei. Ajana atmete auf, ließ die Krieger der Tempelgarde aber nicht aus den Augen, die immer noch auf das Feuer starrten, als könnten sie nicht glauben, was geschehen war.

Für wenige Herzschläge noch erfüllte Stille den Raum, dann drang von draußen der Lärm einer aufgebrachten Menschenmenge in das Heiligtum.

»Sie kommen!«, rief einer der Krieger aus. »Sie stürmen den Tempel. Raus hier!«

Ohne Ajana auch nur eines Blickes zu würdigen, hasteten die Männer aus dem Heiligtum und suchten ihr Heil in der Flucht.

Ajana wartete noch, bis ihre Schritte verklangen, dann richtete sie sich vorsichtig auf. Dabei berührte ihr Fuß etwas, das klirrend über den Boden schleifte.

Das Amulett!

Ihr Herz machte vor Freude einen Satz. Vorsichtig streckte sie den Finger aus und berührte es kurz, da sie fürchtete, sich daran zu verbrennen. Doch das Metall war nicht heiß. Ajana hob es auf und betrachtete es von allen Seiten. Kühl und vertraut lag das Amulett in ihrer Hand. Das Feuer hatte ihm keinen Schaden zufügen können.

Ich bin stolz auf dich. Die Stimme strich körperlos durch den Raum.

Ajana sah sich um, konnte aber niemanden entdecken.

»Gaelithil?«, fragte sie zaghaft. »Seid Ihr es?«

Was ist schon ein Name in Zeiten, da allein die Taten zählen.

»Habt Ihr zu mir gesprochen?«, fragte Ajana weiter. »Habt Ihr mir gesagt, wie ich Vhara besiegen kann?«

Das musste ich nicht. Das Wissen war in dir, du hast es selbst entdeckt.

»Aber ich weiß doch nicht einmal, was geschehen ist.«

In das Lärmen vor der Tür mischten sich Kampfgeräusche. Offenbar waren nicht alle Krieger der Tempelgarde auf der Flucht.

Nicht? Ein melodisches Lachen erklang. *Nun denn, wenn dein elbisches Erbe schweigt, werde ich es dir sagen. Die Runenmagie kann nur von der Mutter auf die Tochter weitergegeben werden. Versucht ein anderer, sie einzusetzen, verkehrt sie sich ins Gegenteil. Vhara war gegen das Feuer gefeit. Als du für sie einen Schutzzauber gewoben hast, wurde ihr dieser Schutz genommen. Einmal in den Flammen, gab es für sie kein Entkommen.*

»Dann ist sie jetzt wirklich tot?«, fragte Ajana verunsichert, die das Bild der sterbenden Vhara im Wehlfang noch deutlich vor Augen hatte.

Nicht tot. Frei. Ihre Seele hat endlich Frieden gefunden. Sie mag dem dunklen Gott gedient haben, aber tief in ihrem Innern war auch sie nur ein Mensch, dem eine verletzliche Seele innewohnte. Eine Seele, die viele Jahrhunderte lang in einem unsterblichen Körper gefangen war und die sich nach Erlösung und

Frieden sehnte, während die dunklen Mächte den Körper am Leben hielten. Das Feuer hat sie befreit und geläutert. Was vergangen ist, ist vergessen, und so kann auch sie einkehren in das Reich der Ahnen.

Der Kampflärm vor der Tür kam immer näher, während die Stimme langsam immer schwächer wurde.

Nun geh, du musst dich beeilen, flüsterte sie Ajana zu. *Jene, die du am Götterbaum zurückgelassen hast, sind in großer Sorge um dich.*

Keelin! Der Gedanke durchzuckte Ajana wie ein Blitz und ließ sie alles andere vergessen. Sie musste zu Keelin! Im Nu war sie auf den Beinen und stürmte, ohne auf Schmerzen oder Erschöpfung zu achten, aus dem Heiligtum.

Die Nebel über dem unsichtbaren Pfad, der vom Fluss des Lebens zur Halle der schlafenden Götter hinaufführte, wichen furchtsam zurück, als sich ein Schatten aus der Dunkelheit am Fuße des Berges löste und mit forschem Schritt den Hügel erklomm.

Jene, die in den Nebeln hausten, drängten sich wispernd aneinander, waren jedoch klug genug, sich nicht zu erkennen zu geben. Sie spürten den Zorn, der den Schatten wie eine knisternde Aura umgab, und wussten sich zurückzunehmen. Jener eine, der geblieben war, war bekannt für seine Unbeherrschtheit. Selbst die Nebel fürchteten sich vor ihm. So blieb er unbehelligt, aber nicht unbeobachtet, während er den Weg hinaufschritt und durch das große Tor trat.

»Zeigt euch! Ich weiß, dass ihr hier seid.« Machtvoll hallte seine Stimme durch die Stille und ließ die Halle erzittern. Aber niemand antwortete.

Er atmete schwer, verharrte unter dem steinernen Torbogen und spähte wachsam in das fahle Zwielicht. Lange geschah nichts, dann bemerkte er eine winzige Bewegung weit hinten, dort, wo einst der Brunnen Callugars gestanden hatte. Ohne die schlafenden Götter auch nur eines Blickes zu würdigen, hastete er durch die Halle und fand schließlich, wonach er suchte.

»Ihr!« Abgrundtiefer Hass und eine Verachtung die ihresgleichen suchte, schwangen in diesem einen Wort mit, als er sich hinter den beiden Gestalten aufbaute, die vor dem Brunnen standen und ihm den Rücken zuwandten. »Ich wusste, dass ihr die Finger da im Spiel habt.«

»Ein Spiel ohne ebenbürtigen Gegner hat seinen Reiz verloren, findest du nicht?« Gelassen wandte Asza sich um und sah dem jungen Mann, der hinter sie getreten war, direkt in die Augen.

Der Anblick war erschütternd. Von dem einstmals starken und strahlend schönen Jüngling, dem sie viele Mondwechsel zuvor in dieser Halle begegnet war, war kaum etwas geblieben. Das schwarze Haar war ergraut, das Gesicht von tiefen Falten gefurcht. Die prunkvolle Kleidung wirkte abgetragen und zerschlissen, der athletische Körper hager und kraftlos.

»Nur wer Gefahr läuft zu unterliegen, bleibt wachsam«, sagte sie mit einem bedeutungsvollen Lächeln auf den Lippen und fügte hinzu: »Mir scheint, du warst es nicht.«

»Schweig!« Der ausgemergelten Erscheinung zum Trotz, war die Stimme des Jünglings noch immer kraftvoll und befehlsgewohnt.

»Ich verlange, dass ihr sofort Schluss macht mit eurem hinterhältigen Treiben.«

»Wir.« Der Wanderer wandte sich um und trat auf den Jüngling zu. »Wie kommst du darauf, dass wir mit den Ereignissen in Andaurien zu tun haben könnten?« Er deutete eine

Verbeugung an und fügte in gespielter Demut hinzu: »Ein alter Narr wie ich und eine machtlose junge Göttin?«

»Ich mag geschwächt sein, aber ich bin nicht blind«, herrschte der Jüngling ihn an. »Glaubt ihr, ich bemerke nicht, was ihr hier treibt? Dieser Elbenspross wäre ohne euer Zutun niemals nach Andaurien gekommen. Sie hätte niemals …«

»Oh, du bist doch nicht etwa böse?« Asza betonte die Worte so respektlos, als spreche sie mit einem trotzigen Kind. »Nur weil du in diesem Spiel ein paar wichtige Figuren verloren hast?« Sie trat auf den Jüngling zu und umkreiste ihn mit langsamen Schritten. »Warum hast du sie nicht beschützt, wenn dir so viel an ihnen liegt?«, fragte sie. »Warum hast du nicht in den Kampf eingegriffen? Warum hast du die Hohepriesterin verbrennen lassen, die dich um Hilfe anflehte. Warum?« Sie hielt inne, wartete jedoch nicht auf eine Antwort und sprach gleich weiter. »Ich werde dir sagen, warum: Weil du zu schwach bist. Das Blut, auf das du deine Macht gründest, wurde dir verwehrt. Die schwarzen Altäre in Andaurien sind verwaist, denn immer mehr Menschen kehren zurück zum alten Glauben. Nicht wir sind schuld an dem, was geschehen ist, du selbst hast deinen Untergang heraufbeschworen. Es sind deine eigenen blutigen Rituale, die dir die Macht entreißen.« Sie blieb vor ihm stehen und sagte leise. »Hast du die Worte des Wanderers etwa schon vergessen? Die Knoten der Macht werden neu geknüpft, sagte er zu dir. Du hattest es in der Hand, deine Knoten zu knüpfen, aber du hast jämmerlich versagt. In deiner grenzenlosen Eitelkeit hast du nicht darauf geachtet, ob dein Netz auch trägt. Du fühltest dich sicher und das war dein Fehler. Am Ende genügte es, einen Knoten zu lösen, um es zerreißen zu lassen.« Sie ging zum Brunnen und deutete auf die glänzende Wasseroberfläche, wo noch immer das Bild einer jubelnden Menge zu sehen war, die an den Stufen des brennenden Haupttempels ihren Sieg über die Priesterinnen feierte. »Die Menschen haben endlich den Mut gefunden, sich gegen deine Blutherrschaft zu erheben«, sagte sie voller Bewunderung. »Du hast verloren.«

Der Jüngling ballte die Fäuste. »Diese elenden Kriecher haben ein paar Priesterinnen getötet und einen Tempel zerstört«, entgegnete er zornig. »Na und? Dafür werden sie büßen. Schlimmer und grausamer, als sie es sich in ihren schlimmsten Albträumen auszumalen vermögen. Meine Schwäche wird vergehen. Noch habe ich genügend Anhänger in Andaurien, die mir das Blut mit Freuden opfern. Sobald ich wieder erstarkt bin, werde ich …«

»Du wirst kein Unheil mehr anrichten!« Eine dunkle Stimme ließ den Jüngling herumfahren. Hinter ihm stand ein hünenhafter Krieger in prachtvoller Rüstung. Ein goldener Reif hielt die lockige Haarpracht aus der Stirn zurück, goldene Armschienen schmückten die muskulösen Unterarme, während seine behandschuhten Finger das Heft eines wuchtigen Beidhänders umschlossen, das er mit der Spitze nach unten vor sich auf den Boden gestellt hatte.

»Callugar?« Alle Farbe wich aus dem Gesicht des Jünglings, als er erkannte, wer da hinter ihm stand. »Aber das … das ist unmöglich. Wie konnte …?«

»Nichts ist unmöglich, solange die Menschen glauben.« Callugar, der mächtige Schicksalslenker, bebte vor Zorn. Sein Zorn war so mächtig und zerstörerisch, dass sich über der Nunou wie aus dem Nichts ein gewaltiges Unwetter auftürmte. Es blitzte, donnerte und stürmte, und dort, wo es niemals geregnet hatte, ergossen sich ungeheure Wassermassen über den roten Sand.

»Ich werde dich lehren, was es heißt, ungehorsam zu sein!«

Die dröhnende Stimme des obersten Gottes ließ die Wände der Halle erzittern. »Ich werde dich lehren, was es heißt, das Vertrauen seines Vaters zu missbrauchen, was es bedeutet, ehrlos zu handeln und Schutzbefohlene zu knechten. Sobald auch die letzten Schlafenden zurückgekehrt sind, werden wir hier gemeinsam Gericht über dich halten, und ich verspreche dir, du wirst dir wünschen, niemals auch nur einen Fuß auf andaurischen Boden gesetzt zu haben.«

»Bitte, Callugar, Ihr müsst mich anhören.« Der Jüngling duckte sich, als sei er geschlagen worden. Winselnd sank er auf die Knie und schaute demütig zu Boden. »Ich habe doch nur ihr Bestes gewollt«, beteuerte er. »Nachdem Ihr gegangen wart, waren sie völlig schutzlos. Das konnte ich nicht mit ansehen. Ich gab ihnen doch nur, wonach sie verlangten. Ich nährte und beschützte sie, so wie es …«

»Schweig!« Callugar hob das Schwert und rammte die Spitze mit einem Donnerschlag in den Boden. Staub wirbelte auf und ein Riss bahnte sich zuckend einen Weg durch das massive Gestein. »Ich will nichts mehr hören. Emo hat mir von deinem schändlichen Treiben berichtet und davon, dass du auch sie zu betrügen suchtest. Es ist genug. Genug!« Wieder rammte er die Schwertspitze auf den Boden. »Hiermit entziehe ich dir alle göttlichen Gaben und verbanne dich aus dieser Halle, bis dein Prozess beginnt. Fortan wirst du am Fuße dieses Berges in den Nebeln ausharren, bis die Zeit gekommen ist, über dich zu richten.«

»Nein!« Panik flammte in den Augen den Jünglings auf. »Schickt mich nicht in die Nebel. Bitte nicht! Ich flehe Euch an.«

Aber Callugar kannte keine Gnade. Das Gesicht zu einer strengen Maske erstarrt, hob er den Arm, deutete auf das Tor und sagte nur ein Wort: »Geh!«

Kaum hatte er es ausgesprochen, fegte ein Sturmwind heran, packte den Jüngling und trug ihn mit sich fort, aus dem Tor hinaus und den Berg hinunter. Er schrie und wehrte sich, aber der Macht des Sturmwinds hatte er nichts entgegenzusetzen.

Die Schreie verhallten, der Wind erstarb. Dann war es ruhig.

Callugar verharrte einen Augenblick lang schweigend, dann richtete er das Wort an Asza und den Wanderer: »Ich danke euch«, sagte er aus ganzem Herzen. »Dir«, er nickte dem Wanderer zu, »für deine unermüdliche Treue über die vielen Jahrhunderte hinweg und für alles, was du in dieser Zeit bewirkt hast. Umsichtig und klug hast du gehandelt und damit bewiesen, dass du weit mehr bist als nur ein Bote. Du bist wahrlich ein Held. Von nun an bis in alle Zeit wird dir ein Platz an der Tafel der Götter gewiss sein, denn ohne dich und dein mutiges Handeln wäre vieles anders gekommen.«

Sodann blickte er Asza an und auf seinem Gesicht zeigte sich ein mildes Lächeln. »Und ich danke dir, Asza, Tochter der Emo. Vor langer Zeit vor den Augen deiner Mutter in Ungnade gefallen, hast du bewiesen, dass selbst göttlicher Trotz nicht ewig währt. Wie deine Mutter bist auch du eine Kämpferin und stehst ihr an Scharfsinn und Schönheit in nichts nach. Emo kann wahrlich stolz auf dich sein. Sobald alle zurückgehrt sind, wirst du in den Kreis der Götter erhoben werden und als …« Er verstummte, weil er bemerkte, wie unruhig Asza plötzlich war. »Was ist, mein Kind?«, fragte er verwundert.

»Verzeiht, aber meine Aufgabe ist noch nicht beendet.« Asza senkte ehrfürchtig das Haupt. »Es gibt da noch jemanden, der meine Hilfe braucht. Jemanden, dem nicht nur ich, sondern auch Nymath und Andaurien sehr viel verdanken.«

»Nun denn«, Callugar lächelte milde, »dann solltest du nicht säumen. Doch bedenke, die Dankbarkeit einer Göttin ist ein Geschenk, das nicht zu oft überreicht werden sollte.«

»Das weiß ich.« Asza nickte. »In diesem Fall jedoch ist es mehr als gerechtfertigt.« Sie wandte sich um, schaute den Wanderer an und fragte: »Begleitest du mich ein letztes Mal?«

»Es ist mir eine Ehre.« Der Wanderer deutete eine Verbeugung an. Dann folgte er Asza auf ihrem Weg in die Welt der Sterblichen.

Als der Mond aufging, erreichte Yenu endlich die Tempelstadt.

Sie war erschöpft und hungrig, nicht mehr als ein Schatten ihrer selbst. Dennoch gönnte sie sich nur eine kurze Rast im Schutz eines hellen Lehmziegelgebäudes, ehe sie ihren Weg fortsetzte.

Nach dem Überfall auf die Streiter Callugars an der Straßensperre war sie tief in den Wald hineingeflohen. Für eine Weile hatte sie noch die Schritte des Ajabani hinter sich gehört, aber die Furcht hatte ihr ungeahnte Kräfte verliehen, und es war ihr tatsächlich gelungen, ihn abzuhängen. Lange war sie gelaufen, ohne zu wissen, wohin sie der Weg führte. Zum Nachdenken war ihr keine Zeit geblieben. Sie vermochte nicht einmal zu sagen, wann die Schritte hinter ihr verklungen waren, denn sie war einfach weitergelaufen. Ihre Füße hatten den Weg bestimmt, waren durch Pfützen gewatet und über Baumwurzeln gestolpert. Weiter und weiter, bis die Erschöpfung sie eingeholt hatte und ihr mitten im Laufen die Beine eingeknickt waren. Wie lange die Ohnmacht, die dem Sturz gefolgt war, angedauert hatte, auch das konnte Yenu nicht mehr sagen. Sie wusste nur, dass es hell gewesen war, als sie die Augen geöffnet hatte.

Mit dem Bewusstsein waren auch die Erinnerungen zurückgekehrt. Erinnerungen voll bitterer Vorwürfe, voll Kummer und Seelenqualen über das, was sie angerichtet hatte.

Miya war tot. Wilnu und die Auserwählten waren tot. Die Felis würde sterben. All das war allein ihre Schuld. Sie war geächtet, verstoßen und allein, es gab niemanden mehr, zu dem sie hätte gehen können. Sie wünschte nur, auch sie wäre tot.

Lange hatte sie nur so dagelegen, sich unter Tränen der Verzweiflung hingegeben und sich gewünscht, all ihre Fehler wiedergutmachen zu können. Dann war ein Gedanke gekommen …

»Ich werde es wiedergutmachen!« Yenu ballte die Fäuste und löste sich aus dem Schatten des Hauses. »Ich werde die Felis retten«, sagte sie zu sich. »Und wenn ich mein eigenes Leben dafür geben muss.«

Dieser Gedanke war es gewesen, der sie aus der Lethargie gerettet hatte. Im festen Glauben, durch eine Heldentat, wie die Rettung der Felis, ihr Seelenheil wiederzufinden, hatte sie sich auf den Weg zur Tempelstadt gemacht. Dabei hatte es sie nicht gekümmert, dass sie sich hoffnungslos verlaufen hatte. Sie war einfach in eine Richtung losmarschiert.

… und jetzt war sie angekommen.

Yenu spürte, wie die Entschlossenheit erneut in ihr aufloderte. Sie hatte die Tempelstadt gefunden. Nun würde alles gut werden.

Die Stadt empfing sie mit einer Stille, die mehr war als nur die Abwesenheit von Leben. Es war die Stille, die etwas Schrecklichem folgte. Die Stille des Todes.

Irgendwo rief ein Nachtara. Es klang wie ein Lachen.

Der Ruf weckte Erinnerungen in ihr, und wie damals, als alles begonnen hatte, nahm sie ihn auch diesmal wieder als Zeichen dafür, dass sie nicht allein war, während sie auf der Suche nach Leben durch die verlassenen Gassen taumelte.

Nach einer Zeit, die sie nicht ermessen konnte, entdeckte sie einen Feuerschein, eine rote Kuppel in der Ferne, wie von Hunderten Fackeln. Ein Zeichen von Leben! Yenu sammelte noch einmal ihre Kräfte und hielt darauf zu.

Was sie erblickte, als sie zwischen den letzten Häusern hindurchspähte, verschlug ihr den Atem. Überall brannte es. Häuser und Hütten, ja sogar Tempel standen in Flammen. Auf einer weitläufigen, von Fackeln erhellten Freifläche lagen Tote. Nicht ein Dutzend und nicht zwei Dutzend – Hunderte, wenn nicht gar Tausende.

Yenu erstarrte. Was war hier geschehen?

Unfähig, das volle Ausmaß dessen zu begreifen, was ihre Augen erblickten, stolperte Yenu über das Schachtfeld. Sie wusste nicht, wohin sie ging und was sie suchte. Sie ging einfach weiter, ohne nachzudenken.

Ganz unvermittelt spürte sie eine Berührung an ihrem Bein. Finger, die sich um ihren Knöchel schlossen. Ein eisiger Schrecken durchzuckte sie. Abrupt blieb sie stehen, wagte es aber nicht, zu Boden zu sehen.

»Hilf mir!« Die Stimme war nicht mehr als ein Flüstern. »Bitte, hilf mir.« Yenu zögerte noch einen Herzschlag lang, dann nahm sie all ihren Mut zusammen und sah nach unten.

Es war eine Frau, kaum älter als sie selbst. Die dunklen Haare waren von geronnenem Blut verklebt und im Oberschenkel klaffte eine lange Schnittwunde.

»Hilf mir!«, krächzte die Frau noch einmal mit brüchiger Stimme.

Yenu kniete nieder. Sanft löste sie die verkrampfte Hand der Verletzten von ihrem Fußknöchel und hielt sie fest.

»Keine Sorge«, sagte sie mit fester Stimme. »Ich helfe dir.« Sie blickte der Verletzten in die Augen und stutzte. Sie hatte diese Frau schon einmal gesehen. In einer Zeit, die, wie es schien, schon eine Ewigkeit zurücklag. In einem anderen Leben … Damals, als sie sich aufgemacht hatte, nach Wilnu zu suchen, war sie mit ihrem Djakûn gekommen und hatte sie zur Melva-Nnab, zur Höhle der Katzenfrauen geführt. Yenu spürte, dass dieses Treffen kein Zufall war. Nachdem sie so viele Fehler gemacht hatte, gaben die Götter ihr die Gelegenheit, einen Teil ihrer Schuld wiedergutzumachen – und diesmal würde sie sie nicht enttäuschen.

»Du bist eine Nuur!« Es war eine Feststellung und keine Frage.

Die Verletzte nickte. »Suara.«

»Kannst du aufstehen, Suara?«

Die Nuur nickte schwach. »Ich werde es versuchen.«

»Gut, ich helfe dir.« Yenu riss einen Stoffstreifen aus ihrem Gewand und band das verletzte Bein damit ab, um den Blutstrom zu stillen. Dann reichte sie der Nuur die Hand.

»Das wird nicht leicht werden«, sagte sie, während sie Suara aufhalf. »Hier liegen überall Tote. Aber keine Sorge, gemeinsam werden wir es schaffen. Du wirst wieder gesund werden, darauf hast du mein Wort.«

Über den schwelenden Ruinen der Tempelstadt zog der Morgen herauf. Hinter den Bäumen im Osten sandte die Sonne die ersten Strahlen über den Himmel, während der Silbermond im Westen langsam verblasste. Zwischen den Bäumen bildete sich Dunst und die Vögel hoch oben in den Wipfeln begrüßten die Rückkehr von Licht und Wärme mit schmetterndem Gesang.

Ajana erschien es wie reinster Hohn.

Wie konnte die Sonne scheinen? Wie die Vögel singen und die Welt ringsumher voller Lebensfreude sein, wenn in ihr alles dunkel und trostlos war?

Keelin lag im Sterben. Inahwens Kräfte hatten nicht ausgereicht, ihn zu retten. Es gab nichts, das sie noch für ihn tun konnten.

Sie hatte kaum geschlafen. Wie durch ein Wunder war sie unbehelligt aus dem großen Tempel entkommen und hatte sich im Dunkeln einen Weg durch die brennende Stadt zum Götterbaum gebahnt. Sie hatte Inahwen und Aileys bei Keelin wachend vorgefunden. Beide waren verletzt. Doch die schlimmen Nachrichten, die sie für Ajana hatten, wogen schwerer als selbst die Verbrennung, die sie unter der Folter erlitten hatte.

So hatte sie die ganze Nacht an Keelins Seite ausgeharrt, seine Hand gehalten und gehofft, dass er die Augen noch einmal aufschlug. Vergeblich.

Sein Atem war kaum noch zu spüren, sein Geist schien schon weit weg an einem Ort, den sie nicht erreichen konnte.

»Bitte, geh nicht.« Ajana schluckte gegen die Tränen an, aber ihr fehlte die Kraft, die aufkommende Verzweiflung niederzuringen. Da spürte sie, wie die Kraft noch einmal zu ihm zurückfloss und wie er fast unmerklich die Finger bewegte.

»Ajana?« Seine Stimme war nicht mehr als ein Flüstern. Er versuchte, sich aufzurichten, und stöhnte unter der Anstrengung.

»Keelin.« Hastig wischte Ajana die Tränen fort und umfasste seine Finger mit beiden Händen. »Ich bin hier.«

»Ajana, ich … ich muss dir etwas sagen.« Keelin sprach so schnell, als fürchte er, nicht mehr genügend Zeit zu haben. Er wollte etwas sagen, doch die Laute wurden von einem qualvollen Husten erstickt, der aus den Tiefen seiner Brust drang.

»Nicht jetzt, Keelin!«, flüsterte Ajana erschrocken.

»Doch!« Keelin legte alle Kraft, die er noch besaß, in dieses eine Wort.

Er weiß es! Der Gedanke schnürte Ajana die Kehle zu und trieb ihr die Tränen in die Augen. Er spürt, dass er sterben wird.

»Ajana, hör mir zu.« Seine Finger umschlossen ihre Hand so fest, als fürchte er um ihre Aufmerksamkeit. »Damals im Falkenhaus … als ich … als ich dich … ich wollte dich nicht … nicht verletzen.« Er hustete erneut.

»Ich weiß!« Ajana strich ihm mit der Hand sanft über die Stirn.

Keelin blinzelte und schaute sie aus seinen dunklen Augen an. Sein Atem ging rasselnd.

»Dann ist es gut!«, sagte er, und es war, als sei ihm eine große Last von den Schultern genommen.

»Ja, das ist es.« Ajana umklammerte seine Hand so fest, als könne sie sein schwindendes Leben damit festhalten. »Es … es ist alles gut!« Eine Träne löste sich aus ihren Augenwinkeln und benässte sein Gesicht.

»Nicht weinen!« Keelin versuchte zu lächeln. »Du … du musst jetzt tapfer sein.«

»Aber ich will dich nicht verlieren!« Ajana schluchzte auf. »Ich liebe dich doch!« Für die Tränen gab es nun kein Halten mehr. So viele waren gestorben, so viele hatten ihr Leben gegeben, um das ihre zu schützen: Abbas, Bayard, Maylea … und jetzt auch noch Keelin. Sie wusste, dass sie es nicht hatte verhindern können, und fühlte sich dennoch schuldig.

»Du musst heimkehren.« Keelin suchte ihren Blick und seine Augen waren voller Wärme. »Sie warten auf dich.«

»Ich lasse dich nicht allein!« Ajana presste die Lippen fest zusammen. Sie wollte nicht an zu Hause denken – nicht jetzt. Niemals zuvor war ihr die Welt, aus der sie stammte, so fremd und unbedeutend erschienen wie in diesem Augenblick. Was dort geschah, war jetzt nicht wichtig. Alles, was zählte, was sie sich aus tiefstem Herzen wünschte, war, dass Keelin weiterlebte. »Ich bleibe bei dir!«, schwor sie mit Nachdruck. »Für immer!«

Das Licht wurde heller, als ein Sonnenstrahl von irgendwo jenseits des grauen Bahrtuchs aus Nebel bis auf den Waldboden vordrang. Der Chor der Vögel war verklungen. Keelin wurde unruhig und bewegte sich zuckend. Er musste große Schmerzen haben.

»Komm … näher!«, bat er mit dünner Stimme. Sein Blick irrte umher, als suche er nach ihr. »Wo … wo bist du?«

»Ich bin hier!« Ajana beugte sich vor. Tränen rannen über

ihre Wangen, als sie ihn auf die fiebrige Stirn küsste. »Ich bin hier.«

Keelin bäumte sich auf und seine Hand umklammerte ihre Finger mit ungeahnter Kraft. Dann erschlaffte er.

»Nein!« Ajanas gellender Aufschrei weckte die anderen.

Betroffen traten sie an das Lager des jungen Falkners, unfähig zu sprechen und hilflos in ihrer Trauer.

»Er wird es gut haben im Land der Ahnen.« Aileys kam zu ihr, kniete sich neben sie und legte ihr tröstend die Hand auf die Schulter. »Er wird dort glücklich sein.«

Ajana antwortete nicht. Sie hatte die Arme um Keelin geschlungen und das Gesicht an seiner Brust vergraben. Sie spürte die Nähe der Wunand und hörte den Klang ihrer Stimme, aber sie war nicht bereit, Keelin freizugeben.

In Gedanken sah sie ihn noch einmal mit rußverschmiertem Gesicht auf sie herabblicken, wie damals, als er sie aus der brennenden Hütte in Lemrik gerettet hatte. Sie sah ihn mit Horus im Tal der Vaughn, wie er den Falken mit dem Federspiel abrichtete. Als sei es gestern gewesen, erinnerte sie sich an den ersten schüchternen Kuss, denn Oona so unglücklich beendet hatte, und an die zärtliche Erfüllung, die sie unter dem Sternenhimmel Andauriens mit ihm erlebt hatte. Sie fühlte Horus noch einmal sanft an ihren Haaren zupfen, so wie damals, als Keelin sie am Ufer des Arnad gefunden hatte.

Es dauerte eine ganze Weile, bis Ajana begriff, dass es keine Erinnerung war. Jemand zupfte an ihren Haaren.

Horus?

Blind von Tränen, hob sie den Kopf und schaute sich um. Der Falke war wirklich gekommen. Als Ajana sich aufrichtete, sprang er von ihrer Schulter und landete flügelschlagend neben Keelin auf dem Boden. Zögernd näherte er sich der reglosen Gestalt und knabberte anrührend zärtlich an den Haaren des Falkners.

»Du kannst ihm nicht helfen.« Ajanas Stimme war rau und von Kummer gezeichnet. Sie wollte Horus verscheuchen, doch als sie die Hand hob, wurde sie jäh zurückgehalten.

»Warte!« Selbst über das pulsierende Rauschen des Blutes in ihren Ohren hinweg erkannte Ajana die Stimme.

»Asza?« Sie wischte die Tränen fort und schaute sich um. Aileys und die anderen waren zurückgewichen und starrten voller Ehrfurcht auf die schöne, dunkelhaarige Frau, die wie aus dem Nichts neben Ajana aufgetaucht war.

»Asza! Dem Himmel sei Dank. Ihr seid da!« Hoffnung flackerte in Ajanas Augen auf. »Bitte«, rief sie und deutete auf Keelin. »Ich flehe Euch an, rettet ihn. Ich weiß, dass Ihr es könnt. Ihr habt auch mir schon einmal den Weg gewiesen.«

»Dein Wunsch ist so alt wie die Liebe selbst.« Asza lächelte verständnisvoll. »Wie oft wurden Tränen vergossen, wie oft die Götter angefleht, dem Geliebten ein neues Leben zu schenken. Doch ist es allein das Schicksal, das bestimmt, wann es für die Sterblichen Zeit ist zu gehen.«

»Aber Ihr seid das Schicksal«, entgegnete Ajana hitzig. »Es war ein Unglück. Ein dummes Missverständnis. Keelin verfolgte das gleiche Ziel wie die Streiterin, die ihn tödlich verletzte. Beide wollten …«

»… die Felis retten«, beendete Asza den Satz an Ajanas Stelle. »Ich weiß, was geschehen ist.« Sie hob den Arm, als gebe sie jemandem ein Zeichen. »Der Tod«, fuhr sie fort, »ist ein natürlicher Bestandteil des Seins. Das Sterben beginnt, kaum dass ihr den ersten Atemzug getan habt. Ihr kommt und ihr geht, hinterlasst Spuren oder werdet vergessen. Das war schon immer so und wird immer so bleiben. Wer den Fluss der Seelen einmal betreten hat, darf ihn nicht mehr verlassen. So lautet das Gesetz.«

»Aber …« Ajana fing den strengen Blick der Göttin auf und verstummte.

»In diesem Fall jedoch«, fuhr die Göttin fort, »ist es mir gegeben einzugreifen.« Lächelnd streckte sie den Arm aus, pflückte etwas aus dem verdorrten Blätterdach des Götterbaums und hielt es Ajana hin. Es war eine strahlend weiße Blüte. »Der Götterbaum verdorrt«, sagte sie mit einem Anflug von Trauer in der Stimme. »Auch sein Sterben ist nicht aufzuhalten. Doch mit seinen letzten Kräften bringt er dem Volk Andauriens die lang ersehnte Botschaft. Callugar ist zurückgekehrt. Die anderen Götter werden folgen. Gemeinsam werden sie dafür Sorge tragen, dass der Verräter niemals mehr ein Volk in blutiger Tyrannei knechten wird. Dessen sei gewiss.« Sie verstummte, um Atem zu schöpfen, und sagte dann: »Du hast mir einen großen Dienst erwiesen, Ajana. Hättest du das Runenamulett nicht nach Andaurien getragen, der Ausgang der Schlacht wäre mehr als ungewiss gewesen. Die Gier der Hohepriesterin nach der Macht der Runen war ihre große Schwäche und ihr Verderben. Sie war die Mächtigste von allen. Der Kopf der Schlange, die Andaurien im Würgegriff hielt. Ihre Macht über das Feuer machte sie unsterblich. Am Ende jedoch war es das Feuer, das sie tötete. All das wäre ohne dich nicht möglich gewesen. Zum Zeichen meiner Dankbarkeit werde ich den Hüter des Seelenflusses aufsuchen und ihn ersuchen, die Seele des Falkners freizugeben.«

»Das würdet Ihr wirklich tun?« Ajana ergriff Aszas Hand. »Ich … ich weiß gar nicht, wie ich Euch danken kann.«

»Danken kannst du mir, wenn mir Erfolg beschieden ist«,

sagte Asza ausweichend. »Ich werde es versuchen, aber ich kann dir nicht versprechen, dass meiner Bitte stattgegeben wird, denn anders als du damals am Arnad ist er den Weg schon gegangen, der noch vor dir lag. Der Hüter hat ihn bereits empfangen, und er ist dafür bekannt, dass er seine Kinder nicht wieder hergibt.«

»Aber Ihr seid eine Göttin …« Ajanas Zuversicht begann zu bröckeln.

»Das bin ich wohl«, erwiderte Asza sanft. »Doch auch meine Macht endet an der Mündung des Seelenflusses.« Sie gab ein Zeichen und der Wanderer trat aus den Schatten. Schweigend kniete er neben Keelin nieder, hob ihn auf und trug ihn davon.

»Ich werde tun, was in meiner Macht steht«, versicherte Asza noch einmal. »Doch dir bleibt nicht die Zeit, darauf zu warten, ob mir Erfolg beschieden ist. Dem Götterbaum wurden schwere Wunden zugefügt. Wenn du die Heimreise nicht bald antrittst, wirst du auf ewig in Nymath bleiben müssen.«

»Aber Keelin …« Ajana machte eine hilflose Geste.

»Die Göttin hat recht, Ajana«, mischte sich Inahwen in das Gespräch ein. »Vhara hat den Baum tödlich verletzt. Sein Leben ist nur mehr eine winzige Flamme, die bald erlöschen wird. Du musst gehen. Sofort! Sonst ist es zu spät.«

»Denk an deine Eltern und an Rowen. Denk an deine Träume.« Asza lächelte wissend. Ihre Gestalt verblasste und mit ihr auch die des Wanderers und Keelins, den er auf den Armen trug.

»Wartet!«, rief Ajana, doch es war zu spät. Die Göttin war fort.

»Hab Vertrauen!« Inahwen legte ihr tröstend den Arm um

die Schultern. »Hab Vertrauen«, sagte sie noch einmal. »Du kannst jetzt nichts mehr für ihn tun.«

Mit schleppenden Schritten näherte Ajana sich dem Götterbaum. Zu schmerzlich war der Verlust, zu tief die Trauer und zu schrecklich die Gewissheit, nun niemals zu erfahren, ob Asza Keelin helfen konnte.

Wären Inahwen und Aileys nicht gewesen, die sie ermutigten, das, was sie begonnen hatte, zu Ende zu führen, sie hätte die Kraft für diesen letzten Weg niemals aufgebracht. Durch einen Schleier aus Tränen sah sie den sterbenden Baum vor sich aufragen. Sie achtete nicht auf die leblosen Körper, die noch immer auf dem Schlachtfeld verstreut lagen, hörte nicht das Wimmern der Frauen, die auf der Suche nach einem bekannten Gesicht oder einem Angehörigen zwischen den Toten umhergingen, und spürte nicht den einsetzenden Regen auf ihrem Gesicht. Alles, was sie fühlte, war eine dumpfe Leere, als sei ein Teil von ihr mit Keelin gestorben.

Ganz in der Nähe waren ein Dutzend Streiter Callugars dabei, Gefallene auf Bahren zu legen und davonzutragen, um sie an geweihter Stätte nach überliefertem Ritual zu bestatten. Doch nichts davon vermochte die dunkle Mauer zu durchdringen, die Kummer und Schmerz um ihr Bewusstsein errichtet hatten.

»Wir sind da.« Aileys berührte sie sanft am Arm. Die Worte hatten etwas Endgültiges, das Ajana erschreckte. Es war widersinnig … Seit Monaten hatte sie diesem Augenblick entgegengefiebert, hatte sich nichts sehnlicher gewünscht, als endlich nach Hause zu können. Dafür hatte sie die Nebel neu gewoben. Dafür war sie ihren Gefährten ins feurige Herz des Wnutu gefolgt. Dafür und nur dafür war sie durch die Wüste geritten.

Und jetzt?

Jetzt da es endlich so weit war, wünschte sie sich nichts sehnlicher, als hier noch ein wenig zu verweilen, um Gewissheit über Keelins Schicksal zu erlangen.

»Die Kraft des Baumes schwindet«, hörte sie Inahwen sagen. Die Elbin hatte die Hände an den mächtigen Stamm gelegt, so wie sie es einst auch beim Ulvars getan hatte. »Die Kraftlinien zerfallen schnell«, sagte sie drängend. »Dir bleibt nicht viel Zeit.«

»Ich … ich kann nicht«, murmelte Ajana. Ihr Blick irrte umher, unentschlossen, was sie tun sollte.

»Doch. Du kannst es.« Inahwen löste sich vom Baum, trat auf sie zu und sah ihr tief in die Augen. »Du musst. Du bist es Keelin und Abbas schuldig. Vor allem aber denen, die daheim in Sorge um dich sind.«

Daheim …

Das Wort berührte etwas in Ajana.

Mam, Dad, Rowen. Die schrecklichen Träume kamen ihr wieder in den Sinn, und sie erinnerte sich daran, was Asza am Ulvars zu ihr gesagt hatte: Es ist noch nicht zu spät.

Und plötzlich wusste sie, dass sie keine Wahl hatte. Inahwen hatte recht. Sie war es Keelin und Abbas schuldig.

Wie von selbst wanderte ihre Hand zum Amulett.

Eine Rückkehr ist nur mit der Rune Raido möglich. Rufe ihre Macht an und sie wird dich auf deiner Reise leiten.

Sie erinnerte sich an Gaelithils Worte, so klar und deutlich, als sei es gestern gewesen.

Suche den Ort auf, an dem sich die Kraftlinien beider Welten kreuzen.

Dort berühre den Mondstein und singe noch einmal die Melodie, die dich nach Nymath geführt hat.

Vorsichtig strich Ajana mit dem Finger über den Mondstein. Und wirklich: Kaum dass sie ihn berührte, kam Bewegung in den kleinen roten Punkt, der im Herzen des Steins ruhte. Feine rote Linien züngelten daraus hervor, wurden länger, verzweigten sich und bewegten sich schließlich strömend durch den Stein, während der Punkt selbst immer kleiner wurde und langsam verging.

Und während die Linien wie von Geisterhand ein seltsames R bildeten, das Ajana schon einmal im Mondstein gesehen hatte, begann der Mondstein, in einem sanften weißen Licht zu leuchten.

R für Raiðo. Ajana atmete tief durch. Es war Raiðo, die ihr den Weg nach Nymath bereitet hatte, und es würde Raiðo sein, die sie zurückführte.

»Es ist also wahr.« Fasziniert beobachtete die Elbin, was geschah.

»Inahwen.« Ajana hatte plötzlich einen dicken Kloß im Hals. Der Augenblick des Abschieds war nahe, aber sie fühlte, dass sie noch nicht bereit war zu gehen. Es gab noch so vieles, das sie sagen wollte, so viel Ungewisses, das sie belastete, so viel …

»Es wird alles gut!« Inahwen legte ihr tröstend die Hand auf die Schulter und schenkte ihr ein zuversichtliches Lächeln. »Der Götterbaum ist ein mächtiger Kraftort. Asza hat dich nicht belogen. Du kannst ihr vertrauen. Sie wird tun, was in ihrer Macht steht, um Keelin zu retten. Mach dir um ihn keine Sorgen, sondern richte den Blick auf jene, die in deiner Welt voller Ungewissheit auf deine Rückkehr warten. Sie vor drohendem Unheil zu bewahren, sollte nun deine vordringliche Aufgabe sein.«

»Sagt ihm, ich werde zurückkommen.« Ajana schluckte schwer. Sie wollte nicht daran denken, dass Asza scheitern könnte. Nicht jetzt. Niemals.

»Das werde ich.« Inahwen nickte ernst.

Ajana erwiderte nichts. Schweigend nahm sie Cyllamdir aus ihrem Bündel und reichte es Inahwen. Dann ging sie, den Blick fest auf das Amulett gerichtet, auf den zerstörten Baum zu. Irgendwo in der fernen Welt, die ihre Heimat war, gab es Menschen, denen es wie ihr erging. Ihre Mutter, ihr Vater und Rowen hatten die Hoffnung auf ein Wiedersehen noch nicht aufgegeben. Sie sorgten sich um sie und waren vermutlich genauso verzweifelt wie sie in diesem Augenblick, da auch sie nicht wussten, ob sich ihre Hoffnung jemals erfüllen würde.

Ich werde sie nicht enttäuschen ... Ajanas Finger schlossen sich fest um das Amulett und ihr Gesicht nahm einen entschlossenen Ausdruck an. Sie war bereit.

Als sie in den Schatten des Baums trat, hörte sie tief in sich jenen ersten dunklen Ton, den sie einst auch auf dem Klavier angeschlagen hatte. Erst leise, dann immer lauter summte sie die Melodie vor sich hin.

Der Götterbaum verschwamm vor ihren Augen. Die Musik trug sie mit sich fort. Wie damals fühlte sie sich leicht und seltsam entrückt und hatte das Gefühl zu schweben, während alles ringsumher von einem gleißenden Nebel verschlungen wurde, der sich wie ein Strudel im Kreis um sie herum bewegte. Zuckende Fäden aus purem Licht woben ein bizarres Geflecht vor einem weißen Feuer, das die Welt hinter dem Nebel verschlang.

Keelin!

Der Gedanke kam einem Aufschrei gleich.

Ich muss zu ihm! Ich muss zurück!

Die Sehnsucht war übermächtig. Die Melodie verstummte, das weiße Feuer erlosch und die zuckenden Fäden verblassten.

Was blieb, war der gleißende Nebel. Für eine kurze Weile bewegte er sich noch um Ajana herum. Dann hielt auch er inne, ganz so als hätte sie ein Karussell in voller Fahrt angehalten.

Sie hatte immer noch das Gefühl zu schweben, leicht und körperlos im endlosen Raum, verloren zwischen den Welten.

Was ist los? Wo bin ich?, dachte sie mit Schrecken.

Panik stieg in ihr auf. Sie wollte schreien, doch kein Laut kam ihr über die Lippen, sie wollte sich bewegen, aber als sie an sich heruntersah, konnte sie ihren Körper nicht finden. Sie war wie ein Geist. Nein, nicht *wie*, sie *war* ein Geist.

Jäh wurde ihr bewusst, dass sie einen furchtbaren Fehler gemacht hatte. Aber es gab kein Zurück. Für Reue war es zu spät. Hin- und hergerissen zwischen zwei Welten, hatte sie sich selbst auf halbem Weg verloren.

»Ajana!« Wie aus weiter Ferne drang der Ruf durch den Nebel an ihre Ohren.

Ajana schaute sich um. In der Ferne sah sie die geisterhaft durchscheinende Gestalt einer Elbin.

»Inahwen?« Hoffnung keimte in ihr auf. Inahwen kam, um ihr zu helfen. Alles war gut. Dann erkannte sie den Irrtum.

»Gaelithil!« Ajana verharrte in Ehrfurcht und Staunen.

»Ich bin sehr stolz auf dich, meine Tochter.« Die Elbenpriesterin kam näher und lächelte ihr zu. »Du hast Großes vollbracht. Mehr, als ich jemals hätte vollbringen können.«

»Ist es etwas Großes, Kummer und Leid über die Völker zu bringen?«, fragte Ajana zweifelnd.

»Viele Wege sind es, die zum Ziel führen«, erwiderte Gaelithil ernst. »Nicht immer haben wir die Wahl, und wenn wir sie haben, erscheinen uns nur allzu oft beide Wege falsch, denn sie fordern Opfer und bringen Leid über andere. Doch gemessen an dem Großen, das daraus erwächst, ist es den Preis wert. Du hast die Vereinigten Stämme und die Uzoma geeint und Andaurien von der Herrschaft des Blutgottes befreit. Du hast mehr vollbracht als alle meine Nachkommen zusammen. Das elbische Blut ist stark in dir. Du bist wahrlich meine Tochter.«

»Aber warum konnte ich Keelin dann nicht retten?« Ajana legte alle Verzweiflung in diesen Satz.

»Weil es nicht sein sollte«, sagte Gaelithil und blieb ihr doch die Antwort schuldig. »Ich spüre deine Verzweiflung, meine Tochter«, sagte sie mitfühlend. »Und ich verstehe dich. Auch ich musste dereinst zurücklassen, was mein Herz begehrte, und in Ungewissheit und Trauer nach Nymath zurückkehren. Es ist hart und mag dir ungerecht erscheinen und doch ist all das ein Teil des großen Plans.«

»Das ist nicht wahr!«, fuhr Ajana die Elbenpriesterin an. »Ihr habt es selbst in der Höhle der Seelensteine zu mir gesagt. *Nicht alles ist vorherbestimmt, meine Tochter. Vieles vermag sich noch zu wandeln auf dem langen Weg durch das Leben. Du allein hast es in der Hand, wie dieser Weg für dich verläuft …* Das waren Eure Worte.«

»*… Wenn es dein Bestreben ist heimzukehren, dann wirst du auch einen Weg zurück finden.* Auch das waren meine Worte«, erinnerte sie Gaelithil. »Was ist falsch daran? Du hattest es in der Hand, und du hast einen Weg gefunden, den du hättest gehen können, wenn du nicht daran gezweifelt hättest, das Richtige zu tun.«

»Aber ich weiß nicht mehr, wo ich hingehöre.« Ajana schluchzte auf. »Mein Verstand sagt mir, ich muss heimkehren, aber mein Herz will bei Keelin bleiben. Jetzt ist er tot, und ich weiß nicht, ob Asza ihn retten kann. Die Ungewissheit ist so schrecklich. Das … das ertrage ich nicht. Ich wünschte, ich wäre tot.«

»Ajana! So etwas darfst du niemals sagen. Nicht im Leben und schon gar nicht hier, wo die Welten sich berühren.« Gaelithils Stimme nahm einen scharfen Tonfall an. »Sei stark und entschlossen. Sonst bist du hier auf ewig gefangen. Wir alle müssen uns irgendwann den Prüfungen stellen, die der große Plan für uns bereithält. Nur so können wir über uns selbst hinauswachsen und bestehen.« Sie hielt inne, und als sie weitersprach, war ihre Stimme sanft. »Du bist verzweifelt und willst aufgeben, und du bist überzeugt, einen guten Grund dafür zu haben. Aber das ist ein Trugschluss. So darfst du nicht denken. Die Not, die der große Plan dir auferlegt, kann so groß sein, dass du dem Wunsch nachgibst, deinem Leben selbst ein Ende zu bereiten. Dann bist du schwach.

Wenn du aber stark bist, wirst du die Prüfung annehmen und dich ihr stellen. Dann hast du es in der Hand, was du aus deinem Leben machst. Wenn du aber nur stur darauf beharrst, dass die Götter es schlecht mit dir meinen, und darüber verzagst, dann bist du verloren.

Kämpfe, Ajana! Du bist stark, ich spüre es. Du bist meine Tochter, Hüterin der Magie, Beschützerin Nymaths und Bewahrerin der Runen. Nimm die Prüfung an und kämpfe. Finde den Weg. Du kannst es.« Gaelithils Stimme wurde immer leiser. Ihr Gesicht verblasste.

»Wartet!«, rief Ajana. »Helft mir! Ich weiß nicht, was ich tun soll!« Aber es war zu spät. Gaelithil war fort.

Ich bin verloren. Die Erkenntnis traf Ajana mit vernichtender Kraft. Wie soll ich nur den Weg nach Hause finden? Ich kann mich ja nicht einmal mehr an das Lied erinnern …

Sie hatte den Gedanken noch nicht zu Ende geführt, als ein glockenheller Ton erklang. Sanft wie eine Feder schwebte er durch den Nebel heran. Während er so dahinglitt, gesellten sich andere Klänge hinzu und vereinigten sich schließlich zu jener wundersamen Melodie, die Ajana vergessen glaubte.

Es ist ein Zeichen, dachte Ajana und fühlte, wie neue Hoffnung in ihr aufkeimte. Ohne lange zu überlegen, stimmte sie in Gedanken mit ein. Erst stockend, dann immer sicherer.

Lange Zeit geschah nichts, doch gerade als sie aufgeben wollte, bemerkte sie, dass wieder Bewegung in die Nebel kam. Mit jedem neuen Ton erwachte auch das weiße Feuer ein Stück weiter zum Leben und ein neuer Lichtfaden wob sich in das Geflecht. Ajana spürte, wie sich etwas ihres Geistes bemächtigte, doch diesmal hieß sie es willkommen und wehrte sich nicht, als sie davongetragen wurde.

Ein vertrauter Geruch lag in der Luft, als sie erwachte. Sie lag auf dem Boden und ihr war übel. Vorsichtig öffnete sie die Augen und erkannte im Halbdunkel die Umrisse vertrauter Möbelstücke. Fahles Mondlicht fiel durch ein Fenster. Die Vorhänge waren nicht zugezogen.

Das Klavierzimmer.

Ich bin zu Hause.

Ein heißes Glücksgefühl erfasste Ajana. Sie richtete sich auf und blickte sich um. Seit ihrem Weggang hatte sich hier nichts verändert. Der schwarze Hocker, das wuchtige Klavier, der Beistelltisch aus Mahagoni, alles stand unverändert an seinem Platz. Sogar die Blumen auf der Fensterbank, so schien es ihr, hatten die Zeit ihrer Abwesenheit unbeschadet überstanden. Alles war vertraut – und doch war es ihr auf eine unbestimmte Weise fremd.

Es ist, als sei ich ein Geist, der durch sein früheres Haus spukt, dachte sie, und der Gedanke, dass dies hier vielleicht wirklich nur eine Vision war, schoss ihr siedend heiß durch die Glieder. Hastig schloss sie die Augen und sog die Luft noch einmal durch die Nase ein. Es roch nach Möbelpolitur, Leder und nach dem Waschmittel, das ihre Mutter schon seit Jahren verwendete.

Ich bin zu Hause.

Überglücklich erhob sie sich, lief zur Tür und griff nach der Klinke, um ihre Eltern zu suchen, hielt dann aber mitten in der Bewegung inne und fuhr sich mit der Hand durch das verfilzte Haar. So kann ich ihnen unmöglich gegenübertreten, dachte sie mit einem Blick auf die schlichte Tunika des Dschungelvolks. Ich sehe ja aus wie eine Wilde.

Verzagt löste sie die Hand von der Türklinke.

In ihren eigenen, sauberen Kleidern würde sie vielen unangenehmen Fragen aus dem Weg gehen können. Die Brandwunde auf dem Arm würde schon schwer genug zu erklären sein.

Aber wie konnte sie unbemerkt in ihr Zimmer gelangen?

Ajana lauschte. Im Haus war alles still.

Wie ein Dieb in der Nacht öffnete sie die Tür des Musikzimmers, spähte durch den Türspalt und huschte auf den Flur hinaus. Vor ihr lag die Küche, daneben das Wohnzimmer. Die Tür stand offen. Als sie vorbeischlich, streifte ein würziger Duft ihre Nase und weckte Erinnerung in ihr. Erinnerungen an eine glückliche Kindheit und festliche Stunden im Kreise der Familie. Tannenduft.

Sie ging zur Tür und spähte ins Wohnzimmer. Der Mond schien hell durch das große Terrassenfenster. Im Garten lag Schnee. Auf dem Tisch vor dem Kamin stand ein Adventskranz. Die vier Kerzen waren fast heruntergebrannt. Daneben lag eine Zeitung. Ajana trat näher, um das Datum zu lesen: 18. Dezember 2004.

Sieben Monate.

War ich auch hier so lange fort?, überlegte sie. Irgendwie hatte sie gehofft, dass es sein würde wie in den Abenteuerromanen, in denen die Helden immer genau zu dem Zeitpunkt zurückkamen, an dem sie aufgebrochen waren.

Ajana nahm die Zeitung zur Hand und hielt sie ins Mondlicht. Das Datum änderte sich nicht. Es war eben doch nicht wie in den Romanen. Mit einem Schlag waren ihr die verfilzten Haare und die seltsame Kleidung egal. Sie wollte nur noch eines: endlich ganz zu Hause sein. Mit großen Schritten hastete sie die Treppe hinauf zum Schlafzimmer ihrer Eltern.

»Mam? Dad?« Sie riss die Tür auf und blieb wie angewurzelt stehen. Die Betten waren leer.

»Rowen?« Im Zimmer ihres Bruders bot sich ihr das gleiche Bild. Rowen war nicht da. Der Geruch von kaltem Rauch verriet ihr jedoch, dass er vor nicht allzu langer Zeit hier gewesen sein musste.

»Das darf nicht wahr sein.« Ajana ließ den Kopf hängen. So hatte sie sich die Heimkehr nicht vorgestellt.

Entschlossen stand sie auf und ging in ihr Zimmer, um sich saubere Kleidung zu holen. Sie fand den Raum vor, wie sie ihn verlassen hatte. Niemand hatte etwas verändert. Das Bett war frisch bezogen, ganz so als wäre sie nur kurz weg gewesen: Der alte Plüschbär saß im Korbstuhl vor dem Fenster, die leere Schatulle für das Amulett lag noch immer auf dem Schreibtisch.

Andächtig nahm sie das Amulett ab, legte es sorgfältig in die Schachtel zurück und verstaute diese in einer Schublade. Ihr Blick fiel auf den Nachttisch. Dort lagen sogar noch die Bücher, in denen sie gelesen hatte, bevor …

Ihr Blick fiel auf den Radiowecker. Fast neun Uhr. Sie musste sich beeilen. Hastig öffnete sie den Kleiderschrank, wählte ein paar Kleidungsstücke aus und eilte ins Badezimmer. Wenn ihre Eltern ausgegangen waren, würden sie sicher bald zurückkommen.

Eine Stunde später saß Ajana im Wohnzimmer. Ihre Haare waren gewaschen und geföntt. Mit Jeans und Shirt sah sie nun fast wieder so aus wie auf dem Foto. Die Kerzen des Adventskranzes brannten und im Kamin knisterte behaglich ein Feuer.

Tick-tack, tick-tack. Die Zeit verstrich im Takt der alten englischen Standuhr. Voller Ungeduld beobachtete Ajana, wie sich die Zeiger langsam bewegten.

Und wenn sie über Nacht fort sind? Ajana hatte den Gedanken gerade zu Ende geführt, da huschte das Licht von Autoscheinwerfern durch den Raum. Sie hörte das Knirschen von Reifen auf Schnee und Motorengeräusche, die schließlich verstummten.

»Eins, zwei, drei.« Ajana zählte mit, während draußen nacheinander die Autotüren ins Schloss fielen.

Sie kommen.

Ihr Herz raste. Plötzlich hatte sie furchtbare Angst vor dem Wiedersehen. Schon hörte sie, wie die Haustür geöffnet wurde, und vertraute Stimmen, die leise miteinander redeten.

»Mam? Dad? … Rowen?« Schüchtern öffnete Ajana die Wohnzimmertür und trat in den Flur hinaus.

Schlagartig wurde es still. Ihre Eltern und ihr Bruder standen wie vom Donner gerührt und starrten sie an, als wäre sie ein Geist.

»A… Ajana?« Die Stimme ihrer Mutter war so dünn, als

traue sie ihren Augen nicht. Hilfe suchend tastete sie nach dem Arm ihres Mannes.

»Ich bin zurück, Mam.« Ajana wusste nicht, ob sie lachen oder weinen sollte. Zögernd breitete sie die Arme aus, machte einen Schritt auf die anderen zu und sagte: »Ich bin es wirklich.«

»Ajana!« Rowens Ausruf brach den Bann. Er wartete nicht, bis seine Mutter die Überraschung überwunden und sein Vater die Stimme wiedergefunden hatte. Er drängte sich einfach an den beiden vorbei und schloss Ajana überschwänglich in die Arme. »Ich wusste es, kleine Schwester!«, sagte er glücklich. »Ich wusste die ganze Zeit, dass du zurückkommst.«

Duana saß auf einer Steinmauer nahe dem Falkenhaus. Die Sonne wärmte ihr den Rücken, und ein leichter Seewind liebkoste ihre Wange, während sie gedankenverloren nach Norden blickte.

Es war Sommer. Viermal hatte der Mond gewechselt, seit sie Keelin an jenem schicksalshaften Tag im frühen Lenz ihre Zuneigung hatte gestehen wollen.

Die Tage, die darauf folgten, waren von stetem Bangen und großer Ungewissheit erfüllt gewesen. Belastende Gefühle, die auch mit Inahwens Rückkehr nach Sanforan kein Ende gefunden hatten.

Im Nachhinein fragte sich Duana, ob es anders gekommen wäre, wenn sie den Sturz nicht vorgetäuscht und Ajana sie nicht in Keelins Armen vorgefunden hätte.

Wäre Abbas dann noch am Leben?

Wäre Ajana dann in Nymath geblieben?

Wäre Keelin dann nicht …?

Sie gestattete es sich nicht, den Gedanken zu Ende zu führen. Zu sehr hatte sie schon mit dem Schicksal gehadert, zu viele Tränen vergossen. Abbas war tot. Keelin galt als verschollen, und die Stimmen, die seinen Tod bekundeten, wurden mit jedem Tag lauter.

Niemand hatte ihr je einen Vorwurf gemacht, aber tief im Innern wusste sie, dass sie teilhatte an der Schuld. Hätte sie Keelin nicht angesprochen … wäre sie nicht in den Stall gegangen … hätte sie damals nicht so selbstsüchtig gehandelt …

Hunderte von Möglichkeiten, die das Unglück hätten verhindern können, gingen ihr durch den Kopf. Es gab keinen Trost und keine Hoffnung. Inahwen, Kruin und Aileys waren allein aus Andaurien zurückgekehrt. Was sie zu berichten wussten, hatte in Nymath eine nie gekannte Hochstimmung ausgelöst und die Zukunft der Vereinigten Stämme in einem neuen, verheißungsvollen Licht erstrahlen lassen. Die Menschen in Andaurien hatten sich von dem dunklen Gott losgesagt und sich aus dessen Knechtschaft befreit. Nach den vielen Hundert Wintern der Trennung stand den Nachkommen der Flüchtlinge der Weg in die alte Heimat nun endlich wieder offen.

Die Nachricht hatte sich wie ein Lauffeuer im Land verbreitet. Überall wurde gefeiert und gelacht. Alle waren glücklich. Alle – nur sie nicht.

Dabei hätte sie mitfeiern und mitlachen können, denn ihre Zukunft war nicht länger grau und einsam. Sie war erfüllt von Liebe und einem Glück, an das sie schon nicht mehr geglaubt hatte.

Kaum einen Mondwechsel, nachdem Keelin Sanforan verlassen hatte, war die Liebe ganz unverhofft zu ihr gekommen.

Ein junger Hauptmann der Onur hatte ihr eines Abends beigestanden, als sie sich gegen einen Haufen betrunkener Krieger zur Wehr hatte setzen müssen. Und obwohl Wunandamazonen sich nicht gern von einem Mann helfen ließen, war es ihm gerade damit gelungen, ihr Herz zu gewinnen.

Sie hätte so glücklich sein können, aber solange Keelins Schicksal ungewiss blieb, würde ihre Liebe im Schatten bitterer Vorwürfe und Selbstzweifel stehen.

Ich trage die Schuld an seinem Tod.

Duana seufzte und wischte eine Träne fort.

Inahwen, so hieß es, sollte zuletzt an Keelins Seite gewesen sein, doch es gab Gerüchte, die Götter hätten ihn mit sich fortgetragen.

Auch von Horus fehlte seitdem jede Spur. Das war jedoch nicht weiter verwunderlich. Jeder wusste, dass Falken vor Kummer starben, wenn … Duana gestattete es sich nicht, den Gedanken zu Ende zu führen.

Der Wind drehte, frischte auf und trug ihr neben einem leichten Brandgeruch auch die Geräusche von Lachen und Musik zu. Auf dem großen Platz der Bastei wurde gefeiert und getanzt.

Sie spürte, wie sich ihr Kummer in Wut verwandelte. Litt sie denn nicht genug, dass der Wind sie auch noch verhöhnen musste, indem er ihr die Fröhlichkeit der anderen zutrug? Sie hatte sich voller Absicht hierher zurückgezogen. Nicht nur weil es beim Falkenhaus ruhiger war als in der Bastei, sondern auch, weil sie sich Keelin hier wie an keinem anderen Ort nahefühlte.

Duana erhob sich und strich ihr Gewand glatt. Sie würde sich einen anderen Platz suchen. Irgendwo, wo sie mit ihren Gedanken allein war. Sie wandte sich um und blickte ein letztes Mal nach Norden, wo ein dunkler Punkt vor dem Hintergrund des blauen Himmels ihre Aufmerksamkeit weckte.

Es ist ein Vogel, schalt sie sich in Gedanken. Ein ganz gewöhnlicher Vogel. Aber etwas hielt sie davon ab zu gehen. Gebannt beobachtete sie, wie der Vogel näher kam.

Ein Falke!

Ihr Herz schlug schneller, als sie den Umriss erkannte.

Ich bin am Falkenhaus, hörte sie die Stimme der Vernunft in sich flüstern. Hier fliegen täglich Falken ein und aus.

Und dennoch …

»Bitte«, flüsterte sie, und ihre Lippen bebten. »Bitte.«

Der Falke flog einen weiten Bogen und für einen Augenblick blendete sie die Sonne. Dann hörte sie Flügelschlagen und wandte sich um. Der Falke hockte auf der Mauer, auf der sie eben noch gesessen hatte. Duana blinzelte gegen das Licht an, um besser sehen zu können.

Es war Horus.

»Horus!« So vorsichtig, als sei es nur ein Trugbild, das jeden Augenblick verschwinden könnte, trat sie auf den Falken zu. Sie hatte Horus und Keelin oft heimlich beobachtet. Ein Irrtum war ausgeschlossen. Der Falke rührte sich nicht. Er saß ganz still und schaute sie aus seinen klugen Augen aufmerksam an.

»Du bist zurückgekommen!«

Ein heftiges Glücksgefühl schnürte Duana die Kehle zu, als ihr klar wurde, was das bedeutete. »Du … du lebst.«

Epilog

Die Nacht hatte ihr samtenes Tuch über Andrach gebreitet, eine klare, mondlose Nacht mit einem Himmel, der erfüllt war von Abermillionen Sternen.

Die Straßen der kleinen Stadt waren menschenleer, ein Teil der Laternen ausgeschaltet. Nichts rührte sich, alles lag in tiefem Schlummer. Nur Ajana konnte nicht einschlafen.

Das weiche Bett und die Daunendecken waren ihr noch immer ungewohnt, die Gerüche im Haus und die Geräusche, die von draußen hereindrangen, fremd und unheimlich: bellende Hunde in der Ferne, ein Zug, der ratternd über die Gleise fuhr, das leise Brummen der Flugzeugturbinen hoch oben in der Luft …

Sie erinnerte sich daran, ihr Zuhause einst als ruhig empfunden zu haben, doch jetzt erschien es ihr unerträglich laut. Aber da war noch etwas, das sie nicht schlafen ließ, eine innere Unruhe, die sie nicht besänftigen konnte und die sie in Gedanken immer wieder dorthin führte, wo alles begonnen hatte: nach Nymath.

Ohne dass sie es wollte, dachte sie an das Land, das sie so dringend hatte verlassen wollen und nun so schmerzlich vermisste. Das Land, in dem sie ihre große Liebe gefunden und verloren hatte. Sie schlug die Decke zurück und stand auf. Sie wollte nicht darüber nachdenken. Nicht schon wieder.

Um sich abzulenken, zog sie den Bademantel über, schlüpfte

in die Hausschuhe und schlich die Treppe hinunter ins Wohnzimmer. Lautlos öffnete sie die Terrassentür und trat hinaus in den winterlichen Garten. Auch hier waren ihr die Gerüche seltsam fremd, wenngleich viele Erinnerungen darin mitschwangen. Erinnerungen an ein Leben, das längst Vergangenheit war.

Der Garten war groß. Ajana wählte den Weg, ohne darüber nachzudenken, wohin sie ging. Schnee knirschte unter ihren Füßen. Ihr Atem stieg in der frostklaren Luft als weiße Wolke vor ihr auf. Sie schaute geradeaus, ohne etwas wahrzunehmen, und lauschte, ohne etwas zu hören. Ihr war nicht einmal kalt. Sie fühlte nichts.

Wer bin ich?

All die Jahre zuvor hatte sie die Antwort auf diese Frage zu kennen geglaubt. Ihr Leben war in ruhigen Bahnen verlaufen, und der Weg, den sie einmal gehen würde, schien vorgezeichnet. Sie hatte eine Familie und Freunde, die sie liebten, und war bereit gewesen, das leere Buch der Zukunft mit eigenen Worten und Taten selbst zu schreiben.

Aber sie hatte sich getäuscht. Die Antwort war falsch.

So falsch, wie ihre Herkunft und das Wissen um jene, die vor ihr waren. Sie war mehr als nur ein Menschenkind, mehr als ein Spross derer, die sie geboren und aufgezogen hatten. Das elbische Blut in ihr war stark. Generationen waren vergangen, und dennoch war sie auch ein Kind der Elben, Tochter Gaelithils, Hüterin der Magie, Beschützerin Nymaths und Bewahrerin der Runen.

Schon in Nymath hatte sie erkannt, dass sie all dies fortan zu tragen und zu verschweigen hatte. Sie hatte nicht darum gebeten und es mit Sicherheit nie gewollt, doch war es etwas, das sie niemals würde abschütteln können und das von nun an unerschütterlich zu ihrem Leben gehörte.

Das Wissen darum hatte sie verändert. Aber nicht nur ihr Erbe und die Liebe zu Keelin, auch das Leben in Nymath mit all der Freude und dem Leid, mit den schönen und traurigen Augenblicken hatte sie geprägt. Sie würde niemals wieder so sein wie vor ihrem sechzehnten Geburtstag.

»Du bist erwachsen geworden!«, hatte ihre Mutter am Nachmittag zu ihr gesagt und damit weit mehr recht gehabt, als sie ahnte.

Wer bin ich?

Ajana seufzte, legte den Kopf in den Nacken und blickte zum sternenklaren Himmel empor. Im Norden erkannte sie den Großen Wagen – dort, wo in Nymath das Schwert der Könige am Himmel gestanden hatte.

Das Schwert der Könige!

Der Anblick des prächtigen Sternbilds formte sich wie von selbst in ihren Gedanken und weckte schmerzliche Erinnerungen in ihr.

Sie spürte, wie ihr die Tränen kamen, und ließ sie fließen, als sie an die eine kostbare und unvergessliche Nacht zurückdachte, die sie in Keelins Armen unter dem Sternenhimmel Nymaths verbracht hatte. Eine Nacht, deren wahre Bedeutung sie erst seit ein paar Tagen kannte.

Ein Geschenk, dachte sie bei sich und wischte die Tränen mit dem Ärmel des Bademantels fort. Es ist sein Abschiedsgeschenk an mich.

Sie senkte den Kopf und blickte an sich herunter, dorthin, wo ihre Hände schützend auf ihrem Bauch ruhten. Dann schloss sie die Augen, atmete tief durch und lauschte. Tief in sich spürte sie den Keim eines neuen Lebens, der sich zaghaft regte.

Ein Mädchen! Es war das elbische Erbe, das ihr die Gewissheit zuflüsterte. Ajana lächelte. Keelin hatte sein Leben gegeben, um sie zu retten, aber er hatte sie nicht allein zurückgelassen.

Sie war nicht sicher, wie ihre Umwelt die Kunde aufnehmen würde, doch nach allem, was vorgefallen war, fühlte sie sich stark genug, auch dieses Abenteuer zu bestehen.

Sie würde dieses Kind bekommen. Sein Kind. Und irgendwann in ferner Zukunft, dessen war sie sich ganz sicher, würde sie ihre Tochter an die Hand nehmen und mit ihr ins Klavierzimmer gehen, um ihr die Welt ihres Vaters zu zeigen.

Anhang

Glossar

Abbas – Küchenjunge vom Blute der → Wunand, → Keelins bester Freund

Ajabani – Bund der Meuchelmörder in → Andaurien

Ajana Evans – junge Deutsche, die ein geheimnisvolles Amulett erbt

Andaurien – Land im Norden der Wüste, aus dem die Menschen nach → Nymath geflohen sind

Arnad – Fluss, dessen Quell im unpassierbaren → Pandarasgebirge entspringt

Asza – von → Emo verstoßene Tochter, lebte als → Magun in → Nymath

Asnar – Gott der ruhenden Macht, des Krieges und der Verteidigung, Bruder von → Callugar, verehrt von den → Katauren

Banbuck – berauschender Trank, der den Menschenopfern in → Andaurien gereicht wird

Bayard – Heermeister der → Katauren, der seine Familie durch die → Uzoma verlor, von den → Katauren als Held gefeiert und verehrt

Burakihirsche – wild lebende Hirschrasse in → Nymath

Callugar – Gott der bewegten Macht, des Krieges und des Angriffs, → Asnars jüngerer Bruder, Herrscher über die Götter, verehrt von den → Onur

Caudillos – Anführer der → Ajabani in → Andaurien

Cyllamdir (»Bote der Hoffung«) – das elbische Kurzschwert der Nebelsängerinnen

Darth – Fluss in → Andaurien

Djakûn – pantherartige Raubkatzen, die von den → Wunand in → Andaurien geritten wurden. Keines der Tiere überlebte die Flucht durch die Wüste.

Dunkelschleicher – im Rudel jagende, riesige Raubtiere, die nördlich des → Pandarasgebirges leben

Ecolu – alkoholisches Getränk der → Uzoma

Elben – siehe »Die Völker Nymaths und Andauriens«

Emo – Göttin der → Wunand, die wilde Jägerin. Sie ist ohne Angst und setzt stets ihren eigenen Willen durch. Die Wunand bekräftigen ihre Worte mit dem Namen der Göttin, mit der Bedeutung: »So sei es!«

Erin – gewählte Anführerin der → Nuur

Fath – siehe »Die Stämme Nymaths«

Felis – eine Mutation aus Mensch und Katze. Sie wurden von den Magiern der → Gorneth als Sklaven erschaffen und gewannen ihre Freiheit mit dem Untergang des Volkes.

Fuginor – Gott des Feuers, der Leidenschaft, des heißen Blutes, ebenso wie des Zorns und der Rage, kurz: von allem, was heiß ist. Sohn von → Asnar

Fuginors Feuer – 1. in Fuginors Feuern brennen – von Tatenlosigkeit gequält sein; 2. Fuginors Feuer brennen in einem – von Energie und Tatkraft erfüllt sein

Gaelithil – erste Nebelsängerin, die das Nebelamulett erschuf

Gathorion – neuer Anführer der → Elben, Bruder von → Inahwen, Sohn und Nachfolger von Merdith

Gilian – Gott der Lüfte und der Winde, Sohn von → Callugar, Erschaffer der Vögel, verehrt von den → Raiden

Gorneth – uraltes Volk → Nymaths, dessen Angehörige als

schattenhafte Geister in der versunkenen Stadt → Whelas leben

Grinlortal – einziger sicherer Weg durch das → Pandarasgebirge

Hoher Rat von Nymath – gewählte Regierung von → Nymath, die sich zusammensetzt aus je einem Vertreter der Fünf Stämme und einem Abgesandten der → Elben

Hedero – siehe »Die Völker Nymaths und Andauriens«

Inahwen – Vertreterin der → Elben im → Hohen Rat von Nymath

Jarmil – Anführer der → Streiter Callugars

Kalebasse – Wassergefäß aus einem ausgehöhlten Flaschenkürbis

Kardalin-Schlucht – nahezu unpassierbare Schlucht im → Pandarasgebirge, nahe dem → Wilderwil

Katauren – siehe »Die Völker Nymaths und Andauriens«

Keelin – junger Falkner, der unter seiner unehelichen Abstammung zu leiden hat

Kelda – Herdmeisterin vom Blute der → Katauren in der Bastei, ehemals Vorgesetzte von Abbas

Kilvarbeere – rote Traubenfrucht, süß und edel

Kiral – gewählter oberster Anführer der → Streiter Callugars

Kruin – Stammesfürst der → Uzoma, der nach dem Tod des Whyono die Heerführung übernimmt

Kupfermond – der kleinere der beiden Monde von → Nymath

Kyle Evans – → Ajanas Vater, als Adoptivkind in England aufgewachsen

Lagaren – Flugechsen aus der roten Wüste mit gefährlichem Giftodem

Laura Evans – → Ajanas Mutter

Mabh O'Brian (gesprochen: »mäivh o-brai'en«) – → Ajanas Großtante, die das Amulett auf ungewöhnliche Weise an Ajana vererbt

Mangipohr – Fluss, der im → Pandarasgebirge entspringt, durch → Nymath fließt und in einem breiten Delta in den schwarzen Ozean mündet

Melva-Nnab – Paarungshöhle der Katzenfrauen in den Wäldern → Andauriens

Mitlan – Geisterseherin der Hedero

Miya – Hederofrau, verhilft → Yenu zur Flucht

Muriva – »Schneeflocke«, Wurfstern der → Ajabani

Nachtara – dunkelblau schillernder Vogel in den Wäldern → Andauriens

Nunou – die »Große Wüste« im Norden → Nymaths, Grenze zwischen → Nymath und → Andaurien

Nuur – siehe »Die Völker Nymaths und Andauriens«

Nymath – Landstrich zwischen dem → Pandarasgebirge und dem → Schwarzen Ozean

Onur – siehe »Die Völker Nymaths und Andauriens«

Orma-Hereth – Vulkankette im Nordwesten → Nymaths, Heimat der → Serkse, Ursprung des → Wehlfangs

Oxana – Kriegerin der → Nuur

Pacunuss – süßliche braune Nussart in → Nymath, wächst oft in kleinen Hainen

Pandarasgebirge – Gebirge vulkanischen Ursprungs, das → Nymath von dem restlichen Kontinent abtrennt

Pilan – Fluss in → Andaurien

Querlas – Raubfische in den Gewässern → Andauriens

Raiden – siehe »Die Völker Nymaths und Andauriens«

Raapir – riesige Wüstenechse, die mehrere Monate lang im Sand verborgen auf Beute lauert

Rowen Evans – → Ajanas Bruder

Runka – Stangenwaffe mit drei Spitzen

Sanforan – Hauptstadt von → Nymath, benannt nach dem letzten König

Schwarzer Ozean – dunkles Meer, das → Nymath umgibt und zu dem auch die Bucht von → Sanforan gehört

Serkse – mystische Hüterin des → Wehlfangfeuers

Shura – Djakûngott (auch Gott der Fruchtbarkeit)

Shura-Wna – Auserwählte der Hedero, die den Katzenfrauen Nachkommen zeugen sollen

Silbermond – der größere der beiden Monde von → Nymath

Suara – Kriegerin der → Nuur

Streiter Callugars – Bund von Rebellen in → Andaurien

Tagara – schillernder Papageienvogel mit leuchtend grünen Schwanzfedern

Talpungas – kamelähnliche Herdentiere, die am Rande der → Nunou leben

Tarpan – ursprüngliches Wildpferd, 115–125 cm groß, feinknochig mit kleinem Kopf, großen Augen und mausgrauer Farbe

Terka – Kriegerin der → Nuur

Thorn – Gott der Geschwindigkeit, der Freiheit und der Wolken, Sohn von → Callugar, erschuf die Himmelspferde, verehrt von den → Katauren

Thorns heilige Rösser – Himmelspferde, deren Hufe die Wolken aufwirbeln. Sie sind schneller als der Wind, zu schnell für das menschliche Auge.

Turona – kunstvoll besticktes andaurisches Opfergewand des siebenten Kindes

Udnobe – Hauptstadt der → Uzoma in der roten Wüste

Ulvars – vom Blitz gespaltener und dennoch tausendjährig gewordener Baum; Symbol der Hoffnung

Urwar – bösartige hyänenähnliche Aasfresser in den Wäldern → Andauriens

Uzoma – siehe »Die Völker Nymaths und Andauriens«

Vhara – Priesterin des dunklen Gottes

Wehlfang-Graben – Erdspalte, deren Grund mit dem mystischen feurigen Wasser gefüllt ist, das ins Meer fließt

Whelas – von der Wüste begrabene Stadt, Heimat der → Gorneth

Wnutu – höchster Vulkan der → Orma-Hereth, Heimat der → Serkse und Ursprung des → Wehlfang-Grabens

Wunand – siehe »Die Völker Nymaths und Andauriens«

Wyron – karge, abgelegene Insel weit südlich der Bucht von → Sanforan

Yenu – Hederofrau, die die → Felis an die Priesterinnen verrät

Völker Nymaths und Andauriens

Die Askaren

Die Askaren sind ein kriegerisches Bergvolk, das im kargen Hochland Andauriens lebt. Man erkennt sie an ihrem gedrungenen Körperbau, aber auch an den kahl rasierten, mit schwarzen Schmucknarben verzierten Schädeln. Die Askaren waren die Ersten, die sich dem Dunklen Gott vor der großen Schlacht anschlossen, und zählen auch heute noch zu seinen treuesten Anhängern.

Die Fath

Die Fath waren einst ein Wüstenvolk. Das Leben spendende Element Wasser gilt ihnen als heilig. Als die Fath nach der Flucht aus Andaurien zum ersten Mal das Meer erblickten, verharrten sie voller Ehrfurcht. Schließlich wurde aus dem Wüstenvolk der Stamm der Fischer.

Die Hedero

Die Hedero sind ein friedliches und sehr kleines Waldvolk. Sie leben in den dschungelartigen Wäldern Andauriens nahe dem Pilan und ernähren sich hauptsächlich von der Jagd und vom Fischfang. Einmal im Jahr werden die kräftigsten jungen Männer ausgewählt, um die geheimnisvollen Katzenwesen, die Felis, mit Nachkommen zu segnen.

Die Katauren
Der Stamm der Reiter. Um die Nähe zu den Pferden und das freie Leben mit ihnen zu wahren, besiedelten die stolzen Katauren die fruchtbaren Ebenen Nymaths als Bauern oder Handwerker. Dort leben sie oft auf abgeschiedenen Höfen in kleinen Familiengruppen zusammen. Lanze und Speer sind ihre Hauptwaffen.

Die Kwannen
Schwesterstamm der Hedero, jedoch kriegerischer und lange Zeit mit ihnen verfeindet.
Die Kwannen haben keinen Kontakt zu den Felis.

Die Nuur
Der Stamm der Djakûnreiterinnen. Als Nachkommen der Wunand lebt das wehrhafte Amazonenvolk in den Artasensümpfen Andauriens.
Weil sie sich weigern, den einzigen Gott anzuerkennen, werden sie in Andaurien seit vielen Jahrhunderten gnadenlos verfolgt. Ihr ungebrochener Widerstand macht die Nuur zum Hoffnungsträger für alle, die heimlich für die Rückkehr der alten Götter beten.

Die Onur
Der Stamm der Könige und Schwerter. Über viele Generationen hinweg stellte dieser Stamm die Könige Andauriens aus seinen Reihen. Das Wichtigste für einen Onur sind seine Ehre, seine Familie – und sein Schwert. Zu seinem Wort zu stehen, ist einem Onur wichtiger, als sein eigenes Leben zu schützen.

Die Raiden

Der Stamm der Falkner. Einige der ehrgeizigen Raiden verfügen über die Gabe, eine geistige Verbindung mit einem Falken einzugehen. Diese seltene Begabung wird vom Vater auf den Sohn vererbt. Nach dem Vorbild der Falkner werden auch die Kinder der Raiden erzogen: belohnen, statt zu strafen. Die bevorzugte Waffe der Raiden ist der Bogen.

Die Wunand

Der Stamm der Jägerinnen. In den Sümpfen von Nymath leben die Wunand in Clans zusammen, wobei die Clan-Älteste das Sagen hat. Den wenigen Männern sind Kampf und Waffengang verboten. Sie kümmern sich um den Haushalt und widmen sich den schönen Künsten. Die Waffen der Wunandkriegerinnen sind Bogen, Speer und Feuerpeitsche sowie ein ritueller Dolch in Form einer Flamme.

Die Uzoma

Das Volk der dunkelhäutigen Ureinwohner Nymaths. Die Uzoma sind ein menschenähnliches Volk, das die Menschen vom Wuchs her jedoch überragt. Sie gewährten den Menschen einst Zuflucht in Nymath und wurden später von ihnen bekämpft. Nachdem die Elben sie hinter die Nebel verbannten, fielen sie dem Glauben an den dunklen Gott anheim.

Die Elben

Ein anmutiges, langlebiges und hellhäutiges Volk mit spitzen Ohren und sehr hellen Haaren. Ein Teil der Elben strandete bei einem Unwetter vor der Küste Nymaths. Getrennt von der restlichen Flotte, wartet das magiebegabte Volk auf die Rückkehr eines wandernden Sternes, der ihm den Weg in eine ferne Heimat weisen soll.

Die Vaughn (das »kleine Volk«)
Über das friedliche »kleine Volk« – wie die Uzoma es nennen – ist nur sehr wenig bekannt, da es zurückgezogen in einem fruchtbaren Tal des Pandarasgebirges lebt. Kleiner vom Wuchs als die Menschen, mit mandelförmigen kupferfarbenen Augen, ist ihnen die Begabung zu eigen, mit Tieren reden zu können. Sie kümmern sich um die vom Aussterben bedrohten Mahoui-Vögel. Bei den Uzoma und in Nymath ranken sich viele geheimnisvolle Legenden um dieses Volk.

Das Geheimnis der Runen

Die Runen sind eine mystische Schriftsprache, überliefert von den alten nordischen Völkern der Germanen. Das Wort Rune bedeutet dabei so viel wie »Raunen« oder »Flüstern«, wird aber auch zugleich mit »Geheimnis« in Verbindung gebracht.

Die ältesten Runenfunde in unserer Welt sind fast 1900 Jahre alt. Man nimmt an, dass sich die Runenschrift im ersten Jahrhundert nach Christus im heutigen Skandinavien entwickelt hat, wobei ihr genauer Ursprung ein Mysterium ist und zu den großen Rätseln der alten nordischen Kulturen zählt.

Mehr als 6500 Funde zeigen, dass die geheimnisvolle Schrift ursprünglich von Skandinavien im Norden über Grönland im Westen und das Gebiet des heutigen Russland im Osten bis nach Griechenland im Süden zum Festhalten von alltäglichen Dingen wie auch für magische Rituale und die Zwiesprache mit den alten Göttern verwendet wurde.

Die ältesten Runen, die in unserer Welt bekannt sind, bilden dabei eine Reihe aus 24 Zeichen und somit eine Art Alphabet, das »älteres Futhark« genannt wird. Das Wort Futhark setzt sich aus den Lauten der ersten sechs Runen der Reihe zusammen.

Im Laufe der Jahrhunderte wandelten sich Form und Bedeutung der Runen, doch mit den großen Völkerwanderungen und dem Siegeszug des Lateinischen wurden die alten Schriftsprachen der nordischen Völker abgelöst. Und mit den Runen versank auch deren Magie im Nebel der Zeit.

In der Welt von Nymath bewahren die Elben das Wissen um die uralte Bedeutung der Runen und deren verborgene magische Kräfte. Mit ihrer Hilfe weben sie mächtige Zauber …

Der Runenkundige wird die ursprüngliche Bedeutung in der folgenden Auslegung des älteren Futhark wiedererkennen und möge gewisse dichterische Freiheiten erlauben.

Runenamulett

Die Bedeutung der Runen im Amulett

ᛞ *1. Dagaz – kleiner Mond, Beginn*

Die Energie des Lichts leitet die Magie ein. Diese Rune öffnet den magischen Zyklus, steht gleichzeitig für die persönlichen Ideale und schützt somit die Magie vor Missbrauch, da sie nur mit innerer Überzeugung intoniert werden kann.

ᛉ *2. Algiz – Schutz*

Wichtig bei allen großen Dingen, die getan werden, ist der Schutz der eigenen Person. Ein Grundgedanke des Nebels ist, eine Schutzmauer zu errichten. Dies muss zu Beginn der Magie wirken, um das gesamte magische Ritual und die Nebelsängerin zu schützen.

ᛗ *3. Mannaz – denkendes Wesen, Ahnen*

Diese Rune stellt die Verbindung zu den Ahnen her, die das alte Wissen um die klare, ungetrübte Magie hüten – ungeachtet des menschlichen und elbischen Blutes. Dies gibt der Nebelsängerin Kraft und stellt sicher, dass diese im Sinne der Ahnen genutzt wird.

ᛁ *4. Isaz – Eis*

Eines der wichtigsten Elemente des Nebelzaubers ist dessen »dunkler« Teil. Isaz steht dabei in der Mitte des Zirkels für die eisige Trennung und das Verderben, das notwendig ist, um klare Grenzen zu schaffen. Die Rune stellt die Verbindung zwischen dem Reich der Lebenden und dem der Toten her und bildet trotz der Gefahr, die ihr innewohnt, einen Ruhepol.

ᚹ *5. Wunjo – Wonne, Freude*

Diese Rune ist das Gegengewicht zum eisigen Teil von Isaz und hilft der Nebelsängerin, die Einzelkräfte zu bündeln, ohne der dunklen Seite der Magie zu verfallen. Wunjo ist die ausgleichende, harmonische Kraft.

ᚷ *6. Gebo – Gabe*

Sie verleiht der gewobenen Magie eine Richtung, deren Ziel außerhalb der Nebelsängerin liegt und mit der nächsten Rune bestimmt wird. Das verlangt eine große Bereitschaft, die bereits angesammelte magische Macht loszulassen und mit Hingabe dem eigentlichen Zweck zu opfern.

ᛚ *7. Laguz – Wasser*

Diese Rune bestimmt das Ziel des Zaubers: den Fluss Arnad. Sein Wasser bildet als aufsteigender Nebel eine schützende Wand, Isaz verleiht ihr die tödliche Wirkung.

ᚱ *8. Raiðo – Weg, Reise*

Versteckt in den Mondstein geritzt, schließt die achte Rune den magischen Kreis und öffnet der Nebelsängerin das Tor zwischen den Welten. Acht ist die magische Zahl im Runenzauber; erst mit dem achten Zeichen ist die Magie vollständig.

Die Runen des älteren Futhark

ᚠ *1. Rune: (f) Fehu – Vieh, bewegliche Habe*
Bewegliches Eigentum, persönliche Macht, bewegliche Kraft, Reichtum, Verantwortung durch Besitz

ᚢ *2. Rune: (u) Uruz – Auerochs*
Vitale Kraft, Gesundheit, Heilung, Potenz, männliche Urkraft

ᚦ *3. Rune: (þ = th) Þurisaz – Riese, Thurse, Dorn*
Aktive Verteidigung, Schutz, Vernichtung von Feinden, willentliche Handlung, Machtausübung, Zorn

ᚨ *4. Rune: (a) Ansuz – Atem, Hauch, göttliches Wesen (der Ase)*
Weisheit, Inspiration, Ekstase, schöne Künste, Dichtung, Wort, Gesang

ᚱ *5. Rune: (r) Raiðo – Reise, Weg*
Alle Arten von Wegen, passiven Reisen (also als Passagier), auch im übertragenen Sinn, innere Führung

ᚲ *6. Rune: (k) Kaunaz – Fackel, Feuer*
Jede Art von Feuer und Bränden, Herd-, Opfer-, Schmiedefeuer, Fackel, Entzündungen, Geschwür

ᚷ *7. Rune: (g) Gebo – Geschenk, Austausch*

Gabe/Gegengabe, Opfer(-gabe), Hingabe, Austausch

ᚹ *8. Rune: (w) Wunjo – Wonne, Fröhlichkeit*

Harmonie, Wohlbefinden, Bindung, Glück, Harmonie zwischen verschiedenen, aber verwandten Kräften, Sippenfriede

ᚺ *9. Rune: (h) Hagalaz – Hagelkorn*

Winter, Schmerz, Unfall, große, flächendeckende Zerstörung, Schaden jenseits der menschlichen Kontrolle und damit Neubeginn

ᚾ *10. Rune: (n) Naudiz – Not, Notwendigkeit*

Leid, Überwindung von Leid und Not, Entwicklung der Willenskraft, Erkenntnis der Notwendigkeit, überlegte Handlung aus der Notwendigkeit heraus

ᛁ *11. Rune: (i) Isaz – Eis*

Starre, Einfrieren, Kontraktion, Isolation, Brücke zwischen dem Reich der Lebenden und der Toten, Ruhe, Konzentration auf das Wesentliche, Brücke zwischen den Welten

ᛃ *12. Rune: (j) Jera – das (gute) Jahr, Ernte*

Jera ist die Wiederkehr der Jahreszeiten, der Kreislauf der Natur und des Lebens, Säen und Ernten, Fruchtbarkeit, Fülle, Überfluss

ᛇ *13. Rune: (ï) Îhwaz – Eibe*

Bindeglied zwischen Gegensätzen, Eibenholz, hart, aber biegsam, Bogen, Jagd, Rückfederung, Widerstandskraft

ᛈ *14. Rune: (p) Perþro – Würfelbecher, Schicksal*
Unkenntnis des Schickals, Spiel, Zufall, Glück, innere Stärke auf der Probe, verborgenes Wissen, Weissagung, Vorzeichen und Vorahnung, Rune der Nornen

ᛉ *15. Rune: (r, später z) Algiz – Elch, Schutz*
Alle Arten von Schutz, Einfriedung, Verteidigung, Stärke

ᛊ *16. Rune: (s) Sowilo – Sonne*
Sonnenrad, Wärme, zielgerichtet strömende Kräfte, Erfolg, Stärkung des Willens, Lebenskraft

ᛏ *17. Rune: (t) Tiwaz – Himmel, Dach (Tyr)*
Himmel, Dach, Polarstern, Weltordnung, Gerechtigkeit, Ehre, Moral, Disziplin, Sieg in gerechter Sache, Opferbereitschaft, Charakterstärke und religiöse Kraft

ᛒ *18. Rune: (b) Berkano – Birke*
Erdmutter, Schwangerschaft, Geburt, Kreislauf Geburt-Leben-Tod, Wiedergeburt, weibliche Mysterien und Schöpferkraft, mütterlicher Schutz, Bewahrung

ᛖ *19. Rune: (e) Ehwaz – Pferd*
Vertrauen, Treue, jede Form von aktiver Reise, Beweglichkeit, Geschwindigkeit, harmonisches Zusammenwirken unterschiedlicher Kräfte

ᛗ *20. Rune: (m) Mannaz – denkendes Wesen (Mensch)*
Gemeinschaft, Gesellschaft, Sippe, Ahnen, Bewusstsein, Geist, Intelligenz, Denken, Vernunft

ᛚ *21. Rune: (l) Laguz – Wasser, Gewässer*
Wasser in all seinen Formen: Regen, Fluss, Bach, See, Meer, Nebel, Tränen, Körperflüssigkeiten, Tor zu verborgenen Kräften und Mächten, Reinigung, Lebensenergie

ᛜ *22. Rune: (ŋ = ng) Ingwaz – Wein (Yngvi-Freyr)*
Wachstums- und Reifezeit, Geduld, Trennung von äußeren Einflüssen, um Neues hervorzubringen, Speicherung und Verwandlung von Kräften in geschützter Ruhe

ᛞ *23. Rune: (d) Dagaz – Tag, Dämmerung*
Licht, Morgen- und Abenddämmerung, Balance, Klarheit, Erleuchtung, Erkenntnis von Zusammenhängen, zyklische Gegensätze

ᛟ *24. Rune: (o) Oþalan – Erbe, unbeweglicher Besitz*
Erbland, Heim, Heimat, Erbbesitz der Sippe, Ahnenerbe, Tradition, Bodenständigkeit, Macht und Wissen früherer Generationen

Zur Aussprache:
Þ wird wie das englische »th« in »thank« ausgesprochen (stimmlos)

ð wird wie das englische »th« in »father« ausgesprochen (stimmhaft)

: *Trennzeichen*
Das Trennzeichen unterteilt die einzelnen Runen in Worte und Sinnzusammenhänge.

Weitere Erläuterungen unter: www.daserbederrunen.de